ANGELINA

De toute éternité

Audrey Niffenegger

De toute éternité

ÉDITIONS FRANCE LOISIRS

Titre original : *The Time Traveler's Wife*
publié par MacAdam/Cage

Traduit de l'anglais par Jean-Pascal Bernard & Nathalie Besse

Édition du Club France Loisirs,
avec l'autorisation des Éditions Michel Lafon.

Éditions France Loisirs,
123, boulevard de Grenelle, Paris.
www.franceloisirs.com

ISBN : 2-7441-7517-X

Le temps de la pendule est notre directeur de banque,
notre collecteur d'impôts, notre inspecteur de police ;
le temps intérieur est notre épouse.

J.B. Priestley, *Man and Time*

L'AMOUR APRÈS L'AMOUR

Le temps viendra
où, plein d'allégresse,
tu salueras ta propre venue
à ta propre porte, dans ton propre miroir,
et chacun sourira devant l'accueil de l'autre,

et dira : assieds-toi. Mange.
Tu aimeras à nouveau l'étranger qu'était ton être.
Offre du vin. Offre du pain. Rends ton cœur
à ton cœur, à l'étranger qui t'a aimé

toute ta vie, que tu as ignoré,
pour un autre, qui te connaît par cœur.
Descends les lettres d'amour de l'étagère,

les photographies, les billets désespérés,
détache ta propre image du miroir.
Assieds-toi. Savoure ta vie.

Derek Walcott

Pour

ELIZABETH HILLMAN TAMANDL

20 mai 1915-18 décembre 1986

et

NORBERT CHARLES TAMANDL

11 février 1915-23 mai 1957

PROLOGUE

Claire : C'est difficile d'être abandonnée ainsi. J'attends Henry sans savoir où il est, en me demandant s'il va bien. C'est difficile d'être celle qui reste.

Je m'occupe. Le temps passe plus vite de cette façon.

Je me couche seule et me réveille seule aussi. Je me balade. Je travaille et ne m'arrête pas avant d'être fatiguée. Je regarde le vent jouer avec les détritus qui ont été ensevelis sous la neige tout l'hiver. Les choses paraissent simples jusqu'à ce qu'on commence à les analyser. Pourquoi l'amour est-il magnifié par l'absence ?

Autrefois, les hommes partaient en mer et les femmes les attendaient, debout sur la jetée, guettant à l'horizon l'apparition de leur minuscule bateau. À présent, j'attends Henry. Il se volatilise malgré lui, sans jamais prévenir. Je l'attends. L'attente, chaque fois, semble durer une année, une éternité. Chaque instant s'écoule lentement, transparent comme du verre. À travers chacun de ces instants, j'entrevois une infinité de moments identiques prêts à se succéder. Pourquoi est-il parti là où je ne peux pas le suivre ?

Henry : Qu'est-ce que ça fait ? *Qu'est-ce que ça fait ?*

Parfois, c'est comme si l'attention s'était relâchée quelques instants. Puis, dans un sursaut, on s'aperçoit que le livre qu'on tenait, la chemise à carreaux rouges et aux boutons blancs, le jean noir préféré et les chaussettes bordeaux au talon usé, le salon, la bouilloire qui s'apprête à siffler dans la cuisine, tout a disparu. On est debout, nu comme un ver, planté jusqu'aux chevilles dans l'eau glacée d'un fossé, sur une route de campagne inconnue. On patiente une minute, au cas où l'on rebasculerait directement sur son livre, son appartement... Après une poignée de minutes à jurer, grelotter, et crever d'envie de disparaître, on se met en marche dans l'une ou l'autre direction, qui finira par déboucher sur une ferme où se présentera l'alternative suivante : chiper ou expliquer. Chiper pourra vous conduire en prison, mais expliquer sera plus fastidieux, demandera plus de temps, sans compter qu'il faudra de toute façon mentir, ce qui aura souvent pour résultat de vous envoyer à l'ombre. Alors pourquoi s'embêter ?

Parfois, c'est comme si l'on s'était relevé trop vite alors qu'on somnole dans son lit. On entend le sang affluer dans la tête, on éprouve une vertigineuse sensation de chute. Les mains et les pieds sont parcourus de fourmis avant de disparaître. On a reperdu trace de soi. Ça ne dure qu'un instant, à peine le temps d'essayer de s'accrocher, de s'agiter (quitte à endommager sa propre personne ou des objets de valeur) et voilà qu'on glisse sur le tapis vert mousse du couloir d'un Motel 6 d'Athens, Ohio, à 4 h 16 le lundi 6 août 1981, et qu'on se cogne le front contre la porte d'un client, ce qui amène le client en question, une certaine Tina Schulman de Philadelphie, à ouvrir cette porte et à se mettre à crier devant cet homme nu, brûlé par le frottement de la moquette, évanoui à ses pieds. On se réveille commotionné à l'hôpital du comté avec, assis derrière la porte, un policier qui suit le match des Phillies sur un transistor grésillant. Dieu merci, on replonge dans l'inconscience pour se réveiller quelques heures plus tard dans son propre lit, sous le regard d'une épouse qui semble rongée d'inquiétude.

Parfois, on se sent euphorique. Tout est sublime, rayonnant, quand soudain la nausée nous étreint et l'on n'est plus là. On se retrouve à vomir sur des géraniums de banlieue, sur les tennis de son père, sur le sol de sa propre salle de bains trois jours plus tôt, sur un trottoir de planches à Oak Park, Illinois, aux alentours de 1903, sur un court de tennis par une belle journée d'automne dans les années cinquante, ou sur ses pieds nus dans tout un éventail d'époques et de lieux.

Qu'est-ce que ça fait ?

C'est exactement comme dans un de ces rêves où l'on découvre qu'il faut passer un examen qu'on n'a pas préparé. On est en costume d'Adam. Et on a laissé son portefeuille à la maison.

Quand j'erre là-bas, dans le temps, je me trouve inversé, une version désespérée de moi-même. Je deviens un voleur, un vagabond, un animal qui se terre. J'épouvante les vieilles dames et je fascine les enfants. Je suis un tour de magie, une illusion de premier ordre, si incroyable qu'elle me rend tout à fait réel.

Y a-t-il une logique, une règle derrière tous ces va-et-vient, toutes ces dislocations ? Y a-t-il un moyen de rester tranquille, d'embrasser le présent de toutes ses cellules ? Je ne sais pas. Il y a des indices ; comme pour toute maladie on isole des motifs, des possibilités. L'épuisement, les grands bruits, le stress, se lever brusquement, un éclair de lumière : chacun de ces facteurs peut déclencher une crise. Sauf que... je peux être en train de lire le *Sunday Times*, un café à la main et Claire qui sommeille à côté de moi sur le lit, et soudain je suis en 1976, et je me vois à treize ans tondre le gazon de mes grands-parents. Certains de ces épisodes restent éphémères : c'est comme écouter un autoradio qui peine à garder la station. Je me retrouve dans des foules, des assemblées, des bandes. Non moins souvent je suis seul, dans un champ, une voiture, une maison, sur une plage, dans une école primaire en pleine nuit. J'ai peur d'échouer dans une cellule de prison, dans un ascenseur bondé, au milieu de l'autoroute. Je surgis de nulle part, tout nu. Comment vous expliquer ? Je n'ai jamais réussi à emporter quoi que ce soit. Ni vêtements, ni argent, ni papiers. Je passe l'essentiel de mes séjours à me procurer des habits et à chercher des cachettes. C'est une chance que je ne porte pas de lunettes.

Quelle ironie, franchement ! Moi qui n'ai que des plaisirs casaniers : le bonheur du fauteuil, les joies paisibles de la maison. Je n'aspire qu'aux plus humbles délices : un roman policier au lit, l'odeur des longs cheveux roux et or de Claire au sortir de la douche, une carte postale d'un ami en vacances, le lait qui se dilue dans le café, la douceur de la peau sous les seins de Claire, la symétrie des sacs de courses posés sur le comptoir de la cuisine, attendant d'être vidés. J'adore flâner dans les allées de la bibliothèque quand les usagers sont rentrés chez eux, effleurer la tranche des livres. Voilà les choses qui me criblent de nostalgie quand les caprices du Temps m'en privent.

Et Claire, toujours Claire. Claire au matin, hagarde, les yeux bouffis. Claire qui plonge les bras dans la cuve à papier, ressort le moule et le secoue, le secoue, pour brasser les fibres. Claire qui bouquine, ses cheveux tombant en rideau derrière le dossier du fauteuil, qui enduit de baume ses mains rouges et crevassées avant d'aller se coucher. La voix basse de Claire à mon oreille, souvent.

Je déteste être là où elle n'est pas, quand elle n'y est pas. Et pourtant, je suis sans cesse en mouvement, et elle ne peut pas suivre.

I

L'HOMME HORS TEMPS

Oh ! *non pas* que le bonheur *existe* :
avantage provisoire d'une défaite prochaine.

Mais parce qu'être ici est beaucoup,
qu'apparemment tout ici a besoin de vous ; ces choses
éphémères, étrangement, nous concernent.
Nous, les plus éphémères.

Pourtant, dans l'ailleurs
hélas ! qu'emportons-nous ?
non pas le regard lentement appris, ni rien
de ce qui est arrivé ici. Rien.
La douleur cependant. Oui, avant tout, cette pesanteur,
cette longue expérience de l'amour, – bref,
rien que de l'indicible.

Rainer Maria Rilke,
Élégies de Duino (neuvième élégie),
Traduction de Lorand Gaspar

PREMIER RENDEZ-VOUS, I

Samedi 26 octobre 1991
(Henry a vingt-huit ans, Claire vingt)

Claire : La bibliothèque est fraîche et sent le shampooing à moquette, bien que je ne voie que du marbre tout autour de moi. Je signe le registre des visiteurs : *Claire Abshire, 11 h 15 le 26/10/91, Collections spéciales.* Je n'avais jamais mis les pieds à la Newberry auparavant et, à présent que j'en ai franchi l'entrée sombre et intimidante, je me sens gagnée par l'excitation. L'endroit éveille en moi des sensations associées au matin de Noël et me fait l'effet d'un paquet-cadeau grandeur nature plein de livres magnifiques. L'ascenseur mal éclairé s'ébranle presque sans bruit. Je m'arrête au deuxième étage où je remplis une demande de carte de lecteur avant de monter aux Collections spéciales. Les talons de mes bottes claquent sur le plancher en bois. La pièce, silencieuse et bondée, est meublée de tables massives et lourdes où s'entassent les livres et s'agglutinent les lecteurs. La lumière de Chicago en cette matinée d'automne se déverse par les hautes fenêtres. Je m'avance vers le bureau d'accueil et me munis d'une pile de fiches d'emprunt. Je dois écrire une dissertation pour mon cours d'histoire de l'art avec, comme sujet, le *Chaucer* publié par Kelmscott Press. Je vérifie les références de l'ouvrage en question et complète une fiche. Mais je voudrais aussi en profiter pour me documenter sur la fabrication du papier au sein des éditions Kelmscott. Déroutée par le catalogue, je retourne à l'accueil demander de l'aide. Tandis que j'explique à la bibliothécaire ce que je recherche, elle lance un coup d'œil par-dessus mon épaule à quelqu'un qui passe derrière moi.

— M. DeTamble pourra peut-être vous renseigner, déclare-t-elle.

Je pivote et m'apprête à tout reprendre depuis le début lorsque je me retrouve nez à nez avec Henry.

Je reste sans voix. Henry est face à moi, impassible et habillé, plus jeune que je ne l'ai jamais vu. Henry travaille à la bibliothèque Newberry et se tient devant moi, dans le présent ! Ici et maintenant ! Je jubile. Lui me considère, patient, incertain, mais poli.

— En quoi puis-je vous aider ? s'enquiert-il.

— Henry !

Je me retiens à grand-peine de lui sauter au cou. Selon toute évidence, il pose les yeux sur moi pour la toute première fois.

— Nous nous connaissons ? Désolé, je ne...

Il balaie furtivement les alentours du regard, craignant d'attirer l'attention des lecteurs et de ses collègues, fouillant sa mémoire avant de comprendre qu'un de ses moi futurs a dû croiser la route de la jeune femme extatique campée devant lui. Lors de notre dernière rencontre, il suçait mes orteils dans le Pré.

Je tente de l'éclairer.

— Je m'appelle Claire Abshire. Je vous connais depuis toute petite...

Les mots me font défaut : je suis amoureuse de cet homme qui n'a aucun souvenir de moi. Notre histoire appartient encore au futur en ce qui le concerne. J'ai envie de rire devant l'étrangeté de la situation. Un flot d'images accumulées au fil des ans me submerge tandis qu'il m'observe d'un air perplexe et craintif. Henry qui a revêtu le vieux pantalon de pêche de mon père et m'interroge avec douceur sur les tables de multiplication, la conjugaison des verbes français, les capitales des États américains, Henry qui s'esclaffe en observant le déjeuner insolite que la fillette de sept ans que je suis lui a apporté dans le Pré, Henry qui porte un smoking et déboutonne sa chemise en tremblant le jour de mon dix-huitième anniversaire. Ici ! Maintenant !

— Venez boire un café avec moi ou dîner ou n'importe quoi...

Il ne peut que dire oui, n'est-ce pas ? Cet Henry qui m'aime dans le passé et le futur doit m'aimer dans le présent aussi, en une sorte d'écho subliminal d'un autre temps. À mon immense soulagement, il accepte. Nous nous donnons rendez-vous le soir même dans un restaurant thaï des environs, cela sous le regard éberlué de l'employée derrière son bureau ; je m'en vais alors, reléguant Kelmscott et Chaucer aux oubliettes : je flotte au bas de l'escalier de marbre, longe le hall et émerge dans le soleil d'octobre, puis je traverse le parc en courant et disperse les petits chiens et les écureuils en poussant des cris de joie.

Henry : C'est une journée d'octobre ordinaire, fraîche et ensoleillée. Je suis au boulot, dans une petite pièce aveugle dotée d'un régulateur d'humidité, au troisième étage de la bibliothèque de Newberry : je catalogue une collection de papiers marbrés dont on nous a fait don. Ils sont magnifiques, mais la tâche est ingrate, et je navigue entre ennui et apitoiement. En fait, je me sens vieux, comme seul en est capable un type de vingt-huit ans qui a passé la moitié de la nuit à boire une vodka hors de prix et à tenter, en vain, de reconquérir les bonnes grâces d'Ingrid Carmichel. Nous nous sommes disputés toute la soirée, je ne sais même plus à quel propos. J'ai mal au crâne. Besoin de café. Laissant mes papiers marbrés à l'état de bazar organisé, je traverse le bureau et dépasse le guichet de la salle de lecture. Je suis arrêté par la voix d'Isabelle :

— M. DeTamble pourra peut-être vous renseigner, lance-t-elle, ce qui signifie : « Où vas-tu comme ça, petite feignasse d'Henry ? »

Et voilà qu'une foudroyante beauté, grande, mince, aux cheveux d'ambre, se retourne et me regarde comme si j'étais le messie. Mon ventre se noue. À l'évidence elle me connaît, et je ne la connais pas. Dieu seul sait ce que j'ai pu dire, faire, ou promettre à cette créature lumineuse, et je n'ai d'autre issue que de lui servir mon meilleur langage de bibliothécaire : « Puis-je vous aider ? » La fille laisse échapper un « Henry ! » des plus évocateurs, lequel me persuade qu'à un certain point sur l'échelle du temps, on vit un truc *énorme* tous les deux. Cela rend d'autant plus pénible le fait de ne rien savoir d'elle, même pas son nom. Je demande : « On se connaît ? » et Isabelle me jette un regard qui dit « Espèce d'enfoiré ». Mais la fille répond : « Je m'appelle Claire Abshire. Je vous connais depuis que je suis toute petite », et elle m'invite aussitôt à dîner. Sidéré, j'accepte. Elle me fixe d'un air radieux, bien que je sois mal rasé, en pleine gueule de bois, bref en petite forme. Nous convenons de nous retrouver le soir-même, au Beau Thaï, et là-dessus Claire s'évapore de la salle de lecture. Dans l'ascenseur, encore sous le choc, je comprends qu'un jackpot de mon avenir est venu me cueillir dans le présent. Je me mets à rire. Je quitte le hall pour la rue, et en dévalant les marches du perron j'aperçois Claire qui court à travers Washington Square. Elle sautille, gazouille. Sans me l'expliquer, je suis au bord des larmes.

Plus tard dans la soirée

Henry : À 18 heures je fonce à la maison pour tâcher de me rendre séduisant. Ces jours-ci la maison consiste en un studio minuscule mais au loyer démentiel, sur North Dearborn Street. Je me cogne sans arrêt contre les murs, contre les comptoirs ou les meubles disposés dans le passage. Phase numéro un : ouvrir les dix-sept verrous de la porte d'entrée, filer au salon-qui-est-aussi-ma-chambre et me déshabiller. Phase numéro deux : me doucher et me raser. Phase trois : sonder sans grand espoir les profondeurs de la penderie, et comprendre peu à peu qu'il n'y a rien de vraiment propre. Je découvre une chemise blanche, sous l'emballage du pressing. J'opte pour le costume noir, avec des richelieus et une cravate bleu clair. Quatre : au terme des trois phases précédentes, je constate que j'ai l'air d'un agent du FBI. Cinq : regarder autour de soi et se rendre compte que l'appartement est en foutoir. Je résous de ne pas y ramener Claire après le restau, à supposer qu'une telle opportunité soit envisageable. Six : dans le miroir en pied de la salle de bains, contempler les traits anguleux, le regard fou et le mètre quatre-vingt-cinq de cette espèce d'Egon Schiele de dix ans, avec sa chemise immaculée et son costume d'entrepreneur de pompes funèbres. Je me demande quel genre de vêtements cette femme m'aura vu porter, puisque manifestement je ne débarque pas dans son passé vêtu de mes fringues du futur. Elle disait m'avoir connu toute petite ? Une myriade d'énigmes jaillit sous mon crâne, alors je m'arrête une minute, le temps de reprendre mon souffle. C'est bon. J'attrape portefeuille et clefs, et je suis parti : fermer les trente-sept verrous, descendre par le petit ascenseur acariâtre, acheter des roses chez le fleuriste du hall, parcourir en un temps record les deux blocs d'immeubles jusqu'au restaurant, mais avec tout de même cinq minutes de retard. Claire est déjà attablée, et paraît soulagée de me voir. Elle me fait de grands signes comme si je la cherchais dans un défilé.

— Bonsoir, je lui dis.

Claire porte une robe en velours lie-de-vin et des perles. On dirait un Botticelli revu par John Graham : d'immenses yeux gris, un long nez, une petite bouche délicate de geisha. Sa longue chevelure rousse lui tombe sur les épaules jusqu'au milieu du dos. Je lui tends le bouquet de roses.

— C'est pour toi.

— Merci, répond-elle avec une joie démesurée. (Elle voit mon visage surpris.) Tu ne m'avais jamais offert de fleurs.

Je me glisse sur la banquette face à elle. Je suis fasciné. Cette femme me connaît vraiment; ce n'est pas une vague connaissance de mes escapades futures. Arrive la serveuse, qui nous tend la carte.

— Raconte.

— Raconter quoi ? demande Claire.

— Tout. Tu comprends, au moins, pourquoi je ne te connais pas ? J'en suis profondément peiné...

— Mais non, il n'y a pas de raison. Je veux dire, je sais... pourquoi c'est ainsi. (Elle baisse la voix.) Pour toi, rien n'a commencé encore, mais moi, eh bien, je te connais depuis longtemps.

— Longtemps comment ?

— À peu près quatorze ans. J'avais six ans la première fois que je t'ai vu.

— Seigneur ! Et tu m'as vu souvent ? Ou juste quelques fois ?

— Lors de ta dernière visite, tu m'as dit d'apporter ceci quand on irait dîner ensemble. (Claire me montre un journal d'enfant bleu clair.) Alors tiens. (Elle me le tend.) Tu peux le garder.

Je l'ouvre à la page marquée par une coupure de journal. Ornée dans le coin supérieur droit de deux bébés cockers, elle comprend une liste de dates. Celle-ci débute au 23 septembre 1977, et se clôt seize petites pages bleues à chiots plus tard, le 24 mai 1989. Je compte. Cent cinquante-deux dates en tout, écrites avec application par l'épaisse bille bleue d'un enfant de six ans.

— C'est toi qui as dressé cette liste ? Elles sont toutes exactes ?

— En fait, c'est toi qui me les as dictées. Tu m'as expliqué, voilà quelques années, que tu les avais mémorisées. Autrement dit, je ne sais pas vraiment comment cette chose existe. C'est drôle, on dirait une sorte de ruban de Möbius. Mais oui, elles sont exactes. Grâce à elles, je savais quand te retrouver dans le Pré.

La serveuse réapparaît et nous commandons : *Tom Kha Kai* pour moi, *Gang Mussaman* pour Claire. Un garçon nous apporte du thé et je remplis nos deux tasses.

— C'est quoi, le Pré ?

Je fais presque des bonds sur ma chaise tant je suis excité. C'est la première fois que je rencontre un être de mon futur, sans parler d'un Botticelli qui m'a croisé cent cinquante-deux fois !

— Le Pré est sur la propriété de mes parents, dans le Michigan. Il y a les bois d'un côté, la maison de l'autre. Plus ou moins au milieu, se trouve une clairière d'environ trois mètres de diamètre avec un rocher, et quand on est dans la clairière personne ne peut nous voir de la maison car le terrain est un peu bombé. J'allais souvent y jouer parce que j'aimais bien m'amuser seule, et je pensais que personne ne savait où je me trouvais. Un jour, quand j'étais en CP, en rentrant de l'école je suis passée par la clairière et je suis tombée sur toi.

— À poil et sûrement en train de vomir.

— À vrai dire, tu semblais tout à fait maître de toi. Je me souviens que tu connaissais mon nom, et tu as disparu de manière très spectaculaire. Quand j'y repense, c'est sûr que tu étais déjà venu. Ta première fois doit remonter à 1981 ; j'avais alors dix ans. Tu n'arrêtais pas de dire « Oh ! mon Dieu ! » en me fixant intensément. Tu avais l'air drôlement gêné d'être tout nu, mais à l'époque je ne voyais rien d'anormal à ce qu'un vieux nudiste surgisse du futur par magie et réclame des vêtements. (Elle sourit.) Et de la nourriture.

— Qu'est-ce qui te fait rire ?

— Je t'aurai mitonné de drôles de repas, quand j'y repense ! Des sandwiches au beurre de cacahuètes et aux anchois, des crackers pâté-betterave... Je voulais sans doute vérifier s'il y avait des choses que tu refuserais de manger, en même temps que je cherchais à t'épater par mon génie culinaire.

— J'avais quel âge ?

— Le plus vieux que j'ai vu de toi, tu devais avoir quarante et quelques. Le plus jeune, je ne saurais dire. La trentaine, peut-être. Tu as combien, là ?

— Vingt-huit.

— Aujourd'hui tu me parais extrêmement jeune. Ces dernières années, tu avais en général une petite quarantaine d'années, et plutôt l'air d'en baver... Mais je ne sais pas trop, dans le fond. Quand on est môme, tous les adultes ont l'air grands et usés.

— Et qu'est-ce qu'on y faisait, dans ce Pré ? Car on y a passé du temps, apparemment.

Claire sourit.

— On faisait des tas de choses. Ça variait selon mon âge, et la couleur du ciel. Tu m'as beaucoup aidée pour mes devoirs. On jouait à des jeux. Mais pour l'essentiel, on discutait de choses et d'autres. Quand j'étais très jeune, je te prenais pour un ange ; je te posais des tas de questions sur Dieu. Quand j'étais ado, je voulais te pousser à me faire l'amour, mais tu te dérobais sans cesse, ce qui me rendait encore plus déterminée. Je pense que tu craignais de me pervertir, en quelque sorte. Tu as toujours eu un côté très paternel.

— Ah bon. C'est sûrement une bonne chose, mais à cet instant je doute que ce soit ma priorité...

Nos regards se croisent. Nous sourions comme deux conspirateurs.

Je reprends :

— Et l'hiver, alors ? Il fait un froid de canard dans le Michigan.

— Je te cachais en bas. La maison possède un immense sous-sol avec plusieurs pièces. L'une d'elles sert de débarras, et la chaudière se trouve juste derrière le mur. On l'appelle la Salle de Lecture, car c'est là qu'on range tous les vieux bouquins et magazines. Une fois, on s'est payé un blizzard pendant que tu étais chez nous. Personne n'allait à l'école ni au travail, et j'ai cru devenir folle à devoir te nourrir avec un garde-manger à sec. Etta s'apprêtait à faire les courses quand la tempête s'est déclenchée. Alors tu as été condamné à lire de vieux *Reader's Digest* pendant trois jours, en te contentant de sardines et de nouilles chinoises.

— Tout ça est très salé, dis-moi. J'en ai l'eau à la bouche ! (Les plats arrivent.) Et tu as appris à cuisiner, depuis ?

— Non, on ne peut pas dire ça. Nell et Etta se mettaient en rogne chaque fois que j'utilisais la cuisine autrement que pour boire un Coca. En plus, depuis que je vis à Chicago, je n'ai personne à qui mitonner de bons petits plats, alors rien ne m'incite à approfondir la question. Je suis surtout très occupée avec la fac et tout ça, alors je mange sur place. (Claire avale une bouchée de son curry.) Ce truc est succulent.

— Nell et Etta ?

— Nell est notre cuisinière, répond Claire avant de sourire. Nell, c'est un peu *Un cordon bleu à Detroit* : imagine

Aretha Franklin dans la peau de Julia Child [1]. Etta, c'est notre gouvernante, mais elle est bien plus que cela. C'est une seconde mère, en fait. Vois-tu, maman est un peu... Enfin bref, Etta est toujours là. Elle est allemande et très stricte, mais elle nous réconforte, alors que ma mère est souvent dans les nuages, si tu vois ce que je veux dire.

J'acquiesce, la bouche pleine de soupe.

— Ah oui, il y a aussi Peter. Notre jardinier.

— Alors tes parents ont des domestiques ! J'ai comme l'impression qu'on ne vient pas tout à fait du même monde. Et je n'ai jamais, comment dire, rencontré ta famille ?

— Tu as rencontré ma grand-mère Meagram juste avant sa mort. C'est la seule personne à qui j'ai parlé de toi. Elle était quasiment aveugle. Elle savait qu'on allait se marier et elle voulait te connaître.

Je me fige. Claire soutient mon regard, sereine, angélique, parfaitement à l'aise.

— On va se marier ?

— C'est ce que j'ai cru comprendre, répond-elle. D'où que tu débarques dans le temps, tu me répètes depuis des années que nous sommes mari et femme.

C'en est trop. Je ferme les yeux et m'enjoins de ne penser à rien ; ce n'est pas le moment de perdre prise sur l'ici et maintenant.

— Henry ? Tu vas bien, Henry ?

Je sens Claire me rejoindre sur la banquette. Je rouvre les yeux et elle me prend les mains. Elle a des mains de travailleuse, rugueuses et gercées.

— Je suis désolée, Henry, mais il faut que je m'habitue. C'est tellement contraire à nos habitudes. Tu comprends, depuis que je suis petite c'est toujours toi qui sais tout, alors je n'ai pas songé que je devais y aller mollo ce soir. (Elle

---

1. Célèbre chef américaine. *(N.d.T.)*

sourit.) Une des dernières choses que tu m'aies dite avant de partir, c'est : « Sois indulgente, Claire. » Mais tu avais ce ton que tu prends pour déclamer des citations...

Mes mains sont toujours dans les siennes, et elle me regarde avec ardeur, avec amour. J'éprouve une grande humilité.

— Claire ?

— Oui ?

— Est-ce qu'on pourrait revenir en arrière ? Faire comme s'il s'agissait d'un premier rendez-vous normal entre deux être normaux ?

— Pas de problème.

Elle se lève et se rassied en face de moi. Elle se tient droite, se retient de sourire.

— Bon, très bien. Alors, euh... Dis-moi, Claire, si tu me parlais un peu de toi ? Des hobbies ? Des animaux de compagnie ? Des goûts sexuels insolites ?

— À toi de le découvrir.

— Parfait. Voyons voir... Tu étudies où ? Et quoi ?

— Je suis inscrite à l'Institut des beaux-arts. Je fais de la sculpture, et je me mets à la fabrication du papier.

— Cool. Et à quoi ressemble ton travail ?

Pour la première fois elle paraît gênée.

— C'est, disons, assez... gros, et ça parle... d'oiseaux.

Elle regarde la table, puis boit une gorgée de thé.

— D'oiseaux ?

— Non, en fait, ça parle avant tout, disons, d'attente.

Elle garde les yeux baissés, alors je change de sujet.

— Parle-moi encore de ta famille.

— Si tu veux.

Elle se détend, sourit.

— Alors voyons... Ma famille vit dans le Michigan, près de South Haven, une petite ville au bord du lac. Le terrain n'est rattaché à aucune commune. La maison a d'abord appartenu aux parents de ma mère, papy et mamie Meagram. Papy est mort avant ma naissance, et mamie a vécu chez nous jusqu'à la fin. J'avais dix-sept ans quand elle est décédée. Mon grand-père était avocat, tout comme mon père ; papa a rencontré maman en venant travailler pour papy.

— Et il a épousé la fille du patron.

— Ouais. Mais je me demande parfois si ce n'est pas la *baraque* du patron qu'il a épousée. Ma mère est fille unique, et la maison est assez fantastique ; elle figure dans de nombreux ouvrages sur le mouvement Arts and Craft.

— Elle porte un nom ? Et qui l'a construite ?

— Elle s'appelle Meadowlark House. Conçue en 1896 par Peter Wyns.

— Ça alors ! Je l'ai vue en photo. Elle a été bâtie pour la famille Henderson, pas vrai ?

— Exactement. C'était un cadeau de mariage pour Mary Henderson et Dieter Bascombe. Mais ils ont divorcé et revendu au bout de deux ans.

— Une maison cossue, dis-moi.

— Ma famille *est* cossue. Elle l'assume difficilement, d'ailleurs.

— Des frères et sœurs ?

— Mark a vingt-deux ans, il termine sa préparation au droit à Harvard. Alicia a dix-sept ans, elle est en terminale. Elle joue du violoncelle.

Je flaire de l'affection pour la sœur, mais une certaine tiédeur vis-à-vis du frère.

— Tu n'es pas folle de ton frangin ?

— Mark est la copie conforme de mon père. Le genre de type qui adore gagner, et ferait tout pour avoir le dernier mot.

— Tu sais, j'ai toujours envié les gens qui ont des frères et sœurs, même s'ils ne s'apprécient pas des masses.

— Tu es fils unique ?

— Ouais. Mais je croyais que tu savais tout de moi.

— Je sais à la fois tout et rien. Je sais de quoi tu as l'air sans vêtements, mais jusqu'à cet après-midi j'ignorais ton nom de famille. Je savais que tu vivais à Chicago, mais je ne connaissais rien de ta famille, sinon que ta mère est morte dans un accident de voiture quand tu avais six ans. Je sais que tu es calé en art, et que tu parles français et allemand couramment. J'ignorais que tu étais bibliothécaire. Tu t'es arrangé pour que je ne puisse pas te retrouver dans le présent. Il fallait que la rencontre se produise au moment voulu. Et nous y sommes.

— Et nous y sommes... Eh bien, moi, ma famille n'est pas du genre huppé. Ce sont des musiciens. Mon père est Richard DeTamble et ma mère était Annette Lyn Robinson.

— La chanteuse ?

— Exact. Lui, il joue du violon. Au sein du Chicago Symphonic Orchestra. Hélas ! il n'a jamais percé comme ma mère. Dommage, car c'est un violoniste formidable. Mais après le décès de maman sa carrière a stagné.

L'addition arrive. Ni elle ni moi n'avons beaucoup mangé. J'ignore ce que Claire pense de son côté, mais à cet instant la nourriture est le cadet de mes soucis. Elle attrape son sac à main, mais je secoue la tête. C'est moi qui paie. On quitte le restaurant pour retrouver Clark Street et la belle nuit d'automne. Claire porte un truc sophistiqué en tricot bleu, avec une écharpe en fourrure ; j'ai oublié de prendre un pardessus et je grelotte.

— Tu habites où ? demande-t-elle.

Aïe.

— J'habite à deux pâtés de maisons d'ici, mais c'est minuscule et en foutoir. Et toi ?

— Roscoe Village, sur Hoyne Street. Mais j'ai une colocataire.

— Si tu viens chez moi, tu devras fermer les yeux et

compter jusqu'à mille. À moins que ta colocataire soit totalement dénuée de curiosité, et sourde.

— Tu rêves ! Je ne ramène jamais personne à la maison. Charisse te sauterait à la gorge et te planterait des lamelles de bambou sous les ongles pour te faire tout avouer.

— J'ai toujours rêvé de me faire torturer par une Charisse, figure-toi, mais je vois bien que tu ne partages pas ce fantasme. Alors viens donc visiter mes salons.

On repart vers le nord. Je m'arrête chez Clark Street Liquors pour acheter une bouteille de vin. Et c'est une Claire médusée que je retrouve dans la rue :

— Je croyais que tu ne devais pas boire ! s'écrie-t-elle.

— Ah bon ?

— Le Dr Kendrick était catégorique.

— C'est qui, lui ?

On avance lentement, car elle porte des chaussures peu commodes.

— C'est ton médecin ; un grand spécialiste de la chrono-déficience.

— Tu m'expliques ?

— Je n'y connais pas grand-chose. Le Dr David Kendrick est un généticien moléculaire qui a découvert – pardon, qui *va* découvrir pourquoi les gens souffrent de troubles chronologiques. C'est un truc génétique, il le met au jour en 2006. (Elle soupire.) J'imagine que c'est encore trop tôt. Tu m'as dit, une fois, que les chrono-déficients seraient plus nombreux d'ici à une dizaine d'années.

— Je ne connais personne d'autre qui présente cette... déficience.

— À mon avis, même si tu allais trouver le Dr Kendrick sur-le-champ, il ne pourrait rien pour toi. D'ailleurs, on ne se serait jamais connus, s'il en était capable.

— N'y pensons plus.

Nous voici dans le hall de l'immeuble. Claire me précède

dans le minuscule ascenseur. Je ferme la porte et appuie sur le onze. Claire sent un mélange de vieux vêtements, de savon, de sueur et de fourrure. Je respire profondément. La cabine s'immobilise à mon palier ; on s'en extirpe avant d'enfiler l'étroit couloir. Je tourne ma batterie de clefs dans les cent sept verrous et j'entrouvre la porte.

— Waouh ! Ça s'est drôlement dégradé pendant le dîner. Je vais devoir te bander les yeux.

Claire rigole tandis que je pose ma bouteille et retire ma cravate. Je la lui noue autour des yeux avec un nœud serré, puis j'ouvre la porte en grand, la guide à l'intérieur et l'assieds dans le fauteuil.

— C'est bon. Tu peux compter.

Elle s'exécute. Je cours dans tous les sens, ramassant par terre sous-vêtements et chaussettes, débarrassant les surfaces horizontales des cuillers et tasses que je jette dans l'évier. Claire en est à neuf cent soixante-sept quand je lui détache la cravate. J'ai rendu au canapé convertible son identité diurne de sofa, et je m'y laisse choir.

— Vin ? Musique ? Chandelles ?

— Oui, s'il te plaît.

Je me relève pour allumer des bougies. Cela fait, j'éteins le plafonnier ; les petites flammes font danser la pièce et tout reprend de l'allure. Je mets les roses dans de l'eau, retrouve mon tire-bouchon, ouvre la bouteille et remplis deux verres. Après réflexion je lance le CD publié par EMI de ma mère chantant des lieder de Schubert, et je baisse le volume.

Mon appartement consiste essentiellement en un divan, un fauteuil, et environ quatre mille livres.

— Comme c'est charmant... dit Claire.

Elle se relève pour s'installer sur le sofa. Je la rejoins. S'ensuit un moment des plus agréables, assis à nous regarder l'un l'autre. La lueur des chandelles vacille sur la chevelure de Claire. Elle tend le bras et me touche la joue.

— C'est bon de te revoir. Je commençais à me sentir seule.

Je l'attire vers moi. Nous nous embrassons. C'est un baiser très... compatible, le fruit d'une longue association, et je me demande ce que nous fabriquions au juste dans ce Pré si cher à Claire – mais je chasse vite cette pensée de ma tête. Nos lèvres se séparent ; d'ordinaire, à ce stade, je chercherais le moyen de percer diverses murailles de vêtements, mais au lieu de ça je me renverse sur le canapé, en attirant Claire dans mes bras. Sa robe en velours la rend glissante et elle se coule entre moi et le dossier du canapé telle une anguille de satin. L'accoudoir me plie la nuque ; Claire me fait face. Son long corps se presse contre le mien à travers les fines épaisseurs de tissu. Une partie de mon être brûle de bondir, de lécher et de plonger, mais je suis vanné et j'ai eu mon compte pour ce soir.

— Pauvre Henry...

— Pourquoi « Pauvre Henry » ? Je suis fou de bonheur !

Et c'est la vérité.

— Eh bien, je te balance toutes ces surprises comme si je lâchais des pierres.

Claire passe une jambe en travers de mon corps, se retrouvant assise pile au bout de ma queue. Cela capte mon attention d'une façon prodigieuse.

— Ne bouge pas, je lui dis.

— Comme tu voudras. Je trouve cette soirée très divertissante. Tu sais, « Savoir c'est pouvoir », tout ça... Et puis j'étais très curieuse de savoir où tu habitais, ce que tu portais, et comment tu gagnais ta vie.

— *Voilà*[1], je réponds en glissant mes mains sous sa robe, jusqu'en haut des cuisses.

---

1. Les mots en italique suivis d'un astérisque sont en français dans le texte original *(N.d.T.)*

Bas et porte-jarretelles. Cette fille est faite pour moi.

— Claire ?

— *Oui** ?

— Ça paraît un peu dommage de tout engloutir d'un seul coup. Je veux dire, un peu d'attente ne gâcherait rien.

Elle est confuse :

— Oh ! pardon ! Mais tu comprends, de mon côté, ça fait des années que j'attends. Et puis, c'est pas comme un gâteau : sitôt mangé, sitôt disparu.

— Alors on peut avoir le beurre *et* l'argent du beurre ?

— C'est aussi ma devise.

Elle décoche un petit rire espiègle et remue son bassin d'avant en arrière, deux ou trois coups. Résultat : je présente une érection assez grande pour prendre les pires manèges de n'importe quel parc d'attractions sans escorte parentale.

— Tu parviens facilement à tes fins, pas vrai ?

— Toujours, avoue-t-elle. Je suis monstrueuse. Sauf que jusqu'ici mes cajoleries ne te faisaient ni chaud ni froid. Si tu savais comme j'ai souffert avec ton régime de verbes français et de jeu de dames !

— Bah ! je me consolerai en songeant que le futur moi aura au moins quelques armes de séduction. Et tu fais ça à tous les garçons ?

Claire est offensée. Je ne vous dis pas comment.

— Jamais je ferais ça avec des *garçons* ! D'où sors-tu cette vilaine idée ? (Elle déboutonne ma chemise.) Bon sang, tu es tellement... jeune.

Elle me pince les tétons. Fort. Au diable la vertu ! J'ai pigé le fonctionnement de sa robe.

Le lendemain matin

Claire : Je me réveille sans savoir où je suis. Un plafond inconnu. Des bruits de circulation au loin. Des rayons de livres. Un fauteuil bleu avec ma robe en velours jetée en travers et, drapée sur celle-ci, la cravate d'un homme. Puis la mémoire me revient. Je tourne la tête et je découvre Henry. Si simple, comme si j'avais derrière moi la pratique de toute une vie. Il dort abandonné, contorsionné en une position improbable, pareil à un naufragé échoué sur une plage, un bras sur les yeux pour bloquer le jour, ses longs cheveux noirs étalés sur l'oreiller. Si simple. Nous voilà réunis. Ici et maintenant. Maintenant, enfin.

Je m'extirpe du lit – lequel sert également de canapé – avec précaution. Les ressorts grincent quand je me lève. L'espace est étroit entre le lit et les étagères, aussi je me faufile au milieu jusqu'à atteindre le couloir. La salle de bains est minuscule. Je me sens telle Alice au pays des merveilles : gigantesque, et obligée de passer le bras par la fenêtre juste pour pouvoir pivoter sur moi-même. Le petit radiateur orné diffuse sa chaleur en cliquetant. Après avoir uriné, je me lave les mains et le visage. Je remarque alors la présence de deux brosses à dents dans le verre en porcelaine blanche.

J'ouvre l'armoire à pharmacie. Des rasoirs, de la mousse à raser, du bain de bouche, des comprimés de Tylenol, de l'après-rasage, une bille bleue, un cure-dents et du déodorant s'alignent sur la tablette du haut. Sur celle du bas, de la crème pour les mains, des tampons, un étui à diaphragme, du déodorant, un rouge à lèvres, un flacon de multivitamines et une gelée spermicide. Le rouge à lèvres est très sombre.

Je reste plantée là, le bâton à la main. J'éprouve un léger malaise. Je me demande à quoi elle ressemble, comment elle s'appelle. Et depuis combien de temps ils sortent ensemble. Assez longtemps, je présume. Je replace le tube sur la planchette, ferme l'armoire. Je m'aperçois dans la glace : le teint pâle, les mèches qui volent en tous sens. *En tout cas, qui que tu sois, il faut compter avec moi désormais. Tu fais peut-être partie du passé d'Henry, mais je suis son futur.* Je me souris. Mon reflet me renvoie une grimace. Je décroche le peignoir en éponge blanc d'Henry de derrière la porte. Un déshabillé en soie bleu pâle est suspendu en dessous. Sans aucune raison, enfiler son peignoir me rassérène.

Je regagne le salon où Henry est encore endormi. Je récupère ma montre sur le rebord de la fenêtre et constate qu'il n'est que 6 h 30. Trop fébrile pour aller me recoucher, je me dirige vers la kitchenette en quête de café. Les plans de travail, la cuisinière sont couverts de piles d'assiettes, de magazines et autres publications. Jusqu'à une chaussette qui a atterri dans l'évier. Je devine alors qu'il a dû tout bonnement transvaser son fouillis dans la cuisine, pêle-mêle. Je me l'étais toujours figuré comme quelqu'un de très ordonné. À présent, il me paraît clair qu'il appartient à cette catégorie de gens soucieux de leur apparence, mais secrètement coupables de laisser-aller pour ce qui est du reste. Je déniche le café dans le frigo, puis la cafetière que je mets en route. En attendant que le café soit prêt, j'inspecte la bibliothèque d'Henry.

Voilà l'homme qui m'est familier. *Élégies et Chansons et Sonnets* de Donne, *Docteur Faust* de Christopher Marlowe. *Le Festin nu.* Anne Bradstreet, Emmanuel Kant. Barthes, Foucault, Derrida. *Chants d'innocence et d'expérience* de Blake. *Winnie l'Ourson. L'Alice annoté.* Heidegger. Rilke. *Tristram Shandy. Wisconsin Death Trip.* Aristote. L'évêque Berkeley. Andrew Marvell. *Hypothermie, gelures et autres lésions provoquées par le froid.*

Le lit grince, je sursaute. Henry se redresse et plisse les yeux vers moi dans la clarté matinale. Il est si jeune, si « pré-Henry ». Il ignore encore tout de moi. Soudain, j'ai peur qu'il ait oublié qui je suis.

— Tu sembles frigorifiée, remarque-t-il. Viens te recoucher, Claire.

— J'ai préparé du café.

— Mmmm ! L'odeur flotte jusqu'ici. Mais d'abord approche-toi. Que je te dise bonjour.

Je grimpe sur le lit, toujours vêtue de son peignoir. Au moment de glisser sa main sous le tissu, il s'immobilise, l'espace d'un instant, et je lis sur son visage qu'il a inventorié en pensée le contenu de sa salle de bains et établi le lien vis-à-vis de moi.

— Tu es contrariée ? demande-t-il.

J'hésite.

— Oui. Tu es contrariée. Bien sûr.

Il s'assied et je l'imite. Il tourne la tête vers moi pour me regarder.

— Notre histoire était presque terminée de toute façon.

— Presque ?

— J'avais l'intention de rompre avec elle. C'est juste mal tombé. Ou bien, je n'en suis pas sûr.

Il s'applique à déchiffrer mon expression, à la recherche de quoi ? Mon pardon ? Il n'est en rien fautif. Comment aurait-il pu se douter ?

— D'une certaine manière, nous nous torturons l'un l'autre depuis longtemps...

Il parle de plus en plus vite avant de s'interrompre.

— Tu veux que je continue ?

— Non.

— Merci. (Il passe ses mains sur son visage.) Désolé. Je n'avais aucune idée que tu débarquerais comme ça. J'aurais fait un peu mieux le ménage sinon. Dans ma vie, j'entends, pas seulement dans l'appartement.

Je remarque une trace de rouge à lèvres sous son oreille et je tends le bras pour l'effacer. Il s'empare de ma main, la garde dans la sienne.

— Je suis très différent ? De ce que tu avais imaginé ? s'enquiert-il avec appréhension.

— Oui... tu es plus...

Égoïste, me traverse l'esprit, mais j'articule :

— ... jeune.

Il médite là-dessus.

— C'est une bonne ou une mauvaise chose ?

— C'est différent.

Je promène les mains sur ses épaules et le long de son dos, massant les muscles, explorant les creux.

— Est-ce que tu as eu l'occasion de te voir à la quarantaine ?

— Oui. J'ai l'air d'avoir été lessivé et essoré.

— Exact. Mais tu es moins... ou plutôt tu es plus... Enfin, tu me connais vraiment, donc...

— Tu es en train d'insinuer que tu me trouves un peu gauche ?

Je secoue la tête, bien que ce soit exactement mon sentiment.

— C'est juste que j'ai vécu toutes ces expériences et que toi... Je n'ai pas l'habitude d'être avec toi sans que tu te souviennes de quoi que ce soit.

— Je regrette, rétorque-t-il, la mine assombrie. Mais cet Henry-là n'existe pas encore. Reste en ma compagnie et il finira par apparaître tôt ou tard. Je ne peux rien te proposer de mieux, malheureusement.

— Proposition honnête, j'acquiesce. Toutefois, d'ici là...

— D'ici là ? répète-t-il en pivotant pour capter mon regard.

— J'aimerais...

— Oui ?

Je rougis. Henry sourit et me pousse doucement sur les oreillers.

— Tu sais !

— Je ne sais pas grand-chose, mais je suis quand même capable de me livrer à une ou deux déductions.

Plus tard, nous somnolons, réchauffés par le pâle soleil de milieu de matinée, peau contre peau, lorsque Henry prononce dans ma nuque des mots que je ne saisis pas.

— Quoi ?

— Je me disais que je me sentais en paix ici avec toi. C'est agréable d'être simplement allongé là avec la certitude que l'avenir est en quelque sorte tracé.

— Henry ?

— Mmmm ?

— Pourquoi tu ne t'es jamais révélé mon existence ?

— Oh ! C'est contre mes principes.

— Lesquels ?

— Je ne me donne aucune information à l'avance sauf s'il s'agit d'un cas de force majeure, une question de vie ou de mort, tu comprends ? Je m'efforce de vivre comme tout le monde. Je supporte déjà assez mal ma propre présence, alors je m'arrange pour ne pas m'immiscer dans mes affaires à moins de ne pas avoir d'autre choix.

— Je ne me cacherais rien, décrété-je, après avoir réfléchi un moment.

— Je suis persuadé du contraire. Cela compliquerait beaucoup trop les choses.

— J'essayais toujours de te tirer les vers du nez.

Je roule sur le dos, Henry se soulève sur un coude et me contemple. Nos visages ne sont séparés que par quelques centimètres. Bavarder comme nous le faisons est étrange : même si notre conversation ne diffère quasiment en rien de celles que nous avons toujours eues, la proximité physique rend toute concentration difficile.

— Est-ce que je me confiais à toi ? m'interroge-t-il.

— Parfois. Quand tu en avais envie ou que tu y étais contraint.

— Par exemple ?

— Ah ! tu vois ! Tu es dévoré par la curiosité. Mais je serai muette comme une tombe.

— Je ne l'ai pas volé, rit-il. Hé ! je suis affamé. Sortons prendre le petit déjeuner.

Dehors, l'air est froid. Les voitures et les cyclistes circulent le long de Dearborn Street tandis que des couples flânent sur les trottoirs. Nous nous mêlons à eux, par cette matinée ensoleillée, main dans la main, enfin réunis au grand jour. J'éprouve une petite pointe de regret, l'impression d'avoir été dépossédée d'un secret, aussitôt suivie d'une bouffée d'allégresse : tout commence maintenant.

UN DÉBUT À TOUT

Dimanche 6 juin 1968

HENRY : La première fois, ce fut magique. Comment aurais-je pu savoir ce que cela impliquait ? Pour mon cinquième anniversaire, nous étions allés au Muséum d'histoire naturelle Field. De mémoire, je n'y avais encore jamais mis les pieds. Toute la semaine mes parents m'avaient ressassé toutes les merveilles qu'on voyait là-bas – les éléphants empaillés de la grande galerie, les squelettes de dinosaures, les dioramas sur les hommes des cavernes. Maman rentrait tout juste de Sydney, et elle m'avait rapporté un gigantesque papillon d'un bleu sublime, *Papilio ulysseo*, monté dans un cadre garni de coton. Je l'approchais de mon visage, si près que je ne voyais plus que ce fameux bleu. Cela m'emplissait d'un certain sentiment, un sentiment que je poursuivrais plus tard dans l'alcool, et que je finirais par retrouver auprès de Claire ; un sentiment d'unité, d'oubli, d'insouciance au sens le plus noble du terme. Mes parents décrivaient des vitrines et des vitrines de papillons, de colibris, de scarabées. Je me suis réveillé avant l'aube tellement j'étais excité. Alors j'ai enfilé mes chaussures de gym, attrapé mon *Papilio ulysseo*, puis traversé le jardin et descendu les marches menant à la rivière. Assis sur la berge, en pyjama, j'ai regardé le jour se lever. Une famille de canards est venue nager dans les parages, et un raton laveur est apparu sur la rive d'en face ; il m'a regardé d'un air intrigué avant d'avaler son petit déjeuner. Possible que je me sois endormi. J'ai entendu maman m'appeler, alors à toutes jambes j'ai repris les escaliers, rendus glissants par la rosée, en veillant à ne pas lâcher mon papillon. Maman n'appréciait pas que je sois descendu à la rivière tout seul, mais elle n'a pas fait trop d'histoires, étant donné mon anniversaire et tout ça.

Ni l'un ni l'autre ne travaillaient ce soir-là, alors mes vieux ont pris leur temps pour s'habiller. Étant prêt bien avant eux, je me suis assis sur leur lit et j'ai fait semblant de lire une partition. C'est vers cette époque que mes musiciens de parents ont compris que leur seul et unique rejeton n'avait pas l'oreille musicale. Ce n'était pas faute d'essayer, mais j'étais tout bonnement incapable d'entendre ce qu'eux entendaient dans un morceau. J'aimais la musique, mais je pouvais à peine reproduire une mélodie. Et si je savais lire le journal à l'âge de quatre ans, une partition restait à mes yeux de jolis gribouillis noirs. Mais mes parents ne désespéraient pas de me découvrir des aptitudes cachées : en me voyant ouvrir la partition, maman s'est assise à côté de moi pour m'aider à déchiffrer. L'instant d'après elle chantait, je l'accompagnais d'affreux miaulements et de claquements de doigts; on se gondolait et elle me chatouillait. Papa est sorti de la salle de bains avec une serviette autour de la taille, il s'est mis de la partie, et l'espace de quelques divines minutes ils ont chanté ensemble, et papa m'a pris dans ses bras et ils ont dansé à travers la chambre, me pressant entre leurs corps. Puis le téléphone a sonné et la scène s'est dissoute. Maman est allée répondre, et papa m'a reposé sur le lit pour s'habiller.

Ils furent enfin prêts. Ma mère avait mis une robe rouge sans manches et des sandalettes, avec vernis à ongles assorti sur les mains et les pieds. Papa resplendissait dans son pantalon bleu marine et sa chemisette blanche, offrant un fond discret à l'extravagance de maman. On s'est empilés dans la voiture. Comme d'habitude, j'avais toute la banquette arrière pour moi, alors je me suis allongé pour voir défiler les hauts immeubles de Lake Shore Drive.

— Relève-toi, Henry, dit maman. On est arrivés.

Je me suis redressé et j'ai regardé le Muséum.

Jusque-là j'avais passé mon enfance trimballé dans les capitales européennes, aussi le Muséum Field convint-il à l'idée que je me faisais d'un musée, même si sa façade de pierre à coupole n'avait rien d'exceptionnel. Dimanche oblige, on a eu du mal à se garer, mais on a fini par trouver une place, après quoi on a longé le lac en croisant des bateaux, des statues et d'autres gamins excités. Puis on a franchi les épaisses colonnes et pénétré dans le muséum.

Et là, j'ai été un gosse heureux.

Ici la nature entière était capturée, étiquetée, disposée selon une logique qu'on aurait crue dictée par Dieu tant elle semblait intemporelle, par un Dieu qui aurait perdu les plans originaux de la Création et chargé le Muséum Field de Lui donner un coup de main pour garder trace de l'ensemble. Pour le gamin de cinq ans que j'étais, le gamin qu'un simple papillon comblait d'extase, traverser le Muséum Field c'était parcourir l'Eden et voir tout ce qui s'y passait.

On en a vu ce jour-là : des papillons, bien entendu, par vitrines entières, venus du Brésil, de Madagascar – il y avait même un frère de mon papillon bleu d'Australie. Le Muséum était sombre, froid et vieux, ce qui renforçait cette impression de trêve, de suspension du temps et de la mort. On a vu des cristaux et des couguars, des rats musqués et des momies, des fossiles et encore des fossiles. On a pique-niqué sur la pelouse du Muséum, avant de s'y replonger pour rendre visite aux alligators et aux néandertaliens. Sur la fin je tenais à peine debout tant j'étais lessivé, mais je ne pouvais me résoudre à partir. Les gardiens sont arrivés et nous ont gentiment rabattus vers les portes ; j'ai lutté pour ne pas pleurer, mais entre l'épuisement et l'envie, c'était perdu d'avance. Papa m'a pris dans ses bras, et on a regagné la voiture. Je me suis endormi sur la banquette. À mon réveil on était rentrés, et c'était l'heure du dîner.

On a mangé en bas, dans l'appartement des époux Kim, nos propriétaires. M. Kim était un homme compact et bourru qui semblait m'apprécier mais parlait très peu. Quant à Mme Kim (Kimy pour les intimes), c'était ma copine, ma baby-sitter coréenne férue de cartes. Je passais l'essentiel de mes heures éveillées en sa compagnie. Si ma mère n'avait rien d'une cuisinière, Kimy vous réussissait n'importe quoi, du soufflé au *bi bim bop*. Ce soir-là, pour mon anniversaire, c'était pizza et gâteau au chocolat.

On a mangé. Tout le monde a chanté *Joyeux Anniversaire* et j'ai soufflé les bougies. Je ne me souviens plus du vœu. J'ai eu le droit de me coucher plus tard que d'habitude, parce que j'étais encore sous le charme de toutes les choses qu'on avait vues, et parce que j'avais fait une grosse sieste avant le repas. En pyjama, je suis passé sur le porche de derrière avec maman, papa, M. et Mme Kim, pour boire de la limonade et admirer le bleu du crépuscule, écouter les cigales et les bruits de télé provenant des autres appartements. Puis papa a fini par dire : « C'est l'heure d'aller au lit, Henry. » Je me suis brossé les dents, j'ai récité mes prières et je me suis couché. J'étais crevé mais je n'avais pas sommeil. Papa m'a lu des histoires un certain temps puis, voyant que je gardais les yeux ouverts, les parents ont éteint la lumière, laissé la porte entrouverte et gagné le salon. Le marché était le suivant : ils joueraient pour moi aussi longtemps que je voudrais, à condition que je reste sagement au lit. Alors maman s'est installée au piano, papa a sorti son violon, et ils ont joué et chanté un bon moment. Des berceuses, des lieder, des nocturnes ; de la musique douce pour calmer le petit diablotin dans sa chambre. Pour finir, maman est venue voir si j'étais endormi. Je devais avoir l'air minuscule et méfiant dans mon petit lit, une petite bête nocturne en pyjama.

— Tu ne dors pas, mon bébé ?

J'ai secoué la tête.

— Papa et moi on va se coucher. Tout va bien ?

J'ai répondu oui et elle m'a fait un câlin.

— C'était drôlement intéressant, le Muséum, hein ?

— On peut y retourner demain ?

— Pas demain, mais on y retournera très vite, d'accord ?

— D'accord.

— Bonne nuit. (Elle laissa la porte ouverte et éteignit dans le couloir.) Ne te perds pas au fond du lit...

J'ai entendu de petits bruits, l'eau qui coule, la chasse d'eau. Puis ce fut le silence complet. Je me suis relevé pour m'agenouiller à la fenêtre. Je voyais de la lumière dans la maison voisine, j'ai entendu passer une voiture avec la radio à fond. Je suis resté là un moment, à tâcher de trouver le sommeil, puis je me suis mis debout et tout a basculé.

Samedi 2 janvier 1988, 4 h 3 / dimanche 16 juin 1968, 22 h 46
(Henry a vingt-quatre et cinq ans)

HENRY : Il est 4 h 3, par un froid matin de janvier, et je rentre seulement à la maison. Je suis allé danser et je ne suis qu'à moitié soûl mais complètement vanné. Comme je me débats avec mes clefs dans le hall lumineux, je tombe à genoux, pris de vertiges et de nausée, puis soudain je suis dans le noir, en train de vomir sur un carrelage. Je lève la tête, j'avise les lettres rouges d'un néon SORTIE, et à mesure que ma vue s'accommode je découvre des tigres, des hommes des cavernes munis de longues lances, leurs femmes vêtues de peaux stratégiquement pudiques, des chiens voraces. Mon cœur s'emballe et pendant un long moment embrumé d'alcool je me dis : « Putain de merde, j'ai refait tout le trajet jusqu'à l'âge de pierre », avant de songer que les panneaux lumineux SORTIE ont tendance à se regrouper au XXe siècle. Je me lève, tremblant, et m'aventure vers la porte ; le carrelage est glacé sous mes pieds nus, j'ai la chair de poule et les poils hérissés. Il règne un silence de mort. L'air est moite à cause de la clim. J'atteins l'entrée et scrute la pièce suivante. Elle est remplie de vitrines ; à travers les hautes fenêtres, la lumière blanche des réverbères révèle des milliers de scarabées. Dieu soit loué, je suis au Muséum Field. Je m'immobilise et inspire profondément, tâchant de m'éclaircir les idées. Quelque chose fait tilt dans ma cervelle ramollie, et j'essaie de mettre le doigt dessus. Je suis censé faire quelque chose. Ah oui ! Mon cinquième anniversaire... Il y avait quelqu'un, et je suis sur le point de devenir ce quelqu'un... J'ai besoin de fringues. Et comment.

Je m'élance tel un scarabée traqué dans le long couloir qui coupe en deux le premier étage, et prends l'escalier ouest jusqu'au rez-de-chaussée, heureux de me retrouver dans l'ère pré-détecteurs de mouvement. Les grands éléphants me toisent méchamment dans le clair de lune ; je leur fais un signe tout en me dirigeant vers la petite boutique de souvenirs, à droite de l'entrée principale. J'examine la marchandise et tombe sur quelques articles précieux : un coupe-papier décoratif, un marque-page métallique frappé du logo du musée, et deux tee-shirts ornés de dinosaures. Les verrous des vitrines sont une plaisanterie ; je les fais sauter à l'aide d'une pince à cheveux trouvée à côté de la caisse, et je me sers. Une bonne chose de faite. Je reprends l'escalier, jusqu'au second. Nous voici alors dans le « grenier » du Muséum, avec les labos. C'est ici que le personnel a ses bureaux. Je déchiffre les noms sur les portes, mais aucun ne m'évoque quoi que ce soit. De guerre lasse, j'en choisis un au hasard et fais glisser mon marque-page le long de la serrure, jusqu'à ce que le pêne recule. Je me glisse à l'intérieur.

L'occupant de cette pièce est un certain V.M. Williamson, et c'est un type très bordélique. La pièce est couverte de paperasse et de gobelets de café, les cendriers débordent. Il y a un squelette de serpent semi-articulé sur le bureau. Je retourne la pièce à la recherche de vêtements, mais en vain. Le bureau suivant appartient à une femme, J.F. Bettley. La chance me sourit à la troisième tentative. D.W. Fitch possède un costume complet, soigneusement suspendu au porte-manteau, et il me va plutôt bien, quoique un peu court de manches et large d'encolure. Je passe la veste par-dessus le tee-shirt dinosaure. Pas de chaussures, mais j'ai l'air correct. D.W. garde aussi dans un tiroir un paquet entier de biscuits fourrés Oreo, béni soit-il. Je le rafle et quitte la pièce, en refermant avec précaution.

J'étais où, quand je me suis vu ? Je ferme les yeux et la fatigue m'étreint, me caresse de ses doigts endormeurs. Je suis presque dans les bras de Morphée, mais je me ressaisis et ça me revient : la silhouette d'un homme qui court, dans le contre-jour des portes du Muséum. Il faut regagner la Grande Galerie.

Quand j'arrive là-bas, tout est calme et silencieux. Je marche au milieu de la salle, tâchant de renouveler ma vision des portes, puis je m'assieds près du vestiaire, afin d'entrer côté cour. J'entends le sang affluer dans mes tempes, le bourdonnement de l'air conditionné, le souffle des voitures filant sur Lake Shore Drive. J'avale dix Oreo, lentement, en les ouvrant pour racler la garniture avec mes incisives, avant de grignoter les disques au chocolat pour qu'ils durent plus longtemps. Je n'ai aucune idée de l'heure, ni du temps que je vais devoir attendre. Je suis quasi dessoûlé, maintenant, et relativement alerte. Le temps s'écoule, rien ne se passe. Enfin j'entends un bruit sourd, une respiration. Silence.

J'attends. Je me lève et m'avance à pas de loup dans la galerie, traversant lentement la lumière qui zèbre les dalles de marbre. Je me plante entre les portes et lance à mi-voix : « Henry ».

Rien. Brave petit, prudent et discret. J'essaie à nouveau.

— Tout va bien, Henry. Je suis ton guide, je suis là pour te montrer les lieux. C'est une visite spéciale. N'aie pas peur, Henry. (J'entends un bruit léger, imperceptible.) Je t'ai apporté un tee-shirt, Henry. Pour que tu n'aies pas froid pendant qu'on regardera les collections. (Maintenant je le distingue, tapi dans le dernier carré d'ombre.) Tiens, attrape.

Je lui lance le tee-shirt, qui disparaît, puis le garçon vient dans la lumière. Le tee-shirt lui arrive aux genoux. C'est moi, à cinq ans, avec mes épis bruns, pâle comme la lune, des yeux marron presque slaves, maigrelet, ingénu. À cinq ans je nage dans le bonheur, bercé par la normalité et les bras de mes parents. Mais tout va changer, à partir de maintenant.

Je m'approche lentement, me penche sur lui, lui parle avec douceur.

— Bonjour. Je suis content de te voir, Henry. Merci d'être venu ce soir.

— Où on est ? Et t'es qui ?

Il s'exprime d'une voix fluette, qui se réverbère un peu sur la pierre froide.

— On se trouve au Muséum Field. On m'a envoyé ici pour te montrer certaines choses que tu ne peux pas voir le jour. Je m'appelle Henry, comme toi. C'est marrant, non ?

Il hoche la tête.

— Tu veux des biscuits ? J'adore en manger quand je visite un musée. Comme ça tous les sens sont stimulés.

Je lui tends le paquet d'Oreo. Il hésite, se demande s'il doit. Il a faim mais ne sait combien en prendre sans paraître mal élevé.

— Sers-toi comme tu veux. J'en ai déjà mangé dix, alors

t'as de la marge. (Il en prend trois.) Il y a quelque chose que tu souhaites voir en premier ? (Il secoue la tête.) Tu sais quoi ? On va commencer par le second étage. C'est là qu'ils rangent tout ce qui n'est pas exposé. D'accord ?

— D'accord.

On traverse l'obscurité, on enfile l'escalier. Il ne marche pas très vite, alors je me cale sur son pas.

— Où est maman ? demande-t-il.

— À la maison, elle dort. C'est une visite spéciale, rien que pour toi, car c'est ton anniversaire. Et puis, les grands ne font pas ce genre de choses.

— T'es pas un grand, toi ?

— Je suis un grand très spécial. Mon boulot, c'est de vivre des aventures. Alors dès que j'ai entendu que tu voulais revenir au Muséum Field sur-le-champ, j'ai sauté sur l'occasion de te montrer les lieux.

— Mais je suis venu ici comment ?

Il s'arrête en haut des marches et me regarde, l'air complètement perdu.

— Ça, c'est un secret. Si je te le dis, tu dois jurer de ne rien raconter à personne.

— Pourquoi ?

— Parce que personne ne te croirait. Tu peux en parler à maman, ou à Kimy si tu veux, mais c'est tout. Compris ?

— Compris...

Je m'agenouille devant lui, moi dans toute mon innocence, et je le regarde droit dans les yeux.

— Croix de bois, croix de fer ?

— Oui, oui...

— D'accord. Alors je t'explique : tu as voyagé dans le temps. Tu étais dans ta chambre et tout à coup, pfuit ! tu es ici, et il est un peu plus tôt dans la soirée, ce qui nous laisse plein de temps pour tout admirer avant que tu rentres. (Il se tait, perplexe.) C'est compréhensible, ce que je te dis là ?

— Mais... Pourquoi ?

— Ça, je ne l'ai pas encore découvert. Mais je te préviendrai dès que je saurai. En attendant, on ferait mieux d'avancer. Un biscuit ?

Il en pioche un et nous descendons lentement le couloir. Je décide d'expérimenter :

— Essayons celle-ci.

Je glisse le marque-page dans la fente du numéro 306 et la porte cède. Quand j'allume, le sol est couvert de pierres grosses comme des citrouilles, pleines ou sectionnées, rugueuses à l'extérieur, l'intérieur veiné de métal.

— Regarde un peu, Henry. Des météorites.

— C'est quoi, des météorites ?

— Des pierres qui tombent de l'espace. (Il me regarde comme si c'était moi l'extraterrestre.) On essaie une autre porte ?

Il opine.

Je referme la pièce aux météorites et j'essaie la porte d'en face. Cette salle-ci est pleine d'oiseaux. Des oiseaux en vol simulé, des oiseaux perchés à jamais sur des branches, des têtes d'oiseaux, des peaux d'oiseaux. Il y a des tiroirs par centaines. J'en ouvre un, qui renferme une dizaine d'éprouvettes, contenant chacune un minuscule oiseau noir et or, avec son nom attaché à la patte. Henry ouvre des yeux grands comme des soucoupes.

— Tu veux en toucher un ?

— Oui, oui.

J'ôte la boule de coton qui ferme le tube et secoue le chardonneret. Il atterrit dans ma paume en gardant la forme de l'éprouvette. Henry lui caresse la tête, avec tendresse.

— Il dort ?

— Plus ou moins.

Ma réponse évasive me vaut un regard sévère, méfiant.

Je remets l'oiseau dans le tube de verre, replace le bouchon de coton, range l'éprouvette et referme le tiroir. Je suis recru de fatigue. Le seul mot « sommeil » est un charme, une tentation. Je précède le petit Henry dans le couloir, et soudain je me rappelle ce que j'avais adoré cette nuit-là quand j'étais gosse.

— Eh ! Henry ! Allons à la bibliothèque.

Il hausse les épaules. Je marche, nettement plus vite, et il me suit en courant. La bibliothèque se trouve au second étage, dans la partie est du bâtiment. Une fois que nous sommes arrivés, je reste planté une bonne minute devant les verrous. Henry me regarde, comme pour dire : « T'es bien avancé. » Je fouille mes poches et trouve le coupe-papier. Je parviens à virer le manche en bois et, oh ! la belle pointe métallique que voilà. Je l'enfonce à moitié dans la serrure et j'explore. J'entends sauter les pistons, et quand le dernier cède j'enfonce la tige jusqu'au bout. J'utilise mon marque-page pour l'autre serrure et hop ! Sésame, ouvre-toi !

Mon compagnon exprime enfin l'admiration que je mérite :

— Comment t'as fait ça ?

— C'est pas bien difficile. Je te montrerai une prochaine fois. *Entrez* !*

Je lui tiens la porte et il s'avance. J'allume, et la salle de lecture prend vie. De lourdes tables et chaises, une moquette bordeaux, un guichet des références aussi gigantesque qu'intimidant. La bibliothèque du Muséum Field n'est pas conçue pour séduire les gamins de cinq ans. C'est une bibliothèque réservée aux chercheurs et aux étudiants. La salle est bordée de rayonnages, mais ils contiennent essentiellement des revues scientifiques de l'époque victorienne dans des reliures de cuir. Le livre que je cherche est isolé dans une immense vitrine en chêne au centre de la pièce. Je crochète la serrure avec mon épingle à cheveux et j'ouvre la porte vitrée. Sérieusement, le Muséum Field devrait davantage se soucier de sa sécurité. Mais ma conscience ne proteste pas outre mesure ; après tout, je suis un vrai bibliothécaire, je n'arrête pas de faire des animations à Newberry. Je passe derrière le guichet, dégote un bout de feutrine et des patins d'appui que je dispose sur la table la plus proche. Puis je referme le livre et le transfère délicatement de la vitrine vers la feutrine. Je tire une chaise.

— Tiens, monte là-dessus, tu verras mieux.

Henry grimpe et j'ouvre le livre.

Il s'agit des *Oiseaux d'Amérique* d'Audubon, le merveilleux, luxueux ouvrage au format grand aigle, presque aussi grand que le jeune moi. Cet exemplaire est le plus beau qui existe, et que d'après-midi pluvieux j'ai passés à l'admirer ! Je l'ouvre à la première planche. Henry me regarde en souriant.

— Huard commun, lit-il. On dirait un canard.

— Ouais, c'est vrai. Tiens, je parie que je devine ton oiseau préféré !

Il secoue la tête, amusé. J'insiste :

— Qu'est-ce qu'on parie ?

Il baisse les yeux sur son tee-shirt T-Rex et hausse les épaules. Je sais ce qu'il éprouve.

— On n'a qu'à faire comme ça : si je devine, tu gagnes un biscuit, et si je me trompe tu gagnes un cookie.

Il examine la proposition et conclut que c'est un pari sûr. Je me rends à la page *Flamant rose*. Henry éclate de rire.

— J'ai bon ?

— Oui !

Facile d'être omniscient quand on a déjà vécu les choses.

— Bon, voilà ton biscuit. Et j'en prends un aussi parce que j'ai gagné mon pari. Mais on les mangera quand on aura fini de regarder le livre. Faudrait pas mettre plein de miettes sur les oiseaux bleus, pas vrai ?

— Ouais !

Il pose son Oreo sur l'accoudoir de la chaise et on reprend depuis le début, en tournant lentement les pages. Chaque spécimen est tellement plus vivant que les vraies bestioles fourrées dans les tubes là-haut.

— Voici le grand héron bleu. Il est vraiment très grand, plus grand qu'un flamant rose. Tu as déjà vu un colibri ?

— J'en ai vu aujourd'hui !

— Ici, au Muséum ?

— Oui, oui.

— Alors attends un peu d'en voir un dehors. C'est comme un mini-hélicoptère, ses ailes battent si vite qu'on voit juste une sorte de traînée floue...

On tourne chaque page comme on fait un lit : une immense surface de papier s'élève peu à peu avant de retomber. Henry est très concentré, il guette chaque nouvelle merveille, pousse de petits bruits ravis devant la grue cendrée, la foulque américaine, le grand pingouin, le pic à chapeau... Parvenu à la dernière planche – le bruant des neiges –, il s'allonge et touche la page, palpe délicatement la gravure. Je le regarde, regarde le livre. Je me souviens, de ce livre, de ce moment. Le premier livre que j'ai aimé ? Je voulais m'y glisser pour dormir.

— Tu es fatigué ?

— Oui.

— Tu veux y aller ?

— D'accord.

Je referme *Les Oiseaux d'Amérique*, le rends à son abri de verre, ouvert à la page *Flamant rose*. Je referme la vitrine, la verrouille. Henry saute à bas de son fauteuil et déguste son Oreo. Je rapporte la feutrine derrière le bureau et range la chaise. Henry éteint la lumière et on quitte la bibliothèque.

On musarde, bavardant gentiment de choses qui volent et de choses qui rampent, tout en dégustant nos biscuits. Henry me parle de maman, de papa et de Mme Kim, qui lui apprend à faire des lasagnes, et puis de Brenda, que j'avais complètement oubliée, ma meilleure copine jusqu'à ce que sa famille déménage à Tampa, en Floride, dans environ trois mois à compter d'aujourd'hui. Nous sommes arrêtés devant Bushman, le légendaire gorille à dos argenté, dont la majesté nous toise du haut de son piédestal en marbre, dans une galerie du rez-de-chaussée, quand soudain Henry pousse un cri et chute en avant, le bras tendu vers moi. Je l'attrape, et il a disparu. Le tee-shirt n'est plus qu'un vêtement chaud et vide entre mes mains. Je soupire, avant de remonter, seul, pour contempler quelques instants les momies. Le jeune moi sera rentré, à l'heure qu'il est. Il est en train de regagner son lit. Je me souviens, je me souviens. Je me suis réveillé le lendemain après avoir fait un merveilleux rêve. Maman a ri, en disant que voyager dans le temps avait l'air drôlement sympa, et qu'elle aimerait bien essayer elle aussi.

C'était la première fois.

PREMIER RENDEZ-VOUS, II

Vendredi 23 septembre 1977
(Henry a trente-six ans, Claire six)

Henry : Je suis dans le Pré, et j'attends. J'attends en léger retrait de la clairière, tout nu, n'ayant pas trouvé les habits que Claire me laisse d'ordinaire sous une pierre – ni les habits ni la boîte. C'est une chance qu'il fasse beau. Un début septembre, je dirais, d'une année non identifiée. Je m'accroupis dans l'herbe haute et je cogite. Le fait qu'il manque la boîte signifie que je débarque dans une époque antérieure à ma rencontre avec Claire. Si ça se trouve, elle n'est même pas née. Ça m'est déjà arrivé, et Dieu que c'est pénible. Claire me manque et je reste caché dans le Pré, n'osant m'exhiber à poil dans le voisinage de sa famille. Je pense avec regret aux pommiers qui peuplent l'ouest du Pré. À cette période de l'année, le sol doit être couvert de pommes, petites, acides et croquées par les cerfs, mais mangeables. J'entends claquer la moustiquaire de l'entrée. Je sors la tête des broussailles. Un enfant se met à gambader, et à mesure qu'il se rapproche dans le chemin, à travers l'herbe ondoyante, mon cœur se serre, et Claire surgit dans la clairière.

Elle est très jeune. Insouciante. Seule. En uniforme d'écolière, robe-chasuble vert mousse, chemisier blanc, chaussettes et mocassins, munie d'un un sac de shopping Marshall Field et d'un drap de plage. Elle étend la serviette par terre et y déverse son attirail : tous les types d'instruments d'écriture imaginables. De vieux stylo-billes, de petits crayons boudinés provenant de la bibliothèque, des pastels, des marqueurs qui puent, un stylo-plume. Elle possède aussi tout un stock de papier à en-tête paternel. Elle ordonne ses outils, imprime à son paquet de feuilles une secousse experte, puis entreprend d'essayer chacune de ses mines en traçant d'une main appliquée des lignes et des courbes, tout en fredonnant pour elle-même. En tendant l'oreille je finis par reconnaître le générique du Dick Van Dyke Show.

J'hésite. Claire est paisible, absorbée. Elle a dans les six ans ; si nous sommes en septembre, elle a dû entrer en CP. De toute évidence elle ne m'attend pas, je suis un parfait étranger, et je suis sûr que la première chose qu'on apprend au CP c'est d'éviter tout contact avec les inconnus qui surgissent tout nus dans votre planque préférée, qui connaissent votre nom et vous demandent de ne rien dire à papa et maman. Je me demande si c'est aujourd'hui que nous sommes censés faire connaissance, ou alors un autre jour. Le mieux est peut-être de rester tranquille : ainsi Claire s'en ira et je pourrai croquer ces fameuses pommes, à moins que, d'ici là, je n'aie repris le fil chronologique de ma vie.

Je sors de ma rêverie pour découvrir le visage de Claire braqué dans ma direction. Je me rends compte, trop tard, que j'ai fredonné avec elle.

— Qui est là ? siffle-t-elle.

On dirait une oie furax, raide comme un piquet. J'improvise :

— Salut à toi, terrienne.

— Mark ! Espèce de Nemrod !

Cherchant un projectile, elle opte pour ses chaussures, aux talons lourds et saillants. Elle les ôte d'un coup et les balance avec force. Je doute qu'elle me distingue très bien, mais elle tente sa chance et m'atteint à la bouche. Ma lèvre se met à saigner.

— Je t'en prie, ne fais pas ça.

N'ayant rien pour éponger mon sang, je presse ma main contre ma bouche, ce qui étouffe le son de ma voix. La mâchoire m'élance.

— Qui est là ?

À présent Claire a peur. Et moi donc.

— Henry. C'est Henry, Claire. Je ne te ferai aucun mal, et si tu pouvais arrêter de me jeter des trucs...

— Rends-moi mes chaussures. Je ne te connais pas. Pourquoi tu te caches ?

Elle me dévisage d'un air sombre.

Je renvoie ses mocassins dans la clairière. Elle les ramasse et les brandit comme deux pistolets.

— Je me cache parce que j'ai perdu mes vêtements, et c'est très gênant. J'ai fait une longue route, j'ai faim, je ne connais personne, et en plus je saigne.

— D'où tu viens ? Comment tu sais mon nom ?

La vérité, rien que la vérité...

— Je viens du futur. Je voyage dans le temps. Et dans le futur on est amis.

— Il n'y a qu'au cinéma que les gens voyagent dans le temps.

— C'est ce qu'on aimerait vous faire croire.

— Pourquoi ?

— Si tout le monde se mettait à voyager dans le temps, il y aurait des embouteillages monstres. Comme quand tu es allée voir Mamie Abshire à Noël dernier : il a fallu traverser l'aéroport O'Hare et c'était très, très encombré, pas vrai ? Ben voilà : nous, les voyageurs du temps, nous ne voulons pas tout gâcher, alors nous gardons ça pour nous.

Claire médite ces paroles quelques instants.

— Bon, tu peux te montrer.

— Tu me prêtes ta serviette de bain ?

Elle l'attrape, projetant son matériel d'écriture dans les airs, et me la lance par-dessus l'épaule. Je l'attrape et me retourne pour m'envelopper la taille. C'est un drap orange et rose bonbon, aux motifs géométriques criards. Tout à fait le genre de truc qu'on porte pour rencontrer sa future épouse. Je pivote et m'avance dans la clairière, m'assieds sur le rocher aussi dignement que possible. Claire se tient à la lisière de la clairière, toujours cramponnée à ses godasses.

— Tu saignes.

— Sans blague ! Tu m'as jeté une chaussure.

— Ah ! d'accord.

Un ange passe. J'essaie de paraître inoffensif, gentil. La gentillesse occupe une grande place dans l'enfance de Claire, tant les gens en semblent dépourvus.

— Tu te moques de moi.

— Jamais je n'oserais ! Pourquoi tu crois que je me moque de toi ?

Il n'y a pas plus têtu que Claire :

— Personne ne peut voyager dans le temps. Tu mens.

— Le Père Noël voyage bien dans le temps, lui.

— Quoi ?

— Bien sûr. Comment tu crois qu'il fait pour livrer tous ces cadeaux en une seule nuit ? Il revient quelques heures en arrière, et ainsi de suite jusqu'à ce qu'il ait descendu sa dernière cheminée.

— Mais le Père Noël il est magique. Et t'es pas le Père Noël.

— Ce qui voudrait dire que je ne suis pas magique ? T'es une forte tête, Clairette.

— Je m'appelle pas Clairette.

— Je sais. Tu t'appelles Claire. Claire Anne Abshire, née le 24 mai 1971. Tes parents sont Philip et Lucille Abshire, tu vis avec eux ainsi qu'avec ta grand-mère, ton frère Mark et ta sœur Alicia, dans la grande maison qu'on aperçoit là-bas.

— C'est pas parce que tu sais des trucs que tu viens forcément du futur.

— Si tu restes assez longtemps, tu me verras disparaître.

Sur ce point je suis assez confiant, car Claire me dira un jour que mon départ était l'élément le plus impressionnant de notre première rencontre.

Un silence. Claire change de jambe d'appui et chasse un moustique avec la main.

— Tu connais le Père Noël ?

— Personnellement ? Non.

Je ne saigne plus, mais je dois avoir une tête affreuse.

— Dis-moi, Claire, aurais-tu, par hasard, un pansement à m'offrir ? Ou un peu de nourriture ? Tous ces voyages m'affament.

Elle considère la question, avant de puiser dans sa poche une barre de céréales à peine entamée. Elle me l'envoie.

— Merci. J'adore ces machins.

Je l'avale proprement, mais à toute vitesse. Mon taux de sucre est au plus bas. Je jette l'emballage dans le sac de courses. Claire est aux anges.

— Tu manges comme un chien !

— Mais pas du tout ! (Je suis très vexé.) J'ai des pouces opposables, merci.

— C'est quoi, des « poussopposables » ?

— Tu sais faire ça ? (Je lui montre le signe « OK », en formant une boucle avec le pouce et l'index. Claire m'imite.) Les pouces opposables, ça veut dire qu'on est capable de faire ça. Qu'on est capable d'ouvrir des bocaux, de faire ses lacets, et tout un tas de choses interdites aux animaux.

Mais ça ne lui suffit pas :

— Sœur Carmelita, elle dit que les animaux n'ont pas d'âme.

— Bien que sûr que si. Où va-t-elle chercher une idée pareille ?

— Elle dit que ça vient du pape.

— Le pape, c'est qu'un vieux méchant. Les animaux ont des âmes bien plus belles que nous. Ils ne mentent jamais, ils ne grondent personne.

— Mais ils se mangent entre eux.

— C'est parce qu'il sont obligés : ils ne vont pas entrer chez Dairy Queen pour commander une grande glace vanille avec des noisettes, pas vrai ?

C'est le plat préféré de Claire – gamine, du moins ; adulte, c'est le sushi, notamment celui de chez Katsu, sur Peterson Avenue.

— Ils pourraient manger de l'herbe.

— Nous aussi, mais on ne le fait pas. On mange des hamburgers.

Claire s'assied en bordure de la clairière.

— Etta, elle dit que je ne dois pas parler aux inconnus.

— Sage conseil.

Un silence.

— C'est quand que tu disparais ?

— Quand ça me chante. Tu en as marre de moi ? (Elle lève les yeux au ciel.) Tu travailles sur quoi ?

— Je fais de la calligraphie.

— Je peux voir ?

Elle se relève avec prudence et rassemble quelques feuilles à en-tête, tout en me surveillant du coin de l'œil. Lentement, je me penche en avant et tends le bras comme face à un rottweiler ; elle me fourre les papiers dans la main et recule aussitôt. Je les étudie en prenant un air fasciné, comme s'il s'agissait d'originaux de Bruce Rogers pour *Centaur of the Book of Kells* ou quelque chose de ce genre. Il est écrit, dans tous les sens et toutes les tailles : « Claire Anne Abshire ». Les hampes et jambages sont prolongés de fioritures frisées, et chaque boucle entoure un visage qui sourit. C'est assez magnifique.

— Superbe !

Claire est flattée, comme chaque fois qu'on la complimente sur son travail.

— Je peux t'en faire un, si tu veux.

— Avec plaisir. Mais je ne peux rien emporter quand je voyage dans le temps, alors tu pourrais peut-être le garder avec toi, comme ça j'en profiterai quand je reviendrai.

— Pourquoi tu peux rien emporter ?

— Réfléchis bien. Si nous autres voyageurs on se mettait à déplacer les affaires dans le temps, très vite le monde serait un bazar sans nom. Imaginons que je retourne dans le passé avec de l'argent. Je pourrais repérer tous les tirages gagnants du Loto, tous les résultats sportifs, et j'amasserais une sacrée fortune. Ce ne serait pas très équitable, n'est-ce pas ? Ou bien, si j'étais vraiment malhonnête, je volerais des objets et je les embarquerais dans le futur, là où personne ne pourrait me retrouver.

— Tu pourrais devenir pirate ! (Cette idée lui plaît tant qu'elle en oublie que je suis Joe l'Étranger.) Tu pourrais enterrer l'argent, faire une carte de trésor, et le déterrer dans le futur !

À vrai dire, c'est plus ou moins de cette manière que Claire et moi assurons notre style de vie rock'n'roll. La Claire adulte trouve cela passablement immoral, mais il faut admettre qu'en Bourse c'est plutôt payant.

— Pas bête du tout. Mais ce dont j'ai vraiment besoin, c'est pas de l'argent, c'est des vêtements.

Claire prend un air sceptique.

— Ton papa n'aurait pas de vieux habits qui ne servent plus ? Rien qu'un pantalon, ce serait génial. Attention, j'aime beaucoup cette serviette, comprends-moi bien, mais c'est vrai que là d'où je viens, j'ai l'habitude de porter un pantalon.

Philip Abshire fait quelques centimètres de moins que moi, et une quinzaine de kilos en plus. Je suis grotesque mais à l'aise dans ses falzars.

— Je ne sais pas...

— C'est pas grave, tu n'as pas besoin de t'en occuper tout de suite. Mais si tu le faisais pour ma prochaine visite, ce serait vraiment gentil.

— Ta prochaine visite ?

Je prends une feuille vierge, un crayon, et j'inscris en lettres capitales : « JEUDI 29 SEPTEMBRE 1977, APRÈS LE DINER ». Je tends le papier à Claire, qui le saisit avec méfiance. Je commence à voir trouble. J'entends Etta qui appelle la petite.

— C'est un secret entre nous, Claire, d'accord ?

— Pourquoi ?

— Je peux pas te le dire. Mais je dois y aller, maintenant. J'ai été ravi de te connaître. Prends soin de toi.

Je lui offre ma main. Elle la serre, courageusement, et je disparais.

Mercredi 9 février 2000
(Claire a vingt-huit ans, Henry trente-six)

CLAIRE : Il est tôt, environ 6 heures du matin et je dors du sommeil léger peuplé de rêves qui est le mien à 6 heures du matin quand Henry me réveille brutalement. Je prends alors conscience qu'il a voyagé dans le temps. Il se matérialise pratiquement sur moi, je hurle et nous nous flanquons mutuellement la frousse de notre vie, puis il éclate de rire et roule sur lui-même, je l'imite et, le regardant, m'aperçois que sa bouche saigne abondamment. Je saute du lit pour aller chercher un gant. Henry sourit encore lorsque je le rejoins et m'emploie à lui tamponner la lèvre.

— Comment c'est arrivé ?

— Tu m'as lancé une chaussure.

Je ne me souviens pas lui avoir jamais jeté quoi que ce soit à la figure.

— Non, sûrement pas !

— Oh que si ! Nous venons juste de nous rencontrer pour la toute première fois. Tu avais à peine posé les yeux sur moi que tu déclarais : « Voilà l'homme que je vais épouser », et là-dessus, tu m'as dégommé avec ta chaussure. J'ai toujours été d'avis que tu étais fine psychologue.

Jeudi 29 septembre 1977
(Claire a six ans, Henry trente-cinq)

Claire : Le calendrier sur le bureau de papa ce matin disait la même chose que le papier de l'homme. Nell préparait un œuf à la coque pour Alicia et Etta grondait Mark parce qu'il avait pas fait ses devoirs et avait joué au frisbee avec Steve. J'ai demandé à Etta : « Je peux prendre les vêtements des malles ? » Je parlais des malles du grenier où on joue à se déguiser et Etta m'a répondu : « Pourquoi faire ? » et j'ai dit : « Je veux jouer aux déguisements avec Megan » et Etta s'est mise en colère et a crié qu'il était l'heure d'aller à l'école et que j'aurais tout le temps de m'amuser en rentrant. Alors je suis partie à l'école et on a eu additions et vers de farine et lecture et écriture et, après manger, français et musique et religion. J'ai pensé toute la journée au pantalon pour l'homme parce qu'il avait l'air de vouloir vraiment un pantalon. Alors quand je suis rentrée à la maison j'ai été redemander à Etta mais elle était en ville mais Nell m'a laissée lécher les deux fouets pleins de chocolat, même que Etta veut pas parce qu'on attrape des machins-choses. Et maman elle écrivait et j'allais partir sans demander mais elle a dit : « Oui, ma puce ? », alors j'ai demandé et elle a répondu que j'avais qu'à regarder dans les sacs pour les pauvres et que je pouvais avoir tout ce que je voulais. Alors je suis allée à la buanderie et j'ai fouillé dans les sacs et j'ai trouvé trois paires de pantalons à papa mais y avait un gros trou de cigarette dans un. Alors j'en ai pris deux et j'ai trouvé la même chemise blanche que papa met quand il va au travail et une cravate avec des poissons dessus et aussi un pull rouge. Et son peignoir de bain jaune de quand j'étais petite avec son odeur. J'ai rangé tous les vêtements dans un sac et j'ai rangé le sac dans le placard du débarras. Quand je suis sortie du débarras Mark m'a vue et il a dit : « Qu'est-ce que tu fiches, abrutie ? » et j'ai dit : « Rien, abruti » et il m'a tiré les cheveux et je lui ai écrasé le pied vraiment fort et ensuite il s'est mis à pleurer et il est allé rapporter. Alors je suis montée dans ma chambre et j'ai joué au jeu de la télévision avec M. Ours et Jane où Jane est une star de cinéma et M. Ours lui demande ce que ça fait d'être une star et elle répond qu'elle aimerait mieux être vétérinaire mais que comme elle est fantastiquement belle elle est obligée d'être une star et M. Ours dit que peut-être elle pourra être vétérinaire quand elle sera vieille. Et puis Etta a frappé et elle a demandé : « Pourquoi tu as écrasé le pied de Mark ? » et j'ai répondu : « Pasque Mark m'a tiré les cheveux » et Etta a dit : « Tous les deux vous me tapez sur les nerfs » et elle est partie alors ça a été. On a mangé à table avec juste Etta pasque papa et maman étaient à une fête. On a eu du poulet frit avec des petits pois et du gâteau au chocolat et Mark a eu le plus gros morceau mais j'ai rien dit pasque j'avais léché les fouets. Alors après dîner j'ai demandé à Etta si je pouvais aller dehors et elle a demandé si j'avais des devoirs et j'ai dit : « Orthographe et apporter des feuilles pour la classe de dessin », et elle a dit :

« D'accord, à condition que tu rentres à la tombée de la nuit. » Alors j'ai filé et j'ai pris mon pull bleu avec les zèbres et aussi le sac et je suis sortie et je suis allée jusqu'à la clairière. Mais l'homme n'était pas là et je me suis assise sur la pierre un moment et puis j'ai pensé qui fallait que je ramasse des feuilles. Alors je suis repartie dans le jardin et j'ai ramassé des feuilles du petit arbre de maman qu'elle m'a expliqué après que c'était un ginkgo, et aussi des feuilles de l'érable et du chêne. Alors je suis repartie dans la clairière il était toujours pas là et j'ai dit : « Ben sûrement qu'il a menti comme quoi il revenait et qu'il voulait pas un pantalon tant que ça. » Et j'ai pensé peut-être que Ruth avait raison pasque quand j'ai parlé de l'homme elle a dit que je faisais qu'inventer pasque les gens disparaissent pas dans la vraie vie, qu'à la télé. Ou peut-être c'était un rêve comme quand Buster est mort et j'ai rêvé qu'il allait bien et qu'il était dans sa cage mais je me suis réveillée et pas de Buster et maman a dit : « Les rêves sont différents de la réalité mais aussi importants. » Et il commençait à faire froid et j'ai pensé peut-être je devrais juste laisser le sac et si l'homme venait il aurait son pantalon. Alors j'ai marché sur le chemin et y'a eu un drôle de bruit et quelqu'un a dit : « Aïe ! Mince, ça c'était douloureux. » Et alors j'ai eu peur.

HENRY : En apparaissant je me mange le rocher et m'érafle les genoux. Je suis dans la clairière et le soleil se couche dans un splendide brasier à la Joseph Turner, orange et rouge à la cime des arbres. La clairière est vide, à l'exception d'un sac de shopping rempli de vêtements. J'en déduis que c'est Claire qui les a déposés, et que notre première rencontre est toute récente. Mais aucun signe de Claire. Je l'appelle à mi-voix. Pas de réponse. Je plonge la main dans le sac de fringues. J'y trouve le pantalon en coton, ainsi que l'autre, en belle laine marron ; une cravate immonde bariolée de truites, le pull Harvard, la chemise en oxford blanc au col noirci et aux aisselles auréolées, et l'exquis peignoir portant les initiales de Philip, déchiré au niveau de la poche. Tous ces habits sont de vieux copains, sauf la cravate, et ça fait du bien de les revoir. J'enfile le pantalon de coton et le pull, tout en bénissant le bon goût et le bon sens, visiblement héréditaires, de Claire. Je revis. Même sans chaussures, je suis fin prêt pour ce nouveau point de l'espace-temps.

— Merci, Claire, je murmure de plus belle. T'as fait du bon boulot.

Sur ces mots, voilà qu'elle surgit à l'entrée de la clairière. Le jour décline vite ; Claire paraît minuscule et craintive dans le clair-obscur.

— Salut.

— Salut, Claire. Merci pour les vêtements. Ils sont parfaits, et ils me tiendront chaud cette nuit.

— Je dois bientôt rentrer.

— Je comprends, il fait presque nuit. Tu as école, demain ?

— Ouais.

— On est quel jour ?

— Jeudi 29 septembre 1977.

— C'est bon à savoir. Merci.

— Comment ça se fait que tu ne sois pas au courant ?

— Je viens juste d'arriver. Il y a quelques minutes on était le lundi 27 mars 2000. Un matin pluvieux. Je préparais des toasts.

— Tu me l'as écrit, pourtant.

Elle me montre une feuille portant l'en-tête professionnel de Philip. Je m'approche, la lui prends des mains, et lis avec intérêt la date inscrite de ma grosse écriture détachée. Je me creuse la cervelle, cherchant le meilleur moyen d'expliquer les vicissitudes du voyage temporel à l'enfant qu'elle est aujourd'hui.

— Je t'explique le principe. Tu sais te servir d'un magnétophone ?

— Ouais.

— Très bien. Donc, tu introduis une cassette et tu la joues du début jusqu'à la fin, n'est-ce pas ?

— Ouais...

— Et ta vie fonctionne de la même façon : tu te lèves le matin, tu prends ton petit déjeuner, tu te laves les dents puis tu vas à l'école, pas vrai ? Ce n'est pas comme si tu te levais pour te retrouver l'instant d'après en train de déjeuner avec Helen et Ruth, puis tout à coup tu serais chez toi en train de t'habiller, pas vrai ?

Elle rigole :

— Ouais.

— Eh bien pour moi, c'est différent. En tant que voyageur du temps, je saute sans cesse d'un moment à un autre. C'est comme si tu mettais la cassette en route, que tu l'écoutais un peu, puis que tu te disais : « Hé ! j'aimerais bien réécouter cette chanson », alors tu la repasses un coup puis tu reviens là où tu t'étais arrêtée, mais tu as trop avancé alors tu rembobines encore mais tu arrives toujours trop loin. Tu vois ce que je veux dire ?

— Plus ou moins...

— Bon, c'est pas la meilleure analogie qui soit, j'en conviens. En gros, disons qu'il m'arrive de me perdre, et je ne sais plus où je me trouve dans le temps.

— C'est quoi, une analogie ?

— C'est quand tu veux expliquer un truc en disant que c'est comme un autre truc. Par exemple, là je suis heureux comme un poisson dans l'eau dans ce joli pull, et tu es jolie comme un cœur, et Etta va crier comme un putois si tu ne rentres pas rapidement.

— Tu vas dormir ici ? Tu pourrais venir chez nous, on a une chambre d'amis.

— Oh ! c'est très gentil de ta part ! Malheureusement, je n'ai pas le droit de rencontrer ta famille avant 1991.

Elle a l'air perdu. Je pense que la difficulté tient au fait qu'elle ne peut imaginer de dates au-delà des années soixante-dix. J'avais le même problème avec les années soixante à son âge.

— Pourquoi ? demande-t-elle.

— Il faut respecter certaines règles, vois-tu. Les gens qui voyagent dans le temps ne sont pas censés bavarder avec les gens normaux pendant qu'ils visitent leur époque. Ils risqueraient de tout dérégler.

En vérité, j'ai de sérieux doutes là-dessus ; les choses se produisent de la façon dont elles se sont produites, une fois pour toutes. Je n'ai jamais cru aux univers parallèles.

— Mais tu me parles, à moi.

— Parce que tu es à part. Tu es courageuse, intelligente, et tu sais garder un secret.

Je la vois gênée.

— J'en ai parlé à Ruth, mais elle m'a pas crue.

— Ah bon ? C'est pas grave, tu sais. Moi aussi, très peu de gens m'écoutent. Les médecins, par exemple. Les médecins ne veulent rien savoir tant que tu ne leur fournis pas de preuves.

— Je te crois, moi.

Claire se tient à un bon mètre de distance. Son petit visage pâle capte les dernières lueurs orange de l'ouest. Ses cheveux sont tirés en arrière, noués en queue de cheval. Elle porte un jean et un pull sombre rayé sur la poitrine. Elle serre les poings, ferme et déterminée. C'est à ça qu'aurait ressemblé notre fille.

— Merci, Claire.

— Il faut que je rentre, maintenant.

— Bonne idée.

— Tu vas revenir ?

Je consulte mentalement ma liste.

— Je repasserai le 16 octobre. Un vendredi. Rendez-vous ici, juste après l'école. Apporte ce journal intime que Megan t'a offert à ton anniversaire ainsi qu'un stylo-bille bleu.

Je répète la date, en vérifiant à son visage qu'elle la mémorise bien.

— *Au revoir, Claire.**

— *Au revoir**...

— Henry.

— *Au revoir, Henry**.

Son accent est déjà meilleur que le mien. Claire tourne les talons et remonte le chemin en courant, vers les lumières d'une maison qui lui tend les bras, tandis que je plonge dans la nuit noire pour traverser le Pré. Un peu plus tard dans la soirée, je balance la cravate dans la benne de la friterie voisine.

LEÇONS DE SURVIE

Jeudi 7 juin 1973
(Henry a vingt-sept et neuf ans)

Henry : Je me trouve sur le trottoir qui fait face au Chicago Art Institute, par une belle journée de juin 1973, en compagnie de moi-même à neuf ans. Lui nous arrive de mercredi prochain, moi de 1990. Nous avons tout l'après-midi et encore la soirée pour batifoler ensemble, aussi avons-nous choisi l'un des plus grands musées d'art au monde pour une petite leçon de pickpocket.

— On peut pas juste regarder les œuvres ? plaide Henry. Il a la trouille. C'est une grande première pour lui.

— Pas question. Il faut que tu apprennes. Comment vas-tu survivre si tu ne sais rien voler ?

— Je pourrai mendier.

— Mendier c'est l'horreur, on n'arrête pas de se faire embarquer par les flics. Maintenant, écoute : quand on entre là-dedans, je veux que tu gardes tes distances, comme si on ne se connaissait pas. Mais reste suffisamment près pour observer mes gestes. Si je te file un truc, évite de le faire tomber, et fourre-le dans ta poche le plus vite possible. Pigé ?

— Je crois. On peut aller voir saint Georges ?

— Bien sûr.

Nous traversons Michigan Avenue et nous faufilons au milieu des étudiants et des ménagères venus prendre le soleil sur les marches du musée. Henry flatte en passant la croupe d'un lion en bronze.

Ces histoires me donnent assez mauvaise conscience. D'un côté, je m'inculque des techniques de survie aussi urgentes qu'indispensables – le cycle comprend également des leçons de vol à l'étalage, de cassage de gueule, de crochetage de serrures, de comment grimper aux arbres, de conduite, d'effraction, de plongeon en benne, et de comment transformer en armes des trucs aussi improbables qu'un store vénitien ou un couvercle de poubelle. D'un autre côté, je corromps mon jeune être innocent. Mais bon, il faut bien que quelqu'un s'y colle.

C'est une journée gratuite, en conséquence de quoi l'endroit grouille de monde. Nous faisons la queue, passons l'entrée puis gravissons le majestueux escalier central. Nous atteignons les galeries européennes, et remontons de la Hollande du XVIIe à l'Espagne du XVe. Saint Georges se tient en garde, comme toujours, prêt à transpercer le dragon de sa fine lance pendant que la princesse rose et verte attend sagement au second plan. Moi et moi-même sommes dingues du dragon au ventre jaune, et c'est toujours un soulagement de voir que son heure fatale n'a pas encore sonné.

Henry et moi restons cinq minutes devant le tableau de Bernardo Martorell, puis il se tourne vers moi. À cet instant nous avons la galerie pour nous seuls.

— C'est vraiment pas sorcier, je lui dis. Ouvre les yeux. Trouve quelqu'un qui a l'air absorbé. Devine où il cache son portefeuille. La plupart des hommes utilisent leur poche revolver ou la poche intérieure de leur veste. Avec les femmes, choisis les sacs qui pendent dans le dos. Si t'es dans la rue, tu peux carrément l'arracher, mais à condition de pouvoir détaler sans que personne te rattrape. Tu verras, c'est bien plus tranquille de les dépouiller sans qu'ils s'en rendent compte.

— J'ai vu un film où les gars s'entraînaient sur un costume équipé de plein de petites cloches, et si le type faisait bouger le costume en prenant le portefeuille, alors les cloches se mettaient à tinter.

— Ouais, je me souviens de ce film. Tu pourras essayer à la maison. Maintenant suis-moi.

Je guide Henry du XVe au XIXe siècle, et nous débarquons en plein impressionnisme français, dont les collections font la renommée du Chicago Art Institute. Elles me plaisent assez, sans plus, mais comme toujours ces salles-ci grouillent de gus qui se démanchent le cou pour apercevoir un bout de *La Grande Jatte* ou une Meule de Monet. Trop petit pour voir par-dessus les épaules des gens, Henry est privé de spectacle, mais de toute manière il est trop nerveux pour contempler quoi que ce soit. Je scrute la pièce. Une femme est penchée sur un bout de chou qui braille et se débat. Ce doit être l'heure de la sieste. Je fais un signe de tête à Henry et je m'approche. Le sac de la dame possède un fermoir tout simple ; il pend à son épaule, ramené dans le dos. Elle concentre toute son attention sur son bambin, et sur les moyens de le faire taire. Derrière, *Au Moulin-Rouge* de Toulouse-Lautrec. Feignant d'admirer l'œuvre, je bouscule la nana par-derrière, et comme elle pique du nez je la rattrape par le bras.

— Oh ! pardon, je suis confus, je ne regardais pas, je ne vous ai pas fait mal ? Il y a tellement de monde, ici...

J'ai la main dans son sac, elle est à cran, elle a les yeux foncés et les cheveux longs, de gros seins, elle essaie toujours de perdre les kilos qu'elle a pris pendant la grossesse. Je capture son regard à l'instant même où je trouve le portefeuille ; je continue de m'excuser, le larfeuille remonte dans ma manche de blouson, je détaille la dame de haut en bas, je souris, me retourne, m'éloigne, je jette un œil par-dessus mon épaule. Elle a pris le gosse dans ses bras et soutient mon regard, l'air un brin délaissé. Je lui souris et m'éloigne, m'éloigne. Henry me suit dans l'escalier menant au musée des Juniors, et on se retrouve aux toilettes des hommes.

— C'était bizarre, s'étonne Henry. Pourquoi elle t'a fixé comme ça ?

Je réponds par euphémisme :

— Elle est seule. Peut-être que son mari n'est pas très présent.

On s'entasse dans une cabine et j'ouvre le portefeuille. Elle s'appelle Denise Radke. Elle vit à Villa Park, dans l'Illinois. Elle est abonnée au musée et fréquente l'université Roosevelt. Elle se promène avec vingt-deux dollars en billets, plus quelques pièces. Je montre tout cela à Henry, en silence, puis remets tout en place et lui rends le larcin. On quitte la cabine, les toilettes, et on regagne l'entrée du musée.

— Va le remettre à la gardienne. Dis-lui que tu l'as trouvé par terre.

— Mais pourquoi ?

— On n'en a pas besoin ; c'était juste pour te montrer.

Henry court vers la gardienne, une Noire âgée qui lui sourit et le remercie d'une sorte de semi-câlin. Il revient lentement, et on se suit à trois mètres, moi en tête, dans un long couloir sombre qui un jour hébergera les Arts décoratifs et desservira l'aile Rice à laquelle personne n'a encore pensé, mais qui pour l'heure est tapissé d'affiches. Je cherche des cibles faciles, quand je vois apparaître le rêve incarné de tout pickpocket. Courtaud, potelé, brûlé par le soleil, on croirait qu'il cherche le chemin de Wrigley Field[1] avec sa casquette, son pantalon en polyester et sa chemisette bleu ciel. Il instruit sa copine très quelconque sur Vincent Van Gogh :

— Alors il se coupe l'oreille et la file à sa poule – eh ! ça

1. Stade des Clubs, l'équipe de base-ball de Chicago. *(N.d.T.)*

te plairait, ça, comme cadeau ? Une oreille ! Dingue... Alors ils l'ont mis chez les fous et...

Pour lui, je n'ai aucun état d'âme. Regardez-le parader en beuglant, béatement imperméable à ce qui se passe autour de lui, avec son portefeuille dans la poche arrière gauche. Il a un gros bide mais très peu de fesses, et son fric me supplie de le rafler. Je me mets donc sur les talons du couple, et Henry jouit d'une vue dégagée quand je glisse habilement pouce et index dans la poche de la cible, et libère le portefeuille. Puis je me laisse distancer, ils poursuivent leur chemin et je tends l'objet à Henry, qui le fourre dans son pantalon tandis que je continue d'avancer.

Je montre à Henry quelques autres techniques : comment pêcher un portefeuille dans la poche intérieure d'une veste ; comment soustraire sa main aux regards pendant qu'elle visite un sac de femme ; six différentes manières de détourner l'attention de la cible pendant qu'on la déleste ; comment amener quelqu'un à vous montrer malgré lui où se trouve son argent. Je le sens déjà plus serein, il commencerait même à se prendre au jeu. Je finis par dire :

— Allez, à toi maintenant.

Il se pétrifie :

— Je peux pas.

— Bien sûr que si. Regarde autour de toi. Trouve quelqu'un.

On s'est arrêtés dans la salle des Estampes japonaises. Remplie de vieilles dames.

— Pas ici !

— Où, alors ?

Il réfléchit.

— Le restaurant ?

On pénètre en silence dans la cafétéria, dont je garde un souvenir des plus vivaces. J'étais terrorisé. Je me regarde et cela se confirme : il est blanc comme un linge. Je souris, parce que je sais ce qui va suivre. On s'aligne dans la queue pour le restaurant de jardin. Henry ouvre grands les yeux, songeur.

Devant nous dans la file se trouve un grand type d'une cinquantaine d'années, dans un costume d'été marron impeccablement taillé – impossible de repérer le pognon. Henry s'approche, en brandissant un portefeuille que j'ai subtilisé plus tôt.

— Monsieur? C'est à vous? demande-t-il d'une petite voix. C'était par terre.

— Hein? Ah! euh, non.

Le type vérifie sa poche revolver droite, constate que son argent est toujours là, se penche sur Henry, lui prend le portefeuille des mains et l'ouvre.

— Mmm, dis donc, tu devrais rapporter ceci aux agents de sécurité, petit, il y a une jolie petite somme là-dedans, mmm.

Et pendant qu'il raconte cela, en fixant Henry à travers ses épaisses lunettes, le gamin glisse la main par-dessous sa veste et le dépouille. Puisque Henry porte un tee-shirt à manches courtes, je me colle à lui et il me file le butin par-derrière. Le grand échalas en costume montre du doigt l'escalier, explique à Henry où retourner le portefeuille. Henry se taille dans la direction indiquée et je le suis puis le dépasse et le guide droit vers la sortie. Passé les gardiens, on retrouve Michigan Avenue et on remonte vers le sud pour atterrir, souriant comme deux démons, au Café des Artistes où l'on se paie des milk-shakes et des frites sur nos gains mal acquis. Après quoi l'on jette la collection de portefeuilles dans une boîte aux lettres, sans l'argent, et je réserve une chambre pour deux au Palmer House.

— Alors? je demande, assis sur le rebord de la baignoire, en regardant Henry se brosser les dents.

— A'o' quoi? répond-il la bouche pleine de dentifrice.

— Qu'en penses-tu ?

Il crache.

— De quoi ?

— Jouer les pickpockets.

Il me considère dans la glace.

— Pas mal.

Puis il pivote et me fixe droit dans les yeux.

— J'ai réussi ! lance-t-il en souriant jusqu'aux oreilles.

— Tu as été génial.

— Ouais ! (Puis le sourire s'évanouit.) Tu sais, Henry, j'aime pas voyager dans le temps tout seul. C'est mieux avec toi. Pourquoi tu m'accompagnerais pas à chaque fois ?

Il me tourne le dos, et nos regards se croisent dans le miroir. Pauvre petit moi : à cet âge j'ai le dos fin et les omoplates saillantes comme des embryons d'ailes. Il se retourne, attendant sa réponse, et je sais ce que je dois lui dire, *me* dire. Je tends le bras, le ramène doucement face au lavabo, nos deux visages à même hauteur dans le miroir.

— Regarde.

Nous examinons nos reflets, jumelés entre les dorures d'une salle de bains Palmer House. Nos cheveux sont du même brun-noir, nos yeux foncés ont la même forme et les mêmes cernes, nos oreilles sont l'exacte réplique les unes des autres. Je suis plus grand, plus musclé, et je me rase. Il est maigre, disgracieux, tout en genoux et coudes. Je me relève et dégage les cheveux de mon front, pour lui montrer la cicatrice de l'accident. Machinalement il imite mon geste, touche la même cicatrice sur son propre front.

— On a exactement la même ! je me vois dire d'un air fasciné. Comment tu te l'es faite ?

— Comme toi. C'est la même. On est les mêmes.

Un moment de flottement. Je n'ai pas compris, puis j'ai compris. Aussi simple que ça. J'observe la révélation. J'aimerais être nous deux à la fois, retrouver cette sensation de perdre les frontières de mon être, de voir pour la toute première fois se confondre avenir et présent. Mais j'y suis trop habitué, trop accoutumé, alors je suis tenu à l'écart, me souvenant seulement de la stupéfaction d'avoir neuf ans et de voir, de *savoir* soudain que mon ami, mon guide et mon frère n'est autre que *moi*. Moi, rien que moi. Avec toute la solitude que cela implique.

— T'es moi !

— Toi plus tard.

— Mais... Et les autres ?

— Les autres voyageurs ?

Il hoche la tête.

— Je ne crois pas qu'il y en ait d'autres. En tout cas, je n'en ai jamais rencontré.

Une larme lui point au coin de l'œil gauche. Quand j'étais petit, j'imaginais une société entière de voyageurs du temps, dont Henry mon professeur n'était qu'un simple émissaire, envoyé pour me former en vue de mon admission dans la vaste confrérie. Aujourd'hui encore je me sens comme un paria, le dernier spécimen d'une espèce jadis nombreuse. C'était comme si Robinson Crusoé comprenait que c'était la sienne. Mon autre moi-même, petit comme une feuille, fin comme l'eau, se met à pleurer. Je le serre, me serre, dans mes bras un long moment.

Plus tard, on se fait monter deux chocolats chauds et on regarde Johnny Carson à la télé. Henry s'endort la lumière allumée. Quand l'émission se termine, je pose les yeux sur lui, mais il a disparu, reparti vers mon ancienne chambre dans l'appartement de mon père ; accablé de sommeil, debout au pied de mon vieux lit, où il se laisse tomber avec bonheur. J'éteins la télé, la lampe de chevet. Les bruits de la rue de 1973 s'infiltrent par la fenêtre ouverte. Je veux rentrer à la maison. Je suis allongé sur ce dur lit d'hôtel, perdu, seul. Je ne comprends toujours pas.

Dimanche 10 décembre 1978
(Henry a quinze et quinze ans)

Henry : Je suis dans ma chambre avec moi-même. Il nous arrive de mars prochain. Nous faisons ce que nous faisons souvent lorsque nous avons un peu d'intimité, quand il fait froid dehors, quand nous avons tous deux passé le stade de la puberté mais pas encore accédé aux vraies filles. Je pense que la plupart des gens feraient comme nous, s'ils avaient ce genre d'opportunité. Non que je sois homo ni rien...

C'est une fin de dimanche matin. J'entends sonner les cloches de Saint-Joe. Papa est rentré tard cette nuit. Il a dû s'arrêter à l'Exchequer après son concert. Il était tellement soûl qu'il est tombé dans l'escalier ; il a fallu le porter jusqu'à l'appartement et le mettre au lit. Je l'entends tousser et s'affairer dans la cuisine.

L'autre moi semble distrait ; il surveille la porte sans arrêt.

— Quoi ? je lui demande.

— Rien.

Je me lève pour vérifier le verrou.

— *Non*, dit-il, visiblement au prix d'un grand effort.

— Allez...

J'entends le pas lourd de papa juste derrière la porte.

— Henry ? lance-t-il.

Le bouton de porte tourne doucement et je m'aperçois que je viens de *débloquer* le verrou ! Henry plonge mais trop tard : papa glisse la tête dans la piaule et nous sommes faits. *Flagrante delicto.*

— Oh ! lâche-t-il.

Il écarquille les yeux, l'air profondément dégoûté.

— Bon sang, Henry...

Il claque la porte et je l'entends regagner sa chambre. Je me fusille du regard tout en enfilant un jean et un tee-shirt, puis je remonte le couloir jusqu'à la chambre de papa. La porte est close. Je frappe. Pas de réponse. J'attends.

— Papa ?

Un silence. J'ouvre, me plante dans l'embrasure.

— Papa ?

Il est assis, de dos, sur le lit. Il ne bouge pas, et je reste planté là un moment, sans trouver le courage d'avancer dans la pièce. Je finis par refermer, et je retourne dans ma chambre.

— C'était entièrement et complètement ta faute ! je crache à moi-même.

Il est assis sur la chaise, en jean, la tête entre les mains.

— Tu savais, *tu savais* que ça allait se produire et tu n'as rien dit ! Tu n'as donc aucun instinct de préservation ? C'est quoi ton problème, sans déconner ? Ça sert à quoi de connaître l'avenir si tu ne peux même pas nous épargner ces petites scènes humiliantes ?

— Ta gueule, croasse Henry. Ferme ta gueule.

— Non, je fermerai pas ma gueule ! je rétorque un ton plus haut. Sans blague, il te suffisait de dire...

— Écoute. (Il relève les yeux d'un air résigné.) C'est comme... c'est comme l'autre fois à la patinoire.

— Ah bon ? Merde.

Voilà deux ans, j'ai vu une fillette recevoir un palet de hockey dans la tête à Indian Head Park. Une horreur. J'ai appris plus tard qu'elle était décédée à l'hôpital. Suite à ça, j'ai refait le trajet vers cette journée, encore et encore, et chaque fois j'ai voulu mettre en garde la maman, mais en vain. C'était comme si j'étais le spectateur d'un film. Ou un fantôme. Je criais : « Non, ramenez-la à la maison, ne la laissez pas si près de la glace, emmenez-la, elle va se blesser, elle va mourir ! » avant de m'apercevoir que ces paroles restaient confinées dans mon crâne, et que tout se déroulait comme les fois précédentes.

Henry déclare :

— Tu parles de changer l'avenir, mais pour moi il s'agit du passé, et autant que je sache, je n'ai aucune emprise dessus. J'ai bien essayé, crois-moi, mais c'est le fait d'essayer qui a causé l'incident. Si je n'avais rien dit, tu ne te serais pas levé...

— Alors pourquoi tu l'as fait ?

— Parce que je l'ai fait. Et tu le feras, sois patient. (Il hausse les épaules.) C'est comme avec maman. L'accident. *Immer wieder.*

Encore et toujours. Toujours pareil.

— Et le libre arbitre ?

Il se lève, se rend à la fenêtre, contemple le jardin des Tatinger.

— J'en parlais justement avec un moi de 1992. Il m'a dit un truc intéressant : lui, il pense qu'il n'y a de libre arbitre que quand on évolue dans le temps, dans le présent. Et que dans le passé on peut seulement faire ce qu'on a fait, être seulement là où on a été.

— Mais où que je me trouve, il s'agit bien de mon présent ! Et je ne serais pas capable de décider... ?

— Non, me coupe Henry. Visiblement non.

— Et sur l'avenir, il disait quoi ?

— Eh bien, réfléchis. Tu vas dans le futur, tu fais quelque chose, puis tu reviens dans le présent. Ce que tu as commis appartient à ton passé. Alors là aussi, ce doit être inéluctable.

J'éprouve un curieux mélange de liberté et de désespoir. Je suis en nage. Il ouvre la fenêtre et l'air froid s'engouffre dans la pièce.

— Alors dans ce cas, je ne suis pas responsable de ce qui arrive en dehors du présent.

Il sourit.

— Dieu merci.

— Et tout s'est déjà produit...

— On dirait bien.

Il se passe la main sur le visage, et je lui donne de quoi se raser.

— Mais il a dit qu'il fallait se conduire *comme si* on disposait du libre arbitre, *comme si* on était responsable de ses actes.

— Pourquoi ? Qu'est-ce que ça peut faire ?

— Sinon, il semble que les choses virent à l'aigre. Deviennent déprimantes.

— Il en avait fait l'expérience ?

— Oui.

— Bon. Et maintenant, c'est quoi la suite ?

— Papa t'ignore pendant trois semaines. Et puis ça (il agite la main en direction du lit), il faut qu'on mette un terme à ce genre de rencontres.

Je soupire.

— D'accord, pas de problème. Rien d'autre ?

— Vivian Teska.

Vivian est une nana du cours de géométrie sur qui j'ai des vues. Mais je ne lui ai jamais adressé la parole.

— Demain après les cours, va la voir et invite-la à sortir.

— Je la connais même pas !

— Fais-moi confiance.

Son petit rire satisfait n'en inspire aucune, de confiance, mais j'ai envie d'y croire.

— D'accord.

— Bon, il faut que j'y aille. T'as du pognon, s'il te plaît ?

Je lâche vingt dollars.

— Plus que ça.

Je remets la même chose.

— C'est tout ce que j'ai.

— D'accord.

Il s'habille, en piochant dans le tas d'affaires dont je ne veux plus.

— T'aurais pas un manteau ?

Je lui tends le pull de ski péruvien que j'ai toujours détesté. Il grimace avant de l'enfiler. On se suit jusqu'au fond de l'appartement. Les cloches de l'église sonnent midi.

— Salut, dit mon moi.

— Bonne chance, je réponds, un peu remué de me voir ainsi embarquer pour l'inconnu, par un froid dimanche matin auquel il n'appartient pas. Il dévale l'escalier en bois et je retrouve le silence de l'appartement.

Mercredi 17 novembre / mardi 28 septembre 1982 (Henry a dix-neuf ans)

HENRY : Je suis à l'arrière d'une voiture de police à Zion, dans l'Illinois. Je porte des menottes et c'est à peu près tout. L'habitacle sent la cigarette, le cuir, la sueur, et une odeur que je ne saurais identifier mais qui semble imprégner tous les véhicules de police. L'odeur de la flippe, peut-être. Mon œil gauche reste fermé tant il est gonflé, et le devant de mon corps est couvert de bleus, d'écorchures et de saleté, pour avoir été plaqué à terre par le plus costaud des deux flics, dans un parking désert jonché de débris de verre. Les policiers restent à l'extérieur de la voiture, à discuter avec les voisins dont l'un m'aura vu tenter de m'introduire dans la maison victorienne jaune et blanche devant laquelle nous sommes garés. J'ignore où je me situe dans le temps. Cela fait une heure que j'erre ici, et j'ai merdé sur toute la ligne. Je crève la dalle. Je suis épuisé. Je suis supposé assister au séminaire du Dr Quarrie sur Shakespeare, mais à tous les coups je me suis arrangé pour le rater. C'est trop bête. On étudiait *Le Songe d'une nuit d'été*.

L'avantage de cette voiture de flics : il y fait chaud et je ne suis pas à Chicago. La police de Chicago me hait, car je n'arrête pas de disparaître pendant les gardes à vue, et elle n'a jamais compris le truc. Sans compter que je refuse de lui parler, si bien qu'elle ignore jusqu'à mon nom et mon adresse. Le jour où elle saura ça, je serai mal, car je fais déjà l'objet de plusieurs mandats d'arrêt : pour effraction, vol à l'étalage, résistance à l'arrestation, délit de fuite, violation de propriété privée, outrage public à la pudeur, vol, *und so weiter*. Présenté comme ça, on me prendrait facilement pour le plus empoté des criminels, mais le fond du problème, c'est qu'on passe difficilement inaperçu quand on se balade à poil. Mes meilleurs atouts étant la vitesse et la fugacité, quand j'essaie de cambrioler une maison en plein jour et nu comme un ver, parfois ça tourne court. J'en suis à ma septième arrestation, et jusqu'ici je me suis toujours éclipsé avant qu'on ait pu prendre mes empreintes ou me photographier.

Les voisins ne cessent de me reluquer à travers les vitres de la voiture. Je m'en fiche. Je m'en fiche. Ça devient interminable. Putain, je déteste ça. Je m'enfonce dans la banquette et je ferme les yeux.

Une portière s'ouvre. Une bouffée d'air froid, mes yeux s'ouvrent d'un coup, l'espace d'un instant je vois la grille métallique qui sépare l'avant de l'arrière, les sièges en skaï craquelé, mes poignets menottés, la chair de poule de mes jambes, le ciel plat à travers le pare-brise, la casquette à visière noire posée sur le tableau de bord, l'écritoire à pince dans la main de l'agent, son visage rouge, ses sourcils drus et grisonnants, ses bajoues molles comme de la toile, tout scintille, chatoie, coloré comme une aile de papillon et l'agent dit : « Eh ! il nous fait comme une crise, là ! » et mes dents claquent à mort et sous mes yeux la voiture de police s'évanouit et me voici allongé sur le dos dans mon propre jardin. Oui. Oui ! J'emplis mes poumons du doux air d'une nuit de septembre. Je m'assieds et me frotte les poignets, qui gardent la marque des menottes.

Je ris à n'en plus finir. Je leur ai encore échappé ! Houdini et Prospero n'ont qu'à bien se tenir ! Moi aussi je suis magicien.

La nausée me rattrape, et je couvre de bile les chrysanthèmes de Kimy.

Samedi 14 mai 1983
(Claire a onze ans, presque douze)

Claire : C'est l'anniversaire de Mary Christina Heppworth et toutes les filles de CM2 de Saint-Basile passent la nuit chez elle. Il y a des pizzas, du Coca et de la salade de fruits, et Mme Heppworth a préparé un gros gâteau en forme de tête de licorne et elle a écrit *Bon Anniversaire Mary Christina!* avec du glaçage rouge et on chante et Mary Christina souffle ses douze bougies d'un seul coup. Je crois savoir quel est son vœu, je crois qu'elle a souhaité ne plus grandir. En tout cas, c'est le souhait que je ferais si j'étais elle. Mary Christina est la plus grande de la classe. Elle mesure un mètre soixante-dix-neuf. Sa mère est un peu plus petite qu'elle, mais son père est vraiment, vraiment immense. Helen a demandé à Mary Christina un jour et elle a répondu qu'il faisait deux mètres. Elle est la seule fille de sa famille, ses frères sont plus vieux et ils se rasent et ils sont très grands, eux aussi. Ils font exprès de nous ignorer et de s'empiffrer de gâteau, et Patty et Ruth en particulier gloussent comme des dindes chaque fois qu'ils s'approchent. C'est si embarrassant. Mary Christina ouvre ses cadeaux. Je lui ai pris un pull vert comme mon bleu qu'elle aime bien avec le col au crochet de chez Laura Ashley. Après dîner on regarde la vidéo de *À nous quatre* et les Heppworth restent dans les parages pour nous surveiller jusqu'à ce que, une par une, on enfile nos pyjamas dans la salle de bains du premier et qu'on s'entasse dans la chambre de Mary Christina qui est entièrement rose, même la moquette. On voit que ses parents étaient très contents d'avoir enfin une fille après tous ces garçons. On a chacune notre sac de couchage, mais on les empile contre un mur et on s'assied sur le lit de Mary Christina ou par terre. Nancy a apporté une bouteille de schnaps à la menthe et on en boit une gorgée chacune à notre tour. C'est dégoûtant et ça me fait le même effet à l'intérieur que la pommade Vicks VapoRub. On joue à Action ou Vérité. Ruth défie Wendy de descendre le couloir en courant sans rien en haut. Wendy demande à Francie la taille de soutien-gorge de Lexi, sa sœur de dix-sept ans. (Réponse : 100 D.) Francie demande à Gayle ce qu'elle fabriquait avec Michael Plattner chez McDonald's samedi dernier. (Réponse : elle mangeait un hamburger. Quel scoop !) Au bout d'un moment tout le monde en a marre de ce jeu, surtout parce que c'est difficile de trouver de bons défis que les autres voudront bien relever, et aussi parce qu'on sait presque tout ce qu'il y a à savoir les unes sur les autres vu qu'on se connaît depuis le jardin d'enfants. Mary Christina dit : « Si on jouait au Oui-ja », et on accepte toutes parce que c'est son anniversaire et que le Oui-ja c'est cool. Elle sort la boîte du placard. Elle est complètement écrasée et le petit bidule en plastique qui montre les lettres a perdu sa fenêtre transparente. Henry m'a raconté une fois qu'il était allé à une séance de spiritisme et que la médium avait eu une crise d'appendicite en plein milieu et qu'ils avaient dû appeler une ambulance. La planchette n'est pas assez grande pour que plus de deux personnes passent en même temps, alors Mary Christina et Helen commencent les premières. La règle est qu'il faut poser sa question à voix haute ou ça ne marchera pas. Elles mettent toutes les deux la main sur le truc en plastique. Helen regarde Mary Christina qui hésite et Nancy dit :

— Pose une question au sujet de Bobby.

Alors Mary Christina demande :

— Est-ce que Bobby Duxler m'aime ?

Tout le monde pouffe de rire. La réponse est non, mais le Oui-ja indique *oui*, sans doute aidé d'Helen. Mary Christina a le sourire jusqu'aux oreilles et j'aperçois ses bagues, en haut et en bas. Helen demande s'il y a un garçon qui l'aime. Le Oui-ja tourne autour des lettres pendant un moment et puis s'arrête sur D, A, V.

— David Hanley ? bredouille Patty et on rigole toutes.

Dave est le seul Noir de la classe. Il est tout timide et petit et il est bon en maths.

— Peut-être qu'il t'aidera avec les divisions, avance Laura, qui est aussi très timide.

Helen rit. Elle est nulle en maths.

— Tiens, Claire. À toi et à Ruth de jouer.

On prend la place d'Helen et de Mary Christina. Ruth me fixe et je lève les épaules.

— Je ne sais pas quoi demander, dis-je.

Les autres ricanent, comme si on ne posait pas toujours les mêmes questions ! Mais il y a tellement de choses que je veux savoir. *Est-ce que maman va aller mieux ? Pourquoi est-ce que papa criait après Etta ce matin ? Est-ce qu'Henry existe vraiment ? Où est-ce que Mark a caché mon devoir de français ?* Ruth demande :

— Quels garçons sont amoureux de Claire ?

Je lui fais les gros yeux, mais elle sourit juste.

— Tu n'as pas envie de savoir ?

— Non, je réponds, mais je mets quand même la main sur le plastique blanc.

Ruth met sa main elle aussi et rien ne se passe. On touche à peine le petit bidule, on essaie de ne pas tricher et de ne pas le pousser. Puis il commence à bouger, lentement. Il fait des cercles et il s'arrête sur H. Ensuite il accélère. E, N, R, Y.

— Henry, déchiffre Mary Christina, qui est Henry ?

Helen dit :

— Je ne sais pas qui c'est, mais tu es toute rouge, Claire. Alors qui c'est ce Henry ?

Je secoue la tête, comme si j'étais aussi interloquée qu'elles :

— À ton tour, Ruth.

Elle demande (quelle surprise !) quels garçons sont amoureux d'elle ; le Oui-ja épelle R, I, C, K. Je sens qu'elle triche. Rick est le prénom de M. Malone, notre prof de sciences, qui a le béguin pour Mlle Engle, la prof d'anglais. Tout le monde éclate de rire sauf Patty : elle aussi a le béguin pour M. Malone. Ruth et moi on se lève et Laura et Nancy s'assoient. Nancy me tourne le dos et je ne peux pas voir son visage quand elle demande :

— Qui est Henry ?

Les autres me regardent et se taisent. J'observe la planche. Rien. Juste quand je pense l'avoir échappé belle, le truc en plastique se met à bouger. Je me dis, il va peut-être juste épeler Henry encore une fois, après tout, Nancy et Laura ne savent rien d'Henry. Même moi j'en sais pas tellement plus sur lui. C'est alors qu'il écrit : M, A, R, I. Les filles me dévisagent toutes.

— Ce qui est sûr, c'est que je ne suis pas mariée : je n'ai que onze ans !

— Mais qui est Henry ? insiste Laura.

— Aucune idée. Peut-être que c'est quelqu'un que je n'ai pas encore rencontré.

Elle hoche la tête. Tout le monde est soufflé. Moi la première. Mari ? *Mari* ?

Jeudi 12 avril 1984
(Henry a trente-six ans, Claire douze)

HENRY : Je joue aux échecs avec Claire dans la trouée au milieu des bois. C'est une magnifique journée de printemps, la forêt vit au rythme des oiseaux qui convolent et de ceux qui font leur nid. On se terre loin de la famille de Claire, qui elle aussi prend l'air en cet après-midi. Claire est coincée depuis un moment. J'ai pris sa reine trois coups plus tôt ; elle est fichue, mais décidée à lutter jusqu'au bout.

Elle relève les yeux.

— Dis Henry, c'est qui ton Beatle préféré ?

— John, bien sûr.

— Pourquoi « bien sûr » ?

— Eh bien, Ringo est sympa mais c'est pas vraiment une flèche, tu vois ? Et George est un peu trop *new-age* à mon goût.

— C'est quoi, « new-age » ?

— Les religions zarbis. La musique niaise et barbante. Le besoin pathétique de se convaincre de la supériorité de tout ce qui a trait aux Indiens. Les médecines non occidentales.

— Mais tu n'aimes pas la médecine normale.

— C'est parce que les médecins essaient toujours de me dire que je suis dingue. Si j'avais juste un bras cassé, je serai très fan de médecine occidentale.

— Et Paul, alors ?

— Paul, c'est pour les filles.

Claire sourit, timidement.

— Moi, c'est Paul que je préfère.

— Normal, t'es une fille.

— Et pourquoi Paul c'est pour les filles ?

Vas-y mollo, je me dis.

— Eh bien, Paul c'est un peu comme... le Beatle gentil, tu vois ?

— Et c'est un mal ?

— Mais non, pas tu tout. Seulement, les mecs cherchent avant tout à être cool, et c'est John, le Beatle cool.

— D'accord. Mais il est mort.

Je me marre.

— On peut très bien rester cool quand on est mort ! C'est même plus facile, d'ailleurs, parce que ça t'évite de vieillir, de grossir et de perdre tes cheveux.

Claire fredonne le début de *When I'm Sixty-Four*. Elle avance sa tour de cinq cases, ce qui me permettrait de faire échec et mat. Je le lui signale et elle reprend aussitôt sa pièce.

— Et pourquoi t'aimes Paul ? je demande.

Je relève les yeux à temps pour la voir s'empourprer.

— Il est... *trop beau.*

La façon dont elle lâche ces mots me perturbe un brin. J'étudie le plateau, et il m'apparaît que Claire l'emporterait si elle prenait mon fou avec son cavalier. Dois-je le lui dire ? Je le ferais, si elle était un peu plus jeune. Mais à douze ans, on sait se défendre. Claire considère le jeu d'un air rêveur. Je m'aperçois que je suis jaloux. Seigneur... Comment puis-je jalouser une pauvre rock-star milliardaire qui est assez vieille pour être son père ?

Je lâche un long soupir.

Claire lève les yeux dans un sourire espiègle.

— Et toi, t'aimes qui ?

Toi, je pense très fort.

— Quand j'avais ton âge, tu veux dire ?

— Euh, ouais. Quand t'avais mon âge.

J'estime la valeur et le potentiel de ma pépite avant de la débiter :

— J'avais ton âge en 1975. J'ai huit ans de plus que toi.

— Alors t'as vingt ans ?

— Euh, non, j'en ai trente-six.

Assez vieux pour être ton père, en somme.

Claire fronce les sourcils. Les maths n'ont jamais été son fort.

— Mais si tu avais douze ans en 1975...

— Ah ! pardon ! Tu as raison. Je veux dire, personnellement j'ai trente-six ans, mais quelque part là-bas (j'agite la main vers le sud), j'ai vingt ans. Dans le temps réel.

Claire essaie d'intégrer :

— Mais alors vous êtes deux ?

— Pas tout à fait. Il n'y toujours qu'un seul moi, mais quand je voyage dans le temps il m'arrive d'aller quelque part où je me trouve déjà, et dans ces moments-là, ouais, on peut dire qu'on est deux. Voire plus.

— Comment ça se fait que n'en voie jamais plus d'un à la fois ?

— Ça viendra. Quand toi et moi on se rencontrera dans mon présent, ça se produira régulièrement.

Et trop souvent à mon goût, Claire.

– Alors, t'aimais qui en 1975 ?

— Personne, en vérité. À douze ans j'avais d'autres choses en tête. Mais à treize ans j'étais raide dingue de Patty Hearst.

Claire semble agacée.

— Une copine d'école ?

Je rigole.

— Non, non. C'était une riche étudiante californienne qui avait été kidnappée par ces affreux terroristes d'extrême gauche, et ils l'ont forcée à braquer des banques. Elle est passée aux infos tous les soirs pendant neuf mois.

— Qu'est-ce qu'elle est devenue ? Et qu'est-ce que tu lui trouvais ?

— Ils ont fini par la relâcher, elle s'est mariée et elle a fait des gosses, et aujourd'hui c'est une riche californienne. Qu'est-ce que je lui trouvais ? Ah ! je sais pas trop ! C'est irrationnel, ces choses-là, tu sais. Je pense que je savais ce qu'elle éprouvait : être arraché à son milieu et obligé de faire des trucs déplaisants... En même temps, on aurait dit qu'elle se prenait au jeu, petit à petit.

— Tu fais des trucs que t'as pas envie de faire ?

— Ouais. Tout le temps.

Ma jambe s'est endormie. Je me lève et la remue jusqu'à ce qu'elle picote.

— Je n'atterris pas toujours en sécurité auprès de toi, Claire. Très souvent je vais dans des endroits où je dois chaparder pour m'habiller et manger.

— Ah bon ? (Son visage s'assombrit, puis elle voit son coup, l'exécute, et me jette un regard triomphal.) Échec et mat !

— Eh ! bravo ! Tu es la reine *du jour**.

— Exactement, répond-elle en rosissant de fierté.

Elle replace déjà les pièces pour une nouvelle partie :

— Une autre ?

Je fais mine de consulter ma montre imaginaire.

— Volontiers. (Je me rassieds.) Tu as faim ?

Cela fait des heures qu'on est ici, et les vivres s'amenuisent : il ne reste que les miettes d'un sachet de biscuits.

— Moui, répond Claire.

Elle cache deux pions dans son dos. Je touche son coude droit et c'est le blanc qui sort. Je fais mon ouverture habituelle : le pion de la reine avance de deux cases. Réponse habituelle à mon ouverture habituelle : Claire avance de deux cases le pion de sa reine. Les dix coups suivants s'enchaînent assez vite, sans trop de pertes, puis Claire se fige un long moment, concentrée sur l'échiquier. Elle tente toujours de nouvelles expériences, cherche le *coup d'éclat**.

— Et aujourd'hui, t'aimes qui ? demande-t-elle sans quitter le plateau des yeux.

— Tu veux dire à vingt ans ? Ou à trente-six ?

— Les deux.

J'essaie de me rappeler mes vingt ans. Ce n'est qu'un vague amas de femmes, de seins, de jambes, de peau, de cheveux. Toutes leurs histoires se confondent, et leurs visages ne se rattachent plus à des noms. À vingt ans j'étais affairé, mais malheureux.

— À vingt ans, rien de spécial. Personne ne me vient à l'esprit.

— Et à trente-six ?

Je scrute le visage de Claire. Est-ce trop jeune, douze ans ? Oui, j'en suis persuadé. À cet âge, on préfère encore fantasmer sur le bel, inaccessible et inoffensif Paul McCartney que se contenter du pauvre Henry-le-Voyageur-du-Temps. Mais pourquoi elle me demande ça, d'abord ?

— Henry ?

— Ouais ?

— Tu es marié ?

— Oui, j'admets à contrecœur.

— Avec qui ?

— Une femme extrêmement belle, patiente, douée, intelligente.

Son visage se fane.

— Ah !

Elle saisit un fou blanc qu'elle m'a raflé deux coups plus tôt et le lance comme une toupie sur le sol.

— Alors c'est chouette.

Elle semble quelque peu défaite par la nouvelle.

— Où est le problème, Claire ?

— Nulle part. (Elle déplace sa reine de E2 à B5.) Échec.

Je déplace mon cavalier pour protéger mon roi.

— Je suis mariée ? s'enquiert-elle de but en blanc.

Je croise son regard.

— Tu y vas fort, aujourd'hui.

— Et pourquoi pas ? Tu me dis jamais rien, de toute façon. Allez, Henry, dis-moi si je vais finir vieille fille.

— Tu deviens bonne sœur, je lui lance pour rire.

Claire frissonne.

— J'espère bien que non ! (Elle me pique un pion avec sa tour.) Comment as-tu rencontré ta femme ?

— Désolé, c'est classé top secret.

Je pique sa tour avec ma reine. Claire fait la moue.

— Zut... Et tu voyageais dans le temps ? Quand tu l'as rencontrée ?

— Je me mêlais de mes affaires, surtout.

Elle soupire. Prend un nouveau pion avec sa deuxième tour. Je commence à être à court de pions. Je remonte le fou de ma reine de quatre cases vers la gauche.

— C'est pas juste que tu saches tout sur moi sans jamais rien dire sur toi.

— Absolument. C'est injuste.

Je me compose une mine navrée, et obligeante.

— Regarde Ruth, Helen, Megan et Laura : elles me disent tout et je leur dis tout !

— Tout ?

— Ouais. Enfin, je ne leur parle pas de toi.

— Ah bon ? Pourquoi ça ?

Claire semble sur la défensive.

— Tu es mon secret. De toute façon, elles me croiraient jamais.

Elle coince mon fou avec son cavalier, et me décoche un rictus narquois. J'examine le plateau, cherchant un moyen de manger son cavalier ou de sauver mon fou. L'avenir s'assombrit pour les blancs.

— Dis, Henry, tu es une vraie personne ?

Je ne l'avais pas vue venir, celle-là...

— Bien sûr. Que veux-tu que je sois ?

— Je sais pas. Un esprit ?

— Je suis un être réel, Claire.
— Prouve-le.
— Comment ?
— Je sais pas.
— Toi-même, ça m'étonnerait que tu saches prouver que tu es une personne, Claire.
— Bien sûr que si.
— Comment ?
— J'ai tout d'une personne.
— Moi aussi, figure-toi.

C'est amusant que Claire aborde ce sujet : en 1999, j'ai mené une guerre de tranchées philosophique contre le Dr Kendrick précisément sur cette question-là. Kendrick est persuadé que je suis l'annonciateur d'une nouvelle espèce humaine, aussi différente du gus moyen que Cro-Magnon de ses voisins néandertaliens. Je prétends pour ma part n'être qu'un morceau de code désordonné, et notre incapacité d'avoir des enfants prouve selon moi que je n'ai rien d'un chaînon manquant. Et voilà comment nous en sommes venus à nous balancer au visage des citations de Kierkegaard et de Heidegger d'un ton belliqueux.

En attendant, Claire me fixe d'un air dubitatif.
— Les gens réels n'apparaissent et ne disparaissent pas comme toi. Tu es comme le Chat du Cheshire.
— Tu sous-entends que je suis un personnage fictif ?

Je trouve enfin mon coup : la tour du roi se décale de deux cases vers la droite. Elle peut toujours me prendre mon fou, mais elle y perdra sa reine. Claire met un certain temps à s'en rendre compte, et alors elle me tire la langue. Laquelle présente une inquiétante couleur orange, due à tous les biscuits qu'elle s'est enfilés.
— Ça me fait réfléchir sur les contes de fées. Après tout, si tu es réel, pourquoi les contes de fées ne le seraient pas, eux aussi ? (Elle se lève, toujours concentrée sur l'échiquier,

et accomplit une petite danse sautillante, comme si son pantalon avait pris feu.) J'ai l'impression que le sol durcit. J'ai les fesses tout engourdies.

— Peut-être bien qu'ils sont réels, je réponds. Ou alors ils possèdent une petite part de vérité, et les gens ont juste brodé autour, tu vois ce que je veux dire ?

— Par exemple : Blanche-Neige était dans le coma ?

— Tout comme la Belle au bois dormant.

— Et Jack aux haricots n'était qu'un jardinier d'enfer ?

— Et Noé était un vieux type bizarre qui vivait sur une péniche avec plein de chats.

Elle se fige.

— Noé, c'est dans la Bible ! C'est pas un conte de fées.

— Ah ! oui. Pardon.

J'ai l'estomac dans les talons. D'un moment à l'autre Nell va sonner la cloche du dîner et Claire devra rentrer. Elle se rassied derrière l'échiquier. Je devine que la partie ne l'intéresse plus quand elle forme une petite pyramide avec toutes les pièces raflées.

— Tu n'as toujours pas prouvé que t'es réel, dit-elle.

— Toi non plus.

— Tu t'es déjà demandé si j'étais réelle ? demande-t-elle d'un air surpris.

— Peut-être que je te vois en rêve, après tout. Peut-être que tu me vois en rêve. Peut-être qu'on existe uniquement dans nos rêves, et chaque matin au réveil on oublie tout l'un de l'autre.

Claire se renfrogne, remue la main comme pour chasser cette idée saugrenue.

— Pince-moi, demande-t-elle.

Je me penche et lui pince légèrement le bras.

— Plus fort !

Je recommence, suffisamment fort pour laisser une

marque blanche et rouge, qui s'efface au bout de quelques secondes.

— Tu ne crois pas que ça me réveillerait, si j'étais en plein sommeil ? De toute façon, je ne me sens pas du tout endormie.

— Et moi je ne me sens pas dans la peau d'un esprit. Ni d'un personnage de fiction.

— Qu'est-ce que t'en sais ? Après tout, si je t'avais juste inventé, et que je voulais te le cacher, je n'aurais qu'à me taire, pas vrai ?

Je fais gigoter mes sourcils :

— Peut-être que Dieu nous a inventés et qu'il refuse de nous le dire.

— Il ne faut pas dire des choses comme ça ! D'abord, tu ne crois même pas en Dieu. J'ai pas raison ?

Je hausse les épaules et change de sujet :

— Je suis plus réel que Paul McCartney, en tout cas.

Claire semble inquiète. Elle se met à ranger toutes les pièces dans la boîte, en séparant avec soin les blancs des noirs.

— Des tas de gens connaissent Paul McCartney, réplique-t-elle. Toi, je suis la seule à te connaître.

— Mais moi tu m'as rencontré pour de vrai, pas lui.

— Ma mère a vu les Beatles en concert. (Elle referme le couvercle du jeu et s'étire dans l'herbe, en contemplant la voûte formée par les jeunes feuilles.) C'était à Comiskey Park, à Chicago, le 8 août 1965.

Je lui plante mon doigt dans le ventre et elle se recroqueville en gloussant. Après un intermède chatouilles et gigotements, on se laisse retomber sur le sol, les mains jointes sur le nombril, et Claire demande :

— Ta femme voyage dans le temps, elle aussi ?

— Non. Dieu merci.

— Pourquoi « Dieu merci » ? Ce serait plutôt sympa, non ? Vous pourriez visiter plein d'endroits ensemble.

— Un voyageur par famille, ça suffit amplement. Ce n'est pas sans danger, tu sais.

— Elle s'inquiète pour toi ?

— Oui, je murmure. Elle s'inquiète.

Je me demande bien ce que Claire est en train de faire, là-bas en 1999. Peut-être dort-elle encore. Avec un peu de chance, elle ne saura pas que je suis parti.

— Tu l'aimes ?

— Comme un fou...

Nous restons allongés flanc contre flanc, à contempler les arbres mouvants, les oiseaux, le ciel. Puis je perçois des reniflements étouffés, et en me tournant j'avise des larmes sur les tempes de Claire. Je m'assieds et me penche sur elle.

— Qu'est-ce qui ne va pas, Claire ?

Elle secoue la tête, serre les lèvres. Je lui caresse les cheveux, la redresse et passe mes bras autour de sa taille. C'est une enfant, puis soudain ce n'en est plus une.

— Qu'est-ce qui ne va pas ?

La réponse sort, si faible que je dois la faire répéter.

— Je m'étais dit que t'étais peut-être marié avec moi.

Mercredi 27 juin 1984 (Claire a treize ans)

CLAIRE : Je suis debout dans le Pré. C'est la fin du mois de juin, la fin de l'après-midi ; dans un moment il sera l'heure d'aller me débarbouiller pour le dîner. La température est en train de baisser. Il y a dix minutes le ciel était d'un bleu cuivré et il faisait une chaleur lourde, on aurait dit que tout était déformé, comme si on se trouvait sous une grosse cloche en verre, les bruits autour de moi étouffés par la chaleur tandis que s'élevait le bourdonnement d'un chœur d'insectes. Je suis restée assise sur la minuscule passerelle à observer les insectes d'eau qui glissaient sur la surface immobile de la mare et à réfléchir à Henry. Aujourd'hui est un jour sans lui ; sa prochaine apparition n'aura lieu que dans vingt-deux jours. À présent l'air est bien plus frais. Henry est une énigme pour moi. Toute ma vie je n'ai fait plus ou moins qu'accepter sa présence comme si elle n'avait rien d'extraordinaire – même si Henry est un secret, donc automatiquement fascinant. Or, il constitue aussi une espèce de miracle et ce n'est que très récemment que j'ai commencé à réaliser que la plupart des filles n'ont pas un Henry attitré, ou si c'est le cas elles sont restées très discrètes sur le sujet. Le vent se lève, l'herbe haute ondule et je ferme les yeux pour avoir l'impression d'entendre la mer (que je n'ai jamais vue ailleurs qu'à la télé). Quand je les rouvre le ciel est jaune puis vire au vert. Henry raconte qu'il vient du futur. Quand j'étais petite ça ne me posait aucun problème, je n'avais pas la moindre idée de ce que ça signifiait. Maintenant je me demande si ça signifie que le futur est un endroit, ou une sorte d'endroit, où je pourrais aller – c'est-à-dire y aller autrement que juste en vieillissant. Je me demande si Henry pourrait m'emmener avec lui dans le futur. Les bois sont sombres et les branches se plient et fouettent l'air et s'inclinent. Le bourdonnement s'est arrêté et le vent lisse tout sur son passage, l'herbe est aplatie et les arbres craquent et gémissent. J'ai peur de l'avenir, je l'imagine comme une grosse boîte qui attend que je l'ouvre. Henry prétend qu'il me connaît dans le futur. D'énormes nuages noirs arrivent de derrière les arbres, ils surgissent si vite que je ris, ils ressemblent à des marionnettes, tout tourbillonne dans ma direction et il y a un long coup de tonnerre assourdi. J'ai brusquement conscience que moi seule suis encore dressée si petite dans le Pré où tout ce qui m'entoure rase le sol, alors je m'allonge dans l'espoir de ne pas être remarquée par la tempête qui s'approche et je suis étendue sur le dos à regarder le ciel quand il se met à déverser des trombes d'eau. Mes vêtements sont trempés en un clin d'œil et soudain j'ai le sentiment qu'Henry est là-haut, il faut absolument qu'Henry soit là-haut et qu'il pose ses mains sur moi alors même qu'il me semble se confondre avec la pluie, je suis seule et j'ai besoin de lui.

Dimanche 23 septembre 1984
(Henry a trente-cinq ans, Claire treize)

HENRY : Je suis dans la clairière, dans le Pré. De très bonne heure, juste avant l'aube. C'est la fin de l'été, les fleurs comme les herbes m'arrivent à la poitrine. Ça caille. Je suis tout seul. Je me fraye un chemin dans la végétation et mets la main sur la boîte d'habits. J'y trouve un jean, une chemise en oxford blanc et des tongs. Je n'ai jamais vu ces fringues auparavant, si bien que j'ignore où je me situe dans le temps. Claire m'a aussi laissé un casse-croûte : un sandwich confiture-beurre de cacahuètes, soigneusement emballé dans du papier d'aluminium, accompagné d'une pomme et d'un sachet de chips. Peut-être s'agit-il de son déjeuner d'école. Mon intuition pencherait pour la fin des années soixante-dix, début des années quatre-vingt. Je m'assieds sur le rocher et déguste mon repas, qui me requinque illico. Le soleil se lève. Le Pré devient tout bleu puis orange, rose, les ombres se noient et il fait jour. Aucun signe de Claire. Je rampe sur un ou deux mètres dans les broussailles, me love par terre malgré la rosée, et dors.

À mon réveil le soleil est plus haut et Claire me tient compagnie, plongée dans un livre. Elle me sourit et annonce :

— Debout les morts ! Les oiseaux chantent, les grenouilles coassent et c'est l'heure de se lever !

Je me frotte les yeux en grognant.

— Salut, Claire. C'est quoi la date ?

— Dimanche 23 septembre 1984.

Claire a donc treize ans. Un âge étrange et difficile, mais moins difficile que ce que nous traversons dans le présent. Je m'assieds, bâille un coup.

— Dis, Claire, si je te le demande très gentiment, tu voudras bien me rapporter discrètement une tasse de café ?

— Du café ? répète-t-elle comme si c'était un mot nouveau.

Adulte, elle y est aussi accro que moi.

Elle réfléchit à l'aspect logistique des choses.

— S'il te plaît-s'il te plaît ?

— Bon. Je vais essayer.

Elle se lève, lentement. C'est cette année que Claire s'est mise à pousser, d'un coup. En douze mois elle a pris dix centimètres, et elle n'est pas encore habituée à son nouveau corps. Une poitrine, des jambes, des hanches flambant neuves. J'essaie de ne pas m'y attarder tandis qu'elle remonte le chemin vers la maison. J'examine le livre qu'elle lisait. Du Dorothy Seyers, un que je n'ai pas encore lu. J'en suis à la page trente-trois lorsqu'elle réapparaît munie d'un Thermos, de tasses, d'une couverture et de beignets. Tout un été de soleil a criblé son nez de taches de rousseur, et je dois refréner l'envie de passer les mains dans sa chevelure blondie, qui retombe sur ses bras quand elle étend la couverture.

— Dieu te bénisse, Claire.

J'accueille le Thermos comme on reçoit un sacrement. On s'installe sur la couverture. Je fais sauter mes tongs, me verse une tasse de café, y trempe les lèvres. Il a une force et une amertume inouïes.

— Ouahhhhh ! Mais c'est du carburant pour fusée, Claire.

— C'est trop fort ? demande-t-elle d'un air dépité.

Je m'empresse de la complimenter :

— Eh bien, je pense qu'un café n'est jamais *trop* fort.

Mais oui, il est fort. J'aime bien, cela dit. C'est toi qui l'as fait ?

— Oui, oui. C'est la première fois, et Mark est venu m'embêter, alors je me suis peut-être gourée.

— Mais non, il est très bon.

Je souffle sur le liquide et l'engloutis. Je me sens déjà mieux. Je m'en sers un deuxième.

Claire me reprend le Thermos des mains, se verse un fond de tasse et aspire du bout des lèvres.

— Arrhhhh ! Mais c'est infect ! C'est censé avoir ce goût-là ?

— Disons qu'en général c'est un peu moins violent. Tu prends le tien avec beaucoup de lait et de sucre.

Elle vide sa tasse dans le Pré avant d'entamer un beignet. Puis elle déclare :

— Tu fais de moi un monstre.

Je n'ai aucune réponse toute prête, vu que cette idée ne m'avait jamais effleuré.

— Mais non, voyons.

— Mais si.

— Mais non. (Un temps d'arrêt.) Qu'est-ce que t'entends par là, je fais de toi un monstre ? Je ne fais rien de particulier.

— Par exemple, quand tu m'apprends que j'aime le café avec du lait et du sucre alors que je viens à peine d'essayer. Comment je saurai, après, si c'est vraiment ce que j'aime ou si j'aime ça juste parce que tu me l'as dit ?

— Mais Claire, ça dépend des goûts de chacun ! Tu sauras vite comment tu préfères le café, quoi que je puisse te dire ou ne pas dire. Et puis, c'est toi qui me supplies toujours de te parler de l'avenir.

— Connaître l'avenir c'est autre chose que d'apprendre ce que j'aime, répond-elle.

— Pourquoi ? C'est une simple question de libre arbitre.

Claire ôte chaussures et chaussettes. Elle fourre les

secondes dans les premières, et les dispose avec soin au bout de la couverture. Puis elle ramasse mes tongs et les aligne sur ses chaussures, comme si la couverture était un tatami.

— Je croyais que le libre arbitre concernait les péchés.

J'y réfléchis un instant.

— Non, pourquoi le libre arbitre se limiterait-il au bien et au mal ? Imagine que tu décides, avec ton libre arbitre, de retirer tes pompes. C'est anodin, les gens s'en fichent que tu en portes ou pas ; ce n'est ni condamnable ni vertueux, et ça n'influence en rien l'avenir, et pourtant tu as exercé ton libre arbitre.

Elle hausse les épaules.

— Sauf que parfois tu me dis un truc et j'ai l'impression que le futur est déjà là, tu comprends ? Comme si l'avenir s'était déjà produit et que je ne pouvais rien y changer.

— On appelle ça le déterminisme. Ça empoisonne mes rêves.

Je la vois intriguée :

— Pourquoi ?

— Si tu te sens bridée à l'idée que ton avenir est écrit d'avance, imagine ce que je peux ressentir, moi. Je me heurte constamment au fait que je ne peux rien changer, même quand ça se déroule là, sous mes yeux.

— Mais si, Henry, tu changes les choses ! Tiens, par exemple tu as écrit ce truc que je dois te remettre en 1991, au sujet du bébé frappé du syndrome de Down. Et la liste, alors ! Si on n'avait pas la liste, je ne saurais jamais quand venir à ta rencontre. Tu changes les choses sans arrêt !

Je souris.

— Je peux seulement agir dans le sens de ce qui a déjà eu lieu. Par exemple, je ne peux rien changer au fait que tu te sois déchaussée.

Claire se marre :

— Je vois pas comment ça pourrait t'intéresser !

— Ça ne m'intéresse pas. Mais à supposer que si, c'est désormais une part inaltérable de l'histoire de l'univers et je ne peux strictement rien y faire.

Je prends un beignet. Le glaçage commence à fondre au soleil, et ça colle aux doigts.

Claire termine le sien, fait des revers à son jean et s'assied en tailleur. Elle se gratte le cou et me regarde d'un air agacé.

— Je suis toute intimidée, maintenant. J'ai l'impression que chaque fois que je vais me moucher ce sera un événement historique.

— Mais c'en est un !

Elle lève les yeux au ciel.

— Et c'est quoi le contraire du déterminisme ?

— Le chaos.

— Hum, je doute que ça me plaise. Tu aimes ça, toi ?

Je mords dans mon beignet à pleines dents, tout en méditant sur le chaos.

— Eh bien, oui et non. Le chaos signifie plus de liberté – une liberté totale, en fait. Mais sans le moindre sens. Je veux être libre d'agir, mais je veux aussi que mes actes aient du sens.

— Mais tu oublies Dieu, Henry : pourquoi n'y aurait-il pas un Dieu pour donner du sens à nos actes ?

Elle fronce des sourcils pleins de gravité, et parle en regardant le Pré.

J'enfourne le dernier bout de beignet et mâche lentement pour gagner du temps. Il suffit que Claire évoque Dieu pour que mes paumes deviennent moites et que me prenne l'envie de me cacher, de fuir ou de disparaître.

— Je ne sais pas, Claire. Pour moi, les choses semblent trop aléatoires et dénuées de sens pour qu'il y ait un Dieu.

Claire noue ses bras autour de ses genoux.

— Mais tu viens de dire que tout semble programmé d'avance.

Je soupire puis j'attrape les chevilles de Claire, pose ses pieds sur mes genoux et les garde dans mes mains. Elle rit et se renverse sur ses coudes. Ses petons sont glacés dans mes paumes, tout roses et tout propres.

— Bon, voyons voir. Les choix qui s'offrent à nous sont, premièrement, un univers monobloc où le passé, le présent et le futur coexistent simultanément et où tout s'est déjà produit ; deuxièmement, le chaos, où tout peut arriver et où rien n'est prévisible car on ne connaît pas toutes les variables ; et troisièmement, un univers chrétien où Dieu a tout créé, où tout est là pour une raison précise, mais où nous jouissons malgré tout du libre arbitre. Tu me suis ?

Claire remue ses orteils.

— Je crois, oui.

— Alors tu votes pour quoi ?

Elle se tait. À treize ans, son pragmatisme et ses idées romantiques sur Jésus et Marie s'équilibrent à peu près. Un an plus tôt elle aurait choisi Dieu sans l'ombre d'une hésitation ; dans dix ans elle penchera pour le déterminisme, et dix ans plus tard elle croira en un univers arbitraire, estimant que, si Dieu existe, il n'entend pas nos prières, que les lois de causalité sont incontournables et brutales, mais dépourvues de sens. Et au-delà ? Je l'ignore. Mais pour l'heure Claire aborde l'adolescence avec sa foi dans une main et un scepticisme grandissant dans l'autre ; elle peut au mieux tenter de les concilier, ou les presser l'un contre l'autre jusqu'à ce qu'ils fusionnent. Elle secoue la tête :

— Je ne sais pas. Je *veux* Dieu. Ça te pose un problème ?

Je me sens le roi des cons.

— Bien sûr que non. Tes croyances t'appartiennent.

— Mais je ne veux pas seulement y croire, je veux que ce soit vrai !

Je lui masse la voûte plantaire, et elle ferme les yeux.

— Un mélange de toi et de saint Thomas d'Aquin...

— Je connais ce nom, répond-elle, comme au sujet d'un vieil oncle perdu de vue, ou du présentateur d'une émission qu'elle aurait suivie étant petite.

— Il voulait l'ordre et la raison, mais il voulait également Dieu. Il a vécu au XIIe siècle et enseigné à l'université de Paris. D'Aquin croyait à la fois en Aristote et aux anges.

— J'adore les anges, dit Claire. Ils sont tellement jolis. J'aimerais avoir des ailes pour voler dans les airs et me percher sur les nuages.

— *Ein jeder Engel ist schrecklich.*

Claire émet un léger soupir, façon de dire : « Je ne parle pas allemand, souviens-toi. »

— Quoi ?

— « Tout ange est terrifiant. » C'est extrait d'un ensemble de poèmes intitulé *Les Élégies de Duino*, d'un certain Rilke. C'est l'un de tes poètes préférés.

Elle éclate de rire :

— Tu recommences !

— Quoi ?

— À me dire ce que j'aime.

Elle avance ses pieds sur mes cuisses. Sans réfléchir je les attrape et les cale sur mes épaules, avant de juger la position un peu trop sexuelle, alors je les rattrape vite fait et les maintiens en l'air tandis qu'elle se couche sur le dos, angélique ingénue avec ses cheveux qui lui forment une auréole sur la couverture. Je lui chatouille la plante des pieds. Elle glousse et se libère en se tortillant comme un poisson, avant de sauter sur ses jambes et de faire une roue dans la clairière, souriant comme pour me défier de venir l'attraper. Je me contente de lui retourner son sourire, et elle revient s'asseoir à côté de moi.

— Henry ?

— Ouais ?

— Tu me rends différente.

— Je sais.

Je me tourne vers elle, et l'espace d'un instant j'oublie qu'elle est jeune, et que la scène ne date pas d'hier ; je vois Claire, ma femme, en surimpression de ce visage de fillette, et je ne sais que dire à cette Claire qui est vieille et jeune et différente des autres filles, qui sait que la différence peut être dure à vivre. Mais Claire ne semble attendre aucune réponse. Elle se presse contre moi, et je passe mon bras autour de ses épaules.

— Claire ! retentit alors la voix de son père dans le calme du Pré. Elle bondit et se jette sur ses chaussures.

— C'est l'heure de la messe, dit-elle soudain nerveuse.

— D'accord. Bon, ben... salut.

J'agite la main, elle sourit et articule « Salut » tout en s'élançant dans le chemin. Puis elle a disparu. Je me prélasse encore un moment au soleil, à m'interroger sur Dieu, à lire Dorothy Sayers. Au bout d'une heure environ, je me volatilise à mon tour et il ne reste qu'une couverture et un livre, des tasses à café et des fringues pour attester notre venue.

APRÈS LA FIN

Samedi 27 octobre 1984
(Claire a treize ans, Henry quarante-trois)

Claire : Je me réveille en sursaut. J'ai entendu un bruit : quelqu'un m'appelait. On aurait dit la voix d'Henry. Je m'assieds et j'écoute. Le vent, le cri des corbeaux. Mais si c'était vraiment Henry ? Je bondis hors du lit et je me mets à courir, je cours pieds nus au bas de l'escalier, par la porte de derrière et dans le Pré. Il fait froid, le vent transperce ma chemise de nuit. Où est-il ? Je m'arrête pour inspecter les alentours et là-bas, près du verger, j'aperçois papa et Mark, ils portent leur tenue de chasse orange vif, et il y a un homme avec eux, tous les trois sont debout à fixer quelque chose, puis ils m'entendent et se tournent et je réalise que l'homme c'est Henry. Que fiche Henry avec papa et Mark ? Je cours vers eux, les herbes mortes m'entaillent les pieds, papa marche à ma rencontre. « Ma chérie, il s'exclame, que fais-tu dehors si tôt ? »

— J'ai entendu mon nom.

Il me sourit. *Petite sotte,* dit son sourire, et je regarde Henry pour voir s'il veut bien m'expliquer. *Pourquoi m'as-tu appelée, Henry* ? Mais il secoue la tête et appuie un doigt sur ses lèvres, *Chuut, tais-toi, Claire*. Il entre dans le verger et j'aimerais bien savoir ce qu'ils observaient, mais il n'y a rien là-bas et papa dit : « Retourne au lit, Claire, ce n'était qu'un rêve. » Il met son bras autour de moi et commence à me raccompagner à la maison, alors je jette un œil derrière moi à Henry et il agite la main en souriant, *Tout va bien, Claire, je t'expliquerai plus tard* (mais tel que je le connais il ne m'expliquera probablement rien du tout, je devrai deviner toute seule ou les choses s'expliqueront d'elles-mêmes un de ces jours). J'agite la main à mon tour, et je vérifie si Mark a vu mon geste, mais il a le dos tourné, il est agacé et attend que je m'en aille pour que lui et papa puissent reprendre leur partie de chasse. Mais que fait Henry avec eux, que se sont-ils dit ? Je regarde une dernière fois derrière moi, seulement Henry a disparu et papa répète : « Allez, il faut rentrer te coucher maintenant, Claire », et il m'embrasse sur le front. Il a l'air contrarié, alors je cours, je cours jusqu'à la maison, puis doucement en haut de l'escalier et puis je me retrouve assise sur mon lit, je tremble, et je ne sais toujours pas ce qui vient de se passer, mais je suis sûre que c'était grave, que c'était très, très grave.

Lundi 2 février 1987
(Claire a quinze ans, Henry trente-huit)

CLAIRE : À mon retour du lycée, Henry m'attend dans la salle de lecture. J'ai aménagé une petite pièce pour lui à côté de celle où se trouve la chaudière – en face de l'endroit où on range les vélos. J'ai claironné dans la maison le bruit que j'aimais passer du temps à lire au sous-sol, et j'y passe réellement des heures, si bien que cela ne paraît pas suspect. Henry a bloqué la poignée de la porte avec une chaise. Je frappe quatre coups et il m'ouvre. Il s'est arrangé une espèce de nid avec des oreillers, des coussins de chaises et des couvertures, et lisait de vieux magazines à la lumière de ma lampe de bureau. Il a enfilé le jean usé de mon père et une chemise écossaise de flanelle, il a les traits tirés et n'est pas rasé. J'ai laissé la porte de derrière déverrouillée à son intention ce matin et maintenant il est là.

Je pose sur le sol le plateau-repas que je lui ai apporté.

— Si tu veux, je peux te descendre quelques livres.

— À vrai dire, ces trucs-là sont super. (Il feuilletait des magazines *Mad* des années soixante.) Et ça c'est indispensable pour ceux qui voyagent dans le temps et qui ont besoin de glaner toutes sortes d'infos en un coup d'œil, déclare-t-il en brandissant l'almanach de 1968.

Je m'installe à côté de lui sur les couvertures et lui lance un regard en coin, histoire de voir s'il va me demander de changer de place. Il est en train d'y réfléchir, alors je lui montre mes mains avant de m'asseoir dessus.

— Mets-toi à l'aise, dit-il en souriant.

— Tu viens de quelle année ?

— 2001. Octobre.

— Tu as mauvaise mine. (Je devine qu'il hésite à me raconter pourquoi il a mauvaise mine, il décide finalement de s'abstenir.) Qu'est-ce qu'on fabrique en 2001 ?

— De grandes choses. Des choses éprouvantes. (Il mord dans le sandwich au rosbif que je lui ai apporté.) Hé ! c'est délicieux !

— C'est Nell qui l'a préparé.

— Je ne comprendrai jamais comment tu peux façonner des sculptures capables de résister à des ouragans, concocter des recettes de teinture, travailler le Kozo et ce genre de matériaux, mais être totalement désemparée face à la nourriture, rit-il. Ça dépasse l'entendement.

— Je fais un blocage psychologique. Une phobie.

— Curieux.

— Quand j'entre dans la cuisine, j'entends cette petite voix qui me souffle : « Sors d'ici. » Alors j'obéis.

— Tu es sûre que tu manges assez ? Je te trouve maigre.

Pourtant je me sens grosse.

— Oui. (Une pensée terrible me traverse l'esprit.) Je suis si grosse que ça en 2001 ? C'est peut-être pour ça que tu as l'impression que je suis maigre.

Henry savoure une plaisanterie qui m'échappe.

— Hum, tu as des formes plutôt rondes en ce moment, dans mon présent, mais ça ne durera pas.

— Quelle horreur !

— C'est bien d'avoir des formes. Sans compter que ça t'ira à ravir.

— Sans façon, non. (Henry m'étudie, inquiet.) Tu sais, je ne suis pas anorexique ou quoi que ce soit. Enfin, tu n'as aucun souci à te faire.

— C'est juste que ta mère t'asticotait sans arrêt à ce sujet.

— M'asticotait ?

— T'asticote.

— Pourquoi tu as employé le passé ?

— Aucune idée. Lucille va bien. Pas d'affolement.

Il ment. Mon estomac se contracte, j'enroule mes bras autour de mes genoux et je baisse la tête.

Henry : Comment ai-je pu commettre une bourde de cette magnitude ? Je caresse les cheveux de Claire, brûlant de pouvoir regagner mon présent rien qu'une minute, le temps de consulter Claire, de savoir ce qu'il faudra lui dire, à quinze ans, concernant la mort de sa mère. C'est parce que je ne peux jamais dormir, aussi. Si je trouvais un peu de sommeil, j'aurais cogité plus vite, ou du moins mieux rattrapé le coup. Mais Claire, qui est la personne la plus sincère que je connaisse, a le nez creux pour les bobards mêmes les plus infimes, et maintenant les seules issues qui s'offrent à moi sont le mutisme, qui la rendra hystérique, le mensonge, qu'elle ne tolèrera pas, ou la vérité, qui la bouleversera et produira de drôles d'effets sur la relation avec sa mère. Claire me dévisage.

— Dis-moi, Henry.

CLAIRE : Henry a l'air malheureux.

— Je ne peux pas, Claire.

— Pourquoi ?

— Il vaut mieux ne pas connaître les événements à l'avance. Ça te bousille l'existence.

— Oui. Sauf que tu ne peux pas ouvrir une parenthèse et ne pas la refermer.

— Il n'y a rien à ajouter.

Je commence vraiment à paniquer.

— Elle s'est suicidée !

Cette certitude m'envahit. C'est ce que j'ai toujours redouté le plus.

— *Non*. Non. Absolument pas !

Je scrute son visage. Je ne décèle qu'une grande tristesse. Impossible de savoir s'il dit la vérité. Si seulement je pouvais lire dans ses pensées, la vie serait tellement plus simple. Maman. Oh ! maman !

HENRY : C'est insoutenable. Je ne peux pas la laisser comme ça.

— Cancer des ovaires, je lâche dans un murmure.

— Dieu merci, expire-t-elle, avant de fondre en larmes.

Vendredi 5 juin 1987
(Claire a seize ans, Henry trente-deux)

CLAIRE : J'ai passé la journée à attendre Henry. Je suis si excitée. J'ai décroché mon permis de conduire hier et papa m'a autorisée à emprunter la Fiat pour aller à la fête de Ruth ce soir. L'idée n'enchante pas du tout maman, mais comme papa m'a déjà donné sa permission, elle ne peut pas faire grand-chose. Je les entends qui se disputent dans la bibliothèque après le dîner.

— Tu aurais pu me consulter avant...

— Ça ne me paraissait pas bien méchant, Lucy...

Je prends mon livre et je marche jusqu'au Pré. Je m'allonge à même le sol. Le soleil est sur le point de se coucher. L'air est frais, l'herbe couverte de petits papillons blancs. Le ciel, rose orangé au-dessus des arbres à l'ouest, forme un arc bleu qui s'assombrit à vue d'œil au-dessus de moi. J'envisage de retourner à la maison chercher un pull lorsque j'entends les pas de quelqu'un dans l'herbe. Et en effet, c'est Henry. Il s'avance dans la clairière et s'assied sur la pierre. Je l'épie depuis mon poste d'observation. Il semble plutôt jeune, la trentaine et des poussières. Il porte le tee-shirt noir uni avec le jean et les baskets montantes. Il reste tranquillement assis, à patienter. De mon côté, je ne peux pas attendre une minute de plus et je jaillis hors de ma cachette, le faisant sursauter.

— Bon sang, Claire, tu veux que le vieux schnock que je suis tombe raide mort ?

— Tu n'es pas un vieux schnock.

Henry sourit. Il devient bizarre dès qu'il est question de son âge.

— Un baiser ! j'exige, et il m'embrasse.

— En quel honneur ? demande-t-il ensuite.

— J'ai eu mon permis de conduire !

L'inquiétude se peint sur son visage.

— Oh non ! Heu, je veux dire, félicitations.

Je lui souris – aucune de ses remarques ne réussira à gâcher mon plaisir.

— Tu es jaloux, c'est tout.

— Exact. J'adore conduire, mais j'évite.

— Pour quelle raison ?

— Trop dangereux.

— Poule mouillée !

— Pas pour moi, mais pour les autres. Tu imagines ce qui se produirait si j'étais au volant et que je disparaissais ? La voiture continuerait de rouler et *boum* ! Des morts et du sang partout. Ce ne serait pas beau à voir.

Je m'assieds sur la pierre à côté de lui. Il s'écarte. Je poursuis comme si de rien n'était.

— Je vais à une soirée chez Ruth. Tu veux venir ?

Il soulève un sourcil. D'habitude, cela signifie qu'il s'apprête à citer un livre dont je n'ai jamais entendu parler ou qu'il va me sermonner sur un sujet ou un autre. Au lieu de quoi, il se contente de répondre :

— Claire, ça impliquerait que je rencontre une partie non négligeable de tes amis.

— Et alors ? J'en ai assez de toutes ces cachotteries.

— Analysons la situation. Tu as seize ans. J'en ai trente-deux, soit seulement le double. Je parie que ce détail ne sautera aux yeux de personne et n'arrivera jamais aux oreilles de tes parents.

— Bon, je soupire. Il faut que j'aille à cette fête. Accompagne-moi et reste dans la voiture, je ne serai pas longue et ensuite on ira se balader quelque part.

HENRY : On se gare à un pâté de maisons de chez Ruth. J'entends la musique d'ici : *Once in a Lifetime* des Talking Heads. À vrai dire, j'aurais assez envie d'accompagner Claire, mais ce ne serait pas sage. Elle saute hors de la voiture, crie : « Reste ici ! » comme à un gros chien désobéissant, et trotte en talons et mini-jupe jusque chez Ruth. Je m'affaisse dans mon siège et j'attends.

CLAIRE : J'ai à peine franchi la porte et déjà il m'apparaît clairement que cette soirée est une erreur. Les parents de Ruth sont partis à San Francisco pour la semaine, ce qui lui laissera au moins le temps de réparer les dégâts, nettoyer et inventer des excuses – il n'empêche que je me réjouis que cette fête n'ait pas lieu chez moi. Le frère aîné de Ruth, Jake, a aussi invité ses amis, et au total il doit bien y avoir une centaine de personnes dans la maison, toutes ivres sans exception. Je compte plus de garçons que de filles et je regrette de ne pas avoir plutôt enfilé un pantalon et des chaussures plates, mais il est trop tard pour changer quoi que ce soit. Alors que j'entre dans la cuisine pour me servir à boire, quelqu'un derrière moi lance : « Visez un peu mademoiselle On-touche-avec-les-yeux ! » et ponctue sa déclaration d'un bruit de succion obscène. Je virevolte et découvre le type qu'on surnomme Face de lézard (à cause de son acné) occupé à me reluquer.

— Jolie robe, Claire.

— Merci, mais je ne l'ai pas mise pour toi, Face de lézard.

Il m'emboîte le pas dans la cuisine.

— Ça, ce n'est pas très gentil, jeune fille. Après tout, je m'efforce seulement de faire l'éloge de cette tenue qui te sied à merveille et en retour je ne récolte qu'insultes...

Pas moyen de lui rabattre le caquet. Finalement, je parviens à m'échapper en interceptant Helen et en l'utilisant comme bouclier humain pour sortir de la pièce.

— Ça craint, lâche-t-elle. Où est passée Ruth ?

Ruth se planque au premier dans sa chambre avec Laura. Elles fument un joint dans le noir en lorgnant par la fenêtre une poignée de copains de Jake qui se baignent à poil dans la piscine. Bientôt, nous nous pressons toutes sur la banquette, bouche bée.

— Miam, commente Helen. J'en ferais bien mon quatre-heures.

— Lequel ? demande Ruth.

— Celui qui est sur le plongeoir.

— Oohh !

— Jetez un œil à Ron, dit Laura.

— C'est Ron, ça ? glousse Ruth.

— Waouh ! Ma foi, je suppose que n'importe qui aurait l'air sexy une fois débarrassé de son tee-shirt Metallica et de son infect blouson en cuir, remarque Helen. Hé ! Claire, tu es bien silencieuse.

— Hein ? Ouais, peut-être, j'acquiesce faiblement.

— Non, mais regarde-toi ! continue Helen. Tu en baves tellement tu meurs d'envie de t'envoyer en l'air ! Je ne suis pas très contente de toi. Comment tu peux te mettre dans un état pareil ? (Elle rit.) Sérieusement, Claire, pourquoi tu ne sautes pas le pas ?

— Je ne peux pas, je réponds lamentablement.

— Bien sûr que si. Il te suffit de descendre et de crier à la cantonade : « Qui veut me baiser ? » pour qu'une cinquantaine de mecs se bousculent : « Moi ! Moi ! »

— Tu n'y es pas. Je ne veux pas... Ce n'est pas...

— Elle a des vues sur quelqu'un en particulier, intervient Ruth sans quitter la piscine des yeux.

— Qui ? demande Helen.

Je hausse les épaules.

— Allez, Claire, crache le morceau.

— Fiche-lui la paix, réplique Laura. Si Claire ne veut pas en parler, elle n'est pas obligée.

Je suis assise à côté de Laura et je pose la tête sur son épaule.

Helen se lève d'un bond.

— Je reviens tout de suite.

— Tu vas où ?

— J'ai apporté du champagne et du jus de poire pour préparer des cocktails Bellini, mais j'ai tout oublié dans la voiture.

Sur ce, elle file comme une flèche. Un grand type avec des

cheveux qui lui arrivent aux épaules exécute un saut périlleux arrière.

— Hou la la ! s'exclament Ruth et Laura en chœur.

HENRY : Ça commence à faire longuet, une bonne heure à vue de nez. J'avale la moitié du sac de chips et siffle le Coca tiède que Claire a pris à mon intention. Je somnole un peu. Las d'attendre, je songe à aller me dégourdir les jambes. D'autant que j'ai besoin de pisser un coup.

J'entends claquer des talons. Je regarde par la fenêtre. Ce n'est pas Claire, mais une blonde d'enfer moulée dans une robe rouge. Je cligne des yeux et reconnais Helen Powell, la copine de Claire. Oh-oh !

Elle arrive à la portière, se penche et m'observe par la vitre. On voit dans sa robe jusqu'à Tokyo. Je me sens un brin déphasé.

— Salut, mec de Claire. Je m'appelle Helen.

— Tu sonnes à la mauvaise porte, Helen. Mais ravi de te connaître.

Son haleine est très alcoolisée.

— Tu ne comptes pas sortir de la voiture pour être présenté dans les formes ?

— Oh ! je suis très bien là où je suis, merci !

— Eh bien, dans ce cas c'est moi qui vais te rejoindre.

Elle contourne la voiture d'un pas incertain, ouvre la portière et se laisse choir derrière le volant.

— Ça fait une éternité que je rêve de te connaître, avoue-t-elle.

— Vraiment ? Pourquoi ?

Je prie pour que Claire vienne me délivrer, mais alors la mèche serait vendue, n'est-ce pas ?

Helen me murmure à l'oreille :

— J'ai compris ton existence par déduction. Mes vastes pouvoirs d'observation m'ont amenée à la conclusion que ce qui reste une fois qu'on a éliminé l'impossible, c'est la vérité, aussi improbable soit-elle. Partant de là... (Elle s'interrompt pour roter.) Tu parles d'une dame ! Excuse-moi. Partant de là, donc, j'en ai déduit que Claire devait avoir un copain, sinon pourquoi refuserait-elle de sauter tous ces charmants garçons qui par ailleurs vivent ça très mal ? Et soudain te voilà. Ta da !

J'ai toujours apprécié Helen, et je suis triste de devoir l'embobiner. Cela explique toutefois la phrase qu'elle m'a glissée le jour de mon mariage. Ah ! qu'il est agréable de voir les petites pièces du puzzle s'emboîter d'elles-mêmes...

— Tout cela est d'une logique imparable, Helen, mais je ne suis pas le petit copain de Claire.

— Qu'est-ce que tu fous dans sa voiture, alors ?

J'ai un éclair de génie. Claire va me tuer.

— Je suis un ami de ses parents. Ça les inquiétait qu'elle prenne la voiture pour se rendre à une fête où l'on risquait de boire, alors ils m'ont demandé de l'accompagner et de faire le chauffeur, des fois qu'elle serait trop beurrée pour conduire.

Helen fait la moue :

— C'est complètement inutile. Notre petite Claire ne boit jamais davantage qu'un tout petit, tout petit dé à coudre...

— Je n'ai jamais dit le contraire. Ses vieux font une crise de parano, c'est tout.

Des talons hauts sur le trottoir. C'est bien Claire, cette fois. Elle se fige en voyant que j'ai de la compagnie.

Helen bondit de la voiture et lance :

— Eh ! Claire ! Ce vilain monsieur prétend qu'il n'est pas ton copain !

Claire croise mon regard.

— Bien sûr que non, répond-elle froidement.

— Ah bon ! dit Helen. Tu t'en vas ?

— Il est presque minuit. Je vais bientôt me transformer en citrouille.

Claire fait le tour de la voiture et ouvre sa portière.

— Allez, Henry, on repart.

Elle démarre le moteur.

Helen reste statufiée dans la lumière des phares. Puis elle vient à ma fenêtre.

— Pas le petit copain de Claire, hein ? *Henry*. C'est que tu m'as vraiment fait douter, mais si, mais si. Au revoir, Claire...

Elle se bidonne, et Claire quitte le parking d'une façon baroque avant de mettre les gaz. Ruth habite sur Conger. En débouchant sur Broadway je constate que tous les lampadaires sont éteints. Broadway est une voie rapide en ligne droite, mais sans éclairage on croirait nager dans un encrier.

— Tu devrais te mettre en pleins phares, Claire.

Elle attrape la manette, éteint tout.

— Claire !

— Ne me dis pas ce que je dois faire !

Alors je la boucle. Je distingue seulement les chiffres de l'horloge de l'autoradio. 11 h 36. J'entends la carrosserie fendre l'air, le bruit du moteur ; je sens le contact des pneus sur l'asphalte, mais j'ai l'impression de stagner, que c'est le monde qui tourne sous nos roues à soixante-dix kilomètres à l'heure. Je ferme les yeux. Ça ne change rien. Je les rouvre. Mon cœur palpite.

Des phares surgissent au loin. Claire rallume les siens et nous fonçons de nouveau, parfaitement centrés entre les lignes jaunes de notre file. Il est 11 h 38.

Le visage de Claire est un masque dans la lueur du tableau de bord.

— Pourquoi t'as fait ça ? je lui demande d'une voix tremblante.

— Pourquoi pas ? rétorque-t-elle, aussi calme qu'une mare en été.

— Parce qu'on aurait pu crever dans un accident, pardi.

Claire ralentit pour bifurquer sur Blue Star Highway.

— Mais ça ne se passe pas comme ça, explique-t-elle. Je grandis, je te rencontre, on se marie et hop ! te voilà.

— Et si ça se trouve, t'emplafonnais la voiture et on passait l'année sur un lit d'hôpital.

— Dans ce cas tu m'aurais mise en garde.

— J'ai bien voulu, mais tu m'as crié dessus !

— Non, je veux dire qu'un toi plus âgé aurait dit à une moi plus jeune de ne pas emplafonner la voiture.

— Sauf que d'ici là, ça se serait déjà produit !

Nous atteignons Meagram Lane et nous y engageons. Il s'agit de la route privée qui mène à la maison.

— Arrête-toi sur le côté, veux-tu ? S'il te plaît, Claire.

Elle mord sur l'herbe, stoppe, coupe le moteur et les feux. Il fait à nouveau noir comme dans un four, et j'entends chanter un million de cigales. Mon bras va chercher Claire pour la serrer contre moi. Je la sens tendue et rétive.

— Promets-moi une chose.

— Quoi ? dit-elle.

— Promets-moi de ne pas recommencer ce genre de jeu. Pas seulement en voiture, mais face à tous types de dangers. Parce qu'on ne peut jamais savoir. L'avenir est bien étrange, et tu ne peux pas partir du principe que tu es invincible.

— Mais si tu m'as vue dans le futur...

— Crois-moi. Je te demande juste de me croire.

Elle s'esclaffe :

— Et pourquoi ferais-je une chose pareille ?

— Je sais pas. Parce que je t'aime ?

Elle tourne la tête si vite qu'elle me cogne la mâchoire.

— Aïe !

— Désolée.

Je distingue à peine le contour de son visage.

— Tu m'aimes ? demande-t-elle.

— Oui.

— Là, à l'instant ?

— Oui.

— Mais tu n'es pas mon petit ami.

Ah ! C'est donc ça qui la chagrine.

— Eh bien, officiellement parlant, je suis ton mari. Mais puisque dans les faits tu ne m'as pas encore épousé, j'imagine qu'il faut te considérer comme ma copine.

Claire pose sa main là où sans doute elle ne devrait pas.

— Je préférerais être ta maîtresse.

— Mais tu n'as que seize ans, Claire.

Je repousse gentiment sa main et lui caresse la joue.

— C'est bien assez vieux. Beurk ! t'as les mains toutes mouillées !

Elle allume le plafonnier et je découvre avec stupeur des traces de sang sur son visage et sa robe. J'ouvre mes mains, qui sont collantes et rouges.

— Henry ! Qu'est-ce qui se passe ?

— Je sais pas.

Je lèche ma paume et quatre entailles en forme de croissants apparaissent sur une même rangée. J'éclate de rire.

— Ça vient de mes ongles. Quand tu roulais sans phares.

Claire éteint le plafonnier et nous replonge dans le noir. Les cigales s'époumonent.

— Je ne voulais pas t'effrayer.

— Petite menteuse. Pourtant, je n'ai pas peur quand tu conduis, d'habitude. C'est juste que...

— Quoi ?

— J'ai eu un accident quand j'étais môme, et depuis je n'aime pas monter en voiture.

— Oh ! je suis désolée !

— Pas grave. Au fait, il est quelle heure ?

— Mon Dieu ! (Elle rallume la lumière. 0 h 12.) Je suis en retard. Comment je peux me pointer avec tout ce sang partout ?

Son affolement m'amuse.

— Regarde. (Je frotte ma paume gauche sur sa lèvre, puis sous son nez.) Tu auras saigné du nez.

— D'accord.

Elle démarre, met les phares et reprend la route.

— Etta va flipper en me voyant.

— Etta ? Et tes parents, alors ?

— Maman sera sûrement couchée à l'heure qu'il est, et c'est la soirée poker de papa.

Elle ouvre la grille et on entre.

— Si ma gamine prenait la voiture le lendemain de son permis, je camperais derrière la porte d'entrée avec un chronomètre.

Claire stoppe la voiture hors de vue de la maison.

— On a des gosses ?

— Désolé, c'est confidentiel.

— Tu vas voir, je vais invoquer la loi sur la liberté de l'Information, si tu continues.

— Comme il te plaira. (Je l'embrasse avec précaution, pour préserver le faux saignement.) Tu me diras ce que t'as appris. (J'ouvre ma portière.) Bonne chance avec Etta.

— Bonne nuit.

— Bonne nuit.

Je sors et referme la portière le plus discrètement possible. La voiture dérive le long de l'allée, jusque fond du tournant, puis dans la nuit. Je marche dans son sillage, vers un lit dans le Pré sous les étoiles.

Dimanche 27 septembre 1987
(Henry a trente-deux ans, Claire seize)

HENRY : Je me matérialise dans le Pré, environ trois mètres à l'ouest de la clairière. Je me sens mal en point, étourdi et nauséeux, alors je m'assieds quelques minutes pour reprendre des forces. Il fait froid et gris, les hautes herbes brunes me dépassent et me tailladent la peau. Bientôt je me sens mieux et tout est calme, alors je me lève pour entrer dans la clairière.

Claire est assise par terre, adossée au rocher. Elle ne dit rien, me regarde d'un air qui n'évoque que la colère. *Oh-oh!* je pense. *Qu'est-ce que j'ai fait?* Elle est dans sa période Grace Kelly : manteau de laine bleue et jupe rouge. Je cherche en grelottant la boîte de fringues. Je la trouve, avec à l'intérieur un jean noir, un pull noir, des chaussettes en laine noires, un pardessus noir, des bottes noires et des gants de cuir noirs. À croire que je vais tenir la vedette dans un film de Wim Wenders. Je m'assieds à côté d'elle.

— Salut, Claire. Comment ça va?

— Salut, Henry. Tiens.

Elle me tend un Thermos et deux sandwiches.

— Merci beaucoup. Je ne me sens pas très bien, alors je vais attendre un peu avant de manger.

Je pose mon repas sur le rocher. Le Thermos est rempli de café, que j'inhale profondément. Son seul arôme me remet d'aplomb. Je répète :

— Tu vas bien?

Elle ne me regarde pas. En scrutant son visage, je vois qu'elle a pleuré.

— Dis, Henry, tu tabasserais quelqu'un pour moi?

— Quoi?

— J'ai envie de cogner quelqu'un, mais je ne suis pas de

taille et je ne sais pas me battre. Tu pourrais le faire à ma place ?

— Ben dis donc... Mais de quoi tu parles ? De qui ? Pourquoi ?

Elle regarde ses genoux.

— J'ai pas envie d'en parler. Tu n'as qu'à me croire sur parole, si je te dis qu'il le mérite largement.

Je crois savoir de quoi il retourne ; il me semble l'avoir déjà entendue mentionner cette histoire. Je soupire, me rapproche d'elle, la prends par la taille. Elle pose sa tête sur mon épaule.

— Ça concerne un type avec qui tu es sortie, c'est ça ?

— Ouais.

— C'était un connard, alors tu veux que je le démolisse.

— Ouais.

— Tu sais, Claire, des tas de mecs sont des connards. Moi-même j'en étais un.

Elle rit.

— T'étais sûrement moins con que Jason Everleigh !

— C'est un joueur de foot américain, quelque chose comme ça ?

— Oui.

— Mais Claire, qu'est-ce qui te fait penser que je peux éclater une grosse baraque qui a la moitié de mon âge ? Qu'est-ce que tu fabriquais avec un type pareil, d'abord ?

Elle hausse les épaules.

— Tout le monde me charrie à l'école parce que je sors jamais avec personne. Ruth, Meg, Nancy... Et il y a toutes ces rumeurs comme quoi je serais lesbienne. Même maman me demande pourquoi je ne fréquente pas de garçons. Des mecs m'invitent, et je les envoie promener. Puis Beatrice Dilford, qui *elle* est une vraie gouine, m'a demandé si j'en étais. Je lui ai dit que non, et elle a répondu que ça ne l'étonnait pas, mais comme tout le monde racontait ça... Alors je me suis dit bon, je devrais peut-être sortir avec quelques mecs. Là-dessus, le premier à me le proposer, c'était Jason. Il est, comment dire, très baraqué, et il est vraiment mignon, et je me suis dit que si je sortais avec lui tout le monde serait au courant, et ça leur fermerait le clapet.

— Alors c'était ton tout premier rancard ?

— Ouais. On est allés dans un restau italien. Il y avait déjà Laura et Mike, et quelques autres de la classe de théâtre. J'ai voulu payer ma part mais il a dit non, il faisait jamais comme ça, et bon, ça m'a pas trop dérangée, je veux dire. On a parlé du bahut, de trucs et de machins, et de foot. Puis on est allés voir *Vendredi 13 épisode VII*. Un film archi-débile, au cas où tu comptais y aller.

— Je l'ai vu.

— Ah bon ? Comment ça se fait ? *A priori,* c'est pas trop ton style.

— Pour les mêmes raisons que toi : mon rancard voulait le voir.

— C'était qui ?

— Une femme prénommée Alex.

— Elle ressemblait à quoi ?

— Une guichetière de banque à gros seins qui aimait les fessées.

À l'instant où ces mots sortent de ma bouche, je me rends compte que je parle à Claire l'adolescente, et non à Claire mon épouse. Je me flanque une baffe mentale.

— Les fessées ? relève-elle en souriant, les sourcils dressés au milieu du front.

— Peu importe. Alors vous êtes allés au cinoche, et... ?

— Ah oui ! Eh bien, après il a voulu aller à Traver.

— C'est quoi, Traver ?

— C'est une ferme du nord de la ville. (Sa voix faiblit, je l'entends à peine.) C'est là qu'on va pour... faire tu sais quoi. (Je reste muet.) Alors je lui dis que je suis nase, que je préfère rentrer, et c'est là qu'il est devenu, comment dire... furieux.

Claire se tait ; nous restons assis en silence, à écouter les oiseaux, les avions, le vent. Elle reprend :

— Il était *vraiment* furieux.

— Alors qu'est-ce qui s'est passé ?

— Il refusait de me raccompagner. Je savais pas trop où on était – quelque part sur la route 12, il tournait un peu en rond, en prenant les petites rues... Bon Dieu, j'en sais rien. Il a pris un chemin de terre, et on est arrivés à ce petit cottage. Il y avait un lac pas loin, je pouvais l'entendre. Et il avait la clé.

Je deviens nerveux. Claire ne m'a jamais rien dit de cet épisode, sinon qu'elle avait passé une soirée lamentable avec un certain Jason, footballeur. Elle se tait à nouveau.

— Il t'a violée, Claire ?

— Non. Il a dit que j'étais... pas assez bonne. Il a dit – non, il ne m'a pas violée. Il m'a juste – fait mal. Il m'a fait...

Les mots restent bloqués dans sa gorge. Je patiente. Claire déboutonne son manteau, le retire. Elle ôte son chemisier, et je découvre son dos couvert d'ecchymoses. Sombres, violacées sur sa peau blanche. Puis elle se retourne et j'avise une brûlure de cigarette sur son sein droit, cloquée, affreuse. Un jour je lui ai demandé d'où venait cette cicatrice, mais elle a refusé de répondre. Je vais tuer ce type. Je vais le détruire. Claire me fait face, assise, les épaules en arrière, elle a la chair de poule. Elle attend. Je lui rends son chemisier et elle se rhabille.

— D'accord, je lui dis calmement. Où est-ce que je peux trouver ce mec ?

— Je te conduis, répond-elle.

Claire me récupère dans la Fiat au bout de l'allée, là où personne ne peut nous voir. Elle porte des lunettes noires, malgré la grisaille de l'après-midi, ainsi que du rouge à lèvres et un chignon. Elle paraît bien plus que seize ans. On la croirait tout droit sortie de *Fenêtre sur cour*, même si la ressemblance serait plus saisissante encore si elle était blonde. On fonce au milieu des arbres dorés de l'automne, mais à cet instant je doute qu'aucun de nous se soucie de leurs couleurs. Dans ma tête défile en boucle le film du calvaire enduré par Claire.

— Il est costaud comment ?

Elle réfléchit.

— Il mesure cinq centimètres de plus que toi. Il est beaucoup plus lourd. De vingt-cinq kilos, disons.

— La vache...

— J'ai pris ceci.

Elle plonge la main dans son sac et sort un flingue.

— Claire !

— C'est à papa.

Mes neurones s'emballent.

— C'est une mauvaise idée, Claire. J'éprouve assez de haine pour m'en servir, et ce serait stupide. Attends un peu. (Je lui prends l'arme des mains, ouvre la chambre, retire les balles et les range dans son sac.) Voilà qui est mieux. Oui, c'est une riche idée, Claire. (Elle me lance un regard interrogateur. J'enfourne le flingue dans la poche de mon pardessus.) Tu préfères que j'agisse de manière anonyme, ou tu veux qu'il sache que c'est de ta part ?

— Je veux être là.

— Je vois.

Elle tourne dans une allée privée et s'arrête.

— Je veux l'emmener quelque part, je veux que tu l'amoches très salement et je veux regarder. Je veux qu'il fasse dans son froc.

Je soupire.

— Tu sais, Claire, je ne donne pas dans ce genre de trucs en temps normal. Je me bats essentiellement par autodéfense.

— S'il te plaît, articule-t-elle d'une voix monocorde.

— Bien sûr.

On repart vers le fond de l'allée, pour stopper devant une grande maison moderne de style néo-colonial. Aucune voiture en vue. Du Van Halen s'échappe d'une fenêtre du premier. On se rend à la porte d'entrée et je me poste sur le côté pendant que Claire appuie sur la sonnette. La musique finit par cesser, quelqu'un descend lourdement l'escalier. La porte s'ouvre, et après un temps d'arrêt une voix grave lance :

— Quoi ? T'as pas eu ton compte ?

J'en ai assez entendu. Je sors le flingue et surgis à côté de Claire. Je pointe le canon sur le torse du type.

— Salut, Jason, dit Claire. J'ai pensé que t'aimerais peut-être te balader avec nous.

Il fait ce que j'aurais fait à sa place – se laisser tomber et rouler vers un abri – mais il n'est pas assez rapide. J'ai franchi le seuil et je tombe sur son torse, lui vidant les poumons d'un trait. Je me relève, abats ma botte sur sa poitrine et pointe le flingue sur sa tête. *C'est magnifique mais ce n'est pas la guerre**, comme dirait l'autre. Jason a un petit côté Tom Cruise, très beau gosse, très américain.

— Il joue à quel poste ? je demande à Claire.

— Demi.

— Tiens donc. J'aurais jamais deviné. Allez, debout garçon, et les mains bien en évidence.

Il obtempère. Je le sors de la maison. Nous sommes tous trois dans l'allée quand il me vient une idée. J'envoie Claire à l'intérieur pour chercher de la corde ; elle revient au bout de quelques minutes munie de ciseaux et de ruban adhésif.

— Où veux-tu faire ça ? je lui demande.

— Dans la forêt.

Jason halète comme un buffle pendant qu'on le mène à

travers bois. On marche pendant cinq minutes jusqu'à ce qu'apparaisse une clairière, en lisière de laquelle trône un orme des plus pratiques.

— Qu'est-ce que tu penses d'ici, Claire ?

— Ouais.

Je la regarde. Elle est parfaitement impassible, détachée comme une meurtrière de chez Raymond Chandler.

— Je t'écoute, Claire.

— Attache-le à l'arbre.

Je lui confie le flingue, joins les mains de Jason derrière le tronc et le menotte avec le Scotch. Le rouleau est quasi neuf, et je compte bien tout utiliser. Jason respire de plus en plus fort, avec un sifflement. Je reviens face à lui et je regarde Claire. Elle fixe Jason comme une vilaine œuvre d'art conceptuel.

— T'es asthmatique ? demande-t-elle.

Il hoche la tête. Ses pupilles se réduisent à deux minuscules points noirs.

— Je vais chercher son inhalateur, dit Claire.

Elle me rend le flingue et reprend tranquillement le chemin de la baraque. Jason tente de ralentir son souffle, de se calmer. Il essaie de parler.

— Qui... qui êtes-vous ? demande-t-il dans un râle.

— Je suis le petit ami de Claire. Je suis là pour t'apprendre les bonnes manières, puisque tu n'en connais aucune.

J'abandonne mon ton caustique et me rapproche de lui pour susurrer :

— Comment t'as pu lui faire ça ? Elle est tellement jeune. Elle ne connaît rien à la vie, et tu viens tout foutre en l'air...

— C'est une... allumeuse.

— Elle se rend même pas compte. C'est comme torturer un chaton parce qu'il t'a mordu.

Jason ne répond rien. Son souffle n'est que longs gémissements chevrotants. Juste quand je commence à m'inquiéter, Claire réapparaît. Elle brandit l'inhalateur et me demande :

— Tu sais te servir de ce machin, chéri ?

— Je crois qu'il faut l'agiter, puis tu le lui fourres dans la bouche et tu presses.

Elle s'exécute, lui demande s'il en veut encore. Il opine. Au bout de quatre inhalations, on le regarde retrouver peu à peu une respiration normale.

— Prête ? je demande à Claire.

Elle prend les ciseaux, les fait cliqueter dans le vide. Jason tressaille. Claire s'avance vers lui, s'agenouille, et commence à découper ses vêtements.

— Eh ! proteste Jason.

— Veux-tu te taire ! j'ordonne. On te fait rien de mal. Pour l'instant.

Le jean achevé, Claire passe au tee-shirt. J'entreprends de scotcher Jason à l'arbre. Je lui bande d'abord les chevilles, puis remonte avec application vers les mollets et les cuisses.

— Arrête-toi là, décide Claire en indiquant un point juste sous l'entrejambe.

Elle lui découpe le slip. Je passe à la taille. Il a la peau moite et bronzée, en dehors d'une zone au contour franc laissée par un maillot de type Speedo. Il sue à grosses gouttes. Je dévide le ruban jusqu'à ses épaules, et m'arrête là car je veux qu'il puisse respirer. On recule d'un pas pour admirer le boulot. Voilà notre Jason en momie de Scotch avec une grosse érection. Claire s'esclaffe. Je la regarde avec sévérité. Son hilarité a quelque chose d'implacable et de cruel, et j'ai l'impression que cet instant établit une démarcation, une sorte de *no man's land* entre son enfance et sa vie de femme.

— Et après ? je m'enquiers.

Une part de moi-même rêve de réduire Jason en hamburger, tandis qu'une autre refuse de frapper un homme ligoté à un arbre. Jason est rouge comme une tomate, et le contraste avec le gris du Scotch est du plus bel effet.

— Tu sais, je crois que ça suffit comme ça, estime Claire.

Je suis soulagé. Et c'est pourquoi je dis :

— T'es sûre ? Y a pourtant plein de trucs que je pourrais faire. Lui percer les tympans ? Lui casser le nez ? Non, attends, il se l'est déjà cassé tout seul. On pourrait lui couper les tendons d'Achille. Il ne rejouerait pas au football de sitôt.

— Non ! crie Jason en tirant sur ses liens.

— Alors demande pardon, je lui dis.

Jason hésite.

— Désolé.

— C'est vraiment pathétique...

— Comme tu dis, répond Claire.

Elle farfouille dans son sac et déniche un marqueur. Elle s'approche de Jason comme d'un fauve dangereux, et se met à écrire sur son torse enrubanné. Puis elle recule et rebouche son feutre. Elle vient de dresser le compte rendu de leur rancard. Elle range le feutre et dit :

— Allons-y.

— On peut pas le laisser comme ça, Claire. Il pourrait refaire une crise.

— Mmm. Bon, je sais. Je vais appeler des gens.

— Attends un peu, lance Jason.

— Quoi ? répond Claire.

— Tu comptes appeler qui ? Appelle Rob !

Elle éclate de rire.

— Ben voyons ! Je vais appeler toutes les filles que je connais, oui.

Je m'approche de Jason et lui colle le flingue sous le menton.

— Si tu mentionnes mon existence à un seul être humain et que je vienne à l'apprendre, je reviens et je t'anéantis. Tu ne pourras ni marcher, ni parler, ni manger, ni baiser après ça.

Tout ce que tu sais, c'est que Claire est une gentille fille qui pour d'inexplicables raisons ne sort avec personne. Pigé ?

Jason me jette un regard plein de haine.

— Pigé.

— On a fait preuve d'une grande clémence, là. Mais embête encore Claire de quelque manière que ce soit, et tu seras désolé pour de bon.

— D'accord.

— Bien ! (Je range le flingue dans ma poche.) J'ai passé un très bon moment.

— Écoute, tête de nœud...

Et puis merde. Je recule d'un pas et lui assène de tout mon poids un pied chassé dans les parties. Jason hurle. Je me retourne vers Claire, livide sous son maquillage. Jason est en larmes. À deux doigts de défaillir.

— Allons-y, Claire.

Elle acquiesce. On repart vers la voiture, moroses. J'entends Jason brailler après nous. On grimpe à bord, Claire démarre, braque et met les gaz.

Je la regarde conduire. Il commence à pleuvoir. Un sourire satisfait lui frise le coin des lèvres.

— C'est ce que tu voulais ? je demande.

— Oui, répond-elle. C'était parfait. Merci.

— Tout le plaisir était pour moi.

La tête commence à me tourner.

— Je crois que suis sur le point de partir, Claire...

On s'arrête dans une rue transversale. La pluie fouette la carrosserie, comme les rouleaux du lavage automatique.

— Embrasse-moi, dit Claire.

Je l'embrasse et disparais.

Lundi 28 septembre 1987 (Claire a seize ans)

Claire : Lundi, au lycée, tout le monde me dévisage mais personne ne m'adresse la parole. J'ai l'impression d'être Harriet la petite espionne après que ses camarades sont tombées sur son journal de bord. Descendre le couloir s'apparente à écarter les eaux de la mer Rouge. À mon arrivée en cours de littérature, en première heure, tout le monde s'arrête de bavarder. Je m'assieds à côté de Ruth. Elle me sourit et m'observe d'un air inquiet. Je ne dis pas un mot moi non plus, mais soudain je sens sa main sur la mienne sous la table, chaude et petite. Ruth la laisse là pendant un moment, puis la retire lorsque M. Partaki débarque. Celui-ci, remarquant que la classe est anormalement silencieuse, s'enquiert d'une voix douce : « Vous avez passé un bon week-end ? » Et Sue Wong répond : « Oh ! ça *oui* ! », et des rires nerveux parcourent la salle comme un frémissement. Partaki est perplexe, un silence terrible s'installe. Puis il dit : « Parfait, alors embarquement immédiat pour *Billy Budd*. En 1851, Herman Melville publie *Moby Dick*, accueilli avec une abyssale indifférence par le public américain... » Ses paroles glissent sur moi. Même avec un caraco en coton, j'ai la sensation que mon pull m'écorche la peau et mes côtes sont douloureuses. Mes camarades se dépêtrent laborieusement de la discussion sur *Billy Budd*. La cloche sonne enfin et elles s'enfuient. Je les suis, lentement, en compagnie de Ruth.

— Ça va ? interroge-t-elle.

— À peu près.

— J'ai fait ce que tu m'avais demandé.

— À quelle heure ?

— 6 heures environ. J'avais peur que ses parents se pointent et le trouvent. Ça n'a pas été une mince affaire de le détacher. Le Scotch lui a arraché tous les poils du torse.

— Tant mieux. Est-ce que beaucoup de gens l'ont vu ?

— Ouais, tout le monde. Enfin, les filles en tout cas. Aucun garçon, à ma connaissance.

Les couloirs sont presque déserts. Je suis plantée devant la salle de français.

— Claire, je comprends *pourquoi* tu l'as fait, mais je ne pige pas *comment* tu l'as fait.

— J'ai eu de l'aide.

La sonnerie de fin d'interclasse retentit, Ruth bondit.

— Oh ! mon Dieu ! Je suis arrivée en retard au cours de gym cinq fois de suite !

Elle s'éloigne, comme repoussée par un puissant champ magnétique.

— Tu me raconteras au déjeuner, lance-t-elle alors que je pivote pour entrer dans la salle de Mme Simone.

— *Ah! mademoiselle Abshire, asseyez-vous, s'il vous plaît.**

Je m'installe entre Laura et Helen. Helen m'écrit un mot : *Bravo!* On traduit Montaigne. On s'applique sans bruit tandis que Mme Simone se promène dans la classe et nous corrige. J'ai du mal à me concentrer. J'ai à l'esprit le visage d'Henry après qu'il a frappé Jason d'un coup de pied : parfaitement impassible, comme s'il venait simplement de lui serrer la main, comme s'il ne pensait à rien en particulier, et ensuite son expression inquiète parce qu'il ne savait pas comment je réagirais, et je me suis rendu compte qu'il avait pris plaisir à le faire souffrir. Est-ce pareil que Jason prenant plaisir à me faire souffrir ? Mais Henry est quelqu'un de bien. Est-ce que ça excuse tout ? Suis-je excusable d'avoir voulu qu'il me venge ?

— Claire, *attendez**, rectifie Mme Simone, à mon coude.

Après la cloche, de nouveau, tout le monde se rue dehors. Je marche avec Helen. Laura m'étreint brièvement pour s'excuser et fonce vers sa classe de musique à l'autre bout du bâtiment. Helen et moi avons toutes les deux gym en troisième heure.

— Eh ben, ma fille, rit-elle. Je n'en croyais pas mes yeux. Comment tu t'y es prise pour le scotcher à cet arbre ?

Quelque chose me dit que je vais rapidement me lasser de cette question.

— J'ai un ami spécialisé dans ce genre d'interventions. Il m'a donné un petit coup de main.

— Qui est cet ami mystérieux ?

— Un client de mon père, je mens.

Helen secoue la tête.

— Tu es vraiment une piètre menteuse.

Je souris, reste muette.

— C'est Henry, n'est-ce pas ?

Je hoche la tête, pose un doigt sur mes lèvres. Nous avons atteint le gymnase. Nous pénétrons dans le vestiaire et *abracadabra !* toutes les filles se taisent sur-le-champ. Puis des murmures étouffés remplissent le silence. Mon casier et celui d'Helen sont situés dans le même renfoncement. J'ouvre le mien, en sors mon survêtement et mes baskets. J'ai réfléchi à ce que j'allais faire. J'enlève mes chaussures et mes bas pour ne garder que mon maillot de corps et ma culotte. Je ne porte pas de soutien-gorge à cause de la douleur.

— Hé ! Helen !

Je retire mon caraco, Helen se tourne vers moi.

— Nom de Dieu, Claire !

Les ecchymoses sont encore plus impressionnantes qu'hier. Certaines ont viré au vert. Il y a des zébrures sur mes cuisses, laissées par la ceinture de Jason.

— Oh ! Claire !

Helen s'avance vers moi et m'entoure de ses bras avec précaution. Le silence règne dans la pièce, je regarde pardessus son épaule et m'aperçois que toutes les filles se sont rassemblées autour de nous. Helen se redresse, soutient leur regard, et s'exclame : « Alors ? » Quelqu'un se met à applaudir au fond, et bientôt elles applaudissent toutes, et elles rient, et elles parlent, et elles poussent des cris de joie, et je me sens légère, aussi légère que l'air.

Mercredi 12 juillet 1995
(Claire a vingt-quatre ans, Henry trente-deux)

Claire : Je suis couchée, à moitié endormie, lorsque la main d'Henry m'effleure le ventre et je prends alors conscience qu'il est de retour. J'ouvre les yeux, il se penche et embrasse la petite cicatrice de la brûlure de cigarette et, dans la pénombre, je touche son visage. « Merci », je chuchote, et il répond : « Je t'en prie », et c'est la seule et unique fois que nous mentionnons l'épisode.

Dimanche 11 septembre 1988
(Henry a trente-six ans, Claire dix-sept)

Henry : Claire et moi profitons du verger par un chaud après-midi de septembre. Les insectes bourdonnent dans le Pré sous un soleil doré. Tout est calme, et par-dessus l'herbe sèche l'air semble bouillonner. Nous sommes à l'ombre d'un pommier. Claire est adossée au tronc, assise sur un coussin pour atténuer la dureté des racines. Je suis étendu par terre, la tête sur ses genoux. On vient de déjeuner, et les reliefs du repas sont dispersés autour de nous, parmi les fruits tombés de l'arbre. Je suis repu et satisfait. Dans mon présent c'est le mois de janvier, et Claire et moi sommes en froid. Cet interlude estival n'en est que plus idyllique.

Elle déclare :

— J'aimerais bien te dessiner, juste comme ça.

— À l'envers et endormi ?

— Détendu. Tu parais si serein...

Ma foi, pourquoi pas ?

— Vas-y, alors.

Si nous sommes venus ici, c'est parce que Claire doit dessiner des arbres pour son cours d'arts plastiques. Elle attrape son carnet de croquis, retrouve ses fusains et pose le carnet en équilibre sur son genou.

— Tu veux que je bouge ? je demande.

— Non, ça ferait trop de changements. Remets-toi comme tu étais, s'il te plaît.

Je reprends ma contemplation béate des branches se détachant sur le ciel.

L'immobilité est une discipline. Je peux rester figé de longs moments quand je bouquine, mais poser pour Claire me demande toujours d'étonnants efforts. Même la position la plus confortable au début devient une torture au bout d'une quinzaine de minutes. Sans rien bouger d'autre que mes yeux, je regarde Claire. Elle est toute à son dessin. Quand Claire dessine, on croirait que le monde a disparu autour d'elle, la laissant seule avec son objet d'étude. Voilà pourquoi j'adore qu'elle me dessine : quand elle me fixe avec cette attention, j'ai l'impression d'être tout pour elle. C'est ce même regard qu'elle m'offre quand nous faisons l'amour.

À cet instant elle croise mon regard et sourit.

— J'ai oublié de te demander : tu viens de quand ?

— Janvier 2000.

Son sourire s'envole.

— Vraiment ? J'aurais dit un peu plus tard...

— Pourquoi ? J'ai l'air si vieux ?

Elle passe ses doigts sur mon nez, de l'arête jusqu'aux sourcils.

— Mais non, tu n'as pas l'air vieux. Mais tu parais heureux et paisible, alors que d'habitude, quand tu débarques de 98, 99 ou 2000, tu es en rogne, ou flippé, et tu refuses de me dire pourquoi. Puis arrive 2001, et tu redeviens toi-même.

Je ris :

— On croirait entendre une diseuse de bonne aventure. Je ne m'étais jamais rendu compte que tu surveillais mes humeurs d'aussi près.

— Et sur quoi d'autre veux-tu que je me base ?

— N'oublie pas que d'ordinaire c'est le stress qui m'envoie vers toi. Mais ne va pas te mettre dans l'idée que ce sont des années noires d'un bout à l'autre. On vit aussi tout plein de belles choses.

Claire se replonge dans son dessin. Elle a renoncé à m'interroger sur notre avenir, préfère me demander :

— De quoi as-tu le plus peur, Henry ?

La question me surprend. Je réfléchis.

— Du froid. J'ai peur de l'hiver. J'ai peur de la police. J'ai peur d'atterrir au mauvais endroit au mauvais moment et de me faire renverser par une voiture, ou passer à tabac. Ou de me retrouver coincé dans le passé, sans pouvoir revenir. J'ai peur de te perdre.

Claire sourit.

— Comment pourrais-tu me perdre ? Je ne vais nulle part.

— J'ai peur que tu te lasses de mon instabilité et que tu me quittes.

Claire repose son carnet. Je m'assieds.

— Je ne te quitterai jamais, déclare-t-elle. Même si toi, tu me quittes sans cesse.

— Mais ce n'est jamais voulu.

Claire me montre son travail. Je le connais déjà ; il est accroché à côté de sa table à dessin dans son atelier à la maison. Sous son crayon j'ai l'air serein, en effet. Claire signe son œuvre et commence à inscrire la date.

— Arrête. Il n'est pas daté.

— Ah bon ?

— Je l'ai déjà vu. Il ne porte aucune date.

— Entendu.

Elle efface l'inscription et la remplace par *Meadowlark*, le nom de la propriété.

— Voilà, dit-elle, puis elle semble perplexe. Il ne t'arrive jamais de déceler certains changements quand tu reviens dans le présent ? Tiens, imagine que je date ce dessin, là tout de suite. Qu'est-ce qui va se passer ?

— J'en sais rien. T'as qu'à essayer.

Elle efface *Meadowlark* et note *11 septembre 1988.*

— C'est fait, dit-elle. C'était fastoche.

On échange un sourire amusé, puis elle se gausse :

— Si j'ai violé le continuum spatio-temporel, ce n'est pas très flagrant !

— Je te ferai savoir si tu viens de déclencher la Troisième Guerre mondiale.

Soudain je me sens comme pris de tremblements.

— Je crois que je m'en vais, Claire...

Elle m'embrasse et je disparais.

Jeudi 13 janvier 2000
(Henry a trente-six ans, Claire vingt-huit)

Henry : Le dîner terminé, je ne cesse de penser au dessin de Claire, alors je me rends dans son atelier pour l'admirer. En ce moment, Claire réalise une immense sculpture à partir de filaments de papier mauve ; on dirait le croisement d'un Muppet et d'un nid d'oiseau. Je contourne le chantier avec précaution et me plante devant sa table. Le dessin n'est plus là.

Claire arrive, les bras chargés de chanvre de Manille.

— Salut, dit-elle. (Elle lâche son paquet et me rejoint.) Quoi de neuf ?

— Où est passé le dessin qui était accroché ici ? Celui que tu as fait de moi.

— Hein ? Ah oui ! Je ne sais pas. Il est peut-être tombé. (Elle plonge sous la table.) Je ne le vois pas. Si, attends... le voilà. (Elle refait surface, tenant le dessin entre deux doigts.) Beurk ! il est plein de toiles d'araignées.

Elle l'époussette et me le tend. Je l'examine. Il n'est toujours pas daté.

— Où est passée la date ?

— Quelle date ?

— Tu avais inscrit la date en bas, ici. Sous ton nom. On dirait qu'elle a été grattée.

Claire éclate de rire.

— C'est bon. J'avoue. Je l'ai effacée.

— Pourquoi ?

— C'est que tu m'as fichu la trouille avec tes histoires de Troisième Guerre mondiale ! J'ai commencé à me dire : et si on ne se rencontrait jamais dans le futur parce que j'ai tenu à faire ce test idiot ?

— Tu as bien fait.

— Pourquoi ?

— Je sais pas. Mais je pense que c'était mieux ainsi.

On se regarde un instant puis Claire sourit, je hausse les épaules, et voilà. Mais pourquoi cette impression d'être passé à deux doigts d'un événement impossible ? Et pourquoi suis-je à ce point soulagé ?

VEILLE DE NOËL, I
(LE MÊME ACCIDENT, LA MÊME VOITURE)

Samedi 24 décembre 1988
(Henry a quarante ans, Claire dix-sept)

HENRY : C'est un sombre après-midi d'hiver. Je me trouve au sous-sol de Meadowlark. Claire m'a laissé des vivres : rôti de bœuf et fromage sur pain complet avec moutarde, une pomme, un litre de lait, et une bassine remplie de biscuits de Noël, de boules glacées, de calissons noix-cannelle, et des cookies aux cacahuètes truffés de chocolat. Je porte mon jean préféré avec un tee-shirt des Sex Pistols. Je devrais être un campeur heureux, mais ce n'est pas le cas. Claire m'a aussi laissé le *South Haven Daily* du jour, daté du 24 décembre 1988. La veille de Noël. Ce soir, au Fais-moi planer de Chicago, le moi de vingt-cinq ans va boire jusqu'à glisser du tabouret de bar, et finir la nuit par un lavage d'estomac au Mercy Hospital. C'est le dix-neuvième anniversaire de la mort de ma mère.

Assis en silence, je pense à elle. C'est drôle comme la mémoire s'érode. Si je disposais pour toute matière de mes souvenirs d'enfance, je garderais de ma mère une image délavée, lisse, ponctuée de quelques moments forts. À l'âge de cinq ans je l'ai entendue chanter *Lulu* à l'Opéra lyrique. Je vois encore papa, assis à côté de moi, jubilant à la fin du premier acte. Je me souviens de l'Orchestra Hall, où maman et moi avons regardé papa jouer du Beethoven sous la direction de Boulez. Je me souviens d'avoir été admis au salon lors d'une fête chez mes parents ; j'ai récité devant les invités *Le Tigre* de Blake, avec force grognements félins ; j'avais alors quatre ans, et quand j'ai eu fini maman m'a soulevé dans ses bras pour m'embrasser sous les applaudissements. Elle arborait un rouge à lèvres sombre et j'ai tenu à me coucher avec l'empreinte de sa bouche sur ma joue. Je me souviens d'elle assise sur un banc de Warren Park, pendant que mon papa me pousse sur une balançoire, et elle grandit, rétrécit, grandit, rétrécit.

L'un des aspects à la fois les plus agréables et les plus douloureux, c'est la possibilité de revoir ma mère vivante. Je lui ai même parlé à quelques reprises ; de petites phrases comme : « Sale temps, aujourd'hui, pas vrai ? » Je lui cède ma place dans le métro aérien, je la suis dans les rayons du supermarché, je la regarde chanter. Je rôde devant l'appartement où vit toujours mon père, et je les observe tous les deux, parfois tous les trois avec le jeune moi, au gré de leurs promenades, de leurs sorties au restaurant ou au cinéma. Nous sommes dans les années soixante, ce sont deux jeunes musiciens pleins d'allure et le monde leur appartient. Ils sont heureux comme des rois, ils resplendissent de chance, de joie. Quand on se croise ils me font un petit signe ; ils me prennent pour un type du quartier, un type qui se balade souvent, un type avec une drôle de coupe et qui, bizarrement, ne paraît jamais le même âge. Un jour, j'ai entendu papa se demander si je n'étais pas cancéreux. Aujourd'hui encore, je suis soufflé qu'il n'ait jamais compris que cet individu qui hantait leurs premières années de mariage était son propre fils.

Je remarque l'attitude de ma mère vis-à-vis de moi. Là elle est enceinte, là je rentre de la maternité, là elle m'emmène au parc en landau et s'assied pour apprendre ses partitions ; elle fredonne tout en me prodiguant petits gestes et grimaces, en m'agitant des jouets sous le nez. Là nous marchons main dans la main et nous admirons les écureuils, les voitures, les pigeons, tout ce qui bouge. Elle revêt des manteaux de toile, des mocassins et des fuseaux. Elle est brune, un visage théâtral, une bouche charnue, de grands yeux, les cheveux courts ; on la croirait italienne mais en fait elle est juive. Ma mère s'applique du rouge à lèvres, du rimmel, du crayon à sourcils, du fard à paupières et du fond de teint pour se rendre au pressing. Papa est tel qu'en lui-même : grand, posé, la mise discrète, amateur de chapeaux. Ce qui a changé, c'est son visage. Là, il est profondément heureux. Ils se touchent beaucoup, se tiennent par la main, marchent du même pas. À la plage nous avons tous des lunettes assorties et je suis affublé d'un ridicule chapeau bleu. On prend le soleil enduits de lotion pour bébé. On boit du rhum-Coca, et du punch hawaïen.

Ma mère est en pleine ascension. Elle étudie chez Jeahan Meck et Mary Delacroix, qui la guident avec bienveillance sur les chemins de la gloire ; elle enchaîne des rôles courts mais en or, qui séduisent les oreilles de Louis Behaire au Lyric. Elle double Linea Waverleigh dans le rôle d'*Aïda*. Puis elle est choisie pour interpréter Carmen. D'autres compagnie la remarquent, et nous nous mettons à parcourir le monde. Elle enregistre du Schubert chez Decca, Verdi et Weill chez Emi, et nous visitons Londres, Paris, Berlin, New York. Je n'ai pour souvenirs qu'une interminable succession de chambres d'hôtel et d'avions. Sa performance au Lincoln Center passe à la télévision ; je la regarde avec pépé et mémé dans leur maison de Muncie. J'ai six ans et je peine à croire que c'est ma mère dans le petit écran noir et blanc. Elle chante *Madame Butterfly*.

Ils songent à s'installer à Vienne après la saison lyrique 69-70. Papa auditionne pour le Philharmonique. Quand le téléphone sonne, c'est soit l'oncle Ish, le manager de maman, soit une maison de disques.

J'entends s'ouvrir puis se refermer la porte en haut de l'escalier. Quelqu'un descend lentement. Claire frappe quatre petits coups et je retire la chaise calée sous le bouton de la porte. Elle a de la neige dans les cheveux et les pommettes écrevisse. Elle a dix-sept ans. Elle se jette dans mes bras et me serre, tout excitée.

— Joyeux Noël, Henry ! C'est si bon de te revoir !

Je l'embrasse sur la joue ; son accueil et son enthousiasme ont dispersé mes songes, mais la tristesse et le deuil perdurent. Je passe la main dans ses cheveux et récolte une poignée de flocons, qui fondent instantanément.

— Qu'est-ce qui ne va pas ? s'inquiète Claire devant mon assiette pleine et mon manque d'entrain. Tu boudes parce qu'il n'y a pas de mayo ?

— Arrête ton char.

Je m'assieds sur le vieux fauteuil déglingué et Claire se glisse à côté de moi. Je lui entoure les épaules. Elle touche l'intérieur de ma cuisse. Je déloge sa main et la garde dans la mienne. Ses doigts sont glacés.

— Je t'ai déjà parlé de ma mère ?

— Non.

Claire est tout ouïe ; les moindres bribes d'autobiographie la passionnent. Alors que les dates de la Liste s'amenuisent et que nos deux années de séparation approchent à grand pas, Claire se croit secrètement capable de me débusquer dans le temps réel, pour peu que je daigne lui confier quelques données. Elle se trompe, bien sûr, car je résiste, et elle n'y parvient pas.

Chacun prend un cookie.

— Bon. Il était une fois, j'avais une mère. J'avais un père, aussi, et ils étaient très amoureux. Et ils m'avaient, moi. Et on était tous très heureux. L'un comme l'autre, ils excellaient chacun dans leur domaine, et ma mère en particulier était fantastique, et on voyageait partout, un vrai tour du monde des chambres d'hôtel. C'était juste avant Noël et...

— Quelle année ?

— L'année de mes six ans. C'était donc le matin d'avant Noël, et mon père se trouvait à Vienne car on allait bientôt déménager là-bas et il cherchait un appartement. L'idée, c'était que papa reprenne l'avion, qu'on passe le prendre à l'aéroport, maman et moi, puis qu'on file directement chez mamie pour les fêtes.

« C'était un matin gris et neigeux ; les rues étaient couvertes de plaques de glace et la saleuse n'était pas encore passée. Maman était une conductrice anxieuse. Elle détestait les voies rapides, détestait la route de l'aéroport, et elle avait accepté de l'emprunter uniquement parce que c'était la solution la plus sensée. On s'est levés de bonne heure et elle a chargé les bagages dans la voiture. Elle portait un manteau d'hiver, un chapeau en maille, des bottes, un jean, un pullover, des sous-vêtements, des chaussettes en laine assez serrées et des mitaines. Elle était habillée tout en noir, ce qui se faisait beaucoup moins à l'époque.

Claire boit quelques gorgées de lait directement à la brique. Elle y laisse une empreinte de lèvres couleur cannelle.

— Quel genre de voiture ?

— Une Ford Fairlane de 1962, blanche.

— C'est quoi ?

— Tu trouveras ça dans un bouquin. Elle était bâtie comme un tank. Avec des ailerons. Mes parents en étaient dingues – ils avaient toute une histoire avec elle.

« Alors on est montés en voiture. Je me suis assis à l'avant, à la place du passager, on a bouclé nos ceintures et on s'est mis en route. La météo était épouvantable. On y voyait à peine, et le système de dégivrage ne valait rien. On a traversé le dédale du quartier résidentiel, puis on a pris la voie express. L'heure de pointe était passée, mais ça bouchonnait encore à cause du temps et des congés. On devait faire du vingt-cinq ou du trente à l'heure. Ma mère restait dans la file de droite, sans doute pour éviter de déboîter sans visibilité suffisante, et parce qu'on allait vite ressortir pour l'aéroport.

« On suivait un camion, avec toute la distance qu'il faut. Puis arrivés à une entrée, une petite bagnole, une Corvette rouge pour être précis, s'est engagée derrière nous. Cette Corvette, qui était conduite par une dentiste un tantinet éméché à 10 h 30 du matin, s'est engagée un tantinet trop vite. Elle n'a pas pu freiner à temps à cause du verglas, et elle nous a percutés. Dans des conditions climatiques normales, la Corvette aurait eu la calandre enfoncée et l'indestructible Ford Fairlane s'en sortait avec une aile cabossée. La belle affaire.

« Mais le temps était pourri et la chaussée glissante, si bien que l'impact de la Corvette nous a projetés en avant juste au moment où le trafic ralentissait. Le camion qui nous précédait avançait à peine. Ma mère s'acharnait sur le frein, mais rien ne se passait.

« On a percuté le camion quasiment au ralenti, du moins c'est l'impression que j'ai eue. En fait, on roulait à peu près à soixante. Le camion était un pick-up découvert, rempli de pièces de métal. Quand on l'a heurté, une grande plaque d'acier s'est échappée de la benne, a traversé le pare-brise et décapité ma mère.

Claire a les yeux fermés.

— Non.

— Je te jure.

— Mais tu étais présent... C'est ta petite taille qui t'a sauvé !

— Non. L'acier s'est encastré dans la banquette, là où mon front aurait dû se trouver. J'ai d'ailleurs un début de cicatrice. (Je montre mon front à Claire.) Et ma casquette a été happée. La police n'a rien compris. Toutes mes fringues se trouvaient dans la bagnole, sur la banquette ou sur le plancher, et on m'a retrouvé à poil sur le bord de la route.

— Tu as voyagé dans le temps.

— Oui. J'ai voyagé dans le temps. (On se tait quelques instants.) C'était seulement la deuxième fois que ça m'arrivait. Je n'avais aucune idée de ce qui se passait. Je nous ai regardés nous emplafonner dans ce camion, et l'instant d'après j'étais à l'hosto. En fait, j'étais relativement indemne, juste choqué.

— Mais comment... Pourquoi c'est arrivé, à ton avis ?

— Le stress. La terreur à l'état pur. Je pense que mon corps a employé la seule parade qu'il connaissait.

Claire tourne la tête vers moi, à la fois triste et captivée.

— Et alors ?

— Alors maman est morte, et pas moi. L'avant de la Ford s'est plié et la colonne de direction lui a transpercé la poitrine, sa tête a traversé le pare-brise explosé pour atterrir dans le camion, et il y avait une quantité de sang incroyable. Le gars de la Corvette n'avait pas une égratignure. Le conducteur du pick-up est sorti pour regarder ce qui l'avait heurté, et en voyant maman il s'est évanoui sur la route, pour se faire rouler dessus par un conducteur de bus scolaire qui ne l'a pas vu car il regardait l'accident. Le type du pick-up s'en est tiré avec les deux jambes cassées. De mon côté, je suis resté complètement absent de la scène pendant exactement dix minutes et quarante-sept secondes. Je ne me rappelle pas où je suis allé ; pour moi ça n'a peut-être duré qu'une ou deux secondes. Le trafic s'est arrêté. Les ambulances tâchaient de nous atteindre par trois chemins différents, mais il leur a fallu une demi-heure. Les secouristes ont dû se pointer à pied. Je me suis matérialisé sur le bas-côté. La seule personne qui m'a vu apparaître est une fillette qui se trouvait à l'arrière d'un break Chevrolet vert. Elle a ouvert une bouche béante, et ne m'a plus lâché des yeux.

— Mais... Henry. Tu étais... Tu disais ne te souvenir de rien. Et comment peux-tu savoir tout ça ? Dix minutes et quarante-sept secondes ?

Je me tais un instant, cherchant une explication.

— Tu sais ce qu'est la gravitation, n'est-ce pas ? Plus un objet est gros, plus sa masse est grande, et plus il exerce une attraction forte. Il attire des objets plus petits, qui se mettent à tourner dans son orbite. Tu me suis ?

— Oui...

— Ma mère qui meurt... C'est le point central... Tout le reste gravite autour de ça... J'en rêve la nuit, et parfois... je m'y rends par le voyage. Encore et encore. Si tu pouvais te trouver là-bas, planer au-dessus de la scène de l'accident, et voir chaque détail, les gens, les voitures, les murs de neige, si tu disposais d'assez de temps pour tout observer, tu m'apercevrais. Je me trouve dans des voitures, derrière des buissons, sur le pont, dans un arbre. J'ai vu l'accident sous tous les angles, et j'ai même participé à la suite des opérations, en appelant l'aéroport depuis une station-service pour qu'on dise à mon père de foncer à l'hôpital. Je me suis assis dans la salle d'attente des urgences pour regarder mon père débarquer, à ma recherche. Il paraît gris, ravagé. J'ai marché sur le bord de la route, à guetter l'apparition du jeune moi, et j'ai jeté une couverture sur mes frêles épaules d'enfant. J'ai vu mon petit visage déboussolé, et je me suis dit... je me suis dit...

Voilà que je pleure. Claire me serre dans ses bras et je répands quelques larmes silencieuses sur sa poitrine couverte de mohair.

— Tu t'es dit quoi, Henry ?

— Je me suis dit : « Moi aussi, j'aurais dû mourir. »

On reste agrippés l'un à l'autre. Je me ressaisis peu à peu. J'ai salopé le pull de Claire. Elle file à la buanderie et revient vêtue d'un chemisier de concert d'Alicia, en polyester blanc. Alicia n'a que quatorze ans, mais elle dépasse déjà sa sœur en taille et en poids. Je regarde Claire plantée devant moi, et je suis navré d'être là, navré de gâcher son Noël.

— Je suis désolé, Claire. Je ne voulais pas t'infliger toute cette tristesse. Mais Noël est toujours un moment... difficile.

— Oh ! Henry ! Je suis tellement heureuse de te voir, et puis, tu sais, j'aime autant savoir les choses. Tu comprends, tu surgis de nulle part puis tu disparais tout de suite, alors quand je sais des trucs, sur toi j'entends, tu me parais plus... plus vrai. Même des choses horribles... J'ai besoin d'en savoir le plus possible. Tout ce que tu pourras me raconter.

Alicia appelle sa sœur depuis le rez-de-chaussée. Il est temps pour Claire de retrouver les siens, de célébrer Noël en famille. Je me lève, on s'embrasse, avec retenue, elle répond : « J'arrive ! », m'offre un dernier sourire et s'élance dans l'escalier. Je replace la chaise sous le bouton de porte et m'installe pour une longue nuit.

VEILLE DE NOËL, II

Samedi 24 décembre 1988 (Henry a vingt-cinq ans)

HENRY : J'appelle papa pour lui demander s'il souhaite que je vienne réveillonner après son concert de Noël. Il fait une timide tentative d'invitation mais pour finir je me dérobe, à son grand soulagement. Cette année, le jour de deuil officiel des DeTamble se déroulera sur deux scènes séparées. Mme Kim rend visite à ses sœurs en Corée ; j'arrose ses plantes et je prends son courrier. Je contacte Ingrid Carmichel pour lui proposer de sortir et elle me rappelle, sèchement, que nous sommes la veille de Noël et que certaines personnes ont des familles à honorer. Je parcours mon carnet d'adresses. Il n'y a plus personne en ville, ou alors ils reçoivent leurs proches. J'aurais dû aller chez pépé et mémé. Mais je me rappelle qu'ils sont en Floride. Il est 14 h 53 et les boutiques commencent à fermer. J'achète une bouteille de schnaps chez Al et la fourre dans la poche de mon pardessus. Il fait gris et froid. Le train est à moitié plein, essentiellement des gens qui vont montrer aux gosses les vitrines de Marshall Field ou faire des achats de dernière minute à Water Tower Place. Je descends à Randolph et remonte vers l'est jusqu'à Grant Park. Je reste un moment planté sur le pont autoroutier, à picoler, puis je marche jusqu'à la patinoire. J'y trouve quelques couples et des bambins. Ces derniers se pourchassent, avancent à l'envers et tracent des huit dans la glace. Je loue une paire de patins à peu près à ma taille, les lace et m'aventure sur la piste. Je longe le périmètre, en douceur et sans trop gamberger. Répétition, mouvement, équilibre, air froid. C'est sympa. Le jour décline. Je patine environ une heure, puis je rends les patins, enfile mes bottes et m'en vais.

Je prends Randolph Street direction ouest, puis Michigan Avenue vers le sud, où je croise l'Art Institute. Les lions sont parés, pour l'occasion, de guirlandes de Noël. Grand Park est désert, hormis les corbeaux qui se pavanent et tournoient sur la neige bleu noir. Les réverbères colorent en orange le ciel au-dessus de ma tête ; au-dessus du lac il est d'un azuré profond. Je m'arrête à la fontaine Buckingham, jusqu'à ce que le froid devienne insoutenable, pour regarder les mouettes voleter et plonger, se disputer une miche de pain laissée à leur intention. Un policier à cheval fait lentement le tour de la fontaine et repart au pas vers le sud.

Je marche. Mes bottes ne sont pas vraiment étanches, et malgré plusieurs épaisseurs de pulls mon pardessus est un peu fin pour une telle chute de température. Manque de graisse : j'ai toujours froid de novembre à avril. Je longe Harrison jusqu'à State Street. Je dépasse Pacific Garden Mission, où les sans-abri sont réunis pour le gîte et le couvert. Je me demande bien ce qu'ils vont manger ; je me demande s'il est prévu quelque festivité, là, dans leur refuge. Il y a quelques voitures. Je n'ai pas de montre, mais il doit être 19 heures. J'ai remarqué dernièrement que j'avais une perception particulière du temps qui passe ; chez moi il semble s'écouler plus lentement que chez les autres. Un après-midi peut me paraître une journée, un trajet en métro une véritable épopée. La journée d'aujourd'hui est interminable. J'ai réussi à en traverser la majeure partie sans trop penser à maman, à l'accident, à tout ce qui l'entoure... Mais là, pendant que j'erre dans la nuit, ça me rattrape. Je m'aperçois que j'ai faim. L'effet de l'alcool s'est dissipé. Je suis presque à Adams Street ; je calcule de tête la somme que j'ai sur moi et décide de casser ma tirelire au Berghoff, une vénérable brasserie allemande réputée pour sa bière.

Le Berghoff est plein de chaleur et de bruit. Pas mal de monde, qui dîne à table ou consomme debout. Les fameux serveurs du Berghoff s'affairent avec sérieux entre la salle et la cuisine. Je me plante dans la queue, en mode décongélation, à la suite de familles et de couples volubiles. On me conduit enfin vers une petite table du salon principal, tout au fond. Je commande une bière brune et un plat de saucisses de canard accompagné de spätzle. Quand le repas arrive, je le déguste sans me presser. Je mange aussi tout le pain, et m'aperçois que je n'ai pas souvenir d'avoir déjeuné. C'est bien, je prends soin de ma personne, j'arrête de faire l'idiot, je pense à me sustenter. Je me renverse sur mon dossier et observe la pièce. Sous les hauts plafonds, les boiseries foncées et les tableaux de bateaux, dînent des couples d'âge moyen. Ils ont passé l'après-midi dans les magasins, ou au concert ; ils discutent de bon cœur des cadeaux qu'ils ont trouvés, de leurs petits-enfants, de leurs billets d'avion et horaires d'arrivée, de Mozart. L'envie me prend de filer au concert sur-le-champ, mais il n'y a pas de nocturne. Papa doit rentrer d'Orchestra Hall à l'heure qu'il est. Je me serais assis tout en haut du dernier balcon (le meilleur endroit question acoustique) pour écouter *Das Lied von der Erde*, ou du Beethoven, ou toute chose qui n'évoque pas la Saint-Nicolas. Tant pis. L'année prochaine, peut-être. J'entrevois soudain tous les Noël de ma vie rangés en file indienne, attendant d'être traversés, et le désespoir me gagne. Je rêve un instant que le Temps m'extirpe de cette journée, pour m'en offrir une plus bénigne. Mais alors je culpabilise de vouloir éviter la tristesse. Les morts ont besoin qu'on se souvienne d'eux, même si ça nous ronge, même si l'on peut seulement répéter les mots « je suis désolé » jusqu'à les vider de tout sens. Refusant de charger ce restaurant festif et chaleureux d'une douleur qui me hantera lorsque je reviendrai avec pépé et mémé, je règle et je sors.

De retour dans la rue, je cogite. Je n'ai pas envie de rentrer. Je veux de la compagnie, je veux qu'on me divertisse. Je pense tout à coup au Fais-moi planer, un lieu où tout peut arriver, le paradis des excentriques. Parfait. Je marche jusqu'à Water Tower Place où j'attrape le bus 66 Chicago Avenue. Je descends à Damen et prends le 50 vers le nord. Ça sent le vomi, et je suis l'unique passager. Le chauffeur chante *Douce Nuit* d'une douce voix de ténor d'église, et je lui souhaite un joyeux Noël en descendant à Wabansia. Comme je dépasse la boutique Fix-It il se met à neiger, et j'attrape du bout des doigts de gros flocons mouillés. J'entends de la musique s'échapper du bar. Les rails du train fantôme désaffecté toisent la rue de leurs lueurs de sodium, et au moment où je pousse la porte quelqu'un souffle dans une trompette et une salve de hot jazz m'enfonce la poitrine. Je m'y plonge comme un noyé, ce que j'ai bien l'intention de devenir en m'aventurant ici.

On doit être une dizaine, en comptant Mia la barmaid. Un trompettiste, un contrebassiste et un clarinettiste occupent la minuscule scène, et tous les clients sont assis au bar. Les musiciens jouent comme des fous furieux, swinguant à fond les décibels comme des derviches soniques, et je finis par reconnaître le thème de *Noël blanc*. Mia s'approche, me dévisage, je m'époumone : « Whisky à l'eau ! », elle braille : « Whisky maison ? » et je gueule : « OK ! », alors elle se retourne pour me préparer ça. La musique s'arrête brusquement. Le téléphone sonne, Mia attrape le combiné et répond : « Fais-moi planeeeeeer ! ». Elle pose le verre sous mon nez et je plaque sur le comptoir un billet de vingt.

— Non, dit Mia à son correspondant. Oh ! c'est trop bêêêêête ! Ben moi aussi, je t'emmerde !

Elle écrase le combiné sur son socle tel un basketteur réussissant un *dunk*. Elle fulmine sur place quelques instant, puis allume une Pall Mall et m'envoie un énorme nuage de fumée.

— Oups, pardon.

Les musiciens se rabattent sur le bar et elle leur sert des bières. La porte des toilettes se trouvant sur scène, je profite de l'entracte pour aller pisser un coup. En regagnant le bar, je découvre un deuxième verre devant mon tabouret.

— Tu lis dans les pensées, je lance à Mia.

— T'es facile à lire, répond-elle.

Elle repose bruyamment son cendrier sous le bar et s'appuie au comptoir, songeuse, avant de demander :

— T'as prévu quoi, après ?

Je considère mes options. On m'a déjà vu ramener Mia chez moi une ou deux fois, et avec elle on se marre bien, c'est sûr, mais ce soir je suis vraiment pas d'humeur à batifoler. D'un autre côté, la chaleur d'un corps chaud n'est pas le plus mauvais remède dans les moments de cafard.

— Je prévois de boire comme un trou. T'avais quelque chose en tête ?

— Eh bien, si t'es pas trop beurré tu pourrais venir à la maison, et si t'es pas mort au réveil tu pourrais me rendre un immense service en m'accompagnant au déjeuner de Noël de mes vieux, à Glencoe, où tu répondras au prénom de Rafe.

— Bon sang, Mia. Rien que d'y penser, j'ai des idées de suicide. Non, désolé.

Elle se penche sur le bar et prend un ton plein d'emphase :

— Vas-y, Henry. Sors-moi de là. Tu es un jeune et présentable membre de la gent masculine. T'es bibliothécaire, sans déconner ! T'es pas du genre à te liquéfier quand mes vieux voudront savoir qui sont tes parents et où t'as fait tes études.

— Ben si, figure-toi. Je foncerai direct au petit coin pour me trancher la gorge. Et puis, à quoi ça t'avancera ? À supposer qu'ils m'adorent, ça veut dire qu'ils te tortureront pendant des années en demandant : « Mais qu'est devenu ce jeune bibliothécaire charmant que tu fréquentais ? » Et tu fais quoi le jour où ils rencontrent le vrai Rafe ?

— M'étonnerait que le problème se pose. Allez, je te ferai des trucs classés XXX, des trucs dont t'as même pas entendu parler !

Cela fait des mois que je refuse de rencontrer les parents d'Ingrid, et je viens de décliner leur invitation à déjeuner demain. Alors ceux de Mia, vous pensez bien. Je la connais à peine, cette fille.

— Écoute, Mia, n'importe quel autre soir de l'année, promis. Mais là, mon but est d'atteindre un degré d'ébriété qui permette à peine de tenir debout, et encore moins d'avoir la trique. T'as qu'à appeler tes vieux et leur dire que Rafe se tape une amygdalectomie ou un truc du genre.

Elle file à l'autre bout du bar pour s'occuper de trois étudiants qui ont l'air étonnamment jeunes. Puis elle s'active avec ses bouteilles pendant un moment, concoctant un truc sophistiqué, et revient me poser sous le nez un long verre effilé.

— Tiens. C'est la maison qui offre.

Le breuvage a la couleur du sirop à la fraise.

— C'est quoi ?

Je trempe les lèvres. Ça rappelle le 7-Up.

Mia décoche un petit sourire diabolique.

— C'est un cocktail de mon invention. Tu voulais te torcher ? Voici le train express !

— Ah bon. Merci, alors.

Je lève mon verre et le vide d'un trait. Une sensation de chaleur et de plénitude m'envahit.

— La vache... Sans blague, Mia, tu devrais déposer un brevet ! Tu pourrais ouvrir des stands un peu partout dans Chicago et vendre ta boisson dans des gobelets. Tu deviendrais millionnaire !

— Un autre ?

— Avec plaisir.

En tant que jeune associé plein d'avenir chez DeTamble & DeTamble, Alcooliques en liberté, je n'ai pas encore trouvé la limite supérieure à mes capacités d'absorption de spiritueux. Quelques verres plus tard, Mia se penche sur moi d'un air soucieux.

— Henry ?

— Ouais ?

— Je coupe le robinet, maintenant.

C'est sans doute une bonne idée. J'essaie de faire oui de la tête, mais ça demande trop d'efforts. À la place, je glisse doucement, presque avec grâce, vers le sol.

Je me réveille au Mercy Hospital. Mia est assise à côté du lit. Son mascara lui a coulé sur tout le visage. Je suis sous perfusion et je me sens mal. Très mal. Toutes les sortes de mal, à vrai dire. Je détourne la tête et vomis dans une bassine. Mia tend le bras et m'essuie la bouche.

— Henry... chuchote-t-elle.

— Salut. C'est quoi, ce bordel ?

— Henry, je m'en veux tellement...

— C'est pas ta faute. Qu'est-ce qui s'est passé ?

— T'es tombé dans les vapes et j'ai fait les calculs – tu pèses combien ?

— Quatre-vingts.

— Mon Dieu ! T'avais dîné ?

Je m'interroge.

— Ouais.

— Enfin, quoi qu'il en soit, le truc que tu as bu faisait dans les quarante degrés, et tu avais déjà pris deux whiskies. Mais tu avais l'air parfaitement bien. Puis tout à coup t'avais une tête épouvantable, et tu t'es évanoui, et alors j'ai réfléchi et j'ai compris que tu avais plein d'alcool dans le sang. J'ai composé le 911 et te voilà.

— Merci. Enfin, façon de parler...

— Dis-moi, Henry, est-ce que tu as une sorte de dernière volonté ?

Je considère la question.

— Oui.

Je me tourne vers le mur, et fais mine de dormir.

Samedi 8 avril 1989
(Claire a dix-sept ans, Henry quarante)

Claire : Je suis dans la chambre de grand-mère Meagram, nous faisons les mots croisés du *New York Times*. C'est une fraîche matinée ensoleillée d'avril et j'aperçois les tulipes rouges fouettées par le vent dans le jardin. Maman se trouve là-bas à planter quelque chose de petit et de blanc près du forsythia. Son chapeau menaçant d'être emporté à chaque instant, elle ne cesse de plaquer ses mains dessus avant finalement de l'enlever et de le coincer sous son panier à outils.

Henry ne s'est pas matérialisé depuis presque deux mois ; la prochaine date sur la Liste n'est que dans trois semaines. Nous nous rapprochons du moment où il restera absent pendant plus de deux ans. Avant, quand j'étais petite, j'étais d'une telle désinvolture à son sujet : une visite de lui n'avait rien de très inhabituel. Mais à présent, chacune de ses apparitions signifie une fois en moins à le voir. Et nos relations sont différentes. Il me faut quelque chose... Il faut qu'Henry dise ou fasse quelque chose qui prouverait que tout ceci n'a pas été une espèce de plaisanterie élaborée. Il faut. Rien d'autre n'a d'importance. Il faut-ilfaut-ilfaut.

Grand-mère est installée dans sa bergère bleue à oreillettes près de la fenêtre. Je suis assise sur la banquette dans l'embrasure de la fenêtre, le journal sur les genoux. Nous avons complété à peu près la moitié de la grille. Mes pensées ont vagabondé.

— Relis-moi la définition, mon petit, dit-elle.

— Vingt verticalement : « Singe mystique. » En sept lettres, la deuxième est un « a » et la dernière un « n. »

— *Capucin.*

Elle sourit, ses yeux éteints se tournent vers moi. Pour elle, je ne suis qu'une ombre noire sur un fond un tantinet plus clair.

— Pas mal, hein ?

— Ouais, super ! Pfft ! écoute celle-là. Dix-neuf horizontalement : « Peau douce comme une peau de bébé. » En dix lettres, la deuxième est un « a. »

— *Savon Cadum.* C'était bien avant ton époque.

— Arrghh, je n'y pigerai jamais rien !

Je me lève et je m'étire. J'ai désespérément besoin de me dégourdir les jambes. La chambre de grand-mère est apaisante mais me rend claustrophobe. Plafond bas, papier peint orné de délicates fleurs bleues, couvre-lit en chintz bleu, moquette blanche. Il flotte une odeur de poudre, de dentier et de vieillesse. Grand-mère est habillée avec soin et se tient bien droite. Ses magnifiques cheveux – blancs avec encore une légère nuance de ce roux que j'ai hérité d'elle – sont enroulés en un chignon impeccable fixé par des épingles. Ses yeux ressemblent à un ciel voilé. Elle est aveugle depuis neuf ans et s'en est accommodée : tant qu'elle est dans la maison, elle peut se déplacer à sa guise. Elle essaie de m'enseigner l'art des mots croisés, mais j'ai du mal à m'y intéresser suffisamment pour venir à bout d'une grille toute seule. Autrefois, elle remplissait les cases à l'encre. Henry est lui aussi un passionné.

— C'est une belle journée, n'est-ce pas ? s'enquiert-elle en s'adossant à son fauteuil et en massant ses articulations.

— Oui, à part que le vent souffle. Maman est dans le jardin et tout ce qu'elle touche est soit en train de s'envoler, soit sur le point de le faire.

— Typique de Lucille ! commente sa mère. Tu sais quoi, mon petit ? J'irais bien marcher un peu.

— Tu lis dans mes pensées !

Elle sourit, tend les mains et je la tire doucement de sa bergère. Je récupère nos manteaux, noue un foulard sur ses cheveux pour que le vent ne la décoiffe pas. Ensuite nous descendons lentement l'escalier et sortons. Dans l'allée, je pivote vers elle :

— Où veux-tu aller ?

— Pourquoi pas jusqu'au verger ?

— Ce n'est pas tout près. Oh ! maman te fait signe, réponds-lui !

Nous agitons la main en direction de maman, maintenant tout en bas, près de la fontaine. Peter, notre jardinier, s'est joint à elle. Il s'est arrêté de parler et nous observe, attendant notre départ, pour que maman et lui puissent finir de se disputer, probablement à propos de jonquilles ou de pivoines. Il adore lui tenir tête, même si elle réussit toujours à avoir le dernier mot.

— Il y a presque un kilomètre et demi jusqu'au verger, mamie.

— Claire, mes jambes fonctionnent parfaitement.

— Alors d'accord, cap sur le verger.

Je prends son bras et nous nous mettons en route. À la lisière du Pré, je lui propose : « Ombre ou soleil ? » et elle réplique : « Soleil, sans hésitation », alors nous nous engageons sur le chemin qui coupe par le milieu du Pré et aboutit à la clairière. Pendant que nous nous baladons, je lui décris le paysage.

— Nous dépassons le tas de branchages à brûler. Quelques oiseaux se sont réfugiés à l'intérieur et – oh ! ils filent !

— Des corbeaux. Des étourneaux. Des colombes, aussi, énumère-t-elle.

— Exact... Nous sommes devant le portail à présent. Attention, le sentier est un peu boueux. J'aperçois des traces de pattes, un chien assez gros, peut-être Joey, celui des Allingham. Tout a l'air de plutôt bien pousser. On est arrivées à l'églantier.

— Quelle est la hauteur du Pré ? demande-t-elle.

— Seulement une trentaine de centimètres environ. L'herbe est d'un vert très pâle. Voilà les petits chênes.

Son visage s'éclaire, se tourne vers moi.

— Allons les saluer.

Je la mène vers les arbres qui se dressent à quelques pas du chemin. Grand-père les avait plantés tous les trois dans les années quarante en mémoire de mon grand-oncle Teddy, le frère de grand-mère tué pendant la Seconde Guerre mondiale. Ils ne sont pas encore très imposants, ils doivent mesurer dans les quatre ou cinq mètres. Grand-mère pose sa main sur le tronc de celui qui se trouve au centre et s'exclame : « Bonjour ! » Je ne sais pas si elle s'adresse au chêne ou à son frère.

Nous continuons. Lorsque nous franchissons le tertre, le Pré s'étale sous nos yeux et j'avise Henry debout dans la clairière. Je me fige.

— Qu'y a-t-il ? demande grand-mère.

— Rien.

Je la guide le long du chemin.

— Qu'est-ce que tu vois ?

— Un faucon qui décrit des cercles au-dessus du bois.

— Quelle heure est-il ?

Je consulte ma montre.

— Presque midi.

Nous entrons dans la clairière. Henry se tient complètement immobile. Il me sourit. Il a les traits tirés, les cheveux grisonnants. Il porte son pardessus noir et sa silhouette sombre se découpe sur le Pré lumineux.

— Où est la pierre ? s'enquiert grand-mère. J'aimerais m'asseoir.

Je l'y conduis, l'aide à s'installer. Elle oriente son visage du côté d'Henry et se raidit.

— Qui est là ? m'interroge-t-elle d'un ton pressant.

— Personne, je mens.

— Je sens la présence d'un homme, là-bas, déclare-t-elle, désignant d'un hochement de tête la direction d'Henry.

Il me scrute avec une expression qui semble signifier, « Vas-y. Dis-lui. » Un chien aboie dans la forêt. J'hésite.

— Claire, insiste grand-mère d'une voix apeurée.

— Fais les présentations, intervient Henry paisiblement.

Grand-mère reste sans bouger et patiente. Je glisse un bras autour de ses épaules.

— Tout va bien, mamie. C'est mon ami Henry. Celui dont je t'ai parlé.

Henry s'avance vers nous la main tendue. Je place celle de grand-mère dans la sienne.

— Henry, voici Elizabeth Meagram.

— Alors vous êtes l'élu de son cœur ?

— Oui, réplique Henry et son *oui* sonne comme une douce musique à mes oreilles. Oui.

— Vous permettez ? demande-t-elle en levant le bras.

— Voulez-vous que je m'asseye à côté de vous ?

Henry s'assied sur la pierre. J'approche la main de grand-mère de son visage. Tandis qu'elle en suit les contours, il ne détache pas son regard du mien.

— Cela chatouille, s'exclame-t-il.

— Rugueux, remarque-t-elle en promenant le bout des doigts sur son menton pas rasé. Vous n'êtes plus un garçon, conclut-elle.

— Non.

— Quel âge avez-vous ?

— Huit ans de plus que Claire.

— Vingt-cinq ans ? calcule-t-elle, perplexe.

J'examine les cheveux poivre et sel d'Henry, les rides autour de ses yeux. Il en paraît quarante, peut-être même plus.

— Vingt-cinq, affirme-t-il avec fermeté.

Et quelque part dans l'univers, c'est vrai.

— Claire m'a confié qu'elle allait se marier avec vous, reprend grand-mère.

Il m'adresse un sourire.

— Oui, en effet. Dans quelques années, quand elle aura fini ses études.

— De mon temps, les *gentlemen* venaient dîner à la maison et se présentaient à la famille.

— Notre situation n'est pas très... orthodoxe. Cela n'a pas été possible.

— Et pourquoi donc ? Si vous devez batifoler dans les champs avec ma petite-fille, vous pouvez certainement vous rendre chez ses parents afin qu'ils fassent votre connaissance.

— J'en serais ravi, acquiesce Henry en se mettant debout, mais là tout de suite j'ai peur d'avoir un train à attraper.

— Pas si vite, jeune homme... commence grand-mère alors qu'Henry lance :

— Au revoir, madame Meagram. Je suis enchanté de vous avoir enfin rencontrée. Claire, désolé, je ne peux pas m'attarder davantage...

J'esquisse un geste vers lui, mais il y a ce bruit, comme si on aspirait tous les sons de la terre, et il n'est déjà plus là. Je me tourne vers grand-mère qui, sur la pierre, a les mains étirées et la stupéfaction la plus totale affichée sur la figure.

— Que s'est-il passé ? me demande-t-elle et j'entreprends de le lui expliquer.

Lorsque j'ai terminé, elle garde le front baissé, entrelace ses doigts tordus par l'arthrose, leur imprimant des formes étranges. Finalement, elle redresse la tête.

— Mais Claire, c'est forcément le diable.

Elle s'exprime d'un ton neutre comme si elle m'indiquait que mon manteau était boutonné de travers ou qu'il était l'heure de déjeuner.

Que lui répondre ?

— Ça m'a traversé l'esprit, j'admets.

Je saisis ses mains avant qu'elles ne deviennent toutes rouges à force d'être frottées.

— Henry est bon. Il ne me fait pas l'*effet* d'un démon.

— À t'entendre on croirait que tu en as croisé des dizaines, sourit-elle.

— Tu ne penses pas que le diable aurait quelque chose de... diabolique ?

— Je pense qu'il serait doux comme un agneau s'il le voulait.

Je choisis mes mots avec précaution.

— Henry m'a raconté une fois que son docteur le considérait comme une nouvelle sorte d'être humain. Tu sais, un peu comme l'étape suivante dans l'évolution.

— Ce n'est guère mieux que s'il était un démon, commente grand-mère en secouant la tête. Bonté divine, Claire ! Pourquoi diantre aurais-tu envie d'épouser un homme tel que lui ? Imagine un peu vos enfants ! Hop ! un saut au milieu de la semaine prochaine et de retour avant le petit déjeuner !

Je pouffe.

— Ce sera excitant ! Comme Mary Poppins ou Peter Pan !

Elle exerce une légère pression sur mes mains.

— Réfléchis une seconde, ma chérie. Dans les contes de fées, ce sont toujours les enfants qui vivent de merveilleuses aventures. Leurs mères sont forcées d'attendre chez elles qu'ils rentrent en volant par la fenêtre.

Je regarde la pile de vêtements froissés qui gît sur le sol là où Henry les a abandonnés. Je les ramasse et les plie.

— Un instant ! dis-je. (Je me dirige vers la malle et les range dedans.) Partons. On a débordé sur l'heure du déjeuner.

Je l'aide à se hisser sur ses jambes. Le vent hurle dans le Pré, nous nous courbons face à lui et rebroussons chemin jusqu'à la maison. Au moment où nous parvenons au tertre, je pivote sur moi-même et balaye la clairière des yeux. Elle est vide.

Quelques jours plus tard, je suis assise au chevet de grand-mère à lui lire *Mrs Dalloway*. La nuit est tombée. Je lève la tête, elle paraît endormie. Je m'interromps, ferme le livre. Ses paupières se relèvent.

— Coucou, chuchoté-je.

— Est-ce qu'il te manque ? demande-t-elle.

— Chaque jour. Chaque minute.

— Chaque minute, répète-t-elle. Oui. C'est ainsi, n'est-ce pas ?

Elle se tourne sur le côté et enfouit son visage dans l'oreiller.

— Bonne nuit, je lui souffle en éteignant la lampe.

Debout dans le noir, alors que je la contemple dans son lit, l'auto-apitoiement m'envahit comme si on m'en avait injecté une dose massive. *C'est ainsi, n'est-ce pas ?* N'est-ce pas.

MANGER OU ÊTRE MANGÉ

Samedi 30 novembre 1991
(Henry a vingt-huit ans, Claire vingt)

Henry : Je suis invité à dîner chez Claire, à son appartement. Charisse, sa colocataire, et Gomez, le copain de Charisse, seront également de la partie. À 18 h 59, je suis sur mon trente et un dans le hall d'immeuble de Claire, avec le doigt sur l'Interphone, des freesias jaunes odorants et un cabernet australien dans l'autre bras, et une grosse boule dans le ventre. Je n'ai jamais mis les pieds chez Claire, ni rencontré ses amis. Je ne sais pas du tout à quoi m'attendre.

L'Interphone émet un son affreux et j'ouvre la porte. « C'est tout en haut ! » beugle une grosse voix d'homme. Je gravis lourdement les quatre étages. L'individu correspondant à la voix est grand et blond, il arbore la banane la plus impeccable au monde ainsi qu'une cigarette et un tee-shirt Solidarnosc. Son visage me dit quelque chose, mais j'ignore quoi. Pour un dénommé Gomez, il fait drôlement... polonais. J'apprends par la suite que son vrai nom est Jan Gomolinski.

— Salut, Biblio Boy ! rugit Gomez.

— Camarade ! je réplique en lui tendant les fleurs et le vin.

On s'observe un instant, on parvient à la *détente**, et d'un grand geste il m'invite à entrer.

Il s'agit d'un de ces fabuleux et interminables appartements en enfilade des années vingt – un long couloir frangé de pièces qu'on croirait rattachées après coup. Deux esthétiques rivalisent ici : branchée et victorienne. Cela transparaît dans le spectacle de ces deux chaises aux pieds sculptés et aux coussins brodés côtoyant des tableaux en velours d'Elvis. Je reconnais au bout du couloir *I Got It Bad and That Ain't Good* de Duke Ellington, et c'est vers là que Gomez m'emmène.

Claire et Charisse sont dans la cuisine.

— Mes chatons, je vous apporte un nouveau jouet, déclame Gomez. Il répond au nom d'Henry, mais vous pouvez l'appeler Biblio Boy.

Je croise le regard de Claire. Elle hausse les épaules et tend le cou pour que je l'embrasse ; je me fends d'une chaste bise puis me tourne pour serrer la main de Charisse, qui est petite et ronde d'une façon fort plaisante, tout en courbes et longues mèches noires. Son visage respire la gentillesse, au point que je brûle de lui confier quelque chose, n'importe quoi, à son oreille, juste pour voir sa réaction. Une vraie petite Madone philippine. D'une voix sucrée et très Joue-pas-au-con-avec-moi, elle dit :

— Ferme-la un peu, Gomez. Bonjour, Henry. Je suis Charisse Bonavant. Je te prie d'ignorer Gomez, je le garde avec moi juste pour soulever les objets lourds.

— Et pour le sexe, n'oublie pas le sexe, intervient l'intéressé. (Il me regarde.) Bière ?

— Volontiers.

Il fouille dans le frigo et me tend une Blatz. Je la décapsule et bois une grande gorgée. La cuisine est dans un état... On croirait qu'une usine de pâte à tarte vient d'exploser. Claire remarque la direction de mon regard. Je me rappelle soudain qu'elle ne sait pas cuisiner.

— C'est un *work in progress*, explique-t-elle.

— Une installation d'art contemporain, renchérit Charisse.

— On va manger ce truc ? demande Gomez.

Je les regarde l'un après l'autre, et on éclate de rire.

— L'un d'entre vous sait-il cuisiner ?

— Non.

— Gomez sait cuire le riz.

— Seulement les sachets pour micro-ondes.

— Claire sait commander une pizza.

— Et de la bouffe thaï, je sais aussi commander thaï !

— Charisse sait *manger*.

— La ferme, Gomez ! lancent les deux colocs en chœur.

— Et alors, euh... C'était censé donner quoi ? je demande en indiquant le désastre du comptoir.

Claire me montre une coupure de magazine. C'est une recette de risotto de poulet et de shiitakes aux courges d'hiver, sauce aux pignons. Elle provient de la revue *Gourmand**, et comporte une vingtaine d'ingrédients.

— Tu t'es procuré tous ces trucs ?

Claire opine :

— La partie courses, je sais faire. C'est l'assemblage qui pose problème.

J'examine les dégâts de plus près.

— Je devrais pourvoir en tirer quelque chose.

— Tu sais cuisiner ?

Je hoche la tête.

— Et ça fait la cuisine ! Le dîner est sauvé ! Reprends une bière ! s'écrie Gomez.

Charisse paraît soulagée, et me sourit chaleureusement. Claire, qui restait en retrait, presque craintive, vient me glisser à l'oreille :

— Tu n'es pas fâché ?

Je l'embrasse, un poil plus longtemps que la décence ne l'autorise. Puis je me redresse, ôte ma veste et retrousse mes manches.

— Passez-moi un tablier. Toi, Gomez, débouche le vin.

Claire, nettoie ces éclaboussures avant que ça fasse du ciment. Tu veux bien mettre la table, Charisse ?

Une heure et quarante-trois minutes plus tard, nous sommes assis au salon autour d'un risotto de poulet à la purée de courges. L'ensemble contient beaucoup de beurre. Nous sommes tous soûls comme des Polonais.

Claire : Pendant tout le temps qu'Henry prépare le dîner, Gomez est planté dans la cuisine à plaisanter, fumer, ingurgiter des bières et, lorsque personne ne regarde, il me gratifie d'horribles grimaces. Charisse finit par surprendre son manège, fait mine de se trancher la gorge avec le doigt et il s'arrête. Nous discutons de choses d'une très grande banalité : nos boulots, la fac, l'endroit où nous avons grandi et tous les sujets de conversation habituels des gens qui se rencontrent pour la première fois. Gomez parle à Henry de son travail d'avocat, qui consiste à représenter les pupilles de l'État victimes de maltraitance et de négligence. Charisse nous régale du récit de ses exploits au sein de Lusus Naturæ, une minuscule société de logiciels qui s'efforce de créer des ordinateurs capables de comprendre quand on s'adresse à eux, et de ses créations, des tableaux numériques. Henry raconte des histoires sur la bibliothèque Newberry et les personnages loufoques qui viennent consulter les ouvrages.

— Est-ce que la bibliothèque contient vraiment un livre en peau humaine ? s'enquiert Charisse auprès d'Henry.

— Affirmatif. *Les Chroniques de Nawat Wuzeer Hyderabed.* Il a été découvert dans le palais du souverain de Delhi en 1857. Passe me voir un de ces jours, je te le sortirai.

Charisse frissonne et son visage s'épanouit en un large sourire. Henry remue le ragoût. Lorsqu'il claironne : « À la soupe ! », nous convergeons d'un même élan vers la table. Depuis le début de la soirée, Henry et Gomez boivent des bières tandis que Charisse et moi sirotons du vin – nos verres constamment remplis par les bons soins de Gomez. Nous n'avons fait que grignoter, aussi je ne m'aperçois à quel point nous sommes tous ivres que lorsque je manque rater la chaise qu'Henry m'avance et qu'il s'en faut de peu pour que Gomez mette le feu à ses cheveux en allumant les bougies.

— À la Révolution ! lance Gomez en levant son verre.

Charisse et moi l'imitons, ainsi qu'Henry.

— À la Révolution !

Nous attaquons le risotto de bon cœur. Il est onctueux et relevé à souhait, le potiron sucré, le poulet nage dans le beurre. J'en ai les larmes aux yeux tellement c'est délicieux.

Henry avale une bouchée puis pointe sa fourchette vers Gomez.

— Quelle révolution ? l'interroge-t-il.

— Pardon ?

— À quelle révolution nous trinquons ?

Charisse et moi échangeons un regard inquiet, mais il est trop tard.

Gomez est aux anges, cependant que j'atteins le trente-sixième dessous.

— À la prochaine.

— Celle où le prolétariat s'empare du pouvoir, où les riches sont dévorés tout crus, et le capitalisme aboli au profit d'une société sans classes ?

— Celle-là même.

— Ça me paraît plutôt cruel pour Claire, poursuit Henry en me décochant un clin d'œil. Et quel sort tu comptes réserver à l'intelligentsia ?

— Oh ! rétorque Gomez, on les bouffera probablement eux aussi ! Mais on te gardera sous la main, comme cuisinier. Cette tambouille est de première !

Charisse touche le bras d'Henry et dit sur le ton de la confidence :

— Nous n'allons pas réellement manger qui que ce soit. Nous nous contenterons de redistribuer les richesses.

— Tu me rassures ! réplique Henry. La perspective d'accommoder Claire ne m'enchantait guère.

— Quel dommage ! regrette Gomez. Je suis sûr qu'elle aurait eu un goût délicieux.

— Je me demande à quoi ressemble la cuisine cannibale, interviens-je. Est-ce qu'il existe un livre de recettes ?

— *Le Cru et le Cuit*, indique Charisse.

— Il ne s'agit pas vraiment d'un guide pratique, objecte Henry. Il ne me semble pas que Lévi-Strauss dispense des conseils culinaires.

— Rien ne nous empêche d'adapter des recettes existantes, suggère Gomez en reprenant du poulet. Voyons... Claire sur lit de linguini, cèpes et sauce marinara. Ou escalope de Claire et sa garniture d'oranges. Ou encore...

— Hé ! Et si je n'ai *aucune envie* de servir de plat de résistance ?

— Désolé, Claire, répond Gomez avec gravité. Je crains que tu ne doives être sacrifiée au bien général.

Henry accroche mon regard, sourit.

— Ne t'inquiète pas, dès que la Révolution éclatera je te cacherai à la bibliothèque. Tu pourras vivre dans la réserve et je te ravitaillerai en biscuits volés dans la cantine du personnel. Ils ne te trouveront jamais.

Je m'insurge en secouant la tête :

— Qu'en est-il de : « D'abord, on fait la peau aux avocats » ?

— Hors de question, dit Gomez. Sans eux, point de salut. La Révolution se transformerait en un foutoir en moins de deux s'ils n'étaient pas là pour veiller au grain.

— Puisque mon père est avocat, je riposte, tu ne peux donc pas nous inscrire au menu en définitive.

— Sauf qu'il est du mauvais côté de la barrière, remarque

Gomez. Il gère le patrimoine des riches. Alors que moi, je défends les droits des pauvres orphelins opprimés...

— Oh ! la ferme, Gomez ! le coupe Charisse. Tu es en train de heurter les sentiments de Claire.

— Pas du tout ! Elle serait prête à offrir sa vie pour la Révolution, n'est-ce pas Claire ?

— Non.

— Non ?

— Que fais-tu de l'Impératif catégorique ? demande Henry.

— Le quoi ?

— Tu sais, la Règle d'or. Ne mange pas autrui à moins d'être toi-même disposé à être mangé.

Gomez se cure les ongles avec les dents de sa fourchette.

— Tu ne crois pas plutôt que c'est la devise « manger ou être mangé » qui est le moteur du monde ? lâche-t-il.

— Oui, pour l'essentiel. Mais toi, tu n'es pas l'exemple vivant de l'altruisme ? s'étonne Henry.

— Je te l'accorde, mais il est aussi communément admis que je suis fou à lier.

Gomez prononce ces mots avec une indifférence feinte, pourtant je vois bien qu'Henry le laisse perplexe.

— Claire, m'interpelle-t-il, et le dessert ?

— Oh ! J'ai failli oublier ! (Je me redresse trop vite et me cramponne à la table pour ne pas tomber.) Je m'en occupe.

— Je vais te donner un coup de main, propose-t-il en m'emboîtant le pas.

Je porte des talons et, alors que j'entre dans la cuisine, je bute contre le seuil, et vacille vers l'avant. Gomez me rattrape. L'espace d'un instant, nous restons collés l'un contre l'autre et je sens ses mains sur ma taille, puis finalement il me libère.

— Tu es ivre, Claire, observe-t-il.

— Je suis au courant. Toi aussi d'ailleurs.

Je presse le bouton de la cafetière, le liquide se met à goutter dans la verseuse. Je m'appuie contre le plan de travail et retire avec précaution la Cellophane du plateau de brownies. Gomez se tient tout près derrière moi, murmure à mon oreille en se penchant de telle sorte que son souffle me chatouille : « C'est ce type. »

— Explique-toi.

— Celui dont je t'ai dit de te méfier. Henry, c'est le type...

Charisse surgit dans la cuisine, Gomez s'éloigne d'un bond et va ouvrir le frigo.

— Hé ! nous apostrophe-t-elle. Vous avez besoin d'aide ?

— Tiens, charge-toi des tasses à café...

Nous jonglons avec les tasses, les soucoupes, les assiettes et le dessert avant de regagner la table sans encombre. Henry attend comme s'il était chez le dentiste – avec un air mêlé d'appréhension et de résignation. Je ne peux réprimer un rire : il arborait exactement cet air-là lorsque je lui apportais des en-cas dans le Pré... bien qu'il ne s'en souvienne pas puisque ce n'est pas encore arrivé en ce qui le concerne.

— Relax ! Ce ne sont que de malheureux biscuits. Même moi je devrais être capable de les réussir !

Tout le monde pouffe et s'assied. En fait, les gâteaux auraient supporté un peu plus de cuisson.

— Tartare de brownies, les baptise Charisse.

— Moelleux aux salmonelles, renchérit Gomez.

— J'ai toujours aimé la pâte crue, ajoute Henry.

Et de se lécher les doigts.

Gomez se roule une cigarette, l'allume, aspire une grande bouffée.

HENRY : Gomez allume une cigarette et se renverse sur son dossier. Il y a quelque chose qui me dérange chez ce type. Peut-être cette familiarité possessive vis-à-vis de Claire, ou sa vulgate marxiste. Je suis sûr de l'avoir déjà vu. Dans le présent ou dans le futur ? Tâchons de le découvrir.

— Ton visage me dit quelque chose.

— Mmm ? Ouais, je crois qu'on s'est déjà croisés.

J'y suis :

— Iggy Pop au théâtre Riviera ?

Il semble épaté.

— Ouais, c'est ça. Tu étais avec cette blonde, Ingrid Carmichel, vous étiez toujours fourrés ensemble.

On se tourne vers Claire qui fixe Gomez avec insistance. Il lui sourit.

Charisse vole à notre secours :

— T'es allé voir Iggy sans moi ?

— T'étais pas en ville, se défend Gomez.

Charisse fait la moue.

— Je rate tout, se lamente-t-elle. J'ai raté Patti Smith et maintenant elle a raccroché. J'ai raté la dernière tournée des Talking Heads...

— Patti Smith refera de la scène.

— Ah ouais ? Comment tu le sais ? s'étonne Charisse.

J'échange un regard avec Claire.

— Simple supposition.

On se met à explorer nos goûts musicaux mutuels, pour découvrir qu'on est tous fans de punk. Gomez nous raconte qu'il a vu les New York Dolls en Floride, juste avant le départ de Johnny Thunders. Je décris un concert de Lene Lovich que j'ai réussi à suivre lors d'un voyage dans le temps. Charisse et Claire attendent fébrilement le passage des Violent Femmes à l'Aragon Ballroom dans quelques semaines – Charisse a dégotté des billets gratuits. La soirée se conclut sans plus de cérémonie. Claire me raccompagne en bas de l'immeuble. On se plante dans le hall, entre deux portes.

— Je suis désolée, dit-elle.

— Y'a pas de quoi, je t'assure. C'était sympa, et ça me dérange pas de cuisiner.

— Non, répond-elle en regardant ses chaussures, je parlais de Gomez.

Il fait frisquet dans le vestibule. Je prends Claire dans mes bras et elle se presse contre moi.

— Pourquoi Gomez ? je lui demande.

Je sens qu'un détail la tracasse. Mais elle se contente de hausser les épaules.

— Tout va bien, dit-elle, et je la prends au mot.

On s'embrasse. J'ouvre la porte de la rue, Claire celle de l'escalier ; je m'engage sur le trottoir et me retourne. Claire est toujours dans le vestibule, elle m'observe par l'entrebâillement. Je m'arrête, brûlant de revenir l'enlacer, de remonter avec elle. Mais elle tourne les talons et s'engouffre dans l'escalier. Je la regarde s'éclipser.

Samedi 14 décembre 1991, mardi 9 mai 2000 (Henry a trente-six ans)

HENRY : Je suis en train de régler son compte à un gros banlieusard bourré qui a osé me traiter de pédale et voulu me cogner pour prouver ses dires. Nous sommes dans l'allée attenante au théâtre Vic. J'entends la basse des Smoking Popes s'échapper des issues latérales, tandis que je m'acharne sur le nez de cet abruti avant de lui travailler les côtes. Je passe une soirée pourrie, et cet imbécile paie l'addition de toute ma frustration.

— Eh ! Biblio Boy !

Je me détourne du gémissant yuppie homophobe pour trouver Gomez accoté à une benne, l'air morose.

— Camarade.

Je m'écarte du type que je tabassais ; plein de gratitude, il glisse sur la chaussée, plié en deux.

— Ça gaze ?

Quel soulagement de voir Gomez ! Un délice, même. Mais il ne semble guère partager mon plaisir.

— Écoute, euh, je voudrais pas te déranger ni quoi que ce soit, mais c'est un ami à moi que t'es en train de démembrer, là.

C'est ça, fous-toi de moi...

— Qu'est-ce que tu veux, il l'a cherché. Il m'est tombé dessus en disant : « Monsieur, j'ai comme un furieux besoin de me faire réduire en bouillie. »

— Ah bon. Eh bien, c'est très réussi. Une putain d'œuvre d'art, vraiment.

— Merci.

— Et ça t'embête si je ramasse gentiment le vieux Nick pour l'emmener à l'hosto ?

— Fais comme chez toi.

Merde. Je prévoyais de piquer les fringues de Nick, surtout ses chaussures, des Doc Martens toutes neuves, rouge vif, à peine portées.

— Eh ! Gomez ?

— Ouais.

Il se penche pour relever son ami, qui crache une dent sur ses propres genoux.

— C'est quoi la date d'aujourd'hui ?

— 14 décembre.

— De quelle année ?

Il me regarde avec l'air du type qui a mieux à faire que de plaisanter avec des cinglés ou de porter Nick sur ses épaules, ce qui doit être plus qu'éreintant. Nick commence à geindre.

— 1991, répond Gomez. À mon avis, t'es plus bourré que t'en as l'air.

Il remonte l'allée et disparaît en direction de l'entrée du

théâtre. Je procède à un rapide calcul. Cela fait très peu de temps que Claire et moi sortons ensemble. Autrement dit, Gomez et moi nous nous connaissons à peine. Je comprends mieux son regard exorbité.

Il refait surface, délesté.

— J'ai refilé le bébé à Trent, le frère de Nick. Il était pas ravi, ravi, tu sais.

On se met en marche vers le fond de l'allée.

— Excuse mon indiscrétion, cher Biblio Boy, mais c'est quoi, cet accoutrement ?

Je porte un jean, un pull bleu ciel bariolé de canards jaunes, une gabardine rouge fluo et des tennis roses. Honnêtement, je comprends qu'un type se soit cru en devoir de me frapper.

— J'ai fait de mon mieux avec ce que j'avais sous la main.

J'espère que le gars que j'ai dépouillé était tout près de chez lui. Il doit faire moins cinq degrés.

— Alors comme ça, tu fraies avec des faluchards, Gomez ?

— On a juste fait notre droit ensemble.

Comme nous approchons de la porte arrière du surplus militaire, je succombe au vif désir de porter des fringues normales. Tant pis si ça choque Gomez, je sais qu'il s'en remettra.

— Attends, camarade. Il n'y en a pas pour longtemps, mais je dois vite régler un truc. Tu pourrais m'attendre au bout de l'allée ?

— Qu'est-ce que tu fais ?

— Rien. Une petite effraction. Ne fais pas attention au type derrière le rideau.

— Ça t'embête si je viens ?

— Oui. (Il fait son chien battu.) Bon, d'accord. Si tu y tiens tellement.

Je pénètre dans la niche qui abrite la porte. C'est la troisième fois que je m'introduis dans ce lieu – même si les deux précédentes se situent présentement dans le futur –, et j'en ai fait une science exacte. D'abord j'ouvre le ridicule cadenas à chiffres qui ferme la grille en accordéon et je rabats celle-ci, puis je crochète la serrure à cylindre avec le tube d'un vieux stylo et une épingle à nourrice trouvée plus tôt sur Belmont Avenue, enfin je glisse un bout d'aluminium entre les deux battants pour débloquer le pêne. *Voilà**. Du début à la fin, il y en a pour trois minutes. Gomez me témoigne un respect quasi religieux.

— Où est-ce que t'as appris ça, mec ?

— C'est un coup de main à prendre, je réponds avec modestie.

On entre. Un tableau de diodes clignotantes prétend passer pour une alarme, mais je ne suis pas né de la dernière pluie. Il fait noir comme dans un four. Je revois mentalement la disposition du magasin et la marchandise.

— Ne touche à rien, Gomez.

J'ai envie d'avoir bien chaud, et de passer inaperçu. Je m'avance prudemment dans les travées, et mes yeux s'adaptent à l'obscurité. Je commence par le pantalon : un Levi's noir. Je choisis une chemise en flanelle bleu marine, un gros manteau de laine noir avec une doublure costaud, des chaussettes en laine, un boxer, des gants d'alpiniste et une casquette à rabats. Au rayon chaussures je trouve, à mon grand plaisir, exactement les mêmes Doc Martens que celles de l'ami Nick. Je suis paré au combat.

Pendant ce temps, Gomez farfouille derrière le comptoir.

— Te fatigue pas, je lui dis. Ils vident la caisse tous les soirs. Allons-y.

On ressort comme on est entrés. Je referme la porte en douceur et je tire la grille. J'ai rangé ma tenue précédente dans un sac en plastique. Je chercherai tout à l'heure un collecteur de vêtements de l'Armée du Salut. Gomez me regarde avec avidité, comme un gros chien qui se demande s'il me reste des bouts de viande.

Ce qui me fait penser :

— J'ai la dalle. Allons chez Ann Sather.

— Ann Sather ? Je pensais que t'allais me proposer un casse, ou tout du moins un homicide. T'as la baraka, mec, t'arrête pas en si bon chemin !

— Je dois d'abord refaire les niveaux. Viens.

On quitte l'allée pour le parking du restaurant suédois Ann Sather. Le gardien nous regarde traverser son royaume sans broncher. On rejoint ainsi Belmont Avenue. Il n'est que 9 heures du soir, et la rue grouille du mélange habituel de fugueurs, de cas sociaux sans abri, de noctambules et de banlieusards en quête de sensations fortes. Ann Sather se dresse comme un îlot de normalité au milieu des échoppes de tatoueurs et des boutiques de préservatifs. On entre, et on attend près du coin pâtisserie qu'on nous indique une table. Mon ventre gargouille. Le décor suédois est chaleureux, tout en boiseries et marbrures rouges. On nous installe dans le coin fumeurs, juste en face de la cheminée. L'horizon s'éclaircit. On ôte nos manteaux, on se met à l'aise et on lit la carte, même si, en bons natifs de Chicago, on pourrait sans doute la chanter de mémoire, à deux voix. Gomez étale son attirail de fumeur à côté de ses couverts.

— Ça t'embête ?

— Oui. Mais vas-y.

La compagnie de Gomez a un prix : mariner dans le flot de fumée que ses narines sécrètent en continu. Il a le bout des doigts marron-ocre. Il manipule délicatement les fines feuilles qu'il courbe en épais cylindre et garnit de tabac Drum, puis il lèche, roule, pince la tige entre ses lèvres et l'allume.

— Aaah...

Pour Gomez, une demi-heure sans clope est un dysfonctionnement. J'ai toujours aimé regarder les gens satisfaire leurs envies, même celles que je ne partage pas.

— Tu ne fumes pas ? Rien ?

— Je cours.

— Ah ouais ? Putain, c'est vrai que t'as une sacrée pêche. Le pauvre Nick semblait à l'article de la mort, et t'étais même pas essoufflé.

— Il était trop soûl pour combattre. Ce n'était qu'un gros punching-ball abruti.

— Pourquoi tu lui es rentré dans le lard comme ça ?

— Par pure stupidité.

Le garçon arrive, nous informe que son nom est Lance, et le plat du jour du saumon aux pois crémés. Il note ce qu'on veut boire et s'éclipse. Tout en jouant avec le pot de crème fraîche, je m'explique :

— Il a vu comment j'étais habillé, en a déduit que j'étais une proie facile, il est devenu odieux, a voulu se battre, a refusé de prendre un non pour une réponse valable, et il en a été quitte pour une surprise. Pourtant j'étais tranquille dans mon coin, à me mêler de mes affaires, je t'assure.

Gomez est pensif.

— Affaires qui consistent en quoi, au juste ?

— Pardon ?

— Écoute, Henry. J'ai peut-être l'air d'un crétin, mais j'ai un minimum d'indices. Ça fait un petit moment que je t'observe – avant même que notre petite Claire t'ait ramené à la maison, pour tout te dire. Et je sais pas si t'es au courant, mais tu traînes une sacrée réputation dans certains cercles. Je connais des tas de gens qui te connaissent. Des gens, ou plus exactement des femmes. Des femmes qui te connaissent. (Il me jette un regard torve à travers son écran de fumée.) Et elles disent des choses vraiment bizarres...

Lance arrive avec mon café et le lait de Gomez. On

commande un cheeseburger-frites pour Gomez, une soupe de pois cassés, le saumon, des patates douces et une salade de fruits pour moi. J'ai l'impression que je vais tourner de l'œil d'une seconde à l'autre si je n'ingurgite pas dare-dare un paquet de calories. Lance repart presto. J'ai beaucoup de mal à me soucier des méfaits du moi d'autrefois, encore moins à les justifier auprès de Gomez. C'est pas ses oignons, après tout. Sauf qu'il attend une réponse. Je verse de la crème dans mon café, regarde la fine mousse blanche se diluer en tourbillon. Au diable la prudence ! Quelle importance, au fond ?

— Qu'aimerais-tu savoir, camarade ?

— Tout. Je veux savoir pourquoi un bibliothécaire d'allure si posée envoie un type dans le coma sans raison, après s'être nippé comme un prof de maternelle. Je veux savoir pourquoi Ingrid Carmichel a tenté de se supprimer il y a huit jours. Je veux savoir pourquoi on te donnerait dix ans de plus que la dernière fois que je t'ai vu. T'as les cheveux qui grisonnent ! Je veux savoir pourquoi t'es capable de crocheter les serrures. Je veux savoir pourquoi Claire avait ta photo avant même de te rencontrer.

Claire possédait une photo de moi avant 1991 ? Je l'ignorais. Aïe.

— Elle ressemble à quoi, cette photo ?

Gomez m'examine.

— On t'y voit tel que tu es aujourd'hui, et non comme il y a deux semaines quand tu es venu dîner.

Deux semaines ? Seigneur ! Ceci n'est que ma seconde entrevue avec Gomez.

— Prise en extérieur. Tu souris. La date au dos indique juin 1988.

Les plats arrivent ; on s'interrompt pour réorganiser la petite table. J'entame mon repas comme si c'était le dernier.

Gomez me regarde manger, sans toucher à son assiette. Je l'ai déjà vu faire ça au tribunal, face à des témoins récalcitrants. Pour les pousser à lâcher le morceau. Ça ne me gêne pas de tout raconter, mais d'abord je bouffe. En fait, j'ai besoin que Gomez sache la vérité, car il me sauvera les fesses plus d'une fois dans les années à venir.

J'en suis déjà à la moitié de mon saumon qu'il continue à me dévisager.

— Mange, mange, je dis en imitant de mon mieux Mme Kim.

Il trempe une frite dans le ketchup et mastique bruyamment.

— T'inquiète pas, je vais tout avouer. Mais laisse-moi déguster le repas du condamné.

Il jette l'éponge et attaque son burger. On ne dit plus rien jusqu'à ce que j'aie terminé mes fruits. Lance me rapporte du café. Je le tripatouille, le touille. Gomez semble vouloir me secouer comme un prunier. Amusons-nous un peu.

— Alors voilà. Je te le donne en mille : voyage dans le temps.

Gomez roule des yeux et grimace, mais sans prononcer un mot.

— Je suis un voyageur de l'espace-temps. Présentement j'ai trente-six ans. Cet après-midi, on était le 9 mai 2000. Un mardi. J'étais au boulot, je venais de terminer une présentation pour une délégation du Caxton Club et j'étais reparti ranger les livres sur les rayonnages quand je me suis brusquement retrouvé sur School Street, en 1991. Comme d'habitude, s'est vite posé le problème de l'habillement. Je me suis planqué sous un porche un certain temps. Je caillais, et personne ne passait par là, jusqu'à ce jeune mec qui portait – enfin bref, tu as vu comment j'étais sapé. Je l'ai donc agressé, ai pris son fric et tout le reste à l'exception de son slip. Je lui ai flanqué la trouille de sa vie ; il devait penser que j'allais le violer ou je ne sais quoi. En attendant, j'avais des fringues. Très bien. Sauf que dans ce quartier, on ne peut pas se promener dans une tenue pareille sans provoquer certains malentendus. Alors je me suis fait couvrir de merde pendant toute la soirée, et ton ami fut juste la goutte d'eau qui a fait déborder le vase. Désolé de l'avoir salement amoché. Mais ses habits me faisaient très envie, surtout ses chaussures. (Gomez jette un œil sous la table.) Je me retrouve dans ce genre de situation tout le temps – c'est le cas de le dire. J'ai un truc qui ne tourne pas rond. Je me retrouve décalé dans le temps, sans raison particulière. Ça ne se contrôle pas, je ne sais jamais quand ça va se produire, ni où ni quand je vais atterrir. Alors pour m'en sortir, je crochète les serrures, je pique dans les boutiques, je joue les pickpockets, j'agresse les gens, je mendie, je commets des effractions. Vol de voitures, mensonges, escroquerie, mutilation. Je les ai tous faits.

— Meurtre ?

— Eh bien, pas que je sache. Je n'ai jamais violé personne, non plus. (Je lui parle droit dans les yeux. Son visage ne laisse rien paraître.) Venons-en à Ingrid. Tu connais réellement Ingrid ?

— Je connais Celia Attley.

— Dieu du ciel ! T'as de sacrées fréquentations, toi. Et comment Ingrid a-t-elle tenté de se supprimer ?

— Overdose de Valium.

— En 1991, hein ? Je vois. Ce serait donc sa quatrième tentative de suicide.

— Quoi ?

— Ah ! t'étais pas au courant ? Celia ne te donne que des infos partielles. Ingrid a fini par se foutre en l'air le 2 janvier 1994. D'une balle dans la poitrine.

— Henry...

— Tu sais, ça s'est passé il y a six ans, mais je lui en veux toujours. Quel gâchis ! Elle était gravement dépressive, depuis un bon bout de temps, et elle a fini par toucher le fond. Je ne savais plus quoi faire. C'était un grand sujet de discorde entre nous.

— Je trouve la plaisanterie très douteuse, Biblio Boy.

— Tu veux des preuves, forcément.

Il se contente de sourire.

— Et la photo, alors ? Celle que tu prétends avoir trouvée chez Claire.

Son sourire s'évanouit.

— OK. J'admets que je suis un peu bluffé sur ce coup-là.

— J'ai rencontré Claire pour la première fois en octobre 1991. Elle m'a rencontré pour la première fois en septembre 1977. Elle avait six ans, j'en aurai trente-huit. Elle m'a toujours connu, en somme, alors que moi, en 1991, je la découvre à peine. D'ailleurs, tu devrais interroger Claire sur ces histoires. Elle t'expliquerait.

— C'est déjà fait. Elle m'a expliqué.

— Ben alors quoi, Gomez ? Tu me fais perdre un temps précieux, là, à me demander de tout expliquer ! Tu l'as pas crue ?

— Tu l'aurais crue, à ma place ?

— Bien sûr. Claire dit toujours la vérité. Ça tient à son éducation catholique.

Lance revient avec du café. Je suis déjà bien chargé en caféine, mais c'est pas ça qui va me tuer.

— Alors ? Tu cherches quel genre de preuves ?

— Claire dit que tu disparais.

— Ouais, c'est mon numéro le plus impressionnant. Colle-moi aux basques et tôt ou tard tu me verras disparaître. Ça peut prendre quelques minutes, des heures ou des années, mais je te garantis le résultat.

— On se connaît, en l'an 2000 ?

— Ouais. (Je lui souris.) On est de bons amis.

— Dis-moi mon avenir.

Non, non, non. Mauvaise idée.

— Niet.

— Pourquoi pas ?

— Écoute, Gomez. Des événements se produisent. Et les connaître à l'avance rend les choses... bizarres. On ne peut rien modifier, de toute manière.

— Pourquoi ?

— La causalité ne fonctionne que vers l'avant. Les choses arrivent une fois et une seule. Et quand on est déjà prévenu, eh bien... je me sens piégé, le plus souvent. Mais quand on est ancré dans le temps, et dans l'expectative, alors on est libre. Crois-moi. (Il paraît frustré.) Tu seras mon témoin de mariage. Je serai le tien. Tu mènes une chouette vie, Gomez. Mais compte pas sur moi pour connaître les détails.

— De tuyaux boursiers, peut-être ?

Ma foi, rien ne s'y oppose. En 2000 la Bourse est chabraque, mais il y a de superbes occasions de faire fortune, et Gomez sera l'un des heureux élus.

— Tu as déjà entendu parler d'Internet ?

— Non.

— C'est un truc informatique. Un vaste réseau mondial auquel se connectent toutes les personnes comme toi et moi, pour communiquer par ordinateur *via* les lignes téléphoniques. Il faut acheter des valeurs technologiques. Netscape, America Online, Sun Microsystems, Yahoo !, Microsoft, Amazon.com.

Il prend des notes.

— « Point comm' » ?

— Te tracasse pas pour ça. Achète-les dès la mise sur le marché, c'est tout. (Je souris.) Frappe dans tes mains si tu crois aux fées !

— Je croyais que t'étripais tous ceux qui te traitaient de gonzesse, ce soir.

— C'est une phrase de *Peter Pan*, espèce d'illettré.

Tout à coup je me sens nauséeux. Mais je n'ai aucune envie faire de l'esclandre dans ce restau. Je saute sur mes jambes.

— Suis-moi, j'ordonne avant de foncer aux toilettes, talonné par Gomez.

Je déboule dans le chiotte miraculeusement libre. Mon front ruisselle de sueur. Je vomis dans le lavabo.

— Putain de Dieu ! s'écrie Gomez. Putain, Biblio Boy...

Mais je loupe la suite de ce qu'il raconte car je suis couché sur le flanc, à poil, sur un lino glacial, dans le noir total. J'ai la tête qui tourne, alors je reste allongé un moment. En tendant le bras, je rencontre la tranche de bouquins. Je me trouve dans la réserve de Newberry. Je me relève, me traîne au bout de l'allée et allume la lumière ; elle envahit ma travée, m'aveugle. Mes vêtements, ainsi que le chariot de livres que je vidais, m'attendent dans l'allée suivante. Je m'habille, range les ouvrages et ouvre avec précaution la porte menant à l'espace public. J'ignore quelle heure il est ; l'alarme pourrait être branchée. Mais non, tout est comme avant. Isabelle explique à un nouvel inscrit le fonctionnement de la salle de lecture, Matt passe et me salue d'un signe. Le soleil se déverse par les vitres et les aiguilles de la pendule indiquent 16 h 15. Je me suis absenté moins d'un quart d'heure. Amelia m'aperçoit et montre la porte.

— Je fais un saut chez Starbucks. Tu veux un jus ?

— Euh... non, je ne crois pas. Mais c'est gentil.

J'ai un affreux mal de crâne. Je glisse la tête dans le bureau de Roberto pour lui dire que je ne me sens pas bien. Il acquiesce avec compassion tout en désignant le téléphone, qui lui crache à l'oreille un italien de mitrailleuse. J'attrape mes affaires et m'en vais.

Une journée de bureau ordinaire dans la vie de Biblio Boy.

Dimanche 15 décembre 1991 (Claire a vingt ans)

Claire : C'est une belle matinée ensoleillée, je sors de l'appartement d'Henry pour regagner le mien. Les rues sont verglacées, il est tombé quelques centimètres de neige fraîche. Tout autour de moi est d'une blancheur et d'une pureté aveuglantes. Je chante avec Aretha Franklin, R-E-S-P-E-C-T ! en quittant Addison Street pour bifurquer sur Hoyne Street, et ô miracle ! je repère un emplacement de parking juste devant mon immeuble. Mon jour de chance ! Je me gare, négocie le trottoir glissant, pénètre dans le hall en fredonnant tout du long. J'éprouve cette douce sensation de langueur que je commence à associer au sexe avec Henry, au fait de me réveiller dans son lit et de rentrer chez moi à n'importe quelle heure du jour. Je flotte jusqu'en haut des marches. Charisse est à l'église. Je me réjouis à la pensée de prendre un long bain en compagnie du *New York Times*. À peine la porte ouverte, je sais que je ne suis pas seule. Gomez est installé dans le salon, enveloppé d'un nuage de fumée, les stores fermés. Avec le papier peint tontisse rouge, le mobilier en velours rouge et toute cette fumée, il ressemble à Satan croisé avec Elvis – version blonde et polonaise. Il reste assis là sans parler, aussi je me dirige vers ma chambre sans un mot. Je suis toujours en colère contre lui.

— Claire !

— Quoi ? dis-je en me tournant.

— Je suis désolé. J'avais tort.

Je ne l'avais jamais entendu confesser autre chose que l'infaillibilité du pape. Sa voix n'est qu'un croassement rauque.

Je m'avance jusqu'au salon et relève les stores. Constatant que le soleil peine à percer le brouillard, j'entrouvre une fenêtre.

— Comment tu te débrouilles pour fumer autant sans que le détecteur de fumée se déclenche me dépasse.

— Je la remettrai avant de partir, répond Gomez qui brandit une pile de neuf volts.

Je prends place sur le canapé Chesterfield. J'attends qu'il m'éclaire sur ce revirement. Il se roule une autre cigarette. Pour finir, il l'allume et reporte son regard sur moi.

— J'étais avec ton ami Henry, hier soir.

— Moi aussi.

— Bien. Vous avez fait quoi ?

— On est allés au Facets voir un film de Peter Greenaway, on a mangé marocain avant de terminer la soirée chez lui.

— D'où tu arrives tout juste.

— Exact.

— Hum. De mon côté, c'était moins culturel, mais plus animé. Je suis tombé sur ton boute-en-train dans la ruelle près du Vic où il tabassait Nick. Trent m'a appris ce matin que Nick s'en était tiré avec le nez cassé, trois côtes fêlées, cinq os de la main brisés, des lésions des tissus mous et quarante-six points de suture. Sans compter qu'il va avoir besoin d'une nouvelle dent de devant.

Son récit me laisse de marbre. Nick est une grosse brute.

— Il aurait fallu que tu sois là, Claire. Ton petit copain a travaillé Nick comme s'il s'agissait d'un objet inanimé. Une sculpture qu'il façonnait. Avec une précision quasi chirurgicale. En calculant où porter le coup pour qu'il ait le maximum d'impact, *vlan !* J'aurais applaudi des deux mains si son punching-ball n'avait pas été Nick.

— Pourquoi est-ce qu'Henry lui flanquait une correction ?

Gomez a l'air gêné.

— Il semblerait que ce soit la faute de Nick. Il a une fâcheuse tendance à s'en prendre aux... gays et Henry était déguisé en fée clochette.

J'imagine la scène. Pauvre Henry.

— Et ensuite ?

— On a cambriolé un surplus militaire.

Jusque-là rien de méchant.

— Et ?

— On a dîné chez Ann Sather.

J'éclate de rire, Gomez sourit.

— Et il m'a raconté la même histoire à dormir debout que toi.

— Dans ce cas, pourquoi le croire ?

— Ben, il est foutrement nonchalant. Il était évident qu'il savait tout ce qu'il y avait à savoir sur moi. Il lisait dans mon jeu et pourtant il donnait l'impression que ça lui était égal. Et puis il a... disparu, j'étais planté là, et j'ai bien été obligé... de le croire.

Je hoche la tête en signe de compassion.

— Le truc de la disparition est plutôt impressionnant. Je me souviens de la toute première fois où je l'ai rencontré, quand j'étais petite. Il me serrait la main et *pouf!* il s'est volatilisé. Au fait, de quelle année il venait ?

— 2000. Il paraissait beaucoup plus vieux.

— Il doit endurer toutes sortes d'épreuves.

C'est assez agréable d'être assise là à discuter d'Henry avec quelqu'un qui est au courant. Une vague de gratitude envers Gomez me submerge et reflue aussitôt qu'il se penche en avant et déclare, d'un ton empli de gravité :

— Ne l'épouse pas, Claire.

— Il n'a pas encore fait sa demande.

— Tu m'as très bien compris.

Je reste parfaitement immobile à fixer mes mains tranquillement jointes sur mes genoux. Je suis à la fois glacée et furieuse. Je lève les yeux. Gomez me considère avec une expression d'anxiété.

— Je l'aime. Il représente tout pour moi. Je l'ai attendu

toute ma vie et à présent il est là. (J'ai du mal à m'expliquer.) Avec lui, je peux contempler mon existence dans sa totalité, comme une carte, passé et futur réunis, comme un ange... (Je secoue la tête. Je n'arrive pas à exprimer ce que je ressens avec des mots.) À travers lui, je touche le Temps du doigt... il m'aime. Nous sommes mariés parce que... chacun est une partie de l'autre... (Je m'interromps.) Tout est déjà arrivé. Tout en même temps.

Je scrute le visage de Gomez pour déterminer si ce que je viens de dire a un quelconque sens pour lui.

— Claire, je l'apprécie, *vraiment*. Il est fascinant. Mais dangereux. Les femmes qu'il a fréquentées ne s'en sont jamais remises. J'essaie juste de t'empêcher de te précipiter gaiement dans la gueule de ce charmant psychopathe...

— Tu ne réalises pas qu'il est trop tard ? Tu parles de quelqu'un que je côtoie depuis l'âge de six ans. Je le connais par cœur. Toi tu ne l'as croisé que deux fois et tu voudrais me convaincre de sauter du train en marche. Eh bien, c'est impossible. J'ai vu mon avenir, je ne peux pas le changer et je ne le changerais pas même si je le pouvais.

— Il a refusé de me révéler quoi que ce soit sur le mien, médite Gomez, pensif.

— Henry tient à toi, il ne te ferait pas une chose pareille.

— Il ne s'est pas embarrassé de scrupules avec toi.

— C'était inéluctable, nos vies sont si étroitement liées. Toute mon enfance a été chamboulée à cause de lui sans qu'il puisse l'éviter. Il a géré la situation de son mieux.

J'entends la clef de Charisse tourner dans la serrure.

— Claire, ne m'en veux pas... je m'efforce simplement de t'aider.

— L'occasion de nous aider se présentera, je lui assure en souriant. Tu le découvriras bientôt.

Charisse entre en toussant.

— Oh ! mon chou ! Tu as dû trouver le temps long.

— Je bavardais avec Claire. Au sujet d'Henry.

— Je suis persuadée que tu n'as pas tari d'éloges sur lui, lance Charisse avec une menace voilée dans la voix.

— Je lui ai conseillé de s'enfuir à toutes jambes dans la direction opposée.

— Oh ! Gomez ! Claire, ne l'écoute pas. Il a un goût affreux en matière d'hommes.

Charisse se place à distance respectable de Gomez, lequel tend le bras et l'attire sur ses genoux. Elle lui jette un regard noir.

— Elle est toujours comme ça à son retour de l'église.

— Je veux mon petit déjeuner.

— Bien sûr, ma colombe.

Ils se lèvent et galopent le long du couloir jusqu'à la cuisine. La minute d'après, Charisse se met à pousser des gloussements haut perchés tandis que Gomez tente de lui donner une fessée avec le *Times Magazine*. Je soupire et rejoins ma chambre. Le soleil brille encore. Je fais couler de l'eau chaude dans la vieille baignoire énorme de la salle de bains et me dépouille de mes vêtements de la nuit précédente. Alors que je me hisse à l'intérieur, je surprends mon reflet dans la glace. Mon corps paraît presque plantureux, ce qui me procure une immense satisfaction. Je m'enfonce dans l'eau avec la sensation d'être une odalisque d'Ingres. *Henry m'aime. Henry est ici, enfin, dans le présent, enfin. Et je l'aime.* Je promène mes mains sur ma poitrine et une fine pellicule de salive se reliquéfie au contact de l'eau avant de s'y dissoudre. *Pourquoi faut-il que tout soit compliqué ? La partie compliquée n'est-elle pas censée être derrière nous maintenant ?* J'immerge mes cheveux, je les observe flotter autour de moi, sombres et semblables à un filet. *Je n'ai pas choisi Henry, pas plus qu'il ne m'a choisie. Alors comment pourrions-nous avoir commis une erreur ?* De nouveau, je me heurte au fait qu'il n'existe aucun moyen de le savoir. Je m'attarde dans la baignoire en me concentrant sur le carrelage au-dessus de mes pieds jusqu'à ce que l'eau soit pratiquement froide. Charisse frappe à la porte, demande si je me suis noyée là-dedans et pourrait-elle se laver les dents merci ? Lorsque j'enveloppe mes cheveux dans une serviette, le miroir me renvoie une image brouillée par la buée et le temps semble se replier sur lui-même, et je me vois comme la superposition de tous ces jours et de ces années qui se sont écoulés et de tous ceux à venir et soudain j'éprouve le sentiment d'être devenue invisible. Mais ce sentiment disparaît aussi vite qu'il est apparu et je m'immobilise une minute puis j'enfile mon peignoir et j'ouvre la porte et je continue.

Samedi 22 décembre 1991
(Henry a vingt-huit et trente-trois ans)

Henry : À 5 h 25 du matin, j'entends un coup de sonnette, ce qui présage toujours du pire. Je titube jusqu'à l'Interphone et j'enfonce le bouton.

— Ouais ?

— Salut. Laisse-moi monter.

J'appuie de nouveau sur la touche et l'atroce grésillement qui signifie Bienvenue dans mon antre chemine le long du fil. Quarante-cinq secondes plus tard, l'ascenseur s'ébranle et commence son ascension. J'enfile mon peignoir, me plante sur le palier et regarde bouger les câbles par la petite vitre en verre securit. La cabine apparaît, s'immobilise, et pas de doute, c'est bien moi.

Il fait coulisser la porte et pose le pied dans le couloir, nu, mal rasé, les cheveux très courts. On s'engouffre dans l'appartement et on s'observe quelques instants.

— Alors ? je lance, histoire de dire quelque chose. Ça gaze ?

— Comme ci, comme ça. C'est quoi la date ?

— 22 décembre 1991. Samedi.

— Oh ! Les Violent Femmes à l'Aragon, ce soir ?

— Ouais.

Il se marre.

— Si t'avais vu ça... Tu parles d'une soirée de merde !

Il se dirige droit vers le lit – mon lit –, grimpe dedans, remonte les couvertures sur sa tête. Je me laisse choir à son chevet.

— Hep ! (Pas de réponse.) T'arrives d'où ?

— 13 novembre 1996. J'étais sur le point de me coucher. Alors laisse-moi dormir, ou tu le regretteras sincèrement dans cinq ans.

Ma foi, ça se tient. J'ôte mon peignoir et me recouche. J'occupe à présent le mauvais côté du lit, celui que je considère comme celui de Claire, puisque mon avatar a réquisitionné ma place. Tout diffère subtilement de ce côté-ci. Comme quand on lorgne un objet d'un œil, puis de l'autre. Je promène mon regard dans la pièce : le fauteuil jonché de vêtements, un noyau de pêche au fond d'un verre ballon sur le rebord de la fenêtre, le dos de ma main droite. Mes ongles mériteraient un sérieux coup de ciseaux, et l'appartement aurait sûrement droit au Fonds d'indemnisation pour catastrophe naturelle. Peut-être que le moi *bis* sera prêt à donner de sa personne, à filer un coup de main dans la maison, histoire de payer sa pension. Dans ma tête je dresse l'inventaire du frigo et du garde-manger, d'où il ressort que nous sommes bien pourvus. Je prévois de ramener Claire ce soir, et je me demande ce que je vais faire de mon corps additionnel. Je songe que Claire risque de préférer cette édition plus récente de moi puisque, en définitive, ils se connaissent mieux. Pour je ne sais quelle raison, cela me fiche la trouille. J'essaie de me rappeler que ce que l'on retranche aujourd'hui s'ajoutera plus tard, mais ça ne suffit pas à me rassurer, et je continue à souhaiter que l'un de nous deux s'en aille.

Je contemple mon double. De dos, lové en hérisson, de toute évidence endormi. Je l'envie. Il est moi, mais je ne suis pas lui, pas encore. Il a traversé cinq années d'une vie qui me demeure mystérieuse, tapie dans un coin et prête à bondir pour me mordre. Cela dit, les plaisirs qu'il y aura à prendre, il les a déjà pris ; moi ils m'attendent telle une boîte de chocolats inentamée.

J'essaie de l'envisager avec les yeux de Claire. Pourquoi ces cheveux ras ? J'ai toujours adoré ma longue tignasse ondulée, que j'arbore depuis le lycée. Tôt ou tard je vais pourtant lui donner un coup de cisaille. Je prends conscience que ma chevelure est l'un des nombreux éléments rappelant à Claire que je ne suis pas tout à fait l'homme rencontré dans sa prime enfance. Je ne suis qu'une approximation, qu'elle guide subrepticement vers un moi qui existe déjà dans son esprit. Que serais-je sans elle ?

Je ne serais pas cet homme qui respire lentement, profondément, de l'autre côté du lit. Ses vertèbres, ses côtes ondoient dans son cou et son dos. Sa peau est lisse, quasi glabre, serrée sur les muscles et les os. Il est épuisé, mais il dort comme s'il allait devoir bondir et fuir à tout instant. Je dégage vraiment une telle tension ? J'imagine que oui. Claire déplore qu'il me faille tomber de fatigue pour être détendu, mais à dire vrai je me sens facilement zen en sa présence. Ce moi plus âgé paraît plus svelte et plus las, plus solide et plus confiant. Mais avec moi il a les moyens de plastronner : il lit si bien dans mon jeu que je ne puis qu'obtempérer, dans mon propre intérêt.

Il est 7 h 14 et il semble acquis que je ne vais plus me rendormir. Je me lève et mets le café en route. J'enfile un slip et un pantalon de survêtement avant de m'étirer. Mes genoux sont fragiles ces temps-ci, alors je les enveloppe dans des genouillères. J'enfile des chaussettes puis je lace mes vieilles pompes de footing – qui sont probablement la cause de mes genoux fragiles – tout en me promettant d'en acheter une nouvelle paire demain. J'aurais dû demander à mon hôte le temps qu'il fait. Mais que dis-je ? En décembre à Chicago, un temps pourri est *de rigueur**. Je revêts mon vieux tee-shirt du Chicago Film Festival, un sweat-shirt noir puis un deuxième, lourd et orange, avec une capuche ornée devant et derrière de grands X en Scotch réfléchissant. Je rafle mes gants et mes clefs, et me jette dehors, dans le jour naissant.

Il ne fait pas si moche, pour une journée d'hiver. Il y a très peu de neige par terre, et le vent joue avec, la poussant çà et là. Dearborn Street sature dans un concert de moteurs et le ciel est gris, qui s'éclaire doucement vers un autre gris.

J'attache mes clefs à mes lacets et décide de courir au bord du lac. Je trotte doucement sur Delaware jusqu'à Michigan, traverse la passerelle, et commence à jogger le long de la piste cyclable qui remonte Oak Street Beach vers le nord. Seuls les coureurs et cyclistes mordus ont mis le nez dehors. Le lac Michigan est d'une profonde couleur d'ardoise et la marée basse révèle une bande de sable brun. Les mouettes tournoient au-dessus de moi comme sur l'eau. Mes mouvements sont raides ; le froid malmène les articulations, et je me rends compte peu à peu que ça caille un max au bord du lac, entre zéro et moins cinq à vue de nez. Alors je ralentis un brin, pour m'échauffer, et rappeler à mes pauvres genoux et chevilles que leur raison d'être consiste à me conduire vite et loin, sur commande. Je sens l'air froid et sec dans mes poumons, les palpitations sereines de mon cœur, et parvenu sur North Avenue je me sens au top, alors je prends de la vitesse. Courir représente beaucoup de choses pour moi : survie, calme, euphorie, solitude. C'est une preuve de mon existence corporelle, de mon aptitude à contrôler mes mouvements dans l'espace – à défaut du temps – et de la soumission, même temporaire, de mon corps à mon esprit. En courant j'agite l'air, les objets vont et viennent autour de moi, et le chemin se déroule comme une pellicule sous mes pieds. Je me souviens qu'enfant, bien avant les jeux vidéo et le Web, j'insérais des bandes diapo dans la visionneuse pourrie de la bibliothèque scolaire. J'admirais le spectacle, et au signal sonore je tournais la molette qui abaissait le carton. Je ne me rappelle plus à quoi ressemblaient les images, ni de quoi elles parlaient, mais je me souviens de l'odeur de la bibliothèque, et de la façon dont je sursautais à chaque bip. À présent je plane, je retrouve cette sensation divine, comme si je pouvais courir droit dans les airs, et je suis invincible, rien ne peut m'arrêter, rien ne peut m'arrêter, rien, rien, rien, rien...

Ce soir-là
(Henry a vingt-huit et trente-trois ans, Claire vingt)

Claire : Nous sommes en route pour le concert des Violent Femmes à l'Aragon. Après une certaine réticence de la part d'Henry, que je ne comprends pas parce qu'il raffole de ce groupe, nous sillonnons le quartier résidentiel à la recherche d'un emplacement de parking. Je fais des tours et des détours, devant le Green Mill, des bars, des immeubles d'habitation mal éclairés et des laveries automatiques qui ont l'apparence d'éléments de décor. Je réussis finalement à me garer sur Argyle Street et nous descendons en frissonnant les trottoirs luisants et défoncés. Henry marche vite et je suis toujours un peu essoufflée en sa compagnie. J'ai remarqué qu'il s'efforçait d'ajuster son pas au mien, maintenant. Je retire mon gant, enfouis ma main dans la poche de son manteau et il met son bras autour de mon cou. Je suis tout excitée parce c'est la première fois qu'Henry et moi allons danser et j'adore cette salle dans toute sa fausse splendeur espagnole qui se délabre. Grand-mère Meagram me racontait autrefois ses soirées passées à se trémousser sur la musique des grands orchestres des années trente quand tout était tout beau tout nouveau, que personne ne se tirait dessus depuis les balcons et qu'il n'y avait pas de flaques d'urine dans les toilettes des hommes. Mais *c'est la vie**, les temps changent, et nous voilà.

Nous patientons dans la queue quelques minutes. Henry a l'air tendu, sur ses gardes. Il me tient la main, mais fouille la foule d'un regard scrutateur. J'en profite pour le détailler. Il est superbe. Ses cheveux noirs, ramenés en arrière et lustrés, lui arrivent à hauteur d'épaules. Mince, la silhouette féline, il émane de lui une tension et une force physique. Il donne l'impression d'être sur le point de mordre. Il a revêtu un pardessus noir, une chemise en coton blanche à poignets mousquetaire qui pendent défaits des manches de son manteau, une adorable cravate en soie vert acide juste assez dénouée pour laisser entrevoir les muscles de son cou, un jean noir et des baskets montantes de la même couleur. Il ramasse mes cheveux en une torsade et les enroule autour de son poignet. Un court instant, je suis sa prisonnière, puis la file avance et il me rend ma liberté.

Nos tickets vérifiés, nous grossissons le flot qui se déverse dans le bâtiment. L'Aragon regorge de couloirs interminables, de recoins et de balcons qui ceignent la salle principale et sont idéals pour se perdre ou se cacher. Henry et moi nous réfugions dans l'un des balcons situé à proximité de la scène et nous installons à une table minuscule. Nous enlevons nos manteaux. Henry m'étudie.

— Tu es ravissante. J'aime beaucoup ce que tu portes même si j'ai du mal à croire que tu puisses danser avec.

Ma robe, bleu lilas en soie, est ultra-moulante, mais devrait s'étirer suffisamment pour ne pas gêner mes mouvements. Je l'ai essayée l'après-midi même devant le miroir sans que cela ne pose aucun problème. Mes cheveux m'inquiètent davantage en revanche : à cause de l'air sec de l'hiver, ils semblent avoir doublé de volume. J'entreprends de les tresser, mais Henry m'en empêche.

— Non, je t'en prie... Je veux t'admirer les cheveux lâchés.

La première partie commence. Nous écoutons sagement. Les gens grouillent autour de nous, bavardent, fument. Il n'y a pas de sièges sur la piste centrale. Le bruit est phénoménal.

Henry se penche vers moi et vocifère à mon oreille :

— Tu bois quelque chose ?

— Juste un Coca.

Il s'éclipse vers le bar. Je m'accoude à la balustrade et inspecte les personnes présentes. Les filles se partagent entre tenue de soirée et tenue de combat, les garçons entre crêtes sur la tête et chemises de flanelle. Des représentants des deux sexes arborent l'uniforme tee-shirt et jean. Des étudiants se mêlent à des jeunes de vingt ans et des poussières, avec, çà et là, quelques vétérans.

Henry est absent depuis un long moment. Le groupe chargé de chauffer la salle tire sa révérence sous de maigres applaudissements et les *roadies* se mettent à décharger leur matériel et à le remplacer par tout un tas d'instruments plus ou moins identiques. Finalement, lasse d'attendre, j'abandonne notre table et nos manteaux pour me frayer un chemin parmi la foule compacte sur le balcon, au bas de l'escalier et le long du corridor obscur qui s'étend jusqu'au bar. Henry ne s'y trouve pas. J'explore lentement les salles et les renfoncements – cherchant mais feignant de ne pas chercher.

Je le repère au bout d'un couloir. Il se tient si près de la femme que d'emblée je conclus qu'ils sont enlacés ; elle colle son dos au mur et Henry est baissé vers elle, la main arc-boutée au mur par-dessus son épaule. L'intimité de cette posture me coupe le souffle. Elle est blonde, d'une beauté que je qualifierais de germanique, grande et théâtrale.

En me rapprochant, je me rends compte que, loin de s'embrasser, ils sont en train de se disputer. Henry se sert de sa main libre pour souligner les propos, quels qu'ils soient, qu'il lui jette à la figure. Soudain, la façade impassible de son interlocutrice se craquelle sous l'effet de la colère, les larmes paraissent prêtes à surgir. Elle lui hurle quelque chose en retour. Henry se recule et lève les bras en geste d'impuissance. Je capte ses dernières paroles cependant qu'il s'éloigne :

— Je ne peux pas, Ingrid. C'est au-dessus de mes forces ! Je *regrette...*

— Henry !

Elle s'élance à sa poursuite lorsque tous deux me remarquent, complètement figée au milieu du passage. Henry a la mine sévère tandis qu'il m'attrape par le bras et que nous nous dirigeons vers l'escalier au pas de charge. Je gravis trois marches, me retourne et la vois debout qui nous fixe, les bras le long du corps, désemparée et frémissante d'émotion. Henry lance un coup d'œil derrière lui, puis nous pivotons sur nous-mêmes et continuons notre ascension.

Nous regagnons notre table laquelle, miraculeusement, est encore libre et occupée par nos manteaux. Les lumières s'éteignent et Henry hausse la voix pour couvrir le vacarme ambiant.

— Je m'excuse. J'ai croisé Ingrid avant même de pouvoir atteindre le bar...

Qui est Ingrid ? Une vision de moi dans la salle de bains d'Henry, un tube de rouge à lèvres à la main, me vient à l'esprit, mais l'obscurité descend et les Violent Femmes prennent d'assaut la scène.

Gordon Gano, derrière son micro, foudroie le public du regard ; des accords menaçants éclatent, il se penche en avant, entonne les premières paroles de *Blister in the Sun* et le concert démarre sur les chapeaux de roues. Henry et moi sommes assis à écouter lorsqu'il s'incline vers moi et crie :

— Tu veux partir ?

La piste de danse est une marée humaine bouillonnante où les corps s'entrechoquent.

— Je veux danser !

Il semble soulagé.

— Super ! Oui ! Allons-y !

Il se débarrasse de sa cravate qu'il fourre dans la poche de son pardessus. Nous parcourons le chemin en sens inverse et entrons dans l'arène. J'avise Charisse et Gomez, évoluant plus ou moins à l'unisson. Charisse, déconnectée de tout ce qui l'entoure, s'agite comme un diable pendant que Gomez bouge à peine, sa cigarette parfaitement fichée à l'horizontale entre ses lèvres. Il m'aperçoit, m'adresse un petit signe de la main. Se déplacer au milieu de la cohue s'apparente à se baigner dans le lac Michigan : absorbés en son sein, nous sommes portés et flottons ainsi jusqu'à la scène. Tout le monde rugit le titre d'une chanson *Add it up ! Add it up !* et le groupe répond en se déchaînant furieusement sur ses instruments.

Henry vibre au son de la basse. Nous avons atterri à la limite de la fosse, avec des danseurs qui d'un côté se télescopent à fond de train, et de l'autre se déhanchent, battent l'air de leurs bras et chorégraphient leurs pas.

Nous dansons. La musique déferle en moi en vagues sonores qui prennent possession de ma colonne vertébrale, font se mouvoir mes pieds, mes hanches, mes épaules sans en référer à mon cerveau. *Beautiful girl, love your dress, high school smile, oh yes, where she is now, I can only guess.* (*Hé ! princesse, ta robe si jolie, sourire de lycéenne, oh oui ! qu'est-elle devenue à présent, je spécule à l'infini.*) J'ouvre les yeux et découvre Henry. Lorsque je lève les bras, il me saisit par la taille et je jaillis dans les airs. Je jouis d'une vue panoramique de la piste pendant une seconde d'éternité. Quelqu'un agite la main dans ma direction, mais avant que je puisse établir de qui il s'agit, Henry me repose à terre. Nous dansons en nous touchant, nous dansons séparés. *How can I explain personal pain ?* Je suis en nage. Henry secoue la tête, ses cheveux, une masse noire floue, sa sueur partout sur moi. La musique devient aiguillon, arme de dérision : *I ain't had much to live for I ain't had much to live for I ain't had much to live for*. Nous nous donnons à elle avec frénésie. Mon corps est élastique, mes jambes engourdies, une sensation de chaleur blanche se diffuse de mon bas-ventre au sommet de mon crâne. Mes cheveux mouillés sont des tentacules qui s'accrochent à mes bras, mon cou, mon visage et mon dos. La musique se fracasse contre un mur puis s'arrête. Mon cœur bat la chamade. Je pose une main sur la poitrine d'Henry et constate avec surprise que son rythme cardiaque s'est à peine accéléré.

Un peu plus tard, je me rends dans les toilettes des femmes où je tombe sur Ingrid qui pleure assise sur un lavabo. Une petite femme noire coiffée avec de longues *dreadlocks* flamboyantes lui fait face et lui chuchote des mots de consolation en lui caressant les cheveux. Les sanglots d'Ingrid se répercutent sur le carrelage jaune froid et humide. Alors que je bats en retraite, mon mouvement attire leur attention. Elles m'examinent. Ingrid est dans un état épouvantable. Plus aucune trace de sa froideur teutonique. La figure rouge et bouffie, le maquillage dégoulinant, elle me dévisage, morne et vidée. La femme noire s'avance vers moi, fine et délicate, sombre et triste. Elle s'immobilise à mes côtés et s'adresse à moi d'une voix douce.

— Ma sœur, comment tu t'appelles ?

J'hésite.

— Claire, je lâche finalement.

Ses yeux se reportent sur Ingrid.

— Claire. Un bon conseil. Tu te mêles de choses qui te regardent pas. Henry, c'est pas un cadeau, mais ça c'est le problème d'Ingrid, et sûr que ça serait pas très malin de ta part de traîner avec lui. Tu piges ?

Je n'ai aucun désir de connaître le fin mot de cette histoire, pourtant je ne peux pas résister.

— De quoi vous parlez ?

— Ils devaient se marier. Mais ce cher Henry, il annule le mariage, il lui dit qu'il est désolé, n'y pense même plus, faut tout oublier. D'après moi, elle est bien mieux sans lui, mais elle écoute pas. Il la traite comme un chien, il boit comme un foutu trou, fiche le camp pendant des jours et ensuite se pointe comme si de rien n'était, et il se tape tout ce qui passe. C'est Henry tout craché. Quand il t'en fera voir de toutes les couleurs, faudra pas te plaindre que personne t'avait prévenue.

Elle tourne brusquement les talons pour rejoindre Ingrid qui ne m'a pas quittée des yeux et les braque sur moi avec un désespoir incommensurable.

Je dois être bouche bée.

— Désolée, j'articule avant de m'éclipser.

J'erre parmi les couloirs quand je déniche enfin une alcôve – vide, à l'exception d'une jeune gothique évanouie sur un canapé en vinyle, une cigarette se consumant entre les doigts. Je la lui retire et l'écrase sur le carrelage crasseux. Je m'assieds sur le bras du canapé ; je sens les pulsations de la musique se propager dans mon coccyx et remonter le long de ma colonne vertébrale. Jusque dans mes dents. J'ai toujours besoin d'uriner et mon crâne m'élance. J'ai envie de pleurer. Je n'arrive pas à comprendre ce qui vient de se produire. Plus exactement, je ne sais pas comment il convient de réagir.

Dois-je prétendre que cette scène n'a jamais eu lieu, ou dois-je m'emporter contre Henry et exiger qu'il s'explique ou bien quoi ? Qu'est-ce que j'espérais ? Si seulement je pouvais envoyer une carte postale dans le passé à ce mufle d'Henry que je n'ai pas encore rencontré : « Calfeutre-toi chez toi. Attends-moi. J'aimerais que nous soyons réunis. »

La tête d'Henry surgit à l'angle.

— Te voilà ! Je commençais à croire que je t'avais perdue.

Cheveux courts. Soit il se les est fait couper au cours de la demi-heure écoulée, soit j'ai sous les yeux mon voyageur dans le temps préféré. Je bondis sur mes pieds et fonds sur lui.

— Homphf !... hé ! moi aussi je suis ravi de te retrouver...

— Tu m'as tellement manqué...

Et cette fois-ci, je pleure pour de bon.

— On se voit presque non stop depuis des semaines.

— Oui, mais... tu n'es pas vraiment *toi*, pas encore... Je veux dire, tu es différent. Bon sang !

Je m'adosse au mur et Henry se presse contre moi. Nous nous embrassons puis il se met à me lécher le visage, à la manière d'une chatte son petit. J'imite un ronronnement, éclate de rire.

— Espèce d'enfoiré ! Tu n'essaierais pas d'orienter la conversation sur un terrain moins glissant que celui de ta conduite *abjecte* ?

— Quoi, ma conduite ? J'ignorais jusqu'à ton existence. J'étais malheureux comme une pierre avec Ingrid. J'ai fait ta connaissance. J'ai rompu avec elle moins de vingt-quatre heures après. Et sauf erreur de ma part, l'infidélité n'est pas rétroactive.

— Elle affirme...

— Qui, elle ?

— Cette femme noire. (Je lui mime la longue chevelure.) Petite, gros yeux, *dreadlocks*.

— Oh ! seigneur ! Celia Attley ! Elle me méprise. Elle est amoureuse d'Ingrid.

— Elle affirme que tu devais épouser Ingrid. Que tu bois sans arrêt, que tu sautes sur tout ce qui bouge, bref, que tu n'es pas très fréquentable et que j'aurais tout intérêt à prendre mes jambes à mon cou. Voilà ce qu'elle m'a raconté.

Henry est tiraillé entre l'hilarité et l'incrédulité.

— D'accord, il n'y a pas que du faux là-dedans. J'ai couché à droite et à gauche plus souvent qu'à mon tour et je ne peux pas nier que j'ai la réputation de lever sérieusement le coude. Mais nous n'étions pas *fiancés*. Jamais je n'aurais été assez fou pour vouloir *me marier* avec Ingrid. Nous vivions un véritable enfer ensemble.

— Mais dans ce cas pourquoi...

— Claire, très peu de personnes rencontrent l'âme sœur à l'âge de six ans. Du coup, il faut bien passer le temps d'une façon ou d'une autre. Et Ingrid était... très patiente. Trop même. Supportant sans broncher mes mœurs bizarres dans l'espoir qu'un jour je m'amenderais et que je l'épouserais, elle et ses airs de martyre. Lorsque quelqu'un se montre aussi patient, d'abord il paraît normal d'éprouver de la reconnaissance, mais ensuite tout ce que tu veux c'est lui faire du mal. Est-ce que mes paroles ont un sens ?

— Je suppose. Enfin, pas pour moi, mais je ne raisonne pas comme toi.

— Je trouve très charmant que tu ne puisses même pas imaginer la logique perverse qui préside à la plupart des relations, soupire Henry. Crois-moi. Lors de notre rencontre, j'étais démoli, foutu, et maudit, et si je recolle lentement les morceaux c'est parce je réalise que tu es quelqu'un de décent et que je voudrais bien l'être moi aussi. Et j'essaie d'avancer dans cette voie sans que tu le remarques parce que je n'ai toujours pas assimilé le fait que les faux-semblants sont inutiles entre nous. Mais un long chemin sépare l'homme à qui tu as affaire en 1991 de celui qui se confie à toi à cet instant du haut de 1996. Tu as un gros travail à accomplir sur moi – sans toi je ne tiendrai pas la distance.

— Je sais, mais il n'empêche que c'est dur. Je n'ai pas l'habitude d'endosser le rôle du professeur.

— Alors, chaque fois que tu sera en proie au découragement, pense à toutes les heures que j'ai consacrées, et que je consacre encore, à nourrir ton moi balbutiant. Mathématiques modernes et botanique, orthographe et histoire américaine. N'oublie pas que si tu peux aujourd'hui me couvrir d'insultes en français, c'est parce que je t'ai patiemment fait réviser ton vocabulaire.

— Touché. *Il a les défauts de ses qualités.** Mais je parierais qu'il est plus facile d'enseigner n'importe laquelle de ces matières plutôt que la recette pour être... heureux.

— Mais tu me rends heureux. La vraie difficulté consiste à être à la hauteur de ce bonheur.

Henry joue avec mes mèches qu'il entortille autour de ses doigts en formant de petits nœuds.

— Écoute, Claire, je vais te laisser entre les mains du pauvre *imbécile** avec qui tu es venue ce soir. Je suis assis au premier rang à me morfondre.

J'ai subitement conscience que, toute à la joie des retrouvailles avec mon Henry passé et futur, j'ai totalement effacé de mon esprit celui de mon présent et la honte me submerge. Je ressens un désir presque maternel d'aller consoler le garçon étrange sur le point de se muer en l'homme que j'ai devant moi, qui m'embrasse et prend congé en m'exhortant à la gentillesse. Tandis que je grimpe les marches, j'observe le Henry de mon futur se jeter dans la mêlée sur la piste et je déambule comme dans un rêve en quête du Henry qui constitue mon ici et maintenant.

VEILLE DE NOËL, III

Mardi 24, mercredi 25, jeudi 26 décembre 1991
(Claire a vingt ans, Henry vingt-huit)

Claire : Il est 8 h 32 le 24 décembre, Henry et moi allons fêter Noël dans la maison de Meadowlark. C'est une belle journée claire, sans neige ici à Chicago, contrairement à South Haven où quinze centimètres sont annoncés. Avant notre départ, Henry a passé du temps à réorganiser le chargement, vérifier les pneus, regarder sous le capot. Je doute qu'il ait la moindre notion de mécanique. Je suis propriétaire d'une jolie Honda Civic blanche de 1990 que j'adore, mais Henry déteste rouler en voiture, surtout dans les petits modèles. Il est le pire des passagers : il se cramponne à l'accoudoir et freine pendant toute la durée du trajet. Sans doute aurait-il moins peur s'il pouvait prendre le volant mais, pour des raisons évidentes, il ne possède pas son permis de conduire. Nous voilà donc sillonnant la route à péage de l'Indiana par cette agréable journée d'hiver ; je suis détendue et me réjouis à la perspective de revoir ma famille, alors qu'Henry, lui, ne tient pas plus en place qu'un fauve en cage. Qu'il ait renoncé à son jogging matinal n'arrange rien : j'ai noté qu'il lui fallait une dose constante et considérable d'activité physique pour être heureux. D'où cette impression de fréquenter un lévrier. Côtoyer Henry au quotidien est une expérience très différente. Quand je grandissais, il se contentait d'apparaître et de disparaître, et nos rencontres avaient un caractère intense, spectaculaire et déroutant. Henry avait tant de secrets qu'il ne pouvait partager avec moi et, la plupart du temps, refusait que je l'approche – de près ou de loin – si bien que j'éprouvais toujours un sentiment aigu de frustration. Lorsque j'ai fini par le rencontrer dans le présent, j'imaginais que nos rapports ressembleraient à cela. Mais en réalité, ils sont tellement plus gratifiants, sous bien des aspects. Tout d'abord, loin de fuir mon contact, Henry est sans cesse en train de me toucher, de m'embrasser et de me faire l'amour. J'ai la sensation d'être devenue une autre personne, de baigner dans un océan de désir. Et puis il se confie à moi ! Il répond à toutes les questions que je lui pose sur lui, sa vie, sa famille – noms, lieux et dates à l'appui. Les choses qui, enfant, me semblaient profondément mystérieuses se révèlent parfaitement logiques. Mais le mieux, c'est que j'ai tout le loisir de profiter de sa présence – des heures, des jours durant. Je sais toujours où le trouver. Il part travailler le matin et revient le soir à la maison. Parfois j'ouvre mon carnet d'adresses juste pour consulter l'entrée : Henry DeTamble, 714 Dearborn Street, 11e, Chicago, Illinois 60610, 312-431-8313. Son nom de famille, son adresse, son numéro de téléphone. *Je peux lui téléphoner*. Un vrai miracle ! Je me sens pareille à Dorothée, lorsque sa maison atterrit au pays d'Oz et que son monde, jusque-là en noir et blanc, se pare soudain de couleurs. Henry et moi avons laissé notre Kansas derrière nous.

En fait, nous nous apprêtons à entrer dans le Michigan. Je repère une aire de repos et m'arrête sur le parking. Nous sortons nous dégourdir les jambes avant de mettre le cap sur le bâtiment qui contient des cartes et des brochures destinées aux touristes ainsi qu'une rangée impressionnante de distributeurs automatiques.

— Wouah ! s'extasie Henry. (Il s'avance pour examiner

l'abondance de cochonneries en tout genre, puis se met à feuilleter les dépliants.) Hé ! si on allait visiter Frankenmuth ? « Noël trois cent soixante-cinq jours sur trois cent soixante-cinq » ! Bon Dieu ! je me ferais *hara-kiri* après environ une heure d'un tel traitement. Tu as de la monnaie ?

Je ratisse une poignée de pièces au fond de mon sac, que nous dépensons avec jubilation pour acheter deux Cocas, un paquet de bonbons et une barre chocolatée. Nous émergeons dans l'air vif et piquant, bras dessus, bras dessous. Dans la voiture, nous décapsulons nos canettes et nous administrons du sucre par voie orale. Henry regarde ma montre.

— Quelle décadence ! Et il n'est que 9 h15.

— Songe que dans quelques minutes, il sera 10 h15.

— Ah oui ! c'est vrai que le Michigan est à une heure d'ici. Ça me paraît surréaliste.

— Tout me paraît surréaliste, dis-je en l'observant. Je n'arrive pas à croire que tu vas vraiment faire la connaissance de ma famille. Après le mal de chien que je me suis donné pour lui *cacher* ton existence.

— C'est seulement parce que je t'aime plus que de raison que je me prête à tout ceci. Moi aussi je me suis donné beaucoup de mal pour éviter les expéditions en voiture, les présentations à la belle-famille et les réjouissances de Noël. Le fait que j'accepte d'endurer ces trois épreuves à la fois prouve combien je suis fou de toi.

— Henry...

Nous nous embrassons. Le baiser prend progressivement de l'ampleur jusqu'à ce que j'aperçoive, du coin de l'œil, trois gamins prépubères en compagnie d'un gros chien plantés à quelques mètres de là, nous reluquant avec intérêt. Henry se retourne pour voir ce qui accapare mon attention ; les visages des préadolescents se fendent d'un même large sourire et ils lèvent le pouce dans notre direction. Puis ils rejoignent nonchalamment le van familial.

— À ce propos... quels seront les arrangements nocturnes chez toi ?

— Oh ! la la ! Etta m'a appelée hier à ce sujet. Je dormirai dans mon ancienne chambre et toi dans la bleue. Nous serons chacun à un bout du couloir avec mes parents et Alicia au milieu.

— Et jusqu'à quel point sommes-nous tenus de respecter le *statu quo* ?

Je démarre, m'engage de nouveau sur la voie rapide.

— Aucune idée, c'est une première pour moi aussi. Mark emmène ses petites amies sans plus de façon dans la salle de jeux du sous-sol et copule joyeusement sur le canapé au petit matin et nous feignons tous de ne rien remarquer. Si les choses sont trop compliquées, on pourra toujours se réfugier dans la salle de lecture – celle qui te servait de cachette autrefois.

— Mmm. Oh ! et puis peu importe ! Finalement, ce n'est pas si terrible que ça, lâche Henry après avoir contemplé le paysage par la vitre un moment.

— Quoi ?

— Rouler. Dans une voiture. Sur la route.

— Fichtre ! À ce rythme-là, tu seras bientôt mûr pour l'avion !

— Jamais.

— Paris. Le Caire. Londres. Kyoto.

— Hors de question. Je suis persuadé que je me débrouillerais pour voyager dans le temps et Dieu seul sait si je réussirais à réintégrer un engin capable de parcourir 500 kilomètres en une heure. Il est plus probable que je finirais par tomber du ciel *à la** Icare.

— Sérieusement ?

— Je n'ai aucune intention de vérifier par moi-même.

— Tu crois que tu pourrais te rendre à l'une de ces destinations d'un simple bond dans le temps ?

— Hum. Voilà ma théorie. Attention, il ne s'agit que de la Version officieuse du voyage dans le temps tel qu'il a été expérimenté par Henry DeTamble, non de la Version officielle.

— Pigé.

— *Primo,* je pense que le phénomène est lié au fonctionnement du cerveau. Qu'il a de nombreux points communs avec l'épilepsie parce qu'il se produit habituellement dès que je suis stressé et qu'il y a des facteurs déclencheurs comme la lumière intermittente. Et certaines activités comme le jogging, le sexe et la méditation contribuent en général à me maintenir dans le présent. *Secundo,* je n'ai absolument aucun contrôle conscient sur la destination, la durée ni même le retour. Des visites autopilotées de la Côte d'Azur paraissent par conséquent compromises. Cela dit, mon subconscient semble jouer un rôle fondamental vu que je passe beaucoup de temps à explorer mon propre passé, à revisiter des événements signifiants ou marquants et, bien sûr, je passerai une énorme partie de mon temps à te rendre visite, ce que j'attends toujours avec une très grande impatience. Le plus souvent, je retourne dans des endroits qui me sont familiers bien que parfois la date et le lieu relèvent plus du hasard. Et j'ai tendance à hanter le passé plutôt que le futur.

— Tu es déjà allé dans le futur ?

— Jusqu'ici, poursuit Henry, visiblement satisfait de lui-même, mon rayon d'action s'étend sur une cinquantaine d'années, dans un sens ou dans l'autre. Mais je fais très rarement de saut dans le futur et je n'ai pas le souvenir d'avoir jamais glané là-bas quoi que ce soit d'utile. Ces épisodes-là sont toujours assez brefs. Peut-être que je ne sais pas quoi chercher. C'est le passé qui exerce une forte attraction. Je m'y sens beaucoup plus réel. Ou peut-être est-ce le futur lui-même qui est moins tangible ? Je l'ignore. J'ai à chaque fois l'impression de manquer d'air. C'est d'ailleurs un des moyens de savoir que je suis dans le futur : les sensations y sont différentes. Courir est plus difficile, par exemple.

Henry énonce ces faits pensivement; soudain, j'entrevois la terreur d'être transporté en un temps et un lieu étrangers, sans vêtements, sans amis...

— C'est pour ça que tes pieds...

— Ont la consistance du cuir.

Ses plantes sont couvertes de callosités comme si elles s'efforçaient de se transformer en chaussures.

— Créature primitive, je ne me déplace qu'à pattes. Si jamais il leur arrivait quelque chose, autant m'abattre tout de suite.

Après cela, nous roulons en silence. La route monte et descend, des champs garnis de tiges de maïs moribondes défilent à vive allure. Des fermes se dressent, éclaboussées par le soleil hivernal, chacune avec son van, son fourgon à chevaux et sa voiture américaine alignés dans la vaste allée. Je soupire. Revenir à la maison engendre en moi des sentiments mitigés. Je meurs d'envie de retrouver Alicia et Etta, je m'inquiète pour ma mère, toutefois je ne souhaite pas particulièrement être confrontée à mon père ou à Mark. Tout au plus suis-je curieuse de voir comment ils se comporteront avec Henry et lui avec eux. Je suis fière d'être parvenue à tenir l'existence d'Henry secrète pendant si longtemps. Quatorze ans. Une éternité quand on est enfant.

Nous dépassons un supermarché Wal-Mart, des fast-foods Dairy Queen et McDonald's. Encore des champs de maïs. Un verger. Un panneau proclamant : *Cueillette à la ferme de fraises et de myrtilles*. L'été, cette route est un long couloir où fleurissent fruits, céréales et capitalisme. Mais en cette saison, les sols sont stériles et secs, et les voitures foncent sur les voies froides et ensoleillées, dédaignant les parkings qui leur font signe.

Je n'avais jamais véritablement eu d'opinion sur South

Haven avant de déménager à Chicago. Notre maison m'était toujours apparue telle une île, située dans la zone rurale au sud et ceinte du Pré, de vergers, de bois, de fermes, de la même façon que South Haven ne signifiait rien d'autre que la ville – comme dans *Allons manger une glace en ville.* Laquelle se résumait à l'épicerie et la quincaillerie, la boulangerie Mackenzie, les partitions et les disques du Music Emporium, le magasin préféré d'Alicia. Nous nous postions devant chez Appleyard, le photographe, et inventions des histoires sur les mariées, les bébés et les familles qui arboraient des sourires hideux en vitrine. Nous ne considérions pas que la bibliothèque était grotesque dans sa fausse splendeur grecque, pas plus que nous ne jugions la cuisine banale et fade, ni les films à l'affiche du Michigan Theatre incurablement américains ou bêtifiants. Je portai ces jugements *a posteriori*, après être devenue résidante d'une Grande Ville, une expatriée anxieuse de se démarquer du mode de vie bouseux de sa jeunesse. Je suis tout à coup envahie de nostalgie à la pensée de la petite fille que j'étais, qui adorait la nature et croyait en Dieu, qui l'hiver, lorsqu'elle était malade, passait des journées à dévorer les aventures d'Alice Roy et à sucer des pastilles au menthol pour la toux, et qui était capable de garder un secret. Je jette un œil du côté d'Henry et découvre qu'il s'est endormi.

South Haven, quatre-vingts kilomètres.

Quarante, vingt, cinq, un.

Route de Phoenix.

Blue Star Highway.

Et puis : Meagram Lane – chemin privé. Je tends le bras pour secouer Henry, mais il est déjà réveillé. Il esquisse un sourire nerveux et observe par la fenêtre l'interminable tunnel d'arbres nus que nous traversons à toute vitesse. Lorsque le portail se matérialise devant nous, je tâtonne dans la boîte à gants à la recherche de la télécommande. Les grilles s'écartent, nous les franchissons.

La maison surgit comme un coucou de sa pendule. Un hoquet de surprise échappe à Henry, qui se met à rire.

Je bondis, sur la défensive :

— Quoi ?

— Je ne m'étais jamais rendu compte qu'elle était aussi *immense*. Combien de pièces ce monstre a-t-il dans le ventre ?

— Vingt-quatre.

Etta agite la main derrière la fenêtre du vestibule tandis que je suis la courbe de l'allée et stoppe près de l'entrée. Ses cheveux sont plus gris que lors de ma dernière visite, mais sa figure est rose de plaisir. Alors que nous nous extrayons de la voiture, elle s'aventure avec précaution sur les marches verglacées du perron, sans manteau, vêtue de sa robe habillée – la bleu marine avec le col en dentelle – et répartit prudemment le poids de sa silhouette corpulente sur ses chaussures de confort ; je me précipite vers elle pour lui prendre le bras, mais elle me repousse d'une tape et ce n'est qu'une fois arrivée en bas qu'elle m'étreint et m'embrasse (je hume avec bonheur son odeur composée de crème Noxzema et de poudre) pendant qu'Henry se tient à mon côté et attend.

— Et qu'avons-nous là ? s'écrie-t-elle comme si Henry était un camarade de classe que j'avais ramené à la maison à l'improviste.

Je les présente :

— Etta Milbauer, Henry DeTamble,

Je vois un « Oh ! » discret se former sur les lèvres d'Henry et je me demande qui il croyait que c'était. Etta déploie un sourire radieux à son intention lorsque nous gravissons les marches. Elle ouvre la porte. Henry baisse la voix et s'enquiert : « Et nos affaires ? » je lui réplique que Peter s'en chargera. « Où est tout le monde ? » je m'exclame. En guise de réponse, Etta annonce que le déjeuner commencera dans un quart d'heure, que nous pouvons nous débarrasser de nos manteaux, nous rafraîchir et passer directement à table. Sur ces entrefaites, elle nous abandonne dans l'entrée pour se retirer en cuisine. Je me tourne, enlève mon manteau et le range dans la penderie. Quand je me retourne face à Henry, je le surprends en train de faire signe à quelqu'un. Je scrute les alentours et aperçois le visage massif au nez épaté d'une Nell hilare s'avançant par la porte de la salle à manger. Je cours déposer un gros baiser sonore sur sa joue. Elle glousse et me glisse : « Joli garçon, petite filoute », puis s'esquive avant qu'Henry ait pu nous rejoindre.

— Nell ? devine-t-il, et je hoche la tête.

— Elle n'est pas timide, juste occupée.

Je le conduis au premier par l'escalier de service.

— Tu dormiras ici, je l'informe en poussant la porte de la chambre bleue.

Après avoir regardé rapidement à l'intérieur, il m'emboîte le pas dans le couloir.

— Voilà ma chambre, indiqué-je avec appréhension.

Henry s'y faufile en me contournant, se campe au milieu du tapis et examine les lieux. Quand il se tourne vers moi, je lis dans ses yeux qu'il ne reconnaît pas la pièce, que rien de ce qui nous entoure ne lui évoque quoi que ce soit et, remuant le couteau dans la plaie, je m'avise que tous les menus cadeaux et les souvenirs qui peuplent ce musée de notre passé sont autant de lettres d'amour entre les mains d'un illettré. Henry soulève un nid de roitelet (qui se trouve être le premier d'une longue série de nids qu'il m'a offerts au fil des années) et commente : « Charmant. » J'acquiesce, j'ouvre la bouche pour lui raconter, mais il le repose sur l'étagère et lance :

— Est-ce que la porte ferme à clé ?

Alors je fais coulisser le verrou d'une pichenette et nous sommes en retard pour le déjeuner.

HENRY : C'est avec une relative décontraction que je suis Claire en bas de l'escalier, à travers le couloir sombre et froid, et jusqu'à la salle à manger. Les autres ont déjà commencé le repas. La pièce est basse de plafond et dispense un confort à la William Morissy ; une petite cheminée crépitante chauffe l'air de la pièce tandis que le givre des carreaux cache l'extérieur. Claire se dirige vers une maigre femme aux cheveux roussâtres, qui doit être sa mère. Elle incline la tête pour recevoir le bise de Claire, se relève à moitié pour me serrer la main. Claire la présente comme « ma mère », je lui donne du « Madame Abshire » et elle réagit aussitôt : « Oh ! mais appelez-moi donc Lucille, comme tout le monde ! » avant de m'offrir un sourire à la fois las et chaleureux, comme si elle était l'ardent soleil d'une autre galaxie. On s'attable l'un en face de l'autre : Claire entre Mark et une vieille dame qui se révèle être la grand-tante Dulcie, moi entre Alicia et une jolie blonde boulotte qu'on me présente comme Sharon et qui semble être avec Mark. Le père de Claire préside la tablée, et à première vue ma présence le perturbe grandement. L'élégant et agressif Mark semble partager son trouble. Ces deux-là m'ont déjà vu. Qu'ai-je bien pu faire pour qu'ils me remarquent, mémorisent mon visage, puis trahissent une imperceptible aversion quand Claire m'introduit auprès d'eux ? Mais Philip Abshire est avocat, maître de ses attitudes, et il suffit d'une minute pour que je découvre un homme affable et souriant, l'amphitryon, le papa de ma copine, un homme d'âge moyen au cheveu rare, aux lunettes sport et au corps d'athlète, certes ramolli et bedonnant mais aux mains puissantes, des mains de tennisman, et des yeux gris qui se méfient toujours de moi malgré le sourire plein d'assurance. Mark a plus de mal à cacher sa détresse, et chaque fois que je croise son regard il fixe son assiette. Alicia n'est pas telle que je l'imaginais : c'est une fille terre-à-terre et gentille, mais un peu étrange, absente. Elle a les cheveux foncés de Philip, comme Mark, et les traits de Lucille. En fait, c'est comme si l'on avait voulu opérer la synthèse entre Mark et Lucille, avant de renoncer et d'injecter de l'Eleanor Roosevelt dans les interstices. Philip dit quelque chose, Alicia rigole ; je la trouve soudain charmante et je me tourne, surpris, quand elle se lève de table.

— Je suis attendue à Saint-Basile, m'informe-t-elle. Pour une répétition. On te verra à l'église ?

Je jette un regard à Claire, qui opine discrètement. « Bien sûr », je réponds à Alicia, et tandis que fusent les soupirs – de soulagement, peut-être – je me rappelle qu'après tout Noël est une fête chrétienne, outre mon jour personnel d'expiation. Alicia nous quitte. J'imagine ma mère me rire au nez, ses sourcils parfaits dressés bien haut devant son demi-juif de fils embarqué dans Noël à Goyland, et je me vois lui répondre en agitant l'index : « Hé ! qui a épousé un épiscopalien ? » J'avise mon assiette et c'est du jambon, avec des petits pois et une pauvre salade de rien du tout. Je ne mange pas de porc et je déteste les petits pois.

— Claire nous a dit que vous étiez bibliothécaire, se hasarde Philip.

Je reconnais que c'est le cas. S'ensuit une petite conversation cordiale sur Newberry et sur certains de ses administrateurs qui se trouvent être clients du cabinet de Philip, lequel est apparemment basé à Chicago, auquel cas je ne comprends pas trop pourquoi la famille de Claire vit au beau milieu du Michigan.

— Résidences secondaires, m'explique-t-il, et je me souviens qu'il est spécialisé en testaments et fidéicommis.

Je vois le tableau : de vieux richards vautrés sur leur plage privée, enduits d'écran solaire, qui décident de rayer Junior du testament et attrapent leur portable pour appeler Philip. Il me revient qu'Avi, le chef de pupitre de mon père au Chicago Symphonic, possède une maison dans le coin. J'en fais mention et toutes les oreilles se dressent.

— Vous le connaissez ? demande Lucille.

— Bien sûr. Lui et mon père sont assis côte à côte.

— Assis côte à côte ?

— Oui. Premier et second violon, quoi.

— Votre père est violoniste ?

— Ouais.

Je regarde Claire, qui fixe sa mère avec l'air de dire « Va pas me ficher la honte. »

— Et il fait partie du Chicago Symphonic Orchestra ?

— Absolument.

Son visage est tout empourpré. Je comprends maintenant d'où Claire tient ses coups de fard.

— Croyez-vous qu'il accepterait d'entendre Alicia ? Si on lui confiait une cassette ?

J'espère qu'Alicia est très, très douée. Car mon père se fait fourguer des cassettes à longueur de temps. Puis j'ai une meilleure idée :

— Alicia est violoncelliste, c'est bien ça ?

— Oui.

— Elle ne chercherait pas un professeur ?

Philip intervient :

— Elle étudie chez Frank Wainwright, à Kalamazoo.

— Parce que je pourrais transmettre sa cassette à Yoshi Akawa. L'un de ses élèves vient de le quitter pour prendre un poste à Paris.

Yoshi est un chouette type qui joue premier violoncelliste. Je sais qu'il fera au moins l'effort d'écouter la cassette, alors que mon père, qui du reste n'enseigne pas, se contentera de la bazarder. Lucille jubile ; même Philip paraît séduit. Claire semble soulagée. Mark mange. La grand-tante Dulcie, minuscule sous ses cheveux roses, reste imperméable à la discussion. Elle est peut-être sourde. Je jette un œil à Sharon assise à ma gauche, qui n'a pas dit un mot. Elle a une mine piteuse. Philip et Lucille débattent de savoir quelle cassette me confier, à moins qu'Alicia n'en enregistre une nouvelle ? Je demande à Sharon si c'est la première fois qu'elle vient ici, et elle fait oui de la tête. Comme je m'apprête à lui poser une autre question, Philip s'enquiert des activités de ma mère. Je cligne des yeux et me tourne vers Claire : « Tu ne leur as donc rien dit ? »

— Ma mère était chanteuse. Elle est morte.

Et Claire d'ajouter à mi-voix :

— Henry est le fils d'Annette Lyn Robinson.

Elle eût aussi bien pu leur dire que j'étais le fils de la Vierge ; le visage de Philip s'illumine et les mains de Lucille décrivent un léger battement d'ailes.

— C'est incroyable ! Fabuleux ! Nous avons tous ses disques !

Und so weiter...

Puis Lucille déclare :

— Je l'ai rencontrée dans ma jeunesse. Mon père m'avait emmenée voir *Madame Butterfly*, et un ami à lui nous a conduits en coulisse après le spectacle, alors nous sommes allés dans sa loge, et elle était là, et toutes ces fleurs ! Et elle avait ce petit garçon – mais alors, c'était vous !

J'acquiesce, la gorge nouée.

— Comment était-elle ? demande Claire.

— On skie, cet après-midi ? demande Mark.

Philip opine. Lucille sourit, perdue dans ses souvenirs.

— Elle était tellement belle... Elle avait gardé la perruque, ces longs cheveux noirs, et elle s'en servait pour taquiner le petit garçon, le chatouiller, et il se tortillait dans tous les sens. Elle avait de si jolies mains, et elle faisait juste ma taille, mais si mince, et elle était juive, vous savez, mais je lui trouvais plutôt l'air italien...

Lucille s'interrompt, plaque sa main sur sa bouche et regarde mon assiette, qui est vide hormis quelques pois.

— Tu es juif? demande Mark d'un ton amical.

— J'imagine que je pourrais l'être, si je le voulais, mais personne ne s'en est jamais soucié. Maman est morte quand j'avais six ans, et mon père est épiscopalien non pratiquant.

— Vous êtes son portrait craché, lâche Lucille.

Je la remercie du compliment.

Etta débarrasse nos assiettes, demande si Sharon et moi prendrons du café. Nous répondons « oui » d'une même voix, avec une ferveur telle que toute la famille éclate de rire. Etta nous offre un sourire maternel et quelques minutes plus tard elle pose des tasses fumantes devant nous. « Tout compte fait, ce n'était pas la mer à boire », me dis-je. La famille parle de ski, de la météo, puis on sort de table et Philip et Mark s'éloignent ensemble dans le couloir; je demande à Claire si elle va skier, elle hausse les épaules et me demande si ça me tente, je lui réponds que je ne sais pas skier et que ça ne m'intéresse pas d'apprendre. Elle décide d'y aller malgré tout quand Lucille explique qu'elle aura besoin d'aide pour ses fixations. Comme nous remontons à l'étage j'entends Mark prononcer : « ... ressemblance incroyable... » et je souris intérieurement.

Un peu plus tard, après qu'ils sont tous sortis et que la maison a retrouvé le silence, je descends de ma chambre glaciale en quête de chaleur et de café. Au détour de la salle à manger, je tombe sur un somptueux étalage de verres, de couverts, de gâteaux, de légumes pelés et de poêles à frire, dans une cuisine digne d'un quatre-étoiles. Au centre se tient Nell, de dos, qui chante *Rudolph le renne au nez rouge* en remuant ses larges hanches, tandis qu'elle tend une louche à la fillette noire qui me désigne d'un geste muet. Nell se retourne, me montre un large sourire édenté et lance :

— Qu'est-ce que vous faites dans ma cuisine, Monsieur le fiancé ?

— Je me demandais si vous auriez un reste de café.

— Un reste ? Qu'est-ce que vous croyez, que je laisse croupir un vieux café toute la journée ? Allez, du balai, fils, tu files au salon, tu sonnes la cloche et là je te ferai du café frais. Ta maman ne t'a donc rien appris sur le café ?

— À vrai dire, ma mère n'était pas une grande cuisinière, j'explique tout en m'approchant du centre du vortex d'où émane une odeur divine. Que préparez-vous ?

— Ce que tu renifles là, c'est une dinde Thompson.

Elle ouvre le four pour me montrer une monstrueuse volaille qu'on croirait victime du Grand Incendie de Chicago. Complètement noire.

— Ne prends pas cet air sceptique, garçon. Sous cette croûte se trouve la meilleure dinde de la planète Terre.

Je veux bien le croire : l'odeur est parfaite.

— Et en quoi consiste la dinde Thompson ?

Nell se met à disserter sur les miraculeuses propriétés de ce plat, inventé dans les années trente par un journaliste du nom de Morton Thompson. Il apparaît que la confection de cette bête merveilleuse requiert beaucoup de farce, d'arrosage, de retournements et de cuisson. Nell m'autorise à rester dans la cuisine pendant qu'elle prépare le café, extirpe la dinde du four, la bascule sur le dos et l'asperge artistiquement de jus au cidre avant de la remettre à griller. À côté de l'évier, douze homards déambulent dans un grand bac en plastique plein d'eau.

— Vos animaux de compagnie ? je lance pour rire.

— C'est ton dîner de Noël, fils. Tiens, tu veux en choisir un ? Tu n'es pas végétarien, au moins ?

Je lui promets que non, que je suis un gentil garçon qui mange tout ce qu'on lui met dans l'assiette.

— On ne croirait pas, tu es si maigre. Mais tu vas voir, je vais te remplumer.

— C'est bien pour ça que Claire m'a invité.

— Mmm, fait Nell flattée. Bon, disparais maintenant, que je puisse continuer.

J'empoigne ma grande tasse fumant d'arôme et repars vers le salon, où trône un grand sapin près de l'âtre. On croirait une pub pour les boutiques Pottery Barn. Je me carre dans une bergère orange près de la cheminée et farfouille dans la pile de journaux quand soudain j'entends :

— Où t'as eu le café ?

Je lève les yeux pour découvrir Sharon assise en face de moi, dans un fauteuil bleu parfaitement assorti à son pull.

— Salut, je dis. Désolé, mais...

— Y a pas de mal, répond Sharon.

— Je suis allé à la cuisine, mais visiblement on est censé utiliser la cloche, si jamais on la trouve.

Nous scrutons la pièce et oui, dans un coin se trouve bel et bien un cordon de sonnette.

— C'est trop bizarre, déclare Sharon. On est arrivés hier, et je passe mon temps à errer de pièce en pièce, tu sais, avec la peur d'utiliser la mauvaise fourchette ou quoi.

— Tu viens d'où ?

— De Floride. (Elle rit.) Je n'avais jamais vu de Noël blanc avant d'entrer à Harvard. Mon père possède une station-service à Jacksonville. Je pensais retourner là-bas après la fac, parce que je n'aime pas trop le froid et tout ça, mais maintenant je suis un peu coincée.

— Pourquoi ça ?

Sharon paraît surprise.

— On ne t'a rien dit ? Mark et moi allons nous marier.

Je me demande si Claire est au courant ; c'est le genre de

chose qu'elle m'aurait dite. Puis je remarque le solitaire au doigt de Sharon.

— Félicitations !

— J'imagine. Merci, je veux dire.

— Mais... tu n'es pas sûre de toi ? Concernant le mariage ?

On dirait qu'elle a pleuré : elle a les yeux gonflés.

— Ben, je suis enceinte. Alors bon...

— Alors quoi ? C'est pas obligé de...

— Si, c'est obligé. Quand on est catholique.

Sharon soupire et s'enfonce dans son fauteuil. Personnellement, je connais plusieurs catholiques qui ont avorté et la foudre ne s'est pas abattue sur elles pour autant, mais il semble que Sharon ait une foi moins accommodante.

— Toutes mes félicitations, alors. Et c'est prévu pour quand ?

— Le 11 janvier. (Devant ma surprise, elle rectifie :) Le bébé, tu veux dire ? Avril. (Une grimace.) J'espère que ça tombera pendant les vacances de printemps, sans ça je sais pas comment je vais faire – même si ça n'a plus tellement d'importance...

— Tu étudies quoi ?

— Je suis en prépa médecine. Mes parents sont furax. Ils font pression pour que j'accouche sous X.

— Ils n'apprécient pas Mark ?

— Ils ne l'ont jamais rencontré, mais le problème n'est pas là : ils ont simplement peur que je rate l'entrée en fac de médecine, et que ce soit un beau gâchis.

La porte d'entrée s'ouvre. Les skieurs sont de retour. Une bourrasque glacée s'engouffre dans le salon jusqu'à nous. C'est agréable, et je me rends compte que je grille comme la dinde de Nell, à côté de ce feu.

— On dîne à quelle heure ? je demande à Sharon.

— À 7 heures, mais hier soir on a d'abord pris l'apéro ici.

Mark vient d'apprendre la nouvelle aux parents, et on ne peut pas dire qu'ils m'aient sauté au cou. Ils se sont montrés très gentils, bien sûr, mais tu sais comment les gens peuvent être gentils et méchants à la fois... Je veux dire, on aurait cru que j'étais tombée enceinte toute seule et que Mark n'avait rien à voir là-dedans.

Je suis bien content de revoir Claire. Elle porte une drôle de casquette verte avec un gros pompon qui pendouille ainsi qu'un immonde pull de ski jaune et un jean. Le froid a rosi ses joues, et elle sourit. Elle a les cheveux mouillés et je constate, quand elle traverse le gigantesque tapis persan d'un pas allègre et en chaussettes, qu'elle est dans son élément ici, qu'elle ne jure pas dans le tableau, qu'elle a simplement choisi un autre style de vie, et c'est très bien ainsi. Je me lève, elle m'embrasse vite fait et se retourne vers Sharon :

— On vient de me prévenir ! Félicitations !

Et de prendre sa future belle-sœur dans ses bras, laquelle me regarde par-dessus son épaule, ébahie mais souriante. Un peu plus tard Sharon me confiera :

— Je crois que t'as raflé la seule gentille du lot.

Je secoue la tête, mais je vois tout à fait ce qu'elle veut dire.

CLAIRE : Il reste une heure avant le dîner et personne ne remarquera notre absence. « Allez ! j'exhorte Henry. Sortons. »

— C'est vraiment indispensable ? grogne-t-il.

— J'aimerais te montrer quelque chose.

Nos enfilons nos manteaux, nos bottes, nos chapeaux, nos gants et traversons la maison d'une allure pesante pour emprunter la porte de derrière. Le ciel, d'un bleu outremer limpide, est réfléchi un ton plus clair par la neige qui tapisse le pré et ces deux nuances de bleu se fondent dans la ligne sombre des arbres qui forme la lisière du bois. Il est encore trop tôt pour distinguer les étoiles, mais un avion se fraye un chemin dans les airs en clignotant. J'imagine que la maison s'apparente à un minuscule point lumineux depuis là-haut, semblable à une étoile.

— Par ici.

Le sentier qui mène à la clairière est enseveli sous une nappe blanche de quinze centimètres. Je repense à toutes les fois où j'ai piétiné les empreintes de pieds nus pour que nul ne puisse les voir se dirigeant vers la maison. À présent, leur ont succédé des traces de cerfs et les marques d'un gros chien.

Les débris des végétaux morts enfouis sous la couche neigeuse, le vent, le bruit de nos bottes. La clairière est une cuvette lisse de neige bleue, la pierre un îlot coiffé d'un champignon.

— Nous y sommes.

Henry s'immobilise, les mains fourrées dans les poches de son manteau. Il promène son regard tout autour de lui.

— Nous y sommes, alors, répète-t-il.

Je sonde son visage en quête d'un signe de reconnaissance. En vain.

— T'arrive-t-il des fois d'avoir une impression de *déjà vu* ?

— Ma vie tout entière n'est qu'une longue succession de *déjà vu*, soupire-t-il.

Nous tournons les talons, retraçons nos pas jusqu'à la maison.

Plus tard

J'ai prévenu Henry que nous nous mettions sur notre trente et un pour dîner la veille de Noël. Quand je le retrouve dans le couloir, il est resplendissant dans son smoking noir, sa chemise blanche et sa cravate bordeaux fixée par une épingle en nacre.

— Bonté divine ! Tu as même ciré tes chaussures !

— Je plaide coupable ! Pathétique, n'est-ce pas ?

— Tu es parfait, l'incarnation du Gendre idéal.

— Quand en réalité je ne suis qu'un libraire-punk-dans-toute-sa-splendeur. Parents, méfiance !

— Ils vont t'adorer.

— Moi je t'adore déjà. Viens là.

Henry et moi nous plantons devant le miroir en haut de l'escalier pour nous admirer. J'ai revêtu la robe sans bretelles en soie vert pâle qui appartenait à ma grand-mère. Je possède une photo qui la représente dans cette même tenue lors de la Saint-Sylvestre 1941. Elle rit, les lèvres peintes d'une couleur foncée, une cigarette fichée entre les doigts. L'homme qui pose à ses côtés est son frère Teddy, tué en France six mois plus tard. Lui aussi rit. Henry me prend par la taille et paraît surpris au contact des volumineux corsets et baleines sous la soie. Je lui parle de grand-mère.

— Elle était plus petite que moi. C'est douloureux uniquement quand je m'assieds : les pointes des bidules en acier s'enfoncent dans mes hanches.

Henry m'embrasse la nuque lorsque quelqu'un tousse et nous nous séparons d'un bond. Mark et Sharon s'encadrent dans la porte de la chambre de celui-ci – maman et papa ayant admis à contrecœur que cela n'aurait rimé à rien qu'ils ne partagent pas le même lit.

— Un peu de décence, s'il vous plaît, nous enjoint Mark de sa voix de maître d'école excédé. N'avez-vous pas tiré la leçon des expériences douloureuses de vos aînés, garnements ?

— Si, rétorque Henry. Se tenir prêt en toutes circonstances.

Il tapote en souriant la poche de son pantalon (laquelle est vide en fait) et nous dévalons l'escalier accompagnés par les gloussements de Sharon.

Tout le monde a déjà ingurgité un verre ou deux lorsque nous arrivons au salon. Alicia m'accueille avec un geste de la main, notre signal secret signifiant : « Attention à maman, elle n'est pas dans son état normal. » Trônant sur le canapé, elle semble pourtant inoffensive, les cheveux empilés en chignon, parée de ses perles et de sa robe en velours pêche avec les manches en dentelle. Elle a l'air content lorsque Mark va s'installer à côté d'elle, s'esclaffe à une blague qu'il lui raconte, et je soupçonne brièvement Alicia de s'être trompée. Jusqu'à ce que j'intercepte le regard que lui décoche papa et que j'acquière la certitude qu'elle a dû proférer une obscénité juste avant notre arrivée. Papa, posté près du chariot à liqueurs, se tourne vers moi, soulagé, et me verse un Coca avant de tendre une bière et un verre à Mark. Il demande à Sharon et Henry ce qu'ils souhaitent boire. Sharon se décide pour un verre de La Croix. Henry, après un délai de réflexion, opte pour un scotch avec de l'eau. Mon père a la main lourde quand il sert des boissons alcoolisées, aussi les yeux lui sortent-ils légèrement de la tête lorsque Henry avale son scotch d'un trait.

— Un autre ? propose mon père.

— Non, merci.

Je me doute qu'Henry, à cet instant, préférerait de loin emporter la bouteille au lit pour s'y pelotonner avec un livre et qu'il refuse ce deuxième verre uniquement parce qu'il n'aurait plus aucun scrupule ensuite à en enchaîner un troisième puis un quatrième. Sharon gravitant autour de lui, je les abandonne pour aller m'asseoir près de tante Dulcie sur la banquette dans l'embrasure de la fenêtre, à l'autre bout de la pièce.

— Oh ! mon petit, tu es ravissante... je n'avais pas revu

cette robe depuis le soir où Elizabeth l'a portée à la fête donnée par les Licht au Planetarium...

Alicia vient se joindre à nous ; elle a enfilé un pull col roulé bleu marine avec un minuscule trou à l'emmanchure et un vieux kilt dépenaillé complété par des bas en laine qui bâillent aux chevilles à la manière d'une vieille fille. J'ai beau avoir conscience que son accoutrement est sa façon à elle d'embêter papa, il n'empêche...

— Qu'est-ce qui cloche avec maman ?

— Elle en a après Sharon, indique Alicia avec un haussement d'épaules.

— Quel est le problème avec Sharon ? renchérit Dulcie qui lit sur nos lèvres. Elle me fait l'effet de quelqu'un de très gentil. Plus que Mark, si vous voulez mon avis.

— Elle est enceinte, lui révélé-je. Ils vont se marier. Maman la considère comme une moins que rien parce qu'elle est la première de sa famille à fréquenter une université.

Dulcie m'examine avec attention et obtient la confirmation que je sais ce qu'elle sait.

— Lucille, en particulier, devrait montrer un peu d'indulgence pour cette jeune demoiselle.

Alicia est sur le point de questionner Dulcie sur ce qu'elle entend par là lorsque la cloche annonçant le dîner retentit et nous nous levons, dans un même élan pavlovien, pour gagner en file indienne la salle à manger.

— Elle est ivre ? je murmure à Alicia.

— Je crois qu'elle a bu dans sa chambre avant de descendre, me murmure Alicia en retour.

Je presse sa main tandis qu'Henry reste en arrière et que nous entrons dans la salle à manger et cherchons nos places. Papa et maman président chacun à une extrémité de la table, avec Dulcie, Sharon et Mark d'un côté – Mark coudoyant maman – et Alicia, Henry et moi de l'autre – Alicia à côté de papa. La pièce regorge de bougies, de délicates fleurs flottant dans des coupes en cristal taillé. Etta a disposé l'intégralité de l'argenterie et de la porcelaine sur la nappe de grand-mère, brodée par des nonnes en Provence. En résumé, c'est une veille de Noël – identique à toutes celles que j'ai gardées en mémoire, sauf qu'Henry est assis près de moi et penche docilement la tête pendant que mon père dit le bénédicité.

— Notre Père, nous te rendons grâces en cette nuit sainte pour ta miséricorde et ta bienveillance, pour avoir fait que cette année soit encore une fois synonyme de santé et de bonheur, de réconfort familial et de nouvelles amitiés. Merci Seigneur de nous avoir envoyé ton Fils sous la forme d'un enfant innocent pour nous guider et nous racheter, et nous te remercions pour le bébé de Mark et Sharon que nous nous apprêtons à recevoir au sein de notre famille. Nous te conjurons de bien vouloir nous aider à devenir plus aimants et tolérants les uns envers les autres. Amen.

« Oh ! oh ! je songe en moi-même. Il a osé. » Je risque un coup d'œil furtif vers maman qui est en train de bouillir. Un observateur non averti ne remarquerait rien : elle fixe son assiette, parfaitement immobile. La porte de la cuisine s'ouvre pour livrer passage à Etta chargée de la soupière et de petits bols qu'elle place devant chacun de nous. Je croise le regard de Mark qui, d'une légère inclinaison de la tête, désigne maman en fronçant les sourcils. Je me contente d'acquiescer presque imperceptiblement. Il l'interroge sur la récolte de pommes de l'année et elle lui répond. Alicia et moi nous détendons quelque peu. Sharon me scrute, je la rassure d'un clin d'œil. La soupe est un mélange de châtaignes et de panais, ce qui peut sembler une mauvaise idée *a priori* jusqu'à ce qu'on goûte celle de Nell. « Fantastique ! » s'exclame Henry. Nous éclatons tous de rire et finissons nos bols, qu'Etta escamote pendant que Nell apporte la dinde – dorée, fumante et monumentale. Comme chaque année, nous applaudissons à tout rompre. Comme chaque année, Nell, rayonnante, articule un : « Eh bien ! ».

— Oh Nell ! elle est *fabuleuse*, s'extasie ma mère, au bord des larmes.

Nell l'épie – d'abord elle puis papa – avant de répliquer :

— Merci, madame Lucille.

Etta sert la farce, les carottes glacées, la purée de pommes de terre et le *lemon curd*, nous remettons ensuite nos assiettes à papa qui les garnit de dinde. J'observe Henry prendre sa première bouchée du volatile en question : la surprise suivie du bonheur absolu.

— J'ai eu la vision de mon avenir, annonce-t-il – à quoi je me raidis. Je vais démissionner de mon poste à la bibliothèque pour emménager dans votre cuisine et me prosterner aux pieds de Nell. À moins que je ne l'épouse purement et simplement.

— Trop tard, intervient Mark. Nell est déjà mariée.

— Tant pis. Je devrai me contenter de me jeter à ses pieds alors. Comment faites-vous pour ne pas peser cent kilos ?

— Je m'y emploie, admet mon père en se frottant le ventre.

— Je caresse le projet d'atteindre ce poids vénérable quand je serai vieille et que je n'aurai plus à traîner mon violoncelle partout, lance Alicia à Henry. J'irai habiter à Paris et je me nourrirai exclusivement de chocolat, je fumerai des cigares et je me shooterai à l'héroïne en passant Jimi Hendrix et les Doors en boucle. Qu'en penses-tu, maman ?

— Je vote pour, déclare celle-ci avec solennité. Sauf que j'aimerais autant écouter Johnny Matis.

— Si tu te piques à l'héroïne, il y a de fortes chances pour que tu n'aies plus envie de toucher à la nourriture : Henry informe Alicia qui l'étudie d'un air spéculatif. Essaie plutôt la marijuana.

Papa plisse le front. Mark change de sujet :

— J'ai entendu à la radio qu'ils prévoyaient vingt centimètres de neige pour ce soir.

— Vingt centimètres ! reprenons-nous tous en chœur.

— Je rêve d'un Noël blanc... hasarde Sharon sans conviction.

— J'espère que les vingt centimètres ne vont pas nous tomber dessus pendant qu'on assistera à la messe, bougonne Alicia. En général je n'ai qu'un seul désir après : rentrer me coucher.

Nous embrayons alors sur les tempêtes de neige qui nous ont marqués. Dulcie raconte comment elle s'est laissé surprendre par le Grand Blizzard de 1967 à Chicago :

— J'ai dû abandonner ma voiture sur Lake Shore Drive et marcher pendant des kilomètres, de Adams à Belmont.

— Moi aussi, je me suis retrouvé piégé cette fois-là, explique Henry. J'ai failli mourir de froid, je me suis réfugié dans le presbytère de la quatrième église presbytérienne sur Michigan Avenue.

— Quel âge aviez-vous ? s'enquiert papa.

— Trois ans, répond Henry après une hésitation.

Il coule un regard vers moi et je devine qu'il s'agissait d'une expérience vécue au cours d'un de ses voyages dans le temps.

— J'étais avec mon père, précise-t-il.

Son mensonge crève les yeux, pourtant personne à part moi ne paraît s'en apercevoir. Etta revient débarrasser nos couverts qu'elle remplace par des assiettes à dessert. Après un court intermède, Nell fait son apparition avec le plum-pudding flambé.

— Ta taaa ! claironne Henry.

Elle dépose le gâteau devant maman et, l'espace d'un instant, les flammes donnent à ses cheveux pâles ce même éclat roux cuivré qu'ont les miens, avant de s'éteindre. Papa débouche la bouteille de champagne – à l'abri d'un torchon de sorte que le bouchon n'éborgne pas qui que ce soit. Nous lui tendons nos verres pour qu'il les remplisse puis nous les redistribuons autour de la table. Maman découpe de fines tranches de pudding qu'Etta s'applique à servir. Deux verres supplémentaires ont été ajoutés – un pour Etta et un pour Nell. Nous nous levons tous au moment de porter des toasts.

— À la famille, commence mon père.

— À Nell et Etta, qui font partie de la famille, travaillent très dur pour que cette maison soit un foyer et possèdent de si nombreux talents, prononce ma mère, essoufflée et radoucie.

— À la paix et à la justice, enchaîne Dulcie.

— À la famille, répète Etta.

— Aux nouveaux départs, renchérit Mark à l'adresse de Sharon.

— À la chance, réplique-t-elle.

C'est mon tour. Je considère Henry.

— Au bonheur. À ici et maintenant.

— Puissions-nous avoir *assez de temps et d'ici-bas*[1], cite Henry gravement.

Mon cœur cesse de battre une seconde et je me demande comment il sait, mais je prends soudain conscience que Marvell est l'un de ses poètes préférés et qu'il ne se réfère à rien d'autre qu'au futur.

— À la neige, à Jésus, à maman, à papa, au catgut, au sucre et à mes Converse rouges montantes flambant neuves, déclame Alicia, provoquant l'hilarité générale.

— À l'amour, conclut Nell, qui me regarde droit dans les yeux, tout sourire. Et à Morton Thompson, l'inventeur de la meilleure recette de dinde sur la planète terre.

---

1. À sa prude maîtresse, poème d'Andrew Marvell traduit par Pierre Leyris. *(N.d.T.)*

HENRY : Depuis le début du repas Lucille oscille furieusement entre tristesse, extase et désespoir. La famille entière s'efforce d'aiguiller son humeur, de la ramener inlassablement en terrain neutre, de l'apaiser, de la protéger. Mais au moment d'entamer le dessert, elle craque et pleure en silence, hoquetant des épaules, détournant la tête comme pour la cacher sous son aile tel un oiseau qui dort. Je suis d'abord le seul à le remarquer, et je reste désarçonné, paralysé. Puis Philip la voit, et le silence tombe sur la table. Il se lève et s'approche de sa femme.

— Lucy ? chuchote-t-il. Qu'est-ce qui ne va pas, Lucy ?

Claire accourt à son tour :

— Allons, maman, c'est rien, maman...

Lucille secoue la tête, non, non, non, en se tordant les mains. Philip bat en retraite. Je perçois des bribes de charabia, puis « tout faux », « ruiner ses chances », et pour finir : « je ne rencontre que du mépris dans cette famille », « hypocrite » et des sanglots. Curieusement, c'est la grand-tante Dulcie qui brisera la chape de stupeur :

— Écoute, mon enfant, si quelqu'un est hypocrite ici, c'est bien toi. Tu as fait exactement la même chose, et je ne sache pas que cela ait le moins du monde ruiné les chances de Philip. Au contraire, si tu veux mon avis.

Abasourdie, Lucille ravale ses sanglots. Mark cherche le regard de son père, qui hoche légèrement la tête, puis celui de Sharon, qui sourit comme une gagnante du loto. Quant à Claire, elle ne semble pas stupéfaite outre mesure. Comment était-elle au courant si Mark ne l'était pas ? Et que sait-elle d'autre, qu'elle n'aura jamais mentionné ? Je prends alors conscience que Claire sait tout, notre futur, notre passé, tout, et je frissonne dans la pièce surchauffée. Etta nous apporte le café. On le boira sans traîner.

Claire : Etta et moi venons de mettre maman au lit. Elle n'a cessé de s'excuser, comme à son habitude, s'évertuant à nous convaincre qu'elle se sentait suffisamment bien pour nous accompagner à la messe, mais nous avons fini par l'amener à s'allonger et elle s'est endormie presque instantanément. Etta décrète qu'elle restera à la maison au cas où maman se réveillerait et je lui dis de ne pas être ridicule, que je resterai, moi, mais Etta est obstinée, aussi je la laisse au chevet de maman, à lire saint Mathieu. Je descends le couloir et glisse un œil dans la chambre d'Henry, mais elle est plongée dans l'obscurité. Lorsque j'ouvre la porte de la mienne, je le découvre étendu sur le dos, absorbé dans la lecture d'*Un raccourci dans le temps*. Je pousse le verrou avant de le rejoindre sur le lit.

— Quel est le problème avec ta mère ? me questionne-t-il alors que je m'installe prudemment en essayant de ne pas m'empaler sur ma robe.

— Elle est maniaco-dépressive.

— Depuis toujours ?

— Ce n'était pas aussi sévère quand j'étais enfant. Mais elle a perdu un bébé, j'avais sept ans à l'époque, et ça a été terrible. Elle a fait une tentative de suicide. C'est moi qui l'ai trouvée.

Je revois le sang partout, l'eau de la baignoire teintée de rouge, les serviettes qui en étaient imprégnées. Moi hurlant à l'aide et personne à la maison. Henry garde le silence, je me démanche le cou : il fixe le plafond.

— Claire, lâche-t-il enfin.

— Quoi ?

— Pourquoi ne pas m'en avoir parlé ? Tu comprends, il y a pas mal de choses concernant ta famille qu'il aurait été bon que j'apprenne à l'avance.

— Mais tu étais au courant...

Ma voix fléchit. Il ne savait pas. Comment aurait-il pu savoir ?

— Désolée. C'est juste que... je t'en ai parlé lorsque ça s'est produit et comme j'oublie que le présent est antérieur au passé, j'ai tendance à présumer que rien n'a de secret pour toi...

— Disons que j'ai en quelque sorte vidé mon sac pour ce qui est de ma famille, poursuit-il après un blanc, exposé tous les placards et les squelettes au grand jour pour que tu les inspectes, alors voilà j'ai été pris au dépourvu... Je n'arrive pas vraiment à analyser.

— Mais tu ne m'as pas encore présentée à lui.

Je meurs d'envie de rencontrer le père d'Henry, mais jusque-là j'ai toujours eu peur d'aborder le sujet.

— Non. Exact.

— Tu envisages des présentations ?

— Éventuellement.

— Quand ?

Je m'attends à ce qu'il m'engage à ne pas trop tirer sur la corde, comme il en avait coutume autrefois lorsque je l'assaillais de questions, au lieu de quoi il se redresse, fait basculer ses jambes par-dessus le bord du lit. Le dos de sa chemise est complètement froissé.

— Aucune idée, Claire. Quand je pourrai le supporter, je suppose.

J'entends des pas s'arrêter net dans le corridor ; la poignée remue dans un sens puis dans l'autre.

— Claire ? lance mon père. Pourquoi la porte est-elle fermée à clé ?

Je me lève pour la déverrouiller. Papa ouvre la bouche puis, notant la présence d'Henry, me prie de le suivre dans le couloir d'un signe de la main.

— Claire, tu n'ignores pas que ta mère et moi n'approuvons pas que tu invites ton ami dans ta chambre, remarque-t-il doucement. Ce ne sont pourtant pas les pièces qui manquent dans cette maison...

— Nous bavardions simplement...

— Rien ne vous empêche de bavarder dans le salon.

— Je lui expliquais la situation avec maman et je ne tenais pas en discuter dans le salon, d'accord ?

— Chérie, je ne suis pas du tout persuadé qu'il soit nécessaire de discuter de ta mère...

— Après la façon dont elle vient de se donner en spectacle, comment suis-je censée l'éviter ? Henry a pu constater par lui-même qu'elle était cinglée, il n'est pas stupide...

Comme je hausse le ton, Alicia s'encadre dans la porte de sa chambre et plaque un doigt sur ses lèvres.

— Ta mère n'est pas « cinglée », m'admoneste mon père.

— Bien sûr que si, martèle Alicia entrant en lice.

— Alicia !

Le visage de papa a viré au cramoisi, ses yeux saillent de leurs orbites et il crie désormais. Etta apparaît sur le seuil et nous contemple tous les trois avec exaspération.

— Si c'est pour hurler, autant descendre, siffle-t-elle avant de refermer la porte de la chambre de maman.

Nous nous dévisageons, confus.

— Plus tard, papa, articulé-je. Reportons le sermon à plus tard.

Henry est resté assis sur mon lit tout ce temps à tenter de se fondre dans le décor.

— Viens, Henry. Allons ailleurs.

Henry, sage comme un petit garçon que l'on aurait réprimandé, se met debout et m'emboîte le pas dans l'escalier. Alicia galope à nos trousses, triomphante. En bas des marches, je lève la tête et j'avise papa rivant des yeux pleins d'impuissance sur nous. Il pivote sur lui-même, se dirige vers la chambre de maman et frappe.

— Hé ! on a qu'à regarder *La Vie est belle* ! s'enthousiasme Alicia en consultant sa montre. Il passe dans cinq minutes sur la chaîne 60.

— Encore ? Tu ne l'as pas déjà vu, quoi, près de deux cents fois ?

Alicia a le béguin pour Jimmy Stewart.

— Je ne l'ai jamais vu, déclare Henry.

— Jamais ? Comment est-ce possible ? s'enquiert Alicia qui mime la stupéfaction.

— Je n'ai pas de poste de télévision.

— Le tien est tombé en panne ou quoi ? insiste-t-elle, réellement stupéfaite à présent.

— Non, rit Henry. Je déteste la télé en général. Elle me flanque la migraine.

Elle le catapulte dans le temps. C'est lié au scintillement de l'image.

— Alors, tu ne veux pas regarder le film ? lâche Alicia, déçue.

Henry jette un coup d'œil dans ma direction.

— Pourquoi pas ? Juste un moment alors. On ratera la fin par contre, il faudra se préparer pour la messe.

Nous convergeons en troupe vers la pièce, contiguë au salon, qui héberge le téléviseur. Alicia allume le poste. Un chœur interprète *It Came Upon the Midnight Clear*, un chant de Noël.

— Quelle horreur ! ricane Alicia. Visez-moi un peu ces tenues de gala en plastique jaune ringardes ! Elles ressemblent à des ponchos de pluie !

Elle s'affale sur le sol, Henry prend place sur le canapé. Je m'assieds près de lui. Depuis notre arrivée ici, je n'ai pas cessé de m'interroger sur l'attitude à adopter avec Henry face aux divers membres de ma famille. À quelle distance de lui convient-il que je m'asseye ? Sans Alicia, je me serais couchée sur le divan, la tête nichée sur ses genoux. Henry résout le problème en se rapprochant et en m'entourant de son bras. Ce geste a quelque chose d'artificiel : jamais nous ne nous comporterions ainsi dans n'importe quel autre contexte. Bien sûr, nous ne regardons jamais la télévision ensemble. D'ailleurs, peut-être ne modifierions-nous en rien cette configuration si c'était le cas. Le chœur s'éclipse au profit d'une série de publicités : McDonald's, un concessionnaire de Buick local, Pillsbury, Red Lobster – tous nous souhaitent un joyeux Noël. J'étudie Henry, il affiche une expression hébétée.

— Qu'y a-t-il ?

— La vitesse. Les plans changent abruptement toutes les deux secondes : je vais être malade. (Il se frotte les yeux de ses doigts.) Je pense que je vais plutôt aller lire un peu.

Il se lève, quitte la pièce, et la minute suivante je l'entends gravir l'escalier. J'improvise une prière express : s'il te plaît, Seigneur, ne permets pas qu'il voyage dans le temps, surtout pas maintenant que nous nous apprêtons à partir à l'église et que je ne pourrai fournir aucun motif plausible. Alicia se hisse à la hâte sur le canapé tandis que le générique de début défile sur l'écran.

— Il n'a pas tenu longtemps, observe-t-elle.

— Il a de violents maux de tête, mais violents au point de t'obliger à t'allonger dans le noir sans bouger, sachant qu'au moindre petit bruit ton cerveau risque d'exploser.

— Oh !

James Stewart brandit un tas de brochures touristiques, malheureusement, l'obligation d'assister à un bal coupe court à son départ.

— Il est vraiment mignon.

— Jimmy Stewart ?

— Lui aussi. Non, je voulais dire ton chéri. Henry.

— Ouais, j'approuve, ravie et fière comme si j'avais créé Henry de mes propres mains.

Donna Reed adresse un sourire éclatant à Jimmy Stewart à travers la salle bondée. Ils dansent à présent, le rival de

Jimmy Stewart a actionné le bouton qui commande l'ouverture de la piscine dissimulée sous la piste de danse.

— Maman l'apprécie beaucoup.

— Alléluia.

Donna et Jimmy exécutent des pas de danse à reculons dans la piscine, bientôt rejoints par d'autres couples qui plongent en habits de soirée tandis que l'orchestre continue de jouer.

— Tu as aussi la bénédiction de Nell et Etta.

— Génial. Il ne nous reste plus qu'à survivre aux prochaines trente-six heures sans ruiner cette première bonne impression.

— Simple formalité ! À moins que... non, tu ne serais pas aussi bête... (Alicia me sonde du regard comme si elle en doutait.) N'est-ce pas ?

— Bien sûr que non.

— Bien sûr que non, fait-elle en écho. Bon sang, Mark me scie. Quel abruti de première !

Jimmy et Donna entonnent *Buffalo Girls, Won't You Come Out Tonight* en déambulant dans les rues de Bedford Falls, tous deux flamboyants dans leur uniforme de footballeur et peignoir de bain respectifs.

— Dommage que tu n'aies pas été là hier. J'ai cru que papa allait avoir un infarctus juste devant le sapin. J'imaginais d'ici le tableau : lui s'écroulant sur l'arbre, l'arbre s'effondrant sur lui, les pompiers forcés de déblayer toutes les décorations et les cadeaux avant de pouvoir pratiquer le bouche-à-bouche...

Jimmy offre la lune à Donna qui l'accepte.

— Tu n'avais pas suivi des cours de secourisme, à l'école ?

— Si, mais en l'occurrence j'aurais été trop occupée à essayer de ranimer maman. C'était affreux, Claire. Ça braillait tous azimuts.

— Sharon était présente ?

— Tu plaisantes ! rit-elle avec amertume. Sharon et moi nous nous trouvions ici, nous efforçant de bavarder comme des personnes civilisées, tu vois, pendant que Mark et les parents se gueulaient dessus dans le salon. Au bout d'un moment, on a fini par se taire et écouter.

Alicia et moi échangeons un regard signifiant « En quoi est-ce un scoop ? » Nos vies ont été rythmées par les hurlements de nos parents – dirigés l'un contre l'autre ou contre nous. Parfois, j'ai le sentiment que si maman se met à pleurer encore une seule fois devant moi, je vais m'enfuir pour ne plus jamais revenir. À cet instant précis, je n'ai qu'une envie : empoigner Henry par le collet et retourner à Chicago, là où personne n'a le droit de hurler ni de prétendre que tout va bien et qu'il ne s'est rien passé. Un homme ventripotent en maillot de corps et à l'air furibond exhorte avec véhémence Jimmy Stewart à cesser d'assommer Donna Reed avec ses bavardages et à l'embrasser sur-le-champ. Avis que je partage entièrement – pourtant point de baiser. Au lieu de cela, il marche sur sa sortie de bain et elle s'en dépouille à son insu pour réapparaître aussitôt après, abritant sa nudité sous le couvert d'un large massif d'hortensias.

Le film cède la place à une publicité pour Pizza Hut et Alicia coupe le son.

— Euh, Claire ?

— Oui ?

— Est-ce qu'Henry est déjà venu ici ?

Oh ! Oh !

— Non, ça m'étonnerait. Pourquoi ?

Elle se tortille, mal à l'aise, et détourne les yeux une fraction de seconde.

— Tu vas te dire que je suis dingue.

— Je t'écoute.

— Ben, il m'est arrivé ce truc très bizarre. C'était il y a

une éternité... J'avais mettons dans les douze ans et j'étais censée répéter mes exercices au violoncelle, lorsque soudain j'ai réalisé que je n'avais plus aucun chemisier propre pour aller à... il me semble que c'était une audition ; Etta et tous les autres étaient sortis, Mark devait me servir de baby-sitter, mais il s'était claquemuré dans sa chambre pour se confectionner des bangs ou un quelque chose du même genre... Bref, je descends à la buanderie chercher ma chemise quand j'entends ce bruit, tu sais, comme celui de la porte du sous-sol côté sud, celle qui donne sur la pièce où on range les vélos, cet espèce de chuintement ? Je pense à Peter, logique, non ? Donc je me tiens sur le seuil de la buanderie, un peu à l'affût, lorsque la porte du local à vélos s'écarte et là Claire, accroche-toi bien, un type complètement nu ressemblant comme deux gouttes d'eau à Henry se pointe.

J'émets un rire. Il sonne forcé.

— Oh ! je t'en prie !

— Tu vois ! s'exclame Alicia avec un grand sourire. J'étais sûre que tu me prendrais pour une folle. Mais je te jure que je n'invente rien. Alors donc, ce type paraît juste un peu surpris, tu visualises la scène : je suis plantée devant lui, la bouche béante comme un four, à gamberger : est-ce que ce mec nu ne va pas, ben, me violer, me tuer ou pire, et lui me regarde et me lance, décontracté : « Oh ! salut Alicia ! », avant d'entrer dans la salle de lecture et de refermer la porte derrière lui.

— Hein ?

— Sur ce, je fonce à l'étage cogner à la porte de Mark et il m'envoie balader. Finalement je réussis à le convaincre de m'ouvrir et il est tellement défoncé qu'il lui faut un petit bout de temps avant de piger ce que je lui explique et ensuite, bien évidemment, il refuse de me croire, mais au final je le persuade de m'accompagner au sous-sol ; il frappe à la porte – on a tous les deux une trouille monstre – comme dans les aventures d'Alice détective, tu sais, quand tu te fais la réflexion : « Ces filles sont vraiment trop crétines, elles n'ont qu'à se contenter d'appeler la police », enfin bon, comme on n'a pas de réponse, Mark pousse la porte, mais la pièce est vide, du coup il est furieux, il m'accuse de lui avoir raconté des bobards, sauf qu'ensuite on en conclut que le type est monté au premier alors on va tous les deux s'asseoir dans la cuisine près du téléphone et du gros couteau à découper de Nell posé sur le comptoir.

— Pourquoi n'avoir jamais mentionné cet épisode ?

— Ben, une fois tout le monde rentré à la maison, je me suis sentie un peu idiote et surtout j'étais certaine qu'avec papa ça se transformerait en affaire d'État alors que rien ne s'était vraiment passé... Ce n'était pas non plus très marrant et puis je n'avais pas particulièrement envie d'en parler. (Alicia s'esclaffe.) Un jour, j'ai demandé à grand-mère si la maison était hantée, et elle a répondu que non à sa connaissance.

— Et ce type, ou ce fantôme, avait un air de ressemblance avec Henry ?

— Et comment ! Je t'assure, Claire, j'ai failli tomber raide quand vous avez débarqué et que j'ai posé les yeux sur Henry. Je veux dire, c'est ce mec tout craché ! Même sa voix est identique. Bon d'accord, celui que j'ai aperçu dans le sous-sol avait les cheveux plus courts et était plus âgé, la quarantaine environ...

— Mais si ton inconnu avait quarante ans, que ça s'est produit il y a cinq ans... Henry n'en a que vingt-huit, il en aurait donc eu vingt-trois à l'époque, Alicia.

— Ah ! Mais Claire, c'est quand même très étrange... il a un frère ?

— Non, et son père ne lui ressemble pas vraiment.

— Peut-être alors qu'il s'agissait d'une projection astrale ou d'un phénomène de ce style.

— Voyage dans le temps, je suggère en souriant.

— Ouais, bien sûr. Bon sang, quel truc incroyable !

L'écran reste noir un instant puis nous retrouvons Donna réfugiée dans son massif d'hortensias autour duquel tourne Jimmy Stewart, le peignoir de la jeune femme pendu à un bras. Il la taquine, menace de vendre des tickets aux amateurs que tenterait la vue. Le mufle, je songe en moi-même tout en rougissant au souvenir des indécences que j'ai pu dire ou faire à Henry concernant cette même problématique vêtements/nudité. Mais tout à coup une voiture approche, Jimmy Stewart lance alors le peignoir à Donna. « Ton père a eu une attaque ! » lui annonce quelqu'un depuis le véhicule, et le voilà qui file avec à peine un regard en arrière, laissant Donna Reed désemparée au milieu de sa verdure. Mes yeux s'embuent.

— Pour l'amour du Ciel, Claire ! Sèche tes larmes, il va revenir, me rappelle Alicia.

J'esquisse un sourire et nous nous installons confortablement pour regarder M. Potter harceler le pauvre Jimmy Stewart afin qu'il abandonne l'université et dirige à la place une société de crédit immobilier miteuse.

— Salaud ! crache Alicia.

— Salaud, je confirme.

HENRY : Comme nous quittons l'air froid de la nuit pour la chaleur et la lumière de l'église, mon cœur se serre. Je n'ai jamais assisté à une messe catholique. La dernière forme d'office religieux auquel je me sois rendu était l'enterrement de ma mère. Je m'accroche tel un aveugle au bras de Claire qui me guide dans l'allée centrale, puis nous nous alignons dans une rangée vide. Claire et les siens s'agenouillent sur les prie-Dieu tandis que je reste assis, conformément aux directives de Claire. Nous sommes en avance. Alicia s'est volatilisée, et Nell est derrière nous avec son mari et leur fils, qui est en permission de la Marine. Dulcie côtoie l'un de ses contemporains. L'axe formé par Claire, Mark, Sharon et Philip dénote plusieurs attitudes : Claire est empruntée, Mark indifférent, Sharon calme et absorbée, Philip vanné. L'église est couverte de poinsettias. Ça sent la cire et le manteau mouillé. Sur la droite de l'autel j'avise une crèche sophistiquée montrant Marie, Joseph et leur entourage. Les gens arrivent en file indienne, choisissent leurs places, se saluent les uns les autres. Claire remonte sur son siège, vite imitée par Mark et Philip. Sharon s'attarde encore quelques minutes sur l'agenouilloir puis se relève à son tour, et nous restons assis, en rang d'oignons, à attendre. Un type en costume s'avance sur la scène – ou l'autel, peu importe – pour tester les micros fixés au petits lutrins, après quoi il repart vers le fond de l'église. Nous sommes plus nombreux à présent, c'est la foule des grands soirs. Côté cour apparaissent Alicia, deux autres femmes et un homme, avec leurs instruments. La blonde est violoniste, la châtain altiste ; le type, un vieux bossu qui traîne des pieds, joue lui aussi du violon. Ils sont tous vêtus de noir. Ils s'assoient sur les chaises pliantes, allument les lampes de leurs pupitres, font bruisser leurs partitions et clapoter diverses cordes, puis se regardent, pour démarrer ensemble. Soudain les gens se taisent, et du silence s'élève une longue note, lente et grave, qui emplit l'espace, ne se rattache à aucun morceau connu mais se contente d'exister, de flotter. L'archet d'Alicia glisse avec une lenteur extrême, et le son qu'il produit semble affleurer de nulle part, prendre naissance entre mes deux oreilles, résonner dans mon crâne comme si des phalanges me caressaient la cervelle. Puis elle s'arrête. Le silence qui s'ensuit est bref mais absolu. Les quatre musiciens passent alors à l'action. Après la simplicité de cette note unique, leur musique est dissonante, moderne et discordante. Bartók ? Enfin je comprends ce que j'entends et reconnais *Douce Nuit*. Je me demande pourquoi cela sonne si bizarrement, avant de voir la blonde taper du pied dans la chaise d'Alicia, suite à quoi le morceau se rétablit. Claire me sourit. L'assemblée se détend. *Douce Nuit* fait place à un cantique que je ne reconnais pas. Tout le monde se lève, se retourne vers le fond de l'église, et le prêtre remonte l'allée centrale escorté d'une nuée de petits garçons et d'une poignée d'hommes en costume. Ils progressent d'un air recueilli jusqu'au chœur et la musique cesse d'un coup. Allons bon, quoi encore ? Claire me prend la main. S'il y a un Dieu, alors s'il te plaît, Dieu, laisse-moi simplement rester debout ici, dans le calme et la discrétion, ici et maintenant, ici et maintenant.

CLAIRE : Henry paraît sur le point de s'évanouir. Mon Dieu, s'il te plaît, fais qu'il ne disparaisse pas maintenant. Le père Compton nous accueille de sa voix d'annonceur radio. Je plonge la main dans la poche du manteau d'Henry, glisse mes doigts dans le trou au fond, cherche sa queue et presse. Il sursaute comme si je lui avais administré une décharge électrique. « Le Seigneur soit avec vous », déclare le père Compton. « Et avec votre esprit », répliquons-nous sereinement. Pareil, tout est pareil. Et pourtant, nous voilà ici, enfin, au vu et au su de tous. Je sens les yeux d'Helen me vriller le dos. Ruth est assise cinq rangées derrière nous en compagnie de son frère et de ses parents. Nancy, Laura, Mary Christina, Patty, Dave et Chris, et même Jason Everleigh : on dirait que tous mes anciens camarades de classe sont rassemblés ici ce soir. Je considère Henry, lequel n'a pas conscience de ce qui se trame autour de lui. Il transpire. Il jette un coup d'œil dans ma direction, arque un sourcil. La messe se poursuit. Lectures, *Kyrie, La Paix soit avec vous et avec votre esprit.* Nous nous redressons pour l'Évangile, Luc, chapitre II. Tous, au sein de l'Empire romain, allaient se faire recenser, chacun en sa ville, Joseph et Marie, *qui était enceinte*, la naissance, miraculeuse, humble. Le nouveau-né enveloppé de langes, la mangeoire. La logique de la chose m'a toujours échappé, mais sa beauté n'en demeure pas moins indéniable. Les bergers, vivant aux champs. L'ange : « Soyez sans crainte, car voici que je vous annonce la bonne nouvelle d'une grande joie... » Henry bouge sa jambe de telle sorte qu'il me distrait. Les paupières closes, il se mord la lèvre. Une multitude de l'armée céleste. Le père Compton psalmodie : « Quant à Marie, elle gardait avec soin toutes ces choses, les repassant dans son cœur. » « Amen », concluons-nous en nous asseyant en prévision du sermon. Henry se penche vers moi et chuchote :

— Où sont les toilettes ?

— Prends cette porte là-bas, j'explique en désignant celle par laquelle Alicia, Frank et les autres sont entrés.

— Si je ne reviens pas...

— Il faut que tu reviennes.

Tandis que le père Compton déclame : « En cette nuit festive entre toutes... » Henry se lève et s'éloigne vivement. Les yeux du prêtre le suivent pendant qu'il rebrousse chemin, bifurque et remonte jusqu'à la porte. J'observe Henry se faufiler dehors puis le battant se refermer sur lui.

HENRY : Je me trouve dans ce qui semble être le hall d'une école primaire. Ne panique pas, je me répète. Personne ne peut te voir. Cache-toi quelque part. Je scrute fébrilement la pièce, et je dégote une porte : GARÇONS. En la poussant je découvre des toilettes pour hommes miniatures. Carrelage marron, installations rétrécies et rabaissées, le radiateur à fond qui renforce l'odeur de savon pour collectivités. J'ouvre la fenêtre de quelques centimètres et presse mon visage dans l'entrebâillement. Des arbustes bouchent entièrement la vue, donnant à l'air que j'inhale un goût de pin. Après quelques minutes je me sens moins faible. Je m'allonge sur le carrelage, en boule, les genoux sous le menton. Je suis là. Solide. Maintenant. Ici, sur ce sol carrelé marron. Elle paraît pourtant si légère, la faveur que je demande. De la continuité. Je suppose, si Dieu existe, qu'il attend que nous soyons bons, or comment escompter un tel résultat sans quelques incitations ? Claire, elle, est un être bon, très bon, elle croit même en Dieu, alors pourquoi voudrait-Il l'embarrasser devant tous ces gens ?

J'ouvre les yeux. Les minuscules cuvettes en porcelaine chatoient de bleu ciel, de vert et de pourpre, et je me résigne à partir ; le processus est irrémédiablement lancé, je suis pris de spasmes et je crie « Non ! », mais j'ai disparu.

Claire : Le père finit son sermon qui a trait à la paix dans le monde, papa s'incline par-delà Sharon et Mark et murmure : « Ton ami est malade ? » « Oui, lui murmuré-je en retour, une migraine. Ça va passer. » Papa n'a pas l'air convaincu, néanmoins il ne quitte pas son siège. L'hostie est consacrée. Je tente de réprimer mon envie de courir à la recherche d'Henry. Les premiers rangs se mettent debout pour communier. Alicia joue la *Suite pour violoncelle seul nº 2* de Bach. La musique est belle et triste. Reviens, Henry. Reviens.

Henry : Mon appartement de Chicago. Il fait noir, je suis à genoux dans le salon. Je me relève avec peine, me cogne le coude contre les étagères. « Putain ! » J'arrive pas à y croire. Je suis pas fichu de passer une journée dans la famille de Claire sans me faire aspirer et recracher dans mon putain d'appart comme une putain de boule de flipper...

— Salut.

Je me retourne et me voilà, me redressant d'un air vaseux sur le canapé-lit.

— C'est quoi la date ? je demande.

— 28 décembre 1991.

Quatre jours depuis aujourd'hui.

Je me laisse choir sur le lit.

— J'en peux plus.

— Relax, Max. Tu seras de retour d'ici quelques minutes. Personne ne verra rien. Et tout ira bien jusqu'à la fin du séjour.

— Ah ouais ?

— Ouais. Maintenant arrête de geindre, répond l'autre moi dans une parfaite imitation de papa.

J'ai envie de l'envoyer au tapis, mais à quoi bon ? J'entends une musique douce en fond sonore.

— C'est du Bach ?

— Hein ? Ah ! oui, c'est dans ta tête. C'est Alicia.

— C'est bizarre, ça. Eh... !

Je cours à la salle de bains, et l'atteins presque à temps.

CLAIRE : Quelques dernières personnes reçoivent la communion quand Henry fait son entrée, pâle, mais bien d'aplomb sur ses jambes. Il emprunte l'allée et se coule près de moi. « La messe est célébrée, allez en paix », termine le père Compton. « Amen », répondons-nous. Les enfants de chœur se massent autour de lui comme un banc de poissons et entreprennent, frétillants, la remontée de la nef centrale ; nous sortons les uns après les autres à leur suite. J'entends Sharon demander à Henry s'il se sent mieux, cependant je ne saisis pas sa réponse parce que Helen et Ruth nous ont interceptés et je leur présente Henry.

— Mais nous nous sommes déjà rencontrés ! minaude Helen.

Henry me consulte, affolé. Je secoue la tête à l'intention d'Helen qui me gratifie d'un sourire narquois.

— Peut-être pas, en fin de compte, lâche-t-elle. Enchantée... Henry.

Ruth lui tend timidement la main. À mon grand étonnement, il la conserve dans la sienne un instant et dit : « Bonsoir Ruth », avant même que je me sois chargée des présentations. Pour autant que je puisse en juger cependant, elle ne le reconnaît pas. Laura se joint à nous juste au moment où Alicia surgit, fendant la foule à coups d'étui de violoncelle.

— Venez chez moi demain, nous invite Laura. Mes parents partent pour les Bahamas à quatre heures.

Nous acceptons, enthousiastes ; chaque année, les parents de Laura s'envolent pour une destination tropicale aussitôt les cadeaux déballés et chaque année nous affluons là-bas sitôt que leur voiture a tourné l'angle de la rue. Nous nous séparons sous un concert de « Joyeux Noël ! » et, alors que nous débouchons sur le parking par la porte latérale, Alicia s'exclame : « Quelle plaie, je l'aurais parié ! » Une neige épaisse et fraîche recouvre le paysage autour de nous, le monde a été repeint en blanc. Je marque un temps d'arrêt, promène mon regard sur les arbres, les voitures et, de l'autre côté de la rue, vers le lac qui se brise, invisible, sur le rivage tout en contrebas de l'église juchée sur le promontoire. Henry attend près de moi.

— Dépêche, Claire, m'interpelle Mark, et je me dépêche.

HENRY : Il est environ 1 h 30 lorsque nous passons le seuil de Meadowlark House. Durant tout le trajet du retour, Philip a sermonné Alicia pour sa « faute » en ouverture de *Douce Nuit*, et elle est restée impassible, à regarder défiler arbres et maisons par la vitre. À présent tout le monde regagne sa chambre à l'étage après avoir souhaité « Joyeux Noël » une cinquantaine de fois, sauf Alicia et Claire qui s'éclipsent dans une pièce au fond du rez-de-chaussée. Ne sachant trop où me mettre, je décide sur un coup de tête de suivre les deux sœurs.

— ... un connard fini, dit Alicia au moment où je passe la tête derrière la porte.

La pièce s'organise autour d'un énorme billard qu'une suspension inonde de lumière. Claire piège les billes dans le triangle tandis qu'Alicia fait les cent pas dans l'ombre de la lampe.

— Que veux-tu, si tu cherches délibérément à le mettre en rogne et qu'il se met en rogne, je vois pas de quoi tu te plains, répond Claire.

— Il est tellement *suffisant*, dit Alicia tout en boxant dans le vide.

Je me racle la gorge. Elles sursautent. Claire lance :

— Henry ! Dieu merci, j'ai cru que c'était papa.

— Tu veux jouer ? me propose Alicia.

— Je vais juste regarder.

Je repère un tabouret de bar près du billard, et je m'y perche.

Claire tend une queue à Alicia. Celle-ci passe la pointe au bleu avant de briser le triangle, méchamment. Deux billes rayées tombent dans des poches d'angle. Alicia en blouse deux autres avant de rater, de peu, un coup à plusieurs bandes.

— Oh-oh ! fait Claire. C'est mal barré pour moi.

Claire empoche une pleine facile, la 2, qui l'attendait à l'orée du trou. Au coup suivant elle envoie la blanche dans la poche à la suite de la 3. Alicia repêche les deux boules et lâche son coup de queue. Elle rafle les rayées sans autre forme de procès.

— La huit, poche latérale, annonce-t-elle, et sitôt dit sitôt fait.

— Aïe aïe aïe ! soupire Claire. T'es sûr que tu ne veux pas jouer ? dit-elle en me tendant sa queue.

— Allez Henry, insiste Alicia. Au fait, vous voulez boire un truc ?

— Non merci, répond Claire.

— Qu'est-ce que tu me proposes ? je demande.

Alicia actionne un interrupteur et un splendide bar à l'ancienne s'illumine au fond de la salle. Je suis Alicia derrière le comptoir et miracle ! je tombe sur tout ce qu'on peut rêver en matière d'alcool. Alicia se concocte un rhum-Coca. J'hésite devant tous ces trésors, avant d'opter pour un whisky sec. Claire finit par changer d'avis, et tandis qu'elle remplit un verre de glaçons miniature en vue d'un Kahlua, la porte s'ouvre et on se fige.

C'est Mark.

— Où est Sharon ? lui demande Claire.

— Mets le verrou, ordonne Alicia.

Il s'exécute puis passe derrière le bar.

— Sharon dort, dit-il en sortant une Heineken du petit frigo.

Il la décapsule et s'approche de la table.

— Qui c'est qui joue ?

— Alicia et Henry, répond Claire.

— Mmm. Et vous l'avez prévenu ?

— Ferme-la, Mark, dit Alicia.

— C'est Jackie Gleason déguisé, m'assure Mark.

Je me tourne vers Alicia :

— Que la partie commence !

Claire reforme le triangle. Alicia gagne le toss. Le whisky enrobe toutes mes synapses, et tout m'apparaît clair et net. Les billes explosent en feu d'artifice, éclosent dans une nouvelle combinaison. La 13 vacille à l'entrée d'une poche de coin, avant de choir.

— Toujours les rayées, annonce Alicia.

Elle blouse la 15, la 12 et la 9 avant qu'un raté ne l'oblige à tenter un impossible deux-bandes.

Claire se tient bras croisés à la lisière de la lumière, de sorte que son visage reste dans l'ombre au contraire de son corps. Je ramène mon attention sur la table. C'est enfin mon tour. Je blouse sans mal la 2, la 3 et la 6, puis cherche autre chose à travailler. La 1 se trouve pile en face de la poche d'angle à l'autre bout de la table. J'envoie la blanche dans la 7, qui fait tomber la 1. Je projette la 4 dans une poche latérale via la bande et blouse la 5 dans le coin du fond par un carambolage chanceux. Ce n'est pas très propre, mais Alicia siffle quand même. La 7 chute sans encombre.

— La 8 dans le coin, j'indique avec la queue, et elle y va.

Un soupir parcourt le billard.

— C'était vraiment très joli, déclare Alicia. Refais-le un coup.

Claire sourit dans le noir.

— Tu n'es pas au top, glisse Mark à Alicia.

— Je suis trop naze pour me concentrer, explique-t-elle. Et trop furax.

— À cause de papa ?

— Ouais.

— Forcément, quand on le cherche, on le trouve.

Alicia fait la moue.

— Ça arrive à tout le monde, de se tromper en toute bonne foi.

J'ose un commentaire :

— L'espace d'un instant, on aurait dit du Terry Riley.

Alicia sourit.

— C'*était* du Terry Riley. Un passage de *Salom Dances for Peace*.

Claire se gausse :

— Comment Salomé a-t-elle atterri dans *Douce Nuit* ?

— Tu sais, saint Jean-Baptiste, tout ça... Je me suis dit que c'était un lien suffisant, et si tu baisses la partie de premier violon d'une octave, ça sonne super bien. Tu sais, la, la, la, la...

— Dans ce cas, tu ne peux pas lui reprocher de se mettre en rogne, dit Mark. Il sait très bien que tu ne jouerais pas ce genre de truc par accident.

Je me sers un deuxième verre.

— Et qu'a dit Frank ? demande Claire.

— Oh ! lui, ça l'a botté ! Il cherchait déjà comment recréer tout un morceau, genre *Douce Nuit* au pays de Stravinsky. Tu sais, Frank a quatre-vingt-sept piges, et il s'en fout que je merdouille du moment qu'il s'amuse. Arabella et Ashley ont fait la gueule, par contre.

— Disons que ce n'est pas très professionnel, pointe Mark.

— Et alors ? C'était Saint-Basile, rien de plus. (Puis elle me regarde.) T'en penses quoi, toi ?

J'hésite avant de répondre :

— Ça m'est plutôt égal. Mais si mon père t'avait entendue faire ça, il serait hors de lui.

— Carrément ? Et pourquoi ?

— Il part du principe que chaque œuvre doit être traitée avec respect, même les trucs qui ne lui plaisent pas des masses. Il n'aime pas Tchaïkovski ni Strauss, par exemple, mais il les jouera avec le plus grand sérieux. C'est pour ça qu'il est génial : on dirait qu'il joue tout avec amour.

— Ah bon, dit Alicia en regagnant le bar, où elle se prépare un nouveau cocktail d'un air pensif. Eh bien, tu as de la chance d'avoir un père génial qui aime autre chose que l'argent.

Je me presse contre le dos de Claire ; dans le noir mes doigts parcourent sa colonne vertébrale. Elle m'offre sa main par derrière. Je réponds à Alicia :

— À mon avis, tu ne dirais pas ça si tu connaissais ma famille. Et puis, ton père semble tenir énormément à toi.

— Tu parles, dit-elle en secouant la tête. Tout ce qu'il veut, c'est que je sois parfaite devant ses amis. Il n'éprouve aucune affection pour moi. (Elle rassemble les billes et les piège dans le triangle.) Qui veut jouer ?

— Je veux bien, répond Mark. Henry ?

— Volontiers.

On met du bleu et on prend place de part et d'autre du billard. Je casse le triangle. La 4 et la 15 plongent.

— Les pleines, j'annonce en repérant la 2 dans le coin.

Je la blouse, mais loupe la 3 dans la foulée. Je commence à fatiguer, et le whisky réduit ma coordination. Mark joue un jeu déterminé mais peu inspiré ; il coule la 10 et la 11. On s'accroche, et j'ai bientôt blousé toutes les pleines. La 13 de Mark campe à ras d'une poche de coin. J'annonce la 8.

— Tu sais, tu peux pas couler la bille de Mark, sinon tu perds, m'avertit Alicia.

— T'inquiète pas.

Je projette d'un coulé doux la blanche en travers de la table ; elle embrasse amoureusement la 8 et l'envoie comme un ange vers la 13 ; elle semble presque la contourner, comme montée sur des rails, avant de piquer dans le trou. Claire éclate de rire, mais voilà que la 13 frémit, et tombe.

— Bah ! dis-je. Vite gagné, vite perdu.

— C'était une belle partie, estime Mark.

— Mais où t'as appris à jouer comme ça ? demande Alicia.

— C'est un des trucs que m'a appris la fac. Avec la boisson, la poésie française et allemande, la drogue...

On repose les queues et l'on ramasse verres et bouteilles.

— C'était quoi, ta dominante ? demande Mark tout en déverrouillant la porte.

On se succède dans le couloir en direction de la cuisine.

— Littérature anglaise.

— Pourquoi pas la musique ? dit Alicia en calant son

verre et celui de sa sœur dans une main pour ouvrir la porte de la salle à manger.

Le propos me fait rire :

— Tu n'imagines même pas combien mon oreille musicale est nulle ! Mes parents étaient persuadés d'avoir ramené le mauvais gosse de la maternité.

— Ça n'a pas dû être marrant, commente Mark. (Puis à l'intention d'Alicia :) Au moins, papa ne te pousse pas à devenir avocate.

On pénètre dans la cuisine et Claire allume la lumière.

— Toi non plus, il ne te pousse pas, réplique Claire. T'adores ça.

— Justement, c'est bien ce que je dis. Il n'oblige aucun de nous à suivre une voie que nous n'avons pas choisie.

— Et c'était vraiment dur ? me demande Alicia. À ta place, je me serais sentie comme un poisson dans l'eau.

— En fait, avant la mort de ma mère, c'était super. Après, c'était atroce. Si j'avais été un violoniste prodige, peut-être que... Va savoir. (Je regarde Claire en haussant les épaules.) Quoi qu'il en soit, je ne m'entends pas avec mon père. Vraiment pas.

— Comment ça se fait ?

— C'est l'heure de se coucher, intervient Claire.

Comprendre : ça suffit comme ça. Mais Alicia attend une réponse. Je me tourne vers elle.

— Tu as déjà vu ma mère en photo ? (Elle opine.) Eh bien, je lui ressemble.

— Et alors ?

Alicia lave les verres, Claire les essuie.

— Et alors, il ne supporte pas de me regarder. Enfin, ce n'est qu'une raison parmi d'autres.

— Mais...

— Alicia ! insiste Claire, mais on n'arrête plus la petite sœur.

— Mais c'est ton père, quand même.

Je souris :

— Les trucs que tu fais pour agacer ton père sont de la gnognotte à côté de ce qu'on s'inflige, lui et moi.

— Comme quoi ?

— Comme les nombreuses fois où il m'a enfermé dehors, qu'il pleuve ou qu'il neige. Comme lorsque j'ai balancé ses clefs de voiture dans le fleuve. Ce genre de choses.

— Pourquoi t'as fait ça ?

— Je voulais pas qu'il emplafonne la caisse, et il était bourré.

Alicia, Mark et Claire me fixent tout en hochant la tête. Ils comprennent parfaitement.

— C'est l'heure d'aller au lit, dit Alicia.

Nous quittons tous la cuisine et gagnons nos chambres sans un mot, sinon « bonne nuit ».

Claire : Il est 3 : 14 selon mon réveil et je me réchauffe tout juste dans mon lit glacé lorsque la porte s'ouvre et Henry entre à pas feutrés. Je lui écarte les couvertures. Le lit grince.

— Salut, je chuchote.

— Salut, chuchote-t-il à son tour.

— Ce n'est pas une bonne idée.

— Il faisait très froid dans ma chambre.

— Hum.

Henry touche ma joue et je dois étouffer un cri. Ses doigts sont gelés. Je les frictionne entre mes paumes. Il s'enfonce davantage sous les couvertures. Je me serre contre lui, essayant de grappiller un peu de chaleur.

— Tu as gardé tes chaussettes ? demande-t-il tout bas.

— Oui.

Il tend le bras et me les retire des pieds. Après quelques minutes et force grincements, nous nous retrouvons nus.

— Où as-tu échoué quand tu es parti de l'église ?

— Dans mon appartement. Pendant cinq minutes environ, dans quatre jours.

— Pourquoi ?

— La fatigue. La tension, je suppose.

— Non, pourquoi là-bas ?

— Sais pas. Une sorte de mécanisme par défaut. Peut-être que les contrôleurs aériens qui régulent le trafic des voyageurs dans le temps ont pensé que je présenterais bien là-bas, hasarde-t-il en enfouissant sa main dans mes cheveux.

Dehors, le jour commence à se lever.

— Joyeux Noël.

Seul le silence me revient en écho, je reste éveillée entre les bras d'Henry, à songer à la multitude de l'armée céleste, à écouter le rythme régulier de sa respiration et à repasser les choses dans mon cœur.

HENRY : Aux petites heures du matin je me lève pour pisser. Tandis que j'urine en somnolant dans la salle de bains de Claire, éclairé par le halo d'une veilleuse à l'effigie de la fée Clochette, j'entends une voix féminine prononcer « Claire ? ». Avant que je puisse en situer la provenance, une porte que je prenais pour un placard s'ouvre et je me retrouve, nu comme un ver, nez à nez avec Alicia.

— Oh ! souffle-t-elle tandis que j'attrape une serviette en catastrophe.

— Salut, Alicia, je chuchote en retour.

Nous échangeons un sourire et elle repart vers sa chambre aussi vite qu'elle est entrée.

CLAIRE : En somnolant, je capte les bruits de la maison qui s'anime. Nell chantonne et s'affaire autour des casseroles dans la cuisine. Quelqu'un marche dans le couloir, passe devant ma chambre. J'observe Henry, il dort toujours profondément et il m'apparaît soudain que je dois le faire sortir d'ici sans que personne le remarque.

Je m'extirpe de son étreinte et des couvertures, descends du lit avec précaution. Je ramasse ma chemise de nuit sur le sol, y introduis la tête à l'instant précis où Etta claironne : « Claire ! Debout là-dedans, c'est Noël ! » et pointe la tête par la porte. J'entends Alicia appeler Etta et, alors que j'émerge, j'aperçois cette dernière qui se détourne pour lui répondre, j'en profite et pivote vers Henry : il s'est volatilisé. Son bas de pyjama gît sur le tapis et, d'un coup de pied, je l'envoie sous le lit. Etta pénètre dans la pièce vêtue de sa robe d'intérieur jaune, ses tresses pendant sur ses épaules. « Joyeux Noël ! », m'écrié-je à mon tour ; elle me dit quelque chose au sujet de maman, mais j'ai du mal à me concentrer parce que je me figure qu'Henry va se matérialiser sous ses yeux.

— Claire ? m'apostrophe-t-elle en me dévisageant avec inquiétude.

— Hein ? Oh ! pardon ! Je suis encore endormie, je crois.

— Il y a du café à la cuisine.

Elle s'attaque au lit avec une certaine perplexité.

— Je m'en occuperai, Etta. Tu peux y aller.

Au lieu de cela, elle le contourne. Maman glisse la tête par la porte – superbe et sereine après la tempête de la nuit dernière.

— Joyeux Noël, chérie !

Je m'avance vers elle, dépose un léger baiser sur sa joue.

— Joyeux Noël, maman !

C'est si difficile de lui en vouloir quand elle redevient maman, familière et charmante.

— Etta, vous pouvez m'accompagner en bas ? s'enquiert-elle.

Etta donne des tapes sur les oreillers et les empreintes

jumelles de nos têtes s'effacent. Elle me décoche un coup d'œil, hausse les sourcils, mais ne souffle mot.

— Etta ?

— J'arrive...

Et de s'empresser auprès de maman.

Je referme la porte derrière elles, m'y adosse juste à temps pour voir Henry rouler de sous le lit. Il se relève et entreprend d'enfiler son pyjama. Je pousse le verrou.

— Où étais-tu ?

— Sous le lit, réplique-t-il dans un murmure, comme s'il s'agissait d'une évidence.

— Depuis le début ?

— Ouais.

Subitement, je suis frappée par le comique de la situation et je me mets à glousser. Henry plaque sa main sur ma bouche et bientôt un fou rire silencieux nous agite.

HENRY : Le jour de Noël est étrangement calme après les remous d'hier soir. On se rassemble autour de l'arbre, un rien penauds dans nos peignoirs et nos chaussons. Ouverture des cadeaux, profusion d'exclamations et de remerciements, puis on attaque le petit déjeuner. Une pause, et arrive le repas de Noël, où nous couvrons d'éloges Nell et ses homards. Tous les participants se montrent souriants, courtois et élégants. Nous sommes le modèle même de la famille heureuse, une publicité pour la bourgeoisie. Nous sommes tout ce dont je rêvais lorsque, à chaque Noël, nous allions déjeuner au Lucky Wok avec papa et les époux Kim, et que je faisais mine de m'amuser sous leurs regards anxieux d'adultes. Mais quand, une fois repus, nous passons au salon pour suivre le football à la télé, lire les livres qu'on s'est mutuellement offerts et tenter de faire marcher les cadeaux nécessitant des piles et/ou un assemblage, la tension reste palpable. C'est comme si quelque part, dans l'une des pièces les plus reculées de la maison, un cessez-le-feu avait été signé, et que toutes les parties étaient résolues à l'honorer, au moins jusqu'au lendemain, au moins jusqu'au prochain arrivage de munitions. Nous jouons tous la comédie, feignant d'être détendus, incarnant la mère, le père, la sœur, le frère, le petit ami, ou la fiancé idéal(e). Les paroles de Claire sonnent comme une délivrance lorsqu'elle regarde sa montre, se lève du canapé et déclare :

— Venez, c'est l'heure d'aller chez Laura.

Claire : La fête chez Laura bat son plein à notre arrivée. Henry, tendu et pâle, fonce tout droit sur le bar dès que nous nous sommes débarrassés de nos manteaux. J'ai l'impression de fonctionner au ralenti à cause du vin que j'ai bu pendant le repas, aussi je secoue la tête lorsqu'il me demande ce que je veux boire et il m'apporte un Coca. Il s'accroche à sa bière comme à une bouée.

— Ne me fausse compagnie sous aucun prétexte, exige-t-il en regardant par-dessus mon épaule.

Avant même que j'aie eu le temps de me tourner, Helen nous tombe dessus.

Un silence gêné s'instaure brièvement.

— Alors, Henry, déclare-t-elle finalement. Il paraît que tu es bibliothécaire, mais tu n'as *vraiment* pas le physique de l'emploi.

— En réalité, je suis modèle pour les sous-vêtements Calvin Klein. Cette histoire de bibliothèque n'est qu'une couverture.

Je n'avais jamais vu Helen désarçonnée auparavant. Je regrette de ne pas avoir emporté d'appareil photo. Elle recouvre vite son aplomb, cependant, détaille Henry de la tête aux pieds puis sourit.

— OK, Claire, tu peux le garder.

— Quel soulagement ! soupiré-je. J'ai égaré le ticket.

Laura, Ruth et Nancy fondent sur nous, l'air déterminé, pour nous soumettre à un interrogatoire : comment nous sommes-nous rencontrés, quelle profession Henry exerce-t-il, où est-il allé à l'université, et patati ! et patata ! Je ne m'étais jamais doutée que notre première apparition en public se révélerait à la fois aussi éprouvante et assommante. Je reprends le fil de la conversation au moment où Nancy remarque :

— C'est plutôt bizarre que tu t'appelles Henry.

— Ah bon, s'étonne Henry, pourquoi ça ?

Nancy lui raconte la soirée d'anniversaire chez Mary Christina lorsque le Oui-ja avait prophétisé que je me marierais avec quelqu'un prénommé Henry. Il semble impressionné.

— Vraiment ? me questionne-t-il.

— Euh, oui.

Soudain, je ressens une envie irrépressible de me rendre aux toilettes.

— Excusez-moi, j'articule en me détachant du groupe et en ignorant la mine implorante d'Henry.

Helen se colle comme un chewing-gum à mes chaussures tandis que je m'élance à l'étage. Je suis obligée de lui claquer la porte au nez pour l'empêcher de me suivre dans la salle de bains.

— Laisse-moi entrer, Claire, m'enjoint-elle en agitant la poignée.

Je ne me presse pas, urine, me lave les mains et me repeins les lèvres.

— Claire, ronchonne-t-elle, je vais retourner auprès d'Henry et passer en revue avec lui un par un tous les trucs honteux que tu as pu faire au cours de ta vie si tu n'ouvres pas immé...

Je tire la porte si brusquement qu'Helen manque s'affaler à mes pieds.

— À nous deux, Claire Abshire, annonce-t-elle sur un ton menaçant avant de nous enfermer.

Je m'assieds sur le rebord de la baignoire tandis qu'elle s'appuie contre le lavabo, me dominant du haut de ses escarpins.

— Crache le morceau. Qu'y a-t-il réellement entre ce Henry et toi ? Je ne suis pas aveugle, tu nous sers depuis le début un tas de mensonges plus énormes les uns que les autres. Tu ne fréquentes pas ce type depuis trois mois, tu le connais depuis des années ! C'est quoi ton grand secret ?

J'ignore par où commencer. Dois-je lui confier la vérité ? Non. Pourquoi pas ? Autant que je sache, Helen n'a croisé Henry qu'une seule fois et à l'époque il n'était pas très différent physiquement d'aujourd'hui. J'adore Helen. Elle est forte, fofolle, difficile à embobiner. Mais je suis convaincue qu'elle ne me croirait pas si je lui lâchais tout à trac : « Il voyage dans le temps, Helen. Il faut le voir pour le croire. »

— D'accord, je concède en rassemblant mes idées. Oui, nous nous connaissons depuis longtemps.

— Combien de temps ?

— Depuis que j'ai six ans.

Ses yeux en boules de loto évoquent un personnage de dessin animé. Je ris.

— Comment... pourquoi... Depuis combien de temps vous *sortez* ensemble ?

— Bah ! je n'ai pas tenu de compte exact. Enfin, pendant toute une période les choses ont été en quelque sorte latentes, mais sans qu'il se passe vraiment quoi que ce soit, tu comprends, c'est-à-dire qu'Henry était plutôt inflexible sur le fait qu'il ne se compromettrait pas avec une gamine, du coup je me contentais juste d'être... désespérément dingue de lui...

— Mais... pourquoi tu nous as caché son existence ? Je ne pige pas pourquoi tu t'es livrée à toutes ces cachotteries. Tu aurais pu m'en parler.

— Ben, tu avais plus ou moins deviné.

Piètre excuse, j'en conviens.

— Ce n'est pas pareil que de l'apprendre de ta bouche, rétorque Helen, visiblement blessée.

— Tu as raison. Je suis désolée.

— Mouais. Alors quel est le topo ?

— Voilà, il a huit ans de plus que moi.

— Et ?

— Et quand j'en avais douze, il en avait vingt, tu saisis le problème ?

Sans mentionner quand j'en avais six et lui quarante.

— Je ne pige toujours pas. Bien sûr, ça me paraît logique que tu n'aies pas eu envie que tes *parents* découvrent que tu jouais les Lolita avec son Humbert Humbert[1], mais ce qui m'échappe c'est pourquoi tu ne pouvais pas nous le dire *à nous*. *On* t'aurait soutenue à cent pour cent. C'est vrai quoi, toutes ces années on s'est senties désolées pour toi, on s'inquiétait à ton sujet et on se demandait pourquoi tu te comportais comme une sainte-nitouche... (Helen secoue la tête.) Et toi, pendant ce temps, tu te tapais joyeusement ton beau ténébreux de bibliothécaire...

C'est plus fort que moi, je rougis.

— *Détrompe-toi*, je ne me le suis pas tapé tout ce temps.

— Oh, pitié !

— Je t'assure ! On a attendu jusqu'à mes dix-huit ans. On a franchi le pas pour mon anniversaire.

— Il n'empêche, Claire, attaque-t-elle.

Mais on cogne à la porte et une voix masculine grave s'enquiert :

— Hé ! vous n'avez pas bientôt fini vos petites affaires toutes les deux là-dedans ?

— Ce n'est que partie remise, siffle Helen tandis que nous

1. Héros masculin du roman de V. Nabokov. *(N.d.T.)*

quittons les lieux sous les applaudissements des cinq types qui patientent à la queue leu leu dans le couloir.

Je déniche Henry dans la cuisine, en train de tenir patiemment le crachoir à un sportif – un des amis improbables de Laura – qui blablate sur le football. J'accroche le regard de sa petite amie blonde au nez en trompette qui l'entraîne vers le bar.

— Regarde, Claire ! s'exclame Henry, des bébés punks !

Je m'exécute et réalise qu'il désigne Jodie, la sœur de Laura, âgée de quatorze ans, et son copain, Bobby Hardgrove. Ce dernier exhibe une crête verte assortie de la panoplie complète : tee-shirt déchiré/épingles de nourrice ; Jodie, quant à elle, s'est efforcée de reproduire le look de Lydia Lunch, mais ressemble en fait à un raton laveur coiffé en pétard. Si bien qu'en définitive, ils donnent plutôt l'impression d'avoir confondu Noël et Halloween. Ils paraissent paumés et sur la défensive, ce qui n'entame en rien l'enthousiasme d'Henry.

— Ouah ! Quel âge ils peuvent avoir ? Dans les douze ans ?

— Quatorze.

— Voyons, quatorze que je retranche à quatre-vingt-onze, ça donne... Bon Dieu, ils sont nés en 1977. Ça ne me rajeunit pas. J'ai besoin d'un autre verre.

Laura traverse la cuisine avec un plateau de cocktails gélifiés. Henry en intercepte deux qu'il gobe à la file, avant de grimacer.

— Berk ! conclut-il. Répugnant ! (Je m'esclaffe.) À ton avis, ils écoutent quoi ? reprend-il.

— Aucune idée. Pourquoi tu n'irais pas leur poser directement la question ?

— Oh non ! impossible ! Je risquerais de leur faire peur.

— Je serais plutôt encline à penser que c'est *toi* qui as peur.

— Tu n'as peut-être pas entièrement tort. Ils ont l'air si frais et jeunes et verts, un peu comme... des petits pois tendres.

— Tu t'accoutrais comme eux ?

— Pfftt ! renâcle-t-il avec dédain. Qu'est-ce que tu t'imagines ? Bien sûr que non. Ces gamins ont subi l'influence du mouvement punk britannique. Moi je revendique mon appartenance au courant américain. Non, question style, j'étais plus dans le trip Richard Hell.

— Pourquoi tu n'engages pas la conversation avec eux ?

— À une condition alors : tu t'occupes des présentations et surtout tu ne me lâches pas la main.

Nous nous aventurons prudemment de l'autre côté de la pièce, tel Lévi-Strauss encerclant un couple de cannibales. Jodie et Bobby arborent la même expression – à mi-chemin entre le désir de ruer dans les brancards et celui de détaler – que j'ai observée chez les cervidés sur la chaîne Nature.

— Heu, salut Jodie, Bobby.

— Salut, Claire, répond Jodie.

Je connais Jodie depuis toujours, mais elle se montre inhabituellement timide tout à coup et j'en déduis que l'uniforme néo-punk doit être porté au crédit de Bobby.

— Comme vous sembliez, heu, vous ennuyer ferme, je me suis dit que j'allais vous présenter Henry. Il aime beaucoup vos, heu, tenues.

— Salut, lâche Henry, horriblement gêné. J'étais juste curieux de savoir... enfin, je me demandais ce que vous écoutiez.

— Ce qu'on écoute ? répète Bobby.

— Oui... comme musique. Ce qui vous branche, quoi.

— Ah ! s'éclaire Bobby. Ben, les Sex Pistols, indique-t-il avant de stopper net.

— Évidemment, commente Henry en hochant la tête. Et les Clash ?

— Ouais. Et euh, Nirvana...

— Nirvana, c'est bien, confirme Henry.

— Blondie ? tente Jodie comme si elle craignait d'avoir donné une mauvaise réponse.

— Je suis fan de Blondie, interviens-je. Et Henry est fan de Deborah Harry.

— Ramones ? lance Henry. (Tous deux acquiescent à l'unisson.) Et Patti Smith ? (Aucune réaction.) Iggy Pop ? insiste-t-il.

Bobby signale que non.

— Pearl Jam, offre-t-il à la place.

J'intercède en leur faveur :

— Nous n'avons pas vraiment de station de radio digne de ce nom par ici. Ils n'ont aucun moyen de s'initier à tout ça.

— Oh ! articule Henry avant de marquer une pause. Hé ! Ça vous intéresserait que je vous fasse une petite liste ? Des trucs à ne pas rater ?

Jodie hausse les épaules. Bobby approuve, à la fois sérieux et excité. Je fourrage dans mon sac en quête de papier et de stylo. Henry prend place à la table de la cuisine et Bobby s'assied en vis-à-vis.

— OK, déclare Henry. Un détour par les années soixante s'impose, vous êtes d'accord ? Commencez donc par le Velvet Underground à New York. Ensuite passage obligé par Detroit avec MC5, Iggy Pop et les Stooges. Puis retour à New York avec les New York Dolls, les Heartbreakers...

— Tom Petty ? interrompt Jodie. On a entendu parler de lui.

— Hum, non, il s'agit d'un groupe totalement différent. La plupart des membres sont morts dans les années quatre-vingt.

— Accident d'avion ? interroge Bobby.

— Héroïne, corrige Henry. Enfin bref, il faut aussi citer Television, Richard Hell et les Voidoids, et Patti Smith.

— Et Talking Heads.

— Mmmm, je suis pas sûr, Claire. Est-ce qu'ils méritent vraiment le qualificatif de punk ?

— Ils appartenaient à la mouvance en tout cas.

— Bon, cède Henry qui les ajoute à sa liste. Talking Heads. Après ça, le centre se déplace vers l'Angleterre...

— Je croyais que le mouvement punk était né à Londres, le coupe Bobby.

— Non. Bien sûr, enchaîne Henry en repoussant sa chaise, certaines personnes, moi inclus, considèrent que le punk est seulement la dernière manifestation en date de cet... cet esprit, ce sentiment, tu vois, que tout ne va pas très bien et en fait que tout va tellement mal que la seule chose que nous pouvons faire c'est de dire « Merde », encore et encore, à tue-tête jusqu'à ce que quelqu'un nous arrête.

— *Exactement!* souffle Bobby, le visage illuminé d'une ferveur quasi religieuse sous sa chevelure hérissée. Exactement.

— Cela s'appelle de la corruption de mineur, Henry.

— Bof! de toute façon il serait arrivé à la même conclusion sans moi. N'est-ce pas ?

— J'essaie, mais c'est pas facile par ici.

— Ça je m'en rends bien compte, réplique Henry.

Il continue de noircir le papier. Je me penche par-dessus son épaule. Sex Pistols, les Clash, Gang of Four, Buzzcocks, Dead Kennedys, X, les Mekons, les Raincoats, les Dead Boys, New Order, les Smiths, Lora Logic, les Au Pairs, Big Black, PiL, les Pixies, les Breeders, Sonic Youth...

— Henry, ils ne pourront pas se procurer un seul de ces albums ici.

Il opine du chef, gribouille le numéro de téléphone et l'adresse du magasin Vintage Vinyl au bas de la feuille.

— Vous avez un tourne-disque au moins ?

— Mes parents en ont un, répond Bobby.

Henry tique.

— Et toi, qu'est-ce qui te plaît *vraiment* ? je demande à Jodie.

Elle m'a paru se désengager de la discussion cependant qu'Henry et Bobby accomplissaient leur rituel de fraternisation virile.

— Prince, avoue-t-elle.

Henry et moi poussons un énorme whouaaaah ! et j'entonne *1999* à pleins poumons, Henry bondit sur ses pieds et nous nous déhanchons lascivement au beau milieu de la cuisine. Laura nous entend et se rue sur la platine pour mettre le disque et, en deux temps, trois mouvements la soirée devient dansante.

Henry : Nous roulons vers la maison parentale après la fête chez Laura. Claire me lance :

— Ce que t'es silencieux !

— Je pensais à ces gamins. Les bébés punks.

— Ah ! ouais. Et tu te disais quoi ?

— Je me demandais ce qui pouvait amener ce môme, là...

— Bobby.

— Ce qui pouvait amener Bobby à replonger dans le passé, à s'enticher d'une musique qui est aussi vieille que lui.

— J'étais bien folle des Beatles, moi. Et ils se sont séparés l'année avant ma naissance.

— Ouais, c'est justement ça qui m'intrigue. Je veux dire, tu aurais dû triper sur Depeche Mode, Sting ou je ne sais quoi. Logiquement, Bobby et sa copine devraient écouter Cure s'ils ont envie de se déguiser. Mais non, ils sont tombés sur cette chose, le punk, dont ils ne savent strictement rien.

— Je suis sûre que c'est avant tout pour embêter leurs parents. Laura m'expliquait que son papa refusait que Jodie sorte dans cet accoutrement. Alors elle fourre tout dans son sac à dos et se change dans les toilettes du lycée.

— Il s'agit d'affirmer son individualité, et je le conçois parfaitement, mais pourquoi choisir l'individualité de 1977 ? Ils devraient porter des fringues à carreaux, sans blague !

— Pourquoi ça te travaille autant ? demande Claire.

— Ça me déprime. Ça me rappelle que la période à laquelle j'appartiens est morte, et pire que morte : oubliée. Ces trucs-là ne passent jamais à la radio, et je ne comprends pas pourquoi. C'est comme si ça n'avait jamais existé. Voilà pourquoi ça me botte de voir des gamins jouer aux punks. Parce que je ne veux pas que ça s'éteigne !

— Et encore, remarque Claire, toi tu peux toujours revenir en arrière. La plupart des gens restent scotchés au présent, mais toi, t'as la chance de revivre les choses en boucle.

Je médite ces paroles.

— C'est rien que de la tristesse, Claire. Même quand je peux faire un truc sympa, genre voir un concert que j'avais raté la première fois, celui d'un groupe qui s'est séparé ou dont l'un des membres est mort, eh bien c'est cruel de les regarder car je sais ce qui va leur arriver.

— Mais en quoi ça diffère du reste de ta vie ?

— En rien.

Nous avons atteint la route privée qui mène à la maison. La voiture s'y engage.

— Henry ?

— Ouais ?

— Si tu pouvais t'arrêter, maintenant... Si tu pouvais cesser de voyager dans le temps, sans que cela prête à conséquence, tu le ferais ?

— Si je pouvais cesser dès aujourd'hui, mais quand même te rencontrer ?

— Tu m'as déjà rencontrée.

— Alors, oui. J'arrêterais.

Je regarde Claire, tapie dans l'obscurité de l'habitacle.

— Ce serait marrant, dit-elle. J'aurais tous ces souvenirs que tu ne connaîtrais jamais. Ce serait comme – enfin, *c'est* comme de vivre avec une personne amnésique. J'ai cette impression depuis qu'on est arrivés ici.

Je ris :

— Et dans le futur tu me regarderais acquérir chaque souvenir, jusqu'à ce j'aie la série complète. Toute la collec'.

Elle sourit.

— En quelque sorte. (Elle se gare dans l'allée circulaire devant la maison.) Retour au bercail.

Plus tard, après avoir rejoint à pas de loup nos chambres séparées, que j'ai enfilé mon pyjama, brossé mes dents, que je me suis faufilé chez Claire en pensant ce coup-ci à tourner le loquet, et que nous sommes bien au chaud dans son lit étroit, elle chuchote :

— Ça m'embêterait de louper ça.

— De louper quoi ?

— Toutes ces choses qui se sont produites. Quand j'étais gamine. Enfin, jusqu'ici elles ne se sont produites qu'à moitié, car tu n'en es pas encore là. Mais quand tu les auras vécues, alors elles deviendront réelles.

— Je suis en chemin.

Ma main court sur son ventre, puis s'aventure entre ses jambes. Claire glapit.

— Chuuuuut, Claire.

— T'as la main glacée !

— Ah ! désolé.

On baise prudemment, en silence. Quand je jouis enfin, l'intensité de la chose me flanque un mal de crâne instantané, et l'espace d'un instant j'ai peur de disparaître. Mais fausse alerte. Je reste étendu dans les bras de Claire, louchant de douleur. Claire ronfle, de petits ronflements d'animal qui sous mon crâne résonnent comme des bulldozers. Je veux mon lit à moi, dans mon appartement à moi. *Home sweet home*. Mais ma maison n'est nulle part. Ramène-moi à la maison, par des routes de campagne. La maison, dit-on, c'est là où réside le cœur. Mais mon cœur est ici. Je dois donc être à la maison. Claire soupire, tourne la tête, retrouve le silence. Salut, chérie. Je suis rentré à la maison. Je suis à la maison.

Claire : La matinée est claire et froide. Nous avons fini de petit déjeuner. Chargé la voiture. Mark et Sharon sont déjà partis avec papa pour l'aéroport de Kalamazoo. Henry prend congé d'Alicia dans le vestibule, je monte dans la chambre de maman au pas de course.

— Oh ! il est si tard que ça ? demande-t-elle en me voyant avec mon manteau et mes bottes. Je pensais que vous restiez déjeuner.

Elle est installée à son bureau couvert en permanence de bouts de papier eux-mêmes couverts de son écriture biscornue.

— Sur quoi tu travailles ?

Quoi que ce soit, c'est plein de mots raturés et de griffonnages.

Elle retourne la feuille. Elle entoure toujours ses écrits d'un grand mystère.

— Rien, vraiment. Juste un poème sur le jardin sous la neige. Je n'en suis pas du tout satisfaite. Marrant, non, comme les poèmes ne rendent jamais justice à la chose elle-même. Enfin, les miens du moins.

Je ne peux pas épiloguer là-dessus puisque maman ne m'a jamais laissé lire la moindre de ses productions, aussi je réplique :

— Oui, mais il faut dire que le jardin est superbe.

Elle chasse ce compliment de la main. Les éloges ne signifient rien à ses yeux, elle ne leur accorde aucune légitimité. Seules les critiques ont le pouvoir d'empourprer ses joues, de captiver son attention. Si je devais prononcer la plus petite remarque désobligeante, elle s'en souviendrait éternellement. Un ange passe. Je prends soudain conscience qu'elle attend que je m'en aille pour pouvoir se remettre à écrire.

— Au revoir, maman.

J'embrasse sa joue froide et je me sauve.

HENRY : Cela fait à peu près une heure que nous sommes sur la route. Nous avons filé au milieu des pins sur de nombreux kilomètres, et parcourons à présent une plaine nue lardée de clôtures barbelées. Nous sommes muets depuis un bon moment, et dès que j'en prends conscience ce silence me pèse, alors je dis quelque chose :

— Ce n'était pas si terrible.

Ma voix sort trop enjouée, trop sonore pour cette petite voiture. Claire ne répond pas. Je la regarde. Elle pleure. Des larmes coulent sur ses joues, mais elle conduit comme si de rien n'était. C'est la première fois que je la vois pleurer, et cette espèce de silence stoïque m'alarme.

— Claire. Eh ! Claire, peut-être... peut-être qu'on pourrait s'arrêter un instant ?

Sans me regarder, elle rétrograde et se range sur le bas-côté. Nous sommes quelque part dans l'Indiana. Le ciel est bleu et le champ à notre droite est peuplé de corbeaux. Claire appuie son front sur le volant et prend une longue inspiration heurtée.

— Claire ! (Je m'adresse à sa nuque.) Claire, je suis désolé. Est-ce que... j'ai merdé quelque part ? Qu'est-ce qui se passe ? Je...

— C'est pas toi, dit-elle sous son voile de cheveux.

La scène se fige quelques minutes.

— Qu'est-ce qui ne va pas, alors ?

Elle secoue la tête. Je trouve enfin le courage de la toucher. Je caresse sa chevelure, sens ses lombaires et ses dorsales sous les épaisses vagues lustrées. Elle se retourne et je la soutiens en porte-à-faux entre les deux sièges. Elle pleure fort, à gros sanglots.

Puis elle se calme. Et lâche :

— Saleté de maman !

Un peu plus tard nous stagnons dans les bouchons de la voie express Dan Ryan, avec Irma Thomas dans l'autoradio.

— Dis, Henry ? Est-ce que... c'était pas trop gênant ?

— Quoi donc ?

Je pense à sa crise de larmes. Mais elle répond :

— Ma famille. Ils sont... ils t'ont paru... ?

— Je les trouve très bien, Claire. Je les apprécie vraiment. Surtout Alicia.

— Parfois j'ai envie de tous les balancer dans le lac Michigan et de les regarder se noyer.

— Mmm, je connais ce sentiment. Au fait, je crois que ton père et ton frère m'avaient déjà vu quelque part. Et Alicia a dit un truc vraiment bizarre au moment de notre départ.

— Oui, un jour je t'ai aperçu en compagnie de papa et Mark. Et je sais qu'Alicia t'a surpris au sous-sol quand elle avait douze ans.

— Ça va poser problème ?

— Non, parce que l'explication est trop loufoque pour être vraisemblable.

On rit un bon coup, et la tension qui règne depuis le départ se dissipe. Le trafic accélère peu à peu, et bientôt Claire s'arrête au pied de mon immeuble. Je sors mon sac du coffre et regarde Claire s'éloigner sur Dearborn Street. Ma gorge se noue. Quelques heures plus tard, j'identifie ce que je ressens comme étant de la solitude, et Noël est officiellement clos jusqu'à l'année prochaine.

LA MAISON, C'EST PARTOUT OÙ L'ON BAISSE LA TÊTE

Samedi 9 mai 1992 (Henry a vingt-huit ans)

HENRY : J'ai décidé que la meilleure stratégie était encore de lui poser la question de but en blanc, et soit c'est oui soit c'est non. Je prends la ligne Ravenswood jusqu'à l'appartement de papa, la maison de mon enfance. Je n'y ai pas beaucoup mis les pieds dernièrement. Papa ne m'invite pour ainsi dire jamais, et je n'ai pas l'habitude de sonner à l'improviste, comme je m'apprête à le faire. Mais puisqu'il refuse de répondre au téléphone, faudra pas s'étonner. Je descends à Western et prends Lawrence vers l'ouest. La maison de rapport se trouve sur Virginia, et le porche arrière donne sur la Chicago River. Comme je reste planté dans le vestibule à chercher mon trousseau de clefs, Mme Kim sort la tête de son appartement et m'invite à entrer d'un geste furtif. Je m'affole ; Kimy est d'un naturel enjoué, affectueux et démonstratif, et bien qu'elle sache tout ce qu'il y a à savoir sur nous deux, elle ne s'en mêle jamais. Enfin, presque jamais. En fait, elle s'implique beaucoup dans nos existences, mais nous apprécions. Or là, je la devine très perturbée.

— Tu veux un Coca ?

Elle fond déjà sur la cuisine.

— Avec plaisir.

Je laisse mon sac à dos dans l'entrée et lui emboîte le pas. Elle fait craquer le levier métallique d'un bac à glaçons rétro.

La force de cette femme m'a toujours fasciné. Elle doit avoir soixante-dix ans, mais dans mon regard elle n'a pas pris une ride depuis que j'étais gosse. J'en ai passé du temps, ici, au rez-de-chaussée, à l'aider à faire les repas de M. Kim (décédé il y a cinq ans), à lire, à faire mes devoirs, à regarder la télé. Je m'assieds à la table de la cuisine et elle me sert un Coca plein de glaçons. Quant à elle, il lui reste un peu de café instantané dans une tasse en porcelaine frangée de colibris. Je me souviens de la première fois qu'elle m'a laissé boire le café dans ces tasses. J'avais treize ans, et l'impression d'être un grand.

— Ça fait une paye, l'ami.

Aïe.

— Je sais bien. Je suis désolé... Le temps s'est comme accéléré, dernièrement.

Elle me dévisage. Kim a ces petits yeux noirs qui semblent percer jusqu'au fond de ma cervelle. Son visage plat de Coréenne dissimule toutes ses émotions, sauf quand elle veut les montrer. C'est une bridgeuse hors pair.

— Tu as voyagé dans le temps ?

— Non. À vrai dire, ça fait plusieurs mois que je n'ai pas bougé. Un vrai bonheur.

— Tu as une copine ?

Un sourire me point au coin des lèvres.

— Ho-ho ! C'est bon, j'ai compris. Elle s'appelle comment ? Pourquoi tu ne l'amènes pas ici ?

— Elle s'appelle Claire. J'ai proposé de l'inviter à plusieurs reprises, mais papa m'a toujours envoyé paître.

— C'est à moi qu'il faut le proposer ! Vous vous pointez ici, et Richard se pointera lui aussi. Je ferai un canard aux amandes.

Comme d'habitude, ma stupidité m'atterre. Mme Kim connaît la parade à tous les problèmes relationnels. Mon père n'éprouve aucun scrupule à se conduire en con avec moi, mais pour Mme Kim il fera toujours un effort, et il a bien raison, vu qu'elle a largement contribué à l'éducation de son fils, et que le loyer qu'elle réclame doit être sans commune mesure avec les prix du marché.

— Tu es un génie, Kim.

— C'est bien vrai. Comment ça se fait qu'on ne me donne pas la bourse MacArthur[1] ? Je vous demande un peu.

— Sais pas. Peut-être que tu ne sors pas assez. Je doute que le petit monde des MacArthur passe son temps dans les salles de Bingo.

— Tu parles, ils ont déjà assez d'argent. Et c'est pour quand le mariage ?

Le Coca me monte au nez tellement je ris. Kimy se lève et me tape dans le dos. Quand je suis remis, elle se rassied en bougonnant.

— Qu'est-ce qu'il y a de si drôle ? C'était une simple question. J'ai bien le droit de la poser, non ?

— Mais non, c'est pas ça. Je ne ris pas parce que c'est ridicule, mais parce que tu lis dans mes pensées ! Je suis venu demander à papa de me confier les bagues de maman.

— Aaaahhh... Ben dis donc, je sais pas ce qu'il va dire. Alors tu vas te marier, hein ? Bon sang, mais c'est super ! Elle va dire oui ?

— Je pense. Je suis sûr à quatre-vingt-dix-neuf pour cent.

— Eh bien, c'est formidable. Mais pour les bagues de ta mère, vraiment je ne sais pas. En fait, ce dont je voulais te parler... (Elle lève les yeux au plafond.) Ton père, il va pas fort. Il crie beaucoup, il jette des trucs, et il ne s'entraîne pas.

— Ah bon ? Ce n'est pas si surprenant. Mais ça craint. Tu es montée, dernièrement ?

Kimy passe beaucoup de temps dans l'appartement de

1. Fondation MacArthur : institution privée de Chicago, qui subventionne des projets à vocation sociale ou environnementale. *(N.d.T.)*

mon père. Je la soupçonne d'y faire le ménage en douce. Je l'ai déjà vue repasser les chemises de gala de papa, en me défiant de faire le moindre commentaire.

— Il refuse de me laisser entrer ! s'écrie-t-elle, au bord des larmes.

Très mauvais signe. Mon père a certes ses problèmes, mais c'est monstrueux de les faire rejaillir sur Kimy.

— Et quand il est absent ?

D'ordinaire, je feins d'ignorer que Kimy circule dans l'appartement de papa à son insu, et elle-même se prétend incapable d'une telle chose. Mais en vérité j'apprécie qu'elle le fasse, maintenant que je n'habite plus là. Il faut bien que quelqu'un veille sur papa.

Elle prend un air honteux, chafouin, légèrement déstabilisé.

— Bon, d'accord, j'avoue que je suis entrée *une fois*, parce que je me faisais du souci. Il y a des détritus partout ! On va attraper des bestioles si ça continue. Il n'y a rien dans son frigo, à part des bières et des citrons. Il y a tellement de vêtements sur le lit qu'à mon avis il dort ailleurs. Je ne sais pas ce qu'il fabrique. Je ne l'ai jamais vu dans un état pareil depuis le décès de ta maman.

— Carrément ? Et t'en penses quoi ?

Un grand bruit retentit au-dessus de nos têtes : papa a fait tomber quelque chose sur le carrelage de la cuisine. À mon avis, il se lève à peine.

— Je ferais peut-être bien de monter.

— Ouais, répond Kimy avec tristesse. C'est vraiment un chic type, ton père ; je ne comprends pas pourquoi il se laisse aller comme ça.

— Il est alcoolique. C'est ce que font tous les alcooliques. C'est inscrit dans le profil du poste : s'effondrer, puis continuer à s'effondrer.

Elle darde sur moi son regard implacable.

— À propos de boulot...

— Oui ?

Et merde...

— J'ai pas l'impression qu'il travaille.

— Normal, c'est la morte-saison. Il ne travaille jamais en mai.

— Ils tournent en Europe et lui, il reste ici. Et puis, il n'a pas payé les deux derniers loyers.

Merde, merde, merde...

— Mais, Kimy, il fallait m'appeler ! C'est affreux. Bon sang...

Je me rue dans le couloir, ramasse mon sac et reviens dans la cuisine. Je fouille dans mes affaires et trouve mon chéquier.

— Il te doit combien ?

Mme Kim est très gênée.

— Non, Henry, laisse tomber... Il finira par payer.

— Il n'aura qu'à me rembourser. Je t'assure, y a pas de souci. Je t'écoute, l'amie. Combien ?

Elle détourne les yeux.

— Mille deux cents dollars, lâche-t-elle d'une petite voix.

— Rien que ça ? Mais c'est quoi ton activité, l'amie ? Financer la Société philanthropique pour les DeTamble en galère ? (Je remplis le chèque et le glisse sous sa coupelle.) T'as intérêt à l'encaisser, ou t'auras affaire à moi !

— Dans ce cas, je ne l'encaisserai pas, et tu seras obligé de me rendre visite.

— Je te rendrai visite de toute façon. (La culpabilité me rattrape.) Et j'amènerai Claire.

Kimy rayonne.

— J'espère bien. Je serai ta demoiselle d'honneur, pas vrai ?

— Si papa ne relève pas la tête, tu pourras même me

conduire à l'autel. Eh ! mais c'est une excellente idée, ça ! Tu m'escortes le long de l'allée centrale et Claire m'attend au bout en smoking, pendant que l'organiste joue *Lohengrin*...

— Il faut que j'achète une robe...

— Minute, papillon ! N'achète aucune robe tant que je n'ai pas dit que c'est dans la poche. (Je soupire.) Je crois que je ferais bien de monter lui parler.

Je me lève. Soudain je me sens énorme dans la cuisine de Mme Kim, comme si je revoyais mon école primaire et m'extasiais sur la taille des pupitres. Elle se relève lentement et me raccompagne à la porte. On se donne l'accolade. L'espace d'un instant elle semble fragile et perdue, et je m'interroge sur sa vie, sur le télescopage des journées de ménage, de jardinage et de bridge, mais je suis vite repris par mes propres soucis. Je reviendrai bientôt ; je ne peux pas passer ma vie planqué au pieu avec Claire. Kimy me regarde ouvrir la porte de l'appartement.

— Papa ? Eh ! papa ? T'es là ?

Un silence, puis :

— VA-T'EN.

Je monte les marches et Mme Kim referme sa porte.

La première chose qui me frappe, c'est l'odeur : il y a un truc qui pourrit, ici. Le salon est un champ de bataille. Où sont passés tous les livres ? Mes parents possédaient des tonnes de bouquins, sur la musique, sur l'histoire, des romans en français, en allemand, en italien. Où sont-ils ? Même la collection de vinyles et de CD semble atrophiée. Le sol est jonché de papiers : prospectus, journaux, partitions. Le piano de ma mère est couvert de poussière et des glaïeuls fanés de longue date se fossilisent dans un vase sur l'appui de la fenêtre. Je traverse le couloir, en jetant un œil dans les chambres. Un pur chaos. Des fringues, des ordures, d'autres journaux. Dans la salle de bains, une bouteille de Michelob gît sous le lavabo et le carrelage est verni de bière séchée.

Je trouve mon père dans la cuisine, assis de dos, face à la fenêtre donnant sur le fleuve. Il ne se retourne pas à mon arrivée. Il ne me regarde pas m'asseoir. Il ne se lève pas pour fuir, non plus, d'où je déduis que la conversation peut s'engager.

— Salut, papa.

Silence.

— Je viens de voir Mme Kim. Elle dit que tu ne vas pas fort.

Silence.

— Il paraît que tu ne travailles pas ?

— On est en mai.

— Comment ça se fait que tu ne sois pas en tournée ?

Il me regarde enfin. Derrière son entêtement point de la peur.

— Je suis en arrêt maladie.

— Depuis quand ?

— Depuis mars.

— Arrêt maladie indemnisé ?

Silence.

— Tu es malade ? Qu'est-ce qui ne va pas ?

Je m'attends à ce qu'il m'ignore, mais il répond en levant ses mains. Elles tremblent, comme frappées par un mini-séisme. Il a réussi, au bout du compte. Vingt-trois ans de boisson acharnée et le voilà incapable de jouer du violon.

— Oh ! papa... Qu'en pense Stan ?

— Il dit que c'est cuit. Les nerfs sont flingués, et c'est irréversible.

— Nom d'un chien...

Nos regards se croisent, le temps d'une minute insoutenable. Son visage est un masque de souffrance, et je commence à comprendre : il n'a plus rien. Plus rien pour le soutenir, pour le maintenir debout, pour donner du sens à sa vie. D'abord maman, ensuite sa musique. Parties, disparues. Mais je ne m'en suis jamais vraiment soucié, aussi mes efforts tardifs resteront forcément vains.

— Alors c'est quoi, la suite ?

Silence. Il n'y a plus de suite.

— Tu ne peux pas rester enfermé ici et passer les vingt prochaines années à boire.

Il regarde la table.

— Et ta retraite, alors ? Et ta complémentaire santé ? La Sécurité sociale ? Les Alcooliques anonymes ?

Il n'a rien fait, a tout laissé filer. Et où étais-je pendant tout ce temps ?

— J'ai réglé ton loyer.

— Ah ? dit-il, perplexe. Je ne l'avais pas payé ?

— Non. Tu avais deux mois de retard. Mme Kim était très embarrassée. Elle ne voulait pas m'en parler, et elle ne voulait pas de mon argent, mais je ne vois pas pourquoi tes ennuis deviendraient les siens.

— Pauvre Mme Kim...

Des larmes se mettent à couler. Il est vieux. Je ne vois pas d'autre mot. Il a cinquante-sept ans, et c'est déjà un vieil homme. Je n'ai plus de colère, à présent. Seulement de la pitié, et de la peur.

— Papa. (Il me fixe à nouveau.) Écoute, il faut que tu me laisses intervenir, d'accord ? (Il détourne à nouveau les yeux, vers le spectacle autrement intéressant des arbres sur l'autre rive.) Tu dois me laisser consulter tes papiers de retraite, tes relevés bancaires et tout le bazar. Tu dois laisser Mme Kim et moi nettoyer cet appart. Et tu dois arrêter de boire.

— Non.

— Non à quoi ? À tout que je viens d'énoncer, ou seulement à une partie ?

Silence. Je commence à perdre patience, alors je change de sujet :

— Je vais me marier, papa.

Là, j'obtiens son attention.

— Avec qui ? Qui voudrait t'épouser ?

Je pense que c'est dit sans malice. Sa curiosité paraît sincère. J'attrape mon portefeuille et sors la photo de Claire. Sur ce cliché elle contemple Lighthouse Beach d'un air serein. Ses cheveux flottent au vent tels une bannière, et dans la lumière de l'aurore on croirait qu'elle luit sur le fond d'arbres sombres. Papa prend la photo et l'examine.

— Elle s'appelle Claire Abshire. C'est une artiste.

— Eh bien ! Elle est belle, lâche-t-il comme à contrecœur.

C'est tout ce que j'obtiendrai en guise de bénédiction parentale.

— J'aimerais... J'aimerais vraiment lui offrir l'alliance et la bague de fiançailles de maman. Je pense que cette idée lui aurait plu.

— Qu'est-ce que t'en sais ? Tu dois à peine te souvenir d'elle.

Je refuse d'entrer dans ce débat-là, mais soudain j'ai la ferme intention d'avoir gain de cause.

— Je la vois régulièrement, tu sais. Je l'ai vue des centaines de fois depuis qu'elle est morte. Je la croise dans le quartier, avec toi, avec moi. Elle va au parc et elle apprend ses partitions, elle fait les boutiques, et prend le café avec Mara chez Tia. Je la vois en compagnie de l'oncle Ish. Je la vois chez Juilliard. Je l'entends chanter !

Papa est littéralement bouche bée. Je suis en train de l'anéantir, mais rien ne peut m'arrêter :

— Je lui ai même parlé. Une fois, je l'ai suivie dans un train bondé, et je l'ai touchée. (Papa pleure.) Ce n'est pas toujours une malédiction, tu sais. Le voyage dans le temps peut aussi être un bonheur. J'avais *besoin* de la voir, et parfois j'en ai la chance. Elle aurait *adoré* Claire, elle aurait *voulu* mon bonheur, et *déploré* la façon dont tu as tout gâché juste parce qu'elle était morte.

Assis sur son siège il pleure, sans se couvrir le visage, juste en baissant la tête, laissant les larmes goutter sur la table. Je m'oblige à le regarder, le prix à payer pour m'être emporté. Puis je file à la salle de bains et rapporte le rouleau de papier toilette. Il arrache quelques feuilles, à l'aveuglette, et se mouche. On reste muets quelques minutes.

— Pourquoi tu m'as rien dit ?

— Comment ça ?

— Pourquoi tu ne m'as pas dit que tu pouvais la voir ? J'aurais aimé... savoir ça.

Pourquoi ne lui ai-je rien dit ? Parce que tout père normalement constitué aurait fini par comprendre que l'inconnu qui hantait ses premières années de mariage était en fait son anormal et voyageur de fils. Parce que je n'osais pas. Parce qu'il me détestait d'avoir survécu. Parce qu'ainsi je pouvais secrètement tirer une certaine supériorité de ce qu'il considérait comme une tare. Ce genre de vilaines raisons.

— Parce que je pensais que ça te ferait mal.

— Oh ! mais non ! Ça ne me... blesse pas. Je... C'est bon de savoir qu'elle est là, quelque part. Je veux dire... Le pire, c'est qu'elle soit partie. Alors c'est bien qu'elle soit quand même quelque part. Même si je peux pas la voir.

— Elle semble heureuse, en général.

— Oui, elle était très heureuse... nous étions très heureux.

— Ouais. Tu étais une tout autre personne. Je me suis toujours demandé comment ç'aurait été de grandir avec toi tel que tu étais à l'époque.

Il se lève, lentement. Je reste assis tandis qu'il marche d'un pas incertain vers sa chambre. Je l'entends brasser des trucs, puis il réapparaît muni d'une petite bourse en satin. Il y plonge la main, et en sort un écrin bleu marine. Il l'ouvre, détache les deux fines bagues, les accueille telles des graines dans sa grande paume tremblante puis les recouvre de sa main gauche, et garde cette position un petit moment, comme s'il avait capturé des lucioles, en fermant les yeux. Quand il les rouvre, il me tend sa paume droite. Je joins mes mains en bol et il laisse glisser les bijoux.

La bague de fiançailles est une émeraude, qui réfracte en vert et blanc la faible lumière de la fenêtre. Les anneaux sont en argent, ils ont besoin d'être astiqués. Ils ont surtout besoin d'être portés, et je connais la fille parfaite pour ça.

ANNIVERSAIRE

Dimanche 24 mai 1992
(Claire a vingt et un ans, Henry vingt-huit)

CLAIRE : Je fête mon vingt et unième anniversaire. C'est une soirée d'été parfaite. Je suis au lit dans l'appartement d'Henry, à lire *Pierre de lune*. Henry s'est retranché dans la minuscule cuisine pour préparer le dîner. En revêtant son peignoir et en me dirigeant vers la salle de bains, je l'entends jurer contre le mixeur. Je prends mon temps, me lave les cheveux, embue les miroirs. Je caresse l'idée de me couper les cheveux. Quel bonheur ce serait après le shampooing de n'avoir qu'à leur donner un petit coup de peigne et hop ! À moi l'aventure. Je soupire. Henry est épris de ma chevelure comme si elle formait une entité indépendante dotée d'une âme et en mesure de lui rendre son amour. J'ai bien conscience qu'il l'aime en tant que partie de moi, mais je suis aussi consciente qu'il serait profondément affecté si je la taillais. Sans parler du fait qu'elle me manquerait aussi... c'est juste que ça représente un tel effort, parfois je voudrais pouvoir l'enlever telle une perruque et la mettre de côté tandis que je sors m'amuser. Je brosse soigneusement mes cheveux afin de démêler les nœuds. Mouillés, ils sont lourds. Ils exercent une tension sur mon crâne. Je maintiens la porte ouverte en grand pour que la vapeur se dissipe. Henry fredonne un air de *Carmina Burana* qui sonne bizarrement et faux. J'émerge de la salle de bains au moment où il dresse la table.

— Excellent *timing* : le dîner est servi.

— Juste une minute, laisse-moi m'habiller.

— Tu es très bien comme ça. Je t'assure.

Il contourne la table, dénoue mon peignoir et effleure mes seins.

— Mmmm. Le repas va refroidir.

— Il *est* froid. Enfin, il est supposé se manger froid.

— Oh... bon, alors allons-y, je réplique, soudain épuisée et grincheuse.

— D'accord.

Henry me libère sans commentaire. Il retourne disposer les couverts. Je l'observe une fraction de seconde, puis ramasse mes vêtements éparpillés çà et là sur le sol et les enfile. Je m'attable, Henry apporte deux bols d'une soupe pâle et épaisse.

— Crème vichyssoise, indique-t-il. La recette de ma grand-mère.

J'en goûte une cuillerée. Elle est onctueuse et fraîche : un vrai régal. Le plat principal consiste en du saumon mariné dans de l'huile d'olive avec du romarin et accompagné d'asperges longues. J'ouvre la bouche pour le complimenter, mais au lieu de cela j'articule :

— Henry... est-ce que les autres font l'amour autant que nous ?

Il médite là-dessus.

— La plupart des gens... Non, je suppose que non. Seulement ceux qui ne se connaissent pas depuis longtemps et n'en reviennent toujours pas de leur chance, je suppose. Tu trouves que c'est trop ?

— Je ne sais pas. Peut-être, admets-je en examinant mon assiette.

Je n'arrive pas à croire que je suis en train de lui tenir ce discours. Moi qui ai passé toute mon adolescence à le supplier de me baiser, je lui reproche maintenant d'être trop empressé. Henry reste sans bouger.

— Claire, je suis vraiment désolé. Je ne me rendais pas compte, je n'ai pas réfléchi.

Je lève la tête : il affiche une mine affligée. J'éclate de rire. Il sourit, un peu fautif, mais ses yeux pétillent.

— C'est juste que... tu vois, certains jours je n'ai même pas le temps de m'asseoir.

— Dans ce cas, il te suffit de le dire. D'annoncer la couleur : « Pas ce soir chéri, nous l'avons déjà fait vingt-trois fois aujourd'hui et je préférerais me plonger dans *La Maison d'Âpre-Vent.* »

— Et tu renoncerais aussi facilement ?

— Tu viens d'en avoir la preuve juste à l'instant, non ? Si ce n'était pas une renonciation...

— Oui, mais du coup je me suis sentie coupable.

— Ne compte pas sur moi pour te déculpabiliser, s'esclaffe Henry. C'est là que réside peut-être mon seul espoir : jour après jour, semaine après semaine, je me languirai, affamé de baisers, dépérissant car privé de fellation jusqu'au moment où tu détacheras les yeux de ton livre et où tu t'apercevras que je vais littéralement mourir à tes pieds si on ne s'envoie pas en l'air sur-le-champ, pour autant je ne prononcerai pas un mot. Juste quelques faibles geignements, à la rigueur.

— Mais... heu, ben, je suis épuisée et toi tu parais... en pleine forme. Je suis anormale ou quoi ?

Henry se penche par-dessus la table et me tend ses mains. J'y place les miennes.

— Claire.

— Oui ?

— C'est peut-être indélicat de ma part de le mentionner et je m'en excuse à l'avance, mais tes pulsions sexuelles dépassent de loin celles de *presque* toutes les femmes avec lesquelles je suis sorti. La plupart auraient jeté l'éponge et branché leur répondeur depuis des mois. J'aurais dû deviner... mais tu semblais toujours partante. Enfin peu importe, si c'est trop, ou si tu n'en as pas envie, tu dois le dire, parce que sinon je serai constamment dans mes petits souliers à me demander si je ne t'impose pas mes exigences perverses.

— Mais à partir de quand on estime que c'est assez ?

— En ce qui me concerne ? Oh ! bon sang ! Une existence parfaite, telle que je la conçois, consisterait à vivre au lit. On pourrait faire l'amour plus ou moins non-stop, mettre le nez dehors juste pour se ravitailler, tu vois, de l'eau fraîche et des fruits pour éviter le scorbut, s'aventurer à l'occasion dans la salle de bains pour se raser avant de s'enfouir de nouveau sous les couvertures. Et de temps en temps, on changerait les draps. Ou on irait au cinéma histoire de ne pas attraper d'escarres. Et n'oublions pas mon jogging. Il faudrait que je continue de courir chaque matin.

Henry a élevé cette activité au rang de religion.

— À quoi bon courir ? Puisque tu te dépenserais énormément de toute façon ?

Soudain, il redevient sérieux.

— Parce que, assez fréquemment, ma vie dépend de ma faculté à distancer mon poursuivant.

— Oh ! (À mon tour maintenant de me sentir penaude car j'étais déjà au courant.) Mais... comment formuler ça ?... Je n'ai pas l'impression que tu ailles où que ce soit... du moins, depuis nos retrouvailles dans le présent, tu as à peine voyagé dans le temps. Je me trompe ?

— Réfléchissons, à Noël tu étais là. Et aux alentours de Thanksgiving. Tu étais partie dans le Michigan et je n'en ai pas discuté avec toi parce que c'était déprimant.

— Tu es retourné sur les lieux de l'accident ?

— En fait, oui, acquiesce Henry en me fixant. Comment le sais-tu ?

— Il y a quelques années tu as débarqué à Meadowlark la veille de Noël et tu m'en as parlé. Tu étais bouleversé.

— Ouais. Je me souviens d'avoir eu le cafard à la seule vue de la date sur la Liste et d'avoir pensé, Bon Dieu ! encore un Noël auquel il va falloir survivre. D'autant que je ne nageais pas non plus spécialement dans le bonheur par ailleurs : j'ai fini aux urgences avec un coma éthylique et j'ai eu droit à un lavage d'estomac. J'espère que je ne t'ai pas gâché ton réveillon.

— Non... j'étais contente de te retrouver. Et tu t'es confié à moi sur un sujet important, personnel, même si tu as pris soin de ne pas me révéler les noms des gens ou des lieux. Ça n'en était pas moins ta vraie vie et je m'accrochais désespérément à tout ce qui était susceptible de me prouver que tu existais réellement et que tu n'étais pas seulement le produit d'une de mes psychoses. C'est aussi pour cette raison que je te touchais sans cesse. (Je ris.) Je n'ai jamais réalisé à quel point je te rendais les choses difficiles. Non, sérieusement, j'ai employé toutes les ruses possibles et imaginables, et toi tu es resté de marbre. Tu as dû souffrir le *martyre*.

— Donne-moi un exemple.

— Qu'est-ce que tu as prévu comme dessert ?

Henry se lève, consciencieux, pour aller chercher la suite. De la glace à la mangue parsemée de framboises. Une petite bougie est plantée dessus en biais ; il entonne *Joyeux Anniversaire* et je pouffe parce qu'il chante terriblement faux. Après avoir fait un vœu, je souffle ma bougie. La glace a un goût exquis ; d'humeur très joyeuse, je sonde ma mémoire à la recherche d'un épisode particulièrement marquant de chasse au Henry.

— D'accord. Le pire dont j'ai été capable : j'avais seize ans et je t'attendais tard un soir. Il était autour de 23 heures et avec la nouvelle lune la clairière était plutôt sombre. En plus, je t'en voulais un peu parce que tu t'entêtais à me traiter comme... une gamine ou une copine, enfin bon... et j'étais vraiment prête à *tout* pour perdre ma virginité. C'est alors que j'ai eu l'idée de cacher tes vêtements...

— Non !

— Si. Donc je les ai déplacés...

J'ai un peu honte de raconter cette histoire, mais il est trop tard à présent.

— Et ?

— Lorsque tu es apparu, je t'ai provoqué, en gros jusqu'à ce que tu sois à deux doigts de craquer.

— Et ?

— Tu m'as sauté dessus et clouée au sol, et l'espace de trente secondes environ on a tous les deux pensé « Ça y est. » Que ce soit clair, ça n'aurait pas du tout été un viol parce que je le désirais de toutes mes forces. Mais soudain ton visage s'est fermé et tu as lancé « Non », tu t'es levé et tu as filé. Tu as traversé le Pré pour t'enfoncer dans le bois et je ne t'ai plus revu pendant trois semaines.

— Waoh ! Voilà un homme qui a plus de mérite que moi !

— J'ai été tellement échaudée par cet incident qu'après, au cours des deux ans qui ont suivi, je me suis efforcée à tout prix d'être sage.

— Dieu merci ! J'ai du mal à imaginer que je puisse faire preuve d'une telle volonté à répétition.

— Ah ! mais si incroyable que ça te semble, c'est pourtant le cas. Figure-toi que pendant longtemps, j'ai même été convaincue que tu n'étais pas attiré par moi. Bien sûr, si nous devons passer notre vie au lit, je suppose que l'exercice d'une certaine modération lors de tes virées dans mon passé n'est pas totalement inenvisageable.

— Hum, pour ta gouverne, je ne plaisantais pas sur ce que je considère comme la fréquence optimale de nos rapports.

Bon, je reconnais que ce n'est pas toujours pratique. Mais je tenais à ce que tu le saches : je me sens tellement différent. Je me sens... en parfaite osmose avec toi. Et je crois que c'est ce qui m'ancre ici, dans le présent. Être aussi en harmonie physiquement que nous le sommes reprogramme en quelque sorte mon cerveau. (Il me caresse la main du bout des doigts, puis reporte son regard sur moi.) J'ai une surprise pour toi. Viens t'asseoir ici.

Je me lève et lui emboîte le pas vers le salon. Il a converti le lit en canapé et je m'y assieds. Le soleil couchant nimbe la pièce d'une lumière rose et mandarine. Henry ouvre son bureau, fouille dans un des compartiments et en extrait une bourse en satin. Il s'installe un peu à l'écart, de façon que nos genoux se touchent. « Il doit entendre les battements de mon cœur, je songe. Nous y sommes. » Il prend ma main et me contemple avec gravité. J'ai tant espéré cet instant, et maintenant qu'il est arrivé, je ne peux m'empêcher d'avoir peur.

— Claire ?

— Oui ? j'acquiesce d'une voix ténue et effrayée.

— Tu n'ignores pas combien je t'aime. Veux-tu m'épouser ?

— Oui... Henry. (Un sentiment de *déjà vu* me submerge.) Mais... eh bien en réalité... je t'ai déjà dit oui.

Dimanche 31 mai 1992
(Claire a vingt et un ans, Henry vingt-huit)

Claire : Henry et moi nous tenons dans le hall de la maison dans laquelle il a grandi. Bien que déjà un peu en retard, nous restons plantés là : Henry, adossé aux boîtes aux lettres, respire doucement, les paupières closes. Je tente de le rassurer :

— Ne t'inquiète pas. Ça ne peut pas être pire qu'avec maman.

— Tes parents se sont montrés très gentils avec moi.

— Mais maman agit de manière... imprévisible.

— Mon père aussi.

Henry introduit sa clef dans la serrure de la porte d'entrée, nous gravissons une volée de marches puis il frappe à la porte d'un appartement. Aussitôt ouverte par une Coréenne d'un certain âge, haute comme trois pommes : Kimy. Elle a passé une robe en soie bleue, un rouge très vif sur ses lèvres et dessiné ses sourcils un tantinet de guingois. Sa chevelure poivre et sel est tressée et enroulée en deux chignons au niveau des oreilles. Sans que je me l'explique, elle m'évoque Ruth Gordon. Elle s'avance jusqu'à mon épaule, incline la tête et s'exclame :

— Oh ! Henry, elle est raa-vii-ssaante !

Je me sens rougir. Henry la taquine :

— Kimy, que sont devenues tes bonnes manières ?

À quoi elle rit et s'écrie :

— Bonjour, mademoiselle Claire Abshire !

Je réplique :

— Bonjour, madame Kim.

Nous échangeons un sourire et elle ajoute :

— Oh ! faut m'appeler Kimy, tout le monde m'appelle Kimy !

J'opine et je la suis dans le salon où je découvre le père d'Henry qui a pris place dans un fauteuil.

Il me dévisage sans un mot. Mince, grand, il a les traits anguleux et tirés. Il ne ressemble pas trop à Henry avec ses cheveux gris coupés court, ses yeux noirs, son nez allongé et sa bouche fine dont les commissures commencent à s'affaisser. Il est tout tassé sur son siège, je remarque ses mains, longues et élégantes, nichées sur ses genoux comme un chat assoupi.

Henry tousse, annonce :

— Papa, voici Claire Abshire. Claire, mon père, Richard DeTamble.

M. DeTamble étend lentement une main et j'effectue un pas en avant pour la serrer. Elle est glacée.

— Bonjour, monsieur DeTamble. C'est un plaisir de vous rencontrer.

— Vraiment ? Henry n'a pas dû beaucoup vous parler de moi alors, lâche-t-il d'une voix rauque où perce l'amusement. Il faut que je profite de votre optimisme. Venez vous asseoir près de moi. Kimy, pouvez-vous nous apporter quelque chose à boire ?

— J'allais justement offrir... Claire, qu'est-ce que vous voulez ? J'ai fait de la sangria, vous aimez ? Toi, Henry ? Sangria ? OK. Richard, vous voulez une bière ?

Le temps semble suspendre son vol un instant. Finalement, M. DeTamble tranche :

— Non, Kimy, je crois que je vais me contenter d'un thé, si vous ne voyez pas d'inconvénient à m'en préparer un.

Kimy ébauche un sourire avant de disparaître dans la cuisine. M. DeTamble se tourne vers moi :

— J'ai attrapé un rhume. J'ai pris ces médicaments censés le soigner, mais j'ai bien peur qu'ils n'aient pas d'autre effet que de me rendre somnolent.

Henry nous observe depuis le canapé. Le mobilier est intégralement blanc et paraît avoir été acquis dans un JCPenney vers 1945. Les tissus d'ameublement sont protégés par du plastique transparent et des tapis en vinyle sont disposés sur la moquette blanche. Il y a une cheminée qui donne l'impression de n'avoir jamais fonctionné ; au-dessus est exposée une superbe encre sur papier représentant un bambou au vent.

— Cette peinture est splendide, je commente, rompant ainsi le silence.

M. DeTamble a l'air content.

— Elle vous plaît ? Annette et moi l'avons rapportée du Japon en 1962. Nous l'avons achetée à Kyoto, mais l'original vient de Chine. Nous pensions que Kimy et Dong l'apprécieraient. C'est une reproduction du XVIIe siècle d'une œuvre bien plus ancienne.

— Dis-lui pour le poème, intervient Henry.

— Oui, il signifie à peu près ceci : « Bambou sans esprit, dont les pensées pourtant s'élèvent parmi les nuages. Dressé sur la montagne solitaire, silencieux, digne, telle l'incarnation de la volonté d'un gentleman – Peint et écrit le cœur léger, Wu Zhen. »

— C'est très beau.

Kimy surgit avec nos boissons sur un plateau ; Henry et moi nous emparons chacun d'un verre de sangria tandis que M. DeTamble saisit précautionneusement son thé avec les deux mains, sa tasse cliquetant contre la soucoupe lorsqu'il la dépose sur la table près de lui. Kimy s'installe dans un petit fauteuil à proximité de la cheminée pour siroter sa sangria. Je trempe les lèvres dans la mienne et constate qu'elle est vraiment forte. Henry glisse un œil dans ma direction, les sourcils en accent circonflexe.

— Vous aimez les jardins, Claire ? m'interroge Kimy.

— Heu, oui. Ma mère jardine.

— Faut absolument sortir voir le mien avant qu'on se mette à table. Toutes mes pivoines sont en fleur, et faut aussi qu'on vous montre la rivière.

— Bonne idée.

Nous gagnons la cour. J'admire la rivière Chicago qui se déroule placidement au pied d'un escalier instable, j'admire les pivoines.

— Quel genre de fleurs a votre mère ? Elle cultive des roses ? s'enquiert Kimy.

Elle-même possède une roseraie miniature mais ordonnée,

et composée uniquement d'hybrides de thé autant que je puisse en juger.

— Oui, même si les iris sont sa véritable passion.

— Oh ! J'en ai ! Regardez là-bas. (Kimy pointe du doigt une touffe d'iris.) Je vais bientôt les diviser, votre mère en voudrait, vous croyez ?

— Je ne sais pas. Je pourrais lui poser la question.

Maman s'enorgueillit de plus de deux cents espèces d'iris. Je surprends Henry, riant sous cape dans le dos de Kimy, et lui fais les gros yeux.

— Je pourrais lui demander d'en troquer quelques-uns avec vous, elle a créé certaines variétés qu'elle est toujours ravie de distribuer à ses amis.

— Votre mère hybride elle-même ses iris ? questionne M. DeTamble.

— Mm... mm. Et les tulipes aussi, mais sa préférence va aux iris.

— C'est une professionnelle ?

— Non. Une simple amatrice. Elle a un jardinier qui s'occupe de presque tout et plusieurs personnes se relaient pour tondre, désherber, etc.

— Ça doit être grand, conclut Kimy.

Elle nous précède dans l'appartement. Dans la cuisine, un minuteur retentit.

— Ok, décrète-t-elle. Il est temps de manger.

Je lui propose mon aide, mais elle m'invite à m'asseoir d'un geste de la main. Je me place face à Henry, avec son père à ma droite et la chaise inoccupée de Kimy à ma gauche. Je note que M. DeTamble a revêtu un pull en dépit de la relative chaleur qui règne dans la pièce. Kimy a sorti de la très jolie porcelaine ornée de colibris. Un verre d'eau froide givré est à la disposition de chacun. Kimy entreprend de verser le vin blanc. Elle marque une hésitation quand arrive le tour du père d'Henry et passe au suivant lorsqu'il secoue la tête. Elle apporte les salades puis s'assied. M. DeTamble soulève son verre d'eau.

— Aux amoureux, trinque-t-il.

— À nos amoureux, répète Kimy et nous choquons nos verres et buvons.

— Alors, Claire, Henry a dit que vous êtes artiste, enchaîne celle-ci. Quel genre d'artiste ?

— Je travaille le papier. Je façonne des sculptures en papier.

— Oh ! Vous me montrerez un jour pasque ça je connais pas. C'est comme l'origami ?

— Heu, pas exactement.

— Plutôt comme cet artiste allemand qu'on a vu à l'Institut d'Art, précise Henry, tu te souviens ? Anselm Kiefer. Des énormes sculptures, sombres et effrayantes.

— Pourquoi une fille si adorable fabriquerait des choses si laides que ça ? s'étonne Kimy, visiblement perplexe.

— C'est de l'art, s'amuse Henry. En plus, elles sont de toute beauté.

— Je me sers beaucoup de fleurs, indiqué-je. Si vous me confiez vos roses fanées, je les incorporerai dans ma dernière création.

— OK, acquiesce-t-elle. Qu'est-ce que c'est ?

— Un corbeau géant formé de roses, de poils et de fibres de belles-d'un-jour.

— Oh... Pourquoi un corbeau ? Ça porte malheur.

— Ah bon ? Pourtant ce sont des oiseaux magnifiques.

M. DeTamble hausse un sourcil et, pendant une fraction de seconde, me rappelle Henry.

— Vous avez un sens de l'esthétique assez spécial, remarque-t-il.

Sur ce, Kimy se lève, débarrasse nos assiettes et reparaît encombrée d'un saladier de haricots verts et d'un plat fumant de « Canard rôti sauce framboises et baies roses ». C'est divin. Je comprends soudain de qui Henry a hérité ses talents de cuisinier.

— Vous trouvez comment ? interroge Kimy.

— C'est délicieux, Kimy, répond M. DeTamble, et je me joins à lui pour la complimenter.

— Peut-être un peu trop sucré ? commente Henry.

— Hum, je pense aussi, confirme-t-elle.

— Mais il est vraiment tendre, complète-t-il, ce qui lui tire un large sourire.

Alors que je tends la main pour prendre mon verre de vin, M. DeTamble hoche la tête à mon intention et dit :

— La bague d'Annette vous va bien.

— Elle est superbe. Merci d'avoir accepté qu'elle me revienne.

— Elle est chargée d'histoire, tout comme l'alliance qui l'accompagne. Elle a été réalisée à Paris en 1823 pour mon arrière-arrière-arrière-grand-mère prénommée Jeanne. Elle a débarqué en Amérique en 1920 au doigt de ma grand-mère Yvette et elle est restée enfermée dans un tiroir depuis 1969, date de la mort d'Annette. Je me réjouis qu'elle revoie la lumière du jour.

J'examine la bague en songeant : « La mère d'Henry la portait lorsqu'elle est morte. » Je hasarde un coup d'œil vers Henry qui semble ruminer la même pensée et vers M. DeTamble qui mange son canard.

— Parlez-moi d'Annette.

Il repose sa fourchette, s'accoude sur la table et plaque les mains sur son front pour me scruter depuis l'abri ainsi érigé.

— Eh bien, je présume qu'Henry a dû aborder le sujet avec vous.

— Oui. Un peu. J'ai grandi avec ses albums, mes parents sont des fans.

— Ah ! sourit-il. Vous savez alors qu'Annette avait la plus merveilleuse des voix... riche, pure, une voix incroyable et d'une telle étendue... Son âme transparaissait à travers elle, et chaque fois que je l'écoutais, j'avais la sensation que ma vie ne se résumait pas à une simple mécanique biologique... Elle était dotée d'une oreille musicale, capable de percevoir la structure et de capter avec précision l'esprit d'un morceau pour le restituer à la perfection... c'était un être passionné. À son contact, les gens devenaient plus vivants. Depuis sa mort, je ne crois pas avoir véritablement ressenti la moindre émotion.

Il s'interrompt. Je n'ai pas le courage d'affronter son regard, aussi je me tourne vers Henry. Il fixe son père, le visage empreint d'une telle tristesse que je m'absorbe dans la contemplation de mon assiette.

— Mais c'est Annette qui vous intéresse, pas moi, reprend M. DeTamble. C'était une femme généreuse et une artiste formidable, deux qualités qui vont rarement de pair. Annette rendait les gens heureux, elle-même était la joie personnifiée. Elle adorait la vie. Je ne l'ai vue pleurer que deux fois : quand je lui ai donné cette bague et quand elle a accouché d'Henry.

Il s'interrompt de nouveau.

— Vous avez été très chanceux, dis-je finalement.

Un sourire flotte sur ses lèvres tandis qu'il continue de s'abriter derrière ses mains.

— Enfin, oui et non, rétorque-t-il. L'espace d'une minute, nous avions tout ce qu'on peut désirer et la minute d'après, elle était réduite en bouillie sur la voie express.

Henry grimace.

— Mais vous n'êtes pas d'avis, j'insiste, qu'il vaut mieux connaître un bonheur intense et bref, quitte à tout perdre, plutôt que de se satisfaire d'une existence médiocre jusqu'à la fin de ses jours ?

M. DeTamble me considère. Il écarte les mains de sa figure, les yeux fixes. Puis il répond :

— Je me suis souvent interrogé là-dessus. C'est votre opinion ?

Je réfléchis à mon enfance, toute l'attente, toutes les questions, puis la joie d'apercevoir Henry dans le Pré après avoir été confrontée à son absence pendant des semaines, des mois ; je me remémore les sentiments que j'ai éprouvés lorsque j'ai été séparée de lui pendant deux ans pour finir par tomber sur lui dans la salle de lecture de la bibliothèque Newberry : l'euphorie de pouvoir le toucher, le luxe de savoir où le trouver, et de savoir qu'il m'aime.

— Oui, en effet.

J'accroche le regard d'Henry et lui souris.

M. DeTamble acquiesce d'un signe de tête.

— Henry a fait le bon choix.

Kimy se lève pour aller chercher le café et, tandis qu'elle s'active dans la cuisine, M. DeTamble poursuit :

— Il n'est pas voué à amener la paix dans la vie de qui que ce soit. À la vérité, il est à bien des égards l'opposé de sa mère : peu fiable, versatile et, qui plus est, se souciant davantage de lui-même que des autres. Expliquez-moi, Claire, pourquoi diable une fille aussi charmante que vous pourrait avoir envie d'épouser Henry ?

La pièce tout entière paraît retenir son souffle. Henry se raidit, se tait cependant. Je me penche en avant, la mine épanouie, et déclare, d'une voix pleine d'entrain, comme s'il venait de se renseigner sur mon parfum de glace préféré :

— Parce qu'il est vraiment, *vraiment* une affaire au lit.

De la cuisine, fuse un éclat de rire. M. DeTamble consulte Henry du regard, lequel arque les sourcils, hilare, si bien qu'en définitive même lui se fend d'un sourire et lance :

— *Touché**, ma chère.

Plus tard, une fois bu le café et dégustée la succulente *torte* aux amandes de Kimy, une fois que cette dernière a déballé les photos d'Henry bébé, bambin et lycéen (au grand embarras de l'intéressé) et soutiré de plus amples informations sur ma famille (« Combien de pièces ? Tant que ça ! Hé ! fripouille, pourquoi tu as caché qu'elle est belle *et* riche ? »), nous nous tenons dans l'entrée et je remercie Kimy pour le repas et prends congé de M. DeTamble.

— Ce fut un plaisir, Claire, conclut-il. Mais je vous en prie, appelez-moi Richard.

— Merci... Richard.

Il garde ma main dans la sienne et, durant ce court moment, je le vois comme Annette a dû le voir, il y a des années de cela – puis cette image s'évanouit et d'un hochement de tête emprunté, il salue Henry qui embrasse Kimy, et nous descendons l'escalier pour émerger au cœur de ce soir d'été. Il s'est écoulé des années, semble-t-il, depuis notre arrivée.

— Pffff ! lâche Henry. J'ai souffert mille morts juste à vous observer là.

— Je m'en suis à peu près sortie ?

— À peu près ? Tu as été fabuleuse ! Tu l'as conquis !

Nous marchons jusqu'au bas de la rue, main dans la main. Je repère une aire de jeux au bout du pâté de maisons et je me précipite vers les balançoires, monte sur l'une d'elles, cependant qu'Henry se hisse sur celle d'à côté, orientée en sens inverse, et nous nous balançons de plus en plus haut, nous croisant, parfois synchros, parfois déboulant si vite qu'on dirait que nous allons entrer en collision, et nous rions, et rions, rien n'est plus triste, aucun être cher perdu, ni mort ni au loin : nous sommes ici et maintenant, et rien ne peut gâcher cet état de grâce ou ternir la joie de ce moment parfait.

Mercredi 10 juin 1992 (Claire a vingt et un ans)

Claire : Je suis assise en solitaire à une table minuscule derrière la vitrine du Café Peregolisi, un vénérable boui-boui exigu qui sert de l'excellent café. Je suis supposée écrire une dissertation sur *Alice au pays des merveilles* pour le cours d'histoire du grotesque que je suis cet été, au lieu de quoi je rêvasse et contemple paresseusement le ballet incessant des habitants du quartier en ce début de soirée sur Halsted Street. Je ne m'aventure pas souvent dans Boy's Town, l'enclave gay. Mais je me suis figuré que je travaillerais davantage si je m'exilais quelque part où aucune des personnes de mon entourage ne songerait à venir me chercher. Henry s'est volatilisé. Il n'est pas à la maison et n'est pas allé à la bibliothèque aujourd'hui. J'essaie de ne pas m'inquiéter. J'essaie de cultiver une attitude nonchalante et insouciante. Henry est assez grand pour veiller sur lui. Le simple fait d'ignorer où il est ne signifie pas que quelque chose cloche. Qui sait ? Peut-être est-il avec moi à cet instant précis.

De l'autre côté de la rue, quelqu'un me fait signe. Je plisse les yeux, concentre mon attention, et m'avise qu'il s'agit de la petite femme noire qui accompagnait Ingrid ce soir-là à l'Aragon. Celia. J'agite la main en retour et elle traverse la rue. Soudain, elle est plantée devant moi. Elle est tellement petite que son visage arrive à la hauteur du mien, alors que je suis assise et elle debout.

— Salut, Claire, lance-t-elle d'une voix moelleuse comme du beurre qui me donne envie de m'envelopper dans ses sonorités et de dormir.

— Bonjour, Celia. Prends une chaise.

Elle s'installe en vis-à-vis et je me rends compte alors que sa petitesse est imputable à ses jambes : assise, son apparence redevient bien plus normale.

— Le bruit circule que t'es fiancée, attaque-t-elle.

J'élève ma main gauche pour lui montrer la bague. Le serveur traîne les pieds jusqu'à nous. Celia commande un café turc, m'étudie et m'adresse un sourire narquois. Ses dents blanches sont longues et tordues. Elle a de gros yeux et des paupières qui restent mi-closes comme si elle était sur le point de s'assoupir. Ses *dreadlocks* sont empilées au-dessus de sa tête et piquées de baguettes assorties à sa robe rose brillante.

— T'es soit courageuse, soit cinglée, ajoute-t-elle.

— C'est ce que les gens me répètent sans arrêt.

— Alors tu devrais pouvoir te situer entre les deux depuis le temps.

Je souris, hausse les épaules et sirote mon café qui est à la température ambiante et trop sucré.

— Tu as une idée d'où est Henry en ce moment même ? demande-t-elle.

— Non. Et toi, tu as une idée d'où est Ingrid en ce moment même ?

— Mm... mm, acquiesce-t-elle. Perchée sur un des tabourets de bar de Berlin, à guetter mon arrivée. (Elle consulte sa montre.) Je suis en retard.

La lumière de la rue colore sa peau terre d'ombre brûlée en bleu puis en violet, lui conférant l'aspect d'une Martienne glamour. Les lèvres étirées en un sourire, elle m'informe :

— Henry est en train de courir le long de Broadway en tenue d'Adam avec une horde de skinheads qui lui colle au train.

Oh non !

Lorsque le serveur apporte sa consommation à Celia, je lui désigne ma tasse. Il la remplit à nouveau et je mesure soigneusement une demi-cuillerée de sucre que je verse avant de remuer. La cuillère à moka de Celia tient debout toute seule dans sa tasse microscopique. Le breuvage est noir et épais comme de la mélasse. « Il était une fois trois petites sœurs... et elles vivaient au fond d'un puits... Pourquoi vivaient-elles au fond d'un puits?... C'était un puits de mélasse.[1] »

Celia attend que j'émette un commentaire. « Faites donc la révérence tandis que vous réfléchissez à ce que vous m'allez répondre. Cela fait gagner du temps.[2] »

— Ah bon?

Oh! bravo, Claire!

— T'as pas l'air trop inquiète. Moi, si mon mec se baladait nu comme un ver, je me poserais quelques questions.

— Oui, eh bien Henry n'est pas vraiment monsieur Tout-le-monde.

— Tu l'as dit, ma sœur, s'esclaffe-t-elle.

Qu'a-t-elle découvert sur lui exactement? Et Ingrid est-elle dans la confidence?

Celia se penche vers moi, avale une gorgée de son café, écarquille les yeux, soulève les sourcils et pince les lèvres.

— T'as vraiment l'intention de te *marier* avec lui?

Mue par une impulsion irraisonnée, je m'écrie :

— Si tu ne me crois pas, tu n'as qu'à venir voir par toi-même. Viens au mariage.

— Moi? lâche-t-elle en secouant la tête. Au cas où tu l'ignorerais, Henry peut pas, mais alors pas du tout, me blairer.

— Hum, j'ai comme l'impression que tu ne raffoles pas de lui non plus.

— *Maintenant*, si, répond-elle, radieuse. Il a laissé *tomber* Miss Ingrid Carmichel et je ramasse les morceaux. (Elle véri-

1. Œuvres de Lewis Carroll : *Les Aventures d'Alice au pays des merveilles.* Traduit de l'anglais par Henri Parisot, éditions Robert Laffont. *(N.d.T.)*

2. Œuvres de Lewis Carroll : *De l'autre côté du miroir et ce qu'Alice y trouva.* Traduit par Henri Parisot, *op. cit. (N.d.T.)*

fie de nouveau l'heure.) Ce qui me rappelle que je suis en retard pour notre rendez-vous.

Elle se lève et s'exclame :

— Pourquoi tu te joindrais pas à nous ?

— Non, merci.

— Allez, ma vieille. Toi et Ingrid vous devriez apprendre à vous connaître. Vous avez tellement de choses en commun. On va s'organiser une petite fiesta entre célibataires.

— À Berlin ?

— Pas la ville, pouffe-t-elle. Le bar.

Elle a un rire caramel que l'on imaginerait jaillir d'un corps beaucoup plus large. Je ne veux pas qu'elle parte, mais...

— Non, je ne suis pas certaine que ce soit une si bonne idée. (Je la fixe droit dans les yeux.) Ça me semble plutôt méchant.

Son regard m'aimante, m'évoquant un serpent, un chat. « Les chats mangent-ils les chauves-souris ?... Les chauves-souris mangent-elles les chats ? [1] »

— Et puis je dois finir ce travail.

Celia jette un bref coup d'œil à mon cahier.

— Quoi ? T'as des devoirs ? Oh ! Demain il y a classe ! Écoute donc ta grande sœur Celia, elle sait ce qui est le mieux pour les petites écolières – hé ! t'es en âge de boire ?

— Oui, je rétorque fièrement. Depuis trois semaines.

Elle se penche tout près de moi. Je respire son parfum de cannelle.

— Allez, allez, allez. Faut que t'en profites un peu avant de te caser avec ton Rat de Bibliothèque. Alllleeeez, Claire. T'auras à peine eu le temps de dire ouf que tu vas te retrouver avec une ribambelle de bibliothécaires modèles réduits

---

1. *Les Aventures d'Alice au pays des merveilles. (N.d.T.)*

qui chieront la classification décimale de Dewey dans leurs Pampers.

— Franchement, je ne pense pas que...

— Alors arrête de penser et contente-toi de *rappliquer*.

Elle rassemble mes affaires, se débrouille au passage pour renverser le pot à lait. Alors que je commence à éponger, elle quitte le café au pas de charge en emportant mes livres. Je m'élance à sa poursuite.

— Celia, non. J'en ai besoin...

Pour quelqu'un aussi court de jambes et juché sur des talons de douze centimètres, elle file à toute vitesse.

— Mm... mm, j'te les rendrai pas tant que t'auras pas promis de m'accompagner.

— Ça m'étonnerait qu'Ingrid apprécie.

Nous progressons d'une même allure vers le sud de Halstead en direction de Belmont. Je n'ai aucune envie de revoir Ingrid. Notre première et dernière rencontre remonte au concert des Violent Femmes, ce qui me convient parfaitement.

— Bien sûr que si. Elle est très curieuse à ton sujet.

Nous bifurquons dans Belmont, longeons des salons de tatouage, des restaurants indiens, des magasins de cuir et des églises établies dans d'anciens locaux commerciaux. Nous passons sous le métro aérien et atterrissons devant le Berlin. Il ne paie pas vraiment de mine : les fenêtres sont peintes en noir et j'entends pulser du disco dans l'obscurité derrière le type maigrichon constellé de taches de rousseur qui contrôle ma carte d'identité mais pas celle de Celia, appose un tampon sur nos mains et consent à ce que nous nous enfoncions dans les abysses.

Tandis que mes yeux s'accoutument à la pénombre, je prends conscience que l'endroit grouille de femmes. Massées autour de la scène de la taille d'un mouchoir de poche et reluquant une strip-teaseuse qui se pavane en string ficelle et cache-tétons rouges pailletés. Riant et flirtant au comptoir. Cette soirée leur est exclusivement réservée. Celia m'entraîne vers une table. Ingrid y a pris place seule; un grand verre de liquide bleu ciel trône devant elle. Lorsqu'elle lève la tête, il m'apparaît clairement que ma présence ne l'enchante guère. Celia l'embrasse et me convie d'un signe de la main à m'asseoir. Je reste debout.

— Salut bébé, lance Celia à Ingrid.

— C'est une plaisanterie ou quoi ? articule cette dernière. Qu'est-ce qu'elle fiche ici ?

Elles m'ignorent toutes les deux. Celia emprisonne toujours mes livres de ses bras.

— Relax, Ingrid, elle est cool. J'croyais que ça vous brancherait de faire un peu plus ample connaissance, voilà tout.

Celia affiche un air presque contrit, pourtant il est évident même pour moi qu'elle savoure le malaise d'Ingrid.

— Pourquoi tu es venue ? me demande-t-elle en me foudroyant du regard. Pour crier victoire ?

Elle se carre dans son siège et redresse le menton. Elle ressemble à un vampire blond avec sa veste en velours noir et ses lèvres sanguinolentes. Elle est sublime. Je me sens comme une écolière fraîchement débarquée de sa province. Je tends les mains vers Celia qui me restitue ce qui m'appartient.

— J'ai été forcée de la suivre. Je m'en vais.

Je m'apprête à battre en retraite, mais Ingrid bondit, prompte comme l'éclair, et m'empoigne par le bras.

— Minute, papillon !...

Elle tire ma main gauche violemment à elle si bien que je trébuche et envoie voler mes livres. Je me dégage et Ingrid crache :

— ... vous êtes *fiancés* ?

Je réalise alors que c'est la bague d'Henry qu'elle examine.

Je ne souffle mot. Elle se tourne vers Celia.

— Tu étais au courant, n'est-ce pas ? (Celle-ci baisse les yeux sur la table en gardant le silence.) Tu l'as emmenée ici pour remuer le couteau dans la plaie, espèce de garce.

Elle parle si doucement que j'ai du mal à saisir le sens de ses paroles avec les vibrations de la musique.

— Non, Ingrid, je voulais seulement...

— Va te faire foutre, Celia.

Ingrid se lève. L'espace d'un instant, son visage est proche du mien et je me représente Henry embrassant ces lèvres couleur de sang. Elle me scrute puis lâche :

— Dis à Henry d'aller au diable. Et dis-lui que je lui donne rendez-vous là-bas.

Sur ce, elle s'éloigne sans rien perdre de sa superbe. Celia reste figée là, la tête entre les mains.

Je m'emploie à récupérer mes livres. Tandis que je tourne le dos, Celia m'interpelle :

— Attends.

J'attends.

— Je suis désolée, Claire, s'excuse-t-elle.

J'esquisse un haussement d'épaules avant de me diriger vers la porte et, quand je glisse un regard en arrière, s'offre à moi la vision d'une Celia esseulée sirotant le cocktail bleu d'Ingrid, la joue appuyée sur la main. Elle ne me prête plus aucune attention.

Dehors, je marche de plus en plus vite jusqu'à atteindre ma voiture, je rentre à la maison et je me réfugie dans ma chambre et je m'allonge sur mon lit et je compose le numéro d'Henry, mais il n'est pas chez lui alors j'éteins sans parvenir à m'endormir.

VIVRE MIEUX GRÂCE À LA CHIMIE

Dimanche 5 septembre 1993
(Claire a vingt-deux ans, Henry trente)

CLAIRE : Henry est absorbé dans la lecture de son exemplaire écorné du *Physicians' Desk Reference*[1]. Un mauvais signe.

— Je ne m'étais jamais rendu compte à quel point tu étais accro aux médicaments.

— Je ne suis pas accro aux médicaments. Je suis alcoolique.

— Mais non.

— Mais si.

Je m'installe sur le canapé, étends les jambes sur ses genoux. Il pose le livre sur mes tibias et continue à le feuilleter.

— Tu ne bois pas tant que ça.

— Avant, si. J'ai un peu réduit ma consommation après avoir failli me tuer. Et puis mon père est un triste exemple à méditer.

— Qu'est-ce que tu cherches ?

— Quoi prendre pour le mariage. Je ne voudrais pas te faire faux-bond devant l'autel en présence de quatre cents personnes.

---

1. Équivalent du *Vidal*. *(N.d.T.)*

— Oui. Ça m'arrangerait. (Je déroule ce scénario dans ma tête et frémis.) Et si on s'enfuyait ?

Ses yeux rencontrent les miens.

— Allez ! Je suis à cent pour cent pour.

— Mes parents me renieraient.

— Bien sûr que non.

— Tu n'as pas dû tout suivre. Nous sommes les protagonistes d'un spectacle à gros budget digne de Broadway. Nous servons de prétexte à mon père pour recevoir ses petits camarades avocats en grande pompe et leur en mettre plein la vue. Si nous tirions notre révérence, mes parents seraient contraints d'engager des acteurs pour tenir nos rôles.

— On n'a qu'à aller se marier à l'Hôtel de Ville avant. Comme ça, s'il se passe quoi que ce soit, au moins on sera déjà mari et femme.

— Hum, non... ça ne me plaît pas trop. Ce serait mentir... Je me sentirais bizarre. Pourquoi ne pas garder cette solution en réserve si le mariage officiel tourne mal ?

— OK. Plan B donc.

Il me tend une main que je serre.

— Alors, tu trouves ton bonheur ?

— Ben, l'idéal serait un neuroleptique qui s'appelle Risperdal, malheureusement non commercialisé avant 1994. Le Clozaril viendrait en deuxième position et le Haldol serait un troisième choix possible.

— Tous ces noms m'évoquent des remèdes high-tech pour la toux.

— Il s'agit d'antipsychotiques.

— Sans blague ?

— Oui.

— Tu n'as rien d'un psychotique.

Henry se tourne vers moi et, les traits déformés en une horrible grimace, fend l'air de ses griffes tel le loup-garou d'un film muet. Puis il déclare d'un ton grave :

— Sur le tracé d'un EEG, mon cerveau est identique à celui d'un schizophrène. Plus d'un docteur m'a soutenu que mes « hallucinations spatio-temporelles » avaient pour cause ma schizophrénie. Ces neuroleptiques bloquent les récepteurs de la dopamine.

— Avec quels effets secondaires ?

— Réfléchissons... Dystonie, acathisie, syndrome parkinsonien, c'est-à-dire spasmes musculaires, agitation, balancements, besoin impérieux de marcher, insomnie, immobilité, rigidité faciale. À quoi s'ajoutent les risques de dyskinésie tardive, des contractions involontaires et répétées des muscles du visage, ou d'agranulocytose, lorsque l'organisme n'est plus capable de produire des globules blancs. Sans oublier la disparition du désir sexuel. Et le fait que tous les médicaments actuellement disponibles sont plus ou moins sédatifs.

— Tu n'envisages pas sérieusement d'avaler un seul de ces trucs, n'est-ce pas ?

— Heu, j'ai déjà testé le Haldol par le passé. Et le Thorazine.

— Et... ?

— C'était l'horreur. Ils m'ont transformé en véritable zombie. J'avais l'impression que mon cerveau était englué.

— Il n'y a pas d'autres alternatives ?

— Le Valium. Le Librium. Le Xanax.

— Maman s'en fait prescrire. Du Xanax et du Valium.

— Ouais, ce n'est pas surprenant.

Il esquisse une grimace puis met le *Physician's Desk Reference* de côté :

— Pousse-toi un peu.

Nous nous replaçons sur le canapé de sorte à être allongés flanc contre flanc. C'est très confortable.

— Ne prends rien.

— Pourquoi ?

— Tu n'es pas malade.

— Voilà pourquoi je t'aime, s'esclaffe Henry : ton incapacité à voir mes pires défauts.

Il commence à déboutonner mon chemisier, mais je recouvre sa main de la mienne. Il me regarde, dans l'expectative. Je suis un peu en colère.

— Je ne comprends pas pourquoi tu parles de toi de cette façon. Tu dis toujours des choses affreuses sur ton compte. Tu n'es pas comme ça. Tu es quelqu'un de bien.

Henry considère ma main, puis dégage la sienne et m'attire à lui.

— Je ne suis pas quelqu'un de bien, me souffle-t-il à l'oreille. Mais peut-être que je le deviendrai, hein ?

— Tu as intérêt.

— Je le suis au moins avec toi. (Très juste.) Claire ?

— Mmmm ?

— Est-ce qu'il t'arrive parfois de rester éveillée à te demander si je ne suis pas une espèce de tour que te jouerait Dieu ?

— Non. Je reste éveillée à craindre que tu disparaisses et ne reviennes jamais. Je reste éveillée à ruminer les quelques bribes d'informations que j'ai glanées sur le futur. Mais j'ai une foi totale dans l'idée que nous sommes destinés à être ensemble.

— Une foi totale.

— Pas toi ?

Henry m'embrasse.

— *Ni le Temps, ni l'Éloignement, ni la Fortune, ni la Mort ne sauraient écraser/Et réduire à néant le plus infime de mes sentiments.*

— Tu pourrais répéter ça ?

— Autant de fois que tu le désires.

— Vantard !

— Qui dit des choses affreuses sur mon compte à présent ?

Lundi 6 septembre 1993 (Henry a trente ans)

Henry : Je suis assis sur le perron d'une bicoque blanche en panneaux d'aluminium, à Humboldt Park. Un lundi matin, vers 10 heures. J'attends le retour de Ben, parti je ne sais où. Ce quartier me plaît moyennement ; je me sens assez exposé, à poireauter devant la porte de Ben, mais ce type est un modèle de ponctualité, alors je patiente en confiance. Je regarde deux jeunes mères latinos promener leurs poussettes sur le trottoir pentu et défoncé. Comme je médite sur l'iniquité des services municipaux, j'entends crier au loin : « Biblio Boy ! » Je tourne la tête et pas de doute, c'est Gomez. Je grogne intérieurement. Gomez a l'art de me tomber dessus quand je verse dans l'illicite. Il va falloir que je m'en débarrasse avant que Ben se pointe.

Gomez vient à ma rencontre d'un air guilleret. Il porte son costume d'avocat et sa sacoche. Je soupire.

— *Ça va**, camarade ?

— *Ça va**. Qu'est-ce que tu fais ici ?

Bonne question.

— J'attends un ami. Il est quelle heure ?

— 10 h 15. Le 6 septembre 1993, ajoute-t-il pour m'aider.

— Je sais, Gomez. Mais merci quand même. Tu vas voir un client ?

— Ouais. Une fillette de dix ans. Le jules de la mère lui a fait boire du Destop. Y a des jours où je désespère du genre humain...

— Tu m'étonnes. Trop de cinglés, pas assez de Michel-Ange.

— Tu as déjeuné ? Petit-déjeuné, plutôt ?

— Ouais. Je suis un peu coincé ici, tu vois. J'attends un copain.

— J'ignorais que tu avais des potes par ici. Tous les gens que je connais dans ce quartier ont salement besoin d'aide juridique.

— Un ami de l'école de bibliothécaires.

Et quand on parle du loup... Ben déboule dans sa Mercedes gris métallisé de 1962. L'intérieur est une ruine, mais d'extérieur elle en jette. Gomez émet un léger sifflement.

— Désolé pour le retard, dit Ben en se hâtant dans l'allée. Visite à domicile.

Gomez me fixe d'un air inquisiteur. Je l'ignore. Ben considère Gomez, puis moi.

— Gomez, Ben. Ben, Gomez. Dommage que tu doives partir, camarade.

— En fait, j'ai deux heures à tuer...

Ben prend les choses en main :

— Ravi de t'avoir rencontré, Gomez. Une prochaine fois, d'accord ?

Ben est très myope, et il lorgne gentiment Gomez à travers ses verres épais qui doublent la taille de ses yeux. Ben fait sautiller ses clefs dans sa main. Ça me rend nerveux. On reste plantés en silence, à attendre que Gomez décampe.

— D'accord. Ouais. Salut, alors, répond Gomez.

— Je t'appelle dans l'après-midi.

Sans un regard pour moi, Gomez s'éloigne. Je ne suis pas fier, mais il y a certaines choses que je ne tiens pas à lui apprendre, et celle-ci en fait partie. Je me tourne vers Ben, et nous partageons ce regard grave signifiant que nous disposons l'un sur l'autre d'informations compromettantes. Il ouvre sa porte. Ça m'a toujours démangé de m'entraîner à l'effraction au domicile de Ben, car il possède un éventail impressionnant de verrous et de dispositifs de sécurité. On pénètre dans un couloir étroit et sombre. Ça sent toujours le chou ici, même si je sais que Ben ne cuisine jamais grand-chose en matière de nourriture, et encore moins du chou. Nous prenons l'escalier du fond, enfilons un nouveau couloir, traversons une chambre pour en gagner une deuxième, où Ben a monté un laboratoire. Il pose son sac et suspend son blouson. Je m'attends presque à ce qu'il enfile des tennis, à la M. Rogers[1], mais au lieu de ça il s'occupe de la cafetière. Je m'assieds sur une chaise pliante et j'attends qu'il ait fini.

De toutes mes connaissances, c'est Ben qui ressemble le plus à un bibliothécaire. Je l'ai effectivement rencontré au centre de Rosary, mais il en est sorti avant d'obtenir son diplôme. Il a maigri depuis la dernière fois, et s'est encore dégarni. Ben a le sida, et à chacune de nos rencontres je redouble d'attention, car je ne sais jamais où il en est.

— Tu as bonne mine, je lui dis.

— Je me gave d'AZT. Et de vitamines, de yoga, d'imagerie visuelle. À ce propos, que puis-je pour toi ?

— Je vais me marier.

Ben est surpris, mais ravi.

— Félicitations. Avec qui ?

— Claire. Je te l'ai déjà présentée. La rousse aux cheveux très longs.

— Ah... Oui. (Son visage s'assombrit.) Elle est au courant ?

— Oui, oui.

— C'est super.

Son regard me dit que tout cela est bien beau, mais encore ?

— Alors ses parents ont prévu un mariage énorme, là-haut dans le Michigan. Église, demoiselles d'honneur, lancer

---

1. Conteur pour enfants de la fin des années soixante-dix. Au début de chaque émission, on le voyait rentrer chez lui, accrocher son manteau à la patère, s'installer dans son fauteuil et enfiler ses baskets en toile. *(N.d.T.)*

de riz, la totale. Suivi d'une coquette réception au Yacht Club. Avec cravate de rigueur.

Ben sert le café et me tend un mug à l'effigie de Winnie l'Ourson. J'y délaie du lait en poudre. On gèle entre ces murs, et le café exhale une odeur amère mais plutôt bonne.

— Il faut que je reste présent. Il faut que je traverse environ huit heures de stress monstrueux sans disparaître.

— Ah.

Ben a une façon d'enregistrer les données du problème, et de les accepter telles quelles, que je trouve très apaisante.

— Il me faut un truc qui assomme tous mes récepteurs à dopamine.

— Navane, Haldol, Thorazine, Serentil, Melleril, Stelazine...

Ben essuie ses lunettes sur son pull. Sans elles, il a l'air d'une grosse souris chauve.

— J'espérais que tu concoctes ceci pour moi.

Je plonge la main dans mon jean, trouve le papelard et le remets à Ben. Il l'examine.

— 3-[2-[4-96-fluoro-1,2-benzisoxazole-3-yl)... dioxyde de silicium colloïdal, hydroxypropyle méthylcellulose... glycol de propylène... (Il relève des yeux ahuris.) C'est quoi, ce truc ?

— C'est un nouveau psychotrope appelé rispéridone, commercialisé sous le nom de Risperdal. Il arrivera sur le marché en 1998, mais j'aimerais l'essayer dès maintenant. Il fait partie d'une nouvelle catégorie de médicaments, les dérivés du benzisoxazole.

— Où est-ce que t'as trouvé ça ?

— Dans le PDR. L'édition 2000.

— C'est fabriqué par qui ?

— Janssen.

— Mais tu sais que tu ne tolères pas bien les psychotropes, Henry. À moins que ce truc n'agisse de manière radicalement différente ?

— Personne ne sait comment ça marche. « Inhibiteur monoaminergique sélectif pour fortes réactivités à la sérotonine de type 2, la dopamine de type 2 », et patati et patata...

— Rien de nouveau sous le soleil. Et qu'est-ce qui te fait croire que ça marchera mieux que le Haldol ?

Je me fends d'un sourire patient.

— Simple pressentiment. Je ne suis sûr de rien. Tu saurais faire ça ?

Ben hésite.

— Je *saurais*, oui.

— D'ici combien de temps ? Ça ne fait pas effet tout de suite.

— Je te tiendrai au courant. Tu te maries quand ?

— Le 23 octobre.

— Mmm. Et c'est quoi le dosage ?

— Tu commences avec un milligramme, et après t'ajustes.

Ben se lève, s'étire. Dans la pénombre de cette pièce froide il paraît vieux, le teint jaune et parcheminé. Une moitié de son être apprécie le challenge « Ouais ! répliquons cette molécule d'avant-garde que personne n'a encore inventée », mais l'autre moitié renâcle face au risque :

— Mais Henry, tu n'es pas même pas certain que ce soit la dopamine, ton problème.

— Tu as bien vu les scanners.

— Ouais, ouais. Et si t'acceptais de vivre avec, tout simplement ? Le remède pourrait être pire que le mal.

— Écoute, Ben. Imagine que je claque des doigts, là, tout de suite... (Je me lève, m'approche de lui et claque mes phalanges) et d'un coup tu te retrouves dans la chambre d'Allen, en 1986.

— Je le buterais, cet enfoiré.

— Mais tu ne peux pas le faire, parce que tu ne l'as pas fait. (Ben ferme les yeux et secoue la tête.) Et tu ne peux rien modifier : il tombera malade, tu tomberas malade, *und so weiter*. Imagine maintenant que tu doives le regarder mourir, encore et encore. (Ben s'assied sur la chaise pliante, en baissant les yeux.) Voilà comment c'est, Ben. Je veux dire, ouais, parfois c'est sympa. Mais la plupart du temps, ça consiste juste à se paumer, à chouraver et à essayer...

— ... de s'en sortir, complète-t-il dans un soupir. Bon sang, pourquoi a-t-il fallu que je m'attache à toi ?

— Je sais pas, l'attrait de la nouveauté ? Ma gueule de beau mec ?

— Là, tu rêves. Au fait, je suis invité à ce mariage ?

Je n'en reviens pas. Jamais je n'aurais cru que cela puisse l'intéresser.

— Un peu, mon neveu ! Sérieux ? Tu viendrais ?

— C'est toujours plus sympa qu'un enterrement.

— Génial. Ma moitié d'église se remplit à vue d'œil. Tu seras mon huitième invité.

Il se marre.

— Invite toutes tes ex. Ça grossira les rangs.

— J'en ressortirais pas vivant. La plupart aimeraient voir ma tête au bout d'une lance.

— Mmm.

Ben se relève pour farfouiller dans un tiroir de bureau. Il sort un flacon de comprimés vide, ouvre un deuxième tiroir, sort un gros bocal de capsules, en transfère trois vers le flacon, puis me le tend.

— Qu'est-ce que c'est ? je demande en prenant une capsule dans ma paume.

— C'est un stabilisateur d'endorphine associé à un antidépresseur. C'est – hé, arrête ! (Je viens de gober la pilule.) C'est à base de morphine. (Il soupire.) J'ai jamais vu une telle tête à claques avec la pharmacopée...

— J'aime les opiacés.

— Sans blague. Mais là non plus, compte pas sur moi pour t'en filer des tonnes. Tu me diras si tu crois que ça peut suffire pour le mariage. Au cas où l'autre machin foirerait. L'effet dure à peu près quatre heures, alors il t'en faudrait deux. (Il indique de la tête les deux pilules restantes.) Va pas te les enfiler juste pour rire, pigé ?

— Parole de scout.

Il renifle un coup. Je lui paie le flacon et prends congé. En descendant l'escalier je sens monter le flash, et je m'arrête en bas des marches pour le savourer pleinement. J'ignore ce que Ben a mis là-dedans, mais c'est d'enfer. Comme un orgasme puissance dix doublé de cocaïne, et j'ai l'impression que ça monte en puissance. En passant la porte je manque de renverser Gomez. Il m'attendait.

— Je te raccompagne ? offre-t-il.

— Volontiers.

Son inquiétude me touche. Ou sa curiosité. Ou que sais-je. On atteint sa voiture, une Chevrolet Nova avec deux phares pétés. Je grimpe côté passager, il monte à son tour et claque sa portière. Il convainc la petite bagnole de démarrer et on s'arrache.

La ville est grise, miteuse, et il commence à pleuvoir. De grosses gouttes fracassent le pare-brise tandis que défilent maisons à crack et terrains vagues. Gomez allume l'autoradio ; on tombe sur du Charlie Mingus, qui est un peu lent à mon goût mais après tout pourquoi pas ? C'est un pays libre. Ashland Avenue est criblée de nids de poules qui m'ébranlent la cervelle, mais à part ça tout baigne, mais alors tout, ma tête est fluide et mobile, comme du mercure s'échappant d'un thermomètre cassé, et je parviens tout juste à retenir des miaulements de plaisir à mesure que la drogue lèche mes terminaisons nerveuses de ses minuscules langues chimiques. On dépasse un *Lecture télépathique de Cartes*, le Centre du

Pneu Pedro, un Burger King, un Pizza Hut, et *I am a Passenger* trotte dans ma tête qui se fraie un chemin dans le Mingus. Gomez dit un truc qui m'échappe, puis :

— Henry !

— Oui ?

— Qu'est-ce que t'as pris ?

— Je sais pas trop. C'est une sorte d'expérience scientifique.

— Pour quoi faire ?

— Excellente question. Je te recontacterai à ce sujet.

On se tait jusqu'à l'arrivée devant l'appartement de Claire et de Charisse. Je regarde Gomez sans trop comprendre.

— T'as besoin de compagnie, m'explique-t-il gentiment.

Je n'en disconviens pas. Gomez me précède dans l'immeuble et on prend l'escalier. Claire nous ouvre et en me voyant elle paraît embêtée, soulagée et amusée, tout à la fois.

CLAIRE : J'ai persuadé Henry de s'étendre sur mon lit et, avec Gomez, nous sommes assis dans le salon à boire du thé et à déjeuner de sandwichs au beurre de cacahuète et à la confiture de kiwis.

— Apprends à cuisiner, femme, déclame Gomez d'une voix semblable à celle de Charlton Heston énonçant les dix commandements.

— J'y penserai. (Je remue le sucre dans ma tasse.) Merci d'être allé là-bas et de l'avoir ramené.

— À ton service, chaton.

Il entreprend de rouler une cigarette. Gomez est la seule personne de ma connaissance qui fume lors des repas. Je m'abstiens de tout commentaire. Il l'allume et m'étudie pendant que je fourbis mes armes.

— Alors, à quoi rime toute cette histoire, hmmm ? attaque-t-il. La plupart des gens qui ont recours aux services de l'Apothicaire de la Miséricorde sont atteints du sida ou d'un cancer.

— Tu connais Ben ?

J'ignore pourquoi je suis surprise. Gomez connaît tout le monde.

— Pas directement. Ma mère fréquentait sa boutique à l'époque de sa chimio.

— Oh !

J'analyse la situation, triant les renseignements que je peux lui communiquer sans risque.

— Quoi que ce soit que Ben lui ait donné, remarque Gomez, ça l'a vraiment mis K.O.

— On tente de trouver quelque chose qui l'aidera à rester dans le présent.

— Il m'a l'air un brin trop amorphe pour fonctionner au quotidien.

— Oui. Il faut peut-être diminuer le dosage.

— Pourquoi fais-tu tout ça ?

— Tout ça quoi ?

— Te rendre complice de M. Calamité. Et l'épouser, rien de moins.

Henry m'appelle. Je me lève. Gomez tend le bras, agrippe ma main.

— Claire. S'il te plaît...

— Gomez. Lâche-moi.

Je le défie du regard. Au bout d'une terrible éternité, il baisse les yeux et me libère. Je me hâte le long du couloir qui mène à ma chambre et referme la porte.

Henry est étalé sur le lit comme un chat, en diagonale et à plat ventre. Je retire mes chaussures avant de m'étaler à ses côtés.

— Comment ça va ?

— C'est le nirvana, dit-il en roulant sur lui-même et en souriant. (Il me caresse le visage.) Envie de te joindre à moi ?

— Non.

— Tu es si pure, soupire-t-il. Je ne devrais pas chercher à te corrompre.

— Je ne suis pas pure. Je suis inquiète.

Nous restons dans cette position, sans parler, pendant longtemps. Le soleil brille à présent et me révèle ma chambre dans la lumière du début d'après-midi : la courbe du châlit en noyer, le tapis oriental doré et violet, la brosse à cheveux, le rouge à lèvres et la crème pour les mains sur la commode. Un exemplaire du magazine *Art in America* avec Leon Golub en couverture traîne, en partie dissimulé par *À rebours*, sur le siège de mon vieux fauteuil récupéré dans un vide-grenier. Henry porte des chaussettes noires. Ses longs pieds osseux dépassent du bord. Il me paraît maigre. Ses paupières sont closes ; pourtant, comme s'il sentait que je l'observe, il ouvre les yeux et m'adresse un sourire. Ses cheveux lui tombent sur le visage et je les repousse en arrière. Il saisit ma main et embrasse ma paume. Je dégrafe son jean, fais glisser mes doigts le long de son sexe, mais il fait non de la tête, s'empare de ma main et la tient dans la sienne.

— Navré, Claire, s'excuse-t-il doucement. Ces pilules contiennent un truc qui semble avoir court-circuité la mécanique. Plus tard, peut-être.

— Ça promet pour notre nuit de noces !

Il secoue la tête.

— Je ne peux pas les prendre pour le mariage. C'est trop planant. Sûr que Ben est sans conteste un génie, mais il a l'habitude de fournir des gens en phase terminale. Je ne sais pas quel mélange il a concocté, en tout cas ça s'apparente à une expérience de mort imminente. (Il soupire et repose le flacon sur la table de chevet.) Je devrais les envoyer à Ingrid. C'est le trip idéal pour elle.

J'entends que l'on tire puis que l'on claque la porte d'entrée : Gomez qui s'éclipse.

— Tu veux manger un morceau ?
— Non merci.
— Est-ce que Ben va préparer l'autre médicament ?
— Il va essayer.
— Et s'il y a un problème ?
— Tu veux dire si Ben foire son coup ?
— Oui.
— Quoi qu'il arrive, nous avons une certitude : mon espérance de vie est au moins de quarante-trois ans. Alors inutile de te miner.
— Quarante-trois ans ? Qu'est-ce qui se passe après ?
— Aucune idée. Peut-être que je découvre comment rester dans le présent.

Il me serre contre lui et nous gardons le silence. Lorsque je me réveille, la nuit s'est installée et Henry dort près de moi. Le petit flacon de comprimés rougeoie à la lueur de l'affichage LED du radio-réveil. Quarante-trois ans ?

Lundi 27 septembre 1993
(Claire a vingt-deux ans, Henry trente)

Claire : Je pénètre dans l'appartement d'Henry et j'allume la lumière. Nous allons à l'opéra ce soir, où on donne *The Ghosts of Versailles*. Le Lyric Opera n'accepte pas les retardataires, aussi, en proie à l'agitation, je n'établis pas immédiatement le rapport : absence de lumière/pas d'Henry. Puis, quand je l'établis enfin, je suis contrariée à l'idée qu'il va nous mettre en retard. Puis je me demande s'il s'est évanoui dans la nature. Puis j'entends quelqu'un qui respire.

Je m'immobilise. Le bruit provient de la cuisine. Je m'y précipite et j'éclaire : Henry est étendu par terre, tout habillé, dans une posture bizarre et figée, le regard fixé droit devant lui. Alors que je me tiens là, il émet un son faible, n'ayant rien d'humain, un gémissement qui résonne dans sa gorge, se fraye un passage à travers ses dents serrées.

— Oh Seigneur ! Oh Seigneur !

J'appelle les urgences. L'opérateur m'assure que les secours arriveront d'une minute à l'autre. Assise sur le sol de la cuisine à scruter Henry, je sens une vague de colère monter en moi. Je file alors dans son bureau et, dénichant son répertoire d'adresses, je compose le numéro.

— Allô ? répond une voix ténue et lointaine.

— Ben Matteson ?

— Oui. Qui est à l'appareil ?

— Claire Abshire. Écoute-moi bien Ben, Henry est allongé par terre, le corps complètement rigide et il ne peut pas parler. *Qu'est-ce que vous avez foutu ?*

— Quoi ? Merde ! Appelle le 911 !

— C'est déjà fait...

— Le médicament se comporte comme la maladie de Parkinson, il lui faut de la dopamine ! Explique-leur... Merde, téléphone-moi de l'hôpital...

— Les voilà...

— Ok ! Téléphone-moi...

Je raccroche.

Plus tard, après le trajet en ambulance jusqu'au Mercy Hospital, après qu'Henry a été admis, a reçu son injection, été intubé, placé sous monitoring et qu'il dort d'un sommeil paisible sur son lit d'hôpital, je lève les yeux et j'avise un homme grand et émacié dans l'encadrement de la porte. Je me souviens tout à coup que j'ai oublié de contacter Ben. Il s'avance et se poste en face de moi, de l'autre côté du lit. La chambre est plongée dans le noir et la lumière du couloir souligne la silhouette de Ben, tête baissée, qui articule :

— Je suis tellement désolé. Tellement désolé.

Je déplie le bras par-dessus le lit et prends sa main.

— Ne t'inquiète pas. Il va s'en tirer. Promis.

— Tout est ma faute, ajoute-t-il en secouant la tête. Je n'aurais jamais dû préparer cette dope pour lui.

— Qu'est-ce qui a cloché ?

Ben pousse un soupir et s'assied sur la chaise. Je m'assieds sur le lit.

— Ça pourrait être plusieurs choses, explique-t-il. Un simple effet indésirable, et là personne n'est à l'abri. Mais il se pourrait aussi qu'Henry n'ait pas retenu la formule exacte. Enfin, ça fait beaucoup à mémoriser. Et je n'avais aucun moyen de vérifier.

Nous nous taisons tous les deux. Du sérum s'écoule au goutte-à-goutte dans le bras d'Henry. Un garçon de salle passe devant la chambre avec un chariot.

— Ben ?

— Oui, Claire ?

— Accorde-moi une faveur, tu veux ?

— Accordée.

— Ferme le robinet. Fini les médicaments. Ça ne marchera pas.

— Je n'ai qu'un mot à dire alors – non –, plaisante Ben, soulagé, le visage barré d'un large sourire.

— Exactement !

Nous rions. Ben me tient compagnie un certain temps. Lorsqu'il se redresse pour partir, il attrape ma main et lance :

— Merci d'avoir été aussi compréhensive. Il aurait très bien pu mourir.

— Mais ça n'a pas été le cas.

— Non, ça n'a pas été le cas.

— On se voit au mariage alors.

— Oui.

Nous sommes plantés dans le couloir. Dans la lumière éblouissante des néons, Ben a l'air fatigué et mal en point. Il baisse vivement la tête, pivote sur ses talons et longe le couloir tandis que je regagne l'obscurité de la chambre où Henry est couché, endormi.

MOMENT CHARNIÈRE

Vendredi 22 octobre 1993 (Henry a trente ans)

HENRY : Je musarde sur Linden Street, à South Haven, ayant une heure à perdre pendant que Claire et sa mère vaquent à leurs affaires chez le fleuriste. Nous sommes à la veille du mariage, mais en tant que futur marié on ne peut pas dire que je croule sous les responsabilités. Être là, telle est la principale tâche inscrite sur ma liste. Claire se fait promener sans répit d'essayages en consultations et de consultations en enterrements de vie de jeune fille. Quand il m'est donné de la voir, je lui trouve toujours un petit air mélancolique.

C'est une journée claire et froide, et je lambine. Si seulement South Haven avait une librairie potable. Même la bibliothèque municipale se concentre sur Barbara Cartland et John Grisham. J'ai bien un poche de Kleist sur moi, mais je ne suis pas trop d'humeur. Je dépasse un antiquaire, une pâtisserie, une banque, un autre antiquaire. Arrivé devant un coiffeur, je jette un œil à l'intérieur ; un vieil homme se fait raser par un fringant petit barbier chauve, et soudain je sais ce que je vais faire.

De petites cloches tintent contre la porte pour signaler mon entrée. La boutique sent le savon, la vapeur, la lotion capillaire, et la chair de vieux. Tout est vert pâle. J'avise le vieux fauteuil chromé, les flacons de professionnel alignés sur les étagères en bois sombre, les plateaux de ciseaux, de peignes et de rasoirs. Il y a un côté presque médical, très Norman Rockwell. Le barbier relève les yeux.

— Pour une coupe ? je demande.

Il m'indique la rangée de chaises vides, terminée par un porte-journaux rempli de magazines soigneusement empilés. La radio passe du Sinatra. Je m'assieds et feuillette un *Reader's Digest*. Le barbier élimine les traces de mousse du menton du client, avant de lui passer de l'after-shave. Le vieux type s'extirpe avec précaution du fauteuil, va régler. Le barbier l'aide à enfiler son manteau et lui tend sa canne.

— À la revoyure, George, dit le vieux en sortant lentement.

— Salut, Ed, répond le coiffeur avant de se tourner vers moi. Qu'est-ce que je vous fais ?

Je saute dans le fauteuil, il me remonte de quelques centimètres, me fait pivoter face au miroir. Un dernier regard pour mes cheveux, puis j'espace mon pouce et mon index d'environ trois centimètres :

— Coupez-moi tout ça.

Il acquiesce et me noue une cape en plastique autour du cou. Bientôt ses ciseaux produisent un cliquetis métallique tout autour de mon crâne, et mes cheveux tombent par terre. Quand c'est terminé, le coiffeur m'époussette, me retire la cape et *voilà**, je suis le moi du futur.

EMMENEZ-MOI À L'ÉGLISE À TEMPS

Samedi 23 octobre 1993
(Henry a trente ans, Claire vingt-deux)
(6 h 00)

HENRY : Je me réveille et il pleut. Je me trouve dans une douillette petite chambre verte sous les toits d'un coquet petit bed-and-breakfast baptisé Chez Blake, sur la plage sud de South Haven. Ce sont les parents de Claire qui ont choisi ce lieu. Mon père dort au rez-de-chaussée dans une chambre tout aussi douillette, la rose, à côté de Mme Kim qui occupe la charmante chambre jaune, tandis que pépé et mémé ont droit à la *super*-douillette chambre bleue. Je suis couché dans un lit moelleux, sous des draps Laura Ashley, et j'entends le vent se fracasser contre la maison. Il tombe des trombes d'eau. Pourrai-je courir sous cette mousson ? Je l'entends déferler dans les gouttières et tambouriner sur le toit, quelque soixante centimètres au-dessus de mon visage. Cette chambre est une sorte de mansarde. Elle possède un petit bureau de caractère, au cas où j'aurais besoin d'écrire une jolie missive le jour de mon mariage. Sur le bureau reposent une aiguière et un bassin en porcelaine ; à supposer que je veuille m'en servir, il me faudrait sans doute briser la couche de glace, car il fait drôlement frisquet là-haut. Je me sens tel un lombric rose ayant atteint le noyau de cette pièce verte à la force de l'estomac, et il faudrait à présent s'atteler à devenir papillon, ou autre. Je ne suis pas tout à fait réveillé. J'entends quelqu'un tousser. J'entends mon cœur palpiter, ainsi qu'un sifflement aigu – mon système nerveux qui fait des siennes. Mon Dieu ! laissez ce jour être un jour normal. Laissez-moi normalement perdu, normalement nerveux ; emmenez-moi à l'église à temps, *dans* le temps. Ne me laissez stupéfier personne, à commencer par moi. Laissez-moi vivre le jour de mon mariage au mieux de mes capacités, sans effets spéciaux. Délivrez Claire des scènes déplaisantes. Amen.

(7 h 00)

Claire : Je me réveille dans mon lit, celui de mon enfance. Flottant dans les limbes du sommeil, j'ai du mal à retrouver mes repères – sommes-nous à Noël, *Thanksgiving* ? Suis-je de nouveau en CE2 ? Malade ? Pourquoi pleut-il ? Derrière les rideaux jaunes, le ciel est morne et le vent dépouille le grand orme de ses feuilles jaunies. J'ai rêvé toute la nuit. Mes rêves se confondent à présent. Dans l'un d'eux en particulier, j'évoluais en plein océan, sirène quelque peu novice, et une autre sirène s'efforçait de me donner mes premières leçons, de m'enseigner le b.a.-ba de ma nouvelle condition. J'avais peur de respirer sous l'eau. Elle s'infiltrait dans mes poumons et je ne parvenais pas à comprendre comment j'étais censée faire, c'était horrible et j'étais sans cesse obligée de remonter à l'air libre pour reprendre mon souffle et l'autre sirène me répétait sans cesse : « Non, Claire, comme ça... » jusqu'à ce que je m'aperçoive enfin qu'elle avait des branchies dans le cou, et que j'en avais aussi, alors tout devenait beaucoup plus simple. Nager était comme voler, les poissons autant d'oiseaux... Il y avait un bateau à la surface de la mer et nous allions toutes l'admirer. Il s'agissait juste d'un petit voilier, et je découvrais ma mère seule à son bord. Je m'approchais d'elle, elle était surprise de me voir et me disait : « Tiens, Claire ! Je croyais que tu devais te marier aujourd'hui », et je réalisais soudain, comme cela se produit dans les rêves, que je ne pourrais pas me marier avec Henry si j'étais une sirène, je me mettais alors à pleurer puis j'ai ouvert les yeux et c'était le milieu de la nuit. Je suis restée éveillée ensuite dans le noir à inventer une fin : je me transformais en femme, comme la Petite Sirène, sauf que je retirais de mon histoire tous ces passages absurdes où il est question de douleur atroce dans les pieds et de langue qu'il faut trancher. Hans Christian Andersen devait être un homme plutôt bizarre et désabusé. Finalement, je me suis rendormie – je suis toujours couchée, et Henry et moi nous nous marions aujourd'hui.

(7 h 16)

HENRY : La cérémonie commence à 14 heures ; il me faudra une bonne demi-heure pour m'habiller puis une vingtaine de minutes pour rallier Saint-Basile. Pour l'instant il est 7 h 16, ce qui nous fait cinq heures et quarante-quatre minutes à tuer. Je passe un jean, une vieille chemise, des baskets montantes, et je descends sur la pointe des pieds à la recherche de café. Papa m'a battu à ce jeu-là : je le trouve assis dans la salle à manger, couvant de ses mains un petit noir fumant. Je m'en verse un aussi et prends la chaise en face de lui. La lumière qui filtre des voilages donne à mon père un air fantomatique ; ce matin, il n'est que la version colorisée de son film en noir et blanc. Ses cheveux se dressent dans tous les sens, et machinalement je lisse les miens, comme face à mon reflet. Il fait de même, et on sourit.

(8 h 17)

Claire : Alicia est assise sur mon lit et me secoue les puces. « Allez, Claire, m'enjoint-elle. Le soleil brille. Les oiseaux chantent (pure invention), les abeilles butinent et il est *l'heure de se lever* ! » Elle me chatouille, repousse les couvertures. S'ensuit une lutte au corps à corps et à l'instant précis où je la terrasse, Etta pointe la tête par la porte et siffle :

— Les filles ! C'est quoi ce remue-ménage ! Votre père, il pense qu'un arbre est tombé sur la maison, mais non, c'est rien que deux sottes en train d'essayer de se tuer. Le petit déjeuner est presque prêt.

Là-dessus, Etta retire brusquement sa tête et nous l'entendons dévaler l'escalier et un fou rire nous submerge.

(8 h 32)

Henry : C'est toujours le déluge, mais je vais courir quand même. J'étudie le plan de South Haven (« Un éclatant joyau sur la côte ouest du lac Michigan ! ») que Claire m'a fourni. Hier j'ai couru sur la plage. C'était agréable, mais cette matinée ne s'y prête guère, avec ces vagues de deux mètres qui s'écrasent sur le rivage. Je repère un circuit d'un kilomètre à travers rues. Je n'aurai qu'à enchaîner les tours, et si le temps se dégrade trop je pourrai couper au milieu. Je m'étire. Chacune de mes articulations craque. J'entends presque la nervosité grésiller le long de mes nerfs, telle la friture dans le téléphone. Je m'habille et me jette dans le monde.

La pluie est une gifle. Je suis instantanément trempé. Je m'engage en douceur sur Maple Street. Ça promet d'être un calvaire : je lutte contre le vent et il n'y a pas moyen de prendre de la vitesse. Je croise une femme plantée sur le trottoir avec son bulldog ; elle me regarde d'un air ahuri. Ce n'est pas que de l'exercice physique, je lui explique *in petto*. C'est du désespoir.

(8 h 54)

Claire : Nous sommes réunis autour de la table. Le froid s'insinue par toutes les fenêtres et je parviens difficilement à distinguer quoi que ce soit dehors tellement il pleut. Comment Henry va-t-il pouvoir courir sous ce déluge ?

— Le temps idéal pour un mariage, raille Mark.

Je réplique avec un haussement d'épaules :

— Ce n'est pas moi qui ai fixé la date.

— Ah bon ?

— Papa s'en est chargé.

— Après tout, c'est moi qui paie, rétorque celui-ci avec irritation.

— Exact, j'acquiesce en mastiquant mon toast.

Maman lorgne mon assiette d'un œil critique.

— Chérie, tu ne veux pas un peu de bacon ? Et les œufs ne te tentent pas ?

À cette seule pensée, mon estomac se révolte.

— C'est au-dessus de mes forces. Vraiment. Je t'assure.

— Dans ce cas, mets au moins du beurre de cacahuètes sur ce toast. Tu as besoin de protéines.

Je croise le regard d'Etta qui rejoint à grands pas la cuisine et ressurgit une minute plus tard avec une minuscule assiette en cristal pleine de beurre de cacahuètes. Je la remercie et en étale sur mon pain.

— Est-ce que j'ai du temps libre avant l'arrivée de Janice ? je demande à ma mère.

Janice s'est vu confier la mission de saboter mon maquillage et ma coiffure.

— Elle vient à 11 heures. Pourquoi ?

— J'ai unc course rapide à faire en ville.

— Je peux y aller à ta place, ma puce.

Elle semble soulagée à la perspective de sortir de la maison.

— Je préfère m'en occuper.

— Je t'accompagne alors.

— Seule.

Je lui adresse une prière muette. Bien qu'intriguée, elle cède.

— Bon, très bien. Seigneur !

— Super. Je ne serai pas longue.

Je me lève pour partir. Papa se racle la gorge.

— Puis-je être excusée de table ?

— Certainement.

— Merci, et fffttt je fuis.

(9 h 35)

HENRY : Je suis debout dans l'immense baignoire vide, à m'extirper tant bien que mal de mes fringues froides et gorgées d'eau. Mes chaussures de footing toutes neuves ont pris une forme inédite, réminiscence de la vie marine. J'ai laissé une traînée d'eau entre l'entrée et la baignoire, et j'espère que Mme Blake ne s'en formalisera pas.

On frappe à ma porte.

— Une petite minute !

Je patauge jusqu'à la porte, l'entrouvre. Stupeur : c'est Claire.

— Mot de passe ? je susurre.

— Baise-moi, répond-elle.

J'ouvre d'un geste vif.

Claire pénètre dans la pièce, s'assied sur le lit, commence à se déchausser.

— Quoi, tu parlais sérieusement ?

— Viens-là, quasi-mari ! Il faut que je sois rentrée à 11 heures. (Elle me regarde de haut en bas.) Mais tu es allé courir ! Je pensais que tu aurais renoncé avec une pluie pareille.

— Les moments désespérés appellent des mesures désespérées. (J'ôte mon tee-shirt et le jette dans la baignoire. Il atterrit dans un *splotch*.) Mais dis-moi, ce n'est pas censé porter malheur, que le marié voie la mariée avant la cérémonie ?

— T'as qu'à fermer les yeux.

Claire va prendre une serviette à la salle de bains. Je m'allonge et elle me sèche les cheveux. Sensation merveilleuse. Je pourrais passer le reste de ma vie comme ça. Et comment.

— Il fait vachement froid, ici, dit Claire.

— Alors rejoins-moi dans la couche, quasi-femme. C'est le seul coin chaud de la baraque.

Nous grimpons dans le lit.

— On fait tout dans le désordre, pas vrai ?

— Ça te pose un problème ?

— Non. Ça me plaît.

— Tant mieux. Je suis l'homme qu'il te faut pour tes besoins extra-chronologiques.

(11 h 15)

Claire : Je me faufile par la porte de derrière et laisse mon parapluie dans le débarras. Dans le couloir, je manque heurter Alicia.

— Où étais-tu passée ? Janice est là.

— Quelle heure est-il ?

— 11 h 10. Hé ! tu as enfilé ton tee-shirt devant derrière.

— Je crois que ça porte chance, non ?

— Peut-être, mais tu as intérêt à te rajuster avant de monter.

Je disparais de nouveau dans le débarras et remets mon tee-shirt à l'endroit. Puis je me précipite à l'étage. Maman et Janice font le pied de grue devant ma chambre. Janice est équipée d'une énorme sacoche contenant des produits de beauté et divers instruments de torture.

— Te voilà. Je commençais à m'inquiéter. (Maman m'escorte à l'intérieur et Janice ferme le cortège.) Je dois aller dire un mot aux traiteurs. (Elle se tord pratiquement les mains en nous quittant.)

Je me tourne vers Janice qui m'examine d'un air sévère.

— Tes cheveux sont tout trempés et emmêlés. Et si tu les démêlais pendant que je m'installe ?

Sur ce, elle s'applique à extraire une kyrielle de tubes et de flacons de son sac et les aligne sur ma coiffeuse.

— Janice. (Je lui tends une carte postale de la Galerie des Offices de Florence.) Tu peux me coiffer comme ça ?

J'ai toujours adoré la petite princesse de Médicis dont la chevelure, qui n'est pas sans évoquer la mienne, tombe en une cascade ambrée où s'entremêlent une multitude d'infimes tresses et de perles. L'artiste anonyme devait lui aussi éprouver les mêmes sentiments à son égard. Comment aurait-il pu en être autrement ?

Janice étudie la question.

— Ce n'est pas du tout ce que ta mère avait en tête.

— Mm... mm. Mais c'est mon mariage. Et mes cheveux. Sans compter que tu auras droit à un pourboire très généreux si on procède à ma façon.

— Je ne pourrai pas te maquiller si c'est ça, toutes ces tresses me prendront trop de temps.

Alléluia !

— Tant pis. Je me débrouillerai moi-même pour le maquillage.

— Bon, alors d'accord. Peigne-toi juste les cheveux et on se mettra au travail.

Je m'attaque aussitôt aux nœuds. Je sens que je me pique au jeu. Tandis que je m'abandonne aux mains brunes et délicates de Janice, je me demande à quoi Henry emploie son temps.

(11 h 36)

HENRY : Le smoking et toutes les misères afférentes s'étalent sur le lit. Mes miches sous-nourries gèlent dans cette turne glacée. Je transvase toutes mes fringues trempées de la baignoire vers le lavabo. Aussi incroyable que ce soit, cette salle de bains est grande comme la chambre. Moquettée, et diablement pseudo-victorienne. La baignoire est une énorme chose à pattes, qui trône entre des fougères, des piles de serviettes, une commode et une grande reproduction du *Réveil de la conscience* de William Hunt. L'appui de la fenêtre est à vingt centimètres du sol et les voilages sont un film de mousseline blanche, si bien que je vois Maple Street dans toute sa splendeur de feuilles mortes. Une Lincoln Continental circule paresseusement. Je fais couler l'eau chaude, mais la baignoire est si grande que je perds patience et grimpe dedans avant qu'elle soit pleine. Je joue avec la fixation de douche de style européen et m'amuse à ouvrir la dizaine de shampooings, après-shampooings et gels-douche pour renifler leur parfum. Dès le cinquième flacon j'ai mal au crâne. Je chante *Yellow Submarine*. Tout se mouille dans un rayon d'un mètre.

(12 h 35)

Claire : Janice me libère, et maman et Etta convergent vers moi. Etta s'exclame : « Oh ! Claire tu es superbe ! » Maman commente : « Ce n'est pas la coiffure dont nous étions convenues, Claire. » Après avoir dûment chapitré Janice, elle finit par la payer et je tends son pourboire à ma complice à l'insu de maman. Il est prévu que je m'habille à l'église, aussi me pousse-t-on dans la voiture et nous filons vers Saint-Basile.

(12 h 55) (Henry a trente-huit ans)

Henry : Je marche au bord de l'autoroute 12, environ trois kilomètres au sud de South Haven. C'est un jour incroyablement moche, question météo. On est en automne, il pleut à torrents, il vente et on pèle. Pieds-nus, je ne porte rien d'autre qu'un jean, et je suis trempé jusqu'à la moelle. Aucune d'idée de l'époque où je me trouve. Je suis en route vers Meadowlark House, avec l'espoir de me sécher un peu dans la salle de lecture, voire de manger un morceau. Je n'ai pas d'argent, mais quand j'aperçois le néon rose de Carburant Discount je pousse la porte de la station et reste planté un instant, dégoulinant de flotte sur le lino, hors d'haleine.

— Vous parlez d'un jour pour sortir, dit le vieux maigrelet derrière son comptoir.

— Ouais.

— Tombé en panne ?

— Hein ? Euh, non.

Il m'examine avec insistance, remarque les pieds nus, la tenue hors de saison. Je marque une pause, feignant la gêne :

— Ma copine m'a foutu dehors.

Il dit un truc mais je n'entends pas car mes yeux sont

tombés sur le *South Haven Daily*. Nous sommes le samedi 23 octobre 1993. Le jour de mon mariage. L'horloge au-dessus du stand à cigarettes indique 13 h 10.

— J'vais devoir courir, je lance au vieux bonhomme.

Et je m'exécute.

(13 h 42)

Claire : Je me retrouve dans ma classe de CM1 en robe de mariée. Elle est en soie moirée ivoire avec une profusion de dentelle et de semences de perles. Le tissu est moulant au niveau du corsage et des manches, mais la jupe, immense, balaie le sol et se prolonge par une traîne de vingt mètres. Je pourrais abriter dix nains dessous. J'ai, me semble-t-il, l'allure d'un char de parade toutefois maman fait grand cas de moi, m'entoure d'attentions, me photographie sous tous les angles et m'incite à ne pas lésiner sur le maquillage. Alicia, Charisse, Helen et Ruth volettent ici et là dans leurs tenues de demoiselles d'honneur en velours vert sauge identiques. Charisse et Ruth étant toutes deux petites et Alicia et Helen toutes deux grandes, elles ressemblent à des guides mal assorties, mais d'un commun accord, nous avons décidé de ne pas nous en émouvoir en présence de maman. Elles sont occupées à comparer la teinture de leurs chaussures et à déterminer qui parmi elles peut prétendre au bouquet. Helen remarque : « Charisse, tu es déjà fiancée, tu ne devrais même pas essayer de l'attraper », à quoi Charisse réplique en haussant les épaules : « Simple précaution. Avec Gomez on ne sait jamais. »

(13 h 48)

Henry : Je suis assis sur un radiateur, dans les odeurs de renfermé d'une salle remplie de cartons de missels. Gomez fait les cent pas, cigarette au bec. Il est beau comme un dieu dans son smoking. J'ai l'impression de jouer les présentateurs de jeu télévisé. Gomez arpente la pièce et jette ses cendres dans une tasse à thé. Il me rend encore plus nerveux que je ne l'étais.

— Tu as l'alliance ? je lui demande pour la énième fois.

— Ouais. J'ai l'alliance.

Il s'arrête un instant.

— Tu veux boire un truc ?

— Ouais.

Gomez me tend une flasque. Je la débouche et prends une gorgée. Un scotch très doux. Une deuxième lampée et je lui rends son bien. J'entends rire et bavarder dans le vestibule. Je suis en nage et j'ai mal au crâne. Il fait très chaud dans la pièce. Je me lève, ouvre la fenêtre, sors la tête, inspire. Il pleut toujours.

Un bruit dans les buissons. J'ouvre plus avant et baisse les yeux. Me voilà, assis dans la terre, mouillé comme une soupe, pantelant. Il me sourit en levant le pouce.

(13 h 55)

Claire : Nous sommes tous rassemblés dans le vestibule de l'église. Papa décrète : « Il est temps de donner le coup d'envoi des réjouissances », et il frappe à la porte de la pièce dans laquelle Henry se prépare. Gomez sort la tête et indique : « Accordez-nous une petite minute. » Il me lance un regard qui me noue l'estomac avant de refermer la porte. Soudain, Gomez ouvre de nouveau et Henry se matérialise, aux prises avec ses boutons de manchette. Il est mouillé, sale et pas rasé. Il paraît environ quarante ans. Mais il est *ici*, et il m'adresse un sourire triomphant tandis que nous franchissons le seuil de l'église et remontons la nef centrale.

Dimanche 13 juin 1976 (Henry a trente ans)

Henry : Je suis allongé sur le sol de mon ancienne chambre. Seul, par une parfaite nuit d'été d'une année inconnue. Je garde cette position un moment, pestant, me sentant tout con. Puis je me lève, gagne la cuisine et pioche dans les bières de papa.

Samedi 23 octobre 1993
(Henry a trente-huit et trente ans, Claire vingt-deux)
(14 h 37)

Claire : Nous nous tenons devant l'autel. Henry se tourne vers moi et récite : « Moi, Henry, je te prends, toi Claire, pour épouse. Je promets de te soutenir et de t'épauler dans la joie et la peine, la maladie et la santé. Je t'aimerai et t'honorerai chaque jour de ma vie. » Je songe : « Grave-le dans ta mémoire. » Je lui répète cette même promesse. Le père Compton nous sourit et déclare : « ... Ce que Dieu a uni, que l'homme ne le sépare pas. » Je songe : « Là n'est pas vraiment le problème. » Henry glisse la fine alliance en argent à mon doigt au-dessus de la bague de fiançailles. Je place le simple anneau en or au sien – la première et unique fois qu'il le portera. La cérémonie se poursuit et je songe : « Voilà tout ce qui importe : il est ici, je suis ici, peu importe comment, tant qu'il est avec moi. » Le prêtre nous bénit puis conclut :

« La messe est célébrée, allez en paix. » Nous descendons l'allée, bras dessus, bras dessous, ensemble.

(18 h 26)

HENRY : La réception prend sa vitesse de croisière. Les traiteurs s'affairent à gauche à droite avec leurs chariots chromés et leurs plateaux couverts. Les gens arrivent, mettent leur manteau au vestiaire. La pluie a enfin cessé. Le South Haven Yacht Club se trouve sur North Beach, dans un immeuble des années vingt décoré de lambris et de cuir, de moquette rouge et de tableaux de bateaux. La nuit est tombée, mais le phare clignote au bout de la jetée. Je suis posté à la fenêtre, un verre de Glenlivet à la main, attendant Claire que sa mère accapare pour une raison qu'il ne m'est pas donné de connaître. Je vois en reflet Gomez et Ben s'approcher de moi. Je me retourne.

Ben a l'air soucieux.

— Comment tu te sens ? demande-t-il.

— Ça va. Dites, les gars, je peux vous demander un service ? (Ils opinent.) Gomez, retourne à l'église. Je suis là-bas, j'attends dans le vestibule. Va me chercher et ramène-moi ici. Fais-moi entrer en douce dans les chiottes des mecs et laisse-moi là. Toi, Ben, garde un œil sur moi (je désigne mon torse) et à mon signal, empoigne mon costard et apporte-le-moi aux chiottes. D'accord ?

— On a combien de temps devant nous ? demande Gomez.

— Pas beaucoup.

Il acquiesce et s'éloigne. Arrive Charisse ; Gomez l'embrasse en passant. Je me tourne vers Ben, qui a une mine fatiguée.

— Comment tu vas ? je lui demande.

Il soupire.

— Plutôt naze. Dis, Henry...

— Mmm ?

— Tu nous viens de quand ?

— De 2002.

— Est-ce que tu peux... Écoute, je sais bien que t'aimes pas ça, mais...

— Quoi ? Y'a pas de souci, Ben. Tout ce que tu voudras. C'est un jour exceptionnel.

— Dis-moi : je suis encore de ce monde ?

Ben ne me regarde pas, mais fixe l'orchestre qui s'accorde dans la salle de bal.

— Oui. Et tu te portes bien. Tiens, on s'est vus pas plus tard que l'autre soir ; on a fait un billard.

Ses poumons se vident d'un trait :

— Merci.

— Y'a pas de quoi.

Des larmes s'amoncellent entre ses paupières. Je lui offre mon mouchoir. Il le prend mais le rend aussitôt, intact, pour se mettre en quête des toilettes.

(19 h 04)

CLAIRE : Tout le monde s'attable pour dîner, cependant Henry reste introuvable. J'interroge Gomez, mais il se contente de me gratifier de son regard à la Gomez et de m'assurer qu'Henry réapparaîtra d'une minute à l'autre. Kimy s'avance vers nous – incarnation de la fragilité et de l'inquiétude dans sa robe en soie rose.

— Où est Henry ?

— Je ne sais pas, Kimy.

Elle m'attire à elle et me murmure à l'oreille :

— J'ai aperçu son jeune ami Ben qui s'en allait avec une pile de vêtements.

Oh non ! S'il est redevenu le Henry du présent, cela risque d'être difficile à expliquer. Peut-être pourrais-je prétexter une urgence ? Une urgence à la bibliothèque, qui aurait requis son attention immédiate. Sauf que tous ses collègues sont présents. Peut-être pourrais-je alléguer qu'Henry souffre d'amnésie, s'est évanoui dans la nature...

— Le voilà, s'écrie Kimy.

Elle me presse la main. Henry, planté à l'entrée du salon, fouille la foule des yeux quand il nous repère. Il accourt vers nous.

Je l'accueille en l'embrassant :

— Salut, bel inconnu.

Il est de retour dans le présent, mon Henry plus jeune, celui dont la place est ici. Il s'empare de mon bras, de celui de Kimy et nous conduit à table. Kimy glousse et lui confie quelque chose qui m'échappe.

— Qu'est-ce qu'elle a dit ? je m'enquiers aussitôt que nous nous asseyons.

— Elle m'a demandé si on envisageait un *ménage à trois** pour la nuit de noces.

Je vire au rouge écrevisse. Kimy me décoche un clin d'œil.

(19 h 16)

HENRY : Je traîne dans la bibliothèque du club, à grignoter des canapés tout en lisant une première édition superbement reliée et sans doute jamais ouverte de *Au cœur des ténèbres*. Du coin de l'œil, je vois le directeur du club fondre sur moi. Je referme le livre et le range sur l'étagère.

— Désolé, monsieur, mais je crains de devoir vous demander de sortir.

Pas de chemise, pas de chaussures, pas de service.

— D'accord.

Je me lève, et comme le directeur tourne le dos le sang me monte à la tête, et je disparais. Je reprends connaissance sur le sol de notre cuisine, le 2 mars 2002, hilare. J'ai *toujours* rêvé de faire ça.

(19 h 21)

Claire : Gomez entame son discours :

— Claire, Henry, vous tous, famille et amis, membres du jury... Attendez, rayez ça. Mes biens chers frères, nous sommes massés ce soir sur les rives de la Terre du Célibat pour agiter nos mouchoirs tandis que Claire et Henry embarquent main dans la main à bord du Vénérable Paquebot nuptial. Et alors que nous éprouvons de la tristesse à les voir renoncer aux plaisirs du célibat, nous nous consolons à la pensée que la Félicité matrimoniale dont on nous rebat tant les oreilles sera pour eux une nouvelle adresse plus qu'adéquate. Il se pourrait même que certains d'entre nous accomplissent ce voyage sous peu à moins d'imaginer un moyen de s'y dérober. Ainsi donc, portons un toast : à Claire Abshire DeTamble, artiste et pin-up qui mérite tous les bonheurs qui s'offriront à elle dans son nouveau monde. Et à Henry DeTamble, un type du tonnerre et un sacré veinard : que la mer de Glace de la Vie s'étire devant vous et puissiez-vous avoir toujours le vent en poupe. Aux jeunes mariés !

Gomez se penche et dépose un baiser sur mes lèvres, je rencontre ses yeux l'espace d'un moment, puis le moment s'évanouit.

(20 h 48)

Henry : Nous avons découpé et dégusté la pièce montée. Claire a lancé son bouquet (rattrapé par Charisse) et j'ai lancé sa jarretière (rattrapée par... Ben). L'orchestre joue *Take The Train* et les gens dansent. J'ai invité Claire, puis Kimy, Alicia et Charisse ; là je danse avec Helen, que je sens chaude comme tout, et Claire a pour cavalier Gomez. Comme je fais nonchalamment tournoyer Helen, je vois Celia Attley déposséder Gomez, qui à son tour me dépossède d'Helen. Tandis qu'il l'emporte dans un tourbillon, je retrouve la foule du bar et regarde Claire danser avec Celia. Ben me rejoint. Je commande une vodka-tonic. Ben porte la jarretière de Claire en brassard, comme s'il était en deuil.

— C'est qui, ça ? me demande-t-il.

— Celia Attley. La petite amie d'Ingrid.

— C'est bizarre.

— Eh ouais.

— Qu'est-ce qu'il cherche, au juste, ce Gomez ?

— Comment ça ?

Ben me regarde puis détourne la tête.

— Laisse tomber.

(22 h 23)

Claire : La fête est terminée. D'embrassades en accolades, nous avons gagné la sortie pour monter dans notre voiture tapissée de crème à raser et de boîtes de conserve. Je me gare devant la Dew Drop Inn, un petit motel minable sur Silver Lake. Henry s'est assoupi. Je descends, remplis une fiche, obtiens de l'employé à l'accueil qu'il m'aide à transporter Henry jusqu'à notre chambre et à le jeter sur le lit. Le type apporte nos bagages, reluque ma robe de mariée, le corps inerte d'Henry, et se fend d'un sourire narquois. Je lui donne un pourboire. Il s'éclipse. Je retire les chaussures d'Henry, dénoue sa cravate. J'enlève ma robe et l'étends sur le fauteuil.

Dans la salle de bains, en combinaison, je frissonne en me lavant les dents. Le miroir me révèle Henry allongé sur le lit. Il ronfle. Je crache le dentifrice, me rince la bouche. Soudain, comme un déferlement : le bonheur. Et la prise de conscience : nous sommes mariés. Enfin, *je* suis mariée du moins.

En éteignant, j'embrasse Henry pour lui souhaiter une bonne nuit. Il sent l'alcool, la sueur et le parfum d'Helen. Bonne nuit, bonne nuit, dors bien mon chéri. Et je dérive vers un sommeil sans rêves, heureuse.

Lundi 25 octobre 1993
(Henry a trente ans, Claire vingt-deux)

Henry : Le lundi suivant la cérémonie Claire et moi passons à l'hôtel de ville de Chicago, où un juge nous marie de manière officielle. Nos témoins sont Gomez et Charisse. Après quoi nous allons tous manger chez Charlie Trotter, un restaurant tellement cher que la déco rappelle la première classe d'un avion de ligne, ou une sculpture minimaliste. Par chance, la nourriture a beau ressembler à de l'art, elle est succulente. Charisse prend tous les plats en photo à mesure qu'on nous les apporte.

— Ça fait quoi d'être mariés ? demande-t-elle.

— Je me sens *très* mariée, répond Claire.

— Vous pourriez continuer sur votre lancée, dit Gomez. Tester toutes les cérémonies sur le marché : bouddhiste, nudiste...

— Je me demande si je ne suis pas... *bigamiste*, plaisante

Claire tout en dégustant un mets couleur pistache, surmonté de grosses crevettes qui ressemblent à de vieux myopes lisant un journal.

— Je crois que tu as le droit d'épouser la même personne autant de fois que tu le désires, dit Charisse.

— Mais es-tu vraiment la même personne ? me demande Gomez.

Le truc que je mange est recouvert de fines tranches de thon cru qui fondent sous le palais. Je prends le temps de les savourer avant de répondre :

— Oui, mais davantage.

Peu satisfait de cette réplique, Gomez grommelle quelque chose à propos des *koan* zen, mais Claire me sourit et lève son verre. Je le choque contre le mien : une délicate note de cristal s'élève et se dissipe dans le bourdonnement du restaurant.

Nous voilà donc mari et femme.

II

UNE GOUTTE DE SANG DANS UN BOL DE LAIT

« Qu'y a-t-il ? Ma chère ?

— Ah ! comment le supporter ?

— Supporter quoi ?

— Cela. Pour si peu de temps. Comment pouvons-nous perdre ce temps à dormir ?

— Nous pouvons goûter un moment de paix ensemble, et prétendre – puisque c'est seulement le début – que nous avons tout le temps du monde devant nous.

— Et chaque jour nous en aurons moins. Et ensuite pas du tout.

— Vous préféreriez, alors, n'avoir rien eu ?

— Non. C'est là que toute ma vie m'a menée. Depuis ma première heure. Et quand je m'en irai d'ici, ce sera le point de convergence, tout y est accouru, tout s'en éloignera. Mais à présent, mon amour, nous sommes là, nous sommes le présent, et tout autre moment s'écoule ailleurs. »

Possession

Roman traduit de l'anglais par Jean-Louis Chevalier, aux éditions Flammarion

VIE CONJUGALE

Mars 1994 (Claire a vingt-deux ans, Henry trente)

CLAIRE : Nous voilà donc mari et femme.

On commence par emménager dans un trois-pièces situé dans un immeuble qui ne compte que deux appartements à Ravenswood. L'endroit est ensoleillé avec des parquets en bois dur couleur beurre-frais et une cuisine remplie de placards antiques et d'appareils électroménagers vétustes. On fait des achats, on passe nos dimanches après-midi à échanger nos cadeaux de mariage et on commande un canapé qui, faute de franchir la porte, doit être réexpédié. Notre chez-nous est un laboratoire où nous menons des expériences et approfondissons notre connaissance de l'autre. On s'aperçoit par exemple qu'Henry déteste que je tambourine distraitement ma petite cuillère contre mes dents le matin en lisant le journal. On établit que j'ai la permission d'écouter Joni Mitchell, et Henry les Shags, à condition que l'autre ne se trouve pas dans les parages. On réalise qu'il est préférable qu'Henry se charge entièrement de la cuisine et moi de la lessive et, puisque nous ne sommes disposés ni l'un ni l'autre à nous servir de l'aspirateur, nous embauchons une femme de ménage.

Nous nous créons une routine. Henry travaille du mardi au samedi à la Newberry. Il se lève à sept heures et demie, met le café en route puis enfile sa tenue de jogging et va courir. À son retour, il se douche et s'habille, je m'extirpe alors du lit en titubant pour bavarder avec lui pendant qu'il prépare le petit déjeuner. Une fois celui-ci terminé, il se lave les dents et file attraper son métro tandis que je retourne au lit où je somnole à peu près une heure.

Quand j'émerge de nouveau, l'appartement est silencieux. Je prends un bain, me brosse les cheveux et revêts mes habits de travail. Je me verse une autre tasse de café avant de me diriger vers la chambre du fond convertie en studio et je ferme la porte.

Je me démène dans ma chambre-studio exiguë, en ce commencement de vie à deux. L'espace que je considère comme le mien, qui n'est pas empli d'Henry, est si limité que mon imagination l'est devenue aussi. Je ressemble à une chenille dans une chrysalide de papier, entourée d'esquisses de sculptures – dessins minuscules qui sont autant de papillons se cognant aux fenêtres et battant des ailes pour s'échapper de ce réduit. Je fabrique des maquettes, des sculptures lilliputiennes, préfigurations de sculptures gigantesques. Chaque jour, les idées viennent à reculons, comme si elles avaient conscience que je vais les affamer et les empêcher de se développer. La nuit je rêve de couleurs, d'immerger mes bras dans des cuves de fibres de papier. Je rêve de jardins miniatures dont l'accès est interdit à la géante que je suis.

L'étape la plus fascinante en matière d'art – et, je suppose, de création en général –, c'est celle où la pensée nébuleuse, intangible s'incarne en un *ici* solide, une chose, substance parmi les substances. Circé, Nimue, Artémis, Athéna, toutes les enchanteresses de jadis : elles ont dû éprouver ce sentiment lorsqu'elles changeaient les hommes en créatures fabuleuses, s'appropriaient les secrets des magiciens, mettaient en déroute des armées – ah ! la voilà, la pensée incarnée ! Que l'on appelle ça un pourceau, une guerre, un laurier. Que l'on appelle ça de l'art. La magie que je pratique à présent est du domaine de l'infime, du différé. Jour après jour, je m'escrime, mais rien ne se matérialise jamais. Je me sens telle Pénélope, tissant et défaisant.

Et qu'en est-il d'Henry, mon Ulysse ? Henry est un artiste d'un autre genre, rompu à l'escamotage. Notre vie commune dans cet appartement trop petit est rythmée par ses petites absences. Parfois il s'éclipse discrètement ; il arrive qu'en empruntant le couloir au sortir de la cuisine, je tombe sur une pile de vêtements entassés sur le sol. Ou qu'en me levant le matin, je constate que l'eau de la douche coule sans personne dessous. Parfois c'est plus effrayant. Occupée dans mon studio un après-midi, je perçois des gémissements dans le couloir et découvre, derrière la porte, Henry, nu, à quatre pattes, saignant abondamment de la tête. Il ouvre les yeux, les fixe sur moi, puis se volatilise. Parfois je me réveille en pleine nuit et Henry n'est plus là. Au matin, il évoquera ses voyages, comme d'autres maris évoquent leurs rêves : « J'étais dans la bibliothèque Selzer plongée dans le noir en 1989. » Ou : « J'ai été pris en chasse par un berger allemand dans un jardin et j'ai dû grimper à un arbre. » Ou bien encore : « Je me tenais sous la pluie près de chez mes parents à écouter ma mère chanter. » J'attends qu'Henry me dise qu'il m'a rencontrée enfant, mais jusqu'ici, cela ne s'est pas encore produit. Petite, je me réjouissais de le voir. Chaque visite constituait un événement. Désormais, je vis chaque absence comme un non-événement, une soustraction, une aventure qui me sera racontée lorsque mon aventurier s'échouera à mes pieds, en saignant ou en sifflant, en souriant ou en tremblant. Désormais, je suis habitée par la peur quand il disparaît.

HENRY : Quand on vit avec une femme, on en apprend tous les jours. Jusqu'ici, j'ai appris que les cheveux longs bouchent le siphon de la douche en moins de temps qu'il n'en faut pour prononcer « soude caustique » ; qu'il est imprudent de découper un article de journal avant que votre épouse ait pu le lire, même s'il date de la semaine dernière ; que je suis le seul, dans notre foyer bicéphale, qui puisse manger la même chose trois soirs de suite sans râler ; et que les écouteurs ont été inventés pour préserver les époux de leurs excès musicaux réciproques. (Comment Claire peut-elle écouter Cheap Trick ? Qu'est-ce qu'elle trouve aux Eagles ? Je ne le saurai jamais, car elle se braque dès que je lui pose la question. Et comment se peut-il que la femme que j'aime refuse d'écouter *La Musique du Garrot et de la Ferraille* ?) Mais la leçon la plus rude, c'est la solitude de Claire. En rentrant je la trouve parfois irritée ; j'ai rompu le fil de ses pensées, en brisant le silence rêveur de sa journée. Parfois l'expression de son visage m'évoque une porte fermée. Elle se retranche dans la chambre de son esprit pour y faire du tricot ou je ne sais quoi. J'ai découvert que Claire aime être seule. Mais quand je reviens de voyage, elle est toujours soulagée de me revoir.

Quand on partage la vie d'une artiste, chaque jour est une surprise. Claire a transformé la seconde chambre en cabinet des merveilles, grouillant de petites sculptures et de dessins qui recouvrent jusqu'au dernier centimètre carré de mur. On trouve des rouleaux de fil de fer ou de papier dans les tiroirs et sur les étagères. Ces sculptures rappellent des cerfs-volants, ou des maquettes d'avion. J'en fais la réflexion à Claire, un soir en rentrant du boulot, planté en costard-cravate dans l'encoignure de son studio, et elle en lance une dans ma direction. La sculpture vole étonnamment bien, et bientôt nous sommes postés de part et d'autre de la pièce, à tester l'aérodynamisme de ses créations. Le lendemain, je découvre toute une volée d'oiseaux en papier et fil de fer, pendouillant au plafond du salon. Une semaine plus tard, les fenêtres de notre chambre sont tapissées de formes abstraites bleu translucide, que le soleil projette sur les murs, offrant un ciel aux silhouettes d'oiseaux peintes par Claire. Et c'est magnifique.

Le lendemain soir je me fige dans l'entrée du studio, pour la regarder finir de tracer un maquis de lignes noires autour d'un petit oiseau rouge. Et soudain je vois Claire dans sa petite pièce exiguë, cernée par tout son matériel ; je comprends qu'elle essaie de m'envoyer un message, et je sais ce qu'il me reste à faire.

Mercredi 13 avril 1994
(Claire a vingt-deux ans, Henry trente)

Claire : J'entends tourner la clef d'Henry dans la serrure, je me glisse hors de mon atelier au moment où il entre. À mon grand étonnement, il a les bras encombrés d'une télévision. Nous n'en possédons pas parce qu'Henry ne peut pas la regarder et que, de mon côté, la regarder seule me barbe. Il s'agit d'un petit poste noir et blanc, vieux et poussiéreux, avec une antenne cassée.

— Salut chérie, ton mari est de retour ! déclare-t-il en déposant son butin sur la table de la salle à manger.

— Berk, il est dégoûtant. Tu l'as ramassé dans la rue ?

— Je l'ai acheté chez *Unique*. Dix dollars, rétorque-t-il d'un air offensé.

— En quel honneur ?

— Il y a une émission ce soir qui vaut le détour.

— Mais...

J'imagine mal quel programme pourrait pousser Henry à courir le risque de voyager dans le temps.

— Ne t'inquiète pas, je n'ai pas l'intention de me planter devant. Par contre, je ne veux pas que toi tu la rates.

— Oh ! De quoi ça parle ?

Je ne suis plus du tout au courant de ce qui passe à la télévision.

— C'est une surprise. Ça commence à 20 heures.

Le téléviseur trône sur le sol de la salle à manger pendant que nous dînons. Henry refuse de me fournir la moindre explication et prend un malin plaisir à me torturer en m'interrogeant sur ce que je ferais si j'avais un immense studio.

— Quel intérêt ? Puisque je dois me contenter d'un cagibi. Peut-être que je devrais m'essayer à l'origami.

— Non, sérieusement.

— Difficile à dire. (J'entortille des linguine autour de ma fourchette.) Je concevrais des maquettes cent fois plus grandes. Je dessinerais sur du papier de chiffons de coton de trois mètres sur trois. Je me déplacerais d'un bout à l'autre de l'atelier en rollers. Je m'équiperais d'énormes cuves, d'un séchoir japonais et d'une pile hollandaise Reina modèle de luxe...

Je me retrouve happée par la projection mentale de ce studio imaginaire lorsque la réalité se rappelle à moi et je hausse les épaules.

— Enfin bon... Un jour avec un peu de chance...

Nous bouclons nos fins de mois grâce au salaire d'Henry et aux intérêts que me procurent mes fonds en fidéicommis, mais louer un atelier digne de ce nom impliquerait que je déniche un emploi, ce qui en retour ne me laisserait plus de temps pour mes sculptures. Un véritable cercle vicieux. Tous les artistes que je côtoie manquent d'argent, de temps, ou des deux. Charisse réalise des logiciels pour une société informatique le jour et se consacre à son art la nuit. Gomez et elle ont prévu de se marier le mois prochain.

— Quel cadeau de mariage on va offrir aux Gomez ?

— Hein ? Oh ! je sais pas ! On ne peut pas leur refiler les cafetières espresso qu'on a reçues en x exemplaires ?

— On les a déjà échangées contre le micro-ondes et la machine à pain.

— Ah oui. Hé ! il est presque 20 heures. Attrape ta tasse, allons nous asseoir dans le salon.

Henry recule sa chaise et soulève le téléviseur tandis que j'emporte nos cafés. Il place le poste sur la table basse et après qu'il a trituré la rallonge et tripoté les boutons, nous nous installons sur le canapé, devant une publicité pour les matelas à eau sur la chaîne 9. On dirait qu'il neige dans le magasin d'exposition de lits.

— Merde, s'exclame Henry en jetant un coup d'œil à l'image. Ça marchait mieux chez *Unique*.

Le logo de la Loterie de l'Illinois surgit sur l'écran. Henry fouille sa poche de pantalon et me tend un petit morceau de papier blanc.

— Tiens.

C'est un billet de loto.

— Mon Dieu ! Tu n'as pas...

— Chut ! Concentre-toi.

Avec force cérémonies, les représentants de la Loterie, des hommes solennels en costume-cravate, annoncent les numéros des boules tirées au sort qui s'affichent les unes après les autres sur l'écran. 43, 2, 26, 51, 10, 11. Bien entendu, la combinaison gagnante correspond à celle qui figure sur le ticket dans ma main. Les officiels du loto nous félicitent. Nous venons tout juste de remporter la cagnotte de huit millions de dollars.

Henry coupe le son en souriant.

— Joli tour de passe-passe, n'est-ce pas ?

— Je ne sais pas quoi te dire.

Il se rend compte que je ne saute pas de joie.

— Quelque chose du genre : « Merci mon amour d'avoir gagné l'argent dont nous avions besoin pour nous acheter une maison. »

— Mais... Henry... Ce n'est pas réel.

— Bien sûr que si. Ce billet est bel et bien réel. Si tu l'amènes au *Katz's Deli*, tu auras droit à une chaleureuse étreinte de Minnie et à un vrai chèque émis par l'État de l'Illinois.

— Mais tu connaissais les résultats du tirage.

— Oui, évidemment. Je n'ai eu qu'à les relever dans le *Trib* de demain.

— On ne peut pas... ce serait tricher.

— Quel imbécile ! s'écrie Henry en se frappant le front de manière théâtrale. J'ai complètement oublié qu'on était censés jouer sans avoir la moindre idée des numéros qui sortiraient. Mais il n'est pas trop tard pour réparer cette erreur.

Il s'engouffre dans le couloir en direction de la cuisine d'où il revient muni d'une boîte d'allumettes. Il en gratte une qu'il approche du ticket.

— Non !

Il souffle la flamme.

— Ça n'a aucune espèce d'importance, Claire. On pourrait rafler la mise chaque semaine pendant un an si on s'en sentait l'envie. Alors si le procédé te pose un problème, ce n'est vraiment pas grave.

Un des coins du billet est légèrement brûlé. Henry s'assied à côté de moi sur le canapé.

— Voilà ce que je te propose. Pourquoi tu ne le garderais pas quelque temps ? Si tu choisis de l'encaisser, nous l'encaisserons et si tu préfères le donner au premier sans-abri que tu croiseras, libre à toi...

— Pas juste.

— Qu'est-ce qui n'est pas juste ?

— De m'imposer une telle responsabilité.

— Moi, ça m'est parfaitement égal, dans un sens comme dans l'autre. Alors si tu as le sentiment que nous grugeons l'État de l'Illinois de l'argent qu'il a escroqué à des pigeons qui se tuent au travail, faisons simplement une croix dessus. Je suis sûr que nous réfléchirons à un autre moyen de te dégoter un atelier plus grand.

Oh ! Un atelier plus grand. Il m'apparaît soudain, idiote que je suis, qu'Henry aurait pu décrocher le jackpot à n'importe quel moment, que s'il n'a jamais pris cette peine c'est parce que cela allait à l'encontre de son principe de *normalité*, qu'il s'est résolu à mettre entre parenthèses sa farouche détermination à mener une vie *normale* pour que je puisse patiner à loisir dans mon studio, et que je me comporte comme une ingrate.

— Allô ? La Terre à Claire...

— Merci, dis-je de but en blanc.

— Est-ce que ça signifie qu'on va toucher le pactole ? lâche-t-il, les sourcils arqués.

— Je ne sais pas. Ça signifie « Merci ».

— Je t'en prie. (Un silence gêné succède à ces paroles.) Hé ! je me demande ce qu'il y a à la télé !

— Des flocons.

Henry s'esclaffe, se redresse et me soulève du canapé.

— Viens, allons dépenser cet argent mal acquis.

— Où ça ?

— On improvisera.

Il ouvre la penderie du couloir et me passe ma veste.

— Si on achetait une voiture à Gomez et à Charisse pour leur mariage ? lance-t-il.

— Je crois qu'eux nous ont offert des verres à vin ! répliqué-je.

Nous dévalons l'escalier triomphalement. Dehors, une nuit de printemps idéale nous accueille. Alors que nous nous tenons devant notre immeuble, Henry s'empare de ma main, je lève les yeux vers lui, étends nos mains jointes et il me fait tourner, et bientôt nous dansons le long de Belle Plaine Avenue, sans musique autre que le chuintement des voitures, nos rires, et le parfum des fleurs de cerisiers qui tombent sur le trottoir comme de la neige tandis que nous tournoyons sous les arbres.

Mercredi 18 mai 1994
(Claire a vingt-deux ans, Henry trente)

Claire : Débute alors la quête d'une maison – une forme de shopping tout à fait surprenante. Des gens qui ne vous inviteraient jamais chez eux en d'autres circonstances vous ouvrent grand leurs portes, vous autorisent à inspecter leurs placards, à émettre des jugements sur leur papier peint, à poser des questions lourdes de sous-entendus sur leur gouttière.

Henry et moi divergeons totalement dans notre façon d'aborder une visite. J'explore lentement chaque pièce, examine les boiseries, les divers équipements, m'enquiers de la chaudière, traque d'éventuelles fuites d'eau au sous-sol. Henry, quant à lui, se rend sans détour à l'arrière de la maison, regarde par la fenêtre et secoue la tête à mon intention. Notre agent immobilier, Carol, le soupçonne d'être fou à lier. Je la convaincs qu'il n'est fou que de jardinage. Après une journée d'un tel régime, alors que nous regagnons notre appartement, je me décide à l'interroger sur la logique qui préside à la folie.

— Qu'est-ce que tu fabriques ? je le questionne gentiment.

— Hum, m'explique-t-il penaud, je n'étais pas persuadé que tu serais ravie d'apprendre que j'avais déjà mis les pieds dans notre future maison. J'ignore quand exactement, mais je me souviens que c'était... ce sera... par une belle journée d'automne en fin d'après-midi. Je me suis retrouvé devant la fenêtre du fond, près de la petite table au plateau en marbre qui te vient de ta grand-mère, et j'avais vue, au-delà du jardin, sur l'intérieur d'un bâtiment en brique qui semblait être ton studio. Tu fabriquais des feuilles de papier bleues. Tu portais un bandana jaune pour retenir tes cheveux en arrière, un pull vert, ton éternel tablier en caoutchouc et toute la panoplie habituelle. Il y avait une tonnelle de vigne dans la cour. Je suis resté là-bas peut-être deux minutes. Du coup, j'essaie seulement de faire concorder cette vision avec la réalité et lorsque j'y parviendrai, je saurai que c'est chez nous.

— Bon sang, pourquoi ne pas avoir mentionné ce détail plus tôt ? Maintenant, je me sens stupide.

— Non, surtout pas. Je pensais juste que tu t'amuserais plus si on respectait les règles du jeu. Enfin, tu avais l'air de prendre ça tellement à cœur, tu as lu tous ces guides pratiques, et je pensais que tu voudrais, enfin tu comprends, *chiner*, plutôt que d'être placée devant le fait accompli.

— Après tout, il faut bien que quelqu'un se renseigne sur les termites, l'amiante, les champignons des maisons et les pompes de vidange...

— Exactement. Continuons sur notre lancée, nous arriverons forcément à la même conclusion chacun de notre côté.

Prédiction qui finit par se vérifier, bien qu'elle soit précédée de quelques tensions. Je succombe au charme d'un éléphant blanc qui se dresse dans l'East Roger's Park, un quartier mal famé du périmètre nord de la ville. Ce manoir, un mastodonte de style victorien, pourrait héberger une famille de douze personnes et sa livrée. J'ai la certitude, avant même d'en obtenir la confirmation, que nous ne sommes pas en présence de notre maison : Henry est horrifié, et ce alors qu'il n'a pas encore franchi la porte. Le jardin a des allures de parking d'hypermarché. L'intérieur possède l'ossature des grandes demeures : plafonds hauts, cheminées ornées de manteaux en marbre, boiseries ouvragées...

— S'il te plaît, je tente de l'enjôler, elle est tellement incroyable.

— Oui, incroyable est le mot qui convient. Ce truc serait probablement mis à sac à peu près une fois par semaine. Sans compter que tout est soit à remplacer ou à refaire : l'électricité, la plomberie, la chaudière, le toit aussi je suppose... Non, mauvaise pioche.

Il emploie un ton définitif, le ton de celui qui connaît le futur et n'envisage pas une seule seconde d'interférer avec son bon déroulement. Je boude un jour ou deux suite à cela. Henry m'emmène manger des sushi.

— *Tchotchka. Amorta.* Amour de ma vie. Dis-moi quelque chose.

— Si je ne dis rien, ce n'est pas parce que je ne te parle pas.

— Je sais. Mais tu fais la tête. Et j'aimerais autant que tu ne me fasses pas la tête, ne serait-ce que parce que ça limite la conversation.

La serveuse arrivant sur ces entrefaites, nous consultons nos menus à la hâte. Je n'ai aucune envie que nous nous chamaillions au Katsu, mon restaurant japonais préféré, un établissement que nous fréquentons assidûment. Je songe qu'Henry table là-dessus et sur les sushi – véritables concentrés de bonheur – pour m'amadouer. Nous commandons une farandole de mets : *goma-ae, hijiki, futomaki, kappamaki* et un assortiment impressionnant de délices crus présentés sur des rectangles de riz. Kiko, notre serveuse, s'éclipse avec la commande.

— Je ne suis pas en colère contre toi.

Ce n'est qu'une demi-vérité.

— Bon. D'accord, réplique Henry en haussant un sourcil. Quel est le problème alors ?

— Es-tu absolument certain que la maison dans laquelle tu t'es retrouvé était la nôtre ? Et si tu te trompais et qu'on laissait échapper une occasion fantastique uniquement parce que la vue du jardin n'est pas conforme ?

— Il y avait beaucoup trop de meubles et d'objets nous appartenant pour qu'il en soit autrement. Je t'accorde qu'il pourrait ne pas s'agir de notre *première* maison – je n'étais pas suffisamment près pour déterminer ton âge. J'ai eu l'impression que tu étais plutôt jeune, peut-être étais-tu juste bien conservée. Mais je te jure qu'elle en valait vraiment la peine, et puis ce ne serait pas génial d'avoir ton atelier à part comme ça ?

Je soupire.

— Oui, bien sûr, Mince, si seulement tu pouvais filmer certaines de tes escapades ! J'adorerais jeter un œil à cet endroit. Tu n'aurais pas pu noter l'adresse pendant que tu y étais ?

— Désolé. Pas pu m'attarder.

Parfois je donnerais tout pour m'introduire dans le cerveau d'Henry et visionner sa mémoire comme un film. Je me rappelle la première fois où j'ai appris à me servir d'un ordinateur : j'avais quatorze ans et Mark s'efforçait de me montrer comment dessiner sur son Macintosh. Au bout de dix minutes environ, je n'avais plus eu qu'un seul désir : plonger mes mains derrière l'écran et saisir la chose réelle qui s'y cachait, quelle qu'elle fût. Je ne suis sensible qu'au contact – toucher les textures, percevoir les couleurs. Chercher une maison avec Henry me rend folle. C'est pareil que piloter ces horribles voitures téléguidées. Je les envoie systématiquement dans le mur. Délibérément.

— Henry, est-ce que tu serais contrarié si je faisais les visites seule pendant un temps ?

— Non, j'imagine que non. (Il paraît un peu blessé.) Si tu y tiens vraiment.

— De toute façon cette maison nous est destinée, n'est-ce pas ? Alors ça ne changera rien.

— Exact. Oui, ne t'occupe pas de moi. Mais arrange-toi pour rester à l'écart des bicoques à l'avenir, promis ?

Je déniche enfin la perle rare un mois et quelque vingt tentatives plus tard. Située sur Ainslie, dans le quartier de Lincoln Square, elle revêt l'aspect d'un bungalow en briques rouges construit en 1926. Carol libère la clef du boîtier qui la renferme à l'entrée dans un bruit sec, puis bataille avec la serrure, et lorsque la porte s'ouvre, je suis envahie par une sensation de parfaite adéquation... Je me dirige sans hésiter vers la fenêtre du fond, scrute le jardin et découvre mon futur studio, la tonnelle de vigne ; je pivote alors face à Carol qui me couve d'un regard interrogateur et je lui annonce :

— Nous la prenons.

Elle est rien moins qu'incrédule.

— Vous ne voulez pas voir le reste de la maison avant ? Et votre mari ?

— Oh ! il l'a déjà vue ! Mais oui, bien sûr, visitons-la.

Samedi 9 juillet 1994
(Henry a trente et un ans, Claire vingt-trois)

HENRY : Aujourd'hui a eu lieu le grand Déménagement. La fournaise du matin jusqu'au soir : les déménageurs mouillaient déjà leur tee-shirt en remontant l'escalier de l'immeuble ce matin, avec le sourire car ils se figuraient qu'un deux-pièces serait vidé en moins de deux et qu'ils auraient fini à midi. Ils ont vite perdu leur sourire en découvrant le lourd mobilier victorien de Claire et mes soixante-dix-huit cartons de bouquins. Maintenant il fait nuit et j'erre avec Claire dans la maison, palpant les murs, passant les mains sur les appuis de fenêtre en cerisier. Nos pieds nus claquent sur le parquet. On fait couler l'eau dans la baignoire à pattes, on tripote les brûleurs de l'imposante gazinière Universal. Les fenêtres sont à nu ; on éteint la lumière, et le soleil se répand sur la cheminée vide à travers les vitres empoussiérées. Claire va de pièce en pièce, caressant sa maison, notre maison. Je la suis, la regarde ouvrir placards, fenêtres, penderies. Au salon elle se hisse sur la pointe des pieds, touche du bout du doigt le bras de mur en verre gravé. Puis elle ôte son chemisier. Je passe ma langue sur ses seins. La maison nous enveloppe, nous observe, nous contemple tandis que nous y faisons l'amour pour la première fois, la première fois d'une longue série, et après ça, comme nous gisons exténués au milieu des cartons, je sais que nous avons trouvé notre foyer.

Dimanche 28 août 1994
(Claire a vingt-trois ans, Henry trente et un)

CLAIRE : C'est un dimanche après-midi à la chaleur humide et moite. Henry, Gomez et moi nous sommes évadés pour la journée à Evanston. Nous avons passé la matinée sur la plage de Lighthouse Beach à batifoler dans le lac Michigan et à nous dorer au soleil. Gomez ayant formulé le souhait d'être enterré dans le sable, Henry et moi l'avons exaucé. Nous avons organisé un pique-nique, improvisé une sieste et nous descendons maintenant la partie ombragée de Church Street en léchant des glaces à l'eau parfumées à l'orange, assommés de soleil.

— Claire, tu as les cheveux pleins de sable, remarque Henry.

Je m'immobilise, me penche et bats ma crinière comme un tapis avec ma main. L'équivalent d'une plage s'en déverse.

— Mes oreilles sont pleines de sable, intervient Gomez. Idem pour tu sais quoi.

— Je te flanquerai un bon coup sur la tête avec plaisir, mais il faudra te débrouiller pour tu sais quoi, je réplique.

Une légère brise se lève et nous exposons nos corps à son souffle. J'enroule mes cheveux sur le sommet de mon crâne, en ressens un soulagement immédiat.

— Quel est le programme ? s'enquiert Gomez.

Henry et moi échangeons un regard.

— Bookman's Alley, nous écrions-nous à l'unisson.

— Oh ! bon Dieu ! pas une librairie, grogne Gomez. Vos altesses, ayez pitié de votre humble serviteur...

— Bookman's Alley, à l'unanimité donc, déclare Henry avec enthousiasme.

— Promettez-moi seulement que vous n'y camperez pas plus de, hum disons, trois heures...

— Il me semble qu'ils ferment à 17 heures, indiqué-je, et il est déjà 14 h 30.

— Tu n'as qu'à aller prendre une bière, suggère Henry.

— Je pensais que la vente d'alcool était interdite à Evanston.

— Non, je crois que ça n'a plus cours. Si tu peux prouver que tu n'es pas membre d'un *YMCA*, on t'autorise à boire une bière.

— Bah ! je vous accompagne : un pour tous et tous pour un.

Nous virons dans Sherman, longeons ce qui était autrefois Marshall Field's et à présent un magasin de baskets à prix d'usine, ce qui était autrefois le Varsity Theatre et à présent un Gap. Nous bifurquons dans la ruelle encadrée par un fleuriste et un cordonnier, et hop ! nous voilà devant Bookman's Alley. Je pousse la porte, nous nous enfonçons en troupe dans la boutique sombre et fraîche comme si nous basculions dans le passé.

Roger, assis derrière son étroit bureau en désordre, discute avec un monsieur distingué aux cheveux blancs et aux joues rouges d'un sujet qui a trait à la musique de chambre. Il esquisse un sourire en nous voyant.

— Claire, j'ai quelque chose qui va vous plaire, m'informe-t-il.

Henry file tout droit au fond de la librairie, le coin de la typographie et des collectionneurs. Gomez erre sans but en examinant les petits objets insolites nichés dans les différentes sections : une selle au rayon Western, une casquette à la Sherlock Holmes au rayon Policier. Il puise une boule de gomme dans l'énorme coupe du rayon Littérature Enfantine, ignorant qu'elles datent de Mathusalem et risquent de le rendre malade. Le quelque chose mentionné par Roger est un catalogue hollandais sur les papiers décoratifs dans lequel ont été insérés des échantillons. J'ai d'emblée la conviction que c'est une trouvaille, aussi je le pose sur la table à proximité du bureau – premier d'une pile d'achats à venir. Ensuite je regarde les étagères en rêvassant, inhalant l'odeur pénétrante et poussiéreuse du papier, de la colle, de la moquette usée et du bois. J'aperçois Henry installé par terre au rayon Art, un livre ouvert sur les genoux. Il a la peau hâlée et les cheveux qui pointent dans tous les sens. Je me réjouis qu'il se les soit fait couper. Il ressemble davantage au Henry qui m'est familier, les cheveux courts. Alors que je l'observe, il étend la main pour entortiller une mèche autour de son doigt, prend conscience que ce n'est plus possible et se gratte l'oreille. J'ai une subite envie de le toucher, de promener mes doigts dans ses cheveux hérissés de manière si comique, au lieu de quoi je tourne les talons et me réfugie au rayon Voyages.

HENRY : Claire est plantée dans la salle principale, près d'un tas de livraisons. Roger n'aime guère voir les gens toucher la marchandise non étiquetée, mais j'ai remarqué que

Claire avait tous les droits dans cette boutique. Elle penche la tête sur un petit livre rouge. Ses cheveux s'échappent de leur chignon, et une bretelle de sa robe retombe sur son bras, révélant un bout de maillot. L'image est si troublante, si puissante, que j'éprouve l'urgent besoin de la rejoindre, de la toucher, voire, si personne ne nous observe, de la mordiller, mais en même temps je voudrais que cet instant dure toujours, et soudain je remarque Gomez, au rayon Polar, qui fixe Claire d'un air si semblable à mes propres sentiments que la vérité me saute aux yeux.

Au même instant Claire se redresse et me lance :

— Regarde, Henry, c'est Pompéi.

Elle brandit le carnet de cartes postales, et quelque chose dans sa voix me susurre : « Tu vois, c'est toi que j'ai choisi. » Je vais à sa rencontre, lui enserre les épaules, remonte la bretelle de sa robe. Quand je relève la tête au bout d'une seconde, Gomez s'est retourné pour scruter les Agatha Christie.

Dimanche 15 janvier 1995
(Claire a vingt-trois ans, Henry trente et un)

Claire : Je lave les assiettes pendant qu'Henry taille les poivrons verts en dés. En ce dimanche de début de soirée, le soleil se couche en rose majeur sur la neige de janvier qui tapisse notre jardin tandis que nous préparons un chili tout en chantant *Yellow Submarine* :

In the town where I was born
Lived a man who sailed to sea...[1]

1. Dans la ville où je suis né
Vivait un homme qui a pris la mer...

Les oignons grésillent dans la poêle sur la cuisinière. Nous attaquons *And our friends are all on board*[1] quand soudain, seule ma voix flotte dans l'air, je pivote et découvre les habits d'Henry gisant en tas, le couteau abandonné sur le sol. La moitié d'un poivron se balance légèrement sur la planche à découper.

J'éteins le feu, couvre les oignons. Je m'assieds à côté du tas de vêtements, les ramasse, encore imprégnés de la chaleur d'Henry, et je reste ainsi jusqu'à ce que leur chaleur émane de mon propre corps, serré contre eux. Puis je me lève, gagne notre chambre, les plie soigneusement et les place sur notre lit. Puis j'achève de confectionner le dîner du mieux que je peux et je mange seule, plongée dans l'attente et les interrogations.

Vendredi 3 février 1995
(Claire a vingt-trois ans, Henry trente et un et trente-neuf)

Claire : Gomez, Charisse, Henry et moi sommes attablés dans notre salle à manger où nous disputons une partie d'Intox Capitaliste Moderne. Un jeu que Gomez et Charisse ont inventé et qui se joue à partir d'un Monopoly. Il consiste à répondre à des questions, accumuler des points, amasser de l'argent et exploiter ses coéquipiers. C'est le tour de Gomez. Il lance les dés, obtient un six et atterrit sur la Caisse de Communauté. Il tire une carte.

— OK, tout le monde. Quelle invention technologique moderne vous bazarderiez pour le bien général ?

— La télévision, proposé-je.

1. Et nos amis sont tous à bord.

— L'adoucissant textile, enchaîne Charisse.

— Les détecteurs de mouvements, renchérit Henry d'un ton véhément.

— La poudre à canon en ce qui me concerne, conclut Gomez.

— Difficile de parler d'invention moderne dans ce cas, j'objecte.

— D'accord. Alors la chaîne de montage.

— Tu n'as pas le droit de revenir sur ce que tu as dit en cours de route, intervient Henry.

— Bien sûr que si. Et puis d'abord où tu es allé pêcher une réponse aussi faiblarde que « détecteurs de mouvements » ?

— Je n'arrête pas de me faire repérer à cause de ça dans la réserve de la Newberry. À deux reprises, cette semaine, je me suis retrouvé là-bas après les heures d'ouverture et j'ai à peine eu le temps de souffler que le gardien était déjà à mes trousses. Ces trucs me rendent dingue.

— Je doute que liquider les capteurs de mouvements ait une quelconque répercussion sur le prolétariat. Claire et moi recevons chacun dix points pour avoir répondu correctement, Charisse cinq points pour sa créativité et Henry recule de trois cases pour avoir privilégié les intérêts individuels au détriment du bien commun.

— Retour à la case Départ. Paie-moi deux cents dollars, banquière.

Charisse s'exécute.

— *Oups !* lâche Gomez.

Je le gratifie d'un sourire. C'est à moi. Je produis un quatre.

— Avenue des Champs-Élysées. J'achète.

Avant de pouvoir acquérir quoi que ce soit, je dois fournir une bonne réponse. Henry pioche dans la pile Chance.

— Avec qui préfèrerais-tu dîner et pour quelle raison :

Adam Smith, Karl Marx, Rosa Luxemburg ou Alan Greenspan ?

— Rosa.

— Pourquoi ?

— Elle a connu la mort la plus intéressante.

Henry, Charisse et Gomez délibèrent et me donnent la permission de procéder à la transaction. Je tends l'argent à Charisse qui me délivre mon titre de propriété. Henry fait rouler les dés et tombe sur Impôts sur le revenu. Nous nous crispons, pleins d'appréhension.

— Grand Bond en avant, lit-il.

— Bon sang !

Nous restituons l'ensemble de nos possessions à Charisse qui les remet en place dans la Banque, siennes comprises.

— Adieu Champs-Élysées !

— Désolé.

Henry se déplace sur la moitié du plateau et s'immobilise sur Avenue Mozart.

— J'achète !

— Mon Avenue Mozart ! se lamente Charisse.

Je prélève une carte de la pile Parc gratuit.

— Quel est le taux de change du yen aujourd'hui ?

— Aucune idée. Qui a concocté cette question ?

— Moi, s'épanouit Charisse.

— Quelle est la réponse ?

— 99, 8 yens pour un dollar.

— Ok. Pas d'Avenue Mozart donc. À ton tour.

Henry confie les dés à Charisse. Elle forme un quatre et finit en Prison. Une carte lui révèle la nature de son crime : Délit d'initié. Nous pouffons.

— C'est plutôt votre domaine, commente Gomez.

Henry et moi nous fendons d'un sourire modeste. Nous faisons un malheur à la Bourse ces temps-ci. Pour se libérer, Charisse doit réussir le test des trois questions.

Gomez pioche dans la pile Chance.

— Primo : cite le nom de deux artistes célèbres que Trotski a côtoyés au Mexique.

— Diego Rivera et Frieda Kahlo.

— Exact. Secundo : Combien Nike rémunère-t-il ses ouvriers vietnamiens *per diem* pour fabriquer ces baskets ridiculement hors de prix ?

— Seigneur ! quelle colle... Trois dollars ? Dix *cents* ?

— Ton dernier mot ?

Un fracas assourdissant retentit dans la cuisine. Nous bondissons tous sur nos pieds, mais Henry ordonne : « Rasseyez-vous ! » avec une telle force que nous lui obéissons. Il se précipite là-bas. Charisse et Gomez me regardent, interloqués. Je secoue la tête. « Je n'en sais pas plus que vous. » C'est faux. Nous percevons un faible bourdonnement de voix et un gémissement. Charisse et Gomez sont pétrifiés, aux aguets. Je me lève et rejoins doucement Henry.

Agenouillé, il presse une serviette contre la tête de l'homme nu étendu sur le linoléum, qui bien sûr n'est autre que Henry. Le buffet en bois abritant notre vaisselle est renversé sur le flanc – la vitre brisée, son contenu répandu sur le sol et pulvérisé. Henry, allongé au milieu de ce chaos, saigne, le corps couvert de morceaux de verre. Tous deux me considèrent, l'un piteusement, l'autre intensément. Je m'accroupis face à Henry, au-dessus d'Henry. « D'où vient tout ce sang ? » murmuré-je. « Du cuir chevelu, je crois », me murmure Henry en retour. « Appelons une ambulance », je suggère. J'entreprends d'extraire les fragments de la poitrine d'Henry. Les paupières closes, il articule : « Non. » Je m'interromps.

— Nom de Dieu !

Gomez s'encadre dans la porte. Je distingue Charisse debout derrière lui sur la pointe des pieds, essayant de voir par-dessus son épaule.

— Oh ! s'exclame-t-elle, une fois Gomez écarté de son chemin.

Henry jette un torchon sur les parties génitales de son double prostré à terre.

— Oh ! Henry, ne te tracasse pas pour ça, j'ai dessiné des millions de modèles...

— Je tente de préserver un minimum d'intimité, la rabroue-t-il.

Charisse se rétracte, comme s'il l'avait giflée.

— Écoute, Henry... marmonne Gomez.

J'ai du mal à réfléchir avec tout ça.

— Silence, s'il vous plaît !

À ma grande surprise, ils se taisent.

— Que se passe-t-il ensuite, Henry ?

Figé, grimaçant et s'efforçant de ne pas bouger, il ouvre les yeux et me scrute un instant avant de répondre.

— Je serai reparti dans quelques minutes, lâche-t-il finalement dans un souffle. (Puis s'adressant à Henry :) Sers-moi un verre.

Henry saute sur ses pieds et reparaît avec un verre à jus de fruits rempli de Jack Daniels. Je soutiens la nuque d'Henry qui parvient à en avaler près du tiers.

— Est-ce bien raisonnable ? s'enquiert Gomez.

— C'est le cadet de mes soucis, décrète Henry depuis le sol. Ça fait un mal de chien. (Il suffoque.) Éloignez-vous ! Fermez les yeux...

— Pourquoi ?... commence Gomez.

Henry se tord dans des convulsions comme si on lui administrait des décharges électriques. Sa tête oscille violemment, il hurle : « Claire ! » et je ferme les yeux. Un bruit semblable au claquement d'un drap de lit, mais beaucoup plus amplifié résonne, suivi d'une pluie de verre et de porcelaine, et Henry s'est volatilisé.

— Oh ! mon Dieu ! s'écrie Charisse.

Henry et moi nous nous fixons. « C'était différent, Henry. C'était brutal et dérangeant. Que t'arrive-t-il ? » Son teint livide m'informe qu'il l'ignore lui aussi. Il inspecte son whisky à la recherche de débris puis le vide d'un trait.

— Tu peux nous expliquer pour le verre ? l'interroge Gomez en s'époussetant avec précaution.

Henry se hisse sur ses jambes, m'offre sa main. Il est recouvert d'une fine brume de sang mêlée de bouts de faïence et de cristal. Je me redresse, examine Charisse. Une profonde entaille lui barre le visage, du sang coule sur sa joue telle une larme.

— Je laisse derrière moi tout ce qui n'est pas mon corps proprement dit, indique Henry. (Il leur montre le trou dans sa bouche, legs d'une dent arrachée parce qu'il en perdait sans cesse le plombage.) Donc, là où je suis retourné, au moins le verre aura disparu, ils ne seront pas obligés de le retirer patiemment avec une pince à épiler.

— Mais nous si, observe Gomez qui enlève délicatement les éclats des cheveux de Charisse.

Il marque un point.

SCIENCE-FICTION DE BIBLIOTHÈQUE

Mercredi 8 mars 1995 (Henry a trente et un ans)

HENRY : Je joue à cache-cache avec Matt dans la section Collections spéciales. Il me cherche, car nous sommes censés faire un exposé sur la calligraphie pour une dame du conseil d'administration de Newberry et son club de gravure féminin. Je me planque, car j'aimerais me rhabiller avant qu'il me trouve.

— Allez, Henry, elle nous attendent ! crie Matt du fin fond des Grands Formats américains.

J'enfile mon pantalon devant les *livres d'artistes** du XXe siècle français.

— Une seconde, je regarde juste un dernier truc !

Faudrait que je songe à apprendre la ventriloquie pour ce type de situations. Matt se rapproche tout en m'exhortant :

— Tu sais que Mme Connelly va criser, alors laisse tomber, on y va, maintenant.

Il passe la tête dans ma travée alors que je reboutonne ma chemise.

— Qu'est-ce que tu fabriques ?

— Pardon ?

— Toi, t'as encore couru à poil au milieu des collections.

— Euh, peut-être, je réponds d'un ton qui se veut détaché.

— Bon sang, Henry. Passe-moi la poussette.

Il empoigne le chariot plein de livres et le dirige vers la salle de lecture. La lourde porte métallique s'ouvre et se referme. Je me rechausse, noue ma cravate, époussette ma veste et l'endosse. Puis je regagne la salle de lecture, m'installe en face de Matt derrière la grande table d'école investie de bourgeoises d'âge moyen, et me mets à disserter sur les divers ouvrages de ce génie du lettrage qu'est Rudolf Koch. Matt étale des feutrines, ouvre des portfolios, glisse des commentaires pleins de pertinence sur Koch, et à la fin de l'heure je me dis qu'il ne va peut-être pas me tuer ce coup-ci. Les femmes, ravies, cheminent vers la sortie pour aller déjeuner. Je m'affaire avec Matt autour de la table, rangeant les documents dans les cartons puis sur le chariot.

— Désolé pour ce retard, je lui dis.

— Si tu n'étais pas si brillant, réplique-t-il, à l'heure qu'il est on aurait tanné ta peau pour refaire la reliure de *Das Manifest der Nacktkultur.*

— Ça n'existe même pas.

— Tu veux parier ?

— Non.

Nous ramenons le chariot et replaçons livres et portfolios sur les étagères. Je paie le Beau Thaï à Matt, et tout est pardonné, sinon oublié.

Mardi 11 avril 1995 (Henry a trente et un ans)

HENRY : Il y a une cage d'escalier qui m'effraie à la bibliothèque de Newberry. Elle se situe à l'extrémité est de l'artère qui traverse chacun des quatre niveaux, séparant les salles de lecture des rayonnages. Elle n'a rien de grandiose, contrairement à l'escalier principal avec ses marches en marbre et sa rampe sculptée. Elle n'a pas de fenêtre. Elle est dotée d'un éclairage au néon, de murs en parpaings, de marches en béton aux bandes antidérapantes jaunes. Une porte métallique et aveugle dessert chaque palier. Mais ce n'est pas cela qui me tracasse. Ce que je déteste dans cette cage d'escalier, c'est une autre cage. *La* Cage.

La Cage fait trois étages de haut et s'élève au centre de l'escalier. De prime abord on dirait une cage d'ascenseur, sauf qu'il n'y a pas, n'y a jamais eu, de cabine. Personne à Newberry ne semble savoir à quoi sert la Cage, ni ce qu'elle fait là. J'imagine qu'elle sert à empêcher les gens de se jeter dans le vide et d'atterrir en mille morceaux. La Cage est peinte en beige. Tout en acier.

Lors de ma prise de fonctions, Catherine m'a fait visiter tous les coins et recoins de la bibliothèque. Elle m'a fièrement montré les rayonnages, la salle d'ouvrage, la pièce inutilisée où Matt fait ses vocalises, le box en foutoir permanent de McAllister, le coin des enseignants, la salle de déjeuner du personnel... Quand elle a ouvert la porte menant à l'escalier, sur le chemin de la salle de conservation, j'ai eu un moment de panique, un geste de recul devant le treillage de la Cage.

— Qu'est-ce que c'est ? j'ai demandé.

— Ah ! ça, c'est la Cage, répondit Catherine avec nonchalance.

— C'est un ascenseur ?

— Non, juste une cage. À ma connaissance, elle ne sert à rien.

— Ah bon. (Je me suis approché pour regarder à l'intérieur.) Il y a une porte tout en bas ?

— Non. On ne peut pas y entrer.

— Ah bon.

Alors nous avons monté les marches et poursuivi notre visite.

Depuis ce jour, j'évite cet escalier. J'essaie de ne pas penser à la Cage, je ne veux pas en faire une montagne. Mais si je devais échouer à l'intérieur, je ne pourrais plus ressortir.

Vendredi 9 juin 1995 (Henry a trente et un ans)

Henry : Je me matérialise sur le carrelage des toilettes du personnel, au dernier étage de Newberry. J'ai disparu pendant ce qui me semblait une éternité, perdu au fin fond de l'Indiana de 1973, et je suis crevé, affamé, mal rasé ; pire, j'ai un œil au beurre noir et je ne trouve plus mes fringues. Je me relève, m'enferme dans une cabine, m'assieds et cogite. Arrive alors un type ; il baisse sa braguette, pisse dans l'urinoir, se reboutonne, puis s'attarde quelques instants, et là j'éternue.

— Qui est là ? demande Roberto.

Je reste assis sans faire de bruit. Dans l'intervalle entre le sol et le bas de la porte, je vois Roberto se pencher lentement pour regarder mes pieds.

— C'est toi, Henry ? Je vais demander à Matt de t'apporter tes vêtements. Tu seras gentil de t'habiller et de venir dans mon bureau.

Je me glisse dans son box et m'installe en face de lui. Il est au téléphone, alors j'en profite pour zieuter son calendrier. Vendredi. Sa pendule indique 14 h 17. Cela fait un peu plus de vingt-deux heures que je me suis absenté. Roberto repose le combiné en douceur et se tourne vers moi.

— Ferme la porte, demande-t-il.

Il s'agit là d'une pure formalité, vu que les cloisons des bureaux n'atteignent pas le plafond, mais je ne discute pas.

Roberto Calle est un éminent spécialiste de la Renaissance italienne, et le chef des Collections spéciales. D'ordinaire, c'est le plus avenant des hommes, rayonnant, barbu, encourageant. Là, il me fixe d'un air triste par-dessus ses demi-lunes :

— On ne peut pas accepter ce genre de choses, tu sais.

— Oui, je réponds. Je sais.

— Puis-je te demander où tu t'es fait cet impressionnant œil poché ?

Sa voix est sombre.

— J'ai dû me prendre un arbre.

— Bien sûr. Suis-je bête. (On s'observe en silence.) Il se trouve qu'hier j'ai vu Matt entrer dans ton bureau avec une pile de vêtements. Étant donné que ce n'était pas la première fois que je le surprenais avec des habits à la main, je lui ai demandé d'où ceux-là provenaient, et il m'a répondu les avoir trouvés aux toilettes. Je lui ai donc demandé ce qui l'incitait à rapporter ce tas-là dans ton bureau, et il a répondu que cela ressemblait à ce que tu portais, ce qui était vrai. Alors, vu que tu étais introuvable, nous avons simplement laissé ces vêtements sur ton bureau.

Il se tait, comme si j'étais censé répondre, mais rien de pertinent ne me vient à l'esprit. Il poursuit :

— Claire a appelé, ce matin, pour dire à Isabelle que tu étais grippé et que tu ne viendrais pas travailler.

J'appuie ma tête contre ma paume. Mon œil m'élance.

— Explique-toi, m'enjoint Roberto.

Je serais tenté de dire : « Vois-tu, Roberto, je me suis retrouvé coincé en 1973, à Muncie dans l'Indiana, et pas moyen d'en repartir; j'ai passé un bon moment dans une grange jusqu'à ce que le propriétaire vienne me tabasser parce qu'il croyait que j'en voulais à ses moutons. » Mais naturellement, c'est impossible. Alors je réponds :

— Je ne me souviens plus trop, Roberto. Désolé.

— Ah bon. Alors c'est Matt qui rafle la cagnotte.

— Quelle cagnotte ?

Il sourit, et je me dis qu'il ne va peut-être pas me virer.

— Matt a parié que tu n'essaierais même pas de t'expliquer. Amelia a misé sur l'enlèvement par des extraterrestres. Isabelle supposait que tu fricotais avec un cartel de la drogue et que la mafia t'avait kidnappé pour te zigouiller.

— Et Catherine ?

— Oh ! Catherine et moi, nous sommes convaincus qu'il s'agit ni plus ni moins de la plus insolite des perversions sexuelles, liée à la nudité et aux livres !

J'inspire un grand coup.

— C'est plus proche de l'épilepsie, en fait.

Roberto paraît sceptique.

— L'épilepsie ? Tu as disparu hier après-midi. Tu as un œil poché, des griffures plein le visage et les mains. J'ai demandé aux vigiles de passer tout l'immeuble au peigne fin pour te retrouver. C'est là qu'ils m'ont dit que tu avais l'habitude de te dévêtir dans la réserve.

Je contemple mes ongles. Quand je relève les yeux, Roberto regarde par la fenêtre.

— Je ne sais plus quoi faire, Henry. Je n'ai aucune envie de me séparer de toi. Quand tu es présent, et habillé, tu démontres une grande... compétence. Mais là, ce n'est vraiment plus possible.

Nous nous dévisageons quelques minutes. Roberto finit par lâcher :

— Promets-moi que ça ne se reproduira plus.

— J'aimerais bien, mais c'est impossible.

Roberto soupire, agite la main en direction de la porte.

— Allez, va. Va donc cataloguer la collection Quigley, ça t'évitera les ennuis pendant un certain temps.

(La collection Quigley, une donation récente, comprend plus de deux mille babioles de l'ère victorienne, la plupart ayant trait au savon.)

J'obéis d'un signe de tête et me lève. Comme j'ouvre la porte, Roberto ajoute :

— C'est à ce point inavouable, Henry ?

J'hésite.

— Oui.

Il se tait.

Je referme la porte et regagne mes quartiers. Je trouve Matt assis à mon bureau, qui transfère des trucs de son calendrier vers le mien. À mon approche il relève les yeux.

— Alors, il t'a viré ?

— Non.

— Comment ça se fait ?

— Sais pas.

— Bizarre. Au fait, j'ai fait ton exposé pour les Relieurs artisanaux de Chicago.

— Merci. Je te paie le restau demain midi ?

— Volontiers. (Il consulte le calendrier sous son nez.) Dans trois quarts d'heure, on a un exposé pour une classe d'histoire de la typographie. Des étudiants de Columbia.

J'opine et puise dans mes tiroirs les objets que nous allons montrer.

— Eh ! Henry.

— Ouais ?

— T'étais où ?

— À Muncie, Indiana. 1973.

— Ben voyons. (Il roule des yeux avec un sourire sarcastique.) Laisse tomber.

Dimanche 17 décembre 1995
(Claire a vingt-quatre ans, Henry huit)

Claire : Je rends visite à Kimy en ce dimanche après-midi neigeux de décembre. De retour de mes courses de Noël, assise dans sa cuisine, je déguste un chocolat chaud en me réchauffant les pieds auprès de son convecteur plinthe et en la régalant d'histoires de bonnes affaires et de décorations. Elle fait une réussite pendant que nous bavardons, j'admire son geste – expert quand elle bat les cartes, précis quand elle plaque le rouge sur le noir. Une casserole de ragoût mijote sur le feu. Un bruit retentit dans la salle à manger : une chaise tombe. Kimy redresse la tête, pivote sur elle-même.

— Kimy, chuchoté-je. Il y a un petit garçon sous la table de la salle à manger.

Quelqu'un glousse.

— Henry ? appelle-t-elle.

Pas de réponse. Elle se lève et va se poster dans l'embrasure de la porte.

— Hé ! canaille ! Arrête tes pitreries. Et enfile des vêtements, jeune homme.

Elle disparaît dans la pièce. Des chuchotements. Davantage de gloussements. Le silence. Soudain, un garçonnet nu me dévisage depuis le seuil avant de se volatiliser tout aussi soudainement. Kimy reparaît, se réinstalle à sa place et se replonge dans son jeu.

— Waouh ! je m'exclame.

— Ça arrive moins souvent ces derniers temps, précise-t-elle en souriant. Maintenant, il est adulte, quand il vient. Mais il vient plus autant qu'avant.

— Je ne l'avais jamais vu voyager dans ce sens, vers l'avenir.

— Mmm tu n'as pas tant d'avenir que ça avec lui encore.

Il me faut une seconde pour saisir ce qu'elle veut dire. Lorsque c'est le cas, je me demande quel genre de futur ce sera, puis je l'imagine se dilater, s'ouvrir graduellement de telle sorte qu'Henry finira par se présenter à moi depuis le passé. Je bois mon chocolat, promène mon regard sur le jardin gelé.

— Il te manque, Kimy ?

— Oui, il me manque. Mais il est adulte maintenant. Quand il débarque en petit garçon, c'est comme un fantôme, tu comprends ?

Je hoche la tête. Elle termine sa partie, rassemble ses cartes et me considère, un sourire sur les lèvres.

— Vous allez avoir un bébé, hein ?

— Je ne sais pas, Kimy. Je ne suis pas sûre que ce soit possible.

Elle se relève, se dirige vers la cuisinière et remue son ragoût.

— On ne sait jamais, lâche-t-elle.

— Exact.

On ne sait jamais.

Plus tard, Henry et moi sommes couchés. Il continue de neiger, les radiateurs émettent de faibles cliquètements. Je me tourne vers lui, il me contemple et je lui lance :

— Faisons un bébé.

Lundi 11 mars 1996 (Henry a trente-deux ans)

HENRY : J'ai enfin mis la main sur le Dr Kendrick : il officie au CHU de Chicago. C'est une froide et moche journée de mars. On attendrait de ce mois-ci qu'il marque un mieux par rapport à février, mais à Chicago ce n'est pas toujours le cas. Je monte dans le métro aérien et m'assieds dans le sens opposé à la marche. La ville file derrière nous et bientôt nous atteignons la 59e Rue. Je descends et trace mon chemin sous la neige glacée. Il est 9 heures, un lundi matin. Les gens semblent murés en eux-mêmes, face à la semaine de travail qui s'apprête à les happer. J'aime bien Hyde Park. Quand je m'y trouve, c'est comme si j'étais tombé de Chicago pour atterrir dans une autre ville, genre Cambridge. La pierre grise des immeubles est noircie par la pluie et les arbres larguent de grosses gouttes sur les passants. Je cède à la douce sérénité du fait accompli : je parviendrai à convaincre Kendrick, alors même que j'ai échoué auprès de ses nombreux confrères, car je le convaincs et c'est comme ça. Il deviendra mon toubib, car il l'est dans mon futur.

Je pénètre dans le petit immeuble de style Mies van der Rohe qui jouxte l'hôpital. Je prends l'ascenseur jusqu'au troisième, pousse la porte de verre indiquant en lettres dorées *Docteurs C. P. Sloane et D. L. Kendrick*, me présente devant la secrétaire et m'installe dans l'un des profonds fauteuils couleur lavande. La salle d'attente est rose et mauve, sans doute pour apaiser les patients. Le Dr Kendrick est généticien et, non accessoirement, philosophe ; j'imagine que ce dernier titre a son utilité pour affronter les dures réalités pratiques qui s'imposent au premier. Aujourd'hui je suis le seul à attendre. J'ai dix minutes d'avance. Le papier peint présente d'épaisses rayures qui ont la couleur exacte des bonbons Pepto-Bismol. Cela jure un peu avec le tableau de moulin à eau qui me fait face, à dominante marron et verte. Le mobilier est de style néo-colonial, mais je remarque un très joli tapis, un sorte de persan doux, et il me fait presque pitié, le pauvre, prisonnier de cette pièce sinistre. La secrétaire est une femme d'âge moyen au regard affable, à la peau parcheminée par des années de soleil. Même là, elle est bronzée, en ce mois de mars.

À 9 h 35, j'entends des voix dans le couloir et une femme blonde arrive dans la salle d'attente avec un garçonnet en fauteuil roulant. Il semble atteint de paralysie faciale, quelque chose comme ça. La femme me sourit, je lui rends la politesse. Quand elle pivote je vois qu'elle est enceinte. La secrétaire annonce : « Vous pouvez entrer, monsieur DeTamble ». Je souris au garçon en passant. Ses yeux gigantesques me captent, mais ses lèvres restent immobiles.

Le Dr Kendrick couche des notes dans un dossier quand je pénètre dans son bureau. Je m'assieds et il continue d'écrire. Il est plus jeune que ce que je pensais : un bonne trentaine d'années. Avec les médecins, je m'attends toujours à trouver de vieux croulants C'est un reste de mon enfance, où je suis passé de toubib en toubib. Kendrick est roux, le visage mince et barbu, avec d'épaisses lunettes métalliques. Il a un petit côté D. H. Lawrence. Il porte un beau costume anthracite et une fine cravate vert foncé maintenue par une pince représentant une truite arc-en-ciel. Un cendrier déborde à proximité de son coude ; le cabinet est baigné de fumée de cigarette, même si présentement personne ne fume. Tout est moderne : acier tubulaire, sergé beige, bois blond. Le Dr Kendrick relève les yeux et me sourit.

— Bonjour, monsieur DeTamble. Que puis-je pour vous ? (Il consulte son agenda.) Je ne crois pas avoir de dossier à votre nom. Qu'est-ce qui vous amène ?

— *Dasein.*

Kendrick est surpris.

— *Dasein* ? L'existence ? Mais encore ?

— Je souffre d'un état qui, paraît-il, sera connu sous le nom de chrono-déficience. J'ai du mal à rester dans le présent.

— Je vous demande pardon ?

— Je voyage dans le temps. Malgré moi.

Kendrick est perplexe, mais il s'en cache. Ce type me plaît. Il me réserve une approche adaptée aux gens sains d'esprit, alors qu'à tous les coups il se demande déjà vers quel ami psychiatre m'orienter.

— Mais pourquoi vous faut-il un généticien ? À moins que vous ne soyez venu consulter le philosophe ?

— Il s'agit d'une maladie génétique. Cela n'empêche qu'il sera bien agréable d'avoir quelqu'un avec qui envisager le problème dans une plus large perspective.

— Monsieur DeTamble. À l'évidence, vous êtes un homme intelligent... Je n'ai jamais entendu parler de cette maladie. Je ne peux rien faire pour vous.

— Vous ne me croyez pas.

— Non. C'est vrai.

À présent je souris, à regret. Je ne suis pas fier de ce qui va suivre, mais c'est un mal nécessaire.

— Voyez-vous, j'ai vu pas mal de médecins dans ma vie, mais c'est la première fois que j'ai quelque chose à montrer en matière de preuves. Car on ne me croit jamais, bien entendu. Votre femme attend un enfant pour le mois prochain ?

Je le vois méfiant.

— Oui. Comment le savez-vous ?

— Dans quelques années, je jetterai un œil sur son acte de naissance. Puis je voyagerai dans le passé de mon épouse, et je consignerai ce que j'ai lu dans cette enveloppe. Elle me la confiera quand nous nous rencontrerons dans le présent. Et là, aujourd'hui, je vous la remets. Ouvrez-la après la naissance de votre fils.

— Nous attendons une fille.

— Non, je réponds gentiment, je vous assure que non. Mais on ne va pas chicaner là-dessus. Gardez ceci précieusement, et ouvrez-le après la naissance. Ne le jetez pas. Après l'avoir lu, appelez-moi, si vous le désirez.

Je me lève et lui souhaite bonne chance, bien que je ne croie guère à la chance ces temps-ci. Je suis profondément peiné pour lui, mais il n'y avait pas d'autre solution.

— Au revoir, monsieur DeTamble, répond-il froidement.

Je quitte le cabinet. En prenant l'ascenseur, j'imagine que Kendrick est en train d'ouvrir l'enveloppe. Celle-ci contient une feuille de papier machine. Qui dit ceci :

Colin Joseph Kendrick
6 avril 1996, 1 h 18
2,950 kg. Mâle blanc
Syndrome de Down

Samedi 6 avril 1996, 5 h 32
(Henry a trente-deux ans, Claire vingt-quatre)

Henry : Nous dormons entrelacés ; nous avons passé la nuit à nous réveiller, à nous retourner, à nous lever, à nous recoucher. Le bébé Kendrick est venu au monde dans les petites heures de la nuit. Le téléphone va bientôt sonner. Il sonne. Il est situé du côté de Claire, alors elle décroche, prononce un faible « Allô » et me tend l'appareil.

— Comment le saviez-vous ? Comment le saviez-vous ?

Kendrick chuchote presque.

— Je suis désolé. Je suis vraiment désolé.

Nous restons muets pendant une minute. J'ai l'impression qu'il pleure.

— Passez à mon cabinet.

— Quand ça ?

— Demain.

Et il raccroche.

Dimanche 7 avril 1996
(Henry a trente-deux et huit ans, Claire vingt-quatre)

Henry : Je roule en direction de Hyde Park avec Claire. Nous avons à peine échangé quelques mots depuis le départ. Il pleut, et les essuie-glaces servent de métronome au vent et à l'eau qui fouettent la voiture.

Comme en prolongement d'une conversation que nous n'avons pas vraiment, Claire déclare :

— Ça paraît vraiment injuste.

— Quoi donc ? Kendrick ?

— Ouais.

— Mais la nature est injuste.

— Non, c'est pas ça. Je veux dire, c'est triste pour son bébé, mais je pensais plutôt à ce qu'on a fait. Ça semble injuste d'exploiter cette affaire.

— Déloyal, tu veux dire ?

— C'est ça.

Je soupire. Le panneau de sortie vers la 57e Rue apparaît sur la droite et Claire change de file jusqu'à la bretelle.

— Je suis d'accord avec toi, mais c'est trop tard. Tu sais, j'ai essayé...

— Peu importe. C'est trop tard.

— Trop tard.

Le silence revient. Je guide Claire dans le dédale de rues à sens unique, et en peu de temps nous arrivons au pied de l'immeuble de Kendrick.

— Bonne chance.

— Merci.

J'ai le trac.

— Et sois gentil.

Claire m'embrasse. On se regarde, tous nos espoirs submergés par notre culpabilité vis-à-vis de Kendrick. Elle sourit puis se détourne. Je quitte la voiture et la regarde s'éloigner lentement sur la 59e avant de traverser Midway. Elle a prévu une course à la Smart Gallery.

La porte principale est ouverte. Je monte au troisième par l'ascenseur. Personne dans la salle d'attente ; je la traverse et m'engouffre dans le couloir. La porte du cabinet est ouverte, la lumière éteinte. Kendrick est debout derrière son bureau, de dos, il contemple la rue sous la pluie. Je campe un bon moment dans l'embrasure de la porte, puis je pénètre dans la pièce.

Kendrick se retourne et je tressaille devant la métamorphose de son visage. Ravagé n'est pas le mot qui convient. Il est vidé, on lui a retiré quelque chose. Sécurité, confiance, assurance... À force de vivre perché sur un trapèze métaphysique, j'oublie que beaucoup de gens préfèrent les terres plus fermes.

— Henry DeTamble, lance Kendrick.

— Bonjour.

— Pourquoi êtes-vous venu me trouver ?

— Parce que je l'ai fait. Ça n'avait rien d'un choix.

— Le destin ?

— Appelez ça comme vous voudrez. Les choses prennent vite un aspect circulaire quand on est dans ma peau. La cause et l'effet finissent par se confondre.

Kendrick s'assied à son bureau. Le fauteuil grince. C'est le seul bruit, hormis la pluie. Il plonge la main dans sa poche, trouve ses cigarettes, m'interroge du regard. Je hausse les épaules. Il s'en allume une, et se met à fumer en silence. Je l'observe.

— Comment étiez-vous au courant ? demande-t-il.

— Je vous l'ai dit. J'ai vu l'acte de naissance.

— Quand ?

— En 1999.

— Impossible.

— Expliquez-moi, alors.

Kendrick secoue la tête.

— J'en suis incapable. J'ai retourné la question dans tous les sens, et je sèche. Tout était... exact. L'heure, le jour, le poids, la... l'anormalité. (Il me regarde d'un air désespéré.) Et si nous avions choisi un autre prénom ? Alex, Fred, Sam...

Je secoue la tête, avant de m'apercevoir que je l'imite.

— C'est celui-là que vous avez choisi. Je n'irai pas jusqu'à dire que vous ne pouviez pas changer de prénom, mais il se trouve que vous ne l'avez pas fait. Je me suis contenté de rapporter des informations. Je ne suis pas cinglé.

— Vous avez des enfants ?

— Non. (Et je ne souhaite pas aborder le sujet, même s'il

le faudra par la suite.) Je suis navré pour Colin. Mais vous savez, c'est vraiment un enfant merveilleux.

Kendrick me considère.

— J'ai cherché la cause de l'erreur. Les résultats de notre test on été intervertis avec ceux d'un couple nommé Kenwick.

— Et qu'auriez-vous fait si vous aviez su ?

Il détourne les yeux.

— Je ne sais pas. Mon épouse et moi sommes catholiques, alors j'imagine que ça n'aurait rien changé. Quelle ironie...

— Comme vous dites.

Kendrick écrase sa cigarette pour en allumer une nouvelle. Stoïque, je me résigne au mal de crâne.

— Comment ça marche ? demande Kendrick.

— De quoi parlez-vous ?

— Ces prétendus voyages dans le temps que vous prétendez effectuer. (Il paraît mécontent.) Vous récitez une formule magique ? Vous grimpez dans une machine ?

Je tâche d'expliquer de manière plausible :

— Non. Je ne fais rien de particulier. Ça arrive comme ça. Je ne contrôle rien, c'est juste... Tout se passe normalement, puis la minute d'après je suis ailleurs, dans une autre époque. Comme si on changeait de chaîne. D'un coup, je me retrouve ailleurs dans l'espace et dans le temps.

— Et que voulez-vous que je fasse ?

Je me penche en avant pour donner du poids à mes mots :

— Je veux que vous en trouviez la cause, et que vous y mettiez fin.

Un sourire. Qui n'a rien d'amical.

— Et pourquoi ? Ce doit être drôlement pratique, dites-moi. Savoir toutes ces choses que les autres ignorent...

— C'est dangereux. Ça finira par me tuer.

— Je ne peux pas vraiment dire que j'en serais peiné.

À quoi bon s'acharner ? Je me lève et prends la porte.

— Au revoir, docteur Kendrick.

Je remonte le couloir sans me presser, pour qu'il ait le temps de me rappeler, mais il n'en fait rien. Dans l'ascenseur je médite piteusement. Où que ça ait merdé, il fallait qu'il en soit ainsi, et tôt ou tard ça marchera. En quittant l'immeuble j'avise Claire qui m'attend dans la voiture, de l'autre côté de la rue. Elle tourne la tête et je lis un tel espoir, une telle excitation sur son visage que la tristesse m'engloutit. Je tremble à l'idée de lui annoncer la nouvelle, et comme je traverse la rue pour la rejoindre, mes oreilles se mettent à bourdonner et je perds l'équilibre, je tombe, mais en fait de chaussée j'atterris sur une moquette et je reste étendu jusqu'à ce qu'une petite voix familière déclare : « Ça va, Henry ? », et en levant les yeux je me vois, moi, à l'âge de huit ans, assis dans mon lit.

— Ça va, Henry. (Il a l'air sceptique.) Je te jure, ça va.

— Tu veux du cacao ?

— C'est pas de refus.

Il saute du lit et file dans le couloir. Nous sommes au milieu de la nuit. Il farfouille dans la cuisine un petit moment, et réapparaît enfin muni de deux chocolats chauds. On les boit lentement, en silence. Quand c'est terminé Henry rapporte les tasses à la cuisine et les nettoie. Inutile de semer des indices derrière soi. À son retour je demande :

— Quoi de neuf ?

— Pas grand-chose. On est allés voir un nouveau docteur, aujourd'hui.

— Ah ouais ? Moi aussi ! Lequel ?

— Je sais plus son nom. Un vieux avec plein de poils dans les oreilles.

— Ça s'est passé comment ?

Henry hausse les épaules.

— Il m'a pas cru.

— Je vois. Tu devrais laisser tomber. Aucun de ces types ne te croira jamais. Le toubib que j'ai vu aujourd'hui m'a cru, du moins je pense, mais il n'a pas voulu m'aider.

— Comment ça se fait ?

— J'ai pas dû lui plaire.

— Ah bon. Eh ! tu veux des couvertures ?

— Peut-être une, alors.

Je tire sur son couvre-lit et me pelotonne sur la moquette.

— Bonne nuit. Fais de beaux rêves.

Mes petites dents blanches d'enfant lancent un éclair dans le bleu de la chambre, puis Henry se retourne en une boule compacte d'enfant endormi et je me retrouve seul face à mon ancien plafond, à me languir de Claire.

CLAIRE : Henry quitte l'immeuble, l'air abattu, quand soudain il pousse un cri et disparaît. Je bondis hors de la voiture et me rue vers l'endroit où il se tenait, la minute d'avant, mais où ne subsiste plus à présent qu'une pile de vêtements. Je les ramasse, me fige l'espace de quelques battements de cœur au milieu de la rue et, tandis que je suis figée ainsi, je distingue le visage d'un homme qui m'observe derrière une fenêtre au troisième étage. Puis il se dérobe à ma vue. Je regagne la voiture et reste assise les yeux rivés sur le tee-shirt bleu clair d'Henry et son pantalon noir, à me demander si cela vaut la peine que je m'attarde ici. J'ai glissé *Retour à Brideshead* dans mon sac, aussi je décide de patienter un peu au cas où Henry réapparaîtrait bientôt. Alors que je me tourne pour attraper mon livre, j'aperçois un homme roux qui accourt vers la voiture. Il s'arrête du côté passager et m'examine. Kendrick, selon toute probabilité. Je déverrouille la portière, il grimpe à l'intérieur et, une fois là, ne sait quoi dire.

— Bonjour, j'interviens. Vous devez être David Kendrick. Je suis Claire DeTamble.

— Oui... (Il est en proie à la plus vive agitation.) oui, oui. Votre mari...

— Vient juste de se volatiliser en plein jour.

— Exactement !

— Vous paraissez surpris.

— Eh bien...

— Il ne vous a pas prévenu ? Ça lui arrive de temps en temps. (Jusqu'ici, je ne suis guère impressionnée par ce type. Je persévère néanmoins.) Je suis vraiment désolée pour votre bébé. Mais d'après Henry, c'est un garçon adorable qui dessine avec beaucoup de talent et déborde d'imagination. Votre petite fille aussi est très douée, tout ira bien. Vous verrez.

Il me dévisage, bouche bée.

— Nous n'avons pas de fille. Juste... Colin.

— Mais ça viendra. Elle s'appellera Nadia.

— Ça a été un choc. Ma femme est bouleversée...

— Tout rentrera dans l'ordre. Je vous assure.

À mon grand étonnement, cet inconnu se met à pleurer, les épaules agitées de soubresauts, la figure enfouie entre les mains. Au bout de quelques minutes, il s'apaise, relève la tête. Je lui tends un Kleenex et il se mouche.

— Pardonnez-moi, commence-t-il.

— Inutile de vous excuser. Que s'est-il passé entre Henry et vous ? Les choses ont mal tourné, n'est ce pas ?

— Comment êtes-vous au courant ?

— Il était tellement tendu qu'il a perdu tout contrôle sur le présent.

— Où est-il ?

Kendrick fouille l'habitacle du regard comme si j'étais susceptible d'avoir caché Henry sur la banquette arrière.

— Aucune idée. Pas ici, visiblement. Nous espérions que vous pourriez nous aider, mais je suppose que non en définitive.

— J'ignore comment...

À cet instant précis, Henry se matérialise à l'endroit exact où il avait disparu. Une voiture se rapproche, à environ six mètres de là : l'automobiliste écrase la pédale de frein au moment où Henry s'élance sur mon capot. L'homme baisse sa vitre tandis qu'Henry se redresse et exécute une petite révérence, et vocifère quelque insulte avant de continuer sa route. J'entends mon sang bouillonner dans mes oreilles. Je jette un œil à Kendrick, abasourdi. Je me précipite dehors cependant qu'Henry descend doucement du capot.

— Salut, Claire. C'était moins une, hein ?

Je l'enveloppe de mes bras, il tremble.

— Tu as récupéré mes vêtements ?

— Oui, je les ai ici... Au fait, Kendrick est là.

— Quoi ? Où ?

— Dans la voiture.

— Pour quelle raison ?

— Il a assisté à ta disparition, ce qui semble l'avoir sérieusement perturbé.

Henry avance la tête par la portière côté conducteur.

— Re-bonjour.

Il s'empare de ses affaires et entreprend de s'habiller. Kendrick sort de la voiture et nous rejoint.

— Où étiez-vous ?

— De retour en 1971. À boire du chocolat chaud avec moi-même, à l'âge de huit ans, dans mon ancienne chambre, à 1 heure du matin. Je suis resté là-bas près d'une heure. En quoi est-ce que ça vous concerne ?

Henry considère Kendrick froidement tout en nouant sa cravate.

— Incroyable.

— Vous aurez beau le répéter en boucle, c'est malheureusement la triste vérité.

— Vous voulez dire que vous êtes redevenu un petit garçon de huit ans ?

— Non, je veux dire que je me suis retrouvé dans ma chambre d'enfant, dans l'appartement de mon père, en 1971, tel que je suis, âgé de trente-deux ans, en compagnie de moi-même à l'âge de huit ans. Autour d'une tasse de chocolat chaud. Nous parlions justement de l'incrédulité de la profession médicale. (Henry contourne la voiture et ouvre la portière.) Claire, fichons le camp, on perd notre temps.

Je me dirige du côté conducteur.

— Au revoir, docteur Kendrick. Bonne chance avec Colin.

— Attendez... (Il s'interrompt, rassemble ses esprits.) Ce serait une maladie génétique ?

— Oui, acquiesce Henry. C'est une maladie génétique et nous essayons d'avoir un enfant.

— Un pari plutôt risqué, remarque-t-il avec un sourire amer.

Je lui rends son sourire.

— Nous avons l'habitude de prendre des risques. Au revoir.

Nous montons dans la voiture et nous éloignons. Tandis que je me m'engage sur Lake Shore Drive, je coule un regard vers Henry, lequel, à ma grande surprise, jubile.

— Qu'est-ce qui te met de si bonne humeur ?

— Kendrick. Il a complètement mordu à l'hameçon.

— Tu crois ?

— Aucun doute !

— Bon, super alors. Mais il m'a fait l'effet d'être un peu lent à la détente.

— Non, détrompe-toi.

— Parfait.

Nous roulons jusqu'à la maison en silence – un silence d'une tout autre nature qu'à l'aller. Kendrick recontacte Henry le soir même, ils se fixent un rendez-vous pour initier le processus qui permettra de découvrir comment maintenir Henry dans l'ici et le maintenant.

Vendredi 12 avril 1996 (Henry a trente-deux ans)

Henry : Kendrick reste assis, la tête baissée. Ses pouces tournoient au bout de ses paumes comme s'ils cherchaient à s'en détacher. À mesure que l'après-midi s'écoulait, le cabinet s'est empli de lumière dorée ; Kendrick est resté immobile, hormis ses pouces fous, à m'écouter parler. Le tapis indien rouge, les pieds d'acier des fauteuils en sergé beige se sont mis à rutiler ; les Camel de Kendrick n'ont pas quitté leur paquet, tant il est absorbé par mon histoire. La monture dorée de ses lunettes a réfléchi le soleil ; l'extrémité de son oreille droite a rougeoyé, ses cheveux de renard et sa peau rose ont autant rayonné que les chrysanthèmes jaunes disposés entre nous dans une coupe en cuivre. Kendrick a passé l'après-midi entier dans son fauteuil, à m'écouter.

Et je lui ai tout raconté. Les débuts, l'apprentissage, la lutte pour la survie et le plaisir de savoir les choses à l'avance, l'horreur d'en savoir d'autres, irréversibles, l'angoisse de la perte. Maintenant le silence est revenu et il relève enfin la tête. Dans ses yeux point une tristesse que j'aimerais défaire ; après lui avoir tout déballé, je voudrais tout reprendre et m'en aller, le dispenser du fardeau de réflexions qui l'attend. Il attrape ses cigarettes, en choisit une, l'allume, inhale puis recrache un nuage bleu qui vire au blanc en croisant le chemin de la lumière.

— Avez-vous du mal à dormir ? me demande-t-il d'une voix éraillée par le mutisme.

— Oui.

— Y a-t-il un moment de la journée privilégié pour vos... disparitions ?

— Non... Enfin, au petit matin, peut-être.

— Des maux de tête ?

— Oui.

— Des migraines ?

— Non. Des céphalées de tension. Avec des distorsions visuelles, des auras.

— Mmm...

Kendrick se lève dans un craquement de genoux. Il se met à faire les cent pas dans la pièce, clope au bec, en longeant le périmètre du tapis. Ce manège commence à m'agacer, mais il s'arrête et se rassied.

— Écoutez, dit-il en fronçant les sourcils, il existe ce qu'on appelle les gènes *clock*. Ils régissent le rythme circadien, nous maintiennent en phase avec le soleil, ce genre de choses. On en a découvert dans toutes sortes de cellules, partout dans le corps, mais ils sont essentiellement liés à la vue, or nombre de vos symptômes semblent bien se manifester de manière visuelle. Le noyau supra-chiasmatique de l'hypothalamus, qui se situe juste au-dessus du chiasme optique, fait en quelque sorte office de touche *reset* pour votre perception du temps. Alors c'est par là que j'aimerais commencer.

— Bon, d'accord, je réponds puisqu'il semble attendre une réponse.

Kendrick se relève, gagne à grands pas une porte que je remarque seulement et disparaît. Il revient muni de gants en latex et d'une seringue.

— Remontez votre manche, m'ordonne-t-il.

— Qu'est-ce que vous faites ? je demande tout en découvrant mon coude.

Pour toute réponse il décachette la seringue, me nettoie le bras, le garrotte et me pique avec doigté. Je détourne les yeux. Le soleil s'en est allé, replongeant le cabinet dans la pénombre.

— Vous avez une assurance ? me demande-t-il en retirant l'aiguille avant d'ôter le garrot.

Il applique un coton et un sparadrap sur le point de ponction.

— Non, je paierai tout de ma poche.

Je presse deux doigts sur la zone douloureuse et plie le coude.

Kendrick sourit.

— Non, non, non, vous serez ma petite expérience scientifique personnelle, et vous roulerez à l'œil sur la bourse du National Institute.

— De quoi parlez-vous ?

— On va faire les choses bien. (Il se tait un instant, en tenant ses gants usagés ainsi que l'échantillon de sang qu'il vient de me prélever.) On va faire séquencer votre ADN.

— Je croyais que ça prenait des années.

— Seulement si l'on décrypte tout le génome. On va commencer par les sites les plus probables. Le chromosome 17, par exemple.

Kendrick jette les gants et l'aiguille dans une canette étiquetée BIOHAZARD et porte une inscription sur la petite ampoule de sang. Puis il se rassied dans son fauteuil et pose celle-ci sur la table, à côté de ses Camel.

— Mais le génome humain ne sera pas séquencé avant l'an 2000, docteur. Qu'aurez-vous comme élément de comparaison ?

— 2000 ? Si tôt que ça ? Vous en êtes sûr ? Oui, pardi, vous en êtes sûr. Mais pour répondre à votre question, une maladie aussi... perturbatrice que la vôtre se présente souvent sous une forme bégayante, comme la répétition d'un fragment de code qui dirait en substance : « mauvaise nouvelle ». La maladie de Huntington, par exemple, n'est rien d'autre qu'un tas de triplets CAG surnuméraires sur le chromosome 4.

Je me redresse et m'étire. Un bon café ne serait pas de refus.

— Alors ça y est ? Je peux aller jouer, maintenant ?

— Eh bien, j'aimerais vous faire passer un scanner de la tête, mais pas aujourd'hui. Je vais vous fixer rendez-vous à l'hôpital : IRM, scanner et rayons X. Je vais également vous adresser à un de mes amis, Alan Larson, qui dirige une clinique du sommeil, ici sur le campus.

— Chouette, je réponds en me relevant doucement pour ne pas précipiter le sang dans mon crâne.

Kendrick lève la tête. Je ne vois plus ses yeux, ses lunettes formant sous cet angle deux disques réfléchissants.

— Mais oui, c'est chouette, dit-il. C'est un puzzle grandiose, et nous avons enfin les outils pour découvrir...

— Découvrir quoi ?

— Ce que c'est. Ce que vous êtes.

Kendrick sourit. Je remarque ses dents inégales et jaunes. Il se lève, me tend la main ; je la serre, le remercie. S'ensuit un instant de gêne : passé les confidences de l'après-midi, nous redevenons des étrangers. Je quitte le cabinet, prends l'escalier et retrouve la rue où le soleil m'attendait. *Ce que je suis...* Mais que suis-je ?

UNE TOUTE PETITE CHAUSSURE

Printemps 1996
(Claire a vingt-quatre ans, Henry trente-deux)

Claire : Lorsque Henry et moi avons été mariés depuis environ deux ans, nous avons décidé, sans en discuter plus que ça, d'essayer d'avoir un bébé. J'étais consciente qu'Henry n'était pas du tout optimiste sur nos chances de succès et je me suis abstenue de l'interroger ou de m'interroger moi-même sur le pourquoi de cet état de faits, de peur qu'il nous ait vus dans le futur sans enfants, ce qui était la dernière chose que j'avais envie d'entendre. Tout comme je ne voulais pas envisager la possibilité que ses difficultés à se maintenir dans le présent puissent être héréditaires ou gâcher d'une façon ou d'une autre nos projets. Tant et si bien que j'évitais de réfléchir aux questions importantes, tout enivrée que j'étais par l'idée d'un bébé : un bébé qui ressemblerait un peu à Henry, aurait ses cheveux noirs et ses yeux intenses, serait peut-être aussi pâle que moi et sentirait le lait, le talc et la peau de bébé, une sorte de bébé boule de chair, gazouillant et riant à tout et n'importe quoi, un bébé bille de clown, un petit bout du genre babillant. Mes rêves étaient peuplés de bébés. Parfois je rêvais que je grimpais à un arbre et que je découvrais un chausson minuscule dans un nid, ou bien je m'apercevais soudain que le chat/livre/sandwich que je croyais tenir était en réalité un bébé, ou alors je nageais dans un lac et je tombais sur une colonie de bébés poussant au fond.

Je me suis mise tout à coup à voir des bébés partout : une fillette rousse qui éternuait sous sa capeline chez A&P, un tout petit garçon chinois au regard fixe, le fils des propriétaires du Golden Wok (le paradis des nems végétariens), un bébé presque chauve endormi au cinéma devant *Batman*. Dans une cabine d'essayage, une femme particulièrement confiante est allée jusqu'à me laisser prendre dans mes bras sa fille de trois mois, j'ai dû me faire violence pour demeurer assise dans ce siège en vinyle beige rosé et ne pas me lever d'un bond et m'enfuir à toutes jambes en serrant ce petit être si doux contre ma poitrine.

Mon corps réclamait un bébé. Je me sentais vide et je voulais être pleine. Je voulais donner mon amour à quelqu'un qui resterait : qui resterait et serait là, toujours. Et je voulais retrouver Henry dans cet enfant, si bien que, lorsqu'il disparaîtrait, il ne s'en irait pas entièrement, je garderais une partie de lui avec moi – une assurance en cas d'incendie, d'inondation, de catastrophe naturelle.

Dimanche 2 octobre 1996
(Henry a trente-trois ans)

Henry : Je suis perché, tout à mon aise et satisfait, dans un arbre d'Appleton, Wisconsin, en 1966, un sandwich au thon à la main, vêtu d'un tee-shirt blanc et d'un pantalon de toile piqués en plein soleil sur une corde à linge fournie. Quelque part à Chicago, j'ai trois ans ; ma mère est toujours de ce monde et cette chrono-merdouille n'a pas commencé. J'ai une pensée pour mon petit être d'autrefois, et de fil en aiguille je songe à Claire, et à nos tentatives de conception. D'un côté, je suis excité comme une puce : je veux offrir un bébé à Claire, la voir mûrir comme un melon de chair, une Déméter dans toute sa gloire. Je veux un bébé normal qui fera des trucs de bébé normal : téter, agripper, chier, roupiller, rigoler, rouler, se redresser, babiller. Je veux voir mon père bercer d'un air gauche un minuscule petit-fils ; je lui ai donné si peu de joies, ce serait une belle réparation, un baume. Un baume aussi pour Claire : quand le temps m'arracherait à elle, une partie de moi resterait.

Mais : mais. Je sais, sans lc savoir, que c'est très improbable. Je sais que la chair de ma chair a toutes les chances d'être un bébé magique et furtif qui s'évaporera comme enlevé par des fées. Et pendant que je prie, haletant et m'agrippant à Claire au point culminant du plaisir, pour que le miracle du sexe nous apporte un bébé, une part de mon être prie avec la même ferveur pour que nous soyons épargnés. Me revient alors l'histoire de la patte du singe, et des trois vœux qui se succédaient d'une manière aussi naturelle qu'atroce. Et de me demander si notre vœu à nous est du même ordre.

Je suis un lâche. Un brave type prendrait Claire par les épaules pour lui dire : « C'est une mauvaise idée, mon amour. Acceptons-le, tournons la page et soyons heureux malgré tout. » Mais je sais que Claire n'accepterait jamais, resterait inconsolable. Alors j'espère, en dépit de tout, contre toute raison, et je fais l'amour à Claire comme s'il pouvait en ressortir quoi que ce soit de positif.

UN

Lundi 3 juin 1996 (Claire a vingt-cinq ans)

Claire : La première fois que ça se produit, Henry n'est pas là. J'en suis à la huitième semaine de grossesse. Le bébé est de la taille d'une prune, a un visage, des mains et un cœur qui bat. C'est le début de soirée, l'été avant l'heure, et je contemple les nuages magenta et orange à l'ouest tandis que je lave la vaisselle. Henry a disparu il y a de cela presque deux heures. Il est parti arroser la pelouse et, au bout d'une demi-heure, lorsque je me suis rendu compte que l'arroseur ne marchait toujours pas, je suis allée me poster dans l'embrasure de la porte de derrière et j'ai aperçu la pile de vêtements révélatrice trônant près de la tonnelle. Je suis sortie chercher son jean, ses sous-vêtements et son tee-shirt miteux proclamant « Explosez votre TV », je les ai pliés et rangés sur le lit. J'ai songé à mettre l'arroseur en route, avant de me raviser, réfléchissant qu'Henry n'apprécierait pas d'être trempé s'il se matérialisait dans le jardin.

J'ai préparé et mangé des *macaroni* au fromage accompagnés d'un peu de salade, ingéré mes vitamines, avalé un grand verre de lait écrémé. Je fredonne en faisant la vaisselle, j'imagine le petit être en moi qui entend la mélodie et la stocke pour référence future à un niveau complexe, cellulaire, et alors que je me tiens là à récurer consciencieusement mon bol de salade, je sens un léger tiraillement quelque part au plus profond de mon corps, quelque part dans mon bassin. Dix minutes plus tard, je suis tranquillement installée dans le salon à lire Louis de Bernières quand je le ressens de nouveau, ce bref pincement de mes cordes internes. Je le chasse de mon esprit. Tout va bien. Henry est absent depuis maintenant plus de deux heures. Je m'inquiète à son sujet une fraction de seconde, puis je le chasse aussi résolument de mon esprit. Je ne commence à vraiment m'affoler qu'une demi-heure après environ, lorsque ces étranges sensations à peine perceptibles prennent la forme de crampes menstruelles et que j'éprouve même cette impression poisseuse de sang entre les jambes, alors je me lève et me dirige vers la salle de bains où je baisse mon slip et vois tout ce sang. Oh ! mon Dieu !

Je compose le numéro de Charisse. Gomez décroche. Je m'efforce d'adopter un ton dégagé, demande Charisse qui vient au téléphone et lâche immédiatement :

— Qu'est-ce qui ne va pas ?

— Je saigne.

— Où est Henry ?

— Je l'ignore.

— Quel genre de saignements ?

— Comme au moment des règles.

La douleur s'intensifie au point que je dois m'asseoir par terre.

— Tu peux m'emmener à l'hôpital Masonic ?

— J'arrive tout de suite, Claire.

Elle raccroche, je repose délicatement le récepteur comme si je risquais de le blesser dans son amour-propre en le manipulant trop brutalement. Je me redresse avec précaution, attrape mon sac. Je veux laisser un mot à Henry, mais je ne sais pas comment le tourner. J'écris : « Partie au Masonic (Crampes.) En voiture avec Charisse. 19 h 20. C. » Je déverrouille la porte de derrière à son intention. Je place le mot près du téléphone. Quelques minutes plus tard, Charisse frappe à la porte. Quand nous atteignons la voiture, Gomez est derrière le volant. Nous ne parlons pas beaucoup. Je monte à l'avant, regarde par la fenêtre. Tout me paraît plus net et tranché qu'à l'accoutumée, comme s'il me fallait mémoriser chaque détail, comme si j'allais être soumise à un test. Gomez bifurque dans la zone de dépose-minute des urgences. Charisse et moi descendons. Je jette un coup d'œil derrière moi à Gomez qui m'adresse un sourire furtif avant d'aller garer la voiture dans un ronflement de moteur. Nous franchissons des portes qui s'écartent automatiquement lorsque nous foulons le sol, comme dans un conte de fées, comme si nous étions espérées. La douleur a reflué telle la marée descendante et voilà qu'à présent elle se lance de plus belle à l'assaut du rivage, avec une vigueur renouvelée. Plusieurs personnes, misérables et recroquevillées, sont assises dans la salle fortement éclairée, attendant leur tour, circonscrivant leur souffrance la tête courbée et les bras croisés, et je m'effondre parmi elles. Charisse gagne le bureau de l'infirmier de triage. Je n'entends pas ce qu'elle lui dit, mais quand il s'exclame « Fausse couche ? », je réalise tout à coup que c'est ce qui est en train de se passer, que c'est comme ça que ça s'appelle, et ce mot enfle dans ma tête jusqu'à remplir chaque interstice de mon esprit, jusqu'à en déloger toutes les autres pensées. Je me mets à pleurer.

Après qu'ils ont tenté l'impossible, ça se produit tout de même. Je découvre plus tard qu'Henry s'est manifesté juste avant la fin, mais qu'il n'a pas été autorisé à entrer. J'ai dormi, et lorsque je me réveille, la nuit est largement avancée et Henry est à mes côtés. Pâle, les yeux creusés. Il se tait.

— Oh ! je marmotte, où étais-tu ?

Il se penche vers moi et me serre doucement dans ses bras. J'ai conscience de sa rugosité contre ma joue, je suis écorchée vive, non en surface mais au tréfonds de moi, une plaie s'ouvre, le visage d'Henry est baigné de larmes – les siennes ou les miennes ?

Jeudi 13 juin et vendredi 14 juin 1996
(Henry a trente-deux ans)

Henry : J'arrive à la clinique du sommeil épuisé, ainsi que le Dr Kendrick l'a requis. C'est la cinquième nuit que je passe ici, et je commence à connaître la musique. Je m'assieds sur le lit, en pyjama, dans ce décor factice de chambre reconstituée, puis Karen m'enduit la tête et le torse de crème avant de brancher les électrodes. Karen est jeune, blonde et vietnamienne. Elle arbore d'interminables faux ongles et lâche « Oups ! pardon » chaque fois qu'elle me griffe la joue. L'éclairage est doux, la température fraîche. Pas de fenêtre, si ce n'est une glace sans tain déguisée en miroir, derrière laquelle s'installe le Dr Larson ou je ne sais quel suppléant. Karen termine le câblage, me souhaite une bonne nuit, quitte la pièce. Je me glisse sous les draps, ferme les yeux, imagine les longues pattes d'araignées retranscrire gracieusement mes mouvements oculaires, ma respiration et mes ondes cérébrales sur des kilomètres de papier gradué. Je m'endors en quelques minutes.

Je rêve que je cours. Je cours dans les bois, au milieu d'arbres et d'épais taillis, mais c'est comme si je passais à travers, que je les transperçais tel un fantôme. Je débouche sur une clairière où gisent les restes d'un feu...

Je rêve que je couche avec Ingrid. Je sais qu'il s'agit d'Ingrid, même sans voir son visage : c'est le corps d'Ingrid, les longues jambes lisses d'Ingrid. On baise chez ses vieux, sur le canapé du salon, devant la télé qui diffuse un documentaire animalier où l'on voit courir un troupeau d'antilopes, elles laissent place à un défilé. Claire est assise sur un minuscule char du cortège, la mine triste au milieu des vivats de la foule, et soudain Ingrid bondit, attrape un arc et une flèche derrière le sofa et tire sur Claire. La flèche se plante dans l'écran et Claire plaque ses mains sur son sein comme Wendy dans une version muette de *Peter Pan*, alors je bondis à mon tour pour étrangler Ingrid, j'ai les mains sur son cou, je lui hurle dessus...

Je me réveille. En nage, le cœur au galop. Je suis à la clinique. Un instant, je me demande s'ils ne me cacheraient pas quelque chose, s'ils auraient un moyen de voir mes rêves, de lire mes pensées. Je me tourne sur le côté et ferme les yeux.

Je rêve que je visite un musée avec Claire. Le musée en question est un vieux palais, tous les tableaux possèdent des cadres rococo dorés, les autres visiteurs portent tous des perruques poudrées, des robes immenses, des redingotes et des hauts-de-chausses. Personne ne semble remarquer notre présence. Nous examinons les tableaux, mais ce sont moins des peintures que des poèmes, des poèmes ayant pris une incarnation physique.

— Regarde, je lance à Claire, un Emily Dickinson !

« Le cœur réclame d'abord le plaisir, puis de ne pas souffrir... » Claire se plante devant le poème jaune vif et on dirait qu'elle s'y réchauffe. Nous voyons Dante, Donne, Blake, Neruda, Bishop ; nous nous attardons dans une pièce remplie de Rilke, traversons rapidement les Beats et faisons halte devant Verlaine et Baudelaire. Soudain je m'aperçois que j'ai perdu Claire. Je remonte les galeries à rebours, d'abord en marchant puis en courant, et enfin je la retrouve, postée devant un poème, un minuscule poème blanc niché dans un coin. J'entends qu'elle pleure. M'approchant par derrière je découvre le texte : « Ores je me couche pour dormir, Seigneur puisses-tu garder mon âme, si je mourais dans mon sommeil, Seigneur puisses-tu l'accueillir. »

Je me débats dans l'herbe, je grelotte, le vent me cingle, je suis à poil dans la nuit et dans le noir, le sol est enneigé, je suis à genoux dans la neige, du sang goutte dans la neige et je tends le bras...

— Mon Dieu ! il saigne.

— Que s'est-il passé, bon sang ?

— Merde ! Il a arraché toutes les électrodes. Aidez-moi à le remonter sur le lit.

J'ouvre les yeux. Kendrick et Larson sont penchés sur moi. Ce dernier paraît tout chamboulé, mais le visage de Kendrick jubile.

— Vous l'avez eu ? je demande, et il répond :

— C'était parfait.

— Super, alors.

Et je tombe dans les pommes.

DEUX

Dimanche 12 octobre 1997
(Henry a trente-quatre ans, Claire vingt-six)

HENRY : Au réveil je flaire une odeur de fer et c'est du sang. Il y en a tout autour de Claire, qui dort lovée comme un chaton.

Je la secoue et elle proteste :

— Non.

— Vas-y-Claire-réveille-toi-tu-saignes.

— Tu m'as sortie d'un rêve...

— S'il te plaît, Claire...

Elle se redresse. Ses mains, son visage, ses cheveux sont baignés de sang. Claire ouvre sa paume, où repose un monstre miniature. Elle lâche un simple « Il est mort » avant de fondre en larmes. On s'assied au bout du lit inondé. Enlacés, en pleurs.

Lundi 16 février 1998
(Claire a vingt-six ans, Henry trente-quatre)

CLAIRE : Henry et moi nous apprêtons à sortir. C'est un après-midi neigeux, j'enfile mes bottes lorsque la sonnerie du téléphone retentit. Henry longe le couloir jusqu'au salon pour décrocher.

Je l'entends dire : « Allô ? » puis : « Vraiment ? » puis : « Waouh, génial ! » et enfin : « Une minute, laissez-moi trouver de quoi écrire... » S'ensuit un long silence ponctué çà et là de : « Attendez, expliquez moi », je me dépouille alors de mes chaussures et de ma veste et gagne le salon en chaussettes. Assis sur le canapé, le combiné niché sur ses genoux comme un animal de compagnie, Henry prend des notes avec frénésie. Je m'installe près de lui et il me gratifie d'un large sourire. J'examine le bloc de papier, le haut de la page commence par : « Quatre gènes : per4, tim1, clock, nouveau gène = voyage dans le temps ? ? Chrom = 17 × 2, 4, 25, 200 + répétitions TAG, lié au sexe ? non, + trop de récepts dopamine, quelles protéines ? ? ?... » Je comprends soudain : Kendrick a réussi ! Il a résolu l'équation ! J'ai du mal à y croire. Il a réussi. Et maintenant ?

Henry repose le téléphone, se tourne vers moi. Il a l'air aussi abasourdi que je le suis.

— Quelle est l'étape suivante ?

— Il va cloner mes gènes et les injecter à des souris.

— *Quoi ?*

— Il va créer des souris qui voyageront dans le temps. Ensuite il s'emploiera à les guérir.

Nous éclatons tous les deux de rire au même moment, puis nous nous mettons à danser, nous catapultant à travers la pièce, riant et dansant jusqu'à ce que nous retombions sur le canapé, hors d'haleine. J'observe Henry et m'étonne de ce que, du point de vue de ses cellules, il puisse être aussi différent, aussi *autre*, quand au-dehors il n'est qu'un homme portant une chemise au col boutonné et un caban, un homme dont la main est faite de peau et d'os dans la mienne, un homme qui sourit comme n'importe quel être humain. « J'ai toujours su qu'il était différent », quelle importance ? Quelques lettres dans un code ? Pourtant, d'une certaine manière, cela doit avoir une importance, et d'une certaine manière, il doit falloir y remédier et, quelque part à l'autre bout de la ville, le Dr Kendrick est à son bureau en train de réfléchir au moyen d'obtenir des souris capables de défier les lois du temps. Je ris, mais il est question de vie et de mort, aussi je cesse de rire et plaque ma main contre ma bouche.

INTERMEZZO

Mercredi 12 août 1998 (Claire a vingt-sept ans)

CLAIRE : Maman s'est assoupie, finalement. Elle dort dans son propre lit, dans sa propre chambre, elle s'est échappée de l'hôpital, enfin, mais uniquement pour découvrir que son domaine, son refuge, avait été transformé en chambre d'hôpital. Même si maintenant elle n'est plus en état de s'en offusquer. La nuit durant, elle a parlé, pleuré, ri, hurlé, crié « Philip ! » et « Maman ! » et « Non, non, non... » La nuit durant, les cigales et les rainettes de mon enfance ont formé un rideau de son pulsant comme une guirlande électrique, la clarté nocturne a donné à sa peau l'apparence de la cire, ses mains osseuses ont battu l'air en un geste de supplication, agrippant le verre d'eau que j'amenais à ses lèvres crevassées. L'aube est là à présent. La fenêtre de maman est orientée à l'est. Je suis assise sur la chaise blanche, près de la fenêtre, face au lit, et je ne regarde rien, je ne regarde pas maman si effacée dans son grand lit, je ne regarde pas les flacons de comprimés, les cuillères, les verres, le pied à perfusion auquel est accroché un sachet gonflé comme une outre de sérum, l'affichage LED rouge qui clignote, le bassin de lit, le petit haricot pour le vomi, la boîte de gants en latex, la poubelle portant l'inscription DANGER BIOLOGIQUE débordant de seringues ensanglantées. Je regarde par la fenêtre, vers l'est. Quelques oiseaux chantent. J'entends s'animer les colombes qui nichent dans la glycine. Le monde est gris. Lentement, la couleur s'injecte dans le paysage, non pas avec des doigts de rose, mais à la manière d'une éclaboussure orange sang qui s'étend progressivement, hésite un instant à l'horizon, puis inonde le jardin, se fait lumière dorée, ciel bleu, multitude de couleurs vibrantes dans leurs parterres assignés, le jasmin trompette, les roses, la sauge farineuse, les soucis, toutes étincelantes comme du verre dans la rosée de ce matin neuf. Les bouleaux argentés à la lisière du bois se balancent tels des ficelles blanches suspendues dans le ciel. Un corbeau survole l'herbe. Son ombre vole en dessous et se confond avec lui lorsqu'il atterrit sous la fenêtre et croasse, une fois. Le jour accroche la vitre, révèle mes mains, mon corps lourd dans la chaise de maman. Le soleil s'est levé.

Je ferme les yeux. Le climatiseur ronronne. J'ai froid, je me redresse, vais jusqu'à l'autre fenêtre et éteins la climatisation. La pièce est silencieuse tout à coup. Je m'avance vers le lit. Maman est immobile. La respiration laborieuse qui a hanté mes rêves s'est tue. Sa bouche est légèrement entrouverte, ses sourcils arqués semblent mimer la surprise et bien que ses paupières soient closes, on pourrait la croire en train de chanter. Je m'agenouille près du lit, je repousse les couvertures et presse mon oreille contre son cœur. Sa peau est chaude. Rien. Pas de battement, pas de sang qui circule, pas de souffle gonflant les voiles de ses poumons. Le silence.

J'attire à moi son corps décharné qui empeste la maladie, elle est parfaite, elle redevient maman, parfaite et magnifique, l'espace d'un instant, alors même que je sens ses os saillir contre mes seins et que sa tête pend, alors même que son ventre est boursouflé par le cancer en un simulacre de fécondité, elle s'élève dans ma mémoire resplendissante, radieuse, libérée : libre.

Des pas dans le couloir. La porte s'ouvre, la voix d'Etta.

— Claire ? Oh...

Je repose maman sur ses oreillers, lisse sa chemise de nuit, ses cheveux.

— Elle est partie.

Samedi 12 septembre 1998
(Henry a trente-cinq ans, Claire vingt-sept)

Henry : Lucille était celle qui adorait le jardin. Lors de nos visites, sitôt franchi le seuil de Meadowlark, Claire traversait la maison en trombe pour retrouver sa mère, qui passait l'essentiel de ses journées au jardin, qu'il pleuve ou qu'il vente. Quand elle allait bien, nous la retrouvions à quatre pattes dans ses plates-bandes, à sarcler ou déplacer ses plantes, à nourrir les rosiers. Quand elle était souffrante, Etta et Philip la descendaient de sa chambre, emmitouflée de plaids, et l'installaient dans son fauteuil en osier, tantôt près de la fontaine, tantôt sous le poirier pour qu'elle puisse voir Peter à l'œuvre, le regarder creuser, élaguer, greffer. Quand Lucille était en forme, elle nous exposait les derniers développements : les pinsons à tête rouge qui avaient enfin trouvé la nouvelle mangeoire, les dahlias qui poussaient mieux que prévu du côté du cadran solaire, le nouveau rosier d'une horrible couleur lavande qui semblait si robuste qu'elle répugnait à l'éliminer. Un été, Lucille et Alicia menèrent une petite expérience : Alicia travailla son violoncelle au jardin, plusieurs heures par jour, afin de vérifier si les plantes réagissaient à la musique. Lucille jura que ses tomates n'avaient jamais autant rendu, et nous montra une courgette de la taille de ma cuisse. L'expérience fut donc jugée concluante, mais elle resta sans suite puisque ce fut le dernier été où l'état de santé de Lucille l'autorisait à jardiner.

Lucille forcissait et déclinait au gré des saisons, telle une plante. En été, quand toute la famille se retrouvait, elle reprenait des forces et la maison vibrait des cris et cavalcades des enfants de Mark et de Sharon, qui se jetaient dans la fontaine comme des chiots et batifolaient tout poisseux sur la pelouse. Lucille était souvent tachée mais toujours élégante. Elle se levait pour nous saluer, ses cheveux cuivre et blanc noués en chignon avec d'épaisses mèches qui lui retombaient sur le visage, ses gants de jardinage en chevreau blanc et ses outils Smith & Hawken laissés par terre pour mieux recevoir notre accolade. Lucille et moi nous embrassions toujours dans les formes, sur les deux joues, telles deux vieilles comtesses françaises qui ne se seraient pas vues depuis des lustres. Elle n'était que gentillesse à mon endroit, alors qu'elle savait anéantir sa fille d'un regard. Elle me manque. Quant à Claire... « Manquer » n'est pas le terme exact. Claire est en deuil. Claire pénètre dans une pièce sans savoir ce qu'elle vient y faire. Claire passe une heure avec un livre sans tourner une seule page. Mais elle ne pleure pas. Elle sourit à mes plaisanteries. Elle mange ce que je lui prépare. Quand je veux lui faire l'amour, elle tâche de se prendre au jeu... et rapidement je la laisse tranquille, effrayé par ce visage docile et sans larmes qui semble à des kilomètres d'ici. Lucille me manque, mais c'est de Claire que je suis en deuil, de Claire qui s'en est allée, me laissant avec une inconnue qui n'a de Claire que les traits.

Mercredi 26 novembre 1998
(Claire a vingt-sept ans, Henry trente-cinq)

Claire : La chambre de maman est blanche et vide. Tout l'équipement médical a disparu. De son lit, il ne reste plus que le matelas, taché et hideux, au milieu de la chambre immaculée. Je me poste devant son bureau. Massif, en Formica blanc, il se détache, moderne et insolite, dans la pièce par ailleurs féminine et raffinée, remplie de meubles anciens français. Trônant au centre d'une petite baie vitrée, il est enserré de fenêtres et la clarté matinale se déverse sur son plateau nu. Les tiroirs sont verrouillés. J'ai passé une heure à chercher la clef, en vain. J'appuie mes coudes contre le dossier du fauteuil pivotant de maman, contemple son bureau. Pour finir, je descends. Le salon et la salle à manger sont déserts, mais des rires me guident vers la cuisine, aussi j'en pousse la porte. Henry et Nell sont penchés au-dessus d'un assortiment de jattes, d'une toile pâtissière et d'un rouleau.

— Doucement, mon garçon, doucement ! Tu vas m'les rendre tout durs, à m'les triturer comme ça. Plus léger le toucher, Henry, ou ils vont avoir la consistance du chewing-gum.

— Désolé désolé désolé. Je serai aussi léger qu'une plume, à condition d'arrêter de me brutaliser. Hé ! salut Claire.

Henry pivote vers moi, tout sourire et couvert de farine.

— Qu'est-ce que vous faites ?

— Des croissants. J'ai juré de maîtriser l'art du pliage de la pâte, dussé-je y perdre la vie !

— Paix à ton âme, mon fils, dit Nell hilare.

— Quoi de neuf ? s'enquiert-il tandis que Nell, d'un geste expert, étale une boule de pâte, la plie, la découpe et l'enveloppe dans du papier sulfurisé.

— J'ai besoin de t'emprunter Henry quelques minutes, Nell.

Cette dernière acquiesce et pointe son rouleau en direction d'Henry.

— Reviens dans un quart d'heure et on attaquera la marinade.

— À vos ordres !

Henry m'emboîte le pas vers l'étage. Nous nous plantons devant le bureau de maman.

— Je veux l'ouvrir, mais je n'arrive pas à mettre la main sur les clefs.

— Ah ! (Il me décoche un regard si rapide que je n'ai pas le temps de le déchiffrer.) C'est un jeu d'enfant.

Il sort de la pièce pour reparaître aussitôt. Il s'assied par terre devant le meuble et redresse deux gros trombones. Il commence par le tiroir du bas à gauche, sonde délicatement la serrure avec le premier trombone en lui imprimant un mouvement de rotation avant d'y insérer le deuxième.

— *Voilà*!* s'exclame-t-il et de le tirer.

Il est plein à craquer de paperasses. Henry crochète les quatre autres tiroirs sans aucune difficulté. Bientôt, ils se retrouvent tous béants, leurs entrailles exposées : carnets, feuilles volantes, catalogues de jardinage, sachets de graines, stylos et mini-crayons, un chéquier, une barre chocolatée, un mètre à ruban ainsi qu'une quantité de menus objets qui paraissent soudain délaissés et timorés à la lumière du jour. Henry ne touche à rien. Alors qu'il me considère, je jette un œil vers la porte presque involontairement, et il saisit l'allusion. Je me tourne face au bureau.

Il n'y a aucune espèce d'ordre dans les papiers. Je m'installe sur le sol pour empiler le contenu d'un des tiroirs devant moi. Je défroisse et entasse à ma gauche tout ce qui est noirci de l'écriture de maman. Une alternance de listes, de mémos personnels : *Ne pas parler de S avec P.* Ou : *Rappeler à Etta dîner B vendredi.* Se succèdent des pages et des pages de griffonnages, de spirales et de gribouillis, de cercles noirs, de marques ressemblant à des pattes d'oiseaux. Sur certaines, une phrase ou une pensée ont été enchâssées. *Tracer une raie dans sa chevelure avec un couteau.* Et : *Pas pu pas pu le faire.* Et : *Si je me tiens tranquille je lui échapperai.* D'autres feuilles encore, des poèmes tellement surchargés d'annotations et de ratures qu'il n'en subsiste presque plus rien, tels les fragments de Sappho :

« Comme la viande faisandée, ~~ramollie et tendre~~
pas d'air ~~XXXXXXX~~ elle a dit oui
~~elle a dit XXXXXXXXXXXXXXX »~~

Ou :

« Sa main à lui ~~XXXXXXXXXXXXX~~
~~XXXXX~~ la posséder,
~~XXXXXXXXXXXXXXXXXXXXX~~
à l'extrême ~~XXXXXXXXXXXXX »~~

Elle en a tapé quelques-uns :

« À cet instant
l'espoir est faible
et mince.
La musique et la beauté
sont le sel de ma tristesse ;
un vide blanc fend mon corps de glace.
Qui aurait cru
que l'ange du sexe
puisse être aussi triste ?
sans quoi le désir avoué
ferait fondre l'immensité
de cette nuit d'hiver
tel un flot de noirceur. »
23/1/79

« Le jardin au printemps :
un esquif estival
traversant
mon horizon hivernal. »
6/4/79

1979 : l'année où maman a perdu un bébé et tenté de se suicider. Mon estomac se contracte et mes yeux s'embuent. Je comprends maintenant ses sentiments du moment. Je prends toute la liasse et la laisse de côté sans la parcourir plus avant. Dans un autre tiroir, je découvre des poèmes plus récents. C'est alors que j'en déniche un qui m'est dédié :

« Le Jardin Sous la Neige
pour Claire
à présent le jardin est enseveli sous la neige
une page blanche sur laquelle s'impriment nos pas
Claire qui n'a jamais été mienne
mais n'a toujours appartenu qu'à elle-même
Belle au bois dormant
sous une couverture cristalline
~~elle attend~~
ceci est son printemps
ceci est son hibernation/éclosion
elle est en attente
tout est en attente
~~d'un baiser~~
les formes improbables des ~~tubercules~~ racines
~~jamais je n'avais songé~~
mon bébé
son ~~presque~~ visage
un jardin, en attente »

HENRY : L'heure du dîner approche et Nell m'a dans les pattes. Aussi, lorsqu'elle lance : « Tu ne crois pas que tu devrais aller voir ce que fabrique ta femme ? », l'idée me paraît judicieuse.

Claire est assise par terre, face au bureau de sa mère, cernée de papiers blancs et jaunes. La lampe du bureau répand autour d'elle une flaque de lumière, mais son visage est dans l'ombre. Elle relève les yeux, brandit une feuille et dit :

— Regarde, Henry. Elle m'a écrit un poème.

En lisant ce texte, assis à côté de Claire, je pardonne à Lucille, un petit peu, son égoïsme démesuré et sa mort monstrueuse.

— C'est magnifique.

Claire opine, provisoirement convaincue que sa mère l'aimait bel et bien. Je revois ma mère à moi chanter ses *lieder* après le déjeuner dominical, sourire devant notre reflet dans une vitrine, faire tournoyer sa robe bleue dans la penderie. Elle m'aimait. Je n'ai jamais douté de son amour. Lucille, elle, était changeante comme le vent. Le poème que Claire a entre les mains est une preuve immuable, incontestable, l'instantané d'une émotion. J'embrasse du regard la mer de papier, et je suis heureux que de ce bazar émerge une bouée de sauvetage pour Claire.

— Elle m'a écrit un poème, répète Claire d'un air incrédule.

Les larmes coulent. Je la prends dans mes bras, et la voilà revenue, Claire mon épouse, saine et sauve, qui atteint enfin le rivage suite au naufrage du navire, qui sanglote comme une fillette en voyant sa maman lui faire signe depuis le pont du bateau qui sombre.

SAINT-SYLVESTRE, I

Vendredi 31 décembre 1999, 23 h 55
(Henry a trente-six ans, Claire vingt-huit)

HENRY : Je suis avec Claire sur un toit de Wicker Park parmi toute une foule d'âmes intrépides, à attendre l'avènement du soi-disant nouveau millénaire. C'est une nuit claire, et on a connu plus froid ; je vois néanmoins la vapeur de mon haleine, j'ai les oreilles et le nez un brin engourdis. Claire est emmitouflée dans sa longue écharpe noire, sa face d'albâtre entre les lumières de la lune et de la rue. Nous sommes sur le toit d'un couple d'artistes amis de Claire. Gomez et Charisse sont de la partie, qui dansent un slow en moufles et parkas sur une musique qu'eux seuls entendent. Tout autour de nous, les gens palabrent comme des ivrognes sur les conserves qu'ils ont stockées et les mesures draconiennes qu'ils ont prises pour empêcher leurs ordis de couler une bielle. Je souris intérieurement, sachant que tout ce délire millénariste sera complètement oublié lorsque les éboueurs viendront ramasser les sapins morts sur les trottoirs.

Nous attendons le début du feu d'artifice. Je m'appuie avec Claire au muret qui nous arrive à la taille, et nous scrutons les rues de la ville. Nous somme orientés plein est, face au lac Michigan.

— Salut les gars ! lance Claire en agitant sa moufle à l'adresse du lac, de South Haven, du Michigan. C'est drôle de se dire que c'est déjà la nouvelle année là-bas. Je suis sûre qu'ils sont tous au lit.

Depuis notre hauteur de six étages, je suis surpris par l'étendue de la vue. Notre maison de Lincoln Square se situe quelque part au nord-ouest ; le lotissement est calme et sombre. Mais au sud-est, le centre-ville brasille. De gros immeubles arborent aux fenêtres des guirlandes lumineuses vert et rouge. Les tours Sears et Hancock s'observent au-dessus de la mêlée des petits gratte-ciel. Je pourrais presque distinguer l'immeuble où je vivais quand j'ai rencontré Claire, sur North Dearborn Street, mais il se terre dans l'ombre d'un plus grand, d'un plus moche qui le côtoie depuis quelques années. Chicago possède de telles merveilles architecturales qu'on se sent régulièrement obligé de les détruire pour ériger des bâtiments immondes, histoire de mieux apprécier les bons trucs. Il y a peu de circulation : tout le monde veut fêter les douze coups de minuit quelque part, et non sur la route. J'entends de ci de là des claquements de pétards, parfois ponctués de coups de feu dus à des abrutis qui semblent oublier qu'un flingue fait davantage que du boucan. Claire dit : « Je suis gelée » et regarde l'heure. « Encore deux minutes. » Des clameurs fusent déjà dans le quartier : il y a des montres qui avancent.

Je pense au Chicago du prochain siècle. Plus d'habitants, beaucoup plus. Un trafic monstre, mais moins de nids-de-poule. Grant Park écopera d'un immeuble atroce en forme de canette de Coca qui explose ; le West Side s'extirpera lentement de la misère et le South Side continuera de s'enfoncer. Ils se décideront à raser Wrigley Field pour bâtir un méga-stade affreux, mais pour l'heure celui-ci irradie de lumière au nord-est.

Gomez lance le compte à rebours : « Dix, neuf, huit... » et

nous embrayons tous en chœur : « Sept, six, cinq, quatre, TROIS ! DEUX ! UN ! Bonne année ! » Les bouchons de champagne sautent, les fusées jaillissent et strient le ciel, Claire et moi nous jetons dans les bras l'un de l'autre. Le temps suspend son vol, et j'espère des jours meilleurs.

TROIS

Samedi 13 mars 1999
(Henry a trente-cinq ans, Claire vingt-sept)

HENRY : Charisse et Gomez viennent d'avoir leur troisième enfant, Rosa Évangeline Gomolinski. Nous laissons passer une semaine avant de les envahir, les bras chargés de cadeaux et de nourriture.

Gomez vient nous ouvrir avec Maximilian, trois ans, accroché à sa jambe, qui se cache derrière le genou de son père quand nous lançons :

— Salut, Max !

Joseph, qui à un an est plus extraverti, accourt vers Claire en babillant « Ba ba ba » et lâche un puissant rot quant elle le soulève dans ses bras. Gomez roule des yeux, Claire rit, ainsi que Joe, et j'y suis moi-même obligé devant le chaos sous nos yeux. La maison semble avoir reçu la coulée d'un glacier renfermant un magasin Toys R'Us : le sol est une mare de Lego et d'ours en peluche.

— Ne regardez pas, dit Gomez. Rien de ceci n'est réel. On ne fait que tester les jeux de réalité virtuelle de Charisse. Celui-ci s'appelle « Parenté ».

— Gomez ? s'élève la voix de Charisse depuis la chambre. Claire et Henry sont arrivés ?

La petite troupe s'engouffre dans le couloir jusqu'à la

chambre. Au passage j'avise furtivement la cuisine. Il y a une femme derrière l'évier, en pleine vaisselle.

Charisse est couchée ; la petite dort dans ses bras. Elle est minuscule, elle a des cheveux noirs et je ne sais quoi d'aztèque dans le visage, alors que Max et Joe sont blonds. Charisse a une mine atroce (à mes yeux du moins, car Claire jurera l'avoir trouvée « splendide »). Elle a énormément grossi et semble épuisée, souffrante. Elle a subi une césarienne. Je prends la chaise. Claire et Gomez s'assoient sur le lit. Max grimpe jusqu'à sa mère et se niche sous son bras libre. Il me fixe droit dans les yeux et fourre son pouce dans sa bouche. Joe est assis sur les genoux de Gomez.

— Elle est magnifique, dit Claire. (Charisse sourit.) Et tu es resplendissante.

— J'ai la tête dans le cul, oui. Mais j'ai fait ma part : on a une fille.

Elle caresse le visage de Rosa, qui bâille en levant une main miniature. Ses yeux sont deux fentes sombres.

— Rosa Évangeline... roucoule Claire. Comme c'est joli.

— Gomez voulait l'appeler Mercredi, mais j'ai mis mon veto.

— De toute façon, elle est née un jeudi, explique Gomez.

— Tu veux la porter ?

Claire hoche la tête. Charisse lui confie délicatement sa fille.

Voir Claire avec un bébé dans les bras ravive le douloureux souvenir de nos fausses couches. La nausée me gagne – j'espère qu'elle n'annonce pas un nouveau voyage. Puis la sensation reflue, me laissant face au bilan brut de nos actes : nous avons perdu des enfants. Où sont-ils, ces bambins égarés ? Errent-ils quelque part, complètement déboussolés ?

— Tu veux porter Rosa ? me demande Claire.

— Non, je réponds avec une vigueur excessive. Je ne me sens pas très bien.

Je me lève, quitte la chambre et traverse la cuisine jusqu'au jardin. Il pleuviote. Je respire profondément.

La porte claque dans mon dos. Arrive Gomez, qui se plante derrière moi.

— Ça va aller ? demande-t-il.

— Je pense. Je devenais claustro, là-dedans.

— Ouais, je connais ça.

On reste muets un moment. Je convoque le souvenir des bras de mon père quand j'étais môme. Mais ne me reviennent que les jeux, les poursuites, les rires, les voyages sur ses épaules. Je me rends compte que Gomez m'observe, et que mes larmes coulent. Je m'essuie le visage avec ma manche. Il est grand temps que quelqu'un parle.

— Fais pas attention à moi, je murmure.

Gomez esquisse un geste étrange.

— Je reviens tout de suite, promet-il avant de disparaître à l'intérieur.

Je commence à croire qu'il ne reviendra plus, quand il refait surface une clope à la main. Je m'assieds sur la table de jardin délabrée, mouillée par la bruine et couverte d'aiguilles de pin. Ça caille drôlement.

— Vous essayez toujours d'avoir un gosse ?

Sa question me désarçonne, mais j'imagine que Claire dit tout à Charisse, qui elle-même ne dit rien à Gomez.

— Ouais.

— Claire est toujours marquée par sa fausse couche ?

— *Ses* fausses couches. Au pluriel. C'est déjà la troisième.

— Perdre un enfant, monsieur DeTamble, peut-être considéré comme de la malchance. Mais en perdre trois, cela ressemble à de la négligence.

— Ce n'est pas le meilleur sujet de plaisanterie, Gomez.

— Excuse-moi.

Chose inédite, il baisse les yeux d'un air penaud. Je ne

souhaite pas discuter de ça avec lui. Je n'ai pas les mots, et c'est tout juste si je peux en parler à Claire, à Kendrick ou aux médecins à qui on déballe nos malheurs.

— Désolé, répète Gomez.

Je me relève.

— On ferait mieux de rentrer.

— Elles veulent pas de nous : elles veulent causer de trucs de nanas.

— Mmm, je vois. Que penses-tu de la saison des Cubs, alors ? je demande en me rasseyant.

— Arrête ton char.

Ni l'un ni l'autre ne sommes branchés base-ball. Gomez fait les cent pas. S'il pouvait seulement s'arrêter ! Ou mieux, regagner ses pénates.

— Alors c'est quoi le problème ? demande-t-il d'un ton détaché.

— À propos de quoi ? Des Cubs ? Mauvais lanceur, je dirais.

— Non, mon cher Biblio Boy, pas les Cubs. Quel est ce problème qui fait que Claire et toi restez sans enfants ?

— Je te jure que c'est pas tes affaires, Gomez.

Il poursuit bille en tête :

— Ils savent ce qui cloche, au moins ?

— Va chier, Gomez.

— Tut, tut, ton vocabulaire. Parce que je connais une super toubib...

— Gomez...

— ... spécialisée dans les troubles chromosomiques du foetus.

— Et d'où tu connais... ?

— Témoin expert.

— Ah ouais ?

— Elle s'appelle Amit Montague, poursuit-il, et c'est un

génie. Elle passe à la télé et elle a raflé des tas de prix. Les jurés l'adorent.

— Alors si les jurés l'adorent...

— Écoute, va la voir. J'essaie juste de t'aider, bon sang.

Je soupire.

— D'accord. Merci, alors.

— S'agit-il d'un « Merci, on file chez elle de ce pas, camarade » ou d'un « Merci, et maintenant lâche-moi la grappe » ?

Je me lève, balaie les aiguilles de pin collées à mon séant.

— Rentrons.

QUATRE

Mercredi 21 juillet 1999 / 8 septembre 1998
(Henry a trente-six ans, Claire vingt-huit)

HENRY : Nous sommes couchés. Claire est pelotonnée sur le flanc, dos à moi, et mon corps épouse le sien. Il est environ 2 heures du matin, et nous venons d'éteindre après une longue et vaine discussion sur nos déboires reproductifs. À présent je repose collé contre elle, ma main couvant son sein droit, et j'essaie de déterminer si nous traversons cette épreuve ensemble ou si j'ai en quelque sorte été lâché en route.

— Claire, je murmure dans sa nuque.

— Mmm ?

— Et si on adoptait ?

Cela fait des semaines, des mois que j'y pense. Ce serait une excellente porte de sortie : nous aurions un bébé, il se porterait bien, Claire se porterait bien. Nous serions heureux. C'est la réponse évidente.

Claire répond :

— Mais ce serait artificiel. Ce serait faire semblant.

Elle se redresse, me considère. Je l'imite.

— Ce serait un vrai bébé. Et ce serait le nôtre. Qu'y aurait-il de faux là-dedans ?

— J'en ai ma claque de faire semblant. On passe notre temps à simuler. Ça, je veux le faire pour de vrai.

— Comment ça, on passe notre temps à simuler ? De quoi tu parles ?

— On fait mine d'être des gens normaux, de mener une vie normale ! Je fais comme si ça ne posait aucun problème que tu disparaisses à tout bout de champ pour aller Dieu sait où. Tu fais comme si tout allait bien, même quand tu manques de te faire tuer et que Kendrick s'arrache les cheveux ! Je fais semblant de m'en foutre quand nos bébés meurent...

Elle sanglote, recroquevillée, le visage caché sous le rideau soyeux de ses cheveux.

Je suis las de pleurer. Je suis las de regarder Claire pleurer. Je suis impuissant devant ses larmes, il n'y a rien que je puisse faire pour arranger quoi que ce soit.

— Claire...

J'approche la main pour la toucher, la réconforter et me réconforter moi-même, mais elle me repousse. Alors je quitte le lit et j'attrape mes fringues. Je m'habille dans la salle de bains. Je chipe les clefs de Claire dans son sac et j'enfile mes pompes. Elle apparaît dans le couloir.

— Qu'est-ce que tu fais ?

— J'en sais rien.

— Henry...

Je passe la porte, la fais claquer. C'est bon d'être dehors. Où est la voiture, déjà ? Je l'aperçois de l'autre côté de la rue. Je traverse et monte à bord.

Mon idée première était d'y finir ma nuit, mais une fois assis je décide de me rendre quelque part. La plage : je vais rouler jusqu'à la plage. Je sais combien l'idée est mauvaise. Je suis crevé, je suis en rogne, ce serait une folie de conduire... Mais j'en ai envie, point barre. Les rues sont désertes. Je démarre. Le moteur rugit. Il me faut une bonne minute pour quitter la place de stationnement. Je distingue le visage de Claire derrière la fenêtre. Qu'elle s'inquiète donc. Pour une fois ça m'est égal.

Je descends Ainslie jusqu'à Lincoln, puis bifurque sur Western et file vers le nord. Cela fait une paye que je n'ai pas erré dans la nuit au présent, et je ne sais même plus quand j'ai conduit pour la dernière fois, hors cas de force majeure. L'expérience est assez sympa. Je dépasse le cimetière Rosehill à toute allure, puis la longue enfilade de concessionnaires automobiles. J'allume la radio, parcours la présélection jusqu'à la station WLUW ; reconnaissant Coltrane, je monte le son et baisse la vitre. Le bruit, le vent, la succession des stops et des réverbères m'apaisent, m'anesthésient, et au bout d'un moment je ne sais même plus ce qui m'amène ici. À l'orée d'Evanston je coupe vers Ridge puis je suis Dempster jusqu'au lac. Je me gare près de la lagune, sors en laissant les clefs sur le contact, et m'éloigne en marchant. Il fait frais, tout est silencieux. Je longe la jetée et me plante à son extrémité, contemplant Chicago au bout du rivage, qui scintille sous son ciel orange et mauve.

Je suis vanné. Vanné de penser à la mort. Vanné du sexe comme moyen et non comme finalité. Et j'ai peur de la façon dont tout cela risque de finir. J'ignore jusqu'où je pourrai supporter la pression que m'inflige Claire.

Qu'ont-ils donc, ces foetus, ces embryons, ces amas de cellules que nous fabriquons et perdons sans arrêt ? Qu'ont-ils de si important pour qu'on mette la vie de Claire en péril, qu'on aille jour après jour se colleter avec le désespoir ? La Nature nous dit de laisser tomber, la Nature nous dit : « Henry, ton organisme est un bordel sans nom, et nous ne voulons plus en faire des comme toi. » Et je suis prêt à rendre les armes.

De toute façon, je ne me suis jamais projeté dans la peau d'un père. J'ai beau avoir passé du temps avec ma jeune personne, j'ai beau avoir passé du temps avec Claire gamine, je n'aurai pas le sentiment d'une vie incomplète sans enfant issu de ma chair. Du reste, aucun Henry n'est descendu du futur pour m'encourager à persister dans cette voie. Il se trouve que j'ai craqué voilà quelques semaines, en tombant sur moi-même dans les rayons de Newberry, un moi-même de 2004. « Aura-t-on des enfants un jour ? » je lui ai demandé. Il s'est contenté de sourire en haussant les épaules. « Désolé, il faudra le vivre pour le savoir, » a-t-il répondu, plein de commisération. « Je t'en prie, dis-le-moi, » j'ai imploré, élevant la voix tandis qu'il s'éclipsait. « Connard, » j'ai lâché à haute voix, et Isabelle a passé la tête par la porte blindée pour savoir pourquoi je criais dans la réserve et avais-je conscience qu'on pouvait m'entendre en salle de lecture ?

C'est simple, je ne vois aucune issue. Claire est obnubilée. Amit Montague l'encourage, lui raconte des histoires de bébé-miracle, lui prescrit des boissons vitaminées qui me font penser à *Rosemary's Baby*. Et si je me mettais en grève ? Mais oui, voilà : une grève du sexe. L'idée m'amuse, mais mon rire est absorbé par le clapotis des vagues contre la jetée. Et puis, vous parlez d'une idée : au bout de quelques jours on me ramasserait à la petite cuiller !

J'ai mal au crâne. J'essaie de l'ignorer. Je sais que c'est dû à la fatigue. Je me demande si je pourrais dormir sur la plage sans être embêté. La nuit est splendide. Puis d'un coup je suis saisi par un puissant rayon de lumière qui remonte la jetée jusqu'à mon visage...

Et soudain...

Je suis dans la cuisine de Kimy, couché de dos sous sa table, cerné de pieds de chaises. Kimy se penche pour m'observer. Ma hanche gauche appuie sur ses chaussures.

— Salut, l'amie, je dis d'une petite voix.

Je suis à deux doigts de défaillir.

— Un de ces jours, je vais faire une crise cardiaque,

répond Kimy en m'aiguillonnant du bout du pied. Sors de là et trouve-toi des vêtements.

Je me retourne et m'extirpe à quatre pattes. Puis je m'assieds en boule sur le lino et souffle quelques instants, reprenant mes esprits en tâchant de ne pas vomir.

— Henry... Tu te sens bien ? Tu veux manger un morceau ? Un peu de soupe ? J'ai du minestrone... Un café ? (Je secoue la tête.) Tu veux t'allonger sur le canapé ? Tu es malade ?

— Non, Kimy, ça va, ça va aller.

Je parviens à m'agenouiller puis à me lever. Je me traîne jusque dans la chambre et j'ouvre la penderie de M. Kim, quasi vide hormis quelques jeans soigneusement repassés, de toutes les tailles, de garçonnet à adulte, ainsi qu'une série de chemises blanches impeccables. Ma petite garde-robe privée, qui m'attend sagement. Une fois vêtu je regagne la cuisine, me penche sur Kimy et l'embrasse sur la joue.

— C'est quoi, la date ?

— 8 septembre 1998. Tu viens d'où ?

— De juillet prochain.

Nous nous rasseyons. Kimy est plongée dans les mots-croisés du *New York Times*.

— Quoi de neuf, en juillet prochain ?

— Ce fut un été clément, et ton jardin a fière allure. Toutes les valeurs technologiques sont en hausse. Je te conseille d'acheter des actions Apple en janvier.

Elle prend note sur un bout de sac en papier.

— Compris. Et toi ? Comment ça va ? Et comment va Claire ? Ça y est, vous allez avoir un bébé ?

— En fait, j'ai très faim. Tu me parlais d'une soupe ?

Kimy se relève lentement pour ouvrir le frigo. Elle sort une casserole et met la soupe à réchauffer.

— Tu n'as pas répondu à ma question.

— Rien de nouveau, Kim. Pas de bébé. Claire et moi passons tous nos moments éveillés à nous engueuler là-dessus. Alors par pitié, ne m'embête pas avec ça.

Kim a le dos tourné. Elle remue la soupe avec énergie. Sa posture trahit du dépit.

— Je ne voulais pas « t'embêter ». C'était une simple question, d'accord ? Tout de suite, les grands mots...

Nous restons muets quelques minutes. Le raclement de la cuiller au fond de la casserole commence à me courir. Je pense à Claire qui me regardait partir dans la nuit.

— Eh ! Kimy.

— Eh ! Henry.

— Comment ça se fait que toi et M. Kim n'ayez jamais eu d'enfants ?

Un long silence. Puis :

— On en a eu un.

— C'est vrai ?

Elle verse la soupe dans un bol Mickey que j'adorais quand j'étais gosse. Elle s'assied et passe sa main sur ses cheveux, lissant les mèches blanches échappées de son chignon. Elle me regarde.

— Bois ta soupe. Je reviens tout de suite.

Elle se lève et quitte la cuisine. J'entends frotter ses pieds sur le protège-moquette en plastique du couloir. J'attaque la soupe, qui sera quasiment engloutie au retour de Kimy.

— Voilà. Je te présente Min. C'est mon bébé.

Une photo en noir et blanc, floue, montrant une fillette de cinq ou six ans posant devant la maison de Mme Kim, cette maison-ci, la maison où j'ai grandi. En uniforme d'école catholique, elle sourit, un parapluie à la main.

— C'est son premier jour d'école. Elle est toute contente, et elle a très peur.

J'examine le cliché. Je n'ose pas poser la question. Kimy regarde par la fenêtre, vers le fleuve.

— Qu'est-il arrivé ?

— Oh ! elle est morte ! Avant que tu sois né. Elle avait une leucémie, et elle est morte.

Ça me revient soudain :

— Elle n'avait pas l'habitude de s'installer dans un rocking-chair au jardin ? Dans une robe rouge ?

Mme Kim me dévisage, ébahie.

— Tu l'as vue ?

— Oui, je crois bien. Il y a longtemps. J'avais à peu près sept ans. J'étais planté sur les marches de la rivière, nu comme un ver. Elle m'a dit que j'avais pas intérêt à venir dans son jardin ; j'ai répondu que c'était *mon* jardin, mais elle ne m'a pas cru. Je ne comprenais pas. (Je ris.) Elle m'a prévenu que sa mère me donnerait la fessée si je fichais pas le camp.

Kimy éclate de rire :

— Elle disait juste, pas vrai ?

— Ouais, elle se trompait simplement de quelques années.

Kimy sourit.

— Ouais, Min, mon petit feu d'artifice... Son papa l'appelait Mademoiselle Grande Bouche. Il l'aimait énormément.

Kimy détourne la tête, se frotte subrepticement le coin des yeux. J'ai gardé de M. Kim l'image d'un homme taciturne, qui passait le plus clair de son temps carré dans son fauteuil à suivre le sport à la télé.

— Min est née en quelle année ?

— En 1949. Elle est morte en 1956. Tu te rends compte, elle-même serait une maman aujourd'hui. Elle aurait quarante-neuf ans. Les gosses seraient peut-être à la fac, ou dans la vie active.

Kimy me regarde, et je la regarde.

— On essaie, Kimy. On essaie toutes les méthodes imaginables.

— J'ai rien dit.

— Bien sûr.

Kimy bat des paupières façon Louise Brooks.

— Dis, l'ami, je suis bloquée sur cette grille. Neuf vertical, commence par un K...

Claire : J'observe les plongeurs de la police s'enfoncer dans le lac Michigan. La matinée est couverte, bien que déjà très chaude. Je suis postée sur la jetée de Dempster Street. Il y a cinq camions de pompiers, trois ambulances et sept voitures de police qui stationnent sur Sheridan Road, tous feux clignotants. Il y a dix-sept pompiers et six ambulanciers. Il y a quatorze policiers et une seule femme, une petite Blanche obèse dont la tête semble aplatie par sa casquette. Elle débite des platitudes ineptes censées me réconforter, mais qui me donnent envie de la précipiter du ponton. Je serre les vêtements d'Henry dans mes bras. Il est 5 heures du matin. Il y a vingt et un journalistes, travaillant soit pour la télévision avec leurs vans, leurs micros et leurs cameramen, soit pour les journaux avec leurs photographes. Il y a un vieux couple qui rôde en marge de l'action, effacé mais à l'affût. J'essaie de ne pas ruminer la description d'Henry se jetant depuis l'extrémité de l'embarcadère, surpris par le faisceau du projecteur de la voiture de patrouille. J'essaie de ne pas ruminer.

Deux policiers fraîchement débarqués remontent la jetée. Ils s'entretiennent avec leurs coéquipiers déjà présents sur les lieux, puis l'un d'eux, le plus âgé, se détache du groupe et s'avance vers moi. Il arbore une moustache en guidon de vélo, de celles démodées qui pointent légèrement au bout. Il se présente comme le capitaine Michels et me demande si selon moi mon mari aurait eu une quelconque raison de vouloir attenter à ses jours.

Vendredi 14 janvier 2000
(Claire a vingt-huit ans, Henry trente-six)

Claire : Kendrick nous guide au travers d'un dédale de couloirs garnis de moquette, de plaques de plâtre et de dalles acoustiques jusqu'à une salle de conférence. Pas de fenêtres, rien d'autre qu'une moquette bleue et une longue table noire polie entourée de fauteuils pivotants capitonnés. Un tableau blanc, quelques marqueurs, une pendule au-dessus de la porte, un Thermos de café avec des tasses, de la crème et du sucre à disposition complètent le décor. Kendrick et moi nous installons autour de la table cependant qu'Henry fait les cent pas dans la pièce. Kendrick ôte ses lunettes et masse les ailes de son nez fin. La porte s'écarte pour livrer passage à un jeune Hispanique poussant un chariot. Lequel supporte une cage recouverte d'un tissu. « Où vous la voulez ? », demande-t-il et Kendrick de répondre : « Laissez tout ici, si ça ne vous ennuie pas », à quoi l'homme hausse les épaules avant de s'éclipser. Kendrick va jusqu'à la porte, tourne un bouton et réduit l'éclairage à une lumière crépusculaire. Je distingue à peine Henry debout près de la cage. Kendrick le rejoint et retire l'étoffe en silence.

Une odeur de cèdre se répand de la cage. Je me lève pour en scruter le contenu, mais ne discerne qu'un rouleau de papier hygiénique vide, des coupelles de nourriture, une bouteille d'eau, une roue d'exercice et des copeaux de cèdre pelucheux. Kendrick ouvre le haut de la cage, plonge le bras à l'intérieur et saisit quelque chose de petit et blanc. Henry et moi nous approchons pour examiner la minuscule souris qui cligne des yeux dans la paume de Kendrick. Ce dernier extrait un crayon lumineux miniature de sa poche, l'allume, le dirige d'un mouvement rapide sur l'animal. La souris se raidit puis se volatilise.

— Waouh ! je m'exclame.

Kendrick remet le tissu en place et éclaire la salle.

— Cette découverte sera publiée dans le numéro de *Nature* de la semaine prochaine, déclare-t-il en souriant. C'est l'article de tête.

— Félicitations, lâche Henry. (Il lance un regard à l'horloge.) Combien de temps elles disparaissent d'habitude ? Et pour aller où ?

Kendrick désigne le Thermos d'un geste de la main et nous acquiesçons tous les deux.

— Elles restent en général dans la nature à peu près dix minutes, explique-t-il en versant trois tasses de café sans cesser de parler puis en nous en tendant une à chacun. Elles retournent dans le laboratoire au sous-sol où elles sont nées. Il semblerait qu'elles ne puissent pas disparaître plus que quelques minutes d'affilée, dans un sens ou dans l'autre.

— La durée augmentera avec l'âge, intervient Henry qui hoche la tête.

— Exact. Le principe s'est vérifié jusqu'à présent.

— Comment avez-vous réussi ? j'interroge Kendrick.

J'ai toujours du mal à croire qu'il ait vraiment *réussi*.

Kendrick souffle sur sa tasse, boit une gorgée et grimace. Le café est amer, j'ajoute du sucre au mien.

— Hum, réplique-t-il, ça nous a beaucoup aidés que Celera ait séquencé le génome de la souris. Mais nous y serions arrivés même sans cela. Nous avons commencé par cloner les gènes d'Henry avant d'utiliser des enzymes pour couper les portions d'ADN endommagées. Nous les avons ensuite récupérées et insérées dans des embryons de souris au stade quatre cellules. Jusque-là rien de compliqué.

Henry arque les sourcils.

— Oui, c'est l'évidence même. Claire et moi nous pratiquons ce genre d'expériences tous les jours dans notre cuisine. Où est-ce que ça se corse alors ?

Il s'assied sur la table, pose son café près de lui. De la cage, me parvient le grincement de la roue.

Kendrick jette un coup d'œil dans ma direction.

— La difficulté a été de faire en sorte que les mères portent les souris génétiquement modifiées jusqu'à terme. Elles mouraient les unes après les autres d'hémorragie interne.

— Les mères mouraient ? s'alarme Henry.

Kendrick acquiesce :

— Les mères et leurs bébés. Comme nous ne comprenions pas pourquoi, nous les avons placées en observation vingt-quatre heures sur vingt-quatre et nous avons découvert ce qui clochait. Les embryons voyageaient hors de l'utérus puis le réintégraient, provoquant les saignements internes et la mort. Ou bien les mères avortaient tout simplement à mi-gestation. C'était très frustrant.

Henry et moi échangeons un regard avant de détourner les yeux.

— Nous ne connaissons ça que trop bien, confié-je à Kendrick.

— Oui, me concède-t-il. Mais nous avons résolu le problème.

— Comment ? s'enquiert Henry.

— Nous avons supposé qu'on était en présence d'une réponse immunitaire. Qu'il y avait un élément si fondamentalement étranger chez les foetus que le système immunitaire des mères s'efforçait de les combattre de la même manière que s'il s'était agi d'un quelconque virus. Nous avons donc supprimé ces réactions de défense et tout s'est alors déroulé à merveille.

J'entends mon cœur battre dans mes oreilles. *À merveille.*

Soudain Kendrick se courbe et attrape quelque chose par terre.

— Prise au piège ! annonce-t-il en exhibant la souris dans ses mains arrondies.

— Bravo ! applaudit Henry. Et quelle est la suite des opérations ?

— La thérapie génique, l'informe Kendrick. Les médicaments. (Il esquisse un haussement d'épaules.) Même si nous sommes capables d'orchestrer le phénomène, nous ignorons encore pourquoi il se produit. Ou comment. On tente maintenant de répondre à ces questions.

Il donne la souris à Henry. Celui-ci forme une coupe avec ses mains dans laquelle Kendrick dépose le rongeur. Henry l'inspecte avec curiosité.

— Elle a un tatouage, remarque-t-il.

— C'est la seule façon de ne pas perdre leur trace, dit Kendrick. Elles rendent les techniciens du labo dingues à force de s'échapper.

— Voilà à quoi tient notre supériorité darwinienne, s'esclaffe Henry. La fuite.

Il caresse la souris qui se soulage dans sa paume.

— Zéro tolérance au stress, commente Kendrick en la remettant dans sa cage où elle se réfugie à l'abri du rouleau de papier.

À peine de retour à la maison, je suis pendue au téléphone avec le Dr Montague à babiller à propos d'immunodépresseurs et d'hémorragies internes. Elle m'écoute attentivement et me suggère de passer à son cabinet la semaine suivante, le temps de se documenter sur le sujet. Je raccroche, Henry m'épie avec anxiété par-dessus la rubrique financière du *Times*.

— Ça vaut la peine d'essayer.

— Des tas de mamans souris y ont laissé leur peau avant qu'ils trouvent une solution, objecte-t-il.

— Mais ça a marché ! Kendrick a réussi !

Henry se contente d'articuler : « Oui » et s'absorbe de nouveau dans sa lecture. J'ouvre la bouche, me ravise et prends la direction de mon studio, trop excitée pour me chamailler avec lui. *Tout s'est déroulé à merveille. À merveille.*

CINQ

Jeudi 11 mai 2000
(Henry a trente-neuf ans, Claire vingt-huit)

HENRY : Je marche sur Clark Street à la fin du printemps 2000. La situation n'a rien d'exceptionnel. C'est une charmante et chaude soirée à Andersonville, et tous les jeunes branchés s'adonnent, derrière les petites tables de chez Kopi, à la mode des cafés frappés, ou bien, derrière des tables un peu plus grandes, au couscous de chez Reza, quand ils ne flânent pas sur les trottoirs, indifférents aux boutiques de babioles suédoises, se charriant les uns les autres au sujet de leurs chiens respectifs. Je devrais être au boulot, en 2002, mais bon. J'imagine que Matt assurera mon exposé de l'après-midi. Faudra que je pense à l'inviter à dîner.

Je musarde tranquillement, quand par hasard j'aperçois Claire sur le trottoir d'en face. Elle s'est arrêtée devant la vitrine de George, la boutique de fringues *vintage*, face à un étalage de layettes. Son dos exprime de la mélancolie, même ses épaules soupirent de frustration. Elle colle son front à la vitre et ne bouge plus, abattue. Je traverse la rue, évitant un van UPS et une Volvo, et je me plante derrière elle. Surprise, elle relève la tête et voit mon reflet dans la glace.

— Ah ! c'est toi. (Elle se retourne.) Je te croyais au ciné avec Gomez.

Elle paraît un peu sur la défensive, un peu coupable, comme si j'avais surpris un acte honteux.

— C'est sûrement le cas. En fait, je suis censé bosser. En 2002.

Claire sourit. Elle a l'air fatigué, et par un rapide calcul j'établis que notre cinquième fausse couche remonte à trois semaines seulement. Après un temps d'hésitation je la prends dans mes bras, et à mon grand soulagement son corps se relâche sous mon étreinte, sa tête se pose sur mon épaule.

— Comment tu vas ? je lui demande.

— Très mal, murmure-t-elle. Crevée. Je jette l'éponge, Henry.

Elle me regarde, guettant ma réaction, confrontant sa décision à ma connaissance du futur.

— J'abandonne. C'est râpé pour de bon.

Y a-t-il quoi que ce soit qui m'empêche de lui donner ce dont elle a besoin ? Ai-je une seule raison valable de me taire ? Je cherche dans les tréfonds de ma cervelle si quelque chose l'avait empêchée de savoir. Mais je ne me souviens que d'une chose : sa certitude, que je m'apprête à créer.

— Persévère, Claire.

— Quoi ?

— Accroche-toi. Dans mon présent, nous avons un bébé.

Elle ferme les yeux, chuchote « Merci ». J'ignore si cela s'adresse à moi ou à Dieu, mais peu importe. « Merci », répète-t-elle en me fixant dans les yeux, en me parlant à moi, et j'ai l'impression d'être un ange dans quelque remake loufoque de l'Annonciation. Je plonge la tête pour l'embrasser ; je sens la volonté, la joie, la motivation l'envahir. Je revois le minuscule crâne couvert de cheveux noirs poindre entre les jambes de Claire, et je m'émerveille de la façon dont cet instant-ci fait ce miracle-là, et vice versa. Merci. Merci.

— Tu le savais ? demande-t-elle.

— Non. (Elle paraît déçue.) Non seulement je ne savais

rien, mais j'ai tout fait pour t'empêcher de retomber enceinte.

— Génial ! se gausse-t-elle. Alors, quoi qu'il arrive, je garde mon calme et je mets le paquet.

— Exactement.

Claire me sourit. Je l'imite. Le paquet.

SIX

Samedi 3 juin 2000
(Claire a vingt-neuf ans, Henry trente-six)

Claire : Je suis assise à la table de la cuisine où je feuillette distraitement le *Chicago Tribune* tout en observant Henry déballer les courses. Les sacs en papier marron sont alignés symétriquement sur le plan de travail et Henry en tire du ketchup, du poulet et du gouda tel un magicien. Je m'attends à en voir surgir d'un instant à l'autre un lapin, des foulards en soie. Au lieu de quoi se matérialisent des champignons, des haricots noirs, des fettucinis, une laitue, un ananas, du lait écrémé, du café, des radis, des navets, un rutabaga, des flocons d'avoine, du beurre, du fromage blanc, du pain de seigle, de la mayonnaise, des œufs, des rasoirs, du déodorant, des pommes granny smith, de la crème légère, des *bagels*, des crevettes, du fromage frais à tartiner, des céréales, de la sauce marinara, du jus d'orange surgelé, des carottes, des préservatifs, des patates douces... Des préservatifs ? Je me lève et me dirige vers le comptoir, m'empare de la boîte bleue et la secoue sous le nez d'Henry.

— Qu'est-ce que ça signifie ? Tu as une liaison ?

Il me défie du regard tandis qu'il farfouille dans le congélateur.

— Non, en réalité j'ai eu une révélation. Je me tenais dans

l'allée des dentifrices lorsqu'elle m'est venue. Tu veux entendre la bonne parole ?

— Non.

Il se tourne vers moi. Son expression tout entière s'apparente à un soupir.

— La voilà quand même : on ne peut pas s'entêter à essayer d'avoir un bébé.

Traître.

— Nous étions d'accord...

— ... Pour persévérer. J'estime que cinq fausses couches sont plus que suffisantes. J'estime que nous avons assez persévéré.

— *Non.* Je veux dire... Pourquoi ne pas continuer ?

Je m'efforce d'empêcher ma voix de prendre un accent implorant, d'empêcher la colère qui enfle dans ma gorge de se déverser par ma bouche.

Henry contourne le plan de travail, se plante en face de moi, mais ne me touche pas. Il est conscient qu'il ne peut pas me toucher.

— Claire. La prochaine fausse couche risque de te tuer et je refuse de continuer à faire quelque chose qui pourrait se terminer par ta mort. Cinq grossesses... Moi je ne peux pas. C'est au-dessus de mes forces, Claire. Je regrette.

Je sors par la porte de derrière et reste là, au soleil, près des framboisiers. Nos bébés, morts et enveloppés dans du papier gampi[1] soyeux, blottis dans leur minuscule cercueil en bois, sont à l'ombre maintenant, en cette fin d'après-midi, à côté des rosiers. Je sens la chaleur du soleil sur ma peau et frissonne en pensant à eux, enfouis dans la fraîcheur du jardin, par cette douce journée de juin. J'adresse une supplique

1. Gampi : arbuste sauvage d'Extrême-Orient utilisé au Japon depuis le VIIIe siècle pour faire un papier de qualité exceptionnelle, doux, brillant et résistant.

muette à notre futur enfant. « Aide-moi. Il ignore tout, je ne peux rien lui révéler. Dépêche-toi d'arriver. »

Vendredi 9 juin 2000 / 19 novembre 1986
(Henry a trente-six ans, Claire quinze)

HENRY : 8 h 45, un vendredi matin, dans la salle d'attente d'un certain Robert Gonsalez. Claire ne sait pas que je suis ici. Ma décision est prise : vasectomie.

Le cabinet du Dr Gonsalez se trouve sur Sheridan Road, près de Diversey, dans un centre médical huppé juste derrière le conservatoire de Lincoln Park. La salle d'attente présente des tons bruns et vert mousse, avec beaucoup de boiseries et des cadres montrant les vainqueurs du Derby des années 1880. Très viril. Il me manque juste la veste de smoking et le barreau de chaise entre les dents. J'ai besoin d'un verre.

La gentille dame du planning familial m'a promis, de sa voix douce et professionnelle, que ce serait à peine douloureux. Cinq autres types attendent avec moi. Ont-ils la chtouille, ou la prostate qui fait des siennes ? Peut-être certains sont-ils dans le même cas que moi, venus mettre un terme à leur carrière de papa virtuel. Je ressens une certaine solidarité vis-à-vis de ces inconnus. Tous assis en groupe dans cette pièce de cuir et de bois marron, par un matin gris, attendant d'être appelés à côté pour baisser notre pantalon. Il y a un vieillard qui attend, recroquevillé sur sa canne, les yeux fermés derrière les verres épais qui grossissent ses paupières. Je doute qu'il soit venu se faire couper. L'ado qui feuillette un vieux numéro d'*Esquire* se la joue détaché. Je ferme les yeux et m'imagine dans un troquet ; la barmaid me tourne le dos pour me préparer un bon scotch *single malt* avec une goutte d'eau tiède. Il s'agit peut-être d'un pub anglais. Oui, cela expliquerait la déco. Le type à ma gauche tousse, le genre d'expulsion surgie du fin fond des poumons, et quand je rouvre les yeux je suis toujours assis dans une salle d'attente. Je jette un œil oblique sur la montre de mon voisin de droite. Il porte une de ces énormes montres qui permettent de chronométrer les sprints ou d'appeler le vaisseau-mère. 9 h 58. Je dois passer dans deux minutes. Mais le docteur semble accuser du retard. La secrétaire appelle : « Monsieur Liston » et l'ado se lève d'un bond avant de franchir la lourde porte lambrissée du cabinet. Avec les autres nous échangeons un regard, furtif, comme dans le métro face à un mendiant.

Dévoré de stress, je me convaincs une dernière fois que c'est la meilleure solution. Je ne suis pas un traître. Je ne fais qu'épargner de nouvelles horreurs et souffrances à Claire. Elle n'en saura jamais rien. Ça ne fera pas mal. Enfin, peut-être un peu. Un jour, je lui dirai la vérité et elle comprendra que c'était nécessaire. On a essayé. Je n'ai pas le choix. Je ne suis pas un traître. Même si ça doit faire mal, ça vaut le coup. C'est un geste d'amour pour elle. Je pense à Claire assise sur le lit, couverte de sang, en pleurs, et j'ai la nausée.

— Monsieur DeTamble ?

Je me lève, et là je me sens vraiment mal. Mes genoux cèdent, la tête me tourne, et je suis plié en deux, en train de dégueuler, à quatre pattes, le sol est froid et recouvert de foin. L'estomac vide, je ne crache que du mucus. On pèle. Je lève les yeux. Je suis dans la clairière, dans le Pré. Les arbres sont nus, le ciel est une nappe de nuages et le jour s'apprête à décliner. Je suis seul.

Je me lève et mets la main sur la boîte de fringues. Bientôt j'ai enfilé un tee-shirt Gang of Four, un pull et un jean, de grosses chaussettes et des rangers noires, un manteau en laine noire et des moufles bleu ciel. Une bestiole a grignoté la boîte pour y faire son nid. Les vêtements indiquent le milieu des années quatre-vingt. Claire doit avoir quinze ou seize ans. Je ne sais si je dois l'attendre ou m'en aller, si je serai d'humeur à affronter son exubérante jeunesse. Je me dirige vers le verger.

On dirait la fin novembre. Le Pré est marron, qui chuinte sous le vent. Les corbeaux se disputent les pommes tombées au fond du verger. Au moment où je les atteins, j'entends le halètement d'une personne qui accourt. Je me retourne. C'est Claire.

— Henry...

Elle est hors d'haleine, et visiblement enrhumée. Je la laisse reprendre son souffle. Je n'arrive pas à lui parler. Elle reste plantée devant moi, sa respiration formant des bouffées blanches devant son visage, sa chevelure rousse tranchant sur le fond marron et gris, sa peau rose et pâle.

Je tourne les talons et m'enfonce dans le verger.

— Henry ! (Elle me suit, m'attrape le bras.) Quoi ? Qu'est-ce que j'ai fait ? Pourquoi tu refuses de me parler ?

Seigneur...

— J'ai voulu faire un truc pour toi, un truc très important, et ça a foiré. Je me suis crispé, et j'ai atterri ici.

— C'était quoi ?

— Je peux pas te le dire. Je comptais même pas t'en parler dans le présent. Ça te plairait pas.

— Alors pourquoi t'y tenais ?

Le vent la fait frissonner.

— C'était la seule solution. Tu refusais de m'écouter. Je pensais qu'ainsi on arrêterait de se chamailler.

Je soupire. Je réessaierai, et s'il le faut, je réessaierai encore.

— Pourquoi on se chamaille ?

Claire me fixe, pleine d'angoisse. Elle a le nez qui coule.

— T'as la crève ?

— Ouais. Pourquoi on se chamaille ?

— Tout a commencé quand la femme de ton ambassadeur a giflé la maîtresse de mon Premier ministre au cocktail de l'ambassade. Il y a eu des répercussions sur le cours des flocons d'avoine, ce qui a entraîné chômage de masse, émeutes...

— Henry !

— Oui ?

— Est-ce que pour une fois, une seule fois, tu pourrais cesser de te me moquer de moi et répondre à mes questions ?

— Impossible.

Sans préméditation apparente, elle me gifle, durement. Je recule d'un pas, surpris, ravi.

— Encore un coup.

Elle est perdue, secoue la tête.

— S'il te plaît, Claire.

— Non. Pourquoi tu veux que je te frappe ?

— S'il te plaît.

Je tends la joue.

— C'est quoi ton problème, à la fin ?

— La situation est terrible, et c'est comme si ça ne m'atteignait pas.

— Mais qu'est-ce qui est terrible ? Qu'est-ce qui se passe, bon sang ?

— Ne me pose pas de questions.

Claire se rapproche, tout près, et me prend la main. Elle ôte la ridicule moufle bleue, porte ma paume à sa bouche, et mord. La douleur me crucifie. Elle s'arrête. Je regarde ma main. Je saigne, par petites perles, tout autour de la morsure. Je suis bon pour la septicémie, mais sur le moment ça m'est égal.

— Réponds-moi.

Seuls quelques centimètres séparent nos visages. Je l'embrasse, brutalement. Elle résiste. Je la relâche et elle me tourne le dos.

— Ce n'était pas très gentil, dit-elle d'une petite voix.

Qu'est-ce qui m'a pris ? La Claire de quinze ans n'est pas celle qui me torture depuis des mois, qui refuse de renoncer à la maternité, qui risque la mort et le désespoir, qui transforme l'acte d'amour en un champ de bataille jonché de cadavres d'enfants. Je pose mes mains sur ses épaules.

— Je suis désolé, Claire. Je suis vraiment désolé. Ça n'a rien à voir avec toi. S'il te plaît.

Elle se retourne. Elle pleure, et ce n'est pas beau à voir. Par miracle, je trouve un Kleenex dans ma poche de manteau. Je tamponne son visage, puis elle se mouche.

— Tu ne m'avais jamais embrassée.

Oh non... Mon visage doit être comique, car voilà qu'elle se marre. Je n'en reviens pas. Je suis le roi des abrutis.

— Écoute, Claire, oublie ça, tu veux ? Efface-le de ta mémoire. Ça n'est jamais arrivé. Viens là. Deuxième prise, d'accord ? Claire ?

Elle se rapproche d'un pas hésitant. Je la prends dans mes bras, la regarde. Elle a les yeux gonflés, le nez rouge, et pour une crève c'est une sacrée crève. Je pose les mains sur ses oreilles, renverse sa tête et l'embrasse, et j'essaie de loger mon cœur dans le sien, en sécurité, au cas où je le perdrais de nouveau.

Vendredi 9 juin 2000
(Claire a vingt-neuf ans, Henry trente-six)

CLAIRE : Henry s'est montré affreusement silencieux, distrait et pensif tout au long de la soirée. Pendant le dîner il a eu l'air de passer mentalement en revue des rayonnages imaginaires à la recherche d'un livre qu'il aurait lu en 1942. Sans compter qu'un pansement recouvre entièrement sa main droite. Après manger, il s'est réfugié dans la chambre et s'est affalé à plat ventre sur le lit, la tête orientée vers le bas et les pieds sur mon oreiller. J'ai rejoint mon atelier, frotté les formes et les couvertes à fond et bu mon café sans toutefois y prendre de plaisir parce que je n'arrivais pas à mettre le doigt sur ce qui le tracassait. Pour finir, je suis rentrée à la maison. Il est toujours dans la même position. Lumière éteinte.

Je me couche par terre. Mon dos craque bruyamment lorsque je m'étire.

— Claire ?

— Mmmm ?

— Tu te souviens de la première fois où je t'ai embrassée ?

— Comme si c'était hier.

— Je suis désolé. (Il roule sur lui-même.)

Je suis dévorée par la curiosité.

— Pourquoi étais-tu aussi bouleversé ? Tu étais embarqué dans quelque chose qui ne marchait pas et tu as dit que je t'en voudrais. De quoi s'agissait-il ?

— Comment tu peux te rappeler de tout ça ?

— Je suis l'enfant d'éléphant du conte. Tu as l'intention de me répondre à présent ?

— Non.

— Si je devine, est-ce que tu me confirmeras que j'ai vu juste ?

— Probablement pas, non.

— Pour quelle raison ?

— Je suis lessivé et je n'ai pas envie qu'on se dispute ce soir.

— Moi non plus. J'aime bien être allongée sur le sol comme ça. C'est un peu froid, mais d'un contact très rassurant. Tu es allé te renseigner pour une vasectomie.

Silence. Henry garde le silence pendant si longtemps que je suis tentée d'approcher un miroir de sa bouche pour vérifier s'il respire encore. Finalement :

— Comment le sais-tu ?

— Je ne le savais pas vraiment. J'avais peur que ce soit le cas. Et puis je suis tombée sur le message mentionnant ton rendez-vous chez le médecin ce matin.

— J'ai *brûlé* ce message.

— J'ai déchiffré les mots imprimés sur la feuille de dessous.

— D'accord Sherlock, grogne Henry. Je me rends.

Nous restons paisiblement étendus dans l'obscurité.

— Vas-y.

— Quoi ?

— Te faire faire une vasectomie. Si tu penses qu'il le faut.

Henry roule de nouveau sur le côté et me scrute. Je ne distingue rien hormis sa tête se découpant sur le plafond noir.

— Tu ne te mets pas en colère.

— Non. Je ne me sens pas moi non plus le courage de continuer. J'abandonne. Tu gagnes, nous n'essaierons plus d'avoir un bébé.

— Je ne suis pas certain que gagner soit le terme exact. Ça me paraît juste... nécessaire.

— Si tu préfères.

Henry descend du lit, s'assied près de moi.

— Merci.

— Je t'en prie.

Il m'embrasse. J'imagine la lugubre journée de novembre 1986 qu'il vient de laisser derrière lui, le vent, la chaleur de son corps dans le froid du verger. Bientôt – ce qui constitue une première depuis des mois – nous nous retrouvons à faire l'amour sans nous soucier des conséquences. Henry a attrapé le rhume que j'avais il y a seize ans de cela. Quatre semaines plus tard, le médecin a pratiqué la vasectomie et je m'aperçois que je suis enceinte pour la sixième fois.

RÊVES DE BÉBÉ

Septembre 2000 (Claire a vingt-neuf ans)

CLAIRE : Je rêve que je descends les marches du sous-sol chez ma grand-mère Abshire. La longue traînée de suie qui date de la fois où le corbeau a volé au bas du conduit de la cheminée est encore visible sur le mur de gauche, l'escalier est poussiéreux et la rampe laisse des traces grisâtres sur ma main lorsque je m'y agrippe. J'avance dans la pièce qui m'a toujours effrayée quand j'étais petite. Elle est garnie de profondes étagères où s'alignent rangée après rangée des conserves, des tomates et des *pickles*, des achards de maïs et des betteraves. Ils paraissent embaumés. Dans l'un des bocaux, je découvre un petit foetus de canard. J'ouvre délicatement le bocal, verse le foetus et le formol dans ma main. Le caneton suffoque, a un haut-le-cœur. « Pourquoi m'as-tu abandonné ? », demande-t-il lorsqu'il peut enfin parler. « Je t'ai attendu tout ce temps. »

Je rêve que nous nous promenons ensemble, ma mère et moi, le long d'une rue résidentielle tranquille de South Haven. J'ai un bébé dans les bras. Tandis que nous marchons, il s'alourdit et s'alourdit, jusqu'à ce que je puisse à peine le soulever. Je me tourne vers maman et je lui dis que je n'ai plus la force de le tenir, elle me l'enlève des bras sans mal et nous continuons notre route. Nous arrivons à une maison et longeons l'étroit chemin qui mène derrière. Dans le jardin sont disposés deux écrans et un projecteur. Des gens assis sur des transats visionnent des diapositives. Une moitié d'arbre est projetée sur chaque écran. L'une figure l'été, l'autre l'hiver : il s'agit du même arbre à des saisons différentes. Le bébé rit et gazouille de joie.

Je rêve que je suis debout sur le quai de la station de métro Sedgewick à attendre la rame de la ligne marron. Je porte deux sacs de commissions, qui, après inspection, contiennent des boîtes de *crackers* ainsi qu'un infime bébé mort-né aux cheveux roux, emballé dans du film transparent.

Je rêve que je suis chez moi, dans mon ancienne chambre. C'est le soir, tard, la pièce est faiblement éclairée par la lumière émanant de l'aquarium. Je remarque soudain, horrifiée, qu'un petit animal tourne en rond dans le réservoir, je m'empresse de retirer le couvercle et de repêcher à l'aide d'une épuisette ce qui se révèle être une gerbille dotée de branchies. « Je suis tellement désolée. Je t'avais oubliée. » La gerbille se contente de me fixer avec un air de reproche.

Je rêve que je gravis l'escalier de la maison de Meadowlark. Tous les meubles ont disparu, les pièces sont dépouillées, la poussière tourbillonne dans le soleil qui forme des flaques dorées sur le parquet en chêne ciré. Je suis le grand couloir, jette un coup d'œil dans les chambres et atteins la mienne où trône, délaissé, un berceau en bois. Aucun bruit n'est perceptible. Je redoute d'examiner le contenu du petit lit. Dans la chambre de maman, des draps blancs sont étalés par terre. À mes pieds, j'aperçois une minuscule goutte de sang qui entre en contact avec l'extrémité du tissu et s'étend sous mes yeux jusqu'à ce que le sol tout entier soit recouvert de sang.

Samedi 23 septembre 2000
(Claire a vingt-neuf ans, Henry trente-sept)

Claire : Je vis sous l'eau. Tout me semble comme ralenti et lointain. Je sais qu'il existe un autre monde là-haut, un monde ensoleillé et pressé où le temps s'écoule à travers un sablier, mais ici-bas, là où je suis, l'air, les bruits, le temps, les sentiments sont épais et denses. Je suis enfermée dans une cloche à plongeur avec ce bébé, juste tous les deux, à essayer de survivre dans cet univers inconnu, mais je me sens très seule. « Il est mort », j'annonce à Amit. « Non, Claire, regarde, son cœur bat. » Impossible de poser des mots là-dessus. Henry rôde autour de moi, tente de me nourrir, de me masser, de me remonter le moral jusqu'au moment où je le rabroue. Je traverse le jardin pour m'isoler dans mon studio. Il me fait l'effet d'un musée, d'un mausolée, si calme, aucune vie, aucun souffle, aucune idée ne l'habitent, juste des objets, des objets qui dardent sur moi un regard accusateur. « Désolée », je lance à ma table de travail immaculée et nue, à mes cuves et formes sèches, à mes sculptures à demi-façonnées. « Mort-née », je songe en considérant l'armature enveloppée dans du papier incrusté d'iris bleus qui m'apparaissait pleine de promesses en juin. Mes mains sont propres, douces et roses. Je les déteste. Je déteste ce néant. Je déteste ce bébé. Non, je ne le déteste pas. C'est seulement qu'il est insaisissable.

Je m'installe à ma table de dessin un crayon à la main, une feuille blanche devant moi. Rien ne vient. Je ferme les yeux et mon esprit est envahi par le rouge. Alors je saisis un tube d'aquarelle, du rouge de cadmium foncé, la brosse la plus large que je puisse trouver, je remplis un pot d'eau et je me mets à enduire la surface de rouge. Elle luit. Le papier se ramollit avec l'humidité et fonce en séchant. Je l'observe pendant qu'il sèche. Il dégage une odeur de gomme arabique.

Au centre de la feuille, en tout petit, à l'encre noire, je dessine un cœur, pas un de ces stupides symboles de la Saint-Valentin, mais une représentation anatomiquement correcte, un cœur minuscule, de poupée, puis j'ajoute des veines, de fragiles réseaux veineux qui s'étirent, loin, jusqu'aux bords du papier, retenant le cœur miniature dans leurs filets comme une mouche dans une toile d'araignée. *Regarde, son cœur bat.*

La nuit est tombée. Je vide le pot, rince le pinceau. Je verrouille l'atelier, franchis le jardin, emprunte la porte de derrière. Henry est aux prises avec une sauce spaghetti. Il lève les yeux à mon arrivée.

— Ça va mieux ? s'enquiert-il.

— Ça va mieux – je tâche de le rassurer et de me rassurer par la même occasion.

Mercredi 27 septembre 2000
(Claire a vingt-neuf ans)

Claire : Il est couché sur le lit. Il y a du sang, mais pas énormément. Couché sur le dos, il s'efforce de respirer, sa minuscule cage thoracique frémit, mais c'est trop tôt, des convulsions l'agitent et du sang jaillit du cordon au rythme de ses battements de cœur. Je m'accroupis près du lit et je le prends, je prends mon tout petit garçon qui frétille, semblable à un poisson fraîchement pêché se noyant à l'air libre. Je le tiens, si délicatement, bien qu'il ne soit pas conscient que je suis là, à le tenir ; il est glissant, sa peau est presque imaginaire, ses paupières sont closes et je pense en désespoir de cause au bouche-à-bouche, aux urgences, à Henry, « oh ! ne t'en va pas avant qu'Henry t'ait vu ! » mais son souffle est d'écume, petite créature marine à la respiration liquide, puis il ouvre grand la bouche et je plonge les yeux à travers lui et mes mains sont vides et il est parti, parti.

J'ignore à quel point, le temps passe. Je suis agenouillée. Agenouillée, je prie. *Je t'en prie, Seigneur. Je t'en prie, Seigneur. Je t'en prie, Seigneur.* Le bébé remue dans mon ventre.

Je me réveille à l'hôpital. Henry est à mon chevet. Le bébé est mort.

SEPT

Jeudi 28 décembre 2000
(Henry a trente-trois et trente-sept ans, Claire vingt-neuf)

HENRY : Je suis debout dans notre chambre, dans le futur. Il fait nuit, mais le clair de lune donne à la pièce un aspect irréel, monochrome. J'ai les oreilles qui bourdonnent, comme souvent dans le futur. Je nous regarde dormir, Claire et moi. C'est un peu comme d'être mort. Je dors en boule, les genoux sur la poitrine, enveloppé dans les couvertures, la bouche entrouverte. Je veux me toucher. Je veux me prendre dans mes bras, me regarder droit dans les yeux. Mais cela n'arrivera pas. Je reste ainsi de longues minutes à fixer ma future personne endormie. Puis je me rends sur la pointe des pieds de l'autre côté du lit, et je m'agenouille devant Claire. Cela ressemble diablement au présent. Je tâche d'oublier l'autre corps dans le lit, de me concentrer sur elle.

Elle remue, ouvre les yeux. Elle ne sait plus trop où elle est. Moi non plus.

Le désir m'envahit – le besoin de m'unir à Claire aussi fortement que possible, de me trouver ici, maintenant. Je l'embrasse du bout des lèvres, lentement, sans arrière-pensée. Dans un demi-sommeil elle tend la main vers mon visage et mon état solide achève de la réveiller. Maintenant elle est présente. Sa paume glisse sur mon bras : une caresse. Je lève le drap qui la recouvre, en douceur pour ne pas réveiller mon être endormi, dont Claire ne remarque pas encore la présence. Je me demande s'il a le sommeil fragile, mais je préfère ne pas le vérifier. Je suis couché sur Claire, mon corps la recouvre tout entière. J'aimerais pouvoir l'empêcher de tourner la tête, mais elle le fera tôt ou tard. Comme je la pénètre elle me regarde, je songe que je n'existe pas, et la seconde d'après elle me repère. Elle pousse un petit cri, et me regarde à nouveau, sur elle, en elle. Puis elle se souvient, et à cet instant je l'aime encore plus que la vie.

Lundi 21 février 2001
(Henry a trente-sept ans, Claire vingt-neuf)

HENRY : Claire est d'une drôle d'humeur depuis le début de la semaine. Elle paraît distraite. Comme si une chose qu'elle seule pouvait voir accaparait son attention, des révélations divines qu'elle capterait via ses plombages, ou des transmissions-satellite russes qu'elle décoderait dans sa tête. Quand je lui demande ce qui se passe, elle se contente de sourire en haussant les épaules. Cela lui ressemble si peu que je m'affole, mais en silence.

Un soir en rentrant du boulot, il me suffit de la regarder pour comprendre qu'un drame s'est produit. Son visage exprime la peur, le désarroi. Elle s'approche, s'immobilise, sans un mot. Quelqu'un est mort, je me dis. Qui est mort ? Papa ? Kimy ? Philip ?

— Dis quelque chose, Claire. Qu'est-ce qui se passe ?

— Je suis enceinte.

— Mais comment peux-tu... ?

En même temps que je prononce ces mots, je trouve l'explication.

— Laisse tomber. Je me souviens.

Pour moi, cette nuit-là date de plusieurs années, mais pour

Claire elle remonte à quelques semaines. J'arrivais de 1996, quand nous tentions désespérément de concevoir un enfant, et Claire était à peine réveillée. Un irresponsable crétin, voilà ce que je suis.

Elle attend une réaction. Je me force à sourire :

— Pour une surprise...

— Ouais.

Je vois que les larmes ne sont pas loin. Je la prends dans mes bras, elle me serre fort.

— T'as peur ? je murmure dans sa chevelure.

— Mmm.

— Tu n'avais jamais peur, avant.

— Avant j'étais folle. Maintenant je sais...

— Ce que c'est.

— Quels sont les risques.

On reste muets, à imaginer les risques en question.

J'hésite :

— On pourrait...

Je laisse ma phrase en suspens.

— Non. Je ne peux pas.

C'est vrai. Claire ne peut pas. Elle est née catholique, et mourra catholique.

— Peut-être que ça marchera. Un heureux accident...

Claire sourit, et je comprends qu'elle n'attend que ça, qu'elle espère que le sept sera notre chiffre porte-bonheur. Ma gorge se noue, et je dois détourner la tête.

Mardi 20 février 2001
(Claire a vingt-neuf ans, Henry trente-sept)

Claire : Le radio-réveil se déclenche à 7 h 46 et un journaliste m'annonce avec tristesse qu'un avion s'est écrasé quelque part dans le monde, tuant quatre-vingt-six personnes. Je suis à peu près certaine de compter parmi elles. Le lit du côté d'Henry est vide. Je ferme les yeux et je me retrouve allongée sur la couchette exiguë de la cabine d'un paquebot tanguant au milieu des flots déchaînés. Je pousse un soupir, me traîne avec précaution hors du lit, jusqu'à la salle de bains. Je vomis toujours dix minutes plus tard lorsque Henry glisse la tête par la porte et me demande si je vais bien.

— Super. Je ne me suis jamais sentie mieux.

Il se perche sur le rebord de la baignoire. Je me serais volontiers passée de public.

— Je dois m'inquiéter ? Tu n'avais jamais vomi avant.

— Selon Amit, c'est bon signe, je suis censée vomir. Cela a à voir avec mon organisme qui reconnaît le bébé comme une partie de moi et non comme un corps étranger. Amit m'a prescrit le médicament que prennent ceux qui ont subi une greffe d'organe.

— Je devrais peut-être aller stocker davantage de sang pour toi à la banque aujourd'hui.

Henry et moi sommes tous les deux de groupe O. J'acquiesce avant de rendre tripes et boyaux. Nous thésaurisons notre sang sans modération : par le passé, Henry a eu besoin de deux transfusions contre trois pour moi, dont l'une massive. Je m'assieds un instant, puis me relève en chancelant. Henry me soutient. Je m'essuie la bouche et me lave les dents pendant qu'il descend préparer le petit déjeuner. Soudain, je suis submergée par une irrésistible envie de *porridge*.

— *Porridge* pour moi ! je hurle au bas de l'escalier.

— D'accord !

J'entreprends de me brosser les cheveux. Mon reflet dans le miroir m'apparaît rouge et bouffi. Je croyais que les femmes enceintes rayonnaient – je suis loin de rayonner. Tant pis. Je suis enceinte et c'est vraiment tout ce qui importe.

Jeudi 19 avril 2001
(Henry a trente-sept ans, Claire vingt-neuf)

Henry : Nous sommes au cabinet d'Amit Montague pour l'échographie. Claire et mois attendions ce moment avec un mélange de hâte et d'appréhension. Nous avons refusé l'amniocentèse, terrifiés de perdre le bébé en le piquant avec une grosse aiguille. Claire est dans sa dix-huitième semaine. La moitié du chemin. Si nous pouvions diviser le temps en deux parties égales, façon test de Rorschach, nous serions pile au creux du pli. Nous vivons dans la retenue permanente, n'osant pas même expirer de peur d'expulser le bébé.

Nous patientons dans la salle d'attente parmi d'autres couples fébriles, des mamans avec des poussettes et des gamins qui cavalent en se cognant partout. Le cabinet du Dr Montague m'a toujours déprimé, pour tout ce qu'il représente d'angoisse et de mauvaises nouvelles. Mais aujourd'hui c'est différent. Aujourd'hui tout ira bien.

Une infirmière nous appelle. Nous gagnons la salle d'examen. Claire se déshabille, monte sur la table. On l'enduit de gel et l'on pose la sonde sur son abdomen. Le manipulateur observe l'écran. Amit Montague, altière et élancée, observe l'écran. Claire et moi nous tenons par la main. Et nous observons l'écran. L'image se forme petit à petit, morceau par morceau.

Le moniteur montre une carte météorologique mondiale. Une galaxie, un amas d'étoiles. Ou un bébé.

— *Bien joué, c'est une fille**, dit le Dr Montague. Elle suce son pouce. Elle est très jolie. Et très grande.

On respire. Sur l'écran, une jolie galaxie suce son pouce. Puis elle le retire de sa bouche. Montague déclare :

— Elle sourit.

Et nous de même.

Lundi 20 août 2001
(Claire a trente ans, Henry trente-huit)

CLAIRE : La naissance est prévue dans deux semaines, pourtant nous n'avons pas encore choisi de prénom pour le bébé. En fait, nous nous sommes à peine penchés sur la question, évitant soigneusement le sujet par superstition, comme si la nommer risquait d'attirer l'attention et les foudres des Furies sur elle. Puis, finalement, Henry rapporte à la maison un *Dictionnaire des prénoms*.

Nous sommes couchés. Il n'est que 20 h 35 et je tombe de fatigue. Je suis allongée sur le côté, mon ventre pareil à une péninsule, face à face avcc Henry, lui aussi allongé sur le côté, la tête appuyée sur un bras, le livre placé entre nous. Nous nous regardons en souriant nerveusement.

— Des suggestions ? m'interroge-t-il tandis qu'il parcourt le livre.

— Jane.

— Jane ? grimace-t-il.

— Quand j'étais petite, j'appelais toutes mes poupées et mes peluches Jane. Sans exception.

Il vérifie dans le guide.

— Ça signifie « Don de Dieu ».

— Ça me convient.

— Et si on optait pour quelque chose de plus original ? Que penses-tu d'Irette ? Ou Jodotha ? (Il feuillette les pages.) Écoute celui-ci : Loololuluah. Ça veut dire perle en arabe.

— Et pourquoi pas Pearl ?

Je me représente le bébé comme une perle blanche irisée et lisse.

Il fait courir son doigt le long des colonnes.

— Alors : « (Latin), Dérivé probable de *pernula,* en référence à la forme la plus précieuse de ce produit d'une infection parasitaire. »

— Berk ! D'où sort ce livre ?

Je m'en empare et, histoire de rire, cherche :

— « *Henry (Germanique), Chef de famille : Maître de maison.* »

Il s'esclaffe.

— Regarde à Claire.

— Une des variantes de « Clara (Latin), Illustre, brillante. »

— Entièrement d'accord, commente-t-il.

Je lis au hasard.

— Philomele ?

— Ça me plaît assez, approuve Henry. Mais est-ce que ce n'est pas la porte ouverte à des diminutifs atroces. Philly ? Mel ?

— Pyrène (Grec) : Qui a les cheveux roux.

— Et si ce n'est pas le cas ?

Henry étire le bras par-dessus le dictionnaire et attrape quelques mèches de mes cheveux, fourrant les pointes dans sa bouche. Je les lui arrache et les repousse derrière mon dos.

— Il me semblait qu'on savait tout ce qu'il y avait à savoir sur ce bébé. J'ai du mal à croire que Kendrick ait laissé cela au hasard !

Henry me reprend le guide des mains.

— Iseult ? Zoe ? J'aime beaucoup Zoe. C'est un prénom riche de possibilités.

— Quelle est sa signification ?

— *Vie.*

— Oui, ça me botte. Marque la page.

— Eliza, suggère-t-il.

— Elizabeth.

Il lève les yeux vers moi, hésite :

— Annette.

— Lucy.

— Non, dit-il avec fermeté.

— Non, je confirme en écho.

— Ce qu'il nous faut, déclare-t-il, c'est un nouveau départ. Une ardoise vierge. Appelons-la *tabula rasa*.

— Appelons-la Blanc de titane.

— Blanche, Blanca, Bianca...

— Alba, proposé-je.

— Comme la duchesse ?

— Alba DeTamble.

Les syllabes roulent dans ma bouche lorsque je les prononce.

— C'est joli, tous ces petits iambes sautillants... (Il tourne les pages.) « Alba (Latin) Blanc, blanche. (Provençal) Aubade, aube. » Mmm.

Il s'extrait péniblement du lit. Je l'entends fourrager dans le salon d'où il émerge, au bout de quelques minutes, chargé du volume I de l'*Oxford English Dictionary*, du gros dictionnaire *Random House* et de mon *Encyclopaedia Americana* décrépite, tome I, A à Annuelles.

— « Concert qu'exécutaient les poètes provençaux à l'aube... en l'honneur de leur maîtresse. *Réveillés, à l'aurore, par le cri du guetteur, deux amants qui viennent de passer la nuit ensemble se séparent en maudissant le jour qui vient trop tôt ; tel est le thème, non moins invariable que celui de la pastourelle, d'un genre dont le nom est emprunté au mot alba, qui figure parfois au début de la pièce. Et régulièrement à la fin de chaque couplet, où il forme refrain.** Plutôt triste. Voyons ce que dit le *Random House*. C'est mieux. « Cité blanche jugée sur une colline. Forteresse. » (Il jette le *Random House* par-dessus bord et ouvre l'encyclopédie.) Âge de Raison, Alaska... voilà, Alba. (Il survole l'article.) « Poignées de villes de l'Italie antique maintenant détruites. Et duc du même nom. »

Je soupire et m'installe sur le dos. Le bébé bouge. Elle devait dormir. Henry s'est replongé dans l'*OED*.

— Amour. Amoureuse. Ballochards. Bon sang, incroyable ce qu'ils impriment de nos jours dans les ouvrages de référence.

Il passe sa main sous ma chemise de nuit, la promène avec lenteur sur mon ventre tendu. Le bébé donne un coup de pied, fort, juste à cet endroit, il sursaute et me regarde, stupéfait. Ses mains parcourent mon corps, s'aventurent dans des territoires familiers et inconnus.

— Combien de DeTamble tu peux accueillir là-dedans ?

— Oh ! il y a facilement de la place pour deux !

— Alba, murmure-t-il.

— Une cité blanche. Une forteresse imprenable sur une colline crayeuse.

— Elle va adorer.

Henry fait glisser mon slip le long de mes jambes et au bas de mes chevilles. Il l'expédie par terre et me contemple.

— Doucement...

— Tout doucement, acquiesce-t-il en se déshabillant.

Je me sens immense, tel un continent entouré d'une mer de coussins et de couvertures. Henry s'incline au-dessus de moi par-derrière, me fouille – explorateur traçant les contours de ma peau avec sa langue.

— Attention, attention... je lui souffle, anxieuse.

— Une sérénade qu'interprétaient les troubadours à l'aube... chuchote-t-il tandis qu'il me pénètre.

— ... À leur maîtresse, complété-je.

Mes yeux sont fermés et je perçois la voix d'Henry comme si elle me parvenait de la pièce voisine :

— Comme... ça.

Et puis : Oui. *Oui.*

ALBA, PRÉSENTATIONS

Mercredi 16 novembre 2011
(Henry a trente-huit ans, Claire quarante)

HENRY : Je visite les galeries surréalistes du Chicago Art Institute, dans le futur. Ma tenue n'est pas très correcte : je n'ai pas mieux qu'un long manteau noir déniché au vestiaire, et un pantalon chipé dans le casier d'un gardien. Mais j'ai réussi à me procurer des pompes, ce qui est toujours une gageure. Je vais probablement piquer un larfeuille, acheter un tee-shirt à la boutique de souvenirs, déjeuner, admirer quelques œuvres, puis je m'arracherai du musée pour affronter le monde des commerces et des chambres d'hôtels. J'ignore où je me situe dans le temps. Pas très loin du point de départ, *a priori* : les fringues et les coiffures rappellent fort celles de 2001. Je suis à la fois grisé par ce séjour, et assez embêté, car dans le présent Claire peut accoucher d'Alba d'un moment à l'autre, et je tiens à être présent. D'un autre côté, je vis un bond en avant temporel d'une rare qualité. Je me sens fort, à fond dans le truc. J'ai vraiment la pêche. Alors je me plante dans une pièce sombre peuplée de boîtes de Joseph Cornell éclairées par des spots, pour regarder un troupeau d'écoliers suivre leur guide, munis de petits tabourets qu'ils chevauchent sagement quand celle-ci leur dit de s'asseoir.

J'observe le groupe. La guide est on ne peut plus standard : une quinquagénaire pomponnée, d'une blondeur impossible, au visage crispé. L'enseignante, une jeune femme joviale au rouge à lèvres bleuté, se tient derrière la nuée d'élèves, prête à endiguer le moindre chahut. Mais ce sont les élèves qui m'intéressent. Ils ont tous une dizaine d'années, ce qui doit correspondre au CM2. Ils fréquentent une école catholique, en d'autres termes ils portent l'uniforme, vert à carreaux pour les filles, bleu marine pour les garçons. Ils sont attentifs et polis, nullement excités. Dommage : Cornell paraît idéal pour des gosses. La conférencière semble les croire plus jeunes qu'ils ne sont, en leur parlant comme à des touts petits. Au dernier rang, une fille semble plus captivée que les autres. Je ne peux voir son visage. Elle porte de longues boucles brunes et une robe bleu paon, qui la distingue de ses camarades. Chaque fois que la guide pose une question, la fillette lève la main, mais on ne lui donne jamais la parole. Et je vois qu'elle perd patience.

La conférencière parle des *Aviary boxes* de Cornell, des boîtes dépouillées dont plusieurs présentent un intérieur blanc muni d'un perchoir et d'une ouverture à la manière d'une mangeoire. Certaines contiennent des images d'oiseaux. Il s'agit des œuvres les plus austères de l'artiste, loin de la fantaisie des *Soap Bubble Sets* ou du romantisme de la série *Hôtel.*

— À votre avis, pourquoi M. Cornell a-t-il créé ces boîtes ?

La guide survole les enfants avec un grand sourire, en ignorant la fille bleu paon qui agite la main comme une victime de la danse de Saint-Guy. Un garçon du premier rang suggère timidement que l'artiste aimait les oiseaux. La fillette n'en peut plus. Elle se lève, la main au ciel. À contrecœur la guide dit :

— Oui ?

— Il a créé ces boîtes parce qu'il se sentait seul. Il n'avait personne à aimer, alors il a fait ces boîtes pour pouvoir les aimer, et pour que les gens sachent qu'il existait, et parce que les oiseaux sont libres et les boîtes sont une cachette pour les oiseaux, un abri où ils se sentent en sécurité, et lui, il voulait être libre et en sécurité. Ces boîtes sont conçues pour lui permettre d'être un oiseau.

Elle se rassied.

Je suis soufflé par sa réponse. Une fillette de dix ans qui comprend Joseph Cornell ! Ni la guide ni la classe ne savent que faire de cette réponse, mais la prof, qui a visiblement l'habitude, dit :

— Merci, Alba, c'est très pertinent.

Rayonnante, l'élève se tourne vers sa maîtresse, et je découvre son visage, et c'est ma fille ! Quittant la galerie voisine, je m'avance de quelques pas, pour la regarder, la contempler, et à ma vue son visage s'illumine. Elle bondit en renversant son petit siège pliant, et sans avoir le temps de dire ouf je serre Alba dans mes bras, très fort, agenouillé à ses pieds tandis qu'elle répète « Papa » en boucle.

Les autres nous fixent bouche bée. La maîtresse accourt.

— Qui est-ce, Alba ? Qui êtes-vous, monsieur ?

— Je suis Henry DeTamble, le père d'Alba.

— C'est mon papa !

L'enseignante se frotte les mains.

— Mais, monsieur, le père d'Alba est mort.

Je me retrouve sans voix. Dieu merci, Alba, la chair de ma chair, maîtrise la situation :

— Il est mort, répond-elle à son institutrice, mais pas en continu.

Je reprends mes esprits.

— Ce n'est pas facile à expliquer...

— C'est une PCD, ajoute Alba. Comme moi.

Le message semble tout à fait clair pour la maîtresse, quand moi-même je n'y comprends rien. La dame est un peu pâle sous son maquillage, mais elle semble compatir. Alba me presse la main : *Dis quelque chose !*

— Euh, madame...

— Cooper.

— Madame Cooper, serait-il possible que je parle à ma fille en aparté quelques minutes ? On se voit rarement.

— Eh bien... Je... C'est une sortie scolaire... Le groupe... Je ne peux pas vous laisser emmener cette enfant comme ça, rien ne me prouve que vous êtes le vrai M. DeTamble, comprenez-vous...

— Appelons maman, propose Alba.

Elle se jette sur son sac à dos et sort un téléphone portable. Elle enfonce une touche, j'entends sonner au bout du fil et je pige le but de la manœuvre. Quelqu'un décroche, et Alba dit :

— Maman ?... Je suis à l'Art Institute... Non, tout va bien... Papa est là, maman ! Tu veux bien dire à Mme Cooper que c'est vraiment lui ?... Ouais, salut !

Elle me tend l'appareil. J'hésite, le temps de rassembler mes esprits.

— Claire ? (J'entends une vive inspiration.) Claire ?

— Henry ! Oh ! mon Dieu ! Je peux pas y croire ! Viens vite à la maison !

— Je vais essayer...

— Tu viens d'où ?

— De 2001. Juste avant la naissance d'Alba.

Je souris à ma fille, qui se colle à moi en me tenant la main.

— À moins que je vous rejoigne ? propose Claire.

— Oui, ça irait plus vite. Écoute, est-ce que tu pourrais dire à cette instit que je suis bel et bien moi ?

— Bien sûr. On se retrouve où ?

— Au pied des lions. Fais aussi vite que tu peux, Claire. Je n'en ai plus pour très longtemps.

— Je t'aime.

— Je t'aime, Claire.

Un instant de flottement, puis je tends le téléphone à Mme Cooper. Elle a un bref échange avec Claire, qui parvient à la convaincre de me laisser conduire Alba à l'entrée du musée, où elle nous rejoindra. Je remercie l'enseignante, qui a traité cette drôle de situation avec classe, puis main dans la main Alba et moi quittons l'aile Morton, descendons l'escalier en colimaçon et traversons la salle des Céramiques chinoises. Mon esprit s'emballe. Que lui demander en premier ?

— Merci pour les vidéos, lance Alba. Maman me les a offertes à mon anniversaire. (Quelles vidéos ?) Je connais déjà le *Yale*, le *Master*, et je travaille le *Walters*.

Des verrous ! Je lui apprends à crocheter les verrous.

— Super. Continue comme ça. Dis-moi, Alba...

— Oui ?

— C'est quoi une PCD ?

— Une Personne Chrono Déficiente.

Nous nous asseyons sur un banc, face à un dragon en porcelaine de la dynastie Tang. Alba me considère, les mains sur les genoux. J'ai l'impression de me voir à dix ans. Je crois rêver. Alba n'est pas encore née que la voilà, une vraie petite Athéna. Je joue franc-jeu :

— C'est la première fois que je te rencontre, tu sais.

Elle sourit :

— Enchantée.

Je n'ai jamais connu de gamin aussi maître de soi. Je scrute son visage : où est Claire dans cette enfant ?

— On se voit souvent ?

Elle réfléchit.

— Pas tellement. La dernière fois, c'était il y a un an. Je t'ai vu à plusieurs reprises quand j'avais huit ans.

— Et quel âge avais-tu à ma mort ?

Je retiens mon souffle.

— Cinq ans.

Bon sang, je ne suis pas de taille...

— Oh ! pardon ! J'aurais dû me taire ?

Elle est toute penaude. Je la prends dans mes bras.

— Ça va aller. C'est moi qui t'ai posé la question, après tout. (J'inspire profondément.) Comment va Claire ?

— Ça va. Elle est triste.

Ces mots me percent le cœur. Je ne veux rien savoir de plus.

— Et toi, alors ? Ça se passe bien, à l'école ? Qu'est-ce que t'apprends de beau ?

Alba sourit.

— À l'école, j'apprends pas grand-chose, mais je lis tout sur les instruments anciens, et sur l'Égypte, et avec maman on lit *Le Seigneur des Anneaux*, et j'apprends à jouer un tango d'Astor Piazzolla.

À dix ans ? Seigneur...

— Au violon, je parie ? Et qui est ton prof ?

— Pépé.

Je crois d'abord qu'elle parle de mon grand-père, avant de comprendre qu'il s'agit de papa. C'est chouette. Et si papa consacre du temps à Alba, c'est qu'elle doit être douée.

— Tu es douée ?

En voilà une question brutale.

— Oui. Je suis *très* douée.

Dieu merci.

— Je n'ai jamais eu la musique dans le sang, moi.

— C'est ce que dit pépé. (Elle pouffe.) Mais tu aimes ça, quand même.

— Oh ! j'adore la musique ! Je suis juste incapable d'en jouer.

— J'ai entendu chanter mémé Annette ! Elle était tellement belle !

— Quel disque ?

— Non, je l'ai vue pour de vrai. Au Lyric. Dans *Aïda*.

Et merde.

— Tu voyages dans le temps ?

— Bien sûr, répond-elle gaiement. Maman dit qu'on est exactement pareils, toi et moi. Et le Dr Kendrick dit que je suis un prodige.

— Pourquoi ça ?

— Des fois, j'arrive à me rendre où et quand je veux.

Elle en est visiblement très fière. Comme je l'envie...

— Et tu peux rester sur place quand tu n'as pas envie de bouger ?

— Eh bien non, fait-elle avec dépit. Mais j'aime bien ça. Enfin, c'est pas toujours très pratique, mais c'est... intéressant, tu sais.

Oui. Je sais.

— Viens donc me rendre visite, si tu peux voyager à ta guise.

— J'ai essayé, papa. Je t'ai aperçu dans la rue, un jour. Tu étais avec une blonde. Mais tu avais l'air plutôt occupé, alors...

Alba rougit et là j'entrevois Claire, l'espace d'une fraction de seconde.

— Il s'agissait d'Ingrid. Je sortais avec elle avant de rencontrer ta maman.

Je me demande bien ce qu'on fabriquait ce jour-là, Ingrid et moi, pour qu'Alba soit à ce point déconcertée. Je succombe au regret, celui d'avoir fait mauvaise impression sur cette fillette aussi posée qu'adorable.

— À propos de ta maman, si on allait l'attendre sur le parvis ?

Mes acouphènes ont repris et j'espère que Claire arrivera avant que je reparte. Alba et moi nous relevons et traçons jusqu'aux marches de l'entrée. C'est la fin de l'automne et

Alba n'a pas de manteau, alors je l'accueille dans le mien. Je suis adossé au bloc de granit qui soutient l'un des lions, tourné vers le sud. Alba est collée contre mon torse nu, seule sa tête dépasse du manteau. C'est un jour de pluie. Le trafic patauge sur Michigan Avenue. Je suis ivre de l'amour fou que j'éprouve pour cette fascinante enfant, qui se presse contre moi comme si elle m'appartenait, comme si nous ne serions jamais séparés, comme si nous avions toute la vie devant nous. Je m'accroche à ce moment, luttant contre la fatigue et l'appel de mon temps propre. Laissez-moi rester ! J'implore mon corps, Dieu, Papa Temps, Saint-Nicolas ou qui voudra bien m'entendre. Laissez-moi juste voir Claire, et je me rendrai sans histoires.

— Voilà maman ! annonce Alba.

Une voiture blanche, que je ne connais pas, fonce dans notre direction. Elle stoppe au carrefour et Claire saute à terre, abandonnant la bagnole au milieu de la rue, bloquant la circulation.

— Henry !

J'essaie de courir, elle court aussi, mais je m'écroule sur les marches, les bras tendus vers Claire. Alba m'agrippe, crie quelque chose, Claire n'est plus qu'à deux ou trois mètres et je puise dans mes dernières réserves de volonté pour la regarder dans les yeux, elle qui paraît déjà si loin, et lui dire aussi distinctement que possible : « Je t'aime ». Et là-dessus je disparais. Merde.

19 h 20, vendredi 24 août 2001
(Claire a trente ans, Henry trente-huit)

Claire : Je suis affalée sur la chaise longue délabrée dans le jardin avec des livres et des magazines abandonnés tout autour de moi et, près de mon coude, un verre de limonade à moitié bu et à présent dilué dans l'eau des glaçons qui ont fondu. L'air se rafraîchit tout juste. La température atteignait trente degrés un peu plus tôt ; une légère brise souffle désormais et les cigales ont entamé leur chant de fin d'été. Quinze avions à réaction m'ont survolée à destination de l'aéroport d'O'Hare et en provenance de je ne sais où. Mon ventre s'avance en proue devant moi, m'arrimant ici. Henry a disparu depuis hier matin 8 heures et l'appréhension m'envahit petit à petit. Et si le travail débute et qu'Henry n'est pas là ? Et si j'accouche et qu'il n'est toujours pas de retour ? Et s'il est blessé ? Et s'il est mort ? Et si je meurs ? Ces pensées se pourchassent les unes les autres, semblables à ces étranges tours de cou en fourrure qui se mordent la queue et que portent les vieilles dames. Elles tournent en boucle et me poussent à bout. En général, je nous lance mes tracas et moi dans un tourbillon d'activités : je m'inquiète au sujet d'Henry en nettoyant mon studio de fond en comble, en enchaînant une dizaine de lessives ou en fabriquant trois portes de papier. Sauf qu'à cet instant précis, je suis affalée là, échouée comme une baleine sous le soleil de début de soirée cependant qu'Henry est quelque part ailleurs... à faire quoi que ce soit qu'il fasse. Oh ! Seigneur ! Ramène-le moi. Sur-le-champ.

Mais rien ne se produit. M. Panetta longe la ruelle, la porte de son garage s'ouvre et se referme dans un grincement. Une camionnette de marchand de glaces surgit puis s'éloigne. Les lucioles donnent le coup d'envoi des célébrations. Mais toujours pas d'Henry.

La faim commence à me tarauder. Je vais mourir d'inanition dans le jardin parce qu'Henry n'est pas là pour cuisiner. Alba se tortille dans mon ventre, j'envisage de me lever et d'aller à la cuisine me préparer à dîner. Puis finalement je décide de reprendre les habitudes qui sont les miennes lorsque Henry n'est pas dans les parages pour me nourrir. Je me hisse sur mes jambes, lentement, par paliers, et gagne la maison tranquillement. Je me munis de mon sac, j'éclaire ici et là, et je sors par la porte de devant que je verrouille. S'activer enfin est un réel bonheur. De nouveau je suis étonnée – et étonnée d'être étonnée – de constater que je suis aussi énorme en une région aussi localisée de mon anatomie, telle une patiente dont l'opération de chirurgie plastique aurait raté, telle une de ces femmes dans une tribu africaine dont l'idéal de beauté impose un allongement démesuré du cou, des lèvres ou des lobes des oreilles. J'équilibre nos deux poids et, de la démarche dansante de sœurs siamoises, nous nous acheminons jusqu'au restaurant Opart Thai.

La salle est fraîche et bondée. On me conduit à une table près de la vitre. Je commande des rouleaux de printemps et du *Pad Thai* accompagné de tofu, fade et rassurant. J'avale mon verre d'eau d'un trait. Alba appuie sur ma vessie si bien que je dois me rendre aux toilettes et quand je reviens la nourriture est servie. Je mange. J'imagine la discussion que nous aurions avec Henry s'il était assis en face de moi. Je me demande où il peut être. Je ratisse ma mémoire, m'efforçant d'établir un lien entre le Henry qui s'est volatilisé hier en enfilant son pantalon et l'un des Henry que j'aurais côtoyés dans mon enfance. En pure perte, il faut me résigner à attendre Son récit des événements. Peut-être est-il revenu. Je dois me faire violence pour ne pas me ruer hors du restaurant afin d'en avoir le cœur net. On m'apporte le plat principal. Je presse du citron vert sur mes nouilles avant de les engloutir. Je me figure Alba, minuscule et rose, recroquevillée à l'intérieur de moi, mangeant son *Pad Thai* avec de délicates baguettes miniatures. Je me la figure avec de longs cheveux noirs et des yeux verts. Elle me sourit et me dit : « Merci, maman. » Je lui retourne son sourire et réplique : « C'est un plaisir, un tel plaisir. » Un minuscule animal en peluche du nom d'Alfonzo lui tient compagnie. Elle partage son tofu avec lui. Je finis mon plat. Je m'attarde un moment pour me reposer. Quelqu'un s'allume une cigarette à côté de moi. Je paie et je m'éclipse.

Je descends Western Avenue à petits pas. Des adolescents portoricains entassés dans une voiture me hurlent quelque chose qui m'échappe. Arrivée devant chez nous, je farfouille dans mon sac à la recherche de mes clefs lorsque la porte s'écarte et Henry s'exclame : « Dieu merci ! », et se jette à mon cou.

Nous nous embrassons. Je suis si soulagée de le voir qu'il me faut plusieurs minutes avant d'enregistrer que lui aussi a l'air extrêmement soulagé.

— Où étais-tu passée ? m'interroge-t-il.

— J'étais à l'Opart. Et toi ?

— Tu n'étais pas là quand je suis rentré et tu n'avais pas laissé de mot, j'en ai conclu que tu étais partie à l'hôpital. Alors je les ai appelés, mais ils m'ont répondu que non...

Saisie d'un fou rire, j'ai du mal à m'arrêter. Henry affiche une mine perplexe. Lorsque je peux enfin parler, je m'explique :

— Maintenant tu comprends ce qu'on ressent.

— Désolé, sourit-il. C'est seulement que... je n'avais aucune idée d'où tu étais et j'ai un peu paniqué. Je pensais avoir manqué Alba.

— Mais toi, où étais-tu ?

— Tu ne vas pas en croire tes oreilles, annonce-t-il avec un large sourire. Juste une seconde. Allons nous asseoir.

— Allons plutôt nous allonger. Je suis claquée.

— À quoi tu as occupé ta journée ?

— Je suis restée vautrée.

— Pauvre Claire, pas étonnant que tu sois sur les rotules.

Je me dirige vers la chambre, branche l'air conditionné et baisse les stores. Henry oblique en direction de la cuisine dont il émerge au bout de quelques minutes avec des boissons. Je m'installe confortablement sur le lit, Henry me tend un soda au gingembre puis enlève ses chaussures d'un coup de pied avant de me rejoindre, une bière à la main.

— Raconte-moi tout.

— Alors. (Il arque un sourcil, ouvre la bouche, la referme.) Je ne sais pas par où commencer.

— Crache le morceau.

— Une petite précision d'abord, c'est de loin l'expérience la plus bizarre que j'aie jamais vécue.

— Plus bizarre que toi et moi ?

— Et comment ! Nous deux en comparaison ça paraissait relativement normal, un homme rencontre une femme...

— Plus bizarre que de regarder ta mère mourir encore et encore ?

— Disons que ça s'est transformé en une horrible routine à présent. Comme un mauvais rêve que je ferais de temps en temps. Ce qui m'est arrivé en revanche était surréaliste. (Il caresse mon ventre.) J'ai voyagé dans le futur, j'étais totalement présent, tu vois, en pleine possession de mes moyens, et je suis tombé sur cette demoiselle-ci.

— Oh ! mon Dieu ! Je suis terriblement jalouse. Mais waouh !

— Exactement. Elle avait dans les dix ans. Claire, elle est vraiment incroyable... futée, douée pour la musique et... d'une telle confiance en elle, rien ne semblait pouvoir la déstabiliser...

— À qui elle ressemble ?

— À moi. Enfin, elle est magnifique, elle possède tes yeux, mais sinon dans l'ensemble c'est moi tout craché : cheveux noirs, pâle, des taches de rousseur par-ci par-là, avec toutefois une bouche plus mince que la mienne à son âge et des oreilles qui ne sont pas décollées. Elle avait de longs cheveux bouclés, elle a hérité de mes mains, de mes doigts fins, elle est grande... Elle avait des allures de jeune chat.

Parfait. Parfait.

— J'ai peur que mes gènes aient pris le dessus... Par contre, elle tient plus de toi pour ce qui est de la personnalité. Elle avait une présence extraordinaire... Je l'ai repérée au milieu d'un groupe d'écoliers à l'Institut d'Art, elle parlait des boîtes aviaires de Joseph Cornell, elle a fait une remarque bouleversante à son sujet... et de façon inexplicable, *j'ai su qui elle était.* Et elle m'a reconnu.

— J'espère bien ! (Je ne peux m'empêcher de lui poser la question.) Est-ce que... est-ce qu'elle... ?

Henry hésite.

— Oui, lâche-t-il enfin. Oui. (Nous gardons le silence. Il effleure ma joue de sa main.) Je comprends.

J'ai envie de pleurer.

— Claire, elle donnait l'impression d'être heureuse. Je lui ai demandé... elle m'a dit qu'elle aimait ça. (Il esquisse un sourire.) Elle a ajouté qu'elle trouvait ça *intéressant.*

Nous rions, d'un rire un peu contraint au début, puis soudain, le comique de la situation me frappe, nous rions alors de bon cœur, jusqu'à ce que nos mâchoires deviennent douloureuses, jusqu'à ce que des larmes ruissellent sur nos joues. Parce que, en effet, pour être intéressant, c'est intéressant. Intéressant en diable, même.

ANNIVERSAIRE

Mercredi 5, jeudi 6 septembre 2001
(Henry a trente-huit ans, Claire trente)

HENRY : Claire a passé la journée à faire les cent pas, tel un fauve en cage. Les contractions surviennent toutes les vingt minutes environ. « Essaie de dormir », je lui dis, alors elle s'allonge quelques minutes puis se relève de plus belle. À 2 heures du matin elle finit par sombrer. Je me couche à son côté, sans fermer l'œil, pour la regarder respirer, écouter les petits sons plaintifs qu'elle émet, jouer avec ses cheveux. Je me fais du souci, même si j'ai vu de mes propres yeux qu'elle ira bien, et qu'Alba ira bien. Elle se réveille à 3 h 30.

— Je veux aller à l'hôpital, réclame-t-elle.

— On devrait peut-être appeler un taxi. Il est affreusement tard.

— Gomez nous a dit de l'appeler, à n'importe quelle heure.

— D'accord.

Je compose le numéro. Gomez répond à la seizième sonnerie, d'une voix qui semble provenir du fond des océans.

— Mouais... ?

— Salut, camarade. C'est l'heure.

Il marmonne un truc qui ressemble à « patin d'mer », puis Charisse prend le combiné et me promet qu'ils sont en route. Ensuite je laisse un message sur le répondeur du

Dr Montague. Claire est à quatre pattes, se balance d'avant en arrière. Je la rejoins par terre.

— Claire ?

Elle me regarde, sans cesser de remuer.

— Henry... Pourquoi il a fallu qu'on remette ça ?

— Je sais pas. Parce qu'une fois que c'est fini tu gagnes un bébé et t'as le droit de le garder ?

— Ah ouais, c'est vrai.

Quinze minutes plus tard nous grimpons dans la Volvo de Gomez. Avec force bâillements il m'aide à manœuvrer Claire sur la banquette arrière.

— T'avise pas d'inonder ma caisse de liquide amniotique, recommande-t-il amicalement.

Charisse court chercher des sacs-poubelle dans la maison et recouvre les sièges. On saute à bord et on démarre. Claire se cale contre moi, ma main verrouillée dans la sienne.

— Ne m'abandonne pas, dit-elle.

— Promis.

Je croise le regard de Gomez dans le rétro.

— Ça fait mal, gémit Claire. Dieu, que ça fait mal...

— Pense à autre chose, à quelque chose d'agréable.

Nous filons sur Western Avenue, plein sud. Nous sommes pratiquement seuls sur la route.

— Agréable comme quoi ?

Je cherche, et pense à mon dernier séjour dans l'enfance de Claire.

— Tu te souviens de notre virée au lac, quand tu avais douze ans ? On est allés se baigner, et tu m'as parlé de tes règles.

Elle est en train de me broyer les phalanges.

— J'ai fait ça ?

— Ouais, tu étais assez gênée, mais en même temps très fière... Tu portais un bikini rose et vert, et ces lunettes de soleil jaunes avec des cœurs moulés dans la monture.

— Je m'en souviens. Bon sang, Henry, ça fait mal !

— Allons, Claire, c'est juste le bébé qui appuie sur ta colonne, intervient Charisse. Retourne-toi, d'accord ?

Claire cherche une nouvelle position.

— On y est, dit Gomez en abordant le parking des urgences du Mercy Hospital.

— Ça coule... dit Claire.

Gomez arrête la voiture, saute à terre, et nous sortons Claire en douceur. Elle fait deux pas et perd les eaux. Gomez fait ouf :

— Bon timing, chaton.

Charisse part devant pour s'occuper de la paperasse, tandis que Gomez et moi guidons Claire jusqu'au bloc d'obstétrique. Elle reste accotée au comptoir des infirmières tandis que celles-ci lui préparent une chambre, sans trop se presser.

— Ne m'abandonne pas, chuchote Claire.

— Promis, je lui répète.

Si seulement j'étais sûr de tenir parole ! J'ai froid, et la nausée n'est pas loin. Claire se tourne et s'appuie contre moi. Je l'enveloppe de mes bras. Le bébé forme une rondeur rigide entre nous deux. Claire a le souffle court. Arrive une grosse infirmière blonde qui nous annonce que la chambre est prête. La troupe s'y engouffre. Claire se met aussitôt à quatre pattes, par terre. Charisse commence à ranger les trucs : les fringues dans la penderie, les articles de toilette dans la salle de bains. Gomez et moi observons Claire d'un air impuissant. Elle gémit. On se regarde l'un l'autre, en haussant les épaules.

— Dis, Claire, que dirais-tu d'un bain ? propose Charisse. Tu te sentiras mieux dans l'eau chaude.

Claire opine. Charisse fait un geste impérieux à Gomez.

— Je crois que je vais m'en griller une, déclare ce dernier avant de sortir.

— Tu préfères que je reste ? je demande à Claire.

— Oui ! Ne pars pas. Reste dans mon champ de vision.

— Entendu.

Je vais faire couler l'eau. Les salles de bains d'hôpital me fichent les jetons, avec leur éternelle odeur de savon bon marché et de chair malade. J'ouvre le robinet, attends que l'eau se réchauffe.

— Henry ! Tu es là ? crie Claire.

Je passe ma tête dans la chambre.

— Oui, je suis là.

— Reste avec moi, ordonne-t-elle.

Charisse me relaie dans la salle de bains. Claire émet un son que je n'ai encore jamais entendu chez un humain, un profond râle d'agonie désespérée. Seigneur, que lui ai-je fait ? Je revois la Claire de douze ans se tordre de rire sur son drap de plage, couverte de sable humide, dans son premier bikini. Je suis désolé, ma Claire. Je suis désolé.

Une sage-femme noire plus âgée vient examiner le col.

— Voilà une gentille fille, roucoule-t-elle. Six centimètres.

Claire hoche la tête, sourit, grimace. Elle se tient le ventre et se plie en deux, gémissant de plus en plus fort. J'aide l'infirmière à la tenir. Claire cherche son souffle, puis se met à hurler. Amit Montague accourt dans la pièce.

— Bébé, bébé, bébé, chuuuut...

L'infirmière fournit au Dr Montague un flot d'informations qui sonne comme du chinois. Claire sanglote. Je m'éclaircis la gorge, et croasse :

— Tu veux une péridurale ?

Elle acquiesce. Une armada débarque avec une batterie de tubes, d'aiguilles et d'appareils. Je reste assis auprès de Claire, à lui tenir la main, les yeux rivés à son visage. Elle est couchée sur le flanc, en pleurs, le visage trempé de sueur et de larmes, quand l'anesthésiste suspend une poche à perfusion et lui plante une aiguille dans la colonne. Le Dr Montague l'examine, en toisant le moniteur d'un œil sombre.

— Qu'est-ce qui ne va pas? demande Claire. Il y a un problème!

— Le pouls est très rapide. Elle a peur, votre petite fille. Vous devez vous calmer, Claire, pour que le bébé se calme aussi, d'accord?

— C'est tellement douloureux!

— C'est un gros bébé.

Amit Montague parle d'une voix douce, rassurante. L'anesthésiste, une armoire à glace aux moustaches de morse, me jette un regard blasé par-dessus la tête de Claire.

— Là, poursuit le médecin, nous vous administrons un petit cocktail : un peu de narcotiques, un peu d'analgésiques, et vous pourrez bientôt vous détendre, et le bébé aussi, d'accord?

Claire fait oui de la tête. Montague sourit.

— Et vous, Henry, comment vous sentez-vous?

— Un peu tendu.

J'esquisse un sourire. J'essaierais bien cet obscur mélange auquel a droit Claire. Je commence à voir double. Mais je respire profondément et ça passe.

— Vous voyez, on se sent déjà mieux, dit le Dr Montague. C'est comme un nuage qui ne fait que passer : la douleur s'en va, on l'emmène quelque part pour la laisser au bord de la route, toute seule, mais vous et la petite êtes toujours ici, n'est-ce pas? C'est un endroit agréable, on va prendre son temps, rien ne presse...

La tension a quitté le visage de Claire. Elle fixe le docteur. Les machines font des bips. La chambre est sombre. Dehors le soleil se lève. Le Dr Montague surveille le moniteur foetal.

— Dites-lui que vous allez bien, et qu'elle va bien. Chantez-lui une chanson, vous voulez bien?

— Tout va bien, Alba, susurre Claire avant d'ajouter à

mon intention : Récite ce poème des deux amants sur la moquette.

Ça finit par me revenir. Surmontant le trac de réciter du Rilke devant tous ces gens, je me lance :

— *Engel! Es wäre ein Platz, den wir nicht wissen...*

— Pas en allemand, m'interrompt Claire.

— Oui, pardon.

Je change de position : assis près du ventre de Claire, tournant le dos à Charisse, à la sage-femme et au docteur. Je glisse la main sous la chemise de nuit de Claire. Sous le ventre brûlant, je sens le profil d'Alba.

— *Ange*, j'annonce à Claire, comme si nous étions dans notre lit, comme si nous avions veillé toute la nuit, dans des conditions plus banales.

Ange, il y aurait une place que nous ne connaissons pas et
là, sur un indicible tapis, les amants montreraient, eux
qui jamais ici
n'atteignent à ce Pouvoir, les grandes figures
audacieuses du salto de leur cœur,
leurs grandes tours de plaisir, leurs
échelles depuis longtemps appuyées simplement l'une à
l'autre, là où jamais il n'y eut de sol – tremblantes – et ils
pourraient enfin,
devant les spectateurs à l'entour, les morts silencieux
innombrables :
Ceux-là jetteraient-ils alors leur dernière monnaie de
bonheur, les pièces
toujours épargnées, toujours cachées et inconnues de
nous,
et valables éternellement, aux pieds
du couple souriant enfin en vérité sur un tapis
assouvi ?

— Voilà, dit le Dr Montague en éteignant le moniteur. Tout le monde est détendu.

Elle nous éclaire de son sourire et vogue vers la sortie, suivie par la sage-femme. Je croise accidentellement le regard de l'anesthésiste, dont l'expression annonce en substance : *T'en fais une belle chochotte.*

Claire : Le soleil se lève et je suis étendue, engourdie, sur ce lit étranger dans cette chambre rose, tandis que quelque part dans cette contrée inconnue qu'est mon utérus Alba se fraye un chemin vers, ou hors de, la maison. La douleur a disparu, mais j'ai conscience qu'elle n'est pas partie loin, qu'elle boude par là dans un coin ou sous le lit et qu'elle bondira de sa cachette lorsque je m'y attendrai le moins. Les contractions vont et viennent, lointaines, étouffées tel un carillon perçant le brouillard. Henry est allongé près de moi. Les gens vont et viennent. J'ai la nausée – impossible pourtant de vomir. Charisse me donne de la glace pilée qu'elle puise dans un gobelet en papier, elle a un goût de neige sale. J'examine les tubes et les lumières rouges clignotantes et je me remémore maman. Je respire. Henry m'observe. Il a l'air tellement tendu et malheureux. De nouveau, je crains qu'il s'évanouisse dans la nature. « Ça va », je le rassure. Il hoche la tête. Il me caresse le ventre. Je suis en sueur. Il fait si chaud ici. L'infirmière entre pour s'assurer que tout va bien. Amit s'assure que tout va bien. D'une certaine façon, je suis seule avec Alba au milieu de tout ce monde. « Tu te débrouilles à merveille, je n'ai pas mal », je lui souffle. Henry se met debout, arpente la pièce jusqu'à ce que je le prie d'arrêter. J'ai l'impression que mes organes sont en train de se transformer en autant de créatures animées, chacune avec son propre manifeste, son propre train à attraper. Alba, tête la première, perce un tunnel dans mon corps, excavatrice d'os et de chair, de ma chair et de mes os, foreuse de mes profondeurs. Je l'imagine nageant à travers moi, je l'imagine déboulant dans l'immobilité d'un étang au matin, l'eau s'ouvrant sous la force de l'impact. J'imagine son visage, je veux contempler son visage. Je dis à l'anesthésiste que je veux ressentir les choses. Graduellement, l'engourdissement s'estompe et la douleur affleure, mais elle est d'une autre nature à présent. Elle est supportable. Le temps s'écoule.

Le temps s'écoule et la douleur devient flux et reflux, à la manière d'une femme à sa table à repasser qui effectuerait un mouvement de va-et-vient avec son fer, un mouvement de va-et-vient sur une nappe blanche. Amit se matérialise et décrète qu'il est l'heure, l'heure d'aller en salle de travail. On me rase, on procède à ma toilette, on m'installe sur une civière et on me fait rouler le long de couloirs. Je regarde défiler les plafonds, Alba et moi roulons à la rencontre l'une de l'autre, avec Henry marchant à côté de nous. Dans la salle d'accouchement, tout se décline en vert et en blanc. Je perçois des effluves de détergent qui m'évoquent Etta, j'aimerais qu'Etta soit là, je considère Henry qui a revêtu une tenue stérile, et je me demande pourquoi nous sommes ici, nous devrions être à la maison puis j'ai la sensation qu'Alba surgit, jaillit et je pousse sans réfléchir et nous recommençons encore et encore comme dans un jeu, comme dans une chanson. Quelqu'un lance : « Hé ! où est passé le père ? » Je balaie la salle du regard, mais Henry s'est évaporé, il n'est nulle part en vue, pas ici, et je songe qu'il aille au diable, mais non, je ne le pense pas vraiment Seigneur, mais Alba arrive, elle arrive puis j'aperçois Henry, il trébuche dans mon champ de vision, désorienté et nu, mais il est ici, il est ici ! et Amit s'exclame : « Bonté divine ! » puis « Ah ! la tête apparaît », je pousse et la tête d'Alba se présente et j'avance la main pour toucher son crâne, son crâne délicat glissant mouillé duveteux et je pousse et je pousse et Alba tombe dans les mains d'Henry prêtes à l'accueillir et quelqu'un crie : « Oh ! » et je suis vide et délivrée et j'entends un bruit similaire à celui qu'émet un vieux vinyle si on ne place pas l'aiguille correctement sur le sillon puis Alba hurle et soudain elle est là, on me la pose sur le ventre et je contemple sa figure, la figure d'Alba, toute rose et chiffonnée et ses cheveux si noirs, et ses yeux cherchent sans voir, et ses mains se tendent, et elle se hisse jusqu'à mes seins avant de marquer une pause, éreintée par l'effort, par le simple fait d'être.

Henry se penche au-dessus de moi pour effleurer son front et murmure : « Alba. »

Plus tard

CLAIRE : Nous sommes le soir du premier jour d'Alba sur terre. Je suis couchée dans mon lit d'hôpital cernée de ballons, d'ours en peluche, de fleurs, avec Alba dans mes bras. Henry, en position du lotus au pied du lit, nous prend en photo. La tétée d'Alba vient juste de s'achever, des bulles de colostrum se forment sur ses lèvres minuscules et elle s'assoupit alors – doux ballot chaud composé de peau et de liquides contre ma chemise de nuit. Henry termine la pellicule et retire le rouleau de l'appareil. Une pensée me traverse tout à coup l'esprit.

— Au fait ! Où t'es-tu volatilisé ? Dans la salle d'accouchement ?

— Tu sais, s'esclaffe-t-il, j'avais l'espoir que tu ne t'en serais pas rendu compte. Je me figurais que peut-être, absorbée comme tu l'étais...

— Alors ?

— J'ai erré dans mon ancienne école primaire au beau milieu de la nuit.

— Combien de temps ?

— Oh ! bon sang ! Des heures. Il faisait presque jour

quand je suis parti. C'était l'hiver et le chauffage marchait au minimum. Je suis resté absent longtemps ?

— Je ne suis pas sûre. Cinq minutes ?

Henry secoue la tête.

— J'étais dans tous mes états. Je venais de t'abandonner et je me retrouvais à déambuler, complètement inutile, le long des couloirs de Francis-Parker... C'était tellement... Je me suis senti tellement... (Il sourit.) Mais tout s'est arrangé en fin de compte, hein ?

— Tout est bien qui finit bien, ris-je.

— Tes mots ont plus de sens que tu n'en aperçois ![1]

Un coup léger est frappé à la porte ; Henry lance : « Entrez ! » et Richard pénètre dans la pièce, s'immobilise, indécis. Henry pivote vers lui et articule : « Papa... » puis s'interrompt avant de bondir du lit et de répéter : « Entre donc, viens t'asseoir. »

Richard a apporté des fleurs et un petit ours en peluche qu'Henry ajoute à la pile sur le rebord de la fenêtre.

— Claire, bafouille Richard. Je... Félicitations.

Il s'affaisse lentement sur la chaise près du lit.

— Heu, tu veux la tenir ? demande Henry doucement.

Richard opine, me consulte du regard pour vérifier que je suis d'accord. Il semble n'avoir pas dormi depuis des jours. Sa chemise mériterait d'être repassée et il empeste la transpiration mêlée de relents iodés de bière éventée. Je lui adresse un sourire tout en me demandant si c'est une si bonne idée que ça. Je remets Alba à Henry qui la transfère avec précaution dans les bras maladroits de son père. Alba tourne son visage rond et rose vers celui allongé et pas rasé de Richard, se tourne vers sa poitrine en quête d'un sein. Au bout d'un moment, elle abandonne en bâillant et se rendort. Le visage

1. Tiré de *Comme il vous plaira,* William Shakespeare. Traduction de Lucien Wolf. Collection Shakespeare. *(N.d.T.)*

de Richard s'illumine. J'avais oublié à quel point son sourire pouvait le transfigurer.

— Elle est magnifique, me dit-il. (Et à Henry :) Elle ressemble à ta mère.

Henry acquiesce.

— Voilà ta violoniste, papa, annonce-t-il, radieux. Tes talents ont sauté une génération.

— Une violoniste ? s'étonne Richard en scrutant ce bébé, ses cheveux noirs et ses mains microscopiques, qui dort d'un sommeil de plomb.

Difficile d'avoir moins l'air d'une concertiste qu'Alba à cet instant même.

— Une violoniste ? (Il remue la tête.) Mais comment peux-tu... Non, peu importe. Alors comme ça tu es une future virtuose, c'est vrai ça, fillette ?

De façon à peine perceptible, Alba tire la langue et nous pouffons tous.

— Il lui faudra un professeur lorsqu'elle sera plus grande, coupé-je.

— Un professeur ? Bien sûr... Vous n'avez pas l'intention de la confier à un de ces imbéciles adeptes de la méthode Suzuki, n'est-ce pas ? s'enflamme Richard.

— Hum, tousse Henry, en réalité nous espérions... si tu n'avais rien de mieux à faire...

Richard saisit l'allusion. C'est un véritable plaisir que de le voir comprendre, de le voir réaliser que quelqu'un a besoin de lui, que lui seul est en mesure d'offrir à son unique petite-fille l'enseignement approprié.

— J'en serais ravi, réplique-t-il, et l'avenir d'Alba est déroulé devant elle tel un tapis rouge aussi loin que le regard porte.

Mardi 11 septembre 2001
(Claire a trente ans, Henry trente-huit)

CLAIRE : J'émerge à 6 h 43, Henry n'est pas là. Alba n'est pas dans son berceau non plus. Mes seins sont douloureux. Mon sexe est douloureux. Mon corps tout entier est douloureux. Je m'extirpe du lit en redoublant de prudence, gagne la salle de bains. Je longe le couloir, la salle à manger d'un pas lent. Dans le salon, Henry, installé sur le canapé avec Alba blottie dans ses bras, ignore le téléviseur noir et blanc dont le volume est réglé au niveau le plus bas. Alba est assoupie. Je m'assieds à côté d'Henry. Il m'enlace.

— Pourquoi tu es déjà debout ? Je croyais que tu avais dit que ça ne se produirait que dans une heure ou deux ?

Sur l'écran, le monsieur météo arbore un sourire en pointant le doigt vers une image satellite du Midwest.

— Je n'arrivais pas à dormir, réplique-t-il. J'avais envie d'écouter le monde fonctionner normalement pendant quelque temps encore.

— Oh !

J'appuie la tête sur son épaule et je ferme les yeux. Lorsque je les rouvre, une publicité pour un opérateur de téléphonie mobile se conclut et cède la place à une autre pour de l'eau en bouteille. Henry me tend Alba et se lève. La minute suivante, je l'entends qui prépare le petit déjeuner. Alba s'éveille et je déboutonne ma chemise de nuit pour l'allaiter. Mes mamelons sont douloureux. Je jette un œil à la télévision. Un présentateur blond m'informe d'un événement, la mine souriante. Avec sa co-présentatrice asiatique, ils s'esclaffent et me gratifient d'un sourire. En direct de l'Hôtel de Ville, Daley, notre maire, répond à des questions. Je somnole. Alba tète. Henry apporte un plateau contenant des œufs, des toasts et du jus d'orange. Je boirais bien du café. Henry, plein de tact, a avalé le sien dans la cuisine, mais je le sens sur son haleine. Il dépose le plateau sur la table basse et cale mon assiette sur mes genoux. Je mange mes œufs tandis qu'Alba suce le sein. Henry éponge son jaune avec du pain. Dans le poste, un groupe d'enfants se livrent à des glissades sur l'herbe pour démontrer l'efficacité d'une quelconque lessive. Nous finissons de déjeuner, Alba finit sa tétée, elle aussi. Je lui fais faire son rot pendant qu'Henry remporte la vaisselle à la cuisine. À son retour, je lui passe le relais et me dirige vers la salle de bains. Je me douche. L'eau est tellement brûlante que c'en est presque intenable, mais elle accomplit des miracles sur mes membres endoloris. J'aspire l'air chargé de vapeur, je me sèche délicatement, enduits mes lèvres, ma poitrine, mon estomac de pommade. La glace est tout embuée, je ne suis donc pas obligée d'affronter mon reflet. Je me brosse les cheveux. J'enfile un pantalon de jogging et un pull. J'ai l'impression d'être difforme, dégonflée. Dans le salon, Henry est assis les paupières closes, Alba suce son pouce. Lorsque je me joins à eux sur le canapé, elle ouvre les yeux et pousse une espèce de miaulement. Son pouce s'échappe de sa bouche et elle paraît troublée. Une Jeep traverse un paysage désertique. Henry a coupé le son. Il se masse les yeux avec les doigts. Je dérive de nouveau vers le sommeil.

— Réveille-toi, Claire, m'exhorte-t-il.

J'ouvre les paupières. Les plans changent de manière erratique. Une rue. L'horizon. Un gratte-ciel blanc en feu. Un avion – miniature semble-t-il – s'encastre au ralenti dans la seconde tour blanche. Des flammes muettes s'élèvent. Henry augmente le volume.

« Oh ! mon Dieu ! s'écrie la voix à la télévision. Oh ! mon Dieu ! »

Mardi 11 juin 2002 (Claire a trente et un ans)

Claire : Je m'emploie à dessiner Alba. Elle a maintenant neuf mois et cinq jours. Elle est allongée sur le dos, sur une petite couverture de flanelle bleu pâle étalée sur le tapis chinois ocre et magenta du salon. Je viens tout juste de la nourrir. Mes seins sont moins lourds, presque vides. Elle est si profondément endormie que je n'éprouve aucun scrupule à me glisser dehors par la porte de derrière et à traverser le jardin jusqu'à mon atelier.

Une fraction de seconde, je reste plantée sur le seuil à inhaler la faible odeur de renfermé qui émane de mon studio inutilisé. Puis je farfouille dans mon classeur horizontal, déniche du papier japon trempé dans du jus de kaki qui a pris l'aspect du cuir de vache, attrape quelques pastels et autres instruments, une planche à dessin et ressors (avec juste une pointe de regret) en direction de la maison.

Il y règne un grand silence. Henry travaille (du moins je croise les doigts), je perçois le bouillonnement continu de la machine à laver au sous-sol. Le gémissement de l'air conditionné. Le grondement assourdi de la circulation sur Lincoln Avenue. Je m'assieds sur le tapis près d'Alba. Un trapèze de lumière se trouve à quelques centimètres de ses petits pieds potelés. Dans une demi-heure, il la baignera entièrement.

Je fixe le papier à la planche avec une pince et dispose mes pastels à côté de moi. Crayon à la main, je contemple ma fille.

Elle dort comme une marmotte. Sa cage thoracique se soulève et s'abaisse lentement et j'entends le ronflement imperceptible qui accompagne chacune de ses expirations. Je me demande si elle n'est pas en train de s'enrhumer. Il fait doux en cette fin d'après-midi de juin et Alba ne porte rien d'autre qu'une couche. Elle est un tantinet rouge. Sa main gauche se serre et se desserre en rythme. Peut-être rêve-t-elle de musique.

Je commence par esquisser sa tête qui est orientée vers moi. Je procède sans réfléchir, de façon totalement spontanée. Ma main se déplace sur la feuille comme l'aiguille d'un sismographe, transcrivant la forme d'Alba telle que mes yeux l'absorbent. J'enregistre la manière dont son cou disparaît dans les plis de graisse sous le menton, dont les creux délicats au-dessus de ses genoux se modifient légèrement lorsqu'elle donne un coup de pied puis redevient immobile. Mon crayon reproduit la convexité du ventre plein qui plonge dans le haut de sa couche – ligne abrupte et anguleuse tranchant net la rondeur. J'étudie l'ébauche, corrige l'angle de ses jambes, rectifie la pliure là où son bras droit se rattache à son torse.

J'entreprends alors de placer les pastels. Dans un premier temps, j'ajoute les rehauts de blanc – à l'extrémité de son nez minuscule, le long du flanc gauche, en travers de ses articulations, de sa couche, du bord de son pied gauche. Ensuite je souligne les ombres, en vert foncé et outremer. Une ombre épaisse s'accroche à son côté droit à la jonction de son corps et de la couverture. On dirait une flaque d'eau et je la transpose dans toute sa densité. Soudain, l'Alba du croquis acquiert une troisième dimension, s'élance de la page.

Je choisis deux nuances de rose, un rose clair de la couleur de l'intérieur d'un coquillage et un rose foncé qui m'évoque le thon cru. Par touches rapides, je crée la peau d'Alba. C'est un peu comme si son empreinte était inscrite dans le papier et que je retirais la substance invisible qui la dissimulait. Sur cet épiderme de pastel, j'utilise un violet froid pour tracer ses oreilles, son nez et sa bouche (laquelle, entrouverte, forme un O minuscule). Son abondante chevelure noire émerge sur la feuille grâce à un mélange de bleu foncé, de noir et de rouge.

Je m'applique pour ses sourcils, si semblables à des chenilles velues qui auraient élu domicile sur son visage.

Le soleil la recouvre à présent. Elle s'agite, amène sa petite main sur ses yeux, soupire. J'écris son nom, le mien ainsi que la date au bas de la page.

Le dessin est terminé. Il servira de témoignage – je t'aimais, je t'ai faite et j'ai fait ceci pour toi – bien après ma disparition, celle d'Henry et même celle d'Alba. Il signifiera, nous t'avons faite et tu es là, ici et maintenant.

Alba ouvre les yeux et sourit.

SECRET

Dimanche 12 octobre 2003
(Claire a trente-deux ans, Henry quarante)

Claire : C'est un secret : parfois je me réjouis qu'Henry ne soit pas là. Parfois j'aime être seule. À certains moments, je déambule dans la maison au milieu de la nuit et ne pas parler, ne pas toucher l'autre, mais simplement marcher, m'asseoir ou prendre un bain me procurent des frissons de plaisir. À d'autres moments, je m'étends sur le sol du salon et j'écoute Fleetwood Mac, les Bangles, les B-52's, les Eagles, tous ces groupes qu'Henry déteste. Certaines fois, je sors faire de longues promenades avec Alba sans laisser de mot pour dire où je me trouve. D'autres fois, je rencontre Celia autour d'un café et nous discutons d'Henry, d'Ingrid et de qui elle voit cette semaine-là. De temps en temps, je traîne avec Charisse et Gomez, nous ne parlons pas d'Henry, mais nous nous amusons quand même. Un jour, je suis allée dans le Michigan. Henry n'était toujours pas rentré à mon retour et je ne lui ai jamais raconté mon escapade là-bas. Certains soirs, j'appelle une baby-sitter et je vais au cinéma ou je roule à vélo à la nuit tombée sur la piste cyclable qui longe la plage de Montrose, toutes lumières éteintes : j'ai l'impression de voler.

Parfois je me réjouis quand Henry n'est pas là, mais je me réjouis toujours quand il revient.

PETITS PROBLÈMES TECHNIQUES

Vendredi 7 mai 2004
(Henry a quarante ans, Claire trente-deux)

HENRY : Nous sommes au vernissage de l'exposition de Claire au Centre culturel de Chicago, qui couronne une année de travail acharné, à bâtir d'immenses squelettes d'oiseaux en fil de fer, à les envelopper dans des bandes de papier translucide, à les couvrir de laque jusqu'à les rendre lumineux. Désormais les sculptures pendent du plafond, ou trônent par terre. Certaines sont cinétiques, motorisées : quelques-unes battent des ailes, et dans un coin deux carcasses de coqs se démolissent lentement l'un l'autre. L'entrée est surveillée par un pigeon de 2,50 mètres. Claire est épuisée, et folle de joie. Elle porte une simple robe en soie noire, les cheveux empilés au sommet de son crâne. Les gens lui offrent des fleurs ; elle a des roses blanches dans les bras, et les bouquets s'entassent à côté du livre d'or. Il y a foule. On déambule, on s'extasie devant chaque œuvre, on plie le cou pour admirer les oiseaux volants. On ne manque pas de féliciter Claire. Le *Tribune* de ce matin lui tressait des lauriers. Tous nos amis sont là, et la famille de Claire a fait le trajet depuis le Michigan. Philip, Alicia, Mark, Sharon, les enfants de Mark et Sharon, Nell, Etta, tous entourent Claire et sourient le temps d'une photo prise par Charisse. Quand elle nous en remettra un exemplaire, d'ici à quelques semaines, je serai frappé par les profonds cernes sous les yeux de Claire, et par sa maigreur.

Alba me tient la main. Nous sommes postés près du mur du fond, hors de la masse. Alba ne peut rien voir, car les gens sont trop grands, alors je la prends sur mes épaules. Elle gigote.

La famille de Claire se disperse, et son agent Leah Jacobs lui présente un couple de vieux à la mise impeccable. Alba dit :

— Je veux maman.

— Maman est occupée, Alba.

Je me sens vaseux. Je me baisse et repose Alba au sol. Elle lève les bras.

— Non, je veux maman.

Je m'assieds par terre, et fourre ma tête entre mes genoux. Il faut trouver un coin où personne ne me verra. Alba me tire l'oreille.

— Ne fais pas ça, Alba.

Je relève les yeux. Mon père fend la cohue pour nous rejoindre.

— Vas-y, je dis à ma fille. (Je la pousse gentiment.) Va voir pépé.

Elle se met à pleurnicher :

— Non, je veux pas voir pépé. Je veux maman.

Rampant vers mon père, je heurte une paire de jambes. Et j'entends Alba crier « Maman ! » tandis que je disparais.

Claire : J'évolue au milieu d'une foule compacte. Tout le monde se presse autour de moi, me sourit. Je leur rends leur sourire. L'exposition est formidable et surtout elle est montée, bouclée ! Je suis si heureuse et si fatiguée. J'ai le visage douloureux à force de sourire. Toutes les personnes que je connais sont présentes. Je bavarde avec Celia lorsqu'un brouhaha s'élève au fond de la galerie, puis j'entends Alba crier : « Maman ! »

Où est passé Henry ? J'essaie de fendre la cohue pour rejoindre Alba. Enfin, je l'aperçois : Richard l'a soulevée dans ses bras. Les gens s'écartent pour m'ouvrir un passage. Richard me tend Alba. Elle enroule ses jambes autour de ma taille, enfouit sa figure dans mon épaule, noue ses bras autour de mon cou. « Où est papa ? » je lui demande doucement. « Parti », me répond-elle.

NATURE MORTE

Dimanche 11 juillet 2004
(Claire a trente-trois ans, Henry quarante et un)

Claire : Henry dort, contusionné et maculé de sang, sur le sol de la cuisine. Je ne veux pas le déplacer ou le réveiller. Je m'assieds un instant à ses côtés sur le linoléum froid. Finalement, je me lève pour aller préparer du café. Tandis que le liquide ruisselle dans la verseuse et que le marc émet des petits *pfuf* d'explosion, Henry gémit et porte les mains à ses yeux. Il paraît évident qu'il a été roué de coups. Il a un œil tuméfié et fermé. Le sang a apparemment coulé de son nez. Je ne remarque aucune blessure, uniquement des hématomes violet vif de la taille d'un poing sur tout son corps. Il est si maigre que je distingue ses vertèbres et ses côtes. Son bassin est saillant, ses joues creusées. Ses cheveux qui ont poussé presque jusqu'aux épaules sont striés de gris. Il a des entailles sur les mains et les pieds, des piqûres d'insectes partout. Il est très hâlé et très sale : ongles noirs, crasse que la transpiration a incrustée dans les plis de la peau. Il sent l'herbe, le sang et le sel. Après l'avoir contemplé et être restée près de lui un moment, je me résous à le réveiller. « Henry, murmuré-je, réveille-toi maintenant, tu es à la maison... » Je lui caresse le visage, délicatement, et il ouvre son œil. Il n'a manifestement pas complètement recouvré ses esprits. « Claire, marmonne-t-il, Claire. » Des larmes se mettent à couler de son œil valide, des sanglots le secouent, je l'attire sur mes genoux, en larmes moi aussi. Henry se recroqueville contre moi et là sur le sol, enchevêtrés, nous sommes agités de sanglots ensemble, nous oscillons, oscillons et nous pleurons, soulagés et déchirés, ensemble.

Jeudi 23 décembre 2004
(Claire a trente-trois ans, Henry quarante et un)

CLAIRE : Nous sommes l'avant-veille de Noël. Henry a investi le centre commercial de Water Tower Place pour emmener Alba voir le Père Noël chez Marshall Field pendant que je terminais mes achats. Présentement, je suis installée derrière la vitrine du café de la librairie Border, dégustant un cappuccino et reposant mes pieds, un tas de paquets pleins à craquer calés contre ma chaise. Derrière la vitre, le jour décline et de minuscules ampoules blanches soulignent les contours de chacun des arbres. Des passants s'adonnant au shopping remontent et descendent Michigan Avenue en hâte ; le son métallique étouffé de la cloche de l'Armée du Salut retentit en contrebas. Je reporte mon attention sur le centre commercial, balaie ses abords du regard à la recherche d'Henry et d'Alba lorsque quelqu'un m'appelle. Kendrick se dirige vers moi avec sa femme Nancy, Colin et Nadia dans leur sillage.

Un simple coup d'œil me suffit à deviner qu'ils arrivent tout droit de chez FAO Schwarz : ils ont l'air commotionné des parents à peine réchappés de l'enfer d'un magasin de jouets. Nadia s'avance vers moi en courant et en couinant : « Tante Claire, tante Claire ! Où est Alba ? » Colin se fend d'un sourire timide et étend la main pour me montrer sa dépanneuse jaune miniature. Je le complimente et informe Nadia qu'Alba rend visite au Père Noël, à quoi Nadia réplique qu'elle s'est déjà acquittée de cette visite la semaine précédente. « Qu'est-ce que tu lui as demandé ? » « Un petit copain », me répond-elle. Elle a trois ans. Je gratifie Kendrick et Nancy d'un large sourire. Kendrick glisse un mot, *sotto voce*, à l'oreille de Nancy qui déclare : « En route, mauvaise troupe, il faut trouver un livre pour tante Sylvie », et tous trois filent comme des flèches vers les tables aux bonnes affaires. Kendrick désigne d'un geste de la main la chaise vide en face de moi.

— Je peux ?

— Bien sûr.

Il s'affale en poussant un profond soupir.

— Je déteste Noël.

— Henry aussi.

— Ah bon ? Je l'ignorais.

Kendrick s'appuie contre la vitre et ferme les yeux. Juste au moment où je le soupçonne de s'être endormi, il les rouvre et lance :

— Est-ce qu'Henry suit correctement son traitement ?

— Hum, j'imagine. Enfin, aussi correctement que possible, étant donné qu'il voyage beaucoup ces derniers temps.

Kendrick tambourine des doigts sur la table.

— Beaucoup, ça signifie quoi exactement ?

— Tous les deux jours environ.

— Pourquoi ne me dit-il pas ce genre de choses ? lâche-t-il, visiblement furieux.

— Je crois qu'il a peur que tu lui en veuilles et que tu baisses les bras.

— Il est le seul de mes sujets de recherche qui soit doué de parole et il ne me dit jamais rien !

— Bienvenue au club !

— J'essaie de mener une expérience scientifique, enchaîne-t-il, j'ai besoin qu'il me tienne au courant en cas de problème. Sinon on s'agite tous dans le vide.

Je hoche la tête. Dehors, la neige a commencé à tomber.

— Claire ?

— Mmmm ?

— Pourquoi tu ne m'autorises pas à jeter un œil à l'ADN d'Alba ?

J'ai déjà eu cette conversation une centaine de fois avec Henry.

— Parce qu'au début cela se limiterait à localiser ses marqueurs génétiques, ce qui ne serait pas gênant en soi. Mais ensuite, avec Henry, vous me harcèleriez pour que je vous laisse expérimenter des médicaments sur elle et ça, c'est hors de question. Voilà pourquoi.

— Elle est encore très jeune, elle a de meilleures chances de réagir favorablement à une médication.

— *Non.* Lorsque Alba aura dix-huit ans, elle sera libre de décider elle-même. Jusqu'ici, tout ce que tu as prescrit à Henry s'est révélé un véritable cauchemar.

Je n'ai pas le courage de croiser le regard de Kendrick. Je m'adresse à mes mains étroitement jointes sur la table.

— Mais on pourrait réussir à mettre au point une thérapie génique pour elle...

— Des gens en sont *morts.*

Kendrick se tait. Le niveau sonore dans la librairie est assourdissant. Soudain, par-dessus le tumulte, j'entends Alba crier : « Maman ! » Je lève les yeux et je l'aperçois juchée sur les épaules d'Henry, cramponnée à sa tête avec les mains. Tous deux arborent des toques en raton laveur. Henry note la présence de Kendrick et, l'espace d'un bref instant, semble si inquiet que je m'interroge sur les secrets que ces deux hommes me dissimulent. Puis sa mine s'épanouit et il marche à grandes enjambées vers nous, Alba chaloupant joyeusement au-dessus de la foule. Kendrick se redresse pour le saluer, et je chasse cette pensée.

ANNIVERSAIRE

Mercredi 24 mai 1989
(Henry a quarante et un ans, Claire dix-huit)

HENRY : Je reviens à moi dans un bruit sourd, glissant de profil sur les douloureux chaumes du Pré, pour atterrir couvert de terre et de sang aux pieds de Claire. Elle est assise sur le rocher, tranquille, d'une blancheur immaculée de sa robe en soie jusqu'aux bas et chaussures, sans oublier les petits gants.

— Bonjour, Henry, dit-elle comme si j'arrivais pile à l'heure du thé.

— Quoi de neuf? On dirait que tu vas faire ta communion.

Claire redresse le dos et déclare :

— Nous sommes le 24 mai 1989.

Je calcule.

— Joyeux anniversaire ! Aurais-tu un déguisement de Bee Gees à portée de main pour moi ?

Ignorant ma question, Claire se relève, plonge la main derrière la pierre et produit une housse à vêtements. D'un geste elle ouvre la fermeture Éclair, révélant un smoking complet ainsi qu'une de ces infernales chemises strictes qui nécessitent des boutons de col. Puis elle ouvre une valise contenant des sous-vêtements, une ceinture de smoking, un nœud papillon, des boutons de col et une fleur de gardénia. Je m'affole. Je n'étais pas prévenu. J'interroge les données à ma disposition :

— Attends, Claire, ne me dis pas qu'on va se marier aujourd'hui. Parce que je sais de manière certaine que notre anniversaire tombe en automne. Fin octobre.

Claire se retourne, le temps que me j'habille.

— Alors comme, ça, tu ne connais même plus la date précise ? Quel homme !

Je soupire.

— Voyons, trésor. Tu sais bien que je la connais. Faut juste que ça me revienne. Mais bon, joyeux anniversaire.

— J'ai dix-huit ans.

— Dieu du ciel, déjà ! J'ai l'impression qu'hier encore tu avais six ans.

Claire est perturbée, comme toujours, à l'idée que je vienne de croiser une autre Claire, plus vieille ou plus jeune.

— Tu m'as vue à six ans, dernièrement ?

— Eh bien, à l'instant nous étions couchés, et tu lisais *Emma*. Tu avais trente-trois ans. J'en ai quarante et un aujourd'hui, et crois-moi, je les sens. (Je passe la main dans mes cheveux puis sur ma barbe de deux jours.) Désolé, Claire, mais j'ai peur de ne pas être au mieux pour ton anniversaire. (J'accroche la fleur à la boutonnière du smoking et m'attaque aux boutons de col.) Je t'ai vue à six ans il y a deux semaines. Tu m'as dessiné un canard.

Elle rougit. Son fard se diffuse comme des gouttes de sang dans un bol de lait.

— Tu as faim ? J'ai préparé un festin !

— Bien sûr que j'ai faim. Je suis affamé, décharné, prêt à virer cannibale.

— Ce ne sera pas nécessaire dans l'immédiat.

Il y a dans sa voix un je-ne-sais-quoi qui m'intrigue. Il se trame quelque chose, et Claire s'attend à ce que je sois au courant. Je l'entends presque bourdonner, tant elle est excitée. Je soupèse l'avantage relatif d'un simple aveu d'ignorance sur une simulation prolongée. Et décide d'attendre un peu. Claire étend une couverture qui finira ultérieurement sur notre lit. Je m'y assieds prudemment, ragaillardi par sa couleur familière, vert clair. Claire déballe des sandwiches, des gobelets en carton, des couverts, des crackers, un minuscule pot de caviar de supermarché, des cookies à la menthe comme en vendent les Jeannettes, des fraises, une bouteille de cabernet à l'étiquette très chic, une part de brie bien coulant, des assiette en carton.

— Du vin ! Du caviar ! Dis donc, Claire !

Je suis épaté, mais je n'éprouve aucun enthousiasme. Elle me tend le cabernet et le tire-bouchon.

— Euh... je ne crois pas te l'avoir dit, mais je ne suis pas censé boire d'alcool. Ordre du médecin. (Claire se décompose.) Mais manger, ça je peux. Et je peux faire semblant de boire. Enfin, si tu veux... (J'essaie de refouler cette pénible impression de jouer à papa-maman.) Je ne savais pas que tu buvais. De l'alcool. Je veux dire, je t'ai rarement vue en boire.

— J'en raffole pas, mais pour une telle occasion j'ai pensé que ce serait sympa d'avoir du vin. L'idéal aurait été du champagne, mais je n'ai trouvé que ça dans le garde-manger.

Je débouche la bouteille et verse deux fonds de gobelet. On trinque en silence. Je feins de siroter le mien. Claire boit une gorgée d'un air aguerri et dit :

— Ma foi, c'est pas mauvais.

— Cette bouteille vaut dans les vingt dollars.

— Ah bon ? Eh bien, c'était savoureux.

— Dis, Claire. (Elle déballe des sandwiches au pain de seigle qui semblent bourrés de concombre.) Je déteste paraître idiot mais... À l'évidence, c'est ton anniversaire...

— Mon dix-huitième anniversaire, confirme-t-elle.

— Alors bon, pour commencer, ça me contrarie vraiment de ne pas avoir de cadeau à t'offrir...

Claire relève les yeux, surprise, et je comprends que j'ai mis le doigt sur quelque chose. Je chauffe.

— ... mais comme tu le sais, j'ignore toujours où je vais atterrir dans le temps, et je ne peux rien emporter...

— Je sais tout ça. Mais tu ne te souviens pas ? On a tout planifié la dernière fois que t'es passé. Parce que, aujourd'hui, c'est le dernier jour de la liste, ainsi que mon anniversaire. Tu ne t'en souviens pas ?

Claire me dévisage avec intensité, comme si la concentration pouvait transvaser les souvenirs de son esprit vers le mien.

— En fait, je n'en suis pas encore là. Cette conversation appartient toujours à mon avenir. Mais je me demande pourquoi je ne t'ai rien dit à l'époque. Il me reste encore beaucoup de dates sur la liste. De toute façon, on se retrouvera dans le présent d'ici deux ans.

— Mais ça va faire long. Pour moi.

Un silence gêné. Quand je pense qu'à l'heure qu'il est je me trouve à Chicago, à l'âge de vingt-cinq ans, vaquant à mes affaires sans même soupçonner l'existence de Claire ni même, en conséquence, ma présence simultanée dans ce charmant pré du Michigan, par une superbe journée de printemps qui marque son dix-huitième anniversaire. Nous tartinons les crackers de caviar à l'aide de couteaux en plastique. S'ensuit une phase de grignotage soutenu et d'engloutissement de sandwiches. La conversation semble piétiner. Et soudain je me demande, pour la toute première fois, si Claire est totalement honnête sur ce coup-là, elle qui sait comme moi que je suis en délicatesse avec les phrases du type « Je n'ai jamais... », puisque je ne dispose jamais d'un inventaire exact de mon passé, étant donné que celui-ci se confond de manière peu commode avec mon futur. On passe aux fraises.

— Dis-moi, Claire. (Elle m'offre un sourire innocent.) Qu'avons-nous décidé, au juste, lors de ma dernière visite ? Qu'avons-nous prévu pour ton anniversaire ?

Elle rougit de plus belle.

— Eh bien, tout ça, répond-elle en désignant notre pique-nique.

— Et rien d'autre ? Attention, je trouve ça somptueux, mais...

— En fait, si.

Je suis tout ouïe, car je crois savoir ce qui va suivre.

— Je t'écoute.

Malgré la roseur de ses joues, elle garde un air digne en déclarant :

— On a décidé de faire l'amour.

— Ah !

À vrai dire, je m'étais toujours interrogé sur ses expériences sexuelles antérieures au 26 octobre 1991, jour de notre première rencontre dans le présent. Malgré toutes les provocations de Claire, j'ai toujours refusé de la toucher, et j'ai passé des heures mémorables à causer de ci et de ça tout en tâchant d'ignorer une douloureuse érection. Mais aujourd'hui, d'un point de vue légal sinon émotionnel, Claire est une adulte, et le risque est mince que je pervertisse sa vie. J'entends par là que je lui ai déjà fait une drôle d'enfance, rien qu'en m'y incrustant. Combien de fillettes voient-elles leur futur époux se pointer à intervalles irréguliers en tenue d'Adam ? Claire me regarde cogiter. Je repense à la première fois que j'ai fait l'amour à Claire, et me demande si c'était la première fois qu'elle me faisait l'amour. Bah ! je lui poserai la question à mon retour dans le présent.

Claire commence à ranger les affaires dans le panier de pique-nique.

— Alors ? fait-elle.

Et puis merde.

— OK.

Claire est tout excitée, mais aussi pleine d'appréhension.

— Henry. Tu m'as souvent fait l'amour...

— Des tas, des tas de fois.

Elle n'arrive pas à parler.

— C'est toujours merveilleux, je lui dis. C'est ce qu'il y a de plus beau dans mon existence. Tu verras, je serai très doux.

Il me suffit de prononcer ces mots pour devenir nerveux. J'ai l'impression d'endosser une lourde responsabilité, de jouer les Humbert Humbert, et puis aussi d'être observé par des tas de personnes, et toutes ces personnes seraient Claire. De ma vie, je me suis jamais senti moins *sexuel.* Bon. Respire un coup.

— Je t'aime, Claire.

On se relève, un peu instables sur la surface inégale du plaid. J'ouvre les bras et Claire s'y love. On reste là, debout, enlacés dans le Pré comme les deux époux au sommet du gâteau de mariage. Et après tout, il s'agit de Claire ; celle qui se jette sur mon être de quarante et un ans ressemble fort à celle de notre première rencontre. Il n'y a rien à craindre. Elle renverse la tête en arrière. Je me penche et l'embrasse.

— Claire.

— Mmm ?

— Tu es absolument certaine qu'on est seuls ?

— Ils sont tous partis à Kalamazoo, à part Etta et Nell.

— Parce que j'ai comme l'impression de passer à la *Caméra cachée*, là.

— T'es parano, maintenant ? Comme c'est triste.

— J'ai rien dit.

— On pourrait aller dans ma chambre.

— Trop dangereux. Bon sang, on se croirait au lycée.

— Quoi ?

— Laisse tomber.

Claire recule d'un pas et baisse la fermeture à glissière de sa robe. Elle la retire par en haut et la jette sur le plaid avec une indolence admirable. Elle quitte ses chaussures, ôte ses bas. Elle dégrafe son soutien-gorge, le balance, et laisse choir sa culotte. Elle se tient devant moi complètement nue. Je crois assister à un miracle : toutes les petites marques dont je me suis entiché ont disparu ; elle a le ventre plat, sans aucune trace des grossesses qui nous causeront tant de chagrins et tant de joies. Cette Claire-ci est plus mince, et bien plus entreprenante que la Claire que j'aime dans le présent. Je me rends compte à nouveau combien la tristesse nous a minés. Mais aujourd'hui tout cela disparaît comme par magie ; aujourd'hui le bonheur est à portée de main. Je m'agenouille, Claire s'avance. Je presse mon visage contre son ventre, puis je lève les yeux. Elle me regarde, ses mains dans mes cheveux, sur un fond de parfait ciel bleu.

Je laisse tomber ma veste et défais le nœud pap. Claire s'agenouille à son tour et nous ôtons les boutons de col, concentrés comme un tandem de démineurs. Je retire mon pantalon et mon slip. Il n'existe aucune méthode gracieuse pour cela. Je me demande comment les strip-teaseurs s'en sortent – à moins qu'ils ne sautillent sur scène, une jambe dedans, une jambe dehors ? Claire se marre :

— Je ne t'avais jamais vu te déshabiller. Il y a plus élégant.

— Tu me vexes. Viens là, que j'ôte ce sale rictus de ton visage.

— Oh-oh.

Un quart d'heure plus tard, je peux en effet me targuer d'avoir éliminé de sa figure toute expression de supériorité. Le hic, c'est qu'elle est de plus en plus tendue, sur ses gardes. En quatorze ans et Dieu sait combien d'heures et de jours à lui faire l'amour, gaiement, anxieusement, fiévreusement, langoureusement, je n'ai encore jamais vu ça. J'aimerais, si possible, qu'elle s'émerveille autant que moi lorsque nous nous sommes rencontrés et que nous avons couché ensemble pour ce que je croyais – grand naïf – être la première fois. Je me redresse sur mon séant, tout essoufflé. Claire fait de même, en joignant ses bras autour de ses genoux, de manière défensive.

— Ça va aller ?

— J'ai peur.

— T'inquiète pas. Je te jure que la prochaine fois qu'on se verra, tu vas pratiquement me violer. Tu es exceptionnellement douée dans cette discipline.

— C'est vrai ?

— Une vraie bombe.

Je farfouille dans le panier : gobelets, vin, capotes, serviettes.

— Tu penses vraiment à tout. (Je verse deux verres de vin.) À la virginité ! Vas-y, bois.

Elle obéit, telle une gamine prenant un médicament. Je remplis son gobelet et vide le mien.

— Je croyais que tu n'avais pas droit à l'alcool.

— C'est une grande occasion. Cul sec !

Claire pèse dans les cinquante-cinq kilos, mais les gobelets sont petits.

— Allez, un dernier.

— Encore ? Ça va me faire somnoler.

— Ça va te détendre.

Elle siffle son verre. On écrase les gobelets avant de les jeter dans le panier. Je m'allonge sur le dos, les bras déployés comme un bronzeur, ou un crucifié. Claire s'étend, je la rapproche de moi, flanc contre flanc, les yeux dans les yeux. Ses cheveux recouvrent ses épaules et ses seins d'une manière aussi belle qu'émouvante, et pour la trilliardième fois je regrette de ne pas être peintre.

— Claire ?

— Mmm ?

— Imagine que tu es ouverte, vide. Quelqu'un est venu te piquer tes entrailles, ne te laissant que les terminaisons nerveuses.

J'ai le bout du doigt sur son clitoris.

— Pauvre petite Claire, fait-elle. Plus d'entrailles...

— Mais c'est une bonne chose, vois-tu, car il y a plein de place à l'intérieur de toi. Pense à tout ce que tu pourrais emmagasiner si tu n'avais pas ces stupides reins, intestins, pancréas et tout le toutim.

— Du genre ?

Elle est très humide. Je reprends ma main et déchire l'emballage de la capote avec les dents, une manœuvre que je n'ai plus pratiquée depuis des années.

— Des kangourous, des grille-pain, des pénis...

Claire saisit le préservatif avec un dégoût fasciné. Allongée sur le dos, elle le déroule et le renifle.

— Beurk. On est obligés ?

Si je refuse souvent de lui dire des choses, il est très rare que je mente à Claire, aussi me sens-je un brin coupable de lui répondre :

— J'en ai bien peur.

Je lui reprends la capote des mains, mais au lieu de l'enfiler je décide que l'idéal, dans l'immédiat, est un bon cunnilingus. Dans son futur, Claire est une droguée du sexe oral, prête aux pires extrémités (comme assurer mes tours de vaisselle) pour avoir sa dose. Si le cunnilingus était une discipline olympique je décrocherais une médaille, aucun doute là-dessus. J'écarte ses jambes et pose ma langue sur son bouton.

— Oh ! mon Dieu ! murmure-t-elle d'une voix grave. Dieu du ciel...

— Pas crier.

Même Etta et Nell accourront dans le Pré si Claire se lâche

pour de bon. Au cours des minutes qui suivent, je la ramène plusieurs stades en arrière sur l'échelle de l'évolution, jusqu'à l'état de noyau limbique avec quelques ramifications au cortex cérébral. Là, j'enfile le préservatif et lentement, délicatement, je glisse en elle, imaginant les déchirements et filets de sang autour de moi. Claire a les paupières closes, et je me demande si elle se rend compte que je l'ai pénétrée, bien que mon bassin soit collé au sien, mais quand elle rouvre les paupières je découvre un sourire triomphant, béat.

Je réussis à jouir sans traîner; Claire me regarde, concentrée, et lorsque ça part son visage montre de la surprise. Comme la vie est étrange, parfois. On en fait des choses bizarres, nous les animaux. Je m'effondre sur Claire. Nous baignons dans la sueur. Son cœur palpite. À moins que ce ne soit le mien.

Je me retire prudemment et vire la capote. Nous restons allongés, l'un à côté de l'autre, à fixer un ciel plus bleu que bleu. Le vent dans l'herbe produit un bruit marin. Je regarde Claire, qui l'air un peu sonné.

— Eh ! Claire.

— Ouais, émet-elle faiblement.

— T'as eu mal ?

— Oui.

— Ça t'a plu ?

— Et comment !

Là-dessus elle fond en larmes. On s'assied et je la serre dans mes bras. Son corps tremble.

— Allons, Claire. Qu'est-ce qui va pas ?

Sa première réponse m'échappe, puis :

— Tu t'en vas. Et je vais pas te revoir pendant des années et des années.

— Seulement deux ans, Claire. Deux ans et quelques mois. (Elle se tait.) Écoute, Claire, je suis désolé, mais je n'y peux rien. C'est drôle, j'étais en train de me dire combien je bénissais cette journée. Me retrouver là, à faire l'amour avec toi, au lieu d'être pourchassé par des brutes, de me geler les miches dans une grange, ou ce genre de merdes auxquelles j'ai régulièrement droit. Et quand je repartirai, je serai encore avec toi. Ce fut une merveilleuse journée, Claire.

Elle sourit, faiblement. Je l'embrasse.

— Pourquoi faut-il que je vive toujours dans l'attente ?

— Parce que ton ADN est parfait et qu'il ne te balance pas dans l'espace-temps comme une patate chaude. Mais la patience est une vertu, tu sais. (Elle frappe mon torse avec ses poings, mollement.) Et puis, toi tu m'as toujours connu, alors que moi je ne te rencontre qu'à vingt-huit ans. Alors je passe toutes ces années...

— À baiser d'autres femmes.

— Ouais, c'est vrai. Mais sans le savoir, je ne fais que m'entraîner pour plus tard avec toi. Et puis, ce sont des années de grande solitude, de mal-être. Si tu ne me crois pas, vérifie par toi-même. Va voir ailleurs, je n'en saurai jamais rien. Ça change tout quand il n'y a pas de sentiments.

— Mais je ne veux personne d'autre.

— Tant mieux.

— Donne-moi juste un indice, Henry. Où est-ce que tu habites ? Où est-ce qu'on se rencontre ? Quel jour ?

— Un seul indice : Chicago.

— Un autre.

— Aie confiance. Tout est là, prêt à t'accueillir.

— On est heureux ?

— On est souvent dingues de bonheur. Mais on a notre lot de souffrances, pour des raisons que nous ne maîtrisons ni l'un ni l'autre. Comme le fait d'être séparés.

— Alors, pendant que tu es ici, tu n'es pas avec moi là-bas ?

— Pas tout à fait. Mon absence ne durera parfois que dix minutes. Ou bien dix jours. Il n'y a aucune règle. Voilà ce qui rend les choses si difficiles. Et puis, je me retrouve parfois dans des situations dangereuses, et je te reviens dans un triste état, et tu te fais du mouron quand je ne suis pas là. Comme une femme de policier.

Je suis vanné. Je me demande quel âge j'ai vraiment, dans le temps réel. D'après le calendrier j'ai quarante et un ans, mais avec tous ces va-et-vient j'en ai peut-être bien quarante-cinq ou quarante-six. Ou trente-neuf. Allez savoir. Il fallait que je lui dise un truc, mais quoi ?

— Claire ?

— Henry ?

— Quand tu me reverras, ne perds pas de vue que je ne te connais pas. Ne te fâche pas si je te traite en parfaite inconnue, parce que, à mes yeux, tu seras toute nouvelle. Et par pitié, ne me jette pas tout au visage d'un seul coup. Sois indulgente, Claire.

— Promis ! Oh ! je t'en prie, Henry, reste !

— Chuuut. On se retrouvera.

Nous nous rallongeons sur le plaid. Mon épuisement gagne du terrain et j'aurai disparu sous peu.

— Je t'aime, Henry. Merci pour... ce cadeau d'anniversaire.

— Je t'aime, Claire. Sois sage.

Et je suis parti.

SECRET

Jeudi 10 février 2005
(Claire a trente-trois ans, Henry quarante et un)

CLAIRE : Nous sommes jeudi après-midi, je fabrique du papier kozo jaune pâle dans mon studio. Henry a disparu depuis presque vingt-quatre heures à présent et, comme à l'accoutumée, je suis déchirée entre spéculer à l'infini sur l'endroit où il se trouve, céder à une espèce de ras-le-bol qu'il ne soit pas là et m'inquiéter de savoir quand il reparaîtra. Autant de ruminations qui ne favorisent en rien ma concentration. Je gâche beaucoup de papier, reversant les feuilles du *su*[1] dans la cuve. Au final, je m'octroie une pause et me sers du café. Il ne fait pas chaud dans l'atelier, si bien que j'ai réchauffé un peu l'eau dans la cuve, censée être froide, pour protéger mes mains des gerçures. Je noue mes doigts autour de la tasse en céramique. De la vapeur s'en diffuse. Je penche le visage au-dessus pour inhaler l'humidité et l'arôme de café. C'est alors que, Dieu merci, j'entends Henry siffler tandis qu'il traverse le jardin en direction du studio. Il tape des pieds pour débarrasser ses bottes de la neige et ôte son manteau. La mine radieuse, il respire le bonheur. Mon cœur bat la chamade, je lance au hasard : « 24 mai 1989 ? »

— *Oui*, oh oui !

1. Tamis japonais. *(N.d.T.)*

Henry me soulève dans ses bras, en dépit de mon accoutrement : tablier mouillé, bottes de caoutchouc et toute la panoplie, et me fait tournoyer. À présent je ris, nous rions tous les deux. Il exsude la joie de vivre.

— Pourquoi ne m'en avais-tu jamais parlé ? Je me suis creusé la cervelle inutilement pendant toutes ces années. Cachottière ! Petite coquine !

Il me mordille le cou tout en me chatouillant.

— Tu l'ignorais, aussi je ne pouvais rien te révéler.

— Oh ! Exact. Bon sang, tu es incroyable.

Nous nous asseyons sur le vieux canapé miteux de l'atelier.

— On ne pourrait pas augmenter le chauffage ?

— Aucun problème.

Henry bondit de son siège et monte le thermostat. La chaudière se met en branle.

— Je suis resté absent longtemps ?

— Presque la journée.

— Est-ce que cela en valait la peine ? soupire-t-il. Une journée d'angoisse en échange d'une poignée d'heures vraiment merveilleuses ?

— Oui. C'était un des plus beaux jours de ma vie.

Je garde le silence, plongée dans mes souvenirs. J'évoque souvent l'image du visage d'Henry incliné au-dessus du mien, se découpant sur le ciel bleu, la sensation d'être pleine de lui. Je convoque cette scène chaque fois qu'il n'est pas là et que j'ai du mal à m'endormir.

— Raconte-moi...

— Mmmm ?

Nous sommes pelotonnés l'un contre l'autre à la recherche de chaleur, de réconfort.

— Qu'est-il arrivé après mon départ ?

— J'ai tout rangé, je me suis plus ou moins rajustée avant de regagner la maison. Je suis allée à l'étage sans rencontrer personne et j'ai pris un bain. Au bout d'un moment, Etta est venue marteler la porte en me demandant ce que je fichais dans la baignoire au beau milieu de la journée et j'ai dû prétendre que j'étais malade. C'était vrai, en un sens... J'ai passé l'été à paresser, à dormir plus que mon soûl. À lire. Je suis en quelque sorte rentrée dans ma coquille. Je suis restée de longs moments dans le Pré, espérant à demi que tu te manifesterais. Je t'ai écrit des lettres. Que j'ai brûlées. J'ai arrêté de manger pendant un temps, maman m'a traînée chez son thérapeute et j'ai recommencé à m'alimenter. Fin août, mes parents m'ont prévenue que si je ne me « ressaisissais pas », ils ne m'enverraient pas à l'école en automne, alors je me suis immédiatement « ressaisie », vu que mon unique but dans l'existence était de quitter la maison et de m'installer à Chicago. Et l'école s'est révélée une bonne chose, un nouveau départ, j'avais mon propre appartement, j'adorais la ville. Même si je n'avais aucune idée d'où tu étais ni de comment te localiser, j'avais de quoi m'occuper l'esprit. Lorsque je suis finalement tombée sur toi, je m'en tirais plutôt pas mal, j'étais absorbée par mon travail, j'avais un cercle d'amis et on m'invitait assez fréquemment à sortir...

— Oh ?

— Tout à fait.

— Et tu acceptais ? De sortir ?

— Ben oui. Je sortais. Dans un souci d'édification... et aussi parce que parfois cela me faisait enrager de penser que, quelque part là-dehors, tu multipliais les conquêtes en toute insouciance. Mais mes rendez-vous viraient en général à la comédie noire. J'acceptais l'invitation du parfait petit étudiant d'art, gentil et propre sur lui, et je consacrais toute la soirée à songer à quel point cette sortie était ennuyeuse et futile, vérifiant ma montre sans arrêt. J'ai abandonné après cinq tentatives parce que je me suis aperçu que je rendais ces types fous furieux. Quelqu'un à l'école a fait circuler le bruit que j'étais une gouine, et toute une flopée de filles se sont mises à me draguer.

— Je te vois bien lesbienne.

— Mm... mm, tu as intérêt à marcher droit ou je vire ma cuti !

— J'aurais aimé être lesbienne.

Henry a les paupières lourdes, l'expression rêveuse. Ce que je trouve injuste, étant donné que je suis tout émoustillée et prête à lui sauter dessus.

— Tant pis, bâille-t-il, pas dans cette vie en tout cas. Ça impliquerait trop de chirurgie.

Dans ma tête résonne la voix du père Compton derrière la grille du confessionnal s'enquérant avec douceur si j'ai d'autres péchés à confesser. Non, je rétorque fermement. Non, aucun. C'était une erreur. J'étais ivre, ça ne compte pas. Le bon père soupire, écarte le rideau. Fin de la confession. Ma pénitence consiste à mentir à Henry, par omission, jusqu'à ce que la mort nous sépare. Je l'observe qui affiche la béatitude d'après consommation, rassasié des charmes de la jeune fille que j'étais. La vision de Gomez assoupi et de sa chambre inondée de lumière matinale surgit alors dans mon théâtre mental. C'était une erreur, Henry, je lui avoue silencieusement. Je t'attendais et je me suis laissée entraîner, juste cette fois-là. Dis-lui, m'enjoint le père Compton ou une autre de mes voix intérieures. Impossible, répliqué-je. Il me haïra.

— Hé ! souffle Henry tout bas. Où es-tu ?

— Je réfléchissais.

— Tu as l'air tellement triste.

— Est-ce que tu n'as pas peur parfois que les meilleurs moments de ton existence soient derrière toi ?

— Non. Enfin si, un peu, mais pas de la manière dont tu l'entends. Je continue de visiter ces périodes dont tu te souviens, donc elles ne sont pas vraiment révolues en ce qui me concerne. Ce qui me désole, c'est que nous ne prêtons pas suffisamment attention à ce qui se déroule ici et maintenant. Voyager dans le temps modifie en quelque sorte ta perception des événements : je suis plus... pleinement conscient alors, tout revêt plus d'importance, d'une certaine façon, et des fois j'ai le sentiment que si seulement je pouvais être aussi conscient ici et maintenant, tout serait parfait. Mais nous avons vécu de grandes choses, dernièrement.

Il sourit, de son magnifique sourire de guingois qui illumine ses traits – l'innocence personnifiée – et j'autorise ma culpabilité à se dégonfler, à réintégrer la petite boîte dans laquelle je la conserve pliée comme un parachute.

— Alba.

— Alba est parfaite. Tu es parfaite. Et autant que je puisse t'aimer dans le passé, l'essentiel est de vivre ensemble, de s'apprivoiser l'un l'autre...

— Pour le meilleur et pour le pire...

— Devoir subir des épreuves rend tout plus réel. C'est cette réalité qui m'intéresse.

Dis-lui, dis-lui.

— Même la réalité peut sembler quelque peu irréelle...

Si j'envisage de vider mon sac un jour, voilà l'occasion ou jamais. Henry patiente. C'est juste... que je ne peux pas.

— Claire ?

Je lui adresse le regard piteux de l'enfant empêtré dans un mensonge qui le dépasse, puis je lâche de façon presque inaudible :

— J'ai couché avec un autre homme.

Le visage d'Henry se pétrifie en un masque d'incrédulité.

— Qui ? demande-t-il sans rencontrer mes yeux.

— Gomez.

— Pourquoi ?

Il reste sans bouger, comme pour encaisser le coup qui va suivre.

— J'avais bu. On s'est retrouvés à une soirée, Charisse était partie à Boston...

— Une minute. Ça date de quand ?

— 1990.

Il s'esclaffe.

— Bon Dieu, Claire, ne me refais plus jamais de frayeurs pareilles, bordel ! 1990. Nom d'un chien, je croyais que tu me parlais d'un truc qui avait eu lieu, quoi, la semaine dernière. (J'esquisse un faible sourire.) Ça ne signifie pas pour autant que ça m'enchante, mais comme je viens tout juste de t'encourager à profiter de la vie et à te livrer à toutes sortes d'expériences, je peux difficilement... Enfin, je ne sais pas.

Gagné par la nervosité, il se lève et se met à arpenter le studio. Je suis abasourdie. Pendant quinze ans, j'ai été paralysée par la peur, la peur que Gomez crache le morceau, commette un faux pas avec sa rudesse de gros pataud, or Henry s'en moque éperdument. Éperdument ?

— Comment c'était ? s'enquiert-il avec une certaine désinvolture, me présentant son dos cependant qu'il tripote la cafetière.

Je choisis mes mots avec soin.

— Différent. Enfin, sans vouloir me montrer trop critique vis-à-vis de Gomez...

— Oh ! vas-y !

— J'avais un peu l'impression d'être un magasin de porcelaine qui aurait tenté de s'acoquiner avec un éléphant.

— Il est plus massif que moi.

Il énonce cette remarque d'un ton factuel.

— Je ne peux pas me prononcer sur ses prouesses actuelles, mais à l'époque ce n'était pas la délicatesse qui le caractérisait. Il est même allé jusqu'à fumer une cigarette en me baisant. (Henry grimace. Je me lève à mon tour, m'avance vers lui.) Je regrette. C'était une erreur.

Il m'attire à lui, et je chuchote dans son col :

— Je t'attendais très patiemment...

Mais je ne parviens pas à poursuivre. Henry me caresse les cheveux.

— Ce n'est pas grave, Claire. Ce n'est pas si terrible que ça.

Je me demande s'il oppose la Claire qu'il vient de laisser en 1989 à la femme coupable de duplicité qu'il serre dans ses bras et, comme s'il avait déchiffré mes pensées, il ajoute :

— D'autres révélations en réserve ?

— Non aucune.

— Bon sang, tu sais foutrement bien garder un secret.

Je considère Henry qui me fixe et je lis dans ses yeux que, d'une certaine manière, il m'appréhende différemment.

— Ça m'a permis de mieux comprendre... d'apprécier...

— Tu es en train d'essayer de me dire que je n'ai pas souffert de la comparaison ?

— Oui.

Je l'embrasse, timidement, et après un instant d'hésitation, Henry répond à mon baiser, puis très vite nous nous employons à panser les plaies. À nous régénérer même. Je lui ai tout avoué sans que cela provoque de cataclysme ni ne modifie en rien son amour pour moi. Mon corps tout entier me paraît plus léger et je pousse le soupir de contentement de celle qui s'est enfin confessée et n'a pas écopé du moindre châtiment, ni même d'un seul *Je vous salue Marie* ou *Notre Père*. J'éprouve le sentiment de la rescapée qui se tire sans une égratignure d'une voiture mise en pièces. Quelque part dans l'univers, Henry et moi nous nous aimons sur une couverture verte dans un pré et Gomez me jette un regard ensommeillé et étend ses grosses pattes vers moi, et tout ceci, tout ceci se passe maintenant, mais il est trop tard, comme d'habitude, pour y changer quoi que ce soit et Henry et moi nous nous défaisons sur le canapé du studio comme des boîtes de chocolats flambant neuves et inentamées, et il n'est pas trop tard, pas encore du moins.

Samedi 14 avril 1990
(Claire a dix-huit ans)
(6 h 43)

Claire : J'ouvre les yeux, je n'ai aucune idée d'où je suis. Une odeur de cigarette. Une ombre de stores vénitiens projetée sur le mur jaune fissuré. Je me tourne et découvre à côté de moi, endormi dans son lit, Gomez. Soudain, je me souviens et la panique m'envahit.

Henry. Henry va me tuer, Charisse me détester. Je me redresse. La chambre de Gomez est un champ de bataille jonché de cendriers qui débordent, de vêtements, de manuels de droit, de journaux et d'assiettes sales. Mes habits gisent en un petit tas accusateur sur le sol près de moi.

Gomez dort comme un bienheureux. Serein, il n'évoque en rien le type qui vient juste de tromper sa copine avec la meilleure amie de celle-ci. Ses cheveux blonds ébouriffés ont perdu l'aspect parfaitement maîtrisé qu'ils ont d'habitude. Il ressemble à un enfant tombé d'épuisement à force de jouer.

Ma tête cogne. J'ai la sensation que mes entrailles ont été bourrées de coups. Je me hisse sur mes jambes en chancelant, longe le couloir menant à la salle de bains froide et humide, colonisée par la moisissure et remplie de tout un attirail de produits de rasage et de serviettes mouillées. Une fois le seuil franchi, je ne suis plus sûre de la raison de ma présence ; j'urine, je me lave le visage avec un bout de savon dur et me contemple dans le miroir pour vérifier si j'ai l'air différent, pour vérifier si Henry devinera, rien qu'en posant les yeux sur moi... J'ai l'air vaguement nauséeux, mais hormis cela mon apparence ne diffère en rien de celle qui est normalement la mienne à 7 heures du matin.

La maison est silencieuse. Une horloge tictaque quelque part à proximité. Gomez partage l'endroit avec deux autres colocataires, des amis inscrits comme lui à la faculté de droit de Northwestern. Je n'ai aucune envie de croiser qui que ce soit. Je regagne la chambre de Gomez et m'assieds sur son lit.

— Bonjour.

Gomez me sourit, allonge la main vers moi. Je me recule et éclate en sanglots.

— Holà ! Chaton ! Claire, bébé, hé, hé...

Il se relève en deux temps, trois mouvements, et je me retrouve à pleurer dans ses bras. Je me remémore toutes les fois où j'ai pleuré sur l'épaule d'Henry. « *Où es-tu* ? » je rumine, en plein désarroi. « *J'ai besoin de toi, ici et maintenant.* » Gomez prononce mon nom inlassablement. Qu'est-ce que je fabrique ici, sans rien sur le dos, à sangloter, étreinte par un Gomez tout aussi nu ? Il déplie le bras, me tend une boîte de Kleenex, je me mouche et m'essuie les yeux avant de lui lancer un regard d'infini désespoir qui suscite en retour un regard de confusion.

— Ça va mieux maintenant ?

Non. Comment cela pourrait-il aller mieux ?

— Oui.

— Qu'est-ce qui cloche ?

Je hausse les épaules. Gomez enclenche le mode « contre-interrogatoire d'un témoin fragile ».

— Claire, tu avais déjà eu des relations sexuelles auparavant ?

J'opine.

— C'est à cause de Charisse ? Tu as des remords à cause d'elle ?

J'opine.

— J'ai fait quelque chose qu'il ne fallait pas ?

Je secoue la tête de droite à gauche.

— Claire, qui est Henry ?

Je reste bouche bée de stupéfaction.

— Comment tu es au courant ?...

Quelle imbécile ! Merde. Espèce d'enfoiré.

Il se penche sur le côté pour attraper ses cigarettes sur la table de chevet et en allume une. Il agite l'allumette pour l'éteindre et aspire une grande bouffée. Avec une cigarette à la main, Gomez donne l'impression d'être moins... nu, d'une certaine façon. Il m'en propose une en silence, que j'accepte alors même que je ne fume pas. C'est juste que ça paraît approprié à cet instant et que ça me fournit un répit pour réfléchir à ce que je vais lui raconter. Il l'allume pour moi, se met debout, farfouille dans sa penderie, déniche un peignoir bleu à la propreté douteuse et me le tend. Je l'enfile : il est immense. Je m'installe sur le lit, tout en tirant sur ma cigarette et en observant Gomez qui passe un jean. Même du plus profond de mon abîme, je ne peux m'empêcher de noter combien il est superbe, grand, large d'épaules et... solide – une beauté aux antipodes de la souplesse féline d'Henry. Aussitôt, je m'en veux de les avoir comparés. Gomez place un cendrier près de moi, prend place sur le lit et me dévisage.

— Dans ton sommeil, tu t'es adressée à un homme prénommé Henry.

Quelle poisse ! Quelle poisse !

— Qu'est-ce que j'ai dit ?

— Pour l'essentiel, « Henry » encore et encore comme lorsqu'on réclame sa venue à quelqu'un. Et tu as ajouté : « Je regrette. » Et à un moment : « Après tout, tu n'étais pas là » et tu semblais très remontée. Qui est Henry ?

— Mon amant.

— Claire, tu n'as pas d'amant. Avec Charisse nous te

voyons presque chaque jour depuis six mois, tu ne fréquentes jamais personne et personne ne te téléphone jamais.

— Henry est mon amant. Il s'est absenté quelque temps, mais il sera de retour à l'automne 1991.

— Où est-il ?

Quelque part dans la nature.

— Je l'ignore.

Gomez est persuadé que j'affabule. Sans que je m'explique pourquoi, je suis fermement décidée à le convaincre que je n'invente rien. Je saisis mon sac, j'ouvre mon portefeuille et lui montre la photo d'Henry. Il l'étudie avec attention.

— J'ai déjà aperçu ce type. Enfin, pas exactement : quelqu'un qui était son portrait tout craché. Ce gars-là est trop vieux pour que ce soit la même personne. Toujours est-il qu'il s'appelait aussi Henry.

Mon cœur tambourine dans ma poitrine. Je m'applique à adopter un ton désinvolte pour le questionner :

— Tu l'as vu où ?

— Dans des boîtes de nuit. Le plus souvent à l'Exit et au Smart Bar. Mais je ne peux pas croire une seule minute qu'il s'agisse de ton type : il est complètement déjanté. Il sème la zizanie partout où il va. Il est alcoolique et il n'est pas... comment formuler ça, il n'est vraiment pas tendre avec les femmes. Du moins, d'après les rumeurs qui circulent.

— Il est violent ?

Je n'arrive pas à concevoir qu'Henry puisse frapper une femme.

— Non. Peut-être. Je ne sais pas.

— Quel est son nom de famille ?

— Aucune idée. Écoute, chaton, ce type ne ferait qu'une bouchée de toi... Ce n'est pas du tout l'homme qu'il te faut.

Je souris. Il est tout à fait l'homme qu'il me faut, mais j'ai conscience que cela ne rimerait à rien d'organiser une battue sur ses terres pour le débusquer.

— Quel genre d'homme me conviendrait, selon toi ?

— Moi. Sauf que tu n'as pas l'air de le réaliser.

— Tu as Charisse. À quoi bon t'enticher de moi ?

— Tu me plais, c'est tout. Il n'y a rien de rationnel là-dedans.

— Tu es mormon ou quoi ?

— Claire, je... Voilà, Claire... articule Gomez, sérieux comme un pape.

— Tais-toi.

— Sérieusement, je...

— Non, je ne veux surtout pas entendre la suite.

Je me lève, j'écrase mon mégot et j'entreprends de me rhabiller. Complètement immobile, Gomez garde les yeux rivés sur moi. Je me sens souillée, sale, submergée par le dégoût tandis que je revêts devant lui la robe de soirée que je portais hier soir, mais je m'efforce de ne rien en laisser paraître. Je ne peux fermer seule la longue fermeture dans le dos, aussi s'en charge-t-il avec gravité.

— Claire, ne sois pas en colère contre moi.

— Ce n'est pas contre toi que je suis en colère, mais contre moi.

— Ce type doit vraiment valoir le détour s'il peut abandonner une fille telle que toi et s'attendre à ce qu'elle soit encore dans les parages deux ans plus tard.

Je le gratifie d'un sourire.

— Il est exceptionnel.

Je me rends compte que je l'ai blessé.

— Gomez, je suis désolée. Si j'étais libre et que tu l'étais aussi...

Il secoue la tête, et avant même que j'aie le loisir de réagir, m'embrasse. Je lui rends son baiser et, durant l'éclair d'une seconde, je m'interroge...

— Je dois y aller maintenant, Gomez.

Il acquiesce.

Je m'éclipse.

Vendredi 27 avril 1990 (Henry a vingt-six ans)

Henry : Je suis avec Ingrid au Riviera Theater, où nous nous trémoussons jusqu'au dernier neurone sur les notes suaves d'Iggy Pop. On n'est jamais aussi heureux, Ingrid et moi, qu'en dansant ou en baisant – ou en pratiquant toute activité physique qui n'exige aucun dialogue. Là, nous sommes au paradis. Nous nous trouvons à quelques mètres de la scène et Mister Pop galvanise les premiers rangs en une grosse boule de démence. Un jour, j'ai dit à Ingrid qu'elle dansait comme une Allemande, et elle l'a mal pris, mais c'est la vérité : elle danse avec gravité, comme si des vies étaient en jeu, comme si la précision des gestes pouvait sauver des âmes en Inde. C'est chouette. L'Iguane vocalise : « *Calling Sister Midnight : well, I'm an idiot for you...* »[1], et c'est dans de tels moments que je saisis le sens de ma relation avec Ingrid. On brûle la piste sur *Lust for Life*, *China Girl*, *Funtime*. On a pris assez d'acide, elle et moi, pour lancer une mission sur Pluton, et j'éprouve le sentiment aigu, ainsi que la conviction profonde, que je pourrais continuer ainsi, ici, jusqu'à la fin de mes jours, et ce serait le bonheur. Ingrid est en nage. Son tee-shirt blanc lui colle au corps d'une manière intéressante et fort esthétique ; j'ai envie de le lui ôter mais je m'abstiens, car elle n'a pas de soutif et que je n'aurais pas fini d'en entendre parler. On danse, Iggy Pop chante, et fatalement, inévitablement, après trois rappels le concert est terminé. J'ai une de ces patates. Alors que nous nous dirigeons

1. *J'appelle la Sœur Minuit ; mais à tes yeux je suis un crétin... (N.d.T.)*

vers la sortie au milieu de nos congénères ébaubis, je m'interroge sur la suite du programme. Ingrid bifurque vers la file d'attente des toilettes, et je m'en vais l'attendre sur Broadway. Là, je regarde un yuppie en BMW s'engueuler avec un jeune voiturier au sujet d'une place interdite, quand un grand blond baraqué vient à ma rencontre.

— Henry ? demande-t-il.

À l'entendre, je m'attends à une assignation en justice ou quelque chose dans ce goût.

— Ouais ?

— T'as le bonjour de Claire.

C'est qui, ça, encore ?

— Désolé, vous faites erreur.

Arrive Ingrid, avec son éternelle allure de James Bond girl. Elle considère le type, qui se défend question virilité. Je lui passe le bras autour de la taille.

Le type sourit.

— Désolé. Vous devez avoir un double dans le secteur.

Mon cœur se serre ; il y a un truc qui m'échappe, des bribes de mon futur qui s'immiscent dans le présent, mais ce n'est pas le moment de mener l'enquête. Le type paraît content de lui. Il prend congé et s'éloigne.

— C'est quoi, cette histoire ? s'étonne Ingrid.

— Il a dû me confondre avec quelqu'un.

Je hausse les épaules. Ingrid semble inquiète. Mais tout ce qui me concerne a l'art de l'affoler, alors je n'y prête pas attention.

— Dis-moi, Ingrid, tu veux faire quoi maintenant ?

J'ai comme une furieuse envie de cabrioles.

— On va chez moi ?

— Excellent.

On s'arrête chez Margie's Candies pour acheter des glaces, puis on prend la route en entonnant « *Donne-moi une glace, monsieur le marchand, donne-moi deux glaces mon-*

sieur le marchand... » et en pouffant comme des gamins dégénérés. Plus tard, au pieu avec Ingrid, je me demande qui est cette Claire, mais je doute qu'il y ait une réponse à cette question, alors j'oublie.

Vendredi 18 février 2005
(Henry a quarante et un ans, Claire trente-trois)

HENRY : J'emmène Charisse à l'opéra, voir *Tristan et Isolde*. Sa présence à mes côtés tient à la profonde aversion de Claire pour Wagner. Non que je sois moi-même un grand wagnérien, mais nous sommes abonnés, et ça fera toujours un bon spectacle. Nous discutions de tout cela un soir chez Charisse et Gomez, quand elle déclara d'un air dépité qu'elle n'était jamais allée à l'opéra. En conséquence de quoi Charisse et moi sortons d'un taxi en face du Lyric Opera House, pendant qu'à la maison Claire s'occupe d'Alba et joue au Scrabble avec Alicia, qui passe la semaine chez nous.

Je ne suis pas dans les meilleures dispositions. Quand je suis allé prendre Charisse, Gomez m'a lancé, avec un clin d'œil et une fausse voix de papa poule :

— Ramène-la tôt, fiston !

Je ne sais plus à quand remonte mon dernier tête-à-tête avec Charisse. Je l'apprécie beaucoup, je l'adore, mais je n'ai pas grand-chose à lui dire.

Je la guide à travers la foule. Elle avance lentement, admirant le somptueux hall, les marbres et les balcons panoramiques emplis de gens riches à la mise élégante et sobre, ou d'étudiants arborant fausses fourrures et nez percés. Charisse sourit aux vendeurs de livrets, deux types en smoking plantés dans l'entrée qui chantent à deux voix : « Livret ! Livret ! Procurez-vous le livret ! » Je ne reconnais aucun visage. Les wagnériens sont les Bérets verts des amateurs d'opéra : ils sont d'une autre trempe et se connaissent tous. Les bises vont bon train tandis que Charisse et moi gagnons la mezzanine.

Nous bénéficions d'une loge privée – un petit plaisir que nous nous sommes accordé. J'ouvre le rideau et Charisse s'avance en faisant « Oh ! ».

Je la libère de son manteau, le pose sur un fauteuil, me défais du mien. Charisse croise les jambes et joint ses petites mains sur ses genoux. Sa chevelure noire luit dans l'éclairage tamisé ; son rouge à lèvres foncé et ses yeux de poupée lui donnent un air exquis de gosse espiègle qui se serait pomponnée après avoir obtenu la permission de veiller avec les grands. Elle s'imprègne de la beauté du Lyric, l'écran aux motifs vert et or qui cache la scène, les cascades de moulures qui festonnent la moindre voûte ou coupole, le murmure fébrile de la foule. Les lumières s'éteignent, Charisse me décoche un sourire. L'écran se lève et nous sommes sur un bateau. Isolde chante. Je me carre dans mon siège et me laisse porter par sa voix.

Quatre heures, un philtre d'amour et une *standing-ovation* plus tard, je me tourne vers Charisse.

— Ça t'a plu ?

Elle sourit.

— C'est un peu niais, non ? Mais le chant efface ce côté niais.

Je lui tiens son manteau ; elle cherche la manche, la trouve et s'ajuste en roulant des épaules.

— Niais ? Possible. Mais je veux bien croire que Jane Egland est une superbe jeune femme, et non une vache de cent cinquante kilos, car elle a vraiment la voix d'Euterpe.

— Euterpe ?

— La muse de la Musique.

Nous nous mêlons au flot de spectateurs enthousiastes et comblés, et retrouvons le froid du dehors. J'ouvre la marche sur Wacker Drive et je parviens au bout de quelques minutes à stopper un taxi. Je m'apprête à indiquer l'adresse de Charisse quand elle me lance :

— Et si on allait prendre un café, Henry ? Je n'ai pas envie de rentrer tout de suite.

Sur mes instructions, le chauffeur nous conduit au Don's Coffee Club, sur Jarvis, tout au nord de la ville. Charisse disserte sur le chant, qu'elle a trouvé sublime ; sur les décors, qu'elle juge comme moi peu inspirés ; sur le dilemme moral que pose Wagner, sachant que c'était un salaud antisémite dont Hitler était le plus grand fan.

On arrive chez Don en plein rush. Le patron plastronne en chemise hawaïenne orange. Je le salue d'un geste. On dégotte une petite table dans le fond. Charisse commande une tarte aux cerises *à la mode**, moi mon traditionnel sandwich confiture-beurre de cacahuètes. Et café pour tous les deux. La sono diffuse du Perry Como et une nappe de fumée stagne au-dessus des assiettes et des peintures proposées à la vente. Charisse cale sa joue contre sa main et soupire.

— C'est tellement agréable. Parfois, j'ai presque l'impression d'oublier à quoi ressemble la vie d'adulte.

— Vous ne sortez pas beaucoup, tous les deux ?

Elle étale sa glace avec sa fourchette, puis se marre.

— C'est Joe qui fait comme ça. Il dit que c'est meilleur quand c'est écrasé. T'as vu un peu : je leur pique leurs mauvaises manières au lieu de leur enseigner les bonnes. (Elle entame sa tarte.) Pour répondre à ta question, il nous arrive de sortir, mais c'est presque toujours des trucs politiques. Gomez songe à devenir conseiller municipal.

J'avale mon café de travers. Quand j'ai fini de tousser, je demande :

— Tu plaisantes ! Ce n'est pas ce qu'on appelle passer du côté obscur ? Gomez n'arrête pas de cracher sur les services de la ville !

Charisse prend un air ironique :

— Il est décidé à changer le système de l'intérieur. Il a vu trop de cas de maltraitance infantile. Il a dû se convaincre qu'il pourrait améliorer les choses s'il détenait un peu de pouvoir.

— Il a peut-être raison.

Charisse secoue la tête.

— Je préférais quand on était de jeunes anarcho-révolutionnaires. Je préfère foutre des bombes que lécher des culs.

Je souris.

— Je ne savais pas que tu étais plus radicale que Gomez.

— Ben, tiens. C'est surtout que je n'ai pas sa patience. J'aime quand ça bouge.

— Gomez, patient ?

— Bien sûr. Regarde son histoire avec Claire...

Elle s'interrompt pour observer ma réaction.

— Quelle histoire ?

Je comprends, à l'instant où je pose ma question, pourquoi nous sommes venus ici : Charisse souhaitait aborder ce sujet. Je me demande ce qu'elle sait de plus que moi. Je me demande si j'ai envie de savoir ce qu'elle sait. Je crois que je préfère ne rien entendre.

Charisse détourne les yeux, me fixe à nouveau, puis contemple son café, couvant la tasse de ses deux mains.

— Eh bien, je pensais que t'étais au courant, mais au cas où... Gomez est amoureux de Claire.

— Eh oui.

Je ne l'aide pas beaucoup. Elle promène son doigt sur les veines de la table.

— Donc... Claire l'a envoyé promener, mais il croit qu'en patientant le temps qu'il faut, il arrivera quelque chose, et elle lui tombera dans les bras.

— Il arrivera quelque chose ?

— À toi.

Elle capture mon regard. Soudain je me sens mal.

— Excuse-moi, Charisse.

Je me lève et me fraye un chemin jusqu'aux toilettes tapissées de Marilyn Monroe. Je m'asperge le visage d'eau froide, m'appuie contre le mur en fermant les yeux. Quand il semble acquis que je ne vais pas quitter le présent, je regagne la salle et me rassieds.

— Désolé, Charisse. Tu disais ?

Elle paraît effrayée, minuscule.

— Dis-le-moi, Henry, murmure-t-elle.

— Te dire quoi, Charisse ?

— Dis-moi que tu ne vas nulle part. Dis-moi que Claire n'a pas de vues sur Gomez. Dis-moi que tout va marcher. Ou dis-moi que ça va merder, j'en sais rien, mais dis-moi ce qui va se passer !

Sa voix chevrote. Elle me touche le bras, et je m'interdis de le dégager.

— Tu n'as pas à t'inquiéter, Charisse. Ça va aller.

Elle me dévisage, incrédule mais brûlant d'envie de me croire. Je me renverse sur mon dossier.

— Il ne te quittera pas.

Elle soupire.

— Et pour toi ?

Je reste muet. Charisse patiente, puis baisse la tête.

— Allons-y, lâche-t-elle enfin, et nous rentrons.

Dimanche 12 juin 2005
(Claire a trente-quatre ans, Henry quarante et un)

Claire : C'est un dimanche après-midi ensoleillé, je pénètre dans la cuisine pour trouver Henry debout derrière la fenêtre, absorbé dans la contemplation du jardin. Il me fait signe d'approcher. Je me plante à côté de lui et jette un œil dehors. Alba est en train de jouer avec une petite fille plus âgée qu'elle, laquelle doit avoir dans les sept ans. Dotée de longs cheveux noirs, elle est pieds nus et porte un tee-shirt crasseux frappé du logo des Chicago Cubs. Toutes deux sont assises par terre, face à face. L'amie d'Alba est de dos. Alba, radieuse, bat l'air de ses mains comme si elle volait. La petite fille remue la tête et pouffe.

Je considère Henry.

— Qui est-ce ?

— C'est Alba.

— Bien sûr, mais avec elle ?

Henry amorce un sourire, mais fronce les sourcils, ce qui lui confère un air inquiet.

— Claire, c'est Alba dans quelques années. Elle voyage dans le temps.

— Mon Dieu !

Je contemple la fillette. D'une pirouette elle désigne la maison et me laisse entrevoir un profil fugitif avant de pivoter de nouveau sur elle-même.

— Est-ce qu'on ne devrait pas sortir ?

— Non, tout va bien. Si elles ont envie de venir, elles viendront.

— J'adorerais la rencontrer...

— Mieux vaut ne pas... commence Henry, mais au moment même où il prononce ces mots les deux Alba se lèvent d'un bond et se dirigent en courant vers la porte de derrière, main dans la main. Elles déboulent dans la cuisine en riant.

— Maman, maman, dit mon Alba du haut de ses trois ans, en pointant le doigt : regarde ! une grande Alba !

L'autre Alba, hilare, s'exclame : « Coucou, maman » et je lui réponds tout sourire : « Bonjour, Alba », lorsque soudain celle-ci se tourne, avise Henry et s'écrie : « Papa ! » puis se précipite vers lui, lui saute au cou et fond en larmes. Henry coule un regard vers moi, s'incline vers Alba qu'il berce en lui murmurant quelque chose à l'oreille.

HENRY : Claire est blême ; elle nous observe en tenant la main d'Alba, d'Alba qui regarde bouche bée sa version plus âgée se cramponner à moi en pleurant. Je me penche sur elle, lui chuchote à l'oreille : « Ne dis pas à maman que je suis mort, d'accord ? » Elle me fixe par en dessous, ses longs cils mouillés de larmes, la lèvre frémissante, et elle fait oui de la tête. Claire tient un Kleenex ; elle dit à Alba de se moucher tout en la câlinant. Alba se laisse emmener à la salle de bains pour se nettoyer le visage. La petite Alba, celle du présent, s'accroche à ma jambe.

— Pourquoi, papa ? Pourquoi elle est triste ?

Par chance je n'ai pas à répondre, car Claire et Alba nous rejoignent. Alba porte un tee-shirt de Claire et un de mes jeans coupés. Claire lance :

— Eh ! la compagnie, que diriez-vous d'une bonne glace ?

Les deux Alba sourient. La petite Alba se met à danser en chantant : « *Glace à la pistache, glace à la fraise, glace au chocolat...* » On grimpe en voiture, Claire au volant, l'Alba de trois ans à côté d'elle et celle de sept ans à l'arrière avec moi, couchée contre mon flanc. Personne ne dit un mot hormis la petite Alba :

— Regarde, Alba, un toutou ! Regarde Alba, regarde Alba...

Jusqu'à ce que sa version plus vieille réponde :

— Oui, Alba, j'ai vu.

Claire nous conduit au Zephyr. Nous prenons place dans un box en vinyle bleu et commandons deux Banana Split, un chocolat chaud et un sundae vanille avec noisettes. Les filles vident leur coupe tels deux aspirateurs ; Claire et moi jouons avec nos glaces, sans nous regarder.

Claire demande :

— Alors, Alba, quoi de neuf dans ton présent ?

L'intéressée guette mon regard.

— Pas grand-chose, répond-elle. Pépé m'apprend le deuxième concerto pour violon de Saint-Saëns.

— Et tu joues dans une pièce à l'école, je lui glisse.

— Ah bon ? Pas encore, je crois.

— Ah ! désolé. Ce doit être l'année prochaine.

Et ainsi de suite... C'est une conversation hachée, qui tourne autour de ce que nous savons et de ce qu'il faut cacher à Claire et à la petite Alba. Au bout d'un moment la grande Alba repose son front sur ses bras croisés.

— Fatiguée ? demande Claire.

Alba hoche la tête. Je dis :

— On ferait mieux de rentrer.

On paie, et je prends Alba dans mes bras ; elle est KO, presque endormie. Claire soulève le petite Alba, surexcitée par l'excès de sucre. De retour dans la voiture, tandis que nous enfilons Lincoln Avenue, Alba disparaît. J'avertis Claire :

— Elle est repartie.

Elle soutient mon regard dans le rétroviseur.

— Repartie, où, papa ? Repartie où ?

Plus tard

CLAIRE : J'ai finalement réussi à coucher Alba pour sa sieste. Henry est assis sur notre lit, à boire du scotch en scrutant par la fenêtre des écureuils qui se pourchassent autour de la tonnelle de vigne. Je le rejoins, m'installe à ses côtés.

— Hé !

Henry me lance un regard, m'entoure de son bras et m'attire à lui.

— Hé ! réplique-t-il.

— Tu comptes m'éclairer sur la scène de tout à l'heure ?

Il pose son verre et s'emploie à déboutonner mon chemisier.

— Est-ce que j'ai une chance d'y couper ?

— Non.

Je défais sa ceinture et m'attaque au bouton de son jean.

— Tu es sûre ? insiste-t-il en m'embrassant dans le cou.

— Certaine.

Je descends sa braguette, glisse la main sous son tee-shirt, le long de son estomac.

— Crois-moi, il est préférable que tu ne saches pas.

Je sens le souffle d'Henry sur mon oreille et sa langue qui en trace le pourtour. Je frissonne. Il me dépouille de ma chemise, dégrafe mon soutien-gorge, libère mes seins. Je me renverse en arrière, il ôte son jean, ses sous-vêtements et son tee-shirt. Il grimpe sur le lit et je claironne :

— Chaussettes.

— Ah, oui.

Il les enlève. Nous nous mesurons des yeux.

— Tu essaies juste de détourner mon attention, objecté-je.

— J'essaie avant tout de me changer les idées, précise-t-il en effleurant mon ventre. Si j'arrive à te changer les idées par la même occasion, c'est autant de gagné.

— Tu me dois une explication.

— Non.

Il enveloppe mes seins de ses mains, promène ses pouces sur les mamelons.

— Je risque d'imaginer le pire.

— Vas-y.

Je soulève les hanches et Henry me retire mon jean et mon slip. Il se positionne sur moi à califourchon, se penche et me couvre de baisers. *Oh! mon Dieu!* je songe, *de quoi peut-il bien s'agir? Quel est le pire?* Je ferme les yeux. *Un flash* : *le Pré, un jour glacé de mon enfance, je cours sur les herbes mortes, j'ai entendu un bruit, il appelait mon nom...*

— Claire? (Henry me mordille doucement la bouche.) Où es-tu?

— En 1984.

Il s'interrompt, puis s'enquiert :

— Pourquoi?

— J'ai l'intuition que c'est là que ça se produit.

— Que quoi se produit?

— Ce que tu redoutes de me dire.

Henry roule sur le côté et nous restons allongés flanc contre flanc.

— Raconte-moi, m'exhorte-t-il.

— C'était un matin, tôt. En automne. Papa et Mark étaient sortis chasser le cerf. Je me suis réveillée en sursaut parce qu'il me semblait que tu m'appelais. J'ai couru jusqu'au Pré, et tu étais posté là-bas, et avec papa et Mark vous fixiez quelque chose, mais papa m'a obligée à rentrer si bien que je n'ai jamais découvert ce que vous regardiez.

— Oh?

— J'y suis retournée plus tard dans la journée. À un endroit, le sol était imprégné de sang.

Henry se tait. Il presse ses lèvres l'une contre l'autre. Je l'étreins, le serre fort.

— Le pire...

— Chut, Claire.

— Mais...

— Plus un mot.

Dehors, l'après-midi est toujours lumineux. À l'intérieur, le froid s'est insinué en nous et nous nous cramponnons l'un à l'autre en quête de chaleur. Alba dort dans son lit, ses songes peuplés de glaces ont la simplicité et la quiétude des rêves d'une enfant de trois ans, cependant qu'une autre Alba, quelque part dans le futur, rêve d'enrouler les bras autour de son père et s'éveille à... quelle réalité ?

L'ÉPISODE DU PARKING SOUTERRAIN DE MONROE STREET

Lundi 7 janvier 2006
(Claire a trente-quatre ans, Henry quarante-deux)

Claire : Nous dormons du sommeil profond qui est le nôtre au petit jour en ce matin d'hiver lorsque la sonnerie du téléphone retentit. Et me propulse brutalement dans un état de veille. Mon cœur fait un bond dans ma poitrine jusqu'à ce que je réalise qu'Henry est couché à mes côtés. Il déplie le bras par-dessus moi pour décrocher. Je consulte l'horloge, il est 4 h 32.

— Allô, articule-t-il.

Il écoute pendant une bonne minute. Je suis complètement éveillée à présent. Son visage ne marque aucune expression. « D'accord. Ne bouge pas. On part sur-le-champ. » Il se penche et repose le récepteur.

— Qui c'était ?

— Moi. C'était moi. Je me suis réfugié dans le parking souterrain de Monroe Street, sans rien sur le dos, et la température atteint les moins vingt-six. Bon sang, j'espère que la voiture va démarrer.

Nous jaillissons du lit et enfilons nos habits de la veille. Henry a sauté dans ses bottes et son pardessus avant même que j'aie eu le temps de me glisser dans mon jean et il se rue vers le garage pour mettre la voiture en route. Je flanque un de ses maillots, ses sous-vêtements longs, un de ses jeans, des chaussettes, une paire de bottes, sa veste de rechange, des moufles et une couverture dans un sac, tire Alba du lit et l'emmitoufle dans sa doudoune et ses bottes, puis passe mon manteau et la porte en quatrième vitesse. Je m'engage dans l'allée avant que le moteur soit chaud si bien qu'il cale. Je redémarre, nous patientons un peu, puis je renouvelle ma tentative. Il est tombé quinze centimètres de neige hier avec comme conséquence qu'Ainslie est verglacée. Alba geint dans son siège-auto, Henry s'efforce de l'apaiser. En atteignant Lawrence, j'accélère et nous rejoignons Lake Shore Drive en dix minutes ; il n'y a personne dans les rues à cette heure-ci. Le chauffage de la Honda ronronne. Au-dessus du lac, le ciel s'éclaire peu à peu. Tout est bleu et orange, d'aspect cassant dans ce froid intense. Tandis que nous descendons Lake Shore Drive à vive allure, je suis assaillie par une forte impression de déjà vu : le froid, le silence irréel du lac, la lueur des réverbères : je suis déjà venue ici, déjà venue ici. Je me trouve tout entière happée par ce moment, lequel s'étire, me distancie de l'étrangeté de la situation et m'éveille à la duplicité de l'instant présent : bien que nous foncions à travers ce paysage urbain hivernal, le temps reste figé. Nous laissons derrière nous Irving, Belmont, Fullerton, La Salle : je sors à Michigan. Nous filons le long du corridor désert bordé de magasins de luxe, Oak Street, Chicago, Randolph, Monroe pour plonger enfin dans le monde bétonné du parking souterrain. Je saisis le ticket que m'offre une voix métallique féminine désincarnée.

— Dirige-toi vers l'extrémité nord-ouest, m'intime Henry. La cabine téléphonique près du poste de sécurité.

Je suis ses instructions. L'impression de déjà vu a disparu. J'ai la sensation d'avoir été abandonnée par un ange gardien. Le garage est presque vide. J'avale à toute vitesse des kilomètres de lignes jaunes pour accéder à la cabine : le combiné se balance au bout de son fil. Aucune trace d'Henry.

— Peut-être que tu es retourné dans ton présent ?

— Ou peut-être pas...

Henry est tout aussi dérouté que moi. Nous nous extrayons de la voiture. Il gèle là-dehors. Mon souffle se solidifie puis s'évapore. Bien que j'aie le sentiment que nous ne devrions pas nous en aller, je n'ai aucune idée de ce qui a pu se produire. Je m'avance jusqu'au poste de surveillance, en inspecte l'intérieur par la vitre. Pas de vigile. Les moniteurs de contrôle ne montrent qu'une étendue nue de bitume.

— Merde. Où est-ce que j'irais dans une situation pareille ? Sillonnons le parking.

Nous remontons dans la voiture et parcourons lentement les vastes alcôves encadrées de piliers abritant des places vacantes, dépassons des panneaux indiquant Roulez au pas, Stationnements supplémentaires, Mémorisez l'emplacement de votre véhicule. Pas d'Henry nulle part. Nous échangeons un regard de défaite.

— De quand venais-tu ?

— Je ne l'ai pas précisé.

Nous reprenons le chemin de la maison sans parler. Alba s'est endormie. Henry ne détache pas les yeux de la fenêtre. Le ciel, dégagé, se teinte de rose à l'est ; davantage de voitures circulent désormais, se livrant à leur habituel chassé-croisé matinal. Alors que nous attendons le changement de feu à hauteur d'Ohio Street me parvient le criaillement des mouettes. Les rues sont noircies par le sel et les flaques d'eau. La ville ouatée, blanche, s'efface sous la neige. C'est magnifique. Je me sens déconnectée de la réalité, dans un film. Nous nous en tirons apparemment indemnes, mais tôt ou tard le prix à payer sera terrible.

ANNIVERSAIRE

Jeudi 15 juin 2006 (Claire a trente-cinq ans)

CLAIRE : Nous fêtons l'anniversaire d'Henry demain. Je déambule dans Vintage Vinyl à la recherche d'un album qui soit à son goût et qu'il ne possède pas déjà. Je comptais plus ou moins sur l'aide de Vaughn, le propriétaire du magasin, parce qu'Henry s'approvisionne chez lui depuis des années. Cependant, c'est un lycéen qui a investi le comptoir. Il arbore un tee-shirt Seven Dead Arson et ne devait probablement même pas être né à l'époque où l'on enregistrait la plupart des disques qu'il vend. Je fouille les bacs. Sex Pistols, Patti Smith, Supertramp, Matthew Sweet. Phish, Pixies, Pogues, Pretenders. B-52's, Kate Bush, Buzzcocks. Echo and the Bunnymen. Les Art of Noise. Les Nails. Les Clash, les Cramps, les Cure. Television. Je marque un arrêt devant un obscur album de reprises du Velvet Underground, cherchant à me souvenir si je ne l'ai pas aperçu traînant à la maison, mais un examen approfondi me révèle qu'il ne s'agit que d'un mélange hétéroclite de morceaux qu'Henry peut écouter sur d'autres disques. Dazzling Killmen, Dead Kennedys. Vaughn surgit les bras encombrés d'un énorme carton dont il se déleste derrière le comptoir avant de ressortir. Il répète la manœuvre deux ou trois fois encore, puis avec le gamin, il s'emploie à déballer leur contenu ; empilant les 33 tours devant eux, tous deux poussent des exclamations lorsqu'ils exhument certains groupes dont je n'ai jamais entendu parler. Je me dirige vers Vaughn, brandis sans un mot trois 33 tours sous son nez.

— Salut, Claire, lance-t-il, en souriant de toutes ses dents. Ça roule ?

— Salut, Vaughn. C'est l'anniversaire d'Henry demain. Au secours !

Il avise ma sélection.

— Il a déjà ces deux-là, m'informe-t-il d'un hochement de tête en direction de Lilliput et des Breeders, quant à l'autre, c'est vraiment nul, dit-il en indiquant les Plasmatics. Mais la jaquette est géniale, hein ?

— Ouais. Tu as quoi que ce soit dans ce carton susceptible de l'intéresser ?

— Non, que des reliques des années cinquante. Ça appartenait à une vieille dame qui est morte. Par contre, ce truc-là risque de te plaire, je l'ai reçu hier.

Il prélève une compilation des Golden Palominos dans la section Nouveaux Arrivages. Elle comporte quelques inédits, aussi je la garde. Soudain, Vaughn m'adresse un large sourire.

— J'ai quelque chose de très particulier à te proposer... Je l'avais mis de côté pour Henry. (Il se faufile derrière le comptoir et en sonde les profondeurs durant une minute.) Tiens.

Il me tend un 33-tours dans une pochette blanche vierge de toute inscription. Je fais glisser le disque et déchiffre l'étiquette : « *Annette Lyn Robinson*, *Opéra de Paris*, *13 mai 1968*, *Lulu*. »

Je considère Vaughn d'un air interrogateur.

— Ouais, pas trop son trip *a priori*, hein ? C'est l'enregistrement pirate d'un de ses concerts : officiellement il n'existe pas. Henry m'a demandé de guetter tout ce qui la concernait il y a assez longtemps de cela, mais comme ce n'est pas trop mon trip non plus, j'ai oublié de lui signaler que j'étais tombé là-dessus. Je l'ai quand même écouté, c'est un petit bijou. Le son est de bonne qualité.

— Merci, murmuré-je.

— De rien. Hé ! pourquoi cet intérêt ?

— C'est la mère d'Henry.

Vaughn hausse les sourcils et son front se ratatine de manière comique.

— Sans blague ? Mouais... Il lui ressemble. Hum, plutôt étrange. Ça se raconte, d'habitude, des trucs pareils.

— Il aborde rarement le sujet. Elle est morte lorsqu'il était enfant. Dans un accident de voiture.

— Oh ! Exact. Ça me revient vaguement. Enfin, tu as besoin que je te déniche autre chose ?

— Non, j'ai tout ce qu'il me faut.

Je le paie et m'éclipse, pressant la voix enregistrée de la mère d'Henry sur mon cœur tandis que je descends Davis Street dans l'extase de l'anticipation.

Vendredi 16 juin 2006
(Henry a quarante-trois ans, Claire trente-cinq)

Henry : C'est mon quarante-troisième anniversaire. J'ouvre les yeux à 6 h 46, bien que ce soit mon jour de repos, sans parvenir à me rendormir. Claire dort du sommeil du juste, les bras grands ouverts, la chevelure répandue sur l'oreiller. Elle est belle, même avec les joues marquées par les plis de la taie. Je quitte le lit sans bruit, me rends dans la cuisine et mets le café en route. Dans la salle de bains je laisse couler l'eau le temps qu'elle se réchauffe. Il faudrait appeler le plombier, mais on n'y pense jamais. De retour à la cuisine je me verse une tasse de café, la rapporte à la salle de bains et la pose sur le bord du lavabo. Je me badigeonne de mousse et commence à me raser. D'ordinaire je suis un as pour le faire à l'aveuglette, mais aujourd'hui, eu égard à mon anniversaire, je m'applique.

Si mes sourcils sont intacts, mes cheveux sont pratiquement blancs : il me reste juste un peu de noir sur les tempes. Je les ai laissés pousser dernièrement, moins qu'avant ma rencontre avec Claire, mais plus longs que courts. Le vent a racorni ma peau, mes rides se sont creusées au coin des yeux, sur le front, entre les narines et la commissure des lèvres. Mon visage est trop maigre. Tout mon corps est maigre. Je ne suis pas famélique, mais ce n'est pas une maigreur saine. Une maigreur de jeune cancéreux, peut-être. Ou d'héroïnomane. Je refuse de m'y attarder, alors je poursuis mon rasage. Je me rince le visage, me frictionne avec de l'after-shave, recule d'un pas et considère le résultat.

Hier, à la bibliothèque, quelqu'un s'est souvenu que c'était mon anniversaire, en vertu de quoi Roberto, Isabelle, Matt, Catherine et Amelia m'ont emmené déjeuner au Beau Thaï. Je sais que ma santé prête à toutes les spéculations : pourquoi ai-je perdu tout ce poids, et pris dix ans d'un coup ? Ils se sont montrés adorables, comme on peut l'être avec les sidéens ou les chimios. J'en viens presque à espérer qu'on me pose la question : un beau mensonge et on n'en parlerait plus. Mais au lieu de ça nous avons bavardé et plaisanté autour de nos Pad Thaï, Prik Royal, Poulet Cajou et Pad Seeuw. Amelia m'a offert un excellent café colombien, en sachet d'une livre. Catherine, Matt, Roberto et Isabelle ont cassé leur tirelire pour m'acheter le fac-similé du *Mira Calligraphiae Monumenta*, que je lorgnais dans la réserve de Newberry depuis des années. Tout ému, j'ai relevé les yeux et compris : mes collègues me croyaient à l'article de la mort.

— Ben vous, alors...

Ne sachant comment poursuivre, je me suis tu. Ce n'est pas souvent que les mots me manquent.

Claire se lève, Alba se réveille. Nous nous habillons et montons en voiture. Direction le zoo de Brookfield, avec Gomez, Charisse et leur marmaille. Nous passons la journée à nous balader devant les singes et les flamants roses, les ours polaires et les loutres. Alba aime particulièrement les grands félins. Rosa lui tient la main et lui parle des dinosaures. Gomez imite le chimpanzé à merveille, et Max et Joe sont déchaînés, qui se prennent pour des éléphants ou jouent sur leurs consoles de poche. Charisse, Claire et moi flânons sans but, causant de tout et de rien, profitant du soleil. À 16 heures les gosses sont crevés et ronchons, alors on les enfourne dans les voitures, on se promet de remettre ça et on rentre.

La baby-sitter arrive à 19 heures pétantes. Claire fait promettre à la petite d'être sage, et nous nous sauvons. Nous sommes sur notre trente et un, une exigence de Claire, et comme nous filons plein sud sur Lake Shore Drive, je me rends compte que j'ignore où nous allons.

— Tu verras, dit Claire.

— Ce n'est quand même pas une fête-surprise ? je demande avec appréhension.

— Non, promet-elle.

Nous prenons Roosevelt et nous enfonçons dans Pilsen, un quartier hispanique au sud du centre-ville. Des bandes de gamins jouent dans la rue ; nous les évitons et nous garons enfin à l'angle de la 20e et de Racine. Claire me guide vers une maison de rapport délabrée. Elle sonne au portail. Un grésillement débloque la voie, nous traversons le jardin jonché d'ordures et prenons l'escalier pourri. Claire frappe à une porte et se voit ouvrir par Lourdes, une ancienne camarade des Beaux-Arts. Lourdes sourit, nous invite à entrer, et ce faisant je découvre un appartement transformé en restaurant à table unique. Des odeurs exquises embaument l'atmosphère, la table est couverte de damas blanc, de porcelaine et de chandelles. Un tourne-disque repose sur un gros buffet sculpté. Dans le salon se trouvent des cages peuplées d'oiseaux : perroquets, canaris, minuscules couples d'inséparables. Lourdes m'embrasse sur la joue : « Joyeux anniversaire, Henry », puis en écho retentit une voix familière :

— Ouais, joyeux anniversaire !

En passant la tête dans la cuisine je découvre Nell. Elle remue je ne sais quoi dans une poêle, et ne s'arrête même pas quand je la prends dans mes bras et la fais décoller du sol.

— Ouaouh ! fait-elle. Nourri aux céréales, jeune homme !

Claire embrasse Nell et elles échangent un sourire.

— Il a l'air drôlement surpris, dit Nell, ce qui achève d'élargir le sourire de Claire. Allez, prenez place. Le dîner est prêt.

Nous nous installons l'un en face de l'autre. Lourdes apporte de petites assiettes d'antipasti à la présentation raffinée : fines tranches de prosciutto au melon jaune, moules fumées tièdes, fines lanières de carotte et de betterave au goût de fenouil et d'huile d'olive. Les bougies chauffent la peau de Claire et lui ombrent les yeux. Les perles à son cou soulignent ses clavicules comme la douce zone diaphane au-dessus de sa poitrine, montent et descendent au gré de sa respiration. Voyant que je la dévisage, Claire sourit et détourne les yeux. En baissant les miens je m'aperçois que j'ai fini mes moules mais que je garde ma fourchette dressée comme un idiot. Je la repose, Lourdes débarrasse nos assiettes et apporte le plat suivant.

Nous dégustons le fabuleux saumon braisé de Nell, avec sa sauce à la tomate, aux pommes et au basilic, puis une petite salade de trévise aux piments orange, avec de petites olives noires qui me rappellent un plat que j'ai partagé avec ma mère dans un hôtel d'Athens. Nous buvons du sauvignon blanc et trinquons à moult reprises : « Aux olives ! », « Aux baby-sitters ! », « À Nell ! ». Cette dernière émerge de la cuisine avec un petit gâteau blanc couvert de bougies. Claire, Nell et Lourdes entonnent « Joyeux anniversaire ». Je fais un vœu et souffle les bougies d'un trait.

— Ça signifie que ton vœu sera exaucé, dit Nell.

Sauf que le mien n'entre pas dans cette catégorie-là.

Les oiseaux conversent de leurs drôles de voix pendant que nous partageons le gâteau, puis Lourdes et Nell s'éclipsent dans la cuisine.

— J'ai un cadeau pour toi, annonce Claire. Ferme les yeux.

J'obéis. Je l'entends reculer sa chaise. Elle traverse la pièce. Je reconnais le son d'un saphir touchant le vinyle... un crachotement... des violons... un pur soprano qui transperce la clameur de l'orchestre telle une pluie aiguë... la voix de ma mère, chantant *Lulu*. Je rouvre les yeux. Claire est assise face à moi, tout sourire. Je me lève et la déloge de sa chaise pour la serrer contre moi.

— Incroyable...

Je ne peux plus parler, alors je l'embrasse.

Bien plus tard, après avoir pris congé de Nell et de Lourdes dans de chaudes effusions de gratitude, après avoir repris le chemin de la maison et payé la baby-sitter, après avoir fait l'amour, étourdis de plaisir et d'épuisement, nous sommes couchés, fin prêts pour le marchand de sable, quand Claire demande :

— C'était un bel anniversaire ?

— Parfait. Le meilleur.

— Tu ne rêves jamais de pouvoir arrêter le temps ? Je crois que je pourrais rester ici à jamais.

— Mmm, je réponds en me tournant sur le ventre.

Comme je m'enfonce dans le sommeil, j'entends Claire ajouter :

— J'ai l'impression d'être au sommet d'une montagne russe.

Mais alors je m'endors et j'oublie, le matin venu, de lui demander ce qu'elle entendait par là.

UNE SCÈNE DÉSAGRÉABLE

Mercredi 28 juin 2006
(Henry a quarante-trois ans, et quarante-trois ans)

HENRY : Je prends forme dans le noir, sur un sol de béton froid. Je tente de m'asseoir, mais l'étourdissement me ramène à terre. J'ai mal au crâne. Je me tâte le scalp : une grosse bosse juste derrière l'oreille gauche. À mesure que ma vue s'acclimate, je distingue les contours flous d'un escalier, des panneaux SORTIE, et loin là-haut, un unique tube fluorescent qui diffuse une lumière froide. Tout autour de moi, le treillage d'acier de la Cage. Je suis à Newberry, après la fermeture, dans la Cage.

— Pas de panique, je m'enjoins à voix haute. Tout va bien. Tout va bien. Tout va bien...

J'arrête en constatant que je ne m'écoute pas. Je parviens à me dresser sur mes jambes. Je frissonne. Combien de temps vais-je devoir attendre ? Que diront mes collègues en voyant ça ? Parce que nous y voilà. Le monstre biologique que je suis va enfin se révéler. Et je n'y tenais pas particulièrement, c'est le moins qu'on puisse dire.

J'essaie de faire les cent pas pour me réchauffer, mais cela relance ma migraine. Alors je m'assieds au centre de la Cage et me tasse autant que possible. Les heures passent. Je rejoue la scène dans ma tête, répétant mes répliques, recensant tout ce qui aurait pu aller mieux, ou pire. Puis quand j'en ai ma claque je me passe mentalement des disques. *That's Entertainement* de The Jam, *Pills and Soap* d'Elvis Costello, *Perfect Day* de Lou Reed. J'essaie de reconstituer les paroles d'*I Love a Man in a Uniform*, des Gang of Four, quand la Cage s'illumine. Il s'agit, bien entendu, de Kevin le Nazi, le vigile qui assure l'ouverture. Kevin est bien la dernière personne sur cette planète que j'aie envie de croiser quand je me trouve nu dans une Cage, aussi faut-il que ce soit lui qui me repère immédiatement. Recroquevillé sur le sol, je fais le mort.

— Qui est là ? lance-t-il en forçant la voix.

Je l'imagine planté là, teint rougeaud et gueule de bois, dans la lumière crue de l'escalier. Sa voix résonne, se réverbère sur les parois de béton. Kevin descend les marches et se plante sur la dalle, à deux ou trois mètres de moi.

— Comment vous êtes entré ? demande-t-il.

Il fait le tour de la Cage. Je continue de feindre l'inconscience. Puisqu'il n'y a rien à expliquer, autant avoir la paix.

— Mon Dieu ! mais c'est DeTamble.

J'ai l'impression de le voir dans mon dos, complètement hébété. Il pense enfin à sa radio.

— Euh... Dix-quatre pour Roy. (Bruit de friture.) Euh, ouais, Roy, c'est Kevin, euh, tu pourrais descendre en A46 ? Ouais, tout en bas. (Braillements.) Écoute, ramène-toi, d'accord ? (Il éteint son talkie.) Bon sang, DeTamble, je sais pas à quoi tu joues, mais cette fois t'as gagné.

Je l'entends se déplacer. Ses semelles grincent et il pousse de petits grognements. Il a dû s'asseoir sur les marches. Au bout de quelques minutes une porte s'ouvre et Roy descend. Roy est mon vigile préféré. C'est un Afro-américain bâti comme un colosse, qui ne se départit jamais de son superbe sourire. Le roi du guichet central, et sa bonne humeur est toujours un régal quand on vient bosser le matin.

— Ouh la ! s'exclame Roy. Qu'est-ce qui se passe, ici ?

— C'est DeTamble. Je comprends pas comment il a fait.

— DeTamble... Ben mon vieux. On peut dire que ce garçon adore promener popaul. Je t'ai raconté la fois où je l'ai vu courir dans le hall du troisième en tenue d'Adam ?

— Ouais, tu me l'as racontée.

— Bon, ben j'imagine qu'il faut le sortir de là, maintenant.

— Il bouge pas.

— Il respire, en tout cas. Tu crois qu'il est blessé ? On devrait peut-être appeler une ambulance.

— Faut carrément faire venir les pompiers, pour le désincarcérer avec ces mâchoires d'acier qu'on utilise sur les accidents de la route.

Kevin a l'air tout jouasse. Je n'ai aucune envie de voir les pompiers, ni les secouristes. Je grogne et me redresse.

— Bon-jour, monsieur DeTamble ! chantonne Roy. Vous êtes bien matinal, dites-moi.

— Un chouïa, reconnais-je en ramenant mes genoux sous mon menton.

J'ai mal aux dents à force de les serrer, tellement il fait froid. Je fixe Kevin et Roy, qui me fixent de même.

— Je suppose que vous n'êtes pas du genre à vous laisser acheter ?

Ils échangent un regard.

— Ça dépend de ce que vous avez en tête, commence Roy. Mais on pourra pas garder le secret vu qu'on peut pas vous sortir de là tout seuls.

— Non, non, je n'en demande pas tant. (Ils semblent soulagés.) Écoutez. Je vous file cent dollars chacun si vous me rendez deux services. Le premier, ce serait de m'apporter une tasse de café.

Le visage de Roy retrouve son sourire breveté de Roi du guichet central.

— Allons, monsieur DeTamble. Ça, je vous le fais gratuitement. Cela dit, je ne sais pas comment vous pourrez le boire.

— Prenez une paille. Et évitez la machine de la salle de repos. Allez acheter un vrai café dehors. Lait, sans sucre.

— Bien, chef.

— Et c'est quoi le deuxième service ? demande Kevin.

— J'aimerais que vous alliez aux Collections spéciales pour récupérer des fringues dans mon bureau, le dernier tiroir à droite. Avec un petit bonus si personne ne repère votre manège.

— Aucun problème, répond-il.

Je me demande bien pourquoi j'avais pris ce type en grippe.

— Vaut mieux verrouiller cet escalier, dit Roy à Kevin, lequel acquiesce et s'exécute.

Roy se plante à côté de la Cage et me considère avec pitié.

— Alors, comment vous avez fait votre compte ?

Je hausse les épaules :

— Je ne vous fournirais pas d'explication convaincante.

Roy sourit, secoue la tête.

— Eh bien, réfléchissez-y pendant que je vais vous chercher ce café.

Une vingtaine de minutes s'écoule, j'entends enfin un bruit de clef et Kevin apparaît en haut de l'escalier, suivi de Matt et de Roberto. Le vigile me regarde en haussant les épaules, comme pour dire : « J'aurai essayé. » Il me transmet ma chemise à travers la grille et je l'enfile sous le regard sévère de Roberto qui croise les bras. Le pantalon est plus épais, et passe moins facilement entre les mailles de la Cage. Matt est assis sur les marches, l'air sceptique. La porte s'ouvre à nouveau. C'est Roy, qui m'apporte un café et un rouleau fourré. Il plante une paille dans mon café et le pose par terre à côté du gâteau. Je dois en détacher les yeux pour regarder Roberto, qui demande à Roy et à Kevin :

— Voudriez-vous nous laisser seuls ?

— Certainement, docteur Calle.

Les vigiles remontent au rez-de-chaussée. Me voilà seul, piégé, sans réponse, face à Roberto, que je vénère et que je mène en bateau depuis des lustres. Il ne me reste que la vérité, plus outrancière que tous mes mensonges.

— Très bien, Henry. On va parler, maintenant.

Henry : Un splendide matin de septembre. Je suis un peu en retard au boulot à cause d'Alba (elle refusait de s'habiller) et du métro (il refusait d'arriver), mais ce n'est pas un retard excessif – selon mes critères en tout cas. En émargeant au guichet central je ne vois pas Roy, seulement Marsha.

— Salut Marsha. Où est Roy ?

— Oh ! il fait un truc !

— Ah bon, je réponds avant de prendre l'ascenseur jusqu'au troisième.

Quand j'atteins les Collections privées, Isabelle me lance :

— Tu es en retard.

Je lui réponds :

— À peine.

J'entre dans mon bureau pour trouver Matt posté à la fenêtre, qui contemple le parc.

— Salut, Matt.

Il fait un bond d'un kilomètre.

— Henry ! (Il blêmit.) Comment t'es sorti de la Cage ?

Je pose mon sac à dos sur le bureau et le dévisage.

— La Cage ?

— Tu... Je remonte à peine du sous-sol... Tu étais coincé dans la Cage, et Roberto se trouvait à tes côtés... Tu m'as dit de t'attendre ici, mais tu ne m'a pas dit pourquoi...

— Mon Dieu ! (Je m'assieds sur le bureau.) Oh ! mon

Dieu ! (Matt s'installe dans mon fauteuil.) Écoute, je peux tout expliquer...

— Vraiment ?

— Bien sûr. (Je cogite un instant.) Je... Vois-tu... Ah ! merde !

— C'est un phénomène très étrange, n'est-ce pas, Henry ?

— Ouais. On peut dire ça. Écoute, Matt... Allons au sous-sol pour voir où ça en est, et je t'expliquerai tout en même temps qu'à Roberto, d'accord ?

— D'accord.

En descendant l'aile est, j'aperçois Roy du côté de l'escalier. Il sursaute en me voyant, et alors qu'il s'apprête à me poser la question fatidique retentit la voix de Catherine :

— Salut, les gars. Quoi de neuf ?

Elle nous dépasse en trombe puis tente d'ouvrir la porte.

— Dites, Roy, pourquoi ça n'ouvre pas ?

— Eh bien, oui, madame Mead... (Roy me toise.) Nous avons un petit problème avec, euh...

J'interviens :

— C'est bon, Roy. Suivez-nous, Catherine. Vous voulez bien rester ici, Roy ?

Il acquiesce et nous ouvre.

En posant le pied dans la cage d'escalier, j'entends la voix de Roberto :

— Écoute, je n'apprécie guère que tu restes là à me raconter des histoires de science-fiction. Si j'étais amateur de S-F, j'en emprunterais auprès d'Amelia.

Assis sur les dernières marches, il se retourne à notre approche. Je murmure :

— Salut, Roberto.

Catherine s'exclame :

— Oh ! mon Dieu ! Oh ! mon Dieu !

Roberto se lève, perd l'équilibre et se rétablit avec l'aide de Matt. J'avise la Cage, et c'est là que je me trouve. Assis par terre, en chemise blanche et pantalon de coton, les genoux sur la poitrine, l'air frigorifié et affamé. Une tasse de café croupit à l'extérieur de la Cage. Roberto, Matt et Catherine nous observent en silence.

— T'arrives de quand ? demandé-je.

— Août 2006.

Je ramasse le café, le porte au niveau de son menton, glisse le bout de la paille dans la Cage. Il l'aspire d'un trait.

— Tu veux le rouleau ?

Il le veut. Je le divise en trois morceaux et les glisse à travers la grille. On se croirait au zoo.

— T'es blessé.

— Je me suis cogné quelque part.

— Tu vas rester encore combien de temps ?

— Une demi-heure, je dirais. (Il fait des gestes à Roberto.) Alors, tu vois ?

— Mais qu'est-ce qui se passe ? demande Catherine.

Je me consulte :

— Tu veux leur expliquer ?

— Je suis claqué. Vas-y, toi.

Alors j'explique. J'explique ce que c'est qu'être un voyageur du temps, les aspects pratiques et génétiques de la chose. J'explique que c'est une sorte de maladie, et que je ne la contrôle pas. Je leur parle de Kendrick, de ma rencontre avec Claire, puis de notre seconde rencontre. Je disserte sur les boucles causales, la mécanique quantique, les photons et la vitesse de la lumière. Je décris ce qu'on éprouve à vivre en dehors des contraintes temporelles qui s'imposent à la plupart des êtres humains. Je parle des mensonges, des larcins, de la peur. De mes efforts pour mener une vie à peu près normale.

— Et une vie normale passe entre autres choses par un boulot normal, conclus-je.

— Je ne qualifierais pas ça de boulot normal, réagit Catherine.

— Je ne qualifierais pas ça de vie normale, rétorque le moi prisonnier.

Je me tourne vers Roberto qui est assis sur les marches, la tête appuyée au mur. Il paraît épuisé, et mélancolique.

— Alors ? je lui lance. Tu vas me virer ?

Il soupire.

— Non. Mais non, Henry, je ne vais pas te virer. (Il se relève tout doucement, époussette le dos de son manteau.) Mais je ne comprends pas : il y a longtemps que tu aurais dû m'en parler.

— Tu ne m'aurais pas cru, répond le prisonnier. Il y a quelques minutes tu refusais encore de me croire.

— Hmm, oui, commence Roberto, et la suite se perd dans l'étrange bruit d'aspiration qui accompagne parfois mes va-et-vient.

Je me tourne pour découvrir un tas de vêtements gisant entre les grilles. Je repasserai dans l'après-midi pour les attraper à l'aide d'un cintre. Je reviens à Matt, Roberto et Catherine. Ils ont l'air groggy.

— La vache ! dit Catherine. C'est comme de bosser avec Clark Kent.

— J'ai l'impression d'être Jimmy Olsen, confirme Matt. Beurk !

— Et toi, tu deviens Lois Lane, lance Roberto à Catherine.

— Non, non, non, réplique-t-elle, c'est Claire notre Lois Lane.

— Sauf que Lois Lane ne faisait pas le rapprochement entre Clark Kent et Superman. Alors que Claire...

— Sans Claire j'aurais laissé tombé depuis longtemps, je leur avoue. Je n'ai jamais compris pourquoi Clark Kent tenait mordicus à maintenir Lois dans l'ignorance.

— Ça fait un meilleur scénario, suggère Matt.
— Tu crois ? Je n'en suis pas sûr.

Vendredi 7 juillet 2006
(Henry a quarante-trois ans)

Henry : Je suis assis dans le cabinet de Kendrick, qui m'explique pourquoi ça ne va pas marcher. Dehors, l'air est suffocant, qui vous momifie d'une laine chaude et humide. À l'intérieur, la clim me flanque la chair de poule. Nous sommes installés l'un en face de l'autre, à nos places habituelles. Sur la table, un cendrier plein de mégots. Kendrick allume chaque cigarette sur les décombres de la précédente. La lumière est éteinte et l'atmosphère est chargée de froid et de fumée. Je veux boire. Je veux crier. Je veux qu'il se taise pour que je puisse poser ma question. Je veux me lever et sortir. Mais je reste assis, à l'écouter.

Quand Kendrick la boucle enfin, les bruits de l'immeuble émergent à nouveau.

— Henry ? Vous m'avez entendu ?

Je me redresse sur mon siège et le regarde comme un écolier surpris en train de rêvasser.

— Euh, non.

— Je vous demandais si vous compreniez. Pourquoi ça ne marchera pas.

— Ah, ouais. (J'essaie de rassembler mes idées.) Ça ne marchera pas, car mon système immunitaire est un gigantesque foutoir. Et parce que je suis vieux. Et parce qu'il y a trop de gènes impliqués.

— C'est ça.

Il soupire, avant d'ajouter son mégot au monticule du cendrier. Une dernière volute s'échappe et meurt.

— Je suis désolé, Henry.

Il se renverse dans son fauteuil et joint sur ses genoux ses petites mains roses et douces. Je songe à la première fois que je l'ai vu, dans ce cabinet, voilà huit ans. De jeunes effrontés, sensibles aux promesses de la génétique moléculaire, prêts à user de la science pour confondre la nature. Je me revois prendre sa souris-voyageuse dans les mains. Que d'espoir ai-je ressenti alors, devant ce modèle réduit de moi-même ! J'imagine la tête de Claire quand je lui dirai que c'est râpé. Elle n'y a jamais cru, remarquez.

Je me racle la gorge.

— Et pour Alba ?

Kendrick croise les jambes et se met à remuer nerveusement.

— Comment ça, pour Alba ?

— Ça marcherait avec elle ?

— Nous ne le saurons jamais, n'est-ce pas ? À moins que Claire se ravise et m'autorise à me pencher sur son ADN. Mais vous savez comme moi que l'idée d'une thérapie génique la terrifie. J'ai l'impression d'être Josef Mengele chaque fois que j'essaie de lui en parler.

— Mais si vous disposiez de l'ADN d'Alba, vous pourriez fabriquer des souris, mettre au point des trucs, puis à sa majorité elle serait libre de les essayer ou non.

— Oui.

— Autrement dit, même si je suis foutu, Alba aura peut-être une chance un jour.

— Oui.

— Très bien. Dans ce cas – je me lève, me frotte les mains, tire sur mon tee-shirt collé par la sueur refroidie –, on va faire comme ça.

Vendredi 14 juillet 2006
(Claire a trente-cinq ans, Henry quarante-trois)

CLAIRE : Je suis dans mon studio, occupée à fabriquer du papier gampi. Il est si fin et transparent que l'on peut voir au travers ; je plonge le *su-keta*[1] dans la cuve et le relève, effectuant un mouvement de va-et-vient jusqu'à ce que les fibres délicates soient parfaitement réparties sur toute la surface. Je le pose sur le bord de la cuve pour que l'eau s'écoule, et c'est alors que j'entends Alba glousser, traverser le jardin en courant, s'écrier : « Maman ! Regarde le cadeau de papa ! » Elle s'engouffre dans l'atelier et s'approche de moi en claquant des pieds, suivie d'un Henry plus nonchalant. Je baisse les yeux pour déterminer d'où provient ce claquement et j'en trouve la cause : des escarpins rubis.

— Ce sont exactement les mêmes que celles de Dorothée dans *Le Magicien d'Oz* ! s'exclame-t-elle en exécutant un petit numéro de claquettes sur le plancher en bois.

Elle tape ses talons l'un contre l'autre trois fois, sans disparaître pour autant. Bien sûr, contrairement à l'héroïne du film, elle est déjà à la maison. Je ris. Henry paraît content de lui.

— Tu as pensé à aller à la poste ? je le questionne.

Sa mine s'allonge.

— Zut ! Non, complètement oublié. Désolé. J'irai demain à la première heure.

Alba tourbillonne comme une toupie, Henry tend la main pour l'en empêcher.

— Ça suffit, Alba. Tu vas avoir la tête qui tourne.

— J'aime bien ça.

— Ce n'est pas une bonne idée.

---

1. Variante japonaise de la forme. *(N.d.T.)*

Alba est habillée en tee-shirt et en short. Je remarque un pansement collé au creux de son coude.

— Qu'est-ce qui t'est arrivé au bras ?

Au lieu de répondre, elle dirige son regard vers Henry, aussi je l'imite.

— Rien de grave, intervient-il. En s'aspirant la peau, elle a récolté un suçon.

— C'est quoi un suçon ? demande-t-elle.

Henry entreprend de le lui expliquer, mais je le coupe :

— En quoi est-ce que ça nécessite un pansement ?

— Juste comme ça, lâche-t-il. Elle en a réclamé un.

J'ai un pressentiment. Un sixième sens maternel, si l'on veut. Je m'avance vers Alba.

— Voyons voir.

Elle serre son bras tout contre elle, plaquant l'autre par-dessus.

— Ne l'enlève pas. Je vais avoir mal.

— Je vais faire attention.

J'attrape son bras avec fermeté. Elle émet un geignement, mais je suis déterminée. Lentement, je déplie son bras, décolle doucement le bandage. Une minuscule trace de piqûre rouge est visible au centre d'un hématome violacé.

— Aïe, ne touche pas ! crie Alba.

Je la libère, elle remet le pansement en place et m'observe, dans l'expectative.

— Alba, pourquoi tu ne rentrerais pas appeler Kimy pour l'inviter à dîner ?

Elle sourit et se précipite hors du studio. La minute suivante, la porte de la maison se referme dans un battement. Assis à ma table de dessin, Henry pivote légèrement d'arrière en avant sur mon fauteuil. Il attend que j'engage les hostilités.

— J'ai du mal à le croire, lâché-je enfin. Comment as-tu osé ?

— Il le fallait, réplique-t-il à voix basse. Elle... je ne pouvais pas la laisser sans au moins... je voulais lui donner une longueur d'avance. Kendrick pourra travailler à son traitement, travailler pour elle, juste en prévision.

Je marche jusqu'à lui, accompagnée du craquement de mes chaussures et de mon tablier en caoutchouc et m'appuie contre la table. Henry incline la tête de telle sorte que la lumière balaie ses traits, soulignant les rides qui sillonnent son front, creusent les coins de sa bouche et de ses yeux. Il a encore maigri. Ses yeux semblent démesurés dans son visage.

— Claire, je ne lui ai pas dit à quoi ça servirait. Tu le lui diras toi, quand... ce sera le moment.

Je fais non de la tête.

— Téléphone à Kendrick et demande-lui de tout arrêter.

— Non.

— Je vais m'en charger alors.

— Claire, je t'en prie...

— Tu as le droit de disposer de ton corps comme tu l'entends, Henry, mais...

— Claire !

Mon nom se force un passage à travers ses dents serrées.

— Quoi ?

— C'est fini, d'accord ? C'est fini, en ce qui me concerne. Kendrick m'a confirmé qu'il ne pouvait plus rien pour moi.

— Mais... (Je m'interromps pour assimiler le sens de ses paroles.) Mais... que va-t-il se passer ensuite ?

Henry secoue la tête.

— Je ne sais pas. Sans doute que ce que nous redoutions qu'il se produise... se produira. Mais si c'est le cas, alors, je ne peux tout simplement pas abandonner Alba sans tenter de l'aider... Oh ! Claire, laisse-moi juste faire ça pour elle ! Peut-être que ça ne fonctionnera pas, qu'elle n'en aura jamais besoin... peut-être qu'elle adorera voyager dans le temps, qu'elle ne sera jamais perdue ni affamée, qu'elle ne sera jamais arrêtée ni poursuivie ni violée ni même tabassée, mais si elle déteste ça ? Et si son unique souhait est d'être une fille comme les autres ? Claire ? Oh ! Claire, ne pleure pas...

Je ne peux cependant réprimer mes larmes et je reste plantée là, à sangloter dans mon tablier en caoutchouc jaune, jusqu'à ce que finalement Henry se lève et m'enlace.

— Ce n'est pas comme si le risque zéro avait jamais existé, Claire, me souffle-t-il. Je m'efforce seulement de la munir d'un filet. (Je sens ses côtes à travers son tee-shirt.) Est-ce que tu me permettras au moins de lui léguer ça ? (J'acquiesce, Henry m'embrasse sur le front.) Merci, conclut-il, et mes larmes recommencent à couler de plus belle.

Samedi 27 octobre 1984
(Henry a quarante-trois ans, Claire treize)

Henry : Je connais la fin, maintenant. Voici ce que ça donne :

Je serai assis dans le Pré, au petit matin, en automne. Un temps couvert, glacial, je porterai un manteau de laine noire, des bottes et des gants. Cette date-là ne figurera pas sur la liste. Claire sera couchée, dans son lit douillet. Elle aura treize ans.

Au loin, un coup de feu fendra l'air froid et sec. Ce sera la saison de la chasse au cerf. Dans les parages, des types en tenue orange vif guetteront, attendront, tireront. Puis ils boiront des bières tout en mangeant les sandwiches préparés par leurs femmes.

Le vent redoublera, soufflera dans le verger, dépouillant les pommiers de leurs feuilles inutiles. La porte arrière de

Meadowlark House claquera, et deux minuscules silhouettes orange fluo apparaîtront, équipées de fusils filiformes. Elles viendront dans ma direction, s'avanceront dans le Pré, Philip et Mark. Ils ne me verront pas, car je serai planqué dans l'herbe haute, un point sombre et immobile dans un champ beige et vert mort. Parvenus à une vingtaine de mètres de moi, Philip et Mark quitteront le sentier pour gagner les bois.

Ils s'arrêteront, tendront l'oreille. Ils l'entendront avant moi : un bruissement, des frottements, un corps qui se déplace dans l'herbe, grand et malhabile, puis un éclair blanc, peut-être une queue, puis il courra vers moi, vers la clairière, et Mark lèvera son fusil, prendra la temps de bien viser, pressera la détente, et...

Il y aura un coup de feu, suivi d'un cri, un cri humain. Puis une pause. Puis : « *Claire! Claire!* ». Puis plus rien.

Je resterai planqué un moment, sans penser, sans respirer. Philip se mettra à courir, je me mettrai à courir, ainsi que Mark, et nous convergerons sur le point d'impact.

Mais il n'y aura rien. Une flaque de sang, épaisse et luisante. Sur de l'herbe écrasée. Nous nous fixerons mutuellement, sans nous reconnaître, par-dessus l'herbe vide.

Depuis son lit, Claire entendra le cri. Elle entendra crier son nom, et se redressera d'un bond, le cœur à cent à l'heure. Elle se précipitera en bas, dehors, jusqu'au Pré, en chemise de nuit. En nous voyant tous trois elle se figera, perplexe. Dans le dos de son père et de son frère, je poserai un doigt sur mes lèvres. Pendant que Philip ira à sa rencontre je tournerai les talons, me réfugierai dans le verger pour la regarder frissonner dans les bras de son père, tandis que Mark demeurera sur place, impatient et confus, avec sa lèvre grisonnée d'ado de quinze ans, à me dévisager comme s'il fouillait dans sa mémoire.

Et Claire me regardera, je lui ferai un signe, elle rentrera avec son papa, et elle me renverra mon geste, gracile sous sa chemise de nuit bouffante comme des ailes d'ange, elle rétrécira, s'éloignera et disparaîtra dans la maison, et je me planterai au-dessus d'un carré d'herbe aplati et gorgé de sang, et je comprendrai que là-bas, quelque part, je serai en train de mourir.

L'ÉPISODE DU PARKING SOUTERRAIN DE MONROE STREET

Lundi 7 janvier 2006 (Henry a quarante-trois ans)

Henry : Il fait froid. Il fait très, très froid et je repose dans la neige. Où suis-je ? Je tente de me redresser. J'ai les pieds engourdis, je ne les sens plus. Je suis dans un espace ouvert, sans arbres ni bâtiments. Depuis combien de temps ? Il fait nuit. J'entends des bruits de circulation. Je me mets à quatre pattes. Je lève les yeux. Je me trouve à Grant Park. L'Art Institute se dresse, sombre et fermé, au bout d'une centaine de mètres de neige immaculée. Les superbes immeubles de Michigan Avenue sont en sommeil. Les voitures filent sur Lake Shore Drive, fendant la nuit avec leurs phares. À l'horizon du lac point un mince filet de lumière ; l'aube est déjà là. Il faut se tirer d'ici. Se mettre au chaud.

Je me lève. Mes pieds sont blancs, pétrifiés. Je ne peux ni les sentir ni les bouger, mais je me mets en marche, me traîne dans la neige, et parfois je tombe, avant de me relever et de repartir, et ainsi de suite, pour finir à quatre pattes. C'est de cette manière que je traverse la rue, que je descends à reculons un escalier de béton, en m'agrippant à la rampe. Du sel s'incruste dans les écorchures de mes mains et de mes genoux. Je finis par atteindre une cabine téléphonique.

Sept sonneries. Huit. Neuf.

— Allô ? dit mon être.

— Aide-moi. Je suis dans le parking souterrain de

Monroe Street. Il fait un putain de froid de canard, ici. Je suis près de la loge du gardien. Viens me chercher.

— OK. Bouge pas, on arrive.

J'essaie de raccrocher le récepteur mais je rate mon coup. Je claque des dents, sans pouvoir m'arrêter. Je rampe jusqu'à la guérite du gardien et tambourine à la porte. Il n'y a personne. Juste deux moniteurs vidéo, une chaufferette, un blouson, un bureau, une chaise. J'essaie la poignée. Verrouillée. Je n'ai pas d'outil sur moi. Les vitres sont en verre armé. Je tremble comme c'est pas permis. Je n'aperçois aucune voiture. Je hurle :

— À l'aide !

Personne ne répond. Je me pelotonne au pied de la porte, les genoux sous le menton, les pieds dans les mains. Personne ne vient, et puis, enfin, enfin, je disparais.

Lundi 25, mardi 26, mercredi 27 septembre 2006
(Claire a trente-cinq ans, Henry quarante-trois)

Claire : Henry est resté absent toute la journée. Avec Alba nous sommes allées dîner chez McDonald's. Nous avons joué aux cartes et Alba a dessiné une fillette aux cheveux longs, qui vole à califourchon sur le dos d'un chien. Nous avons choisi la robe qu'elle portera demain à l'école. À présent, elle est au lit, et moi assise sur la véranda, à essayer de me plonger dans Proust : lire en français m'épuise et je suis sur le point de succomber au sommeil lorsqu'un grand fracas retentit dans le salon et je découvre Henry frissonnant sur le sol, livide et transi.

— Aide-moi, articule-t-il en claquant des dents.

Je me rue sur le téléphone.

Plus tard

La salle des urgences – un décor de limbes fluorescentes : des personnes âgées affligées de mille maux, des mères aux nourrissons fiévreux, des adolescents dont les copains se font extraire des balles de divers endroits de leur corps et qui se vanteront de leurs exploits auprès de filles admiratives, mais qui pour l'instant ont l'air apathiques et abattus.

Plus tard

Dans une petite pièce blanche, des infirmières transfèrent Henry sur un lit et lui enlèvent sa couverture. Ses yeux s'ouvrent, notent ma présence, puis se referment. Un étudiant en médecine aux cheveux blonds l'ausculte. Une infirmière contrôle sa température, son pouls. Henry tremble, il tremble si violemment que son lit tangue et que le bras de la jeune femme est agité de tressaillements, évoquant ces lits de motels qui vibraient dans les années soixante-dix. L'interne examine ses pupilles, ses oreilles, son nez, ses doigts, ses orteils, ses parties génitales. Ils s'appliquent alors à l'emmailloter dans des couvertures et dans un film métallisé ressemblant à du papier d'aluminium. Ils entourent ses pieds de poches de froid. Il règne une chaleur étouffante dans cette petite pièce. Les paupières d'Henry s'ouvrent de nouveau en papillotant. Il tente de parler. On dirait qu'il prononce mon nom. Je glisse la main sous les couvertures et serre ses doigts gelés dans les miens. J'interroge l'infirmière du regard. « Il faut qu'il se réchauffe, que sa température centrale augmente », m'explique-t-elle. « Ensuite nous aviserons. »

Plus tard

— Comment diable a-t-il pu être victime d'hypothermie en plein mois de septembre ? me demande l'interne.

— Aucune idée. Posez-lui la question.

Plus tard

C'est le matin. Charisse et moi sommes attablées à la cafétéria de l'hôpital. Elle mange du pudding au chocolat. Dans sa chambre, à l'étage, Henry est endormi. Kimy veille sur lui. Deux toasts imbibés de beurre garnissent mon assiette ; ils sont intacts. Quelqu'un prend place à côté de Charisse : il s'agit de Kendrick.

— Bonne nouvelle, annonce-t-il, sa température centrale est remontée à 36,4. On n'a pas décelé de lésion cérébrale.

Ma bouche n'émet aucun son. « Dieu merci », voilà tout ce qui me traverse l'esprit.

— Bien, heu, je repasserai tout à l'heure une fois mon service terminé à Rush Saint Luke, dit Kendrick en se relevant.

— Merci, David, lui lancé-je tandis qu'il s'apprête à partir.

Il m'adresse un sourire puis s'éloigne.

Plus tard

Le Dr Murray fait son entrée, flanquée d'une infirmière indienne dont le badge m'apprend qu'elle s'appelle Sue. Celle-ci porte une large cuvette, un thermomètre et un seau. Quels que soient les soins qui vont être administrés, ils seront de nature rudimentaire.

— Bonjour, monsieur et madame DeTamble. Nous allons vous réchauffer les pieds.

Après avoir posé la bassine par terre, Sue s'esquive sans un mot dans la salle de bains. De l'eau coule. Le Dr Murray affiche des formes imposantes et une superbe coiffure en dôme que seules quelques femmes noires à la beauté hors normes peuvent arborer impunément. Sa silhouette corpulente va s'effilant pour se terminer sous l'ourlet de sa blouse blanche par deux pieds parfaits chaussés d'escarpins en peau d'alligator. Elle sort une seringue et une ampoule de sa poche, s'emploie à pomper le contenu de la seconde dans la première.

— Qu'est-ce que c'est ? je m'enquiers.

— De la morphine. Ça va être douloureux. Les gelures sont très profondes.

Elle s'empare doucement du bras qu'Henry lui offre, mutique, comme si elle l'avait remporté au poker. Ses gestes sont délicats. L'aiguille s'enfonce, elle presse le piston, et après un instant Henry pousse un faible gémissement de gratitude. Le Dr Murray retire les poches de froid d'autour de ses pieds tandis que Sue se matérialise avec de l'eau chaude. Elle place le seau par terre près du lit. Le Dr Murray abaisse celui-ci et toutes deux installent Henry en position assise. Sue vérifie la température de l'eau qu'elle verse dans la cuvette, avant d'y immerger les pieds d'Henry. Il suffoque.

— Les tissus qu'on peut encore sauver vont devenir cramoisis. S'ils ne prennent pas une teinte écrevisse, c'est qu'il y a un problème.

J'observe les pieds d'Henry baignant dans la bassine jaune en plastique. Ils sont blancs comme de la neige, blancs comme du marbre, blancs comme du titane, blancs comme du papier, blancs comme du pain, blancs comme des draps, aussi blancs que le blanc peut l'être. Sue change l'eau au fur et à mesure que les pieds glacés d'Henry la refroidissent. Le thermomètre indique 41,1 degrés. En cinq minutes, il est descendu à 32,2 et Sue change l'eau de nouveau. Les pieds d'Henry flottent tels des poissons morts. Des larmes ruissellent sur ses joues et disparaissent sous son menton. Je lui essuie le visage. Je lui caresse la tête. Je guette si ses pieds virent au rouge vif. C'est comme attendre qu'une photographie se développe, surveiller le passage graduel de l'image du gris au noir dans des bains chimiques. Une rougeur apparaît au niveau des deux chevilles. Le rouge se répand en éclaboussures sur le talon gauche, finalement, certains orteils rougissent de manière hésitante. Le pied droit demeure obstinément exsangue. Une nuance rosée se diffuse peu à peu jusqu'à la partie antérieure de la plante avant de stopper net sa progression. Après qu'une heure s'est écoulée, le Dr Murray et Sue sèchent avec précaution les pieds d'Henry et Sue fiche des morceaux de coton entre ses orteils. Elles le rallongent et disposent un châssis en arc au-dessus de ses pieds de sorte qu'ils n'entrent pas en contact avec quoi que ce soit.

La nuit suivante

CLAIRE : Il est très tard ; je regarde Henry dormir au Mercy Hospital. Gomez, assis sur une chaise de l'autre côte du lit, est lui aussi assoupi. Il somnole, la tête renversée en arrière et la bouche ouverte et, de temps à autre, laisse échapper un léger ronflement, dodeline de la tête.

Henry est immobile et silencieux. La machine à perfusion émet des bips. À l'extrémité du lit, un bidule semblable à une tente surélève les couvertures là où devraient se trouver ses pieds – sauf qu'ils n'y sont plus. Les gelures ont eu raison d'eux. Henry a été amputé des deux pieds au-dessus des chevilles ce matin. Je n'arrive pas à imaginer, je me refuse à imaginer ce que cachent les couvertures. Ses mains bandées sont étendues sur le lit. J'en saisis une, sens combien elle est fraîche et sèche, combien le pouls bat dans le poignet, combien elle est tangible dans la mienne. Une fois l'opération achevée, le Dr Murray m'a demandé ce que je souhaitais qu'elle fasse des pieds d'Henry. « Recousez-les-lui » me semblait la réponse correcte, mais je me suis contentée de hausser les épaules et de détourner le regard.

Une infirmière pénètre dans la chambre, me gratifie d'un sourire, effectue l'injection d'Henry. Au bout de quelques minutes, il soupire, tandis que la drogue enveloppe son cerveau, et il oriente son visage vers moi. Ses yeux s'entrouvrent à peine, puis il dérive de nouveau vers le sommeil.

J'aimerais prier, mais je ne me souviens d'aucune prière, tout ce qui me trotte par la tête c'est : *Am stram gram, Pic et pic et colégram, Bourre et bourre et ratatam, Am stram gram.* Seigneur, je t'en supplie, ne m'abandonne pas, je t'en supplie, ne m'abandonne pas ! *Le Snark était un Boujum, voyez-vous.* Non. Rien ne vient. *Envoyez chercher le médecin. Qu'avez-vous ? Il faudra aller à l'hôpital. Je me suis coupé assez fortement. Ôtez le bandage et laissez-moi voir. Oui, c'est une coupure profonde*[1].

J'ignore l'heure qu'il est. Dehors, le ciel blanchit. Je repose la main d'Henry sur les couvertures. Il l'amène à sa poitrine, comme pour se protéger.

Gomez bâille, étire les bras, fait craquer ses articulations.

— Bonjour, chaton, lance-t-il avant de se mettre debout et de gagner la salle de bains d'un pas pesant.

Je l'entends uriner alors qu'Henry ouvre les yeux.

— Où suis-je ?

— Au *Mercy*. Le 27 septembre 2006.

Il scrute le plafond. Lentement, il se hisse sur son séant et se cale contre les oreillers, le regard braqué sur l'extrémité du lit. Il se penche en avant, étend les bras sous les couvertures. Je ferme les yeux.

Les cris d'Henry résonnent soudain.

Mardi 17 octobre 2006
(Claire a trente-cinq ans, Henry quarante-trois)

Henry est rentré à la maison depuis une semaine. Il passe ses journées couché, recroquevillé face à la fenêtre, émer-

---

1. Citation extraite de *La Chasse au Snark* de Lewis Carroll. *(N.d.T.)*

geant par intermittence d'un sommeil de morphine. Je m'efforce de le nourrir de soupes, de toasts, de macaronis au fromage, mais il n'avale presque rien. Il ne dit presque rien non plus. Alba rôde autour de lui, muette et désireuse de lui plaire, apportant à son papa une orange, un journal, son ours Teddy, ne recevant en retour qu'un sourire absent. La petite pile d'offrandes trône dédaignée sur sa table de chevet. Une infirmière pleine d'allant dénommée Sonia Browne lui rend visite une fois par jour pour refaire ses pansements et lui prodiguer des conseils, mais aussitôt qu'elle s'engouffre dans sa coccinelle Volkswagen rouge, Henry bascule aux abonnés absents. Je l'aide à se servir de son bassin de lit. Je m'assure qu'il change de pyjama. Je lui demande comment il se sent, de quoi il a besoin – il me répond vaguement ou pas du tout. Bien que physiquement présent, il s'est évaporé.

Marchant dans le couloir, je longe sa chambre, encombrée d'un panier de lessive lorsque, dans l'entrebâillement de la porte, j'aperçois Alba, postée à côté de lui, qui est pelotonné dans son lit. Je m'arrête pour la contempler. Elle reste sans bouger, les bras ballants, avec ses nattes noires qui pendent dans son dos, son pull col roulé bleu qu'elle a déformé en l'enfilant. La lumière du matin inonde la pièce, la colore en jaune.

— Papa ? tente-t-elle à voix basse.

Henry garde le silence. Elle renouvelle sa tentative, plus fort cette fois-ci. Henry se tourne vers elle, roule sur le côté. Alba s'assied sur le lit. Henry maintient ses paupières closes.

— Papa ?

— Mmmm ?

— Tu es en train de mourir ?

Henry ouvre les yeux et concentre son attention sur Alba.

— Non.

— Alba a dit que tu étais mort.

— Elle parlait du futur, Alba. Pas du présent. Dis-lui qu'elle ne devrait pas te raconter ce genre de choses.

Henry promène sa main sur la barbe qui a poussé depuis sa sortie de l'hôpital. Alba est assise les mains jointes dans son giron et les genoux serrés l'un contre l'autre.

— Tu ne vas plus jamais te lever ?

Henry se redresse de façon à s'adosser à la tête de lit.

— Peut-être.

Il farfouille dans le tiroir de la table de nuit, mais les analgésiques sont rangés dans la salle de bains.

— Pourquoi ?

— Parce que je suis dans un sale état, OK ?

Alba esquisse un mouvement de recul, descend du lit.

— OK ! acquiesce-t-elle.

Elle tire la porte, manque me heurter de plein fouet et, sursautant, se jette contre moi et enroule ses bras silencieusement autour de ma taille, je la soulève – elle est si lourde maintenant. Je la porte jusqu'à sa chambre et nous nous installons dans le rocking-chair où nous nous balançons de concert, le visage d'Alba en feu niché dans mon cou. Comment puis-je mettre des mots là-dessus, Alba ? Comment te réconforter ?

Mercredi 18, jeudi 19 et jeudi 26 octobre 2006
(Claire a trente-cinq ans, Henry quarante-trois)

Claire : Debout dans mon studio, je suis aux prises avec un rouleau de fil de fer à armature et une série de dessins. J'ai débarrassé la grande table de travail et les esquisses sont épinglées avec soin au mur. À présent, plantée là, j'essaie de convoquer la sculpture en pensée. J'essaie de me la représenter en trois dimensions. Grandeur nature. Je sectionne une certaine longueur de fil et il se détache de l'énorme rouleau comme mû par un ressort ; je commence par façonner un torse. J'entrecroise les tiges pour former des épaules, une cage thoracique, puis un bassin. Je m'interromps. Peut-être les bras et les jambes devraient-ils être articulés ? Devrais-je faire des pieds ou non ? Je m'attelle à la tête et il m'apparaît soudain que rien de ceci ne correspond à ce que j'ai à l'esprit. Je relègue l'ensemble sous la table et repars de zéro.

Un ange. « Tout ange est terrible. Et pourtant – malheur à moi ! – j'ose vous invoquer dangereux oiseaux de l'âme... » [1] Ce sont uniquement des ailes que je veux lui confectionner. Je dessine des arabesques aériennes avec le mince métal, décrivant des boucles, des entrelacs, je me sers de mes bras pour déterminer l'envergure de l'aile, répète la manœuvre, en miroir, pour la deuxième, comparant la symétrie comme si je coupais les cheveux d'Alba, mesurant du regard, jugeant au toucher le poids et les formes. Je fixe les ailes ensemble à l'aide de charnières, grimpe sur l'escabeau et les suspends au plafond. Elles ondoient, leurs lignes accrochant l'air, à hauteur de ma poitrine, larges d'environ 2,40 mètres, majestueuses, décoratives, inutiles.

D'emblée, je me les figurais blanches, mais je réalise maintenant que ça ne conviendra pas. J'ouvre le cabinet contenant les pigments et les teintures. Outremer, ocre jaune, terre d'ombre naturelle, vert émeraude, garance. Non. Voilà ce qu'il me faut : oxyde de fer rouge. La couleur du sang séché. Un ange terrible ne serait pas blanc, ou alors d'un blanc plus pur que je ne pourrais jamais en obtenir. Je pose le bocal sur le comptoir avec le noir animal. Je me dirige vers les bottes de fibres, odorantes, qui occupent l'angle du studio tout au fond. Le *kozo* et le lin : la transparence et la sou-

1. *Élégies de Duino* (Deuxième Élégie) de Rainer Maria Rilke, traduit de l'allemand par Maximine avec la collaboration d'Éric Dortu pour les éditions Actes Sud (Babel). *(N.d.T.)*

plesse, une fibre produisant un bruit analogue au claquement de dents, combinée à une autre évoquant la douceur des lèvres. Je pèse un kilo de *kozo* – une écorce dure et robuste qui doit être cuite et battue, brisée et broyée. Je mets de l'eau à chauffer dans la gigantesque casserole qui chevauche deux brûleurs sur la cuisinière. Quand elle bout, je l'alimente en *kozo*, observe celui-ci foncer et s'imbiber lentement. Je l'additionne d'une solution de carbonate de sodium, couvre le faitout, et branche la hotte. Je lacère cinq cents grammes de lin blanc, remplis la pile d'eau et enclenche le processus de défilage et de déchiquetage du tissu en une pulpe blanche et fluide. Puis je me fais du café et m'assieds en scrutant la maison par la fenêtre, de l'autre côté du jardin.

Au même moment

HENRY : Ma mère est assise au bout du lit. Je ne veux pas qu'elle sache pour mes pieds. Je ferme les yeux et fais semblant de dormir.

— Henry ? Je sais que tu es réveillé. Allez, l'ami, c'est l'heure de se lever !

J'ouvre les yeux. C'est Kimy.

— Mmm. B'jour.

— Il est 2 h 30 de l'après-midi. Tu devrais quitter le lit.

— Impossible, Kimy. Je n'ai pas de pieds.

— Mais tu as un fauteuil roulant. Allez viens, t'as besoin de te raser. Pfiou ! T'as l'odeur d'un vieux.

Kimy se lève, l'air sévère. Elle tire les couvertures et me voilà telle une crevette décortiquée, froid et flasque dans la lumière de l'après-midi. Elle m'oblige à me glisser dans le fauteuil, puis me conduit jusqu'à la salle de bains, qui se révèle trop étroite pour le véhicule.

— Allons bon, dit-elle en portant ses mains à sa taille. Comment on va se débrouiller ? Hein ?

— J'en sais rien, Kimy. Je suis le légume, moi, je bosse pas ici.

— Comment ça, « le légume » ?

— L'infirme, si tu préfères.

Kimy me regarde comme si j'avais huit ans et que je venais de dire « enculé » (je ne savais ce que cela voulait dire, seulement que c'était interdit).

— Tu veux peut-être dire « handicapé », Henry ?

Elle se penche pour déboutonner ma chemise de pyjama.

— J'ai toujours mes mains, je proteste avant de finir le travail tout seul.

Kimy se retourne en grommelant, tourne le robinet, règle la température, ferme la bonde. Fouille dans l'armoire à pharmacie, sort mon rasoir, ma mousse, le blaireau en poil de castor. Je me demande bien comment je vais m'extraire de ce chariot. J'opte pour la glissade : je pousse le cul en avant, cambre le dos et me laisse choir au sol. Je me foule l'épaule et me cogne le coccyx, mais ce n'est pas si mal. La kiné de l'hôpital, la jeune et encourageante Penny Featherwight, connaît plusieurs techniques pour grimper dans le fauteuil et s'en extraire, mais toutes concernent les transitions fauteuil-lit ou lit-fauteuil. À présent je suis assis par terre et la baignoire me surplombe telles les falaises blanches de Douvres. Je lève les yeux vers Kimy, quatre-vingt-deux ans, et je comprends que je suis seul sur ce coup-là. Elle me regarde et ses yeux ne sont que pitié. Alors je me dis : « Merde, faut que j'y arrive, je peux pas laisser Kimy me regarder comme ça. » Je me libère de mon pantalon de pyjama et je commence à dérouler les bandes qui recouvrent mes pansements. Kimy examine ses dents dans la glace. Je passe mon bras par-dessus le rebord de la baignoire et vérifie la température.

— Si tu ajoutes quelques épices, tu auras du légume bouilli au dîner.

— C'est trop chaud ? demande Kimy.

— Ouais.

Elle règle les robinets puis quitte la salle de bains, dégageant le fauteuil du passage. Je retire avec précaution le pansement de la jambe droite. La peau est pâle et froide. Je palpe le moignon. J'ai pris un cachet de Vicodin il y a peu de temps. Claire le verra-t-elle si j'en prends un deuxième ? Le tube doit se trouver là-haut, dans l'armoire à pharmacie. Kimy réapparaît, munie d'une chaise de cuisine. Elle la déplie à côté de moi. Je vire le pansement de la jambe gauche.

— Elle a fait du bon boulot, observe Kimy.

— Le Dr Murray ? Ouais, c'est un progrès considérable, bien plus aérodynamique.

Kimy se marre. Je la renvoie dans la cuisine chercher des bottins. Elle les dispose par terre. Je me hisse sur les bottins, puis sur la chaise, suite à quoi j'effectue une sorte de roulé-boulé vers la baignoire. Une immense vague déferle sur le carrelage. Alléluia ! Je suis dans l'eau. Kimy coupe le robinet et s'éponge les jambes avec une serviette. Je me laisse couler au fond.

Plus tard

Claire : Après des heures de cuisson, j'égoutte le *kozo* qui atterrit lui aussi dans la pile. Plus il y reste, plus il devient fin et acquiert la blancheur de l'os. Au bout de quatre heures, j'ajoute des agents de rétention, de l'argile et des pigments. La pulpe beige prend soudain une teinte terre rouge sombre et intense. Je la déverse dans des seaux que je vide dans la cuve prévue à cet effet. Quand je retourne à la maison, Kimy a investi la cuisine et prépare sa recette de thon à base de chips émiettées.

— Comment ça s'est passé ? je m'enquiers.

— Très bien. Il est dans le salon.

Une traînée d'eau s'étire de la salle de bains au salon, composée des empreintes de pieds de Kimy. Henry dort sur le canapé, un livre ouvert sur la poitrine : *Fictions*, de Borges. Il est rasé, je m'incline vers lui pour le respirer, il dégage un parfum de frais, ses cheveux gris mouillés sont dressés en tous sens. Alba jacasse avec Teddy dans sa chambre. L'espace d'un instant, j'ai l'impression que c'est moi qui ai voyagé dans le temps, qui ai été propulsée au hasard dans une scène située avant, mais mes yeux errent alors le long du corps d'Henry, rencontrent l'absence de relief au bas de la couverture et je sais que je ne suis qu'ici et maintenant.

Le matin suivant, il pleut. Lorsque je pousse la porte de l'atelier, les ailes métalliques m'accueillent, frémissantes dans la grisaille matinale. J'allume la radio : les études de Chopin roulent comme les vagues sur le rivage. J'enfile mes bottes, un bandana pour empêcher mes cheveux de tremper dans la pulpe et un tablier en caoutchouc. Je lave au jet ma forme en teck et en laiton ainsi que ma couverte préférée, je découvre la cuve, dispose un feutre sur lequel coucher le papier. Je plonge un bras dans la cuve pour remuer la pâte rouge foncée et mélanger les fibres et l'eau. Ça dégouline de partout. J'immerge la forme, la remonte délicatement à l'horizontale, ruisselante, et la place sur le rebord. L'eau s'écoule et laisse un matelas fibreux en surface. J'enlève la couverte, renverse la forme sur le feutre en la secouant doucement, et le papier se dépose sur ce dernier, délicat et brillant, lorsque que je la relève. Je place un autre feutre pardessus que j'humidifie et de nouveau je plonge la forme, la remonte, l'eau s'écoule et je couche le papier. Je m'abîme dans la répétition, les notes de musique flottent par-dessus l'eau qui clapote, dégoutte, et tombe en pluie. Quand j'ai réalisé une porte de papier intercalé de feutres, je la mets à essorer sous la presse hydraulique. Puis je regagne la maison, avale un sandwich au jambon. Henry lit. Alba est à l'école.

Après déjeuner, je me campe face à mes ailes avec mes feuilles fraîchement fabriquées. Je vais pourvoir l'armature d'une membrane de papier. Celui-ci, humide et sombre, menace de se rompre à tout instant, mais épouse les formes métalliques comme de la peau. Je le torsade pour fabriquer des muscles, des cordes qui s'entortillent et sont reliées entre elles. Les ailes semblent à présent être celles de chauve-souris : le tracé de l'armature se distingue nettement sous la maigre couche de papier. Je procède au séchage des feuilles que je n'ai pas encore utilisées sur des plaques d'acier. J'entreprends alors de les déchirer en bandes, en plumes que je coudrai une par une sur les ailes une fois celles-ci sèches. Je m'applique à les peindre en noir, gris et rouge. Parachevant le plumage de l'ange terrible, dangereux oiseau de l'âme.

Une semaine plus tard, le soir

HENRY : Claire m'a convaincu de m'habiller et a embauché Gomez pour me porter à travers le jardin jusqu'au studio. Celui-ci est éclairé de bougies, par centaines, sur les tables, au sol, sur les appuis de fenêtres. Gomez me dépose sur le divan avant de se retirer. Au milieu de la salle un drap blanc pend au plafond. Je me retourne, cherchant un projecteur, mais je n'en vois pas. Claire porte une robe foncée, et comme elle évolue dans l'espace sa figure et ses mains semblent flotter, blanches et détachées.

— Du café ? propose-t-elle.

Je n'en ai pas bu depuis l'hôpital.

— Volontiers.

Elle remplit deux tasses, ajoute du lait et m'en tend une. Le contact de la tasse chaude est doux et familier.

— Je t'ai fabriqué quelque chose, annonce-t-elle.

— Des pieds ? J'aurais besoin de pieds.

— Des ailes, répond-elle en faisant tomber le drap blanc.

Les ailes sont immenses, qui flottent en l'air, faisant vaciller les bougies. Elles sont plus sombres que l'obscurité, menaçantes, mais elles évoquent aussi l'attente, la liberté, la vitesse. La sensation de se tenir fermement, *sur ses deux pieds*, et de courir, de courir comme on vole. Les rêves dans lesquels je me vois planer, défiant la pesanteur pour atteindre une altitude où je trouve enfin la sécurité, ces rêves resurgissent dans la pénombre du studio. Claire me rejoint sur le sofa. Je sens son regard posé sur moi. Les ailes sont silencieuses, effrangées aux extrémités. Je reste sans voix. *« Siehe, ich lebe. Woraus ? Weder Kindheit noch Zukunft / werden weniger... Überzähliges Dasein / entspringt mir Herzen. »* (Regarde, je vis. De quoi ? Ni l'enfance ni l'avenir ne rapetissent... Une existence surabondante emplit mon cœur.)

— Embrasse-moi, dit Claire.

Je me tourne vers elle ; son visage blanc et ses lèvres sombres se détachent dans l'obscurité, et je plonge, je vole, je suis libéré : la vie emplit mon cœur.

RÊVES DE PIEDS

Octobre, novembre 2006
(Henry a quarante-trois ans)

HENRY : Je rêve que je me trouve à Newberry, en plein exposé devant des étudiants de troisième cycle de Columbia. Je leur montre quelques incunables, dont le *Fragment* de Gutenberg, le *Game and Play of Chess* de Caxton, l'*Eusèbe* de Jensen. Tout se passe bien, ils posent des questions intelligentes. Je farfouille sur le chariot, en quête de ce livre particulier que je viens de dénicher en réserve et dont j'ignorais que nous l'avions en stock. Il est rangé dans une lourde boîte rouge. Pas de titre, juste la cote, RES. ZX 283.D 453, frappée en lettres d'or sous le logo de la bibliothèque. Je hisse la boîte sur la table et dispose les tampons de support. Puis j'ouvre la boîte et là, roses et parfaits, se trouvent mes pieds. Ils sont étonnamment lourds. Quand je les place sur les tampons, les orteils se remuent, comme pour dire salut, pour me prouver qu'ils en sont toujours capables. Je me mets à parler d'eux, à expliquer le rapport entre mes pieds et l'imprimerie vénitienne du XVe siècle. Les étudiants prennent des notes. Une jolie blonde en débardeur à paillettes montre mes pieds : « Regardez, ils sont tout blancs ! » Et elle dit vrai, la peau présente une pâleur cadavérique, mes pieds sont sans vie, putrides. Attristé, je me promets de penser à les déposer au bureau Conservation demain à la première heure.

Dans mon rêve je cours. Je longe le lac, remontant vers le nord depuis Oak Street Beach. Je sens mon cœur palpiter, mes poumons gonfler et dégonfler sans accroc. Je file bon train. Quel soulagement ! Moi qui craignais de ne plus jamais courir, me voilà lancé à plein régime. C'est formidable.

Mais bientôt les ennuis commencent. Des parties de mon corps se détachent. D'abord mon bras. Je m'arrête, le ramasse dans le sable, l'époussette et le remets en place, mais la fixation n'est pas très solide et il se décroche de plus belle au bout d'un demi-kilomètre. Alors je le garde sous mon autre bras, comptant effectuer une réparation durable en rentrant à la maison. Mais voilà que mon deuxième bras tombe, et il ne m'en reste aucun pour ramasser les deux que je viens de perdre. Je poursuis mon footing. Ce n'est pas si terrible ; ça ne fait pas mal. Puis je m'aperçois que mon sexe s'est déboîté et logé au fond de ma jambe de survêt droite, où il se cogne de manière fort gênante, retenu par l'élastique. Mais je ne peux rien faire, alors je l'ignore. Ensuite je me rends compte que mes pieds sont fendus comme des pavés dans mes chaussures, puis l'un et l'autre quittent mes chevilles en même temps et je tombe face contre terre sur le sentier. Je sais qu'en restant là je me ferai piétiner par d'autres coureurs, alors je me mets à rouler. Je roule, et roule, et roule jusqu'au lac où les vagues m'aspirent, et je me réveille pantelant.

Je rêve que je suis membre d'un corps de ballet. Je suis la danseuse étoile, et dans ma loge je me fais envelopper de tulle rose par Barbara, l'habilleuse de ma mère. Barbara est une dure à cuire, alors malgré la douleur atroce dans mes pieds, je ne bronche pas quand elle insère tendrement mes moignons dans des pointes en satin rose. Quand elle a fini je me relève péniblement de la chaise et pousse un cri. « Ne fais pas ta chochotte », dit Barbara, avant de s'adoucir et de m'injecter une dose de morphine. L'oncle Ish se pointe à la porte de la loge et nous remontons en hâte les interminables couloirs menant à la scène. Je sais que mes pieds souffrent, bien que je ne puisse ni les voir ni les sentir. Nous pressons le pas et j'atteins la coulisse latérale, pour découvrir que le spectacle sur scène est *Casse-Noisette*, et que je joue le rôle de la fée Dragée. Pour je ne sais quelle raison, cela me chagrine beaucoup. J'envisageais autre chose. Mais quelqu'un me pousse gentiment, alors je me traîne sur scène et je danse. Aveuglé par les projecteurs, je danse sans réfléchir, sans connaître les pas, dans une apothéose de douleur. Je finis par tomber à genoux, en sanglots, et le public se lève pour m'ovationner.

Vendredi 3 novembre 2006
(Claire a trente-cinq ans, Henry quarante-trois)

Claire : Henry brandit un oignon, me considère avec gravité et déclare :

— Ceci... est un oignon.

— Oui, acquiescé-je. J'ai lu quelque chose à ce sujet.

— Parfait, commente-t-il avec un haussement de sourcil. Alors, pour peler un oignon, tu te munis d'un couteau aiguisé, tu places le susdit oignon horizontalement sur une planche à découper et tu en ôtes chacune des extrémités, comme ceci. Il ne te reste plus ensuite qu'à l'éplucher, ainsi. OK. Maintenant, il s'agit de l'émincer. Si tu le destines à en faire des beignets, il te suffit de séparer chaque rondelle, en revanche si tu prépares une soupe, une sauce spaghetti, etc., tu le coupes en dés, comme ça...

Henry a décidé de m'apprendre à cuisiner. Les plans de travail et les placards de la cuisine sont trop hauts pour qu'il les atteigne de son fauteuil roulant. Nous avons pris place en vis-à-vis autour de la table, entourés de bols, de couteaux et de boîtes de sauce tomate. Henry pousse la planche et le couteau vers moi, je me redresse et taille maladroitement l'oignon en cubes. Il m'observe avec patience.

— OK, super. Maintenant, passons aux poivrons verts : tu fais glisser ton couteau là autour et tu l'équeutes...

Tantôt nous préparons une sauce *marinara*, du *pesto*, des lasagnes. Tantôt des cookies aux pépites de chocolat, des brownies, de la crème brûlée. Alba est au septième ciel. « Encore plus de desserts ! » supplie-t-elle. Nous pochons des œufs et du saumon, élaborons des pizzas de la pâte à la garniture. Je dois avouer que j'y trouve un certain plaisir. Il n'empêche que je suis terrifiée le premier soir où j'officie seule en cuisine. Cernée par les casseroles et les poêles, je laisse trop cuire les asperges et me brûle en sortant la lotte du four. Je verse tout dans des assiettes que j'emporte dans la salle à manger où Henry et Alba sont attablés. Henry m'adresse un sourire encourageant. Je m'assieds ; Henry lève son verre de lait en l'air :

— Au nouveau chef !

Alba choque son gobelet contre son verre et nous commençons la dégustation. Je lance des coups d'œil furtifs en direction d'Henry. Puis, mangeant à mon tour, je constate que tout a bon goût.

— C'est bon, maman ! confirme Alba et Henry hoche la tête.

— C'est un vrai régal, Claire, renchérit-il et alors que ses yeux se rivent aux miens, j'implore en esprit : « Ne me quitte pas. »

Lundi 18 décembre 2006, dimanche 2 janvier 1994 (Henry a quarante-trois ans)

HENRY : Je me réveille au milieu de la nuit, les jambes bouffées par un millier d'insectes aux dents acérées, et avant même de pouvoir sortir un cachet de Vicodin du flacon je me casse la gueule. Je me plie en deux, je suis par terre mais ce n'est pas notre sol à nous, c'est un autre sol, une autre nuit. Où suis-je ? Sous l'effet de la douleur tout semble chatoyer, mais il fait noir et l'odeur est particulière. Que m'évoque-t-elle ? La javel. La sueur. Un parfum, si familier, mais ça ne peut quand même pas...

Des pas remontent l'escalier, des voix, une clef tourne plusieurs verrous (*où me cacher ?*), la porte s'ouvre, et je rampe quand soudain la lumière jaillit telle une ampoule explosant dans ma tête. Une voix de femme : « Oh ! mon Dieu ! » Je me dis : « Non, c'est impossible ! » La porte se referme et j'entends Ingrid prononcer : « Tu dois partir, Celia. » Celia proteste, et pendant qu'elles palabrent dans le hall je cherche désespérément une issue, mais il n'y en a pas. Ce doit être l'appartement d'Ingrid, sur Clark Street, que je n'ai jamais visité mais qui contient tout son barda : le fauteuil Eames, la table basse marbrée en forme de haricot couverte de magazines de mode, l'immonde sofa orange sur lequel nous... Je cherche fébrilement de quoi me couvrir, mais la seule étoffe dans cette piaule dépouillée est un plaid afghan mauve et jaune qui jure avec le canapé ; je l'attrape et m'y enroule avant de grimper sur le sofa. Ingrid rouvre la porte. Reste plantée un long moment, à me regarder en silence. Je la regarde aussi, et la seule pensée qui me vienne est : « Bon sang, Ingrid, comment tu as pu t'infliger ça ? »

L'Ingrid qui vit dans ma mémoire est cet ange blond et rayonnant, cet ange du cool rencontré en 1988 à la fête du 4-Juillet chez Jimbo. Ingrid Carmichel était à la fois irrésistible et inaccessible sous son armure d'opulence, de beauté et d'ennui. L'Ingrid qui me fait face aujourd'hui a le visage émacié, les traits tirés. Elle me fixe en inclinant la tête, mélange de surprise et de mépris. Ni l'un ni l'autre ne savons trop quoi dire. Pour finir elle retire son manteau, le jette sur le fauteuil et se perche à l'autre bout du canapé. Elle porte un pantalon en cuir, qui grince lorsqu'elle s'assoit.

— Henry.

— Ingrid.

— Qu'est-ce que tu fais là ?

— Je sais pas. Je suis désolé. Tout à coup... Enfin, tu connais l'histoire.

Je hausse les épaules. Je me moque un peu de savoir où je suis, tant mes jambes me font mal.

— T'as une gueule atroce.

— J'ai horriblement mal.

— C'est marrant, moi aussi.

— Je parle d'une douleur physique.

— Ah bon ?

Je pourrais prendre feu sous son nez qu'elle s'en ficherait tout autant. Je tire sur le plaid pour révéler mes moignons.

Ni mouvement de recul ni exclamation. Elle ne détourne pas les yeux, sinon pour fixer les miens, et alors je vois qu'Ingrid, oui Ingrid, me comprend parfaitement. Par des processus tout à fait différents nous avons atteint le même stade. Elle change de pièce, et revient avec son vieux nécessaire à couture. J'éprouve une lueur d'espoir, et cet espoir se confirme : Ingrid s'assied, lève le couvercle, et c'est comme au bon vieux temps. Au milieu des coussinets à épingles et des dés à coudre, se niche une pharmacie complète.

— Tu veux quoi ? demande-t-elle.

— Des opiacés.

Elle pioche dans un sachet de pilules et me propose un assortiment. Je choisis deux Ultram. Je les avale à sec, puis Ingrid m'apporte un verre d'eau pour faciliter la descente.

— Alors ? fait-elle en passant ses grands ongles rouges dans sa longue chevelure blonde. Tu viens de quand ?

— Décembre 2006. C'est quoi la date, ici ?

Ingrid consulte sa montre.

— On était le premier de l'an, mais là on est le 2 janvier 1994.

Non. Pitié, pas ça.

— Qu'est-ce qui ne va pas ? demande Ingrid.

— Rien du tout.

C'est aujourd'hui qu'Ingrid va se suicider. Que puis-je lui dire ? Puis-je l'arrêter ? Et si je préviens quelqu'un ?

— Écoute, Ingrid, je veux juste...

J'hésite. Comment faire sans l'épouvanter ? Est-ce vraiment important, désormais ? Maintenant qu'elle est morte ? Bien qu'elle soit assise devant moi ?

— Quoi ?

Je transpire.

— Juste... Ne sois pas trop dure avec toi-même. Ne va pas... Enfin, je sais que tu n'es pas très heureuse...

— La faute à qui ?

Ses lèvres rouges se figent dans une moue. Je me garde de répondre. Est-ce vraiment ma faute ? Je n'en sais trop rien. Ingrid me dévisage, comme attendant une réponse. Je détourne les yeux, pour contempler l'affiche de Maholy-Nagy sur le mur d'en face.

— Henry ? dit Ingrid. Pourquoi as-tu été si cruel avec moi ?

Je la regarde à nouveau.

— C'est ce que tu penses ? Ce n'était pas mon intention.

Elle secoue la tête.

— J'aurais pu crever que tu t'en serais foutu.

Bon sang, Ingrid...

— Tu te trompes. Je ne veux pas que tu meures.

— Tu t'en foutais. Tu m'as plaquée, et tu ne t'es jamais pointé à l'hosto.

Les mots semblent l'étouffer.

— Ta famille refusait que je vienne. Ta mère m'a dit de rester à l'écart.

— T'aurais dû venir quand même.

Je soupire.

— Même le médecin me l'a interdit, Ingrid.

— Quand j'ai posé la question, on m'a dit que t'avais jamais appelé.

— Bien sûr que si. On m'a répondu que tu ne souhaitais pas me parler, et on m'a dit de ne plus appeler.

L'antalgique commence à agir : la douleur s'estompe peu à peu. Je glisse mes mains sous le plaid et presse mon moignon gauche, puis le droit.

— J'ai failli mourir et tu ne m'as plus adressé la parole.

— Je pensais que tu ne voulais plus me parler. Comment j'étais censé savoir ?

— Tu t'es marié sans même me prévenir et tu as invité Celia rien que pour m'humilier.

Je ris, c'est plus fort que moi.

— C'est Claire qui a invité Celia ! Elles sont amies, je n'ai d'ailleurs jamais compris pourquoi. L'attraction des contraires, sûrement. Quoi qu'il en soit, ça n'avait rien à voir avec toi.

Ingrid se tait. Elle est livide sous le maquillage. Elle plonge la main dans son manteau, produit un paquet d'English Ovals et un briquet. Je m'étonne :

— Depuis quand tu fumes ?

Ingrid détestait le tabac. Ingrid aimait la coke, le Crystal Meth et les boissons aux noms poétiques. Elle pince une cigarette entre deux ongles et l'allume. Ses mains tremblent. Elle tire une bouffée et des volutes s'échappent de ses lèvres.

— Alors, ça fait quoi de vivre sans pieds ? C'est arrivé comment, au juste ?

— Engelures. J'ai perdu connaissance à Grant Park au mois de janvier.

— Alors tu te déplaces comment ?

— En fauteuil roulant, principalement.

— Ah ouais ? Ça craint.

— Ouais. Comme tu dis.

Un long silence.

— T'es toujours marié ?

— Ouais.

— Des gosses ?

— Une fille.

— Ah bon ? (Elle se carre dans le sofa, tire sur sa clope, recrache la fumée par les narines.)

— J'aimerais bien avoir des gosses.

— T'en as jamais voulu, Ingrid.

Elle me lance un regard indéchiffrable.

— J'ai toujours voulu des enfants. Mais je ne pensais pas que toi, tu en voulais, alors je n'ai jamais rien dit.

— Tu peux toujours en avoir.

Elle se marre.

— Tiens donc. J'ai des mômes, Henry ? Est-ce qu'en 2006 j'ai un mari, un pavillon à Winnetka et 2,5 enfants ?

— Pas vraiment.

Je change de position sur le divan. La douleur a reflué mais il reste la coquille de la douleur, un espace vide où, à défaut de sentir la douleur, on la guette.

— Pas vraiment, raille Ingrid. Dans quelle mesure, pas vraiment ? Comme dans : « Pas vraiment, Ingrid, en fait tu deviens clodo ?

— Non, tu ne deviens pas clodo.

— Alors je ne deviens pas clodo. Génial.

Elle écrase son mégot et croise les jambes. J'ai toujours raffolé des jambes d'Ingrid. Elle porte des bottes à hauts talons. Elle et Celia devaient revenir d'une fête.

— Nous avons éliminé les extrêmes : je ne suis pas une matrone de banlieue et je ne suis pas à la rue. Allez, Henry, donne-moi plus d'indices.

Je me tais. Je refuse de jouer à ce jeu.

— Très bien, faisons-le sous forme de QCM. Voyons voir... A) Je suis strip-teaseuse dans un club sordide de Rush Street. B) Je suis en taule pour avoir tué Celia à coups de hache et donné ses restes à Malcolm. Ha, ha. Ouais... Et C) Je vis à Rio del Sol avec un banquier d'affaires. Qu'en penses-tu, Henry ? Une de ces réponses te paraît-elle valable ?

— C'est qui, Malcolm ?

— Le doberman de Celia.

— Ça se tient.

Ingrid joue avec son briquet, l'allume et l'éteint.

— Et si je te dis D) Je suis morte. (Je frémis.) Ça t'évoque quelque chose ?

— Non. Rien du tout.

— Sérieux ? C'est ma préférée, pourtant.(Un sourire, qui n'a rien de joli, qui tient davantage de la grimace.) À tel point que ça me donne des idées...

Elle se lève et disparaît au fond du couloir. Je l'entends

ouvrir et fermer un tiroir. Elle se plante en face de moi et lance « Surprise ! » en me braquant avec un flingue.

Ce n'est pas un gros flingue. Fin, noir, brillant. Ingrid le tient près de sa taille, avec décontraction, comme si elle participait à un cocktail. Je fixe l'arme. Ingrid déclare :

— Je pourrais te descendre.

— Oui, tu le pourrais.

— Puis je pourrais me descendre.

— Oui, ça aussi.

— Mais est-ce que c'est ce qui se passe ?

— J'en sais rien, Ingrid. C'est toi qui décides.

— Foutaises, oui ! Réponds-moi.

— Très bien. Non, ça ne se passe pas comme ça.

J'essaie de parler avec assurance.

Ingrid a un rictus narquois.

— Et si j'ai envie que ça se passe comme ça ?

— Donne-moi ce flingue, Ingrid.

— Viens le chercher.

— T'as l'intention de me descendre ?

Elle secoue la tête en souriant. Je m'extrais du canapé et rampe jusqu'à Ingrid, traînant le plaid derrière moi, ralenti par les médocs. Ingrid se recule tout en maintenant le flingue dressé. Je m'arrête.

— Oui, Henry. C'est un bon chien, ça. C'est un chien de confiance.

Elle ôte la sécurité du flingue et se rapproche de deux pas. Je me raidis. Elle me vise pile entre les yeux. Puis elle se marre et pose le canon contre sa tempe.

— Et ça, Henry ? C'est comme ça que ça se passe ?

— Non.

Non !

Elle fronce les sourcils.

— T'es sûr, Henry ? (Elle appuie le flingue sur sa poitrine.) C'est mieux, là ? Tête ou cœur, Henry ?

Elle se rapproche encore d'un pas. Je pourrais la toucher. Je pourrais l'attraper. Ingrid m'envoie son pied dans le torse et je tombe à la renverse. Je suis étendu par terre, elle se penche sur moi et me crache au visage.

— Tu m'aimais ? demande-t-elle.

— Oui.

— Menteur, répond-elle avant de presser la détente.

Lundi 18 décembre 2006
(Claire a trente-cinq ans, Henry quarante-trois)

Claire : Je me réveille au milieu de la nuit pour m'apercevoir qu'Henry a disparu. Paniquée, je me redresse sur le lit. Mon esprit échafaude mille hypothèses. Une voiture pourrait l'avoir renversé, à moins qu'il n'ait échoué dans un immeuble abandonné ou dehors dans le froid... Un son me parvient alors : quelqu'un pleure. Je songe à Alba, peut-être Henry est-il allé vérifier ce qui clochait avec elle, aussi je me lève et me dirige vers sa chambre, mais notre fille est endormie, blottie contre Teddy, ses couvertures gisant sur le sol. Je longe le couloir, guidée par les gémissements, et au bout, assis par terre dans le salon, je découvre Henry, la face entre les mains.

Je m'agenouille près de lui.

— Qu'est-ce qui ne va pas ?

Henry relève la tête. Des larmes brillent sur ses joues dans la lueur des réverbères qui filtre par les fenêtres.

— Ingrid est morte, répond-il.

— Ingrid est morte depuis longtemps, remarqué-je doucement en l'étreignant.

Il secoue la tête.

— Des années, des minutes... Il n'y a pas de différence, commente-t-il.

Nous demeurons assis là en silence.

— Tu crois que c'est déjà le matin ? lâche-t-il finalement.

— Sûrement !

Le ciel est encore noir. Pas un oiseau ne chante.

— Ne restons pas ici, dit-il.

Je vais chercher son fauteuil, l'aide à prendre place dessus, et le conduis jusqu'à la cuisine. Je lui apporte son peignoir qu'il bataille pour enfiler. Attablé, il regarde fixement par la fenêtre le jardin recouvert de neige. Quelque part au loin, je perçois le raclement d'un chasse-neige qui déblaie une rue. J'allume la lumière. Je verse du café dans un filtre, verse de l'eau dans la cafetière que je mets en route. Je sors des tasses. J'ouvre le frigo. Henry se contente toutefois de remuer la tête lorsque je lui demande ce qu'il a envie de manger. Je m'installe à la table en face de lui. Il me considère, les yeux rougis et les cheveux pointant dans diverses directions. Ses mains sont maigres, sa mine sombre.

— Tout est ma faute, annonce-t-il. Si je ne m'étais pas trouvé là-bas...

— Tu aurais pu l'en empêcher ?

— Non, j'ai essayé.

— Alors dans ce cas...

La cafetière produit de petits bruits d'explosions. Henry se passe les mains sur le visage.

— Je ne m'étais jamais expliqué pourquoi elle n'avait pas laissé de mot, enchaîne-t-il.

Je m'apprête à l'interroger sur ce qu'il entend par là lorsque je m'avise qu'Alba se tient dans l'embrasure de la porte, habillée de sa chemise de nuit rose et chaussée de ses pantoufles-souris vertes. Elle plisse les yeux et bâille dans l'éclairage cru de la cuisine.

— Salut, ma puce, lance Henry.

Alba s'approche de lui et se drape sur le côté de son fauteuil roulant.

— Bbbbonjour, fait-elle.

— On n'est pas vraiment le jour, je lui signale. C'est même plutôt la nuit.

— Alors pourquoi vous êtes debout si c'est la nuit ? (Elle hume l'air.) Vous faites du café, donc c'est le matin.

— Oh ! nous y voilà : le vieux mythe « café = matin » ! intervient Henry. Il y a une faille dans ton raisonnement, ma chère.

— Laquelle ? s'enquiert Alba qui déteste avoir tort d'une manière générale.

— Tu bases ta conclusion sur des données fausses : en clair, tu oublies que tes parents sont des mordus de café de la pire espèce et que nous aurions très bien pu sortir du lit au beau milieu de la nuit juste pour boire PLUS DE CAFÉ.

Il rugit comme un enragé – à moins que ce ne soit comme un mordu de café de la pire espèce.

— Moi aussi, j'en veux, déclare Alba. Moi aussi, je suis une mordue de café.

Et de pousser un rugissement en écho à celui d'Henry. Mais ce dernier la décolle de lui et la repose lourdement à terre. Alba contourne la table en courant pour me rejoindre et se pend à mon cou.

— Grrr ! vocifère-t-elle à mon oreille.

Je me redresse et la soulève dans mes bras. Elle est si lourde à présent.

— Grrr toi-même !

Je descends le couloir en la portant, la jette sur son lit et elle hurle de rire. Le réveil sur sa table de chevet indique 4 h 16.

— Tu vois ? (Je lui montre.) Il est trop tôt pour te lever.

Après les protestations d'usage, Alba réintègre son lit et je regagne la cuisine. Henry a réussi à nous servir du café. Je me rassieds. Il fait froid.

— Claire ?

— Mmmm ?

— Quand je ne serai plus là... (Henry s'interrompt, détourne les yeux, inspire, recommence.) Je me suis occupé de tout remettre en ordre, tous les papiers, enfin, mon testament, mon courrier, et les choses que je destine à Alba, tout est rangé dans mon bureau.

Je n'arrive pas à prononcer un mot. Henry me dévisage.

— Quand ? j'articule. (Il secoue la tête de droite à gauche.) Dans quelques mois ? Quelques semaines ? Quelques jours ?

— Je l'ignore, Claire.

Bien sûr qu'il le sait, je sais qu'il le sait.

— Tu as lu la nécrologie, n'est-ce pas ?

Il hésite, puis acquiesce. J'ouvre la bouche pour répéter ma question, mais soudain j'ai peur.

DES HEURES, SINON DES JOURS

Vendredi 24 décembre 2006
(Henry a quarante-trois ans, Claire trente-cinq)

Henry : Je me réveille tôt, si tôt que la chambre est bleue dans les prémices de l'aube. Je reste allongé, à écouter la lourde respiration de Claire, le bruit sporadique des voitures sur Lincoln Avenue, les corbeaux qui s'interpellent, la chaudière qui s'arrête. J'ai mal aux jambes. Je m'accoude sur l'oreiller et trouve le flacon de Vicodin sur la table de chevet. J'en avale deux, avec du Coca sans bulles.

Je me glisse à nouveau sous les draps et me tourne sur le côté. Claire dort sur le ventre, se protégeant la tête de ses bras. Ses cheveux sont cachés par la couverture. Elle paraît plus petite sans sa couronne capillaire. Elle dort avec une simplicité qui me rappelle la fillette d'autrefois. Puis je me demande si je l'ai jamais vue dormir étant enfant. Non, jamais. En fait, c'est à Alba que je pensais. La lumière change. Claire remue, se tourne vers moi, sur le flanc. J'étudie son visage. Quelques débuts de rides, au coin des yeux et de la bouche, laissent préfigurer son visage de femme mûre. Je ne verrai jamais ce visage, et j'en conçois une grande amertume. Le visage avec lequel Claire continuera sans moi, qui ne connaîtra jamais mes baisers, qui fera partie d'un monde dont je ne serai pas, sauf dans les souvenirs de Claire. Enfin relégué dans un passé clos.

C'est aujourd'hui le trente-septième anniversaire de décès de ma mère. Chaque jour depuis l'accident j'ai pensé à elle, et mon père a dû penser à elle sans discontinuer. Si le culte de la mémoire pouvait réveiller les morts, maman serait notre Eurydice, une Dame Lazare qui se lèverait du néant pour nous consoler. Hélas ! toutes les lamentations du monde ne pouvaient prolonger sa vie d'une seconde, d'un battement cardiaque, d'un soupir supplémentaires. Le seul pouvoir de mon chagrin était de me conduire auprès d'elle. Mais Claire, comment fera-t-elle quand je ne serai plus là ? Comment puis-je l'abandonner ?

J'entends Alba parler dans son lit :

— Salut ! Salut, Teddy ! Chut, il faut dormir maintenant. (Une pause.) Papa ?

Je regarde Claire, pour voir si elle va se réveiller. Elle ne bouge pas.

— Papa !

Délicatement je me retourne, m'extirpe des couvertures, manœuvre mon corps vers le sol. Je rampe hors de la chambre et prends le couloir jusqu'à la chambre d'Alba. Elle glousse en me voyant. Je grogne et elle me tapote le crâne comme si j'étais un toutou. Elle est assise sur son matelas, au milieu de ses peluches.

— Fais-moi une place, petit chaperon rouge.

Alba se pousse et je me hisse sur le lit. Elle dispose à tâtons ses jouets autour de moi. Je passe mon bras sous ses épaules, m'allonge sur le dos. Elle me tend Nounours bleu.

— Il veut des marshmallows.

— C'est un peu tôt pour des marshmallows, Nounours bleu. Que dirais-tu d'œufs pochés avec des toasts ?

Alba grimace, fronçant simultanément bouche, nez et sourcils.

— Nounours n'aime pas les œufs, déclare-t-elle.

— Chuuut. Maman dort.

— D'accord, chuchote-t-elle bruyamment. Nounours veut de la gelée bleue.

J'entends Claire grommeler et se lever dans l'autre chambre.

— Crème de blé ? je propose. (Alba réfléchit.) Avec du sucre roux.

— D'accord.

— Tu veux la préparer toi-même ?

— Ouais. Tu m'emmènes sur ton dos ?

J'hésite. J'ai très mal aux jambes, et Alba est un peu trop grande pour que je la porte sans effort, mais désormais je ne peux rien lui refuser.

— Bien sûr. Monte.

Je suis à quatre pattes. Alba m'enfourche et nous cheminons vers la cuisine. Nous retrouvons Claire plantée devant l'évier. Elle regarde goutter la cafetière d'un air vaseux. Je m'approche, colle ma tête contre ses genoux. Elle attrape les bras d'Alba et la soulève dans les airs, pendant que la petite se tord de rire. J'escalade mon fauteuil. Claire demande dans un sourire :

— Qu'est-ce qu'on mange, les chefs ?

— De la gelée ! crie Alba.

— Mmm. Et quel genre de gelée ? De la gelée aux cornflakes ?

— Nooooon !

— De la gelée au bacon ?

— Beurk !

Alba s'enroule à sa mère, lui tire une mèche de cheveux.

— Aïe ! Ne fais pas ça, mon cœur. Bon, ce doit être de la gelée aux flocons d'avoine, alors ?

— Crème de blé !

— Gelée à la crème de blé. Miam miam.

Claire sort le sucre roux, le lait et le paquet de Crème de

Blé. Elle pose le tout sur le comptoir et m'interroge du regard :

— Et pour toi ? Gelée à l'omelette ?

— Si c'est toi qui la prépares, je ne dis pas non.

Je suis épaté par l'efficacité de Claire, qui s'affaire dans sa cuisine comme si elle faisait cela depuis des années. Elle se débrouillera très bien sans moi, je me dis en l'observant, mais je sais que c'est faux. Je regarde Alba délayer le blé dans l'eau, et je l'imagine à dix, quinze, vingt ans. C'est trop loin. Je n'ai pas encore fini. Je veux être là. Je veux les voir, je veux les serrer dans mes bras, je veux vivre...

— Papa, il pleure, murmure Alba à l'oreille de sa mère.

— C'est parce qu'il doit se farcir ma cuisine, répond Claire en me faisant un clin d'œil, et je suis obligé de rire.

SAINT-SYLVESTRE, II

Dimanche 31 décembre 2006
(Claire a trente-cinq ans, Henry quarante-trois)
(19 h 25)

Claire : Nous organisons une soirée ! Henry n'était guère enchanté au début, mais il semble parfaitement réconcilié avec cette idée à présent. Assis à la table de la cuisine, il apprend à Alba comment façonner des fleurs en carottes et en radis. Force m'est d'admettre que je n'ai pas vraiment joué franc-jeu : j'ai abordé le sujet en présence d'Alba qui s'est tellement enthousiasmée qu'Henry n'a pas eu le cœur de la décevoir.

— Ça va être super, Henry. On invitera tous ceux qu'on connaît.

— Tous sans exception ? s'enquit-il le sourire aux lèvres.

— Seulement ceux qu'on aime, corrigeai-je.

À la suite de quoi, je me suis consacrée au ménage durant des jours, pendant qu'Alba et lui s'attelaient à la confection des cookies (en tenant compte du fait que la moitié de la pâte finit dans la bouche d'Alba si nous ne la surveillons pas). Hier, Charisse et moi sommes allées au supermarché acheter un assortiment de sauces et de condiments, des chips, tous les légumes possibles et imaginables, de la bière, du champagne, de délicats hors-d'œuvre colorés, des cure-dents, des serviettes sur lesquelles il est imprimé « *Bonne Année* » en lettres dorées avec les assiettes en carton assorties et Dieu seul sait quoi d'autre. Présentement, la maison est imprégnée du parfum des boulettes de viande et du sapin qui dépérit à vue d'œil dans le salon. Alicia, quant à elle, lave nos verres à vin.

Henry lève les yeux vers moi :

— Hé ! Claire, le spectacle va bientôt commencer. Tu devrais aller te doucher.

Je consulte ma montre et constate que oui, il est l'heure.

Hop sous la douche je me shampouine les cheveux, me sèche les cheveux, hop mon slip, mon soutien-gorge, mes bas, ma robe de soirée en soie noire, mes talons, une légère touche de parfum et de rouge à lèvres, un dernier regard dans le miroir (j'ai un air effarouché) retour dans la cuisine où Alba, étonnamment, paraît aussi fraîche qu'une rose dans sa robe en velours bleu tandis qu'Henry n'a toujours pas quitté sa chemise en flanelle rouge toute trouée et son blue-jean loqueteux.

— Tu ne comptes pas te changer ?

— Ah... oui. Bien sûr. Hum, tu me donnes un coup de main ?

Je pousse son fauteuil jusque dans notre chambre.

— Qu'est-ce que tu veux mettre ?

Je ratisse ses tiroirs en quête de sous-vêtements et de chaussettes.

— Peu importe. Tu n'as qu'à choisir.

Henry allonge le bras pour fermer la porte.

— Approche.

J'arrête de fourrager dans le placard et le considère. Il bloque le frein de son fauteuil et se hisse tant bien que mal sur le lit.

— On n'a pas le temps, Henry.

— Justement. Ne le gâchons pas en paroles.

Il s'exprime d'un ton bas et pressant. Je verrouille la porte.

— Tu te rends compte que je viens juste de m'habiller...

— Chut.

Il écarte les bras dans ma direction, je capitule, m'assieds près de lui et l'expression « une dernière fois » surgit dans mon esprit sans que je l'y aie invitée.

(20 h 05)

HENRY : La sonnette trille pendant que je noue ma cravate.

— Je te plais, comme ça ? s'inquiète Claire.

Un peu, qu'elle me plaît. Elle est toute rose et craquante, et je le lui dis. Nous quittons la chambre tandis qu'Alba se rue à la porte, avant de s'écrier :

— Pépé ! Kimy !

Mon père tamponne ses bottines pleines de neige et se penche pour embrasser Alba. Puis Claire lui fait deux bises, et il la remercie en lui tendant son pardessus. Alba met le grappin sur Kimy et l'emmène voir le sapin sans même lui laisser le temps d'ôter son manteau.

— Bonjour, Henry, sourit papa en s'approchant de moi.

Et soudain je comprends : ce soir ma vie va défiler sous mes yeux. Nous avons invité tous ceux qui nous sont chers : papa, Kimy, Alicia, Gomez, Charisse, Philip, Mark, Sharon et leurs enfants, Gram, Ben, Helen, Ruth, Kendrick, Nancy et leurs gamins, Roberto, Catherine, Isabelle, Matt, Amelia, des amis artistes de Claire, des anciens élèves de l'école de bibliothécaire, des parents de petits camarades d'Alba, la galeriste de Claire, et même Celia Attley (sur insistance de Claire). Les seuls absents étaient empêchés : ma mère, Lucille, Ingrid...

Mon Dieu ! aidez-moi !

(20 h 20)

Claire : Gomez et Charisse déboulent à la manière de kamikazes.

— Hé ! Biblio Boy, vieux fainéant, il t'arrive de déneiger tes voies d'accès ?

Henry se frappe le front.

— Il me semblait bien que j'avais oublié quelque chose !

Gomez largue un sac rempli de CD sur les genoux d'Henry et repart dégager l'allée. Charisse s'esclaffe et me suit dans la cuisine, où elle sort une énorme bouteille de vodka russe qu'elle fourre dans le congélateur. Nous entendons Gomez fredonner *Let It Snow* à mesure qu'il se fraye un chemin avec sa pelle le long de la maison.

— Où sont les enfants ? j'interroge Charisse.

— On les a laissés chez ma mère. C'est la Saint-Sylvestre, on a pensé qu'ils s'amuseraient plus avec leur grand-mère. Ajoute à cela qu'on a décidé de se soûler sans témoins, tu comprends ?

En réalité, de telles considérations ne m'ont jamais véritablement effleurée, je n'ai pas été ivre depuis avant la conception d'Alba. Celle-ci entre en trombe dans la cuisine. Charisse la serre dans ses bras avec chaleur.

— Salut, mon poussin ! On t'a apporté un cadeau !

Alba me lance un regard.

— Vas-y, ouvre-le.

Il s'agit d'une minuscule trousse à manucure avec vernis à ongles inclus. Alba en reste béate d'admiration. Je lui décoche un petit coup de coude pour qu'elle recouvre la mémoire.

— Merci, tante Charisse.

— De rien, Alba.

— Va la montrer à papa, lui suggéré-je et elle file dans le salon.

Je glisse la tête dans le couloir et je l'aperçois qui gesticule avec animation pour le bénéfice d'Henry lequel soumet ses doigts à son inspection comme s'il envisageait une onglectomie.

— Tu as tapé dans le mille, Charisse.

— C'était ma passion, petite, me confie-t-elle en souriant. Je rêvais d'être esthéticienne plus tard.

Je ris.

— Mais comme ça te donnait des boutons, tu es devenue artiste à la place.

— J'ai rencontré Gomez et pris conscience que personne n'avait jamais réussi à renverser le système capitaliste bourgeois et misogyne en lui permanentant les cheveux.

— Cela dit, on ne l'a pas tout à fait mis à genoux en lui vendant des œuvres d'art non plus.

— Parle pour toi, ma chérie. Toi qui es irrémédiablement accro à l'esthétique pure.

— Coupable, coupable, coupable. (Nos déambulations nous conduisent dans la salle à manger où Charisse s'applique à remplir son assiette.) Et tu travailles sur quoi en ce moment ? m'enquiers-je.

— Les virus informatiques en tant que formes d'expression artistique.

— Oh ! (Oh non !) Ça ne serait pas, heu, illégal par hasard ?

— Pas tout à fait. Je me contente de les concevoir, de peindre leur code html sur une toile et de monter des expos. Je ne les répands pas vraiment dans la nature.

— Mais n'importe qui pourrait s'en charger.

— Bien sûr, confirme Charisse, un sourire diabolique s'épanouissant sur son visage. J'espère qu'on ne s'en privera pas. Gomez a beau ricaner, certains de ces inoffensifs tableaux pourraient sérieusement ébranler la Banque mondiale, Bill Gates et tous ces connards qui fabriquent les distributeurs de billets de banque.

— Ma foi, bonne chance. L'expo est prévue pour quand ?

— Le mois de mai. Je t'enverrai un carton d'invitation.

— D'accord, et dès réception je convertirai nos biens en or et j'investirai dans l'eau en bouteille.

Charisse pouffe. Catherine et Amelia se joignent à nous et nous cessons de disserter sur l'anarchie mondiale véhiculée à travers l'art pour nous extasier sur nos tenues respectives.

(20 h 50)

HENRY : La maison est remplie de nos proches, dont certains ne m'avaient pas revu depuis l'amputation. Leah Jacobs, la galeriste de Claire, se montre pleine de tact, mais j'ai du mal à soutenir son regard plein de pitié. Celia me surprend en fondant sur moi, la main tendue. Je la lui serre et elle déclare :

— Ça me fait de la peine de te voir dans cet état.

— Tu es splendide, en tout cas.

Et je le pense. Elle arbore une coiffure tout en hauteur et un ensemble bleu chatoyant.

— Voyez-vous ça, fait-elle de son exquise voix snobinarde. Je préférais quand t'étais un sale type et que je pouvais haïr ta carcasse livide et rachitique.

Je ris :

— Ah ! le bon vieux temps !

Elle plonge la main dans son sac.

— Il y a un moment, j'ai retrouvé ceci dans les affaires d'Ingrid. Je me disais que Claire aimerait l'avoir.

Celia me tend une photo, de moi, aux alentours de 1990. Tout sourire, cheveux longs et torse nu sur Oak Street Beach.

Je ne me souvenais pas qu'Ingrid l'ait prise, mais notre relation n'est plus qu'un gros blanc dans ma mémoire.

— Ouais, je suis sûr que ça lui plairait. Un joli *memento mori*.

Je lui rends le cliché. Elle me tance du regard.

— Vous n'êtes pas mort, Henry DeTamble.

— Je n'en suis pas loin, Celia.

Elle éclate de rire :

— Eh bien, si tu arrives en enfer le premier, garde-moi une place à côté d'Ingrid.

Là-dessus elle tourne les talons et se met en quête de Claire.

(21 h 45)

Claire : Les enfants ont galopé partout dans la maison et se sont empiffrés de nourriture au buffet si bien qu'ils sont maintenant à la fois épuisés et excités. Je croise Colin Kendrick dans le couloir et lui demande si une courte sieste le tente, à quoi il répond très solennellement qu'il préférerait veiller avec les adultes. Je suis touchée par sa politesse, sa beauté de garçon de quatorze ans et sa timidité à mon égard alors qu'il me connaît depuis toujours. Alba et Nadia Kendrick n'affichent pas la même réserve.

— Mamaaan, glapit Alba, tu avais promis qu'on pourrait rester *debout* !

— Vous êtes sûres de ne pas vouloir dormir un moment ? Je vous réveillerai juste avant minuit.

— Nooon.

Kendrick assiste à cet échange, je hausse les épaules et il laisse échapper un rire :

— Le duo infernal. Très bien, les filles, pourquoi n'iriez-vous pas jouer tranquillement dans la chambre d'Alba ?

Elles s'éloignent en traînant les pieds et en ronchonnant. Nous ne doutons pas que d'ici une poignée de minutes, elles auront repris leurs jeux comme si de rien n'était.

— Content de te voir, Claire, me lance Kendrick tandis qu'Alicia se dirige vers nous d'un pas nonchalant.

— Hé ! Claire. Vise un peu papa. (Je suis le regard d'Alicia et découvre notre père occupé à flirter avec Isabelle.) Qui est-ce ?

— Oh ! mon Dieu ! je m'exclame, hilare. C'est Isabelle Berk !

J'entreprends de lui brosser le portrait du dragon de vertu qu'est Isabelle. Nous rions tellement que nous avons du mal à respirer.

— Excellent, excellent. Pitié, ça suffit, m'enjoint Alicia.

Richard s'avance vers nous, attiré par notre crise de fou rire.

— Qu'y a-t-il de si drôle, *bella donna* ?

Nous secouons la tête tout en continuant de glousser.

— Elles se moquent du rituel de séduction de la figure autoritaire paternelle, explique Kendrick.

Richard opine du chef, perplexe, et interroge Alicia sur les dates de ses concerts au printemps. Ils dérivent en direction de la cuisine, évoquant Bucarest et Bartok. Kendrick, toujours posté à côté de moi, patiente, désireux de me dire ce que je me refuse à entendre. Alors que j'amorce un repli, il me retient par le bras.

— Attends, Claire... (J'attends.) Je suis désolé.

— Ce n'est pas grave, David.

Nous restons à nous dévisager l'espace d'un instant. Kendrick remue la tête, tâtonne pour dénicher ses cigarettes.

— Si un jour tu veux faire un saut au labo, je te montrerai les résultats que nous avons obtenus en ce qui concerne Alba...

Je balaie la pièce des yeux, tâchant de repérer Henry.

Gomez initie Sharon à la rumba dans le salon. Tout le monde semble passer une agréable soirée, mais Henry n'est nulle part en vue. Je ne l'ai pas vu depuis au moins quarante-cinq minutes et j'éprouve un besoin irrépressible de le chercher, de m'assurer qu'il va bien, de m'assurer qu'il est ici.

— Excuse-moi, dis-je à Kendrick qui donne l'impression de vouloir prolonger cet échange. On en reparlera une autre fois. Quand ce sera plus calme.

Il acquiesce. Nancy Kendrick surgit avec Colin sur ses talons, rendant la discussion de toute façon impossible. Ils entament un débat passionné sur le hockey sur glace et j'en profite pour m'enfuir.

(21 h 48)

Henry : La température s'étant sensiblement élevée dans la pièce, je sors prendre l'air sur la véranda de devant. La conversation bourdonne dans le séjour. La neige tombe épaisse et drue, recouvrant voitures et buissons, atténuant leurs arêtes, étouffant le son du trafic. C'est une nuit magnifique. J'ouvre la porte qui communique avec le salon.

— Hep, Gomez !

Il accourt et passe la tête dans la véranda.

— Ouais ?

— Suis-moi dehors.

— Mais on se pèle le cul !

— Allez, un peu de nerf, monsieur le conseiller gâteux.

Mon ton semble l'avoir convaincu :

— C'est bon, j'arrive dans deux secondes.

Il s'éclipse et revient au bout de quelques minutes vêtu de son manteau, avec le mien dans les bras. Pendant que je l'ajuste sur mes épaules, il me propose sa flasque.

— Non, merci.

— C'est de la vodka. Ça fait pousser les poils sur la poitrine.

— Incompatible avec les opiacés.

— Ah ! c'est vrai ! C'est fou ce qu'on oublie vite.

Gomez me fait traverser le salon, puis m'extirpe du fauteuil et me fait descendre l'escalier sur son dos, comme un gosse ou un singe. Nous franchissons la porte d'entrée et l'air glacial nous saisit tel un exosquelette. La sueur de Gomez a des relents d'alcool. Quelque part là-haut, derrière les vapeurs de sodium de Chicago, brillent des étoiles.

— Camarade.

— Mmm ?

— Merci pour tout. T'as été le meilleur...

Je ne vois pas son visage, mais je le sens se raidir sous toutes ces épaisseurs de laine.

— Qu'est-ce que tu racontes ?

— Mes carottes sont quasi cuites, Gomez. C'est l'heure. *Game over*.

— Quand ?

— Bientôt.

— C'est-à-dire ?

Je mens :

— J'en sais rien. (Très, très bientôt.) Quoi qu'il en soit, je tenais à te dire que... Je sais que j'ai été casse-pieds à mes heures (il se marre), mais c'était chouette. (Je fais une pause, au bord des larmes.) C'était très chouette.

Et nous restons plantés là, deux handicapés verbaux d'Américains, dont l'haleine se fige en nuages, laissant sous le boisseau toutes les paroles possibles.

— Rentrons, dis-je enfin.

En me reposant dans le fauteuil, Gomez m'étreint quelques instants, puis s'éloigne d'un pas lourd sans se retourner.

(22 h 15)

Claire : Henry n'est pas dans le salon, lequel abrite un groupe déterminé bien que modeste qui s'entête à vouloir évoluer sur les Squirrel Nut Zippers en déployant des styles aussi variés qu'improbables. Charisse et Matt exécutent une chorégraphie qui ressemble au cha-cha-cha, Roberto danse, plein de grâce, avec Kimy qui esquisse des pas menus mais résolus s'apparentant au fox-trot. Gomez a abandonné Sharon au profit de Catherine qui pousse des cris de joie quand il la fait tournoyer et s'esclaffe lorsqu'il s'immobilise pour s'allumer une cigarette.

Henry ne se trouve pas non plus dans la cuisine, envahie par Raoul, James, Lourdes et le reste de mes amis artistes. Ils se régalent mutuellement du récit des tours pendables que les marchands d'art leur ont joués et vice-versa. Lourdes relate l'anecdote de la sculpture cinétique d'Ed Kienholtz qui avait percé un énorme trou dans le luxueux bureau de son marchand. Tous partent d'un rire sadique.

Je les taquine en agitant l'index :

— Pourvu que ça n'arrive pas aux oreilles de Leah.

— Où se cache-t-elle ? s'écrie James. Je parie qu'elle, elle pourrait raconter des tas d'histoires croustillantes...

Sur ce, il se met en quête de Leah qui boit un cognac avec Mark sur les marches.

Ben, lui, se prépare un thé. Il est équipé d'un sachet en plastique à glissière contenant une collection d'herbes médicinales à l'odeur infecte dont il garnit un passe-thé en les dosant avec soin avant de les immerger dans une tasse d'eau fumante.

— Tu as aperçu Henry ?

— Ouais, je viens juste de bavarder avec lui. Il est sur la véranda. (Ben m'observe.) Je suis un peu inquiet à son sujet. Il avait l'air particulièrement triste. Il avait l'air... (Il n'achève pas sa phrase, effectue un geste avec sa main qui signifie « Je pourrais me tromper sur ce point ».) Il m'a rappelé certains patients, lorsqu'ils sont conscients que leurs jours sont comptés...

Mon estomac se contracte.

— Il est très déprimé depuis que ses pieds...

— Je sais. Mais il m'a tenu le discours de celui qui s'apprête à monter dans un train *en partance*, tu comprends, il m'a dit...

Ben baisse la voix – qu'il a déjà très basse d'ordinaire – si bien que je saisis à peine le sens de ses paroles :

— Il m'a dit qu'il m'aimait et qu'il me remerciait pour tout... C'est juste que les gens, enfin, les mecs, font pas ce genre de déclaration quand ils ont toute la vie devant eux, tu comprends ?

Ses yeux sont noyés de larmes derrière ses lunettes, je l'enlace, et nous restons ainsi une fraction de seconde, mes bras encerclant son corps décharné. Autour de nous, les conversations se poursuivent sans que personne ne nous prête attention.

— Je n'ai aucune envie de survivre à qui que ce soit, enchaîne Ben. Nom de Dieu ! Après avoir ingurgité cette décoction infâme et avoir été dans l'ensemble un putain de martyr pendant quinze ans, je pense avoir gagné le droit de voir tous mes amis défiler devant mon cercueil et lancer : « Il est mort au sommet de sa gloire. » Ou un truc dans ce goût-là. J'ai bien l'intention qu'Henry soit présent pour citer Donne : « Sois moins superbe, Mort, espèce de stupide garce. » Ce sera magnifique.

Je pouffe.

— Eh bien si Henry ne peut pas y assister, je viendrai à sa place. (Je m'emploie à singer Henry. J'arque un sourcil, je redresse le menton et descends dans les graves :) « Un court somme, et nos yeux s'ouvriront sur le Port ! »[1] Cependant que la Mort, attablée dans la cuisine en petite tenue à 3 heures du matin, s'échinera à compléter la grille de mots croisés de la semaine passée...

Ben éclate de rire. Je dépose un baiser sur sa joue pâle et lisse puis je m'éclipse.

Henry est tout seul sur la véranda, dans le noir, à observer la neige tomber. Je n'ai pratiquement pas regardé par la fenêtre de la journée et à présent je réalise qu'il neige sans interruption depuis des heures. Des chasse-neige cheminent bruyamment le long de Lincoln Avenue, nos voisins déblaient leurs allées. Bien que la véranda soit couverte, nous ressentons quand même le froid.

— Rentre, je l'exhorte, debout près de lui, contemplant un chien qui s'ébat dans le manteau blanc de l'autre côté de la rue.

Henry glisse son bras autour de ma taille et appuie sa tête contre ma hanche.

— Si seulement on pouvait suspendre le temps, là, maintenant, lâche-t-il.

Je promène mes doigts dans ses cheveux. Ils sont plus raides et plus épais qu'autrefois, avant qu'ils grisonnent.

— Claire, commence-t-il.

— Henry.

— Le moment est venu...

(Il stoppe net.)

— Quoi ?

— C'est... Je...

— Mon Dieu !

Je m'assieds sur le divan, face à lui.

---

1. John Donne. *Poèmes* (Poèmes religieux : Sonnets sacrés – Sonnet X.) traduits de l'anglais par Jean Fuzier et Yves Denis, Gallimard. *(N.d.T.)*

— Mais... Non. Il faut... Reste.

Je presse ses mains.

— C'est déjà arrivé. Une minute, laisse-moi m'asseoir près de toi.

Il s'élance de son fauteuil, atterrit sur le divan. Nous nous renversons sur le tissu froid. Je frissonne dans ma robe fine. Dans la maison, les gens rient et dansent. Henry m'entoure de son bras pour me réchauffer.

— Pourquoi est-ce que tu ne m'as pas prévenue ? Pourquoi est-ce que tu ne m'as pas empêchée d'inviter tous ces gens ?

J'aimerais ne pas éprouver de colère, mais je n'y parviens pas.

— Je ne voulais pas que tu sois seule... après. Et puis je voulais dire au revoir à tout le monde. Ça a été des instants précieux, un baroud d'honneur...

Nous nous taisons alors. Les flocons voltigent silencieusement.

— Quelle heure est-il ?

Je vérifie ma montre.

— Onze heures et des poussières.

Oh ! Seigneur ! Henry attrape une couverture sur une chaise et nous nous emmitouflons dedans. Tout ceci me paraît irréel. Je savais que ça se produirait, bientôt, que ça se produirait forcément tôt ou tard, mais voilà que nous y sommes, et nous restons simplement étendus là, à attendre...

— Bon sang, ne peut-on vraiment rien faire ? murmuré-je dans le cou d'Henry.

— Claire... (Ses bras m'étreignent. Je ferme les yeux.)

— Tu dois tout arrêter. Refuser que ça se passe. *Changer* les choses.

— Oh ! Claire !

La voix d'Henry est douce. Je l'examine : ses yeux sont brillants de larmes dans la lumière réverbérée par la neige. Je pose ma joue contre son épaule. Il caresse mes cheveux. Nous demeurons ainsi longtemps. Henry transpire. Je touche son visage qui est brûlant de fièvre.

— Quelle heure est-il ?

— Presque minuit.

— J'ai peur.

J'enchevêtre mes bras avec les siens, enveloppe mes jambes autour des siennes. Il est inconcevable qu'Henry, si solide, mon amant, ce corps tangible que je tiens serré contre le mien de toutes mes forces, puisse disparaître.

— Embrasse-moi !

Nous nous embrassons lorsque soudain je me retrouve seule, sous la couverture, sur le divan, dans la véranda glacée. Il continue de neiger. À l'intérieur, la musique s'interrompt, j'entends Gomez égrener : « Dix ! neuf ! huit ! », tous se joignent à lui et scandent à l'unisson : « Sept ! six ! cinq ! quatre ! trois ! deux ! un ! *Bonne Année !* » Un bouchon de champagne saute, tout le monde parle en même temps et quelqu'un s'exclame : « Où sont Henry et Claire ? » Dehors dans la rue, des pétards explosent. J'enfouis ma tête entre mes mains et j'attends.

III

UN TRAITÉ DE NOSTALGIE OU TRAITÉ DE L'ABSENCE

En son quarante-troisième an. Le terme échu
De sa vie brève et du temps qui lui fut prêté
Pour voir l'infinité à travers les crevasses
Innombrables fissurant la surface unie
De tous les tissus cutanés, et en mourir[1].

Possession

Elle allait lentement, elle prenait son temps,
Comme s'il lui fallait encor vaincre un obstacle ;
Mais il semblait pourtant qu'ayant franchi ce seuil,
Abandonnant la marche elle prendrait son vol.

Œuvres poétiques et théâtrales[2]
Rainer Maria Rilke
Celle qui devient aveugle

---

1. Roman traduit de Jean-Louis Chevalier, Flammarion.
2. Traduction de Marc Petit, in *Nouveaux Poèmes I*, Gallimard.

Samedi 27 octobre 1984, lundi 1er janvier 2007
(Henry a quarante-trois ans, Claire trente-cinq)

Henry : Le ciel est gris, je tombe dans les hautes herbes sèches *faites que ce soit rapide* et comme j'essaie de ne pas bouger j'entends claquer un coup de fusil, au loin, sans doute ne me concerne-t-il pas, mais si, je suis plaqué au sol, je regarde mon ventre éclaté comme une grenade, une soupe de viscères et d'hémoglobine fuyant de mes entrailles ; c'est parfaitement indolore *comment ça se fait ?* mais je ne puis m'empêcher d'admirer cette version cubiste de mon intérieur *j'entends courir quelqu'un* tout ce que je demande, c'est de voir Claire avant de crier son nom *Claire, Claire* et Claire se penche sur moi, en pleurs, et Alba chuchote :

— Papa...
— Je vous aime...
— Henry...
— À jamais...
— Mon Dieu, mon Dieu...
— *Assez de temps...*
— Non !
— *Et d'ici-bas...*
— Henry !

Claire : Le salon s'est figé. Tout le monde se tient immobile, pétrifié, les yeux braqués sur nous. Billie Holliday chante, puis quelqu'un éteint la platine laser, alors le silence retentit. Je suis assise sur le sol, pressant Henry contre moi. Alba, accroupie au-dessus de lui, lui murmure à l'oreille, le secoue. Le corps d'Henry est chaud, ses yeux ouverts fixent un point au-delà de moi, il est lourd dans mes bras, si lourd, sa peau pâle déchirée, du rouge à perte de vue, de la chair en lambeaux enserrant un monde secret composé de sang. Je berce Henry. Le coin de sa bouche saigne. Je l'essuie. Des pétards claquent à proximité.

— Je crois qu'on devrait appeler la police, dit Gomez.

DISSOLUTION

Vendredi 2 février 2007 (Claire a trente-cinq ans)

CLAIRE : Je dors toute la journée. Les bruits migrent dans la maison : le camion des éboueurs dans la ruelle, la pluie, une branche d'arbre cognant contre la fenêtre de la chambre. Je dors. J'investis le sommeil de manière implacable, le convoquant, le contrôlant, chassant les rêves, refusant, refusant. Le sommeil est mon amant désormais, mon opium, la source dans laquelle je puise l'oubli, dans laquelle je m'abîme. Le téléphone sonne encore et encore. J'ai débranché le répondeur avec la voix d'Henry. L'après-midi cède la place à la nuit qui cède la place au matin. Tout se résume à ce lit, cette torpeur sans fin qui transforme les semaines en un seul et unique jour, qui suspend le temps, l'étire et le comprime jusqu'à ce qu'il perde tout sens.

Parfois le sommeil m'abandonne, alors je simule, comme lorsque Etta venait me tirer du lit pour aller à l'école. Je respire lentement et profondément. J'intime à mes yeux de se tenir tranquilles sous mes paupières, j'intime à mon esprit de se tenir tranquille et, bientôt, le Sommeil, avisant une parfaite reproduction de lui-même, vient s'unir avec son reflet.

Parfois je me réveille et je cherche Henry. Le sommeil efface toutes les frontières : alors et maintenant, mort et vivant. Je suis au-delà de la faim, au-delà de la vanité, au-delà de tout. Ce matin, je me suis aperçue dans la glace de la salle de bains. J'ai une mine de papier mâché, le visage émacié, cireux, les yeux cernés, les cheveux embroussaillés. J'ai l'air d'un cadavre. Je ne désire rien.

Kimy s'installe au pied du lit.

— Claire ? demande-t-elle. Alba est de retour de l'école... Tu veux bien qu'elle entre, te dise bonjour ?

Je fais semblant d'être endormie. La petite main d'Alba me caresse la figure. Des larmes s'échappent de mes yeux. Elle dépose quelque chose – son sac à dos ? son étui à violon ? – sur le sol et Kimy lance : « Enlève tes chaussures, Alba », puis elle me rejoint sur le lit en rampant. Elle s'enveloppe de mon bras, fourre sa tête sous mon menton. Je soupire, ouvre les yeux. Alba fait semblant d'être endormie. J'étudie ses épais cils noirs, sa bouche large, sa peau pâle ; elle aspire l'air avec précaution, se cramponne à ma hanche de toute la force de sa main, elle dégage un parfum de copeaux de crayons, de colophane et de shampooing. J'embrasse le sommet de son crâne. Elle ouvre les yeux et sa ressemblance avec Henry est presque plus que je ne peux en supporter. Kimy se lève et quitte la pièce.

Plus tard, je sors du lit, je prends une douche, m'attable avec Kimy et Alba pour le dîner. Je m'assieds au bureau d'Henry une fois Alba couchée, extrais des tiroirs les liasses de lettres et de papiers, puis commence à les parcourir.

À lire après ma mort
Le 10 décembre 2006

Très chère Claire,

Je t'écris cette lettre assis à mon bureau dans la chambre du fond en observant par la fenêtre ton studio, par-delà le jardin recouvert d'une neige bleue dans la lumière crépusculaire. Tout est luisant et crissant de glace, et il règne un calme absolu. C'est une de ces soirées d'hiver où le froid qui envahit chaque chose semble ralentir le temps, pareil à l'étroit goulot d'un sablier à travers lequel le temps lui-même ne s'écoule que lentement, si lentement. J'ai ce sentiment – qui m'habite très souvent quand je suis hors du temps, mais que je n'éprouve pratiquement jamais sinon – d'être porté par le temps, de flotter sans effort à sa surface comme une nageuse bien en chair. J'ai ressenti un besoin impérieux ce soir, alors que j'étais seul à la maison (tu assistes au récital d'Alicia à Sainte-Lucie) de t'écrire une lettre. Soudain, j'ai eu envie de te léguer quelque chose, pour après. Je crois que mes jours sont comptés à présent. J'ai l'impression que toutes mes réserves d'énergie, de plaisir, de temps, se sont amenuisées, réduites. Je ne me sens plus capable de tenir encore très longtemps. Je sais que tu sais.

Si tu lis ceci, je suis probablement mort. (Je précise « probablement » parce que les circonstances défient toute prévision et qu'annoncer sa fin comme un fait avéré paraît absurde et présomptueux.) Justement, à ce propos... j'espère que ma mort a été simple, propre et sans ambiguïté. J'espère qu'elle n'a pas suscité trop de remous. Je regrette. (On dirait un mot laissé par un homme sur le point de se suicider. Bizarre.) Sauf que toi tu as cette certitude : la certitude que si j'avais pu rester, si j'avais pu continuer, j'aurais saisi chaque seconde ; quelle qu'ait été sa forme, à cette mort, tu n'ignores pas qu'elle a surgi et qu'elle m'a emporté, tel un enfant enlevé par des lutins.

Claire, je veux te répéter, encore, à quel point je t'aime. Notre amour a été le fil dans le labyrinthe, le filet sous l'équilibriste, la seule chose réelle dans cette vie étrange à laquelle j'ai pu me raccrocher. Ce soir, j'ai l'impression que mon amour pour toi a plus de densité dans ce monde que je n'en ai moi-même : comme s'il pouvait me survivre et t'entourer, veiller sur toi, t'envelopper.

Je trouve insupportable la pensée que tu m'attendes. Je suis conscient que tu as passé ta vie à me guetter, toujours incertaine du temps que durerait l'attente chaque fois. Dix minutes, dix jours. Un mois. Quel mari peu fiable j'ai été, Claire, semblable à un marin, Ulysse solitaire et ballotté par d'immenses vagues, tantôt maître de mon destin, tantôt simple jouet entre les mains des dieux. Je t'en prie, Claire. Quand je serai mort, cesse d'attendre et libère-toi. De moi... Enfouis-moi au fond de toi, puis ouvre-toi aux autres et vis. Jouis du monde et de tes retrouvailles avec lui, évolue en son sein comme s'il n'offrait aucune résistance, comme s'il s'agissait de ton élément. Tu as mené avec moi une vie entre parenthèses. Je n'entends pas par là que tu n'as rien accompli. Tu as créé de la beauté et du sens dans ton art, engendré Alba, qui est tellement incroyable, et pour moi : tu as été tout pour moi.

Après sa disparition, maman a complètement dévoré mon père. Elle aurait détesté cette idée. Chaque minute de son existence à partir du drame a été marquée par son absence, chacun de ses actes a manqué d'envergure car elle n'était plus là pour qu'il se mesure à elle. Enfant, je ne comprenais pas ; maintenant je sais combien l'absence peut-être présente, comme un nerf endommagé, comme un oiseau noir.

Si je devais poursuivre sans toi, je suis convaincu que je n'en aurais pas la force. Mais j'ai foi en toi, j'ai cette vision de toi marchant avec légèreté, tes cheveux brillant au soleil. Je ne t'ai pas vue avec mes yeux, seulement avec mon imagination, celle qui compose des tableaux, qui a toujours voulu te peindre, resplendissante – quoi qu'il en soit, j'ai espoir que cette vision deviendra réalité.

Claire, un dernier point, j'ai hésité à t'en parler parce que je craignais, superstitieusement, que te raconter cet épisode l'empêche de se produire (Je l'admets : c'est ridicule) mais aussi parce que je viens tout juste de t'exhorter à ne pas vivre dans l'attente et que ceci pourrait t'inciter à attendre plus longtemps que tu ne l'as jamais fait. Je vais te le dire quand même au cas où tu aurais besoin de quelque chose, après.

L'été dernier, je patientais dans la salle d'attente de Kendrick lorsque soudain je me suis retrouvé dans le couloir sombre d'une maison inconnue, les pieds plus ou moins emmêlés dans un amas de chaussures en caoutchouc ; il flottait une odeur de pluie. Au bout du couloir, j'ai distingué un rai de lumière autour d'une porte, aussi je me suis dirigé avec précaution dans cette direction et j'ai jeté un œil à l'intérieur. La pièce était blanche et éclaboussée par le soleil du matin. Tournée face à la fenêtre, une femme était assise, portant un cardigan couleur corail, avec de longs cheveux blancs lui descendant jusqu'au bas du dos. Une tasse de thé était posée près d'elle, sur une table. Un bruit a dû l'alerter ou alors elle a senti que je me tenais derrière elle... Elle s'est retournée et m'a regardé, je l'ai regardée et c'était toi, Claire, toi à l'automne de ta vie, dans le futur. C'était un instant délicieux, Claire, délicieux au-delà des mots, de revenir en quelque sorte d'entre les morts pour te serrer contre moi et de contempler sur ton visage le passage des années. Je ne t'en dirai pas plus, pour que tu puisses imaginer la scène, pour qu'elle conserve sa spontanéité quand le moment arrivera, car il arrivera, il arrivera forcément. Nous nous reverrons, Claire. D'ici là, profite pleinement de l'existence, sois présente au monde, il est si merveilleux.

La nuit est tombée à présent, je suis exténué. Je t'aime et je t'aimerai toujours. Le temps n'est rien.

Henry

DASEIN

Samedi 12 juillet 2008 (Claire a trente-sept ans)

CLAIRE : Charisse a emmené Alba, Rosa, Max et Joe faire du roller au *Rainbo*. Je me rends chez les Gomez pour récupérer Alba, mais je suis en avance et Charisse en retard. Gomez m'accueille enroulé dans une serviette.

— Entre, dit-il en ouvrant grand la porte. Du café ?

— Avec plaisir.

Je lui emboîte le pas dans le salon chaotique pour rejoindre la cuisine.

Je m'assieds à la table, encore encombrée de la vaisselle du petit déjeuner et débarrasse un coin assez large pour m'y accouder. Gomez navigue dans la cuisine pour préparer le café.

— Il y a une éternité que tu n'avais pas montré le bout de ton nez.

— J'ai été pas mal occupée. Alba est inscrite à plusieurs cours et je dois la conduire à droite et à gauche.

— Tu as recommencé à sculpter ?

Gomez dépose une tasse et une soucoupe devant moi et me verse du café. Le lait et le sucre sont à disposition sur la table, aussi je me sers.

— Non.

— Oh !

Il s'appuie contre le plan de travail, entoure sa tasse de ses mains. Ses cheveux humides sont sombres et plaqués en arrière. Je n'avais jamais remarqué que son front se dégarnissait.

— Hum, et à part voiturer Son Altesse, à quoi tu emploies tes journées ?

À quoi j'emploie mes journées ? J'attends. Je rumine. Je m'assieds sur notre lit en serrant contre moi une vieille chemise écossaise encore imprégnée de l'odeur d'Henry que je respire à grandes bouffées. Je pars faire des balades à 2 heures du matin, lorsque Alba est en sécurité dans son lit, de longues balades qui me fatigueront suffisamment pour que je puisse sombrer dans le sommeil. J'engage des conversations avec Henry comme s'il était avec moi, comme s'il pouvait voir avec mes yeux, penser avec mon esprit.

— À pas grand-chose.

— Hmmm.

— Et toi ?

— Oh ! tu sais ! Jouer au conseiller municipal. Jouer au *pater familias*. La routine quoi.

— Oh !

Je sirote mon café. Je consulte la pendule au-dessus de l'évier – en forme de chat noir, sa queue oscille d'avant en arrière comme un balancier et ses gros yeux bougent au rythme de ses oscillations, en émettant un tic-tac assourdissant. Il est 11 h 45.

— Tu veux manger un morceau ?

— Non merci, je réplique en secouant la tête.

À en juger par la vaisselle sur la table, le déjeuner de Gomez et de Charisse s'est composé de melon d'Espagne, d'œufs brouillés et de toasts. Celui des enfants, de céréales et de quelque chose agrémenté de beurre de cacahuètes. Ces reliefs s'apparentent à une reconstruction archéologique du petit déjeuner typique d'une famille américaine du XXIe siècle.

— Tu as quelqu'un dans ta vie ?

Je lève la tête, Gomez est encore adossé au plan de travail, tient encore sa tasse à hauteur de menton.

— Non.

— Pour quelle raison ?

Ce ne sont pas tes affaires, Gomez.

— Cette idée ne m'a même pas traversé l'esprit.

— Tu devrais l'envisager.

Il met sa tasse dans l'évier.

— Pourquoi ?

— Tu as besoin d'un nouveau souffle. D'une nouvelle relation. Tu ne pourras pas rester éternellement assise sur ta chaise à guetter une apparition d'Henry.

— Bien sûr que si. Regarde-moi.

Gomez effectue deux pas et se retrouve planté à côté de moi. Il se penche et approche sa bouche de mon oreille.

— Est-ce que ça ne te manque pas... ça ?

Il lèche l'intérieur de mon oreille. *Oui, ça me manque.*

— Éloigne-toi de moi, Gomez, sifflé-je, sans toutefois esquisser le moindre geste.

Je suis soudée à mon siège par une idée. Gomez soulève mes cheveux et embrasse ma nuque.

Viens, viens, je t'en prie !

Je ferme les yeux. Des mains me tirent de ma chaise, déboutonnent mon chemisier. Une langue sur mon cou, mes épaules, mes mamelons. Je tâtonne à l'aveuglette et rencontre un tissu en éponge, une serviette de bain qui glisse à terre. *Henry*. Des mains dégrafent mon jean, le baissent, me renversent sur la table. Quelque chose heurte le sol avec un bruit métallique. Nourriture et argenterie, le demi-cercle d'une assiette, l'écorce de melon contre mon dos. Mes jambes s'écartent. Une langue sur mon sexe.

— Oh...

Nous sommes dans le Pré. C'est l'été. Une couverture

verte. Nous venons de finir de pique-niquer, j'ai encore le goût du melon dans la bouche. La langue se retire sur un espace vide, mouillé et béant. Mes yeux se rouvrent sur un verre de jus d'orange à moitié rempli. De nouveau je les referme. Le va-et-vient puissant et régulier d'Henry en moi. Oui. *J'ai attendu très patiemment, Henry. Je savais que tu reviendrais tôt ou tard.* Oui. Peau contre peau, mains contre seins, entrer sortir se cramponner accélérer plus profond oui, oh...

— Henry...

Tout s'interrompt net. Une horloge tictaque bruyamment. J'ouvre les paupières. Gomez me fixe, blessé ? En colère ? Son visage ne trahit aucune expression. La portière d'une voiture claque. Je me redresse, bondis de la table, me rue vers la salle de bains. Suivie de mes vêtements que m'envoie Gomez.

Alors que je m'habille, j'entends Charisse et les enfants franchir le seuil en riant. Alba s'écrie : « Maman ? » et je hurle : « Une minute ! » Debout dans le faible éclairage de la salle de bains carrelée rose et noire, je m'étudie dans le miroir. J'ai des céréales accrochées dans les cheveux. Mon reflet m'apparaît pâle et perdu. Je me lave les mains, essaie de me peigner avec les doigts. *Qu'est-ce que je fabrique ? Quel genre d'être suis-je devenue ?*

Un semblant de réponse jaillit : *C'est toi qui es condamnée à l'errance à présent.*

Samedi 26 juillet 2008 (Claire a trente-sept ans)

Claire : La récompense d'Alba pour s'être montrée patiente pendant que Charisse et moi parcourions les galeries d'art consiste à aller chez Ed Debevic, un *dîner* d'imitation rétro qui attire une forte clientèle de touristes. Dès que nous en poussons la porte, c'est l'overdose sensorielle – trip 1964. Les Kinks passent à fond de décibels et des écriteaux sont placardés partout : « Si vous étiez vraiment un bon client, vous commanderiez énormément ! » « Merci d'articuler lorsque vous commandez. » « Notre café est tellement bon que nous aussi nous le buvons ! »

De toute évidence, les ballons animaux constituent l'animation du jour : un monsieur en costume violet flamboyant réalise en deux temps, trois mouvements, un chien saucisse pour Alba avant de le transformer en chapeau qu'il lui plante sur la tête. Elle frétille de plaisir. Nous faisons la queue pendant une demi-heure sans qu'Alba songe à se plaindre : elle regarde les employés flirter les uns avec les autres et jauge en silence les ballons animaux des autres enfants. Nous finissons par être escortées à notre box par un serveur portant d'épaisses lunettes à monture d'écaille et un badge indiquant SPAZ. Charisse et moi ouvrons nos menus d'une chiquenaude et essayons de nous décider entre les frites au cheddar et les pains de viande. Alba se contente de psalmodier le mot milk-shake encore et encore. Lorsque Spaz reparaît, elle est soudain submergée par une crise de timidité et ne consent à articuler qu'elle voudrait un milk-shake au beurre de cacahuètes qu'à force de cajoleries (et une petite portion de frites, parce que, comme je le lui explique, ne déjeuner que d'un milk-shake friserait la décadence). Charisse choisit des macaronis au fromage et j'opte pour un sandwich bacon, laitue, tomates. Une fois Spaz reparti, Charisse entonne : « *Alba et Spaz, perchés dans un arbre, échangent un B-A-I-S-E-R...* », et Alba se bouche les yeux et les oreilles en souriant. Un serveur que son badge identifie comme BUZZ se pavane le long du comptoir en interprétant la version karaoké de *I Love That Old Time Rock and Roll* de Bob Seger.

— Je déteste Bob Seger, commente Charisse. Tu crois

qu'il lui a fallu plus de trente secondes pour pondre cette chanson ?

Le milk-shake arrive dans un verre imposant muni d'une paille flexible et accompagné d'un shaker en métal contenant l'excédent. Alba se lève pour le déguster, se haussant sur la pointe des pieds pour atteindre la position idéale permettant d'absorber un *milk-shake* au beurre de cacahuètes. Son ballon chien saucisse ne cesse de lui tomber sur le front, interférant avec sa concentration. Elle me considère à travers ses cils noirs fournis et remonte le ballon sur son crâne si bien qu'il adhère à ses cheveux sous l'effet de l'électricité statique.

— Quand est-ce que papa revient à la maison ? demande-t-elle.

Charisse produit le son de quelqu'un qui aurait accidentellement ingéré du Pepsi par le nez et se met à tousser, aussi je lui martèle le dos jusqu'à ce qu'elle me fasse signe d'arrêter et j'arrête.

— Le 29 août, annoncé-je à Alba qui recommence à aspirer à grand bruit le fond de son cocktail tandis que Charisse me décoche un regard réprobateur.

Plus tard, nous roulons sur Lake Shore Drive, Charisse tripote la radio cependant qu'Alba dort sur la banquette arrière. Lorsque je sors à Irving Park, Charisse me lance :

— Alba ne sait-elle pas qu'Henry est mort ?

— Bien sûr que si. Elle l'a vu de ses propres yeux.

— Alors pourquoi prétendre qu'il reviendra à la maison en août ?

— Parce que c'est le cas. Il m'a donné la date lui-même.

— Oh !

Bien que je scrute la route, je sens que Charisse m'épie.

— Est-ce que ce n'est pas un peu... bizarre ?

— Alba adore ça.

— Pour toi, je veux dire ?

— Il ne me rend jamais visite.

Je feins la désinvolture, comme si cette injustice ne me torturait pas, comme si je ne pleurais pas de dépit quand Alba me raconte les moments passés avec Henry, cela alors même que je bois chacune de ses paroles.

Pourquoi pas moi, Henry ? Je l'invoque en une prière muette tandis que je m'engage dans l'allée jonchée de jouets de Charisse et de Gomez. *Pourquoi Alba seulement ?* Mais comme d'habitude, je n'obtiens pas de réponse. Comme d'habitude, je dois m'accommoder de cet état de fait. Charisse m'embrasse et descend de la voiture, se dirige sans se presser vers la porte d'entrée qui s'ouvre comme par magie, révélant Gomez et Rosa. Celle-ci saute comme une puce en tendant quelque chose à Charisse qui s'en empare, émet un commentaire et l'étreint. Gomez me dévisage avant de finalement m'adresser un petit geste de la main. J'agite la main en retour. Il se détourne. Charisse et Rosa ont disparu à l'intérieur. La porte se referme.

Je m'attarde là, avec Alba endormie sur le siège arrière. Des corbeaux évoluent sur la pelouse infestée de pissenlits. *Henry, où es-tu ?* Je cale ma tête contre le volant. *Aide-moi.* Personne ne répond. Au bout d'une minute, j'enclenche une vitesse, quitte l'allée en marche arrière et roule vers notre maison, figée dans le silence et l'attente.

Samedi 3 septembre 1990 (Henry a vingt-sept ans)

Henry : Avec Ingrid on a perdu la voiture et on est bourrés. On est bourrés, il fait nuit et on a remonté la rue de long en large sans résultat. Putain de Lincoln Park. Putain de fourrière de merde. Merde.

Ingrid est furax. Elle marche devant moi et tout son dos, jusqu'au mouvement de ses hanches, exprime la rage. Ça va encore être ma fête. Putain de Park West, cette boîte de merde. Quelle idée de planter un night-club dans ce sale quartier de yuppies où tu peux pas laisser ta caisse plus de dix secondes sans que la fourrière de Lincoln vienne l'embarquer pour compléter sa collec...

— Henry.

— Quoi ?

— La petite fille est encore là.

— Quelle petite fille ?

— Celle qu'on a vue tout à l'heure.

Ingrid s'immobilise. Je suis la direction de son doigt. La fillette se tient sous le porche d'un fleuriste. Elle porte des couleurs sombres, et je distingue juste son visage pâle et ses pieds nus. Je lui donnerais sept ou huit ans, trop jeune pour traîner toute seule au milieu de la nuit. Ingrid part à sa rencontre. La fillette la regarde sans ciller.

— Tout va bien ? demande Ingrid. Tu es perdue ?

Elle me regarde avant de répondre :

— J'étais perdue, mais j'ai retrouvé mon chemin. Merci.

— Tu veux qu'on te raccompagne ? On peut te déposer si jamais on retrouve la voiture un jour.

Ingrid est penchée sur la fillette, à une trentaine de centimètres de son visage. En m'approchant je vois qu'elle porte un coupe-vent d'homme, qui la recouvre jusqu'aux chevilles.

— Non merci. J'habite trop loin, de toute façon.

Elle a de longs cheveux noirs et des yeux saisissants ; dans la lumière jaune de la boutique on dirait une vendeuse d'allumettes victorienne, ou l'Ann de Thomas De Quincy.

— Où est ta maman ? s'inquiète Ingrid.

— À la maison. (Et d'ajouter en me souriant :) Elle ne sait pas que je suis ici.

— Tu t'es sauvée ? je demande.

— Non, répond-elle en gloussant. Je cherchais mon papa, mais je crois que j'ai un peu d'avance. Je reviendrai plus tard.

Elle se faufile entre Ingrid et la vitrine pour agripper mon blouson et m'attirer contre elle.

— La voiture est de l'autre côté de la rue, chuchote-t-elle.

Je me tourne vers le trottoir d'en face, et la voilà, la Porsche rouge d'Ingrid. J'ai à peine dit merci que la gamine me colle un bisou près de l'oreille et prend ses jambes à son cou, ses pieds nus claquant sur l'asphalte.

Ingrid reste muette tandis que nous regagnons la voiture. Je finis par dire :

— Bizarre, bizarre.

À quoi elle répond dans un soupir :

— Pour un type intelligent, t'es drôlement obtus parfois.

Et elle me jette devant mon immeuble sans ajouter un mot.

Dimanche 29 juillet 1979
(Henry a quarante-deux ans)

HENRY : Quelque part dans le passé. Je me prélasse sur Lighthouse Beach avec Alba. Elle a dix ans. J'en ai quarante-deux. L'un comme l'autre nous sommes en plein voyage. C'est une soirée chaude, en juillet ou en août. Je porte un jean et un tee-shirt piqués dans une maison cossue de North Evanston ; Alba, une chemise de nuit rose chipée sur la corde à linge d'une vieille dame. Depuis le début de l'après-midi nous attirons toutes sortes de regards. On ne doit pas tout à fait correspondre à l'image type d'un père et d'une fille à la plage. Mais ce n'est pas faute d'efforts de notre part : nous avons nagé, puis bâti un château de sable. Nous avons acheté des hot dogs et des frites au vendeur du parking. N'ayant ni couverture ni serviette, nous sommes tout sableux, humides, et pris d'une fatigue agréable. Nous regardons les bambins courir devant et après les vagues, et de gros chiens tout fous. Le soleil décline dans notre dos et nous contemplons la mer.

— Raconte-moi une histoire, dit Alba en se pressant contre moi telle une plâtrée de pâtes froides.

Je la prends dans mes bras.

— Quel genre d'histoire ?

— Une bonne histoire. Une histoire sur maman et toi, quand maman était une petite fille.

— Hmm. D'accord. Il était une fois...

— C'est quand, ça ?

— Tous les temps à la fois. Il y a longtemps, et en ce moment.

— Les deux à la fois ?

— Ouais, toujours les deux à la fois.

— Comment c'est possible ?

— Tu veux que je la raconte, cette histoire, oui ou non ?

— Ouais...

— Très bien. Alors il était une fois, ta maman vivait dans une grande maison près d'un champ, et dans ce champ se trouvait une clairière où elle allait souvent jouer. Un beau jour, ta maman, qui n'était qu'un petit bout de chou avec des cheveux deux fois plus larges qu'elle, s'est rendue à la clairière et il y avait un homme...

— Sans vêtements !

— Nu comme un ver, en effet. Alors ta maman lui a prêté un drap de plage qu'elle avait, par chance, dans ses affaires, afin qu'il puisse porter quelque chose, puis il lui a expliqué qu'il était un voyageur du temps, et pour je ne sais quelle raison elle l'a cru.

— Parce que c'était vrai !

— Oui, d'accord, mais comment pouvait-elle le savoir ? Toujours est-il qu'elle l'a cru, et après ça elle fut assez folle pour l'épouser et nous voilà toi et moi.

Alba me flanque son poing dans le ventre.

— Raconte-la bien !

— Aïe ! Je ne pourrai rien raconter si tu me frappes comme ça !

Alba se tait. Puis demande :

— Pourquoi tu ne rends jamais visite à maman dans le futur ?

— J'en sais rien, Alba. Si je pouvais, je le ferais.

Le bleu s'assombrit à l'horizon et la marée reflue. Je me lève, j'aide Alba à se redresser. Comme elle époussette sa chemise de nuit elle trébuche contre moi, lâche un « Oh ! » et se volatilise. Je me retrouve planté sur la plage, une chemise de nuit humide à la main, à contempler ses petites empreintes de pas dans la lumière déclinante.

RENAISSANCE

Jeudi 4 décembre 2008 (Claire a trente-sept ans)

CLAIRE : C'est une belle matinée froide. Je déverrouille la porte du studio et tape des pieds pour enlever la neige de mes bottes. Je monte les stores, allume le chauffage. Je mets le café en route. Je me plante dans l'espace vide au cœur de l'atelier et promène mon regard autour de moi.

Les traces de deux ans de poussière et d'immobilité sont visibles partout. Ma table à dessin est nue. La pile hollandaise trône dans la pièce, propre et désertée. Les formes et les couvertes sont soigneusement empilées, les rouleaux de fil de fer à armature traînent près de la table. Les couleurs et les pigments, les pots de pinceaux, les instruments, les livres : tous sont tels que je les ai laissés. Les esquisses punaisées au mur ont jauni et se sont recroquevillées. Je les décroche et les jette dans la poubelle.

Je m'installe à ma table de dessin et je ferme les yeux.

Les branches des arbres que le vent agite battent contre le côté de la maison. Dans la ruelle, une voiture roule sur la neige fondue avec un chuintement. La cafetière siffle et gargouille en crachant la dernière giclée de café dans la verseuse. J'ouvre les yeux et, frissonnante, je serre plus étroitement mon gros pull contre moi.

En me réveillant ce matin, j'ai éprouvé l'envie irrépressible de me retrouver ici. Un peu comme une résurgence du désir sexuel : un rendez-vous avec mon ancien amant, l'art. Mais à présent, je reste là à attendre que... quelque chose... vienne à moi, sauf que rien ne vient. Je fais coulisser un des tiroirs de mon classeur horizontal et en ressors une feuille de papier indigo. Elle est lourde et légèrement rugueuse, d'un bleu profond, aussi froide au toucher que le métal. Je l'étends sur la table. Je me lève et la contemple un moment. Je m'empare de quelques bâtons blancs de pastel tendre que je soupèse dans ma paume. Puis je les repose et me verse du café. Je scrute par la fenêtre l'arrière de la maison. Si Henry était ici peut-être serait-il assis à son bureau, peut-être m'observerait-il lui aussi par la fenêtre au-dessus de son bureau. Ou peut-être jouerait-il au Scrabble avec Alba, à moins qu'il ne lise des bandes dessinées ou ne prépare la soupe pour le déjeuner. J'avale une gorgée de mon café et m'efforce de sentir le temps refluer, m'efforce d'effacer la différence entre maintenant et alors. Seule ma mémoire me retient ici. Temps, laisse-moi disparaître. « Et ce que la présence même sépare pourra être réuni. »

Je me poste devant la feuille, un pastel blanc à la main. La surface est grande, je commence au centre, m'inclinant au-dessus du papier, alors même que le chevalet m'offrirait une position plus confortable. Je définis les proportions de la figure demi-nature : ici le sommet du crâne, l'aine, le talon. J'ébauche une tête. Je procède par touches légères, de mémoire : les yeux sans expression ici à mi-tête, le nez long, la bouche arquée légèrement entrouverte. Les sourcils haussés sous le coup de la surprise : oh ! c'est *toi* ! Le menton pointu et la mâchoire arrondie, le front haut et les oreilles à peine suggérées. Ici le cou et les épaules dont la courbe se prolonge en bras qui se croisent sur la poitrine dans une attitude défensive, ici l'extrémité de la cage thoracique, l'estomac convexe, les hanches pleines, les jambes un peu fléchies, les pieds pointant vers le bas comme si la figure flottait en plein ciel. Les points de repère ressemblent à des étoiles suspendues dans le ciel nocturne indigo du papier, la silhouette forme une constellation. Je place les rehauts et elle acquiert une troisième dimension – tel un vaisseau de verre. Je m'applique à dessiner les traits, structure le visage, anime les yeux qui me considèrent, stupéfaits d'exister soudain. La chevelure ondule sur le papier, vole, libérée de la pesanteur et du mouvement – motif de lignes qui confère au corps statique son aspect dynamique. Que manque-t-il dans cet univers, ce dessin ? D'autres étoiles, plus lointaines. Je farfouille parmi mes instruments et déniche une aiguille. Je fixe le croquis sur une fenêtre avec du ruban adhésif et entreprends de le percer d'une multitude de trous minuscules, chacun se transformant en un soleil dans d'autres systèmes planétaires. Lorsque j'obtiens une galaxie parsemée d'étoiles, je pique la silhouette qui devient alors véritablement constellation, réseau d'infimes lumières. J'examine ma réplique et elle me rend mon regard scrutateur. Un doigt collé sur son front, je lui intime : « Disparais », mais c'est elle qui est destinée à perdurer : je suis celle qui est en train de disparaître.

ENCORE ET TOUJOURS

Jeudi 24 juillet 2053
(Henry a quarante-trois ans, Claire quatre-vingt-deux)

HENRY : Je me trouve dans un couloir sombre. Au bout, une porte, entrouverte, aux bords frangés de lumière blanche. Le couloir est plein de manteaux et de caoutchoucs. Je m'avance à pas de loup vers la porte et glisse un œil dans la pièce. La lumière du matin m'éblouit, puis ma vue s'adapte et j'avise une table en bois massif près d'une fenêtre. Une femme y est assise, face au dehors, une tasse de thé à portée de main. On aperçoit le lac, les vagues qui déferlent et se retirent à une cadence apaisante qui confine vite à l'immobilité. La femme est figée comme une statue. Elle a un air familier. C'est une vieille femme aux cheveux d'un blanc parfait, qui s'écoulent tel un ruisseau sur son dos légèrement bossu. Elle porte un pull corail. La courbure de ses épaules et sa posture rigide indiquent qu'elle est très fatiguée, comme je le suis moi-même. Quand je bascule mon poids d'une jambe sur l'autre, le plancher craque ; la femme se tourne, me voit, et son visage s'emplit de joie. Je suis stupéfait. C'est Claire, Claire âgée ! Elle vient vers moi, lentement, et je la prends dans mes bras.

Lundi 14 juillet 2053
(Claire a quatre-vingt-deux ans)

CLAIRE : Tout est purifié ce matin ; la tempête a semé ici et là des branches dans le jardin que je compte sortir ramasser tout à l'heure. Le sable sur la plage a été brassé et réarrangé en une couverture uniforme grêlée de gouttes de pluie imprimées en creux, les belles-d'un-jour sont courbées et luisantes dans la lumière blanche de 7 heures. Je suis assise à la table de la salle à manger avec une tasse de thé, à contempler l'eau, à guetter un bruit. À attendre.

Aujourd'hui ne diffère pas vraiment de tous les autres jours. Je me suis levée à l'aube, j'ai enfilé un pantalon de survêtement et un pull, je me suis brossé les cheveux, préparé des toasts et du thé avant de m'installer face au lac en me demandant s'il viendrait. Rien qui diffère vraiment des nombreuses fois où il disparaissait et où je l'attendais, sauf que cette fois-ci je possède des indications : cette fois-ci je sais qu'Henry finira par venir. Je m'interroge parfois : le fait de me tenir prête, dans l'expectative, n'empêche-t-il pas le miracle de se produire ? Mais je n'ai pas le choix. Il va venir, et je suis là.

Mais Ulysse, à ces mots, pris d'un plus vif besoin de sangloter, pleurait. Il tenait dans ses bras la femme de son cœur, sa fidèle compagne !

Elle est douce, la terre, aux vœux des naufragés, dont Poséidon en mer, sous l'assaut de la vague et du vent, a brisé le solide navire : ils sont là, quelques-uns qui, nageant vers la terre, émergent de l'écume ; tout leur corps est plaqué de salure marine ; bonheur ! ils prennent pied ! ils ont fui le désastre !... La vue de son époux lui semblait aussi douce : ses bras blancs ne pouvaient s'arracher à ce cou.

Homère, *L'Odyssée*
Traduction de Victor Bérard

Aubin Imprimeur
LIGUGÉ, POITIERS

Achevé d'imprimer en octobre 2004
pour le compte de France Loisirs
123, bd de Grenelle, 75015 Paris

N° d'édition 41747 / N° d'impression L 67618
Dépôt légal, août 2004

Imprimé en France